KB132311

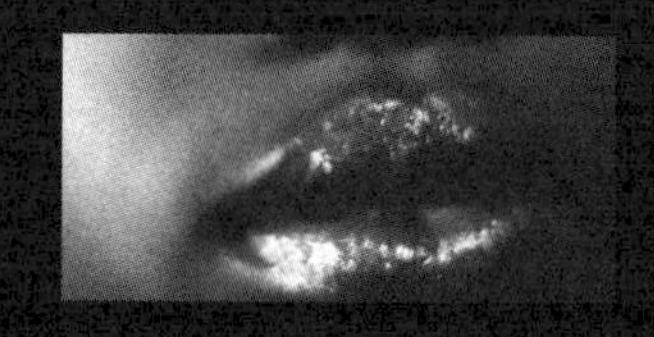

빌러비드

BELOVED
by Toni Morrison

세계문학전집
116

Toni Morrison : Beloved

빌러비드

토니 모리슨 장편소설

최인자 옮김

문학동네

육천만 명 그리고 그 이상

내 백성이 아니었던 자들을

내 백성이라,

사랑을 받지 못하던 자들을

사랑하는 자라 부르리라.

「로마서」 9:25

일러두기

1. 주석은 모두 옮긴이주이다.
2. 본문 중 고딕체는 원서에서 이탤릭체로 강조한 부분이다.

차례

제1부

124번지는 한이 서린 곳이었다. 갓난아이의 독기가 집안 가득했다. 그 집 여자들은 그걸 알고 있었고 아이들도 마찬가지였다. 몇 년 동안은 각자 나름대로 원혼을 견디며 살았지만, 1873년에 이르자 집에 남은 희생자는 세서와 그녀의 딸 덴버뿐이었다. 할머니 베이비 석스는 세상을 떠났고, 아들 하워드와 뷰글러는 열세 살이 되던 해에, 그저 들여다보기만 했는데 거울이 깨져버리고(뷰글러는 이 일을 신호로 받아들였다) 케이크 위에 작디작은 손자국 두 개가 찍히는 걸(하워드에겐 이것이 신호였다) 보자마자 그길로 달아나버렸다. 두 아이 모두 모락모락 김이 나는 병아리콩이 바닥에 한 솥 소복이 쌓여 있는 꼴이나, 바스러진 소다크래커가 문지방 옆에 나란히 한 줄로 뿌려져 있는 모습은 아직 보이지도 않았는데 달아나버렸다. 몇 주, 때로는 몇 달 동안이

나 아무 소동도 일어나지 않는 평온한 시기가 찾아오기도 했으나 그때까지 기다리지 않았다. 아니, 그 집이 두 번은 눈뜨고 보지 못할, 견디기 힘든 모욕이라고 여겨지는 짓을 저지르자마자, 두 아이는 당장 달아나버렸다. 한겨울, 두 달 사이에 할머니 베이비 석스와 어머니 세서, 어린 동생 덴버만 남겨둔 채, 블루스톤 로드의 회색과 흰색이 뒤섞인 집을 떠나버린 것이다. 그때는 신시내티 시가 그렇게 넓어지기 전이었기 때문에 번지수도 없었다. 처음에는 큰오빠가, 뒤이어 작은오빠가 누비천을 모자 속에 쑤셔넣고 신발을 낚아채, 원한이 생생하게 느껴지는 그 집에서 몰래 달아난 것은 사실 오하이오가 주州를 자칭한 지 겨우 칠십년밖에 안 되었을 때였다.

그때 베이비 석스는 고개조차 들지 않았다. 병상에서 아이들이 떠나는 소리를 들었지만, 그 때문에 꼼짝도 않고 누워 있었던 건 아니었다. 오히려 손자들이 세상 모든 집이 블루스톤 로드의 이 집 같지는 않다는 사실을 이제야 깨달았다는 게 놀라울 뿐이었다. 남루한 삶과 비열한 죽음 사이에 끼어 하루하루 연명하는 그녀로서는, 겁에 질려 달아나는 손자 녀석들은 고사하고 죽고 사는 문제에도 관심을 기울일 수 없었다. 그녀의 과거는 현재와 마찬가지로 견디기 힘들었다. 죽음이 결코 망각이 아니라는 사실을 깨달은 후로, 그녀는 색깔을 궁리하는 데 얼마 남지 않은 기력을 다 쏟아부었다.

"라벤더색이 있으면 좀 가져오렴. 없으면 분홍색이라도."

세서는 천조각부터 자기 혓바닥까지 뭐든 그녀가 원하는 대로 갖다바쳤다. 색깔에 빠진 사람에게 오하이오의 겨울은 특히 힘들었다. 하늘이 유일하게 색채의 드라마를 제공해주긴 했지만, 삶의 주된 기쁨을 신시내티의 지평선에 의존하는 건 참으로 무모한 짓이었다. 그래서 세서와 손녀딸 덴버는 그 집이 허락하는 한, 그녀를 위해 할 수 있는 일은 뭐든지 했다. 그들은 함께 그 집이 저지르는 만행—자꾸만 엎어지는 요강, 엉덩이를 철썩 내려치는 손길, 오싹하게 스쳐지나가는 한기등—에 맞서 내키지 않는 전쟁을 치렀다. 그들은 빛의 근원을 알듯 이 원한의 근원을 잘 알고 있었기 때문이다.

베이비 석스는 사내아이들이 집을 떠난 직후 숨을 거두었다. 손자들이 떠나든 자신이 떠나든 이미 아무 관심도 없을 때였다. 그 일이 있고 나서 세서와 덴버는 자신들을 그토록 못살게 구는 유령을 불러내 이 고통을 끝내야겠다고 결심했다. 대화를 하거나 의견 교환이라도 하면 좀 나아지지 않을까 생각했던 것이다. 그래서 그들은 손을 맞잡고 말했다. "이리 나오렴. 이리 나와. 나와도 괜찮아."

찬장이 한 발짝 앞으로 나오나 싶더니, 더는 아무 일도 일어나지 않았다.

"할머니께서 막으시나봐." 덴버가 말했다. 그녀는 고작 열 살이었고, 훌쩍 세상을 떠난 할머니가 여전히 야속했다.

세서가 눈을 떴다. "그건 아닐 거야." 그녀가 말했다.

"그럼 왜 안 나오는데?"

"그 아이가 얼마나 어린지 잊었구나." 덴버의 엄마가 말했다. "채 두 살도 안 돼서 죽었어. 상황을 이해하기엔 너무 어리다고. 어려서 말도 제대로 못할걸."

"이해하고 싶지 않은지도 몰라." 덴버가 말했다.

"그럴 수도 있지. 그래도 나타나주기만 하면 알아듣게 잘 타이를 수 있는데." 세서는 딸의 손을 놓았다. 두 사람은 힘을 합쳐 찬장을 다시 벽 쪽으로 밀어놓았다. 밖에서는 어느 마부가 채찍을 휘둘러 황급히 말을 몰았다. 이 지역 사람들은 124번지 앞을 지날 때면 꼭 그래야 한다고 여겼다.

"아기치고는 꽤 힘이 세네." 덴버가 말했다.

"내가 그 아이를 사랑했던 마음만큼 세지는 않아." 세서가 대답하자 다시 그것이 찾아왔다. 이름 없는 비석의 친숙한 한기. 그녀가 직접 골라 무덤처럼 두 무릎을 활짝 벌린 채 발끝으로 기대섰던 비석. 손톱처럼 분홍빛이 감돌고 흩뿌려진 돌가루가 반짝이던. 십 분이오. 남자가 말했지. 십 분을 허락하면 공짜로 해주겠소.

네 글자를 새기는 데 십 분. 십 분을 더 허락했더라면 '디얼리'란 글자도 새길 수 있었을까? 그때는 남자에게 물어볼 생각조차 못했지만, 그럴 수도 있었으리라는 미련이 아직도 그녀의 마음을 괴롭혔다. 이십 분, 아니 삼십 분이었다면 장례식에서 들은, '디얼리 빌러비드(참으로 사랑하는)'라고 한 목사의 말(사실 목사가 한 말은 그게 다였다)을 전부 아기의 묘비에 새길 수 있었을지도 모른다. 하지만 결국 그녀는 중요한 한마디만을 새겨넣었다. 그걸로 충분하다고 생각했다. 비석들 사이에서 비문 새기는 사내와 그 짓을 하면서. 사내의 어린 아들이 그 모든 광경을 지켜보고 있었다. 아이의 얼굴에는 아주 오래된 분노와 함께 새롭게 눈뜬 욕망이 어려 있었다. 그 정도면 분명 충분했다. 또다른 목사나 또다른 노예제 폐지론자, 그리고 혐오로 가득찬 마을 사람들에게도 대답이 될 만큼.

제 영혼의 평안이 간절했기 때문에 그녀는 또다른 영혼은 까맣게 잊고 있었다. 어린 딸아이의 영혼을. 그 어린것이 그렇게 엄청난 원한을 품을 수 있으리라 누가 상상이나 했겠는가? 비문 새기는 사내의 아들이 지켜보는 가운데 비석들 사이에서 그 짓을 한 정도로도 충분하지 않았다. 목이 잘린 아기의 원한이 서린 집에서 평생을 보내는 것만으로도 부족해서, 별처럼 반짝이는 돌가루가 점점이 박힌 새벽하늘빛의 비석에 기대어 짓눌린 채 가랑이를 무덤처럼 활짝 벌리고 있어야 했던 그 십 분은 일평생보다 더 길었고, 기름처럼 끈끈하게 그녀의 손가락을 적시던 아기의 피보다 더 생생하게 고동쳤다.

"이사를 갈 수도 있잖아요." 한번은 시어머니에게 이런 제안을 하기도 했다.

"그래서 뭐하려고?" 베이비 석스가 반문했다. "이 나라에 죽은 검둥이의 한이 서까래까지 그득그득 쌓이지 않은 집은 한 채도 없다. 그나마 아기 귀신이라 다행인 게야. 죽은 내 남편의 혼령이 돌아왔다면 어쩔 뻔했냐? 아니면 네 서방의 혼령이나. 그런 말은 꺼내지도 마라. 넌 운이 좋아. 자식이 셋이나 남았잖니. 네 치맛자락에 매달리는 놈이 셋이나 되고, 겨우 한 녀석만 저승에서 난리를 치고 있잖아. 그저 감사하며 살아라. 안 그러니? 난 여덟이나 낳았는데 죄다 내 곁을 떠났다. 넷은 빼앗기고, 넷은 달아났지. 아마 그것들 모두 누군가의 집에 들러붙어 생지옥을 만들고 있을 게다." 베이비 석스는 눈썹을 비볐다. "내 첫 아이로 말하자면, 그애가 새카맣게 탄 빵 밑바닥을 아주 좋아했다는 기억밖에 없다. 네 처지를 거기에 비하겠니? 자식이 여덟이나 되는데, 고작 그런 기억뿐이라니."

"어머님이 그것만 기억하고 싶으신 거죠." 시어머니에게 그렇게 말했지만, 세서 역시 살아 있는 자식은 하나뿐인 신세가 되었다. 아들 녀석들은 죽은 자식에게 쫓겨 달아났고, 그중 뷰글러에 대한 기억은 빠르게 사라져가고 있었다. 그나마 하워드는 두상이 누구도 쉽게 잊을 수 없는 생김새였다. 나머지 기억에 대해 말하자면, 안심할 수 있을 만큼 기억을 지우기 위해 그녀는 죽어라 일했다. 불행하게도 그녀의 머릿속은 제멋대로였다. 가령 거의 뛰다시피 들판을 가로질러간다. 어서 펌프로 가서 다리에 묻은 캐머마일 얼룩을 지우려 한다. 그녀의 머릿속에는 오직 그 생각뿐이다. 그녀의 젖을 빼앗으러 오는 남자들의 기억 따위는 빨래판처럼 우둘투둘한 등짝의 신경처럼 죽어 있었다. 잉크 냄새나 혹은 잉크 원료인 벚나무 수액과 떡갈나무 껍질 냄새도 전혀 나질 않았다. 아무것도 없었다. 그저 물가로 달려가는 그녀의 얼굴에 닿는 서늘한 산들바람뿐. 이윽고 펌프 물에 걸레를 적셔 캐머마일 얼룩을 박박 문지른다. 머릿속에는 단 한 점의 얼룩도 남기지 않고 닦아내겠다는 생각뿐이다. 또한 8백 미터라도 덜 걸어보겠다고 들판을 가로질러오면서 무릎이 가려울 때까지 무성하게 자란 잡초를 알아채지 못한 부주의함만 생각할 뿐이다. 바로 그때 뭔가 떠오른다. 철벅거리는 물소리, 아무렇게나 벗어던져 길에 널브러진 신발과 스타킹, 혹은 그녀의 발밑 웅덩이에서 히어보이가 물을 핥아먹는 소리, 그러다 갑자기 스위트홈이 그녀의 눈앞에 끝없이, 끝없이, 끝없이 펼쳐지는 것이다. 그 농장의 나뭇잎 한 장만 봐도 비명을 지르고 싶은 심정이건만, 그 풍경은 뻔뻔하게도 아름다운 모습으로 그녀 앞에 활짝 펼쳐진다. 결코 옛날처럼 끔찍하게 보이지 않아서, 어쩌면 지옥도 꽤 아름다운 곳이 아닐까 의심이 들 정도다. 불과 유황도 있지만 성근 숲속에 감춰져 있지 않을까. 세상에서 가장 아름다운 플라타너스 나무에 대롱대롱 목매달린 소녀들. 그 소녀들보다 바람에 쏴쏴 소리를 내던 멋진 나무들이 먼저 기억나는 것이 그녀는 부끄러웠다. 달리 기억해보려고 애를 써도 번번이 플라타너스 나무가 소녀들을 앞질렀고, 그녀는 그런 자신의 기억을 용서할 수 없었다.

캐머마일 얼룩을 다 씻어낸 그녀는 신발과 스타킹을 주섬주섬 집어 들고 집 앞으로 향했다. 마치 그녀의 끔찍한 기억을 좀더 벌하려는 듯, 채 12미터도 떨어져 있지 않은 현관 앞에 스위트홈의 마지막 남자인 폴 디가 앉아 있었다. 꿈에서도 그의 얼굴을 착각할 리 없었지만, 그녀는 물었다. "당신이야?"

"다 죽고 남은 껍데기지." 그가 미소를 지으며 자리에서 일어났다. "어떻게 지냈어? 맨발인 건 알겠고."

그녀가 웃음을 터뜨렸다. 젊고 자유분방한 웃음이었다. "저 뒤에서 다리가 엉망이 됐거든. 캐머마일 때문에."

그는 쓴 약을 한 숟가락 삼킨 사람처럼 얼굴을 찡그렸다. "캐머마일 얘기는 듣기도 싫어. 항상 그 풀이 끔찍하게 싫더라고."

세서는 스타킹을 돌돌 말아 호주머니에 쑤셔넣었다. "들어와."

"현관도 좋은걸. 밖이 시원하잖아." 그는 다시 앉더니 길 건너편에 펼쳐진 초원을 바라보았다. 자기가 느끼는 열망이 눈빛에 다 드러나리라는 걸 알고 있었다.

"십팔 년 만이네." 세서가 나지막이 말했다.

"십팔 년이로군." 그가 따라 말했다. "맹세코 그동안 한 해도 쉬지 않고 걸어다녔어. 나도 당신처럼 벗어도 되지?" 그가 그녀의 발 쪽으로 고갯짓을 하더니 신발끈을 풀기 시작했다.

"발 씻을래? 대야에 물 떠올게." 세서는 집으로 들어가려고 그에게 가까이 다가갔다.

"아니, 아니야. 무슨 아기 발도 아니고. 아직 한참 더 걸어야 하는데."

"당장 떠나는 건 말도 안 돼, 폴 디. 잠시라도 있다 가야지."

"글쎄, 어쨌든 베이비 석스는 뵙고 가야겠지. 어디 계셔?"

"돌아가셨어."

"오, 이런. 언제?"

"팔 년 됐어. 구 년이 다 돼가네."

"힘들지는 않으셨나? 부디 편히 가셨기를."

세서가 고개를 저었다. "크림처럼 부드럽게 돌아가셨어. 외려 사시는 게 힘들었지. 어쨌든 못 뵙게 돼서 안타깝네. 그 때문에 왔어?"

"그 때문이기도 하고 당신 때문이기도 해. 솔직히 말해서 요즘 정처 없이 떠돌고 있어. 앉을 수 있는 곳이라면 어디든 말이야."

"좋아 보이는걸."

"악마의 농간이지. 내가 기분이 더러울 때면 꼭 남들 눈에 좋아 보이더라고." 그가 그녀를 바라보았다. 그러자 '더럽다'란 말이 또다른 의미로 다가왔다.

세서가 싱긋 웃었다. 예전에도 그랬다. 스위트홈의 남자들은 하나같이, 핼리와의 일 전이나 후나, 그녀에게 점잖고 다정한 농을 건네곤 했다. 애써 의중을 파악해야 할 정도로 은근한 농담이었다.

더 풍성해진 머리카락과 두 눈에 깃든 막연한 기다림을 빼면, 폴 디는 켄터키에 있었을 때 모습 그대로였다. 복숭아씨 같은 피부, 꼿꼿한 등. 흔들림 없는 이 얼굴이 그토록 쉽게 미소짓고 남들과 함께 분노하거나 슬퍼한다는 것이 놀라울 뿐이었다. 다만 그의 관심을 끌기만 하면 그는 당장 상대방이 느끼는 감정을 고스란히 얼굴에 드러내는 것이었다. 눈 깜짝할 사이에 그의 표정은 바뀌는 것 같았다. 얼굴 아래 활력이 숨어 있었다.

"그이 소식은 물을 필요도 없겠지? 뭔가 해줄 말이 있다면 진작 해줬을 테니까, 그렇지?" 세서는 발치로 시선을 떨어뜨렸다가 다시 플라타너스 나무를 바라보았다.

"그랬을 거야. 그렇고말고. 하지만 예나 지금이나 별로 아는 게 없어." 교유기攪乳器 사건만 빼고, 그는 생각했다. 그렇지만 이제 와서 당신이 그 일을 굳이 알 필요는 없어. "남편이 아직 살아 있다고 생각하는군."

"아니야. 죽었다고 생각해. 살아 있을 거라 믿는다고 해서 그이가 살아 돌아오는 건 아니니까."

"베이비 석스는 어떻게 생각하셨지?"

"마찬가지야. 어머니 말씀으로는, 당신 자식들은 모두 죽었대. 자식들이 세상을 떠날 때마다 그 날짜 그 시간에 느낌이 왔다고 말씀하셨어."

"핼리는 언제 죽었다고 하셨는데?"

"1855년. 내 아기가 태어난 날."

"그애를 낳았구나, 그렇지? 당신이 무사히 아이를 낳았을 거라고는 생각도 못했어." 그가 킬킬거렸다. "임신한 몸으로 도망을 치다니."

"그럴 수밖에 없었어. 더는 기다릴 수 없었으니까." 그녀는 고개를 숙이고 생각에 잠겼다. 폴 디만큼이나 자신도 무사히 아기를 낳았다는 사실이 믿기지 않았다. 벨벳을 찾던 그 아가씨가 아니었다면, 결코 성공하지 못했으리라.

"게다가 그걸 모두 당신 혼자서 해내다니." 폴 디는 그녀가 자랑스러우면서도 짜증이 났다. 그런 일을 해냈다는 것은 자랑스러웠지만, 그 과정에서 핼리나 자신이 필요 없었다는 데는 화가 났다.

"거의 혼자서 해냈지. 전부는 아니고. 백인 아가씨가 도와줬거든."

"그렇다면 그 아가씨는 스스로를 도운 거야. 하느님이 그녀를 축복하시길."

"여기서 하룻밤 묵어도 돼, 폴 디."

"말은 그렇게 하지만 별로 진심 어린 목소리는 아닌걸."

세서가 그의 어깨 너머로 닫힌 문을 힐끗 보았다. "오, 정말이야. 다만 당신이 우리집을 어떻게 생각할지 그게 걱정이지. 어서 들어와. 음식을 좀 만들 테니 덴버와 얘기나 나눠."

폴 디는 끈으로 신발을 서로 묶어 어깨에 걸치고는 그녀를 따라 문으로 들어갔다. 그리고 곧장 일렁이는 붉은빛의 웅덩이에 갇혀버렸다.

"귀신이 같이 사나봐?" 그가 얼굴을 찌푸리며 속삭였다.

"나타났다 사라졌다 해." 세서가 대답했다.

"이런." 그는 문밖으로 뒷걸음치며 현관까지 나갔다. "대체 이 집에 어떤 사악한 게 사는 거야?"

"사악하지는 않아, 그저 슬플 뿐이지. 어서 들어와. 그냥 걸어들어오면 돼."

폴 디는 비로소 세서를 가만히 바라보았다. 그녀가 신발과 스타킹을 한 손에 쥐고 다른 손에는 치맛자락을 움켜쥔 채 물에 젖어 반짝이는 다리로 집 모퉁이를 돌아 처음 나타났을 때보다 더 자세히 살펴보았다. 핼리의 여자. 강철 같은 눈빛과 그에 걸맞은 꼿꼿한 허리를 지닌 여자. 켄터키에서는 한 번도 세서의 머리카락을 본 적이 없었다. 마지막으로 그녀를 보았을 때가 십팔 년 전이었건만, 나이든 지금 얼굴이 한결 부드러워 보였다. 머리카락 때문이었다. 위로가 필요 없을 만큼 평온하기 짝이 없는 얼굴. 피부와 같은 색깔의 홍채. 그 고요한 얼굴 가운데의 두 개의 홍채를 보면, 자비롭게도 밖이 보이도록 눈구멍이 뚫린 가면이 떠오르곤 했다. 핼리의 여자. 그녀는 해마다 임신을 했는데, 불가에 앉아서 그에게 도망칠 작정이라고 털어놓았던 그해에도 마찬가지였다. 세 아이는 이미 강을 건너는 흑인들의 포장마차 사이에 잘 숨겨두었다. 신시내티 근처에 사는 핼리의 어머니 손에 맡길 예정이었다. 그 비좁은 오두막집 안에서, 옷에서 열기가 고스란히 느껴질 정도로 불에 바싹 다가앉아 있었음에도, 그녀의 눈동자에는 일렁이는 불빛조차 반사되지 않았다. 그 눈은 들여다보기조차 두려운 두 개의 우물 같았다. 비록 뚫어놓기는 했지만, 반드시 뚜껑을 덮어 막고 그 안에 얼마나 깊디깊은 공허가 도사리고 있는지 경고하는 표지판을 붙여야만 할 것 같은 우물. 그래서 그녀가 이야기를 들어줄 남편이 농장에 없었기 때문에 그에게 이야기를 하는 동안 그는 줄곧 불길만 응시했다. 가너 씨는 죽었고, 가너 부인은 목에 고구마만한 혹이 생겨 누구와도 말을 할 수 없었다. 세서는 불룩한 배가 허락하는 한 바싹 불 쪽으로 몸을 기울인 채, 폴 디, 스위트홈의 마지막 남자인 그에게 계획을 털어놓았다.

농장에 있는 노예는 모두 여섯이었고, 그중 세서는 유일한 여자였다.

가너 부인은 과부가 되자마자 어디선가 튀어나온 빚을 갚기 위해 어린 아이처럼 엉엉 울면서 폴 디의 형제를 팔았다. 이윽고 학교 선생이 와서 질서를 바로잡았다. 하지만 그가 한 일이라곤 스위트홈의 남자 셋을 완전히 망가뜨리고 세서를 두들겨패 강철 같던 눈빛을 빼앗고 그 자리에 불빛조차 반사되지 않는 두 개의 우물을 남겨놓은 것뿐이었다.

이제 강철 같은 눈빛은 되돌아왔지만 머리카락 덕에 한결 부드러워 보이는 얼굴은 그에게 믿음을 주었다. 그는 문 안으로 들어와 고동치는 붉은빛 웅덩이 속으로 쑥 들어갔다.

그녀가 옳았다. 혼령은 서러웠다. 빛 속을 지나는 동안, 그는 슬픔의 물결에 흠뻑 빠져 그만 목놓아 울고 싶어졌다. 탁자 주위를 감싼 평범한 빛이 한없이 멀게 느껴졌지만, 결국 참아냈다. 운좋게도 눈물은 보이지 않았다.

"평온하게 돌아가셨다고 했잖아. 크림처럼 부드럽게 돌아가셨다면서." 폴 디가 상기시켰다.

"베이비 석스가 아니야." 그녀가 말했다.

"그럼 누구야?"

"내 딸. 사내아이들하고 같이 먼저 보냈던 아이야."

"죽었단 말이야?"

"그래. 이제는 도망칠 때 뱃속에 있었던 아이만 내 곁에 남았어. 사내애들도 떠났어. 두 녀석 모두 베이비 석스가 돌아가시기 전에 도망쳤지."

폴 디는 슬픔이 자신을 흠뻑 적셨던 자리를 바라보았다. 붉은빛은 사라졌지만, 흐느낌 같은 것이 허공을 맴돌고 있었다.

사실 도망치는 게 최선이지, 그는 생각했다. 자고로 두 다리가 멀쩡한 검둥이라면, 그걸 쓰지 않으면 안 되지. 한곳에 너무 오래 앉아 있다가는 반드시 누군가에게 붙잡히기 마련이니까. 아무리 그래도…… 사내애들이 다 떠났다면……

"그럼 남자는 아무도 없어? 당신 혼자 산단 말이야?"

"나랑 덴버랑." 그녀가 말했다.

"그래도 괜찮아?"

"나는 괜찮아."

영 믿기지 않아하는 그의 표정을 보고 그녀가 말을 이었다. "타운의 식당에서 요리를 해. 남몰래 바느질도 더러 하고."

폴 디는 문득 첫날밤 드레스가 떠올라 미소를 지었다. 세서는 열세 살에 스위트홈에 왔는데, 그때 이미 강철 같은 눈빛을 하고 있었다. 남편의 고귀한 원칙 때문에 베이비 석스를 잃은 가너 부인에게 그녀는 시기적절한 선물이었다. 스위트홈 남자 다섯 명은 새로 온 아가씨를 보고 절대 건드리지 않기로 결심했다. 그들은 혈기왕성했고, 암송아지라도 덮칠 만큼 여자가 없는 처지에 신물이 나 있었다. 그렇지만 강철 같은 눈빛의 그 아가씨는 건드리지 않았다. 그녀를 가질 수만 있다면 서로 치고받아 짓뭉개버리고도 남을 상황이었지만, 그녀가 선택하도록 내버려두었다. 선택을 하기까지는 한 해가 걸렸다. 그녀에 대한 꿈으로 애간장이 녹으며 초라한 침상에서 몸부림쳤던 참으로 힘들고 긴 한 해였다. 강간만이 삶의 유일한 선물처럼 느껴지던, 갈망으로 애타던 한 해였다. 그런 자제력을 발휘할 수 있었던 까닭은 오직 그들이 스위트홈 남자들이었기 때문이다. 다른 농장주들이 고개를 설레설레 흔들며 경고하는 동안에도 가너 씨가 큰 소리로 자랑을 늘어놓던 남자들이었다.

"자네 농장에는 애송이들뿐이잖나." 가너 씨는 그들에게 말하곤 했다. "어린 애송이, 늙은 애송이, 삐딱한 애송이, 불평 많은 애송이. 하지만 우리 스위트홈 검둥이들은 하나같이 사내란 말일세. 그런 녀석들만 사서 그렇게 키웠거든. 죄다 진짜 사내라니까."

"가너, 미안하지만 내 생각은 달라. 검둥이는 절대 사내가 못 돼."

"자네가 겁먹고 그렇게 못했다면, 그럴 수도 있겠지." 가너는 의기양양하게 미소를 지었다. "하지만 자네가 진짜 사내라면, 자네 검둥이들도 사내가 되길 바랄 걸세."

"나 같으면 마누라 곁에 검둥이 사내는 얼씬도 못하게 할 거야."

이거야말로 가너가 가장 좋아하고 내심 기다리던 반응이었다. "나도 그래. 그렇고말고." 그가 그렇게 말하면 항상, 상대방이 이웃이든 낯선 사람이든 행상이든 처남이든 누구든 그 말뜻을 깨닫기까지 잠시 침묵이 흘렀다. 그러고 나서 곧 격렬한 말다툼이나 때로는 주먹다짐이 벌어졌고, 진짜 켄터키 남자가 어떤지를 또 한번 입증해 보인 가너 씨는, 얼굴에 멍이 든 채 신이 나서 집으로 돌아오곤 했다. 진짜 켄터키 남자라면 자기 소유의 검둥이를 사내로 만들고 사내라고 부를 수 있을 만큼 강하고 현명해야 한다는 게 그의 지론이었다.

그래서 그들은 사내였다. 폴 디 가너, 폴 에프 가너, 폴 에이 가너, 핼리 석스와 야생아 식소sixo까지도. 그들은 모두 이십대였고 여자가 없었다. 암소와 그 짓을 하고, 겁탈하는 꿈을 꾸고, 침상에서 몸부림을 치고, 허벅지를 문지르면서 새로운 아가씨를 기다렸다. 핼리가 오 년 동안 일요일을 바쳐 몸값을 치른 베이비 석스의 자리를 대신하러 온 아가씨였다. 그녀가 그를 선택한 것은 어쩌면 그 때문인지도 모른다. 그저 어머니가 편히 쉬며 앉아 있는 모습을 보려고 오 년이나 안식일을 포기할 만큼 효성 깊은 스무 살의 청년이라면 당연히 진지하게 추천할 만한 신랑감 아니겠는가.

그녀는 꼬박 일 년을 기다렸다. 스위트홈 남자들도 함께 기다리며 암소들을 범했다. 마침내 그녀는 핼리를 선택했고 두 사람의 첫날밤을 위해 남몰래 드레스를 만들었다.

"좀 머물다 가지 않을래? 지난 십팔 년 세월을 어떻게 하루 만에 다 풀어놓겠어."

두 사람이 앉아 있는 어두침침한 방 끝에 하얀 계단이 푸른색과 흰색이 섞인 벽지가 발린 이층으로 뻗어 있었다. 폴 디가 앉은 자리에서는 벽지 앞머리만 겨우 보였는데, 온통 파란 바탕에 하얀 눈송이가 휘날리는 가운데 노란색 반점이 잔잔하게 흩뿌려져 있었다. 그는 눈부시게 새하얀 난간과 계단에 자꾸만 눈길이 갔다. 온몸의 감각이 저 계단 위에 저주에 걸리고 매우 산소가 희박한 공기가 떠돌고 있다고 말해주었다. 하지만 정작 그 공기 속에서 걸어내려온 것은 갈색 피부에 깜짝 놀란 인형 같은 얼굴을 한 통통한 소녀였다.

폴 디는 그 아이를 바라보고는 다시 세서에게로 시선을 돌렸다. 그녀가 싱긋 웃으며 말했다. "내 딸 덴버야. 얘야, 이분은 폴 디 아저씨. 스위트홈에서 같이 있었던 분이야."

"안녕하세요, 디 아저씨."

"가너라고 부르렴. 폴 디 가너야."

"알았어요."

"널 보니 기쁘구나. 마지막으로 엄마를 봤을 때 너는 엄마 치마 앞으로 불룩 나와 있었지."

"도로 들어갈 수만 있으면 지금이라도 그럴걸." 세서가 미소를 지었다.

맨 아래 계단에 서 있던 덴버는 갑자기 얼굴이 확 달아오르면서 부끄러워졌다. 누군가(마음씨 착한 백인 여자, 목사, 연설가, 혹은 신문기자) 이 집 식탁에 앉아 있는 게 참으로 오랜만이었다. 그들의 동정 어린 목소리와 그것이 거짓임을 폭로하는 혐오에 찬 눈빛. 무려 십이 년 동안, 베이비 할머니가 돌아가시기 훨씬 전부터, 이 집에는 친구는 물론이고 어떤 손님도 찾아오지 않았다. 흑인도 오지 않았다. 그러니 공책도, 목탄도, 오렌지도, 질문도 가져오지 않은 머리를 길게 기른 개암색 피부의 남자는 말할 것도 없었다. 엄마가 기꺼이 이야기를 나누고 싶어하는 사람, 심지어 맨발로 이야기를 나눌 생각이 드는 사람이라니. 엄마는 덴버가 평생토록 알아왔던 과묵하고 여왕처럼 당당한 여인이 아닌 소녀처럼 보였고, 실제로도 소녀처럼 행동했다. 절대 눈길을 돌리는 법이 없는 엄마. 소여 식당 앞에서 한 남자가 암말에 짓밟혀 죽었을 때도, 암퇘지가 제 새끼를 먹기 시작했을 때도 엄마는 고개를 돌리지 않았고, 아기 혼령이 히어보이를 들어 벽에 패대기치는 바람에 개의 두 다리가 부러지고 눈알이 튀어나오고 심한 경련에 혀를 깨물었을 때도, 엄마는 눈 하나 깜짝하지 않았다. 엄마는 망치를 가져와 개를 때려 기절시키고 피와 침을 닦아낸 다음, 눈알을 다시 집어넣고 다리뼈를 고정했다. 개는 회복했지만 제대로 짖지도 걷지도 못했는데, 휘어버린 다리보다는 제 기능을 못하는 눈 탓이었다. 그리고 겨울이든 여름이든, 부슬비가 내리든 가물든, 세상 그 무엇도 이 개를 두 번 다시 집안으로 들여놓지 못했다.

그런데 이제 여기, 고통 때문에 사나워진 개를 침착하게 치료해주던 여자가 두 발목을 꼬아 까닥거리며 앉아 자기 딸의 몸에서 눈길을 돌리고 있는 것이다. 마치 두 눈이 감당하기에 너무 커버렸다는 듯이. 게다가 엄마도, 남자도 맨발이었다. 덴버는 얼굴이 달아오르고 부끄러웠다가 이제는 외로워졌다. 모두 떠나갔다. 처음에는 오빠들이, 그다음에는 할머니가. 그녀에게는 심각한 상실이었다. 기꺼이 놀이에 끼워주거나 현관 난간에 함께 걸터앉아줄 친구가 없었기 때문이다. 하지만 그런 건 하나도 중요하지 않았다. 엄마가 지금처럼 눈길을 돌리지만 않는다면. 그래서 덴버는 간절히, 정말 간절히 아기 혼령이 원한에 찬 신호라도 보내주기를 바랐다.

"참 예쁘게 생긴 아가씨로군." 폴 디가 말했다. "예쁘게도 생겼어. 잘생긴 네 아빠 얼굴을 쏙 빼닮았네."

"아빠를 아세요?"

"알다마다. 아주 잘 알지."

"진짜예요, 엄마?" 덴버는 엄마의 애정을 되찾고 싶은 충동과 싸웠다.

"물론 아빠를 아신단다. 말했잖니, 스위트홈 출신이시라고."

덴버는 맨 아래 계단에 주저앉았다. 달리 우아하게 갈 데도 없었다. 두 사람은 한 쌍이 되어, '네 아빠'니 '스위트홈'이니 하는 말을 내뱉었다. 이건 두 사람만의 것이지 네 것은 아니라는 뜻을 분명히 전하면서. 아빠의 부재는 그녀의 것이 아니었다. 일찍부터 그것은 베이비 할머니의 몫이었다. 몸값을 치르고 자신을 자유롭게 해준 마음 깊이 애통한 아들. 그다음엔 엄마의 잃어버린 남편이었다. 그런데 이제는 개암색 피부를 지닌 이 낯선 남자의 잃어버린 친구라니. 오직 아빠를 아는("아주 잘 알지") 사람들만 아빠의 부재를 자기 것이라 주장할 수 있었다. 스위트홈에 살았던 사람들만 그를 기억하고, 그에 대해 속삭이며, 그러면서 서로를 곁눈질할 수 있었다. 또다시 덴버는 아기 혼령이 나타나기를 바랐다. 진저리났던 아기 혼령의 분노가 이제는 왠지 짜릿하게 느껴졌다. 그토록 진저리가 났건만.

"이 집에는 귀신이 살아요." 덴버가 말했다. 그 말은 효과가 있었다. 두 사람은 더이상 한 쌍이 아니었다. 엄마는 발을 까닥거리며 소녀처럼 굴던 걸 그만두었다. 엄마가 소녀처럼 굴었던 남자의 눈빛에서도 스위트홈에 대한 기억이 사라졌다. 그는 그녀의 등뒤에서 하얗게 빛나는 계단을 슬쩍 올려다보았다.

"얘기 들었다." 그가 말했다. "하지만 네 엄마 말씀이, 그저 서러울 뿐이라더라. 사악한 건 아니고."

"맞아요." 덴버가 말했다. "사악한 건 아니죠. 하지만 서러운 것도 아니에요."

"그럼 뭐지?"

"야단을 맞았어요. 야단을 맞아서 외로운 거예요."

"저애가 하는 말이 맞아?" 폴 디가 세서를 돌아보았다.

"외로운지는 모르겠는데." 덴버의 엄마가 말했다. "심통이 났을 수는 있지. 하지만 이렇게 우리 옆에 딱 붙어서 한순간도 떠나지 않는데 어떻게 외로울 수 있겠어?"

"당신한테 뭔가 원하는 게 있나보지."

세서는 어깨를 으쓱했다. "갓난아이일 뿐이야."

"제 언니예요." 덴버가 말했다. "이 집에서 죽었죠."

폴 디는 턱수염을 긁적거렸다. "스위트홈 뒤편에 나타나던 머리 없는 신부가 생각나는군. 기억나, 세서? 때가 되면 숲을 떠돌곤 했잖아."

"어떻게 잊겠어? 얼마나 소름 끼쳤는데……"

"스위트홈에서 도망친 사람들은 어째서 하나같이 그곳 얘기밖에 할 줄 모르죠? 그렇게 좋았으면 그냥 거기서 살지 그랬어요?"

"덴버, 어디서 함부로 지껄이는 거니?"

폴 디가 껄껄 웃었다. "그래, 맞는 말이다. 저 아이 말이 맞아, 세서. 그곳은 전혀 즐겁지도 않았고 진짜 집도 아니었어." 그가 고개를 저었다.

"하지만 우리가 살았던 곳이야." 세서가 말했다. "모두 함께. 원하든 원하지 않든 생각날 수밖에 없어." 세서는 살짝 몸서리를 쳤다. 팔에 오스스 소름이 돋았다. 그녀는 팔을 살살 어루만져 소름을 가라앉혔다. "덴버, 화덕에 불을 지피렴. 모처럼 친구가 찾아왔는데 식사 대접도 안 하고 보낼 수야 없지." 그녀가 말했다.

"나 때문에 수고할 거 없어." 폴 디가 말했다.

"수고랄 것도 없어. 빵만 구울 건데, 뭐. 나머지는 일하는 식당에서 가져온 거야. 꼭두새벽부터 한낮까지 음식을 만들고 나면 최소한 점심거리 정도는 집에 가져올 수 있거든. 혹시 꼬치고기 싫어해?"

"그쪽에서 날 싫어하지 않는다면, 나야 괜찮지."

또 시작이네, 덴버는 생각했다. 두 사람에게 등을 돌린 채, 불쏘시개를 뒤적거리다가 하마터면 꺼뜨릴 뻔했다. "아예 자고 가지 그러세요, 가너 씨? 그럼 엄마랑 밤새도록 스위트홈 얘기를 할 수 있을 텐데요."

세서가 재빨리 화덕 쪽으로 두어 걸음 왔다. 하지만 그녀가 멱살을 움켜쥐기도 전에 덴버는 엎드려 엉엉 울기 시작했다.

"대체 왜 그러니? 이런 식으로 행동할 줄은 꿈에도 몰랐다."

"그냥 둬. 날 처음 봤잖아." 폴 디가 말했다.

"내 말이 그 말이야. 처음 보는 사람한테 왜 저렇게 구냐고. 얘야, 왜 그러니? 무슨 일 있었어?"

하지만 덴버는 어깨를 들썩이며 흐느껴 우느라 말도 제대로 못했다. 구 년 동안 한 번도 흘린 적 없었던 눈물이 이제는 제법 여자티가 나는 가슴까지 적시고 있었다.

"더는 못 참겠어요. 더는 못 참아요."

"뭘? 뭘 못 참겠다는 거니?"

"여기서 못 살겠어요. 달리 갈 곳도 없고 뭘 해야 할지도 모르겠지만, 그래도 이 집에서는 못 살겠어요. 아무도 우리한테는 말을 안 걸어요. 찾아오지도 않고요. 남자애들은 날 싫어해요. 여자애들도 마찬가지고요."

"얘야, 얘야."

"아무도 말을 안 걸다니, 그게 무슨 소리야?" 폴 디가 물었다.

"이 집 때문이야. 사람들은……"

"아니에요! 집 때문이 아니에요. 우리 때문이에요! 엄마 때문이라고요!"

"덴버!"

"그만해, 세서. 어린 여자아이가 귀신 들린 집에서 사는 건 힘든 일이야. 쉬운 일이 아니지."

"그보다 어려운 일이 얼마나 많은데."

"생각해봐, 세서. 난 안 해본 일이 없고 볼 꼴 못 볼 꼴 다 본 어른이지만 분명, 이건 쉬운 일이 아니라고. 모두 이사를 가야 할지도 몰라. 이 집 주인이 누구지?"

덴버의 어깨 너머로, 세서가 눈처럼 차갑게 폴 디를 쏘아보았다. "그건 왜 물어?"

"집주인이 못 떠나게 해?"

"아니야."

"세서."

"이사 안 가. 떠나지 않을 거야. 지금 이대로도 괜찮아."

"아이가 반쯤 정신이 나갔는데도 괜찮다는 말이 나와?"

집안에서 뭔가가 바싹 신경을 곤두세우며 일어났다. 잠시 그 소리에 귀를 기울이느라 흐른 침묵을 깨고 세서가 말을 이었다.

"내 등에는 나무가 자라고, 내 집에는 귀신이 나오고, 그 사이엔 품에 안은 딸아이 하나밖에 없지만, 더이상 도망은 안 쳐. 절대로. 이 세상 그 무엇도 두 번 다시 날 도망치게 하지 못해. 난 여행을 한 번 했고 푯값을 치렀어. 하지만 알아, 폴 디 가너? 그 값이 어마어마하게 비쌌어! 내 말 듣고 있어? 너무도 비싼 값을 치렀단 말이야. 자, 이제 자리에 앉아서 우리랑 같이 식사를 하든지 아니면 우리를 내버려두고 떠나."

폴 디는 조끼 주머니에서 작은 담배 주머니를 꺼냈다. 그러고는 그가 앉아 있는 큰방과 통하는 곁방으로 세서가 덴버를 데리고 가는 동안, 주머니 속 내용물과 끈 매듭에만 정신을 쏟았다. 담배를 말 종이가 없어서 그는 그저 주머니만 만지작거리며 세서가 딸아이를 달래는 소리를 열린 문을 통해 듣고 있었다. 되돌아온 세서는 그의 눈길을 피하며 곤장 화덕 옆 작은 식탁 쪽으로 걸어갔다. 그에게 등을 돌리고 서 있었기에, 폴 디는 그녀의 얼굴에 방해받지 않고 마음껏 머리카락을 바라볼 수 있었다.

"등에 나무가 자라다니 그게 무슨 소리야?"

"응?" 세서가 깊은 그릇 하나를 식탁에 내려놓더니 그 밑에서 밀가루를 찾았다.

"등에 나무가 자라다니? 당신 등에서 뭔가 자란단 말이야? 아무것도 안 보이는데."

"하지만 있어."

"누가 그런 소리를 했어?"

"백인 여자애가. 그 아이가 그렇게 불렀어. 난 한 번도 본 적 없고 앞으로도 절대 안 볼 거야. 하지만 그 여자애 말로는 그렇게 생겼대. 벚나무. 줄기, 가지, 심지어 잎사귀까지. 조그만 벚나무 잎사귀 말이야. 하지만 십팔 년 전 얘기니까 지금은 버찌까지 달렸을지 모르지."

세서는 혀끝으로 검지에 침을 살짝 묻히고는 재빨리 화덕을 슬쩍 만져보았다. 그러고는 손가락으로 밀가루를 헤집었다. 작은 언덕과 능선을 만들며 밀가루를 이리저리 흩더니, 벌레가 나오지 않자 손바닥을 오므려 손금 사이사이에 소다와 소금을 붓고 밀가루에 섞었다. 그리고 깡통을 꺼내 돼지기름을 한 숟가락 떠내더니, 왼손으로 물을 흩뿌리며 능숙하게 밀가루와 돼지기름을 치대어 반죽을 만들었다.

"젖이 나왔어." 그녀가 입을 열었다. "덴버를 배고 있었지만, 내 딸아이를 먹일 젖이 나왔지. 하워드와 뷰글러와 함께 그애를 먼저 보낼 때도 젖을 떼지 못했거든."

이제 세서는 밀개로 반죽을 밀고 있었다. "누구든 날 보기 전에 젖냄새부터 맡을 정도였어. 드레스 앞자락에는 젖이 흘러내린 자국이 보였지. 나도 어찌할 바를 몰랐어. 머릿속에는 오직 내 어린 딸에게 젖을 물려야 한다는 생각뿐이었지. 아무도 나처럼 젖을 먹일 수는 없을 테니까. 나처럼 그애한테 재빨리 젖을 물릴 사람도, 실컷 먹었는데도 모른 채 계속 먹으면 젖을 떼어줄 사람도 없을 테니까. 그애는 어깨에 걸치면 안 되고 무릎에 눕혀야만 트림을 할 수 있다는 걸 누가 알겠어. 나밖에 모르지. 그애한테 젖을 줄 사람이 누가 있겠어. 나밖에 없지. 포장마차에 탄 여자들에게 말했어. 설탕물을 적신 헝겊을 빨게 하라고. 며칠 뒤에 내가 거기 갔을 때, 우리 아기가 날 잊지 않도록. 젖이 갈 테니까, 내가 젖을 가지고 갈 테니까."

"남자들은 그런 걸 잘 몰라." 폴 디가 조끼 주머니에 담배 주머니를 도로 쑤셔넣으며 말했다. "하지만 젖먹이가 어미와 오래 떨어져서는 살 수 없다는 것 정도는 알지."

"그럼 젖이 퉁퉁 불은 채 자식을 떠나보내는 심정이 어떤지도 알겠네."

"우린 나무 얘기를 하고 있었어, 세서."

"당신과 헤어진 후에, 남자들이 찾아와서 내 젖을 빼앗았어. 그 때문에 왔던 거야. 날 눕혀놓고 젖을 빼앗았지. 가너 부인에게 그 얘기를 했어. 목에 혹이 나서 말은 못했지만 부인의 눈에서 눈물이 뚝뚝 떨어졌어. 그 남자들이 내가 자기들 얘기를 했다는 걸 알았어. 학교 선생이 남자 하나를 시켜서 내 윗옷을 벗겼어. 다시 옷을 입었을 때, 등에는 나무가 생겼지. 그 나무가 여태 거기서 자라고 있어."

"그자들이 당신한테 쇠가죽 채찍을 휘둘렀단 말이야?"

"그리고 내 젖을 빼앗았지."

"임신한 당신을 때렸다고?"

"그리고 내 젖을 빼앗았다고!"

통통하고 하얗고 동그란 반죽이 팬 위에 한 줄로 늘어섰다. 세서는 다시 한번 검지에 침을 묻혀 화덕을 만져보았다. 화덕 문을 열고 비스킷 반죽이 놓인 팬을 밀어넣었다. 뜨거운 화덕에서 몸을 일으켰을 때, 세서는 폴 디가 등뒤에 다가와 있고, 그의 손은 그녀의 젖가슴 아래에 있다는 걸 느꼈다. 그녀는 허리를 쭉 폈다. 그가 뺨으로 벚나무 가지를 문지르고 있다는 걸 알았지만, 아무것도 느낄 수 없었다.

그럴 생각도 없었는데, 그는 어느 집이든 걸어들어가서 여자를 울릴 수 있는 남자가 되었다. 그와 함께 있기에, 그의 앞에서, 여자들은 울 수 있었다. 그의 태도에는 신이 내려준 뭔가가 있었다. 여자들은 그를 보면 울고 싶어했다. 가슴이 아프고 무릎도 아프다고 털어놓고 싶어했다. 아무리 강하고 현명한 여자도 그를 보면 여자들끼리나 털어놓는 속내를 이야기하곤 했다. 갱년기도 이미 오래전에 지났는데 자기 안의 욕망이 열다섯 살 때보다 갑자기 훨씬 커지고 탐욕스러워지고 사나워져서 얼마나 당황스럽고 서글픈지, 혹은 아무도 몰래 삶을 포기하고 그만 죽고 싶다고, 깨어 있는 대낮보다 잠든 시간이 훨씬 더 소중하다고 고백했다. 젊은 처녀들은 쭈뼛쭈뼛 그의 옆으로 다가와, 꿈속에 찾아와 아직도 눈앞에 어른거리는 성자들이 얼마나 아름다운 옷을 입었는지 고백하거나 묘사하곤 했다. 그러므로 비록 어째서 그렇게 되는지는 이해할 수 없어도, 덴버가 화덕 불에 눈물을 뚝뚝 떨어뜨렸을 때 폴 디는 전혀 놀라지 않았다. 불과 십오 분 후에 그 아이의 엄마가 젖을 빼앗긴 이야기를 털어놓으며 똑같이 울음을 터뜨렸을 때도 놀라지 않았다. 그녀의 등뒤에서, 자상하게 몸을 활처럼 구부린 채, 폴 디는 손바닥으로 그녀의 가슴을 감싸쥐었다. 그녀의 등에 뺨을 문지르자 그녀의 슬픔을, 그 슬픔의 뿌리와 우람한 줄기와 빽빽한 가지들을 알게 되었다. 드레스 단추를 향해 손가락을 올리면서 그는, 한숨 소리를 듣거나 눈으로 보지 않고도 눈물이 하염없이 흐르고 있다는 걸 알았다. 드레스가 엉덩이 근처까지 흘러내렸을 때, 그는 그녀의 등에 새겨진 조각을 보았다. 대장장이가 지나치게 열정을 기울여 만들어 남에게 보여주기도 아까워하는 정교한 작품 같았다. '오, 이런 세상에'라고 생각했으나 차마 말이 나오지 않았다. 그리고 입술로 그 나뭇잎과 나뭇가지를 하나하나 더듬어보기 전까지는 마음의 평화를 찾을 수 없을 것 같았다. 하지만 세서는 아무 감각도 느낄 수 없었다. 등의 살갗이 모두 오래전에 죽어버렸기 때문이다. 그녀가 아는 거라곤, 자기 젖가슴에 대한 책임이 마침내 다른 사람의 손으로 넘어갔다는 사실뿐이었다.

과연 잠깐의 틈이, 잠깐의 여유가 있을 수 있을까? 세서는 궁금했다. 어떻게든 온갖 우여곡절을 뒤로하고, 바쁜 일상을 방 한구석으로 밀쳐놓고서, 어깨뼈에서부터 허리까지 벌거벗은 채, 젖가슴의 무게를 덜어버리고, 도둑맞은 젖냄새를 다시 맡고 빵 굽는 행복한 냄새를 맡으며, 단 일이 분이라도 그 자리에 그렇게 서 있을 수 있을까? 어쩌면 이번

한 번만큼은 음식을 하다가—화덕을 떠나지도 않고—죽은 듯이 멈춰 서서 응당 느껴야 할 등의 상처를 느낄 수 있을지도 모른다. 어쩌면 세상을 믿고 세상일을 기억해도 되지 않을까? 혹시 그녀가 무너지면 붙잡아줄 스위트홈의 마지막 남자가 거기 있으니.

화덕은 불길을 조정할 때도 부르르 떨지 않았다. 덴버는 옆방에서 꼼짝도 하지 않았다. 붉은빛도 다시 요동치지 않았고, 폴 디는 1856년 이후로 팔십삼 일간 한 번도 몸을 떨지 않았다. 사슬에 묶여 갇혀 있는 동안에는 어찌나 손이 떨렸던지 담배를 피울 수도, 몸을 긁을 수도 없었다. 그런데 이제 다시 부르르 몸이 떨렸다. 이번에는 손이 아니라 다리였다. 불안해서가 아니라, 마룻바닥이 흔들려서 떨린다는 사실을 깨닫기까지는 한참이 걸렸다. 삐거덕거리며 들썩이는 마루는 소동의 일부에 불과했다. 집 전체가 앞뒤로 흔들리고 있었다. 세서는 바닥으로 미끄러져서 옷을 다시 끌어올리려 기를 썼다. 덴버가 마치 집을 꼭 누르듯 바닥을 기어 곁방에서 튀어나왔다. 눈에는 공포가 가득했지만 입가에는 흐릿한 미소가 어려 있었다.

"빌어먹을! 조용히 해!" 바닥에 쓰러진 폴 디가 뭔가 붙잡을 것을 찾아 손을 내밀며 버럭 소리를 질렀다. "이 집을 내버려둬! 당장 나가라고!" 식탁이 그를 향해 돌진하자 그는 식탁 다리를 움켜쥐었다. 그러고는 간신히 몸을 일으켜 기우뚱하게 서서 식탁의 두 다리를 잡고 마구 휘두르며 닥치는 대로 깨부쉈다. 그는 비명을 지르는 집에 맞서 고래고래 악을 썼다. "싸우고 싶다 이거지! 그래 덤벼, 망할 것! 네가 아니더라도 네 엄마는 이미 충분히 힘들어! 충분히 힘들다고!"

진동은 천천히 잦아들어 이따금 흔들리기만 했다. 그러나 폴 디는 모든 게 잠잠해질 때까지 멈추지 않고 식탁을 휘둘렀다. 이윽고 그는 땀을 흘리고 숨을 헉헉거리며 찬장이 빠져나온 빈 벽에 몸을 기대었다. 세서는 겨우 구해낸 신발을 가슴에 꼭 끌어안은 채 여전히 화덕 옆에 웅크리고 앉아 있었다. 세서와 덴버, 폴 디, 세 사람은 지쳐서 마치 한 사람인 양, 같은 박자로 지친 숨을 몰아쉬었다. 또다른 숨소리 역시 그들만큼이나 지쳐 있었다.

그것은 가버렸다. 덴버는 정적 속을 헤매며 화덕까지 걸어갔다. 불 위에 재를 뿌리고 화덕에서 비스킷이 놓인 팬을 꺼냈다. 잼 단지를 둔 찬장이 넘어져서 내용물이 맨 아래 선반 한구석에 소복이 쌓여 있었다. 그녀는 단지 하나를 꺼내고 접시를 찾아 두리번거리다가 문가에서 반쪽을 찾아냈다. 단지와 접시 조각을 들고 그녀는 현관 계단으로 나가 털썩 주저앉았다.

두 사람은 위층으로 올라가버렸다. 하얀 계단을 가볍고 편안한 발걸음으로 밟으며, 그녀만 아래층에 남겨둔 채. 덴버는 단지 마개에 감긴 철사를 힘겹게 풀고 뚜껑을 비틀어 열었다. 뚜껑 아래에는 헝겊이, 헝겊 아래에는 얇은 밀랍 막이 있었다. 모두 걷어내고 반으로 조각난 접시 한쪽에 잼을 덜었다. 그러고는 비스킷을 집어들고 까맣게 탄 윗부분을 걷어냈다. 부드럽고 하얀 속살에서 김이 모락모락 피어났다.

덴버는 오빠들이 그리웠다. 뷰글러와 하워드는 지금쯤 스물두 살, 스물세 살이 되었으리라. 조용했던 시절에 오빠들은 그녀를 점잖게 대했고 침대 윗자리도 내주었지만 덴버가 기억하는 건 그보다 전의 일들이었다. 하얀 계단에 옹기종기 모여앉아—그녀는 하워드나 뷰글러의 무릎 사이에 끼어 앉았다—마녀를 죽이는 확실한 방법에 대한 이야기를 지어내곤 하던 즐거운 시절이었다. 그리고 베이비 석스는 곁방에서 자신의 이야기를 들려주었다. 덴버에게서는 낮에는 나무껍질 냄새가, 밤에는 나뭇잎 냄새가 났다. 오빠들이 달아난 이후로 옛날 방에서 자려고 하지 않았기 때문이다.

지금 엄마는 자신의 유일한 친구를 쫓아버린 남자와 위층에 있었다. 덴버는 빵조각을 잼에 푹 찍었다. 느릿느릿, 꼼꼼히, 처량하게 그녀는 빵을 씹었다.

서두르지도 지체하지도 않고, 세서와 폴 디는 하얀 계단을 올라갔다. 폴 디는 그녀와 그녀의 집을 찾아낸 순전한 행운뿐만 아니라 그녀와 잠자리를 하리라는 확신에 크게 감복하여 최근 기억에서 이십오 년이란 세월을 훌쩍 뛰어넘었다. 바로 한 계단 위에 베이비 석스를 대신해 새로 온 아가씨, 밤이면 꿈을 꾸고 새벽이면 암소를 범하면서 선택을 기다리게 했던 그 여자가 있었다. 철판 같은 그녀의 등에 키스를 했을 뿐인데 온 집이 흔들렸고, 그는 그걸 산산조각내야 했다. 하지만 이제 그보다 더한 일을 하게 되리라.

그녀는 그를 계단 꼭대기로 이끌고 갔다. 햇빛이 하늘에서 곧장 쏟아져들어왔다. 이 집 이층은 창문들이 벽이 아니라 경사진 천장에 나 있었기 때문이다. 이층에는 방이 두 개 있었는데, 세서가 그중 하나로 그를 데려갔다. 자신이 준비가 되지 않았다는 것에, 비록 욕망을 기억할 수는 있지만 그것이 어떻게 움직이는지는 까맣게 잊어버렸다는 것에 부디 그가 기분 상하지 않기를 바라면서. 꽉 움켜쥔 두 손에 깃든 긴장감과 무력감도, 맹목이 어떻게 변해서 눈에 들어오는 것마다 누울 자리가 되고 그 밖에 다른 모든 것들—문손잡이, 끈, 고리, 마음 한구석에 웅크린 슬픔, 그리고 흘러가는 시간 등—은 그저 방해물이 되는지도, 그녀는 몽땅 잊어버린 것이다.

옷을 다 벗기도 전에 일은 끝났다. 옷을 반쯤 걸치고 숨을 헐떡거리며, 두 사람은 서로와 그들 위로 쏟아지는 햇살에게 화난 심정으로 나란히 누워 있었다. 폴 디는 그녀를 너무 오랫동안, 너무 오래전에 꿈꾸었다. 한편 세서의 결핍은 그동안 자신을 위한 꿈이 전혀 없었다는 것이었다. 이제 두 사람은 후회스럽고 부끄러워 대화도 할 수 없었다.

세서는 그에게서 고개를 돌린 채 누워 있었다. 폴 디는 곁눈질로 출렁거리는 그녀의 가슴을 보고 싫은 느낌이 들었다. 펑퍼짐하게 퍼진 둥근 젖무덤은 없으면 못살 것이 아니었다. 아래층에서 그 가슴을 마치 자신의 가장 소중한 일부라도 되는 양 두 손으로 감싸쥐었던 일은 전혀 생각나지 않았다. 또한 부엌에서 마치 광부가 금광에서 노다지를 캐듯이 조심스럽게 더듬었던 철판 같은 등에 새겨진 미로도 사실은 그저 흉측한 흉터에 불과했다. 그녀의 말처럼 나무도 아니었다. 모양은 비슷할지 몰라도, 그가 아는 어떤 나무와도 달랐다. 나무는 사람의 마음을 끌어당기기 때문이다. 나무는 믿을 수 있고, 가까이할 수 있고, 원하면 말을 걸 수도 있다. 스위트홈의 밭에서 점심을 먹을 때 오래전부터 그가 종종 그랬듯이. 가능하면 항상 같은 장소에서 점심을 먹었는데, 장소를 고르는 일도 쉽지 않았다. 스위트홈에는 인근 어떤 농장보다도 예쁜 나무들이 많았기 때문이다. 그는 자신이 고른 나무를 '형제'라고 불렀고, 때로는 혼자, 때로는 핼리나 다른 폴들과 함께 그 밑에 앉곤 했다. 누구보다 식소와 가장 자주 앉았는데, 그때까지는 그도 점잖았고 여전히 영어를 썼다. 혓바닥이 불꽃처럼 시뻘겋고 피부색은 쪽빛이었던 식소는 밤마다 감자 굽는 실험을 했다. 연기가 날 정도로 달아오른 돌멩이를 구덩이에 넣고 그 위에 감자를 올린 다음 나뭇가지로 빈틈없이 덮는 일을 언제쯤 하면, 그들이 가축을 묶어놓고 밭을 떠나 식사를 하러 '형제'에게 돌아올 때 감자가 완벽하게 익을지, 그 시간을 정확하게 알아내려는 실험이었다. 그는 한밤중에 일어나 그 먼 데까지 가서 별빛을 받으며 땅속 감자 굽기를 시작하기도 했다. 혹은 돌을 좀 덜 뜨겁게 해서 다음날 먹을 감자를 식사 후에 바로 넣어두기도 했다. 어쨌거나 한 번도 제대로 성공한 적은 없었다. 그들은 번번이 덜 익었거나 탔거나 바싹 말라버렸거나 아예 안 익은 감자를 먹었지만, 그래도 깔깔거리고 침을 뱉으며 그에게 이런저런 충고를 해주었다.

시간은 절대 식소가 생각하는 대로 흘러가지 않았다. 그러니 결코 그는 시간을 딱 맞출 수가 없었다. 한번은 한 여자를 만나러 50킬로미터가 다 되는 여행을 떠나면서 몇 분 단위로 길을 나누어 계획을 짰다. 그는 토요일 밤 달이 생각했던 위치에 뜨자 길을 떠났다. 그리고 일요일 미사 전에 여자가 사는 오두막집에 도착했다. 하지만 월요일 아침 밭에서 하는 점호에 늦지 않으려고 겨우 '안녕하세요'라는 인사만 하고 돌아서야 했다. 그는 열일곱 시간을 줄곧 걷다가 딱 한 번 앉았고, 돌아서 다시 열일곱 시간을 걸었다. 핼리와 폴들은 식소가 피곤해하는 모습을 가너 씨한테 들키지 않도록 온종일 막아줘야 했다. 그리고 그날은 감자고 고구마고 일절 맛도 보지 못했다. 불꽃같이 새빨간 혓바닥이 감춰지고 쪽빛 얼굴이 굳어진 식소는 '형제' 근처에 벌렁 드러누워 저녁식사 시간 내내 시체처럼 잠을 잤다. 그때 거기엔 한 남자가 있었고 그건 진짜 나무였다. 침대에 누워 있는 자신과 자기 옆에 누워 있는 저 '나무'는 거기에 비할 바가 못 되었다.

폴 디는 발치 쪽 창문 너머를 바라보다가 두 손으로 뒤통수를 괴었다. 한쪽 팔꿈치가 세서의 어깨를 스쳤다. 살갗에 닿은 옷의 감촉에 그녀는 화들짝 놀랐다. 폴 디가 셔츠조차 벗지 않았다는 사실을 까맣게 잊고 있었던 것이다. 개새끼. 순간 그녀는 이렇게 생각했다가, 곧 자신이 그에게 옷 벗을 시간조차 주지 않았다는 걸 기억했다. 그녀 역시 속치마를 벗을 틈도 없었다. 그러나 현관에 앉은 그를 보기 전부터 그녀가 이미 벗기 시작했었다는 것, 그때 이미 신발과 스타킹을 손에 들고 있었고 다시 신지 않았던 것, 그녀의 젖은 맨발을 보고 폴 디가 자기도 벗어도 되는지 물었던 것, 그리고 그녀가 음식을 하려 일어섰을 때 그가 그녀의 옷을 더 벗긴 걸 생각하면, 다시 말해 두 사람 모두 얼마나 재빨리 옷을 벗기 시작했는지를 생각하면 지금쯤은 발가벗고 있어야 마땅했다. 사내는 그저 사내일 뿐이야. 베이비 석스가 입버릇처럼 말했듯이. 사내들은 무거운 몸을 그들의 손에 맡기라고 부추기고, 여자가 그것이 얼마나 가볍고 사랑스러운 일인지 느끼는 순간 여자의 상처와 시련을 구석구석 살펴보고는, 늘 하던 대로 한다. 아이들을 내쫓고 집을 풍비박산내버리는 것이다.

그녀는 자리에서 일어나서 아래층으로 내려가 파편들을 다시 끌어모아야 했다. 그는 마치 이 집이 하찮은 물건인 양, 아무 때나 내버리거나 두고 올 수 있는 블라우스나 바느질통쯤 되는 양 그녀더러 당장 떠나라고 말했지만, 그녀는 이 집 말고는 한 번도 자기 집을 가져본 적이 없었다. 그녀는 흙바닥 집을 떠나 이 집으로 왔다. 그 집에서는 어느 한 곳에서라도 자기 집 같은 기분을 느껴보려고, 그래서 그 집에서 일할 마음을 가져보려고 날마다 가너 부인의 부엌에 샐서피 꽃 한 다발을 갖다놓아야 했다. 자기가 하는 일을 사랑하고 싶었고, 추악한 면은 잊고 싶었다. 그런데 스위트홈을 자기 집처럼 느낄 수 있는 유일한 방법은 예쁘게 자란 들꽃을 꺾어 가져가는 일뿐이었다. 어쩌다 깜박 잊은 날에는 꼭 버터가 제대로 만들어지지 않거나, 통에 담긴 소금물 때문에 두 팔에 물집이 생기곤 했다.

적어도 기분은 그랬다. 식탁에 놓인 노란 꽃 몇 송이, 바람이 통하도록 열어놓은 문을 받친 다리미 손잡이에 감은 도금양 몇 줄기를 보면 마음이 평온해졌다. 그리고 가너 부인과 함께 자리에 앉아서 털을 고르거나 잉크를 만들 때면 마음이 편했다. 좋았다. 밖에 있는 남자들이 두렵지 않았다. 근처 숙소에서 자지만 결코 밤에 찾아오지 않는 다섯 명의 남자들. 그녀를 바라볼 때면 해진 모자를 살짝 들어 인사만 하는 남자들. 간혹 깨끗한 수건에 싼 베이컨과 빵을 밭에서 일하는 그들에게 갖다주면, 절대로 그녀의 손에서 직접 건네받지 않았다. 저만큼 물러서서 그녀가 땅에(나무 발치에) 음식을 내려놓고 갈 때까지 기다렸다. 그들은 그녀에게서 뭔가 건네받고 싶어하지도, 음식을 먹는 모습을 보여주고 싶어하지도 않았다. 그녀는 두세 번 돌아가지 않고 기웃거린 적이 있었다. 인동덩굴 뒤에 숨어 그들을 지켜보았다. 그녀가 없는 자리에서 그들은 완전히 다른 모습이었다. 그들은 잘 웃고 놀고 오줌도 싸고 노래도 했다. 제일 마지막에 딱 한 번 웃은 식소만 빼고. 물론 핼리가 가장 멋졌다. 베이비 석스의 여덟째 아들이자 막내인 그는 그곳에서 어머니를 되사려고 사방을 다니며 품을 팔았다. 하지만 나중에 판명된 대로, 핼리 역시 그저 사내일 뿐이었다.

"사내는 그저 사내일 뿐이야." 베이비 석스는 말했다. "하지만 아들은? 글쎄, 아들은 다르지. 아들은 **특별하니까.**"

그 말은 두루 일리가 있었다. 세서와 마찬가지로 베이비 석스의 인생에서도 남자와 여자는 체스판의 말처럼 이리저리 옮겨졌다. 베이비 석스가 사랑했던 사람은 말할 것도 없고, 그저 알고 지낸 사람까지도 죄다 도망치거나 교수형을 당하지 않으면 다른 집에서 빌려가거나 임대되거나 팔려가거나 다시 사오거나 비축되거나 저당잡히거나 상으로 주어지거나 도난당하거나 잡혀갔다. 결국 베이비는 자식이 여덟 명이었고 아이 아버지가 여섯 명이었다. 그녀가 인생이 더럽다고 한 것은 체스 말에 그녀의 자식들이 포함된다고 해서 체스 놀이를 멈추려는 사람이 아무도 없다는 사실을 깨닫고 충격을 받았기 때문이었다. 핼리는 그녀가 가장 오랫동안 곁에 둘 수 있었던 자식이었다. 이십 년. 평생이나 다름없는 시간. 이건 틀림없이, 아직 영구치도 나지 않은 어린 두 딸이 작별 인사를 할 틈도 없이 팔려갔다는 소식을 **전해들어야** 했던 일에 대한 보상이었다. 또한 셋째 아이인 아들을 데리고 있게 해주는 조건으로 넉 달 동안이나 감독 조수에게 몸을 대줬는데, 아들은 이듬해 봄 목잿값으로 팔려가고 자신은 약속을 지키지 않은 남자의 아이를 배고만 일에 대한 보상이었다. 그 아이는 그녀가 사랑할 수 없었던 자식이었고, 나머지는 사랑하지 않기로 작정한 자식들이었다. "하느님의 뜻이라면 하느님이 데려가시겠지." 그녀는 이렇게 말했다. 그리고 하느님은 정말 그러셨다. 데려가고 또 데려간 다음, 그녀에게 핼리를 주셨다. 핼리는 그녀에게 자유를 찾아주었지만, 그땐 자유가 아무 의미도 없었다.

세서는 그 '특별한' 아들과 온전히 육 년 동안 결혼 생활을 하면서 그 한 남자의 자식만 낳는 엄청난 행운을 누렸다. 그리고 어리석게도 그 행운을 당연하게 받아들이고 거기에 의지했다. 스위트홈이 진짜 집이라도 되는 양. 백인 여자의 부엌문을 받치는 다리미 손잡이에 도금양 몇 줄기를 감아놓으면 그 집이 자기 집이라도 되는 양. 입안에 박하 줄기를 물고 있으면 입내가 없어질 뿐 아니라 숨결까지 달라진다는 양. 세상에 이런 바보가 또 있을까.

세서는 돌아누우려고 하다가 마음을 바꾸었다. 괜히 폴 디의 주의를 끌고 싶지 않았다. 그래서 대신 발목을 꼬기로 했다.

하지만 폴 디는 그런 움직임뿐만 아니라 숨소리의 변화까지 알아챘다. 왠지 한번 더 시도해야 할 것 같은 의무감이 들었다. 이번에는 좀더 천천히. 하지만 욕정이 사라져버렸다. 사실은 무척 유쾌한 기분이었다. 그녀를 원하지 않게 되다니. 이십오 년 만에 드디어 싹! 식소 녀석이 했을 법한 짓이다. 50킬로미터나 떨어진 곳에 사는 여자, 패치와 만나기로 약속했을 때처럼. 이걸 하려고 석 달 동안 왕복 54킬로미터 여행을 두 번이나 했다. 그 길의 3분의 1만 자기 쪽으로 걸어나와 자기가 아는 장소까지 오도록 여자를 설득하기 위해서. 그 장소는 인디언들이 이 나라를 자기들 땅이라고 생각했던 시절에 사용한 황폐한 돌무더기 집이었다. 식소는 밤에 몰래 돌아다니다가 그곳을 발견했고, 허락을 구한

다음 안으로 들어갔다. 그 안에 뭔가 있는 듯한 기분을 느낀 그는 자기 여자를 여기 데려와도 되느냐고 인디언 혼령에게 물었다. 혼령은 좋다고 대답했고, 식소는 별별 노력을 다해서 여자에게 그곳까지 찾아오는 길과 정확한 출발 시간, 경고와 환영을 뜻하는 휘파람 소리를 가르쳐주었다. 둘 다 개인적인 일로는 어디든 가선 안 되었고, 50킬로미터의 여자는 이미 열네 살이 되어 누군가의 품에 안길 예정이었기 때문에 정말 위험한 일이었다. 그가 약속 장소에 도착했을 때, 여자는 없었다. 휘파람을 불었지만 대답이 없었다. 버려진 인디언 집으로 들어갔다. 여자는 거기에도 없었다. 그는 다시 만나기로 한 장소로 돌아갔다. 여자는 없었다. 그는 오랫동안 기다렸다. 여자는 여전히 오지 않았다. 더럭 여자가 걱정스러워진 그는 여자가 올 방향으로 길을 따라 걸었다. 5, 6킬로미터쯤 가다가 걸음을 멈췄다. 더 가봐야 희망이 없었다. 그는 바람을 맞고 서서 도움을 청했다. 무슨 계시라도 내릴까 가만히 귀를 기울이는 순간, 훌쩍거리는 소리가 들렸다. 소리가 들리는 쪽으로 돌아서서 기다리자 또다시 들렸다. 이제 그는 조심성도 없이 큰 소리로 여자의 이름을 불렀다. 여자가 대답했다. 그 목소리가 그에게는 생명—죽음이 아니라—의 소리처럼 들렸다. "움직이지 마!" 그가 소리쳤다. "숨만 크게 쉬고 있으면 내가 당신을 찾아낼게." 과연 그랬다. 여자는 자기가 이미 약속 장소에 와 있다고 생각하고 울고 있었다. 남자가 약속을 어긴 줄 알았기 때문이었다. 인디언의 집에서 갖기로 한 만남을 진행하기에는 너무 늦었기에, 그들은 바로 그 자리에서 껴안고 쓰러졌다. 나중에 그는 여자의 종아리에 뱀에 물린 자국처럼 보이는 구멍을 내어, 담뱃잎에서 벌레를 떼어내는 작업에 제때 도착하지 못한 구실을 댈 수 있도록 해주었다. 시냇물을 따라가는 지름길도 자상하게 일러주고는, 그녀가 떠나는 걸 지켜보았다. 아주 밝은 한길로 나왔을 때 그는 손에 옷가지를 들고 있었다. 갑자기 마차 한 대가 모퉁이에서 그를 향해 돌진했다. 마부는 눈을 부릅뜨고 채찍을 높이 치켜들었고, 마부 옆에 앉은 여자는 손으로 얼굴을 가렸다. 하지만 채찍이 그의 푸른 등짝을 내려치기 전에, 식소는 이미 숲속으로 몸을 감추었다.

그는 눈물나도록 배꼽을 쥐고 웃게 만드는 특유의 말투로 그 이야기를 폴 에프와 핼리, 폴 에이, 폴 디에게 해주었다. 식소는 밤이면 숲속으로 들어갔다. 춤추러 가, 핏줄이 막히면 안 되잖아, 라고 그는 말했다. 그는 은밀하게, 혼자서, 그 짓을 했다. 아무도 숲에 들어간 그를 보지 못했지만 그들은 상상할 수 있었다. 그리고 상상한 광경을 가지고 다들 신나게 그를 놀려댔다. 물론 대낮에, 그러니까 안전할 때만.

하지만 이건 식소가 미래가 없다며 영어로 말하기를 그만두기 전 일이다. 50킬로미터의 여자 덕분에 식소는 세서에 대한 갈망으로 온몸이 마비되지 않은 유일한 남자였다. 폴 디는 이십오 년 동안 그녀와의 섹스만큼 좋은 건 세상 어디에도 없을 거라고 상상하며 살아왔다. 자신의 어리석음에 슬며시 웃음이 나왔다. 그녀를 마주보려고 옆으로 돌아누우며 그는 스스로를 대견하게 여겼다. 세서는 눈을 감고 있었고 머리는 엉망으로 흐트러져 있었다. 반들거리는 눈을 빼고 보니 그렇게 매력 있는 얼굴은 아니었다. 그가 경계하는 동시에 흥분한 것은 바로 그녀의 두 눈이 틀림없었다. 두 눈이 없으니 그녀의 얼굴은 그저 만만했다. 그가 충분히 다룰 수 있는 얼굴이었다. 그녀가 저렇게 계속 눈을 감고 있으면 혹시 할 수 있을지도…… 하지만 아니다, 입도 있었다. 훌륭해. 핼리는 자기가 뭘 가졌는지 전혀 몰랐지.

두 눈을 감고 있어도 세서는 얼굴에 와 닿는 그의 시선을 느낄 수 있었다. 그리고 자신이 얼마나 못생겨 보일지가 종이에 그린 그림처럼 마음의 눈 앞에 떠올랐다. 여전히 그의 시선에 조롱의 기색은 없었다. 부드러워. 그 시선은 기다림처럼 부드럽게 느껴졌다. 그는 그녀를 판단하지 않았다. 아니, 그녀를 판단했지만 비교하려 들지 않았다. 핼리 이후로 그런 눈길로 그녀를 바라보는 남자는 아무도 없었다. 열정이나 사랑의 눈길이 아니라, 마치 옥수수 이삭의 품질을 조사하듯 관심으로 가득 찬 눈길이었다. 핼리는 남편이라기보다는 오빠 같았다. 그의 애정은 남자가 자기 소유의 여자에게 주는 것이라기보다 가족을 보살피는 마음 같았다. 몇 년 동안 두 사람은 겨우 일요일에만 환한 대낮에 서로의 얼굴을 볼 수 있었다. 나머지 요일에는 캄캄한 어둠 속에서 대화를 하고 어루만지고 식사를 했다. 동트기 전 어둠과 해거름 후의 어스름 속에서만. 그러므로 열심히 서로를 바라보는 일은 일요일 아침에 누리는 즐거움이었다. 핼리는 나머지 날 동안 봐야 할 그림자를 위해 햇빛 속에서 본 것을 저장이라도 해두려는 듯이 그녀를 찬찬히 살펴보았다. 그는 시간이 없었다. 스위트홈의 일을 마친 평일 저녁과 일요일 오후에도 어머니를 위해 빚진 일을 해야 했다. 그가 아내가 되어달라고 청혼했을 때, 세서는 기꺼이 승낙했지만 그다음 단계가 뭔지 몰라 고민이었다. 결혼식을 올려야 하지 않을까? 목사님도 부르고 춤도 추고 파티도 열고, 뭔가 해야 하는 것 아닐까? 농장에 여자라고는 그녀와 가너 부인뿐이었다. 그래서 그녀는 부인에게 물어보기로 했다.

"핼리와 저 결혼하기로 했어요, 마님."

"들었다." 부인이 미소를 지었다. "핼리가 그이에게 말했단다. 아이를 가졌니?"

"아니에요, 마님."

"그래, 곧 갖게 될 거야. 그건 알고 있지?"

"예, 마님."

"핼리는 좋은 남자야, 세서. 너한테 잘해줄 거야."

"제 말은 결혼을 하고 싶다는 건데요."

"방금 그렇게 말했잖니. 나도 좋다고 했고."

"결혼식은 안 하나요?"

가너 부인이 나무 주걱을 내려놓았다. 부인은 가볍게 웃음을 터뜨리며 세서의 머리를 쓰다듬었다. "넌 참 귀여운 아이야." 그러고는 더이상 말이 없었다.

세서는 몰래 드레스를 지었고, 핼리는 그녀의 오두막 벽에 박힌 못에 그가 말을 맬 때 쓰는 밧줄을 걸었다. 오두막 흙바닥에 깔린 매트리스 위에서 두 사람은 세번째로 성교를 했다. 처음 두 번은 가너 씨가 경작하는 작은 옥수수밭에서였다. 옥수수는 인간뿐 아니라 동물들도 이용할 수 있는 작물이었기 때문이다. 핼리와 세서 모두 몸을 숨겼다는 느낌이 들었다. 옥수숫대를 우두둑 부러뜨리며 그 사이에 누워 있으면 두 사람 눈에는 아무것도 보이지 않았다. 머리 위에서 일렁이며 다른 모든 사람들 눈에 띄었을 옥수숫대 꼭대기도.

세서는 어리석었던 핼리와 자신을 생각하며 미소를 지었다. 까마귀까지 알고 구경하러 날아왔을 텐데. 꼬았던 발목을 풀면서, 세서는 터져나오는 웃음을 간신히 참았다.

암송아지에서 아가씨로 올라서는 게 그렇게 엄청난 일은 아니었다고 폴 디는 생각했다. 적어도 핼리가 생각한 그런 도약은 아니었다. 경쟁에서 진 다른 사내들의 숙소에서 1미터도 안 되는 곳에 있는 그녀의 숙소가 아니라 옥수수밭에서 그녀와 관계를 가진 것은 나름 배려하려는 자세였다. 핼리는 세서를 위해 사생활을 지키고 싶어했는데, 실은 대놓고 공연을 한 셈이었다. 구름 한 점 없는 고요한 날 옥수수밭에서 일렁이는 잔물결을 누가 알아채지 못하겠는가? 그와 식소 그리고 나머지 폴들은 '형제' 밑에 앉아 조롱박으로 머리 위에 물을 끼얹으며 샘처럼 줄줄 눈물이 흐르는 눈으로 저 아래 밭에서 옥수수수염이 어지럽게 출렁이는 광경을 지켜보았다. 발정난 개처럼 발딱 세운 채, 한낮에 벌어지는 옥수숫대의 춤을 지켜보고 앉아 있는 일은 참으로 괴롭고, 괴롭고, 또 괴로웠다. 머리 위로 줄줄 흐르는 물은 더 가관이었다.

폴 디는 한숨을 쉬고는 돌아누웠다. 세서도 그가 움직이는 틈을 타서 몸을 돌렸다. 폴 디의 등을 바라보며, 핼리의 등에 깔려 부러지던 옥수숫대를 떠올렸다. 그녀의 손가락에 잡히던 옥수수 껍질과 비단같이 부드러운 수염도.

수염이 얼마나 부드럽던지. 즙을 어찌나 꼭꼭 가두고 있던지.

지켜보던 남자들의 질투 어린 감탄은 그날 밤 그들 마음대로 벌인 햇옥수수 잔치와 함께 녹아버렸다. 가너 씨가 너구리의 소행이라고 믿어 의심치 않을 부러진 옥수숫대를 뽑아다 잔치를 벌인 것이다. 폴 에프는 구워먹고 싶어했고 폴 에이는 삶아먹고 싶어했는데, 결국 먹기에는 너무 설익은 옥수수들이라서 어떻게 요리했는지 이제 폴 디는 통 기억이 나지 않았다. 기억나는 거라고는 한 알갱이도 다치지 않게 하려고 옥수수수염을 헤치고 손톱 끝을 밀어넣던 일뿐이었다.

팽팽한 옥수수 껍질을 벗길 때면 짝 찢어지는 소리가 나서, 세서는 언제나 옥수수가 무척 아플 거라고 생각했다.

한 꺼풀만 벗기고 나면 나머지는 술술 벗겨졌다. 옥수수 알갱이는 그에 굴복하여 마침내 나란히 늘어선 모습을 수줍게 드러냈다. 수염이 얼마나 부드럽던지. 꽉꽉 갇혀 있던 옥수수 향내가 얼마나 빨리 달아나 버리던지.

이와 젖은 손가락이 아무리 기대에 차 있었다 한들, 그 소박한 기쁨에 몸이 떨리던 순간은 형용할 길이 없었다.

수염이 얼마나 부드럽던지. 얼마나 가늘고 부드럽고 자유롭던지.

덴버의 비밀은 향기로웠다. 향수를 알기 전까지는 항상 야생 베로니카를 사용했다. 첫번째 향수는 선물로 받았고, 두번째는 엄마 향수를 훔쳐서 회양목 사이에 감춰두었는데 결국 얼어서 깨져버렸다. 그해 겨울은 저녁식사 시간에 급작스레 찾아와서는 여덟 달이나 머물렀다. 전쟁이 계속되던 어느 해였다. 백인 여자 보드윈 양이 엄마와 덴버에게는 향수를, 사내애들에게는 오렌지를, 베이비 석스에게는 질 좋은 양모 숄을 크리스마스 선물로 주었다. 도처에서 사람들이 죽어나간다는 전쟁 이야기를 하면서 그 여자는 행복하고 들뜬 듯 보였다. 목소리는 남자처럼 낮았지만 얼굴이 발그레 달아오른 그녀에게서 마치 방안 가득 꽃이 핀 것처럼 향기가 났기 때문이다. 덴버는 회양목 속에 그 모든 걸 혼자 간직할 수 있었다. 124번지 뒤에는 숲 앞까지 좁은 들판이 있었다. 그 숲

저편에는 시냇물이 흘렀다. 들판과 시냇물 사이 숲속, 우뚝 선 떡갈나무들로 가려진 곳에 둥글게 마주보고 자라난 회양목 다섯 그루가 1미터 정도 높이에서 서로를 향해 가지를 뻗어 2미터 높이의 둥근 공간을 만들어놓았다. 바스락거리는 나뭇잎들은 120센티미터 두께의 벽이었다.

덴버는 허리를 깊이 숙이면 이 방으로 기어들어갈 수 있었고, 일단 안으로 들어가면 에메랄드빛 속에 똑바로 설 수 있었다.

처음에는 꼬마 소녀의 소꿉장난이었지만 그녀의 욕망이 변하자 놀이도 달라졌다. 놀이는 조용하고 지극히 사적이었으며, 토끼들을 전율하게 하다가 곧 혼란에 빠뜨리는 독한 향수의 신호를 제외하면 철저한 비밀이었다. 그 장소는 처음에는 놀이방(그곳에서는 정적조차 더 부드러웠다)이었다가 그다음에는 은신처(오빠들의 위협으로부터)가 되었고, 곧 삶의 중심이 되었다. 그 안락한 나무 그늘 아래서, 상처받은 세상으로부터 입은 상처에서 완전히 단절된 채, 덴버의 상상력은 스스로 허기와 그 허기를 채울 양식을 생산했다. 그것은 덴버가 외로움에 지쳐, 지쳐 나가떨어지기 직전이었기 때문에 그녀에게 절실하게 필요한 일이었다. 덴버는 살아 있는 녹색 벽에 감싸여 보호를 받고 있노라면 성숙하고 맑아진 느낌이 들었고, 구원은 그렇게 소망만큼이나 쉬운 것이었다.

폴 디가 엄마와 함께 집에 들어와 살기 오래전 어느 가을, 한번은 회양목 사이에 숨어 있는데 피부에 바른 향수가 바람을 맞아 갑자기 추워졌다. 덴버는 얼른 옷을 입고 몸을 숙여 밖으로 나갔다. 그리고 쏟아지는 눈을 맞으며 섰다. 가늘게 눈발이 휘날리고 있었는데, 덴버라는 이름을 따온 백인 소녀가 걸터앉은 카누 안에서 자기가 태어났을 때의 상황을 엄마가 말로 그리듯 묘사하여 보여준 풍경과 꼭 같았다.

덴버는 몸을 떨며 집으로 다가갔다. 언제나 그랬듯이 이 집은 건물이라기보다는 사람 같았다. 흐느끼고, 한숨 쉬고, 부들부들 떨고, 발작을 일으키는 사람. 덴버의 발걸음과 시선은 성마르고 게으른 친척(신세를 지고 있으면서도 거만한) 옆으로 다가가는 어린아이의 조심스러운 모습 그대로였다. 어둠의 흉갑은 단 하나만 남기고 모든 창문을 가려놓았다. 희미한 불빛이 베이비 석스의 방에서 흘러나왔다. 덴버가 안을 들여다보니, 엄마가 무릎을 꿇고 기도를 하고 있었다. 이상한 일은 아니었다. 정작 이상한 일(죽은 이가 생생하게 활개치고 다니는 집에서 평생을 산 소녀에게조차)은 하얀 드레스가 엄마 옆에 무릎을 꿇고 앉아 소맷자락으로 엄마의 허리를 감고 있는 것이었다. 덴버가 문득 자기가 태어날 때의 자세한 상황을 떠올린 까닭은 그 드레스 소매의 부드러운 포옹 때문이었다. 또한 그녀가 맞고 서 있는, 마치 들풀의 씨앗처럼 가늘게 휘날리는 눈 때문이기도 했다. 드레스와 엄마는 절친한 두 여인네 같았다. 한 사람(드레스)이 다른 한 사람을 도와주는. 그리고 그녀의 마법 같은 출생, 그 기적은 그녀의 이름만큼이나 그 우정을 증언하는 일이었다.

덴버는 창문에서 멀어지며 길을 따라 눈앞에 펼쳐진 이야기 속으로 아주 쉽게 들어갔다. 집으로 들어가는 문은 단 하나뿐이어서 집 뒤편에서 그 문까지 가려면 식료품 저장실을 지나고, 냉장창고를 지나고, 변소와 헛간을 지나, 124번지 현관까지 빙 돌아야만 했다. 한편 그 이야기에서 그녀가 가장 좋아하는 대목에 이르려면, 한참 뒤로 거슬러가야만 했다. 빽빽한 숲속에서 새소리가 들려오고 발밑에서는 나뭇가지들이 뚝뚝 부러진다. 그리고 집이라고는 있을 것 같지 않은 언덕을 향해 가는 엄마가 보인다. 세서는 그저 서 있으라고 생긴 두 발로 열심히도 걷고 있다. 발바닥의 오목한 부분이 사라지고 발목의 감각도 느낄 수 없을 정도로 두 발이 퉁퉁 부었다. 그녀의 다리 끝에는 그저 발톱 다섯 개가 장식처럼 붙은 뭉툭한 살덩어리가 달려 있을 뿐이었다. 그렇지만 세서는 걸음을 멈출 수 없었고, 멈추고 싶지도 않았다. 걸음을 멈출 때마다 어린 영양이 뿔로 그녀를 들이받고 성난 발굽으로 자궁 밑바닥을 찼기 때문이다. 그나마 걷는 동안에는 조용히 풀을 뜯어먹는 듯했다. 그래서 그녀는 임신 육 개월의 몸으로, 그저 가만히 서 있으라고 생긴 두 발로 걷고 또 걸었다. 주전자 옆에 가만히, 교유기 옆에 가만히, 욕조와 다리미판 옆에 가만히 서 있어야 할 두 발로. 젖이 흘러 끈적거리고 시큼한 냄새를 풍기는 그녀의 옷은 각다귀부터 메뚜기에 이르기까지 온갖 날벌레들을 끌어들였다. 언덕 아래 다다랐을 즈음에는 이미 벌레 쫓는 손짓을 단념한 지 오래였다. 멀리서 들려오는 교회 종소리로 시작됐던 머릿속의 소음이 그때쯤에는 귓가에서 땡땡 울리는 종소리가 되어 꼭 끼는 모자처럼 조여들었다. 순간 털썩 쓰러진 세서는 자기가 구멍에 빠졌는지, 아니면 무릎이 꺾였는지도 잘 분간이 가질 않아 아래를 내려다봐야 했다. 젖꼭지와 어린 영양 외에는 온몸에 아무 감각이 없었다. 마침내 그녀는 땅에 길게 뻗어버렸다. 아니, 그랬던 것 같다. 야생 양파 이파리가 관자놀이와 뺨을 할퀴고 있었기 때문이다. 엄마를 잃을 자식들이 걱정되긴 했지만, 이런 생각이 들었던 기억이 난다고 세서는 덴버에게 말했다. 그래, 이젠 최소한 한 발짝도 더 걷지 않아도 돼. 만약 임종 순간 드는 생각이라는 게 있다면 이런 거겠지. 그녀는 어린 영양이 거세게 항의해 오기를 기다렸다. 영양이란 걸 단 한 번도 본 적이 없기에 어쩌다 자기가 그것을 떠올렸는지, 세서는 도무지 상상할 수도 없었다. 아주 어렸을 때, 스위트홈에 오기 전부터 붙들고 있었던 상상의 산물이 틀림없다고 생각했다. 그녀가 태어난 곳(캐롤라이나였나? 아니면 루이지애나였나?)에 대해 기억나는 것이라고는 오직 노래와 춤뿐이었다. 엄마조차 기억나질 않았다. 어린아이들을 돌보는 여덟 살짜리 아이가 엄마를 손가락으로 가리켜주었는데, 저멀리 논에서 허리를 숙이고 돌아선 수많은 등 중에 하나를 가리켜주었는데. 세서는 그 등이 줄 맨 끝으로 가서 허리를 펼 때까지 참을성 있게 기다렸다. 그녀가 본 것은 다른 밀짚모자들과 구별되는 천모자뿐이었지만, 서로를 '아주머니'라고 부르며 정답게 말을 주고받는 여인네들의 세계에서는 충분히 눈에 띄는 개성이었다.

"세-서."

"네, 아주머니."

"아기 잘 봐라."

"네, 아주머니."

"세-서."

"네, 아주머니."

"여기 불쏘시개 좀 가져오렴."

"네, 아주머니."

오, 하지만 그들이 노래를 부를 때면. 오, 그리고 춤을 출 때면. 그들은 때때로 영양춤을 추었다. 아주머니들뿐만 아니라 남자들도. 아주머니들 중에는 분명히 그녀의 엄마도 있었다. 그들은 모습을 바꾸어 뭔가 다른 존재가 되었다. 사슬에 묶이지 않은 존재, 그녀보다도 그녀의 맥박을 더 잘 이해하는 발을 가진 다른 누군가를 요구하는 어떤 존재가. 마치 그녀 뱃속의 이 아기처럼.

"이 아기의 엄마는 피로 물든 오하이오 강 강둑의 야생 양파밭에서 죽는구나." 그녀는 머릿속에 이런 말이 떠올랐고, 덴버에게도 이 말을 해주었다. 토씨 하나 틀리지 않고 정확하게. 그렇게 나쁘지는 않았다. 어쨌든 더이상 고통스럽게 걷지 않아도 된다고 생각하면. 하지만 자기가 죽어서 쭉 뻗어버린 후에도 한동안—한 시간? 하루? 아니면 하루 밤낮?—차가운 몸속에 이 어린 영양이 살아 있을 걸 생각하니, 억장이 무너져 그만 신음을 내뱉고 말았다. 이 소리에 10미터도 떨어지지 않은 곳에서 길을 가던 사람이 걸음을 멈추고 그 자리에 멈춰 섰다. 세서는 그때까지 발소리를 듣지 못했지만 갑자기 발걸음을 멈추는 소리는 알아챘고, 머리카락 냄새를 맡았다. "거기 누구야?" 하는 목소리만 듣고도, 세서는 곧 백인 남자아이에게 발각되리라는 걸 알았다. 저 녀석도 이에 이끼가 끼어 있고 탐욕스러울 테지. 오하이오 강 근처 소나무가 울창한 산골짜기에서 세 자식들 곁으로 가려고 기를 쓰다가, 그중 하나는 엄마가 갖고 가는 젖을 못 먹어 굶고 있고, 남편은 실종되고 젖도 빼앗기고 등은 곤죽이 되고 아이들은 고아가 된 이 마당에, 편안히 죽지도 못하는구나. 안 돼.

세서는 덴버에게 그때 땅에서 뭔가가 솟구쳐올라 자기 몸속으로 들어왔다고 말했다. 차갑게 얼었지만 움직이는 뭔가가, 마치 몸속 아가리 같은 것이. "바드득바드득 이를 가는 차가운 아가리가 된 것 같았어." 세서가 말했다. 세서는 갑자기 녀석의 눈알을 덥석 깨물고 싶어서, 녀석의 빰을 씹어먹고 싶어서 온몸이 근질근질했다.

"난 배가 고팠어." 그녀가 덴버에게 말했다. "녀석의 눈알이라도 파먹을 수 있을 정도로 배가 고팠지. 도저히 기다릴 수가 없었단다."

그래서 세서는 팔꿈치로 땅을 짚어 몸을 일으켜세운 다음, 한 번, 두 번, 세 번, 네 번, 다리를 질질 끌고 갔다. "거기 뒤에 누구지?"라고 말하는 어린 백인 녀석의 목소리를 향해서.

"'어디 한번 와보라지.' 엄마는 이렇게 생각했단다. '그게 네놈의 마지막 세상 구경이 될 테니.' 과연 그 발이 가까이 다가왔을 때, 난 생각했어. 좋아, 저것부터 먹어치워야겠군, 이제 하느님은 하느님 뜻대로 하소서, 나는 저 녀석의 발을 먹어버릴 테니. 지금은 이렇게 웃고 있지만, 정말이었어. 그저 맘만 먹은 게 아니었어. 그런 짓을 하고도 남을 만큼 배가 고팠지. 뱀처럼 말이야. 내게 남은 거라고는 아가리와 허기뿐이었어.

그런데 백인 남자애가 아니었단다. 여자애였어. 누더기도 그렇게 너덜너덜한 누더기는 처음 봤는데, 그걸 입은 아이가 말했어. '저게 뭐야. 검둥이네. 짱이다.'"

이제부터 덴버가 가장 좋아하는 대목이었다.

여자애의 이름은 에이미였고, 이 세상에서 가장 쇠고기와 국물이 필요한 사람이었다. 사탕수수 줄기처럼 가느다란 팔뚝과 네다섯 사람 머리를 다 합친 것만큼 무성한 머리숱. 느릿느릿 움직이는 두 눈동자. 그녀는 어떤 것도 재빨리 보는 법이 없었다. 게다가 어찌나 말이 많은지 그러면서 숨은 어떻게 쉬나 의심스러울 지경이었다. 그런데 그 사탕수수 줄기 같은 팔이 강철처럼 튼튼하다는 사실이 나중에 밝혀졌다.

"너처럼 무섭게 생긴 건 평생 처음 봐. 여기 뒤에서 뭐해?"

세서는 풀숲에 납작 엎드린 채 스스로 뱀이 되었다고 믿으며 바로 그 뱀처럼 아가리를 딱 벌렸다. 하지만 송곳니와 갈라진 혀 대신 진실이 튀어나왔다.

"도망치고 있어요." 세서가 그 아이에게 말했다. 그날 처음으로 뱉은 말이었다. 혓바닥이 쓰라려 탁한 소리가 흘러나왔다.

"그런 발로 도망치고 있다고? 세상에." 그애는 쭈그리고 앉아 세서의 발을 빤히 들여다보았다. "혹시 뭐 가진 거 없어? 먹을 거."

"없어요." 세서는 자세를 바꿔 일어나 앉으려고 했지만 그럴 수가 없었다.

"배고파 죽겠어." 여자애는 천천히 눈알을 굴리며 주위 풀밭을 살펴보았다. "월귤 열매가 좀 있을 줄 알았는데. 그럴 것 같았거든. 그래서 여기까지 올라온 거야. 검둥이 여자를 찾을 줄은 몰랐네. 열매가 있었다 해도 새들이 다 먹어치웠으려나. 월귤 열매 좋아하니?"

"전 아기를 가졌어요, 아가씨."

에이미가 그녀를 멀뚱멀뚱 바라보았다. "그래서 넌 식욕이 없다는 거니? 난 뭘 좀 먹어야겠어."

손가락으로 머리카락을 긁어내리며, 그녀는 다시 한번 주위를 샅샅이 둘러보았다. 근처에 먹을 만한 게 전혀 없다는 걸 확인하자, 일어서서 그만 떠나려 했다. 입안에 날카로운 송곳니도 없이 혼자 풀숲에 남겨질 생각을 하니 세서의 심장 또한 발딱 일어섰다.

"어디 가시는 길인가요, 아가씨?"

백인 여자애가 고개를 돌려 생기 있게 빛나는 눈으로 세서를 바라보았다. "보스턴. 벨벳을 좀 구하려고. 거기 윌슨이라는 가게가 있어. 가게 사진을 봤는데 세상에서 제일 예쁜 벨벳이 있었어. 사람들은 믿지 않지만, 난 반드시 벨벳을 구해 올 거야."

세서는 고개를 끄덕이며 땅을 짚은 팔꿈치를 바꾸었다. "아가씨 어머님은 아가씨가 벨벳을 찾아나선 걸 아시나요?"

여자애는 얼굴로 흘러내린 머리카락을 휙 흔들어 젖혔다. "우리 엄마는 뱃삯을 갚으려고 이곳 사람들 밑에서 일을 했어. 하지만 날 낳고 곧 돌아가셨고, 사람들이 나더러 일을 해서 그걸 갚으라고 했어. 그래서 그렇게 했지. 하지만 이제는 나도 벨벳을 좀 갖고 싶어."

그들은 서로를 똑바로 바라보지 않았다. 적어도 눈을 마주치지는 않았다. 그렇지만 마당에서 수다를 떨듯이 자연스럽게 소소한 이야기들을 나누기 시작했다. 한 사람이 땅에 엎드려 있긴 했지만.

"보스턴, 거긴 먼가요?" 세서가 물었다.

"오, 그럼. 160킬로미터쯤 되지. 어쩌면 더 멀 거야."

"가까운 데에도 벨벳은 있을 텐데요."

"보스턴에 있는 그런 건 없어. 보스턴에는 최고급 벨벳이 있지. 내가 입으면 엄청 예쁠 거야. 벨벳 만져본 적 있어?"

"아뇨, 아가씨. 한 번도 만져본 적 없어요." 목소리 덕분인지 보스턴이나 벨벳 덕분인지 세서는 알 수 없었지만, 어쨌든 백인 여자애가 떠드는 동안 뱃속 아기는 조용히 잠을 잤다. 들이받거나 발로 차지도 않았다. 그래서 세서는 마침내 자신의 운이 바뀌는구나 짐작했다.

"본 적도 없지? 틀림없이 넌 한 번도 못 봤을 거야." 여자애가 세서에게 물었다.

"봤더라도 몰랐을 거예요. 어떻게 생겼나요, 벨벳이라는 건?"

에이미는 이름도 모르는 낯선 사람에게는 절대 그런 은밀한 정보를 알려줄 수 없다는 표정으로 세서의 얼굴을 이리저리 뜯어보았다.

"사람들이 널 뭐라고 불러?" 여자애가 물었다.

스위트홈에서 아무리 멀리 왔다 해도, 처음 보는 사람에게 진짜 이름을 알려줄 수는 없었다. "루, 루라고 불러요." 세서가 말했다.

"그래, 루. 벨벳은 마치 막 태어난 세상 같아. 깨끗하고 새롭고 무척이나 보드랍지. 내가 본 벨벳은 갈색이었는데, 보스턴에 가면 온갖 색깔이 다 있어. 카민색도. 빨간색이란 뜻인데, 벨벳에 대해 말할 때는 '카민'이라고 해야 해." 여자애는 눈을 들어 하늘을 올려다보았다. 그러더니 보스턴에 갈 시간을 괜히 낭비했다는 듯 발걸음을 옮기며 말했다. "난 가봐야 해."

덤불 사이로 조심조심 길을 찾아가던 여자애가 문득 세서를 돌아보며 소리쳤다. "넌 뭐할 거니? 거기 누워서 새끼를 낳을 거야?"

"일어날 수가 없어요." 세서가 대답했다.

"뭐라고?" 여자애는 걸음을 멈추더니 고개를 돌리고 귀를 기울였다.

"일어날 수가 없다고요."

에이미는 팔로 코를 쓱 닦더니 세서가 누워 있는 곳으로 천천히 돌아왔다. "저기 집이 하나 있어." 그녀가 말했다.

"집이요?"

"음. 오던 길에 봤어. 사람들이 사는 제대로 된 집은 아니야. 뭐, 달개집 같은 거야."

"멀어요?"

"그게 중요해? 밤에 여기 있다간 뱀한테 물릴 텐데."

"뱀이 나타날 수도 있겠죠. 하지만 전 혼자 걷는 건 고사하고 일어날 수도 없어요. 길 수도 없는걸요."

"얼마든지 할 수 있어, 루. 어서 가자." 이렇게 말하고 에이미는 다섯 사람 머리를 합친 것만큼이나 무성한 머리카락을 뒤로 휙 넘기더니 길 쪽으로 걸어갔다.

세서는 기고 에이미는 그 옆에서 나란히 걸었다. 세서가 쉬어야 할 때면 에이미도 걸음을 멈추고 보스턴이나 벨벳, 맛있는 음식에 대해 떠들었다. 열여섯 살짜리 남자애 같은 목소리는 끊임없이 이어졌고, 새끼 영양은 얌전하게 풀을 뜯었다. 달개집까지 기어가는 그 끔찍한 시간 내내, 영양은 단 한 번도 들이박지 않았다.

두 사람이 그곳에 다다를 즈음이 되자, 머리에 쓴 수건을 빼고 세서가 몸에 걸친 것 중에 성한 건 하나도 없었다. 피범벅인 무릎 아래로는 아무것도 느껴지지 않았고, 가슴은 시침핀이 콕콕 박힌 두 개의 쿠션 같았다. 그런데도 계속 움직이도록 그녀를 재촉하고, 어쩌면 여섯 달 된 태아의 마지막 순간을 위해 무덤으로 기어가는 길은 아니리라는 희망을 그녀에게 준 것은, 순전히 벨벳과 보스턴과 맛있는 음식으로 가득 찬 그 목소리였다.

달개집에는 낙엽이 수북이 쌓여 있었다. 에이미는 나뭇잎을 긁어모아 세서가 누울 만한 자리를 만들어주었다. 그러고는 돌을 여러 개 가져와 그 위에 낙엽을 잔뜩 깔고는 세서가 발을 올려놓도록 해주었다. "발이 너무 심하게 부어서 결국 잘라낸 여자도 있었어." 에이미는 손날을 세워 세서의 발목을 자르는 흉내를 냈다. "쓱싹쓱싹, 쓱싹쓱싹."

"나도 한때는 몸이 꽤 좋았어. 팔도 다른 데도 통통했는데. 상상이 안 되지, 안 그래? 그놈들이 날 지하실에 처넣기 전까진 말이야. 비버 강으로 낚시를 간 적도 있어. 비버 강 메기는 닭고기만큼이나 맛있거든. 어쨌든 거기서 낚시를 하는데, 검둥이 하나가 바로 옆으로 둥둥 떠내려오지 뭐야. 난 물에 빠져 죽은 사람은 딱 질색이야. 넌 어때? 네 발을 보니 그 검둥이가 생각난다. 불어터진 시체처럼 퉁퉁 부어올랐구나."

그러더니 여자애가 마법을 부렸다. 세서의 발과 다리를 들고 짜디짠 눈물이 펑펑 쏟아질 만큼 세게 주물러대기 시작한 것이다.

"아플 거야. 죽었다가 살아나는 건 뭐든 아픈 법이니까." 에이미가 말했다.

만고불변의 진리라고 덴버는 생각했다. 어쩌면 엄마의 허리를 팔로 감고 있던 하얀 드레스도 아팠을지 모른다. 만약 그랬다면, 아기 혼령이 뭔가 계획하고 있다는 뜻일 수도 있다. 덴버가 문을 열었을 때 세서는 곁방을 막 나오려는 참이었다.

"하얀 드레스가 엄마를 붙잡고 있는 걸 봤어요." 덴버가 말했다.

"하얀? 혹시 내 첫날밤 드레스 아닐까? 어떤 모양이었어?"

"깃이 높았어요. 등에는 단추가 쭉 달려 있고요."

"단추? 그럼 첫날밤 드레스는 아닌데. 단추라고는 달아본 적이 없으니까."

"베이비 할머니 아닐까요?"

세서는 고개를 저었다. "할머니는 단추 같은 건 잘 다루지 못했어. 구두에도 단추를 잘 못 달았는걸. 그리고 또?"

"뒤에 주름다발 같은 게 있었어요. 엉덩이 쪽에요."

"버슬* 말이니? 버슬이 달렸다고?"

"뭐라고 부르는지는 모르겠어요."

"개더주름 같은 게 잡혀 있던? 뒤쪽 허리 밑으로?"

"음."

"부잣집 아가씨들 옷 같구나. 실크였어?"

"면 같던데요."

"라일인가보구나. 하얀 면 라일. 날 붙잡고 있었다고 했지? 어떻게 하고 있던?"

"엄마랑 똑같이 하고 있었어요. 꼭 엄마 같았어요. 엄마가 기도하는 동안 엄마 옆에 무릎을 꿇고 앉아 있던데요. 팔을 엄마 허리에 두르고요."

"희한하네."

"뭘 위해 기도했어요, 엄마?"

"무얼 위한 기도는 하지 않았어. 엄마는 더이상 기도하지 않는단다. 그저 얘기를 할 뿐이지."

"무슨 얘기를 했는데요?"

"얘야, 넌 이해하지 못할 거야."

"아니에요. 이해할 수 있어요."

"세월에 대해 얘기하고 있었단다. 세월이란 걸 믿기가 힘들다고. 어떤 순간은 떠나가. 그냥 흘러가지. 또 어떤 순간은 그냥 머물러 있고. 예전에는 그게 내 재기억 때문이라고 생각했단다. 너도 알 거야. 어떤

* 치마 뒤를 부풀리기 위해 허리 아래에 받쳐입는 여성 의복.

일들은 까맣게 잊어버리지만, 또 어떤 일들은 절대 잊지 못하잖니. 하지만 그게 아니었어. 그 자리. 자리가 여전히 거기 남아 있어. 만약 집이 불타 무너져버렸다 해도, 그 장소, 그 집의 광경은 남아 있거든. 단지 내 재기억 속에서만이 아니라, 세상 어딘가에 말이야. 내 머릿속이 아니라 세상 밖 어딘가를 떠도는 광경을 내가 떠올리는 거야. 내 말은, 설사 내가 그걸 생각하지 않더라도, 심지어 내가 죽더라도, 내가 했거나 알았거나 본 일들의 광경은 여전히 어딘가에 남아 있다는 거지. 그 일이 벌어진 바로 그 자리에."

"다른 사람들도 볼 수 있나요?" 덴버가 물었다.

"오, 그럼. 그렇지, 그렇고말고. 어느 날 길을 걷는데 무슨 소리가 들리거나 혹은 뭔가 눈앞을 스쳐지나갈 때가 있잖아. 아주 선명하게. 그럼 넌 네가 그걸 떠올렸다고 생각할 거야. 네가 머릿속에서 끌어올린 광경이라고. 하지만 아니야. 그때는 누군가 다른 사람의 재기억과 우연히 맞닥뜨린 거야. 여기 오기 전에 내가 있었던 곳, 그곳은 정말 있어. 절대 사라지지 않아. 농장 전체가, 나무 한 그루, 풀잎 하나까지 몽땅 죽는다 해도. 그 풍경은 여전히 거기 남아 있어. 그뿐만 아니라 네가, 평생 그곳에 가본 적도 없는 네가 그곳에 가서 한때 농장이 있던 그 자리에 서면, 그 일은 다시 일어날 거야. 거기서 널 기다리고 있다가 네 앞에 나타날 거라고. 그러니까 덴버, 넌 절대 그곳에 가면 안 돼. 절대로. 모든 일이 다 지나갔다 해도, 완전히 끝났다 해도, 언제나 그곳에서 널 기다리고 있을 테니까. 그래서 엄마는 자식들을 모두 거기서 빼내야만 했단다. 무슨 일이 있어도 말이야."

덴버는 손톱 밑을 팠다. "아직도 거기서 기다리고 있다면, 세상에 죽는 건 아무것도 없다는 말인가요?"

세서는 덴버의 얼굴을 빤히 들여다보며 대답했다. "죽는 건 아무것도 없단다."

"엄마는 무슨 일이 있었는지 한 번도 말해주지 않았어요. 그놈들이 엄마를 채찍질했고 그래서 나를 가진 채 달아났다는 말밖에는."

"학교 선생 얘기 말고는 해줄 말이 없구나. 키가 작은 남자였단다. 작달막했지. 항상 깃이 달린 셔츠를 입었어. 심지어 밭에서도. 부인 말로는 학교 선생이라더구나. 가너 부인은 자기 시누이의 남편이 공부깨나 한 사람인데 가너 씨가 돌아가신 후에 기꺼이 스위트홈 농장을 맡겠다고 했다면서 무척 좋아했어. 비록 폴 에프가 팔려가긴 했지만 거기 남자들끼리도 농장을 잘 꾸려나갔을 거야. 하지만 핼리가 말한 대로였어. 부인은 농장에 백인이 자기뿐이라는 게 싫었던 거야. 게다가 여자 몸으로 말이야. 그래서 학교 선생이 오겠다고 하자 안도했어. 학교 선생은 남자애 둘을 데려왔어. 아들인지 조카인지는 잘 모르겠지만. 그애들은 학교 선생을 옹카라고 불렀어. 둘 다 무척 예의가 발랐지. 말도 얌전하게 하고 침도 손수건에 뱉고, 어쨌든 여러모로 점잖았어. 너도 알 거야. 예수님 이름을 뻔히 알면서도 지나치게 공손해서 면전에서조차 절대 입에 올리지 않는 작자들 말이야. 꽤 훌륭한 농부라고 핼리는 말했어. 가너 씨만큼 힘이 세지는 않지만 꽤 영리하다고. 학교 선생은 내가 만든 잉크를 좋아했어. 가너 부인의 제조법이었지만 내가 섞는 방식을 더 좋아했지. 그는 잉크를 무척 중요하게 생각했어. 밤마다 자리에 앉아 책을 썼거든. 우리에 대한 책이었는데 그때는 몰랐지. 우리는 그저 우리한테 이것저것 캐묻는 게 그의 방식인가보다 했어. 그는 공책을 가지고 다니면서 우리가 하는 말을 적기 시작했어. 나는 아직도 식소를 갈가리 찢어놓은 게 바로 그 질문들이었다고 생각한단다. 식소를 완전히 망쳐놓은 게."

세서가 말을 멈추었다.

덴버는 엄마의 얘기가 끝났다는 걸 알았다. 적어도 지금은. 눈이 천천히 한 번 깜빡하고, 아랫입술이 느릿느릿 미끄러지듯 올라가 윗입술을 덮고, 이윽고 촛불을 훅 불어 끌 때처럼 콧바람 소리가 난다. 세서가 더는 넘고 싶지 않은 선까지 왔다는 신호였다.

"근데, 아기 혼령이 무슨 계획을 꾸미고 있는 것 같아요." 덴버가 말했다.

"무슨 계획?"

"저도 몰라요. 하지만 엄마를 붙잡고 있던 드레스에는 분명히 뭔가 의미가 있을 거예요."

"그럴지도 모르지. 무슨 계획이 있을지도." 세서가 말했다.

그 계획이 무엇이었든, 또 어떻게 될 예정이었든, 하여간 폴 디가 영영 망쳐놓았다. 식탁과 우렁찬 남자 목소리로 그 지역의 명물인 유령을 124번지에서 내쫓아버렸다. 덴버는 검둥이들이 자기들에게 보내는 경멸의 시선을 되레 자랑스럽게 여기는 법을 터득했다. 귀신의 출몰은 사악한 악마가 뭔가를 바라고 저지르는 짓이라는 그들의 억측을 비웃었다. 마법의 짜릿한 즐거움이나, 눈에 보이는 사물의 배후에 있는 것들을 단지 짐작이 아니라 똑똑히 안다는 그 순수한 기쁨을 검둥이들은 아무도 몰랐다. 오빠들은 알았지만 두려워했고, 베이비 할머니는 알았지만 슬퍼했다. 아무도 유령 친구가 옆에 있다는 든든한 기분을 만끽하지 못했다. 세서조차 그걸 사랑하지 않았다. 그저 당연하게 받아들였을 뿐이었다. 마치 갑자기 변덕을 부리는 날씨를 받아들이듯.

하지만 이제 유령은 사라졌다. 개암색 남자가 한바탕 내지른 호통에 휙 달아나버렸다. 남겨진 덴버의 세상은 숲속에 있는 2미터 높이의 에메랄드빛 비밀 방만 빼고는 밋밋하기 짝이 없었다. 엄마에게는 비밀이 있었다. 말하고 싶지 않은 일, 반쯤 이야기하다 만 일들. 어쨌든 덴버에게도 비밀이 있었다. 그 비밀은 향기로웠다. 은방울꽃 향수만큼이나 향기로웠다.

세서는 하얀 드레스 이야기를 거의 잊고 지냈다. 그러다가 폴 디가 왔고, 문득 덴버의 해석이 떠올랐다. 계획이 있는 것 같다는 말이. 폴 디와 첫날밤을 보내고 난 다음날 아침, 세서는 대체 그 말이 무슨 뜻일까 생각하며 빙그레 웃었다. 이런 사치는 십팔 년 전 딱 한 번 누려본 뒤로 처음이었다. 그전이나 그후, 세서는 항상 고통을 피하지 않고 되도록이면 빨리 겪고 지나가버리려 노력했다. 그녀가 세운 단 하나의 계획—스위트홈에서 달아나겠다는—이 너무나 철저하게 어긋나는 바람에 그후로는 두 번 다시 계획을 세울 엄두조차 내지 못했다.

하지만 폴 디 옆에서 눈을 뜬 그날 아침, 딸아이가 몇 년 전에 한 말이 그녀의 머리를 스쳤고, 덴버가 보았다는, 자기 옆에 무릎을 꿇고 앉아 있었다는 그 드레스가 생각났다. 세서는 또한 화덕 앞에 선 자신을 힘껏 끌어안아주던 그의 두 팔을 떠올리며 믿고 싶어졌던 유혹에 대해서도 생각했다. 그래도 괜찮을까? 이대로 진도를 나가며 감정을 느껴도 괜찮을까? 진도를 나가며 뭔가에 의지해도?

그의 옆에 누워 그의 숨소리를 듣고 있으니, 도통 머릿속이 정리되지 않았다. 그래서 세서는 조심조심 침대를 빠져나왔다.

혼잣말을 하며 생각을 정리하곤 하는 곁방에 무릎을 꿇고 앉으니, 베이비 석스가 왜 그토록 색깔에 목말라했는지 분명해졌다. 온 집안에 색깔이라고는 누비이불에 누벼진 오렌지색 천조각 두 개 말고는 없었고, 그 유일한 색깔 때문에 오히려 색의 부재가 도드라졌다. 벽은 석판의 회색이고 바닥은 흙의 갈색이고, 나무 옷장은 나무의 색 그대로였다. 커튼은 흰색, 그리고 이 방에서 그나마 가장 눈에 띄는 철제 간이침대 위 누비이불은 푸른색 서지 천조각과 검은색, 갈색, 회색의 양모 조각으로 이루어져 있었다. 그야말로 검약과 절제가 허용하는 모든 칙칙한 색깔들의 총집합이었다. 그 수수한 배경 속에서 오렌지색 천 두 조각만 유독 야단스럽게 튀어 보였다. 마치 날것 그대로의 생명처럼.

세서는 자신의 두 손과 암녹색 소매를 내려다보며 이 집안이 얼마나 밋밋한 무채색인지, 그러면서도 베이비 석스처럼 알록달록한 색깔을 그리워하지 않았다는 게 얼마나 이상한 일인지 생각했다. 일부러 그랬어, 그녀는 생각했다. 일부러 피한 거야. 어린 딸아이의 묘비에 점점이 박힌 분홍색 돌가루가 기억 속에 남은 마지막 색깔이었으니까. 그 일 이후로 그녀는 암탉처럼 색맹이 되어버렸다. 매일 새벽, 요리사가 수프와 고기와 나머지 다른 음식들을 만드는 동안, 세서는 과일 파이와 감자 요리, 야채 요리를 만들었다. 그런데도 빨간 사과나 노란 호박에 대한 기억을 떠올릴 수가 없었다. 매일 새벽 동트는 하늘을 보았지만, 그 색깔을 제대로 보거나 그에 대해 언급한 적도 없었다. 뭔가 잘못되었다. 하루는 갓난아이의 붉은 피를 보고, 또 하루는 묘비에 박힌 분홍색 돌가루를 보고, 그리고 그걸로 색깔은 마지막이 된 듯한 기분이었다.

어쩌면 124번지가 너무 강렬한 감정들로 가득차 있어서, 무엇을 잃어버린다 한들 전혀 알아챌 수 없었던 것인지도 모른다. 아들들을 찾아서 날마다 아침저녁으로 들판을 이리저리 살펴보던 때도 있었다. 하루살이 따위는 아랑곳없이 활짝 열어놓은 창문 앞에 서 있을 때면, 저절로 머리가 왼쪽 어깨로 비딱하게 기울어지고 눈은 아들들을 찾아 오른쪽을 살펴보게 되었다. 길에 드리운 구름 그림자, 늙은 여자, 길을 헤매며 나무딸기 덤불을 뜯어먹는 고삐 풀린 염소, 처음에는 이 하나하나가 전부 하워드처럼, 아니 뷰글러처럼 보였다. 하지만 점차 이런 일은 그만두게 되었다. 열세 살 된 두 아들의 얼굴은 점차 희미해지더니 완전히 아기 때 얼굴이 되어, 오직 꿈속에서만 그녀를 찾아왔다. 꿈속에서 124번지 밖으로, 원하는 곳 어디로든 떠돌아다닐 때면 가끔 아름다운 나무들 사이에서 아들들이 보이곤 했는데, 그애들의 작은 다리가 나뭇잎 사이로 보일락 말락 했다. 때로는 깔깔 웃으며 철로를 따라 달려가기도 했는데, 웃음소리가 너무 커서 그녀의 목소리를 듣지 못하는 게 분명했다. 왜냐하면 아들들은 절대 돌아보는 법이 없었기 때문이다. 그러다가 잠에서 깨어나면 온 집이 몰려들어 그녀를 포위했다. 소다크래커가 한 줄로 놓여 있는 문, 어린 딸아이가 기어올라가길 좋아했던 하얀 계단, 베이비 석스가 신발을 수선하던 구석진 자리, 그 썰렁한 방에 아직도 쌓여 있는 신발 더미, 덴버가 손가락을 덴 화덕 위 바로 그 자리까지. 그리고 물론 이 집에 깃든 원한도. 결국 폴 디가 오기 전까지는 다른 어떤 물건이나 사람 하나 들어설 자리가 없었다. 그는 그곳을 때려부숴 자리를 만들고, 유령을 들었다 놓았다 하더니 어디 다른 곳으로 치워버린 다음, 자기가 만든 공간에 떡하니 자리를 잡고 섰다.

그리하여 폴 디가 이 집에 온 다음날 아침, 세서는 곁방에 무릎을 꿇고 앉아 124번지가 얼마나 황량한지를 보여주는 오렌지색 천조각 두 개에 정신을 팔고 있었던 것이다.

이건 폴 디의 책임이었다. 그와 함께 있으면 감정이 빠르게 겉으로 솟아올랐다. 모든 게 본모습을 찾았다. 단조로운 것은 단조롭게 보이고, 열은 뜨거웠다. 창문에는 갑자기 전망이 생겼다. 게다가 그가 노래하는 사내가 되었을 줄이야.

쌀 조금, 콩 조금,
그 사이에 고기는 없네.
고된 일은 쉽지 않고,
마른 빵은 기름지지 않네.

폴 디는 이제 자리에서 일어나, 어제 자기가 부숴버린 물건들을 고치며 노래를 부르고 있었다. 농장 수용소에서 혹은 이후의 전쟁중에 옛날 노래를 좀 배운 것이다. 스위트홈에서 부르던, 갈망이 모든 음에 서려 있던 노래와는 전혀 딴판이었다.

그가 조지아에서 배운 노래들은 무조건 쾅, 쾅, 쾅 내려치는 평평한 민머리못이었다.

철길 위에 머리를 눕혀라,

기차가 다가오니 마음도 평온하구나.

내게 참피나무 회초리가 있다면,

십장의 눈이 돌처럼 멀 때까지 채찍질할 텐데.

5센트는 니켈,

10센트는 다임,

바위를 깨부수기는 시간을 깨부수기.

하지만 이런 노래들은 어울리지 않았다. 지금 그가 하는 자질구레한 집안일—식탁 다리를 고치고 창에 유리를 끼우는—에 대면 지나치게 시끄럽고 힘이 넘쳤다.

그렇다고 스위트홈의 나무 아래에서 함께 부르던 〈강물 위의 폭풍〉을 다시 부를 수는 없는 노릇이었다. 그래서 폴 디는 으으으으음 하고 흥얼거리며 즉흥적으로 떠오르는 노랫말을 그때그때 내뱉는 걸로 만족했다. 그런데 자꾸자꾸 떠오르는 노랫말이 있었다. "맨발에 캐머마일 얼룩/내 신발을 벗겨주오, 내 모자를 벗겨주오."

솔직히 어떤 부분은 노랫말을 바꾸고 싶은 유혹도 느꼈는데(내 신발을 돌려줘/내 모자를 돌려줘), 석 달 중에 두 달 이상을 한 여자—어떤 여자라도—와 함께 살 자신이 없기 때문이었다. 석 달은 폴 디가 한 곳에 머무를 수 있는 가장 긴 시간이었다. 델라웨어와 그전 조지아 주 앨프리드 수용소 시절 이후로 그렇게 되었다. 그곳에서는 지하에서 잠을 잤고 오직 돌을 깨기 위해서만 햇빛 속으로 기어나왔다. 준비가 되면 언제든 걸어나오는 것은, 이제 그가 더이상 사슬에 묶인 채 잠자고 오줌 누고 먹고 망치를 휘두르지 않아도 된다는 사실을 스스로 확인할 수 있는 유일한 방법이었다.

하지만 여기는 평범한 여자가 사는 평범한 집이 아니었다. 붉은빛을 통과하는 순간, 그는 그 사실을 알았다. 124번지에 비하면 나머지 세상은 밋밋하기 짝이 없었다. 앨프리드 수용소 시절 이후로 그는 머리의 대부분을 닫아버리고, 걷고 먹고 잠자고 노래 부르는 데 도움이 되는 부분만 작동시켰다. 그저 잠깐씩 일을 하면서 간간이 섹스도 좀 할 수만 있다면, 그로서는 더 바랄 나위가 없었다. 그 이상을 바란다면 핼리의 얼굴과 식소의 웃음까지 함께 떠올려야만 했다. 땅속에 만들어놓은 궤짝 속에서 부들부들 떨던 일, 손에 망치를 쥐면 적어도 몸은 떨리지 않았기 때문에 채석장에서 노새처럼 일하는 대낮이 차라리 고마웠던 일을 기억해야만 했다. 그 궤짝은 스위트홈도 하지 못한 일, 노새처럼 일하고 개처럼 사는 삶도 하지 못한 일을 했다. 그가 제정신을 잃지 않도록 아예 미쳐버리게 만든 것이다.

오하이오 주에 들어서 신시내티 그리고 핼리 석스의 어머니 집에 도착했을 즈음, 폴 디는 자기가 세상만사를 다 보고 겪었다고 생각했었다. 그렇지만 자기가 부숴버린 유리창을 갈아끼우고 있는 지금 이 순간에도, 살아 있는 핼리의 아내를 보았을 때 느낀 그 놀라운 기쁨은 도무지 설명할 길이 없었다. 머리카락을 풀어 헤친 채 신발과 스타킹을 손에 들고 맨발로 집 모퉁이를 돌아나오던 그녀. 굳게 닫혀 있던 그의 머릿속 한 부분이 기름칠한 자물쇠처럼 열렸다.

"이 근처에서 일자리를 알아볼 생각인데, 당신 생각은 어때?"

"일이 별로 없어. 주로 강에서 일하지. 아니면 돼지를 잡고."

"글쎄, 강에서 일해본 적은 한 번도 없지만 내 몸무게에 맞먹을 정도로 무거운 것도 뭐든 번쩍번쩍 들 수 있어. 돼지도."

"여기 백인들은 켄터키보다는 나아. 그래도 이일 저일 닥치는 대로 해야 할 거야."

"이일 저일 하는 건 문제도 아니야. 장소가 문제지. 내가 여기서 일을 하며 지내도 좋아?"

"좋고말고."

"당신 딸, 덴버는? 그 아이는 생각이 다를 것 같은데."

"왜 그런 말을 해?"

"그애는 뭔가를 기다리는 사람 같아. 뭔가 오기를 기대하고 있는데, 그게 나는 아니야."

"그게 뭔지 나도 모르겠는걸."

"글쎄, 그게 뭐든지 간에 그애는 내가 그걸 방해한다고 생각해."

"그앤 걱정하지 마. 마법에 걸린 아이니까. 태어날 때부터 그랬어."

"정말이야?"

"으응, 그래. 그애한테는 절대 나쁜 일이 일어나지 않아. 이거 봐. 내가 아는 사람은 죄다 죽거나 사라지거나 죽어서 사라졌어. 그애만 아니야. 내 딸 덴버만. 그애를 가졌을 때, 도저히 성공하지 못할 게 확실할 때, 그러니까 그애 역시 도저히 살 가망이 없었을 때도 그애는 그 산 속에서 백인 여자애를 불러냈어. 그야말로 전혀 도움을 기대할 수 없는 상대였지. 게다가 학교 선생이 우리를 찾아내 보안관과 엽총을 대동하고 이 집에 들이닥쳤을 때도……"

"학교 선생이 당신을 찾아냈어?"

"시간이 좀 걸렸지. 하지만 끝내는 찾아냈어."

"그런데 다시 데려가지 않았어?"

"아, 그러지 않았어. 난 절대 그곳으로 돌아갈 생각이 없었으니까. 누가 누구를 찾아냈든 난 상관없어. 어디서 어떻게 살아도 괜찮지만, 그곳만은 안 돼. 난 대신 감옥에 들어갔어. 그때 덴버는 갓난아이여서 나랑 함께 들어갔지. 감옥에서 쥐들이 온갖 걸 다 물어뜯었는데 덴버만은 물지 않았어."

폴 디는 그만 고개를 돌렸다. 더 자세히 알고 싶었지만 감옥 이야기를 들으니 조지아 주 앨프리드 수용소가 다시 떠올랐던 것이다.

"못이 좀 필요해. 동네 사람들에게 못을 빌릴 수 있을까? 아니면 타운에 갔다 와야 할까?"

"타운에 갔다 오는 게 좋을 거야. 다른 것도 필요할 테니까."

불과 하룻밤 만에 두 사람은 마치 부부처럼 이야기하고 있었다. 사랑 고백이니 약속 따위는 모두 건너뛰고, 곧장 '여기서 일을 하며 지내도 좋아?'라는 질문으로 넘어갔다.

세서에게 미래는 과거의 접근을 막아내는 것이었다. 그녀와 덴버가 살고 있다고 믿는 '더 나은 삶'이란 단순히 과거의 삶이 아닌 삶이었다.

폴 디가 바로 '그 과거의 삶'에서 튀어나와 그녀의 잠자리로 기어들어왔다는 것도 더 나아진 일이었다. 그와 함께하는 미래, 혹은 그가 없다 해도 미래라는 생각 자체가 그녀의 마음을 흔들어놓기 시작했다. 덴버를 위해서도, 세서가 해온 대로 여전히 그애를 기다리고 있는 과거로부터 그애를 지키는 일이야말로 무엇보다 중요했다.

세서는 즐거운 고민에 빠져 곁방과 덴버의 곁눈질을 애써 외면했다. 하지만 그녀가 예상했던 대로, 인생이 다 그렇듯, 효과는 전혀 없었다. 덴버는 줄기차게 온갖 훼방을 놓다가 셋째 날에는 폴 디에게 언제까지 여기서 얼쩡거릴 거냐고 대놓고 따졌다.

그 말에 어찌나 마음이 상했던지, 폴 디는 커피잔을 놓쳤다. 커피잔은 떨어져 약간 기울어진 바닥을 데굴데굴 굴러 현관문 앞까지 갔다.

"얼쩡거린다고?" 폴 디는 엉망이 된 바닥은 내려다보지도 않았다.

"덴버! 대체 왜 그러니?" 세서는 화가 나기보다는 당황스러워서 딸을 바라보았다.

폴 디는 턱수염을 긁적거렸다. "아무래도 떠나야겠군."

"안 돼!" 세서는 자신이 지른 큰 소리에 깜짝 놀랐다.

"아저씨가 뭘 해야 할지는 아저씨가 알아요." 덴버가 말했다.

"글쎄, 안 돼." 세서가 덴버에게 말했다. "그리고 너야말로 네가 뭘 해야 하는지 몰라. 이제 네 말은 한마디도 듣고 싶지 않다."

"난 그냥……"

"조용히 해! 너나 가버려. 어디 가서 가만히 앉아 있어!"

덴버는 접시를 들고 식탁을 떴다. 하지만 그전에 이미 잔뜩 덜어둔 음식 위에 닭고기와 빵을 더 올렸다. 폴 디는 몸을 숙이고 파란색 손수건으로 쏟은 커피를 닦았다.

"내가 할게." 세서는 벌떡 일어나 화덕으로 갔다. 화덕 뒤에는 온갖 천들이 널린 채 제각기 말라가고 있었다. 세서는 말없이 바닥을 훔치고 커피잔을 제자리에 올려놓았다. 그런 다음, 다시 한 잔 가득 커피를 따라 조심스럽게 폴 디 앞에 놓았다. 그는 커피잔 가장자리를 만지며 아무 말도 하지 않았다. 마치 '고맙다'는 말조차 감당할 수 없는 의무이며 커피 또한 받을 수 없는 선물이라는 듯.

세서는 다시 의자에 앉았고, 침묵이 이어졌다. 마침내 그녀는 이 침묵을 깰 수 있는 사람은 자신뿐이라는 사실을 깨달았다.

"저렇게 가르치지 않았는데."

폴 디가 커피잔 가장자리를 만지작거렸다.

"당신도 많이 상처받았겠지만 나도 재 행실에 놀랐어."

폴 디가 세서를 바라보았다. "저애가 저렇게 따져묻는 데는 무슨 사연이 있는 거 아니야?"

"사연? 무슨 소리야?"

"내 말은, 저애가 내가 오기 전에 다른 남자에게도 저렇게 물어야 했거나 묻고 싶었던 거 아니냐고."

세서가 두 주먹을 불끈 쥐더니 허리에 올렸다. "당신이나 저애나 똑같이 못됐어."

"진정해, 세서."

"오, 그래. 진정할게!"

"무슨 말인지 알잖아."

"알지만 마음에 안 들어."

"제기랄." 폴 디가 중얼거렸다.

"뭐?" 세서의 언성이 점점 높아졌다.

"제기랄! 제기랄이라고 했어! 난 그저 저녁이나 먹으려고 자리에 앉았을 뿐이야! 그런데 두 번이나 욕을 들었어. 한 번은 이 집에 있다고 듣고, 그다음에는 내가 왜 욕을 들어야 하는지 물었다고 듣고!"

"그애는 욕하지 않았어."

"안 했다고? 한 거나 마찬가지야."

"나 좀 봐. 내가 대신 사과할게. 정말……"

"그럴 수는 없어. 사과는 누가 대신 할 수 있는 게 아니라고. 그애가 직접 해야 해."

"그럼 그애가 사과할 마음이 있는지 알아볼게." 세서가 한숨을 쉬었다.

"내가 알고 싶은 건, 당신도 마음속으로는 나한테 그애처럼 묻고 있지 않느냐는 거야."

"오, 아니야. 아니야, 폴 디. 절대 아니야."

"그럼 그애랑 당신은 생각이 다르단 말인가? 그애 머릿속에 든 걸 생각으로 칠 수 있다면 말이지."

"미안하지만, 그애를 헐뜯는 말은 듣고 있을 수 없어. 내가 야단칠 테니 당신은 가만히 있어."

위험해, 폴 디는 생각했다. 정말 위험해. 한때 노예였던 여자가 뭔가를 저렇게나 사랑하다니, 무척이나 위험한 짓이었다. 특히 사랑하는 대상이 자기 자식이라면 더욱더. 그가 알기로는 그저 조금만 사랑하는 것이 가장 좋았다. 모든 걸, 그저 조금씩만. 그래야만 사람들이 그 대상의 허리를 부러뜨리거나 포대에 처넣는다 해도, 그다음을 위한 사랑이 조금은 남아 있을 테니까. "왜 그래?" 그가 따져물었다. "왜 당신이 그애를 대신해야 한다고 생각하지? 어째서 그애 대신 사과하려는 거야? 다 큰 애라고."

"그애가 뭐가 됐든 상관없어. 어른이 됐다고 해도 엄마에겐 아무것도 달라지지 않아. 자식은 자식일 뿐이야. 덩치가 커지고 나이가 들었다고 다 큰 거야? 다 컸다는 게 무슨 뜻인데? 내 마음속에서는 아무 의미도 없어."

"자기 행동에 책임을 져야 한다는 뜻이지. 당신이 매 순간 그애를 지켜줄 수는 없어. 그러다 당신이 죽으면 어떻게 되겠어?"

"아무 일도 없을 거야! 살아서나 죽어서나 변함없이 그애를 지켜줄 테니까."

"오, 그래. 알았어. 내가 졌어." 폴 디가 말했다.

"원래 그런 거야, 폴 디. 더 설명할 수는 없지만 원래 그래. 만약 내가 선택해야 한다면…… 글쎄, 이건 선택조차 할 수 없는 일이거든."

"바로 그거야. 그게 문제라고. 난 당신에게 선택하라고 다그치는 게 아니야. 아무도 그럴 수는 없어. 난 그저…… 당신이 어쩌면, 나한테 자리를 좀 내줄 수 있을까 생각했을 뿐이야."

"그애는 선택하라잖아."

"그 말을 따를 수는 없어. 그애한테 말해. 자기를 버리고 다른 사람을 선택하는 게 아니라고. 다른 누군가에게 자리를 조금 내주고 함께 지내자는 거라고. 그렇게 말해. 그리고 당신이 한 말이 진심이라면, 당신도 내게 재갈을 물릴 수는 없다는 걸 알아야 해. 난 그애한테 상처를 주지도 않을 거고, 그애한테 필요하고 내가 할 수 있는 일이라면 기꺼이 해줄 거야. 그렇지만 못되게 구는 아이한테 입을 꾹 다물고 있을 생각은 없어. 내가 여기 있기를 바란다면 내 입에 재갈을 물릴 생각일랑 하지 마."

"그냥 살던 대로 살아야 할지도 모르겠어." 세서가 말했다.

"어떻게 살았는데?"

"우리끼리 잘 지내는 거지, 뭐."

"마음속은 어떤데?"

"마음속은 들여다보지 않아."

"세서, 내가 당신이랑 덴버랑 여기서 지내면 당신은 마음대로 어디든 갈 수 있어. 원하면 뛰어내려도 돼. 내가 붙잡아줄 테니까. 당신이 땅에 떨어지기 전에 붙잡아줄게. 필요한 만큼 당신 마음속으로 깊이 들어가도 좋아. 내가 당신 발목을 붙잡고 있을 테니까. 확실히 다시 나올 수 있게 해줄게. 머물 곳이 없어서 이런 말을 하는 게 아니야. 나한테 머물 곳은 필요 없어. 말했잖아, 난 떠돌이라고. 하지만 칠 년간 이 방향으로 걸어왔어. 이 근방을 전부 돌아다녔지. 북쪽, 남쪽, 동쪽, 서쪽,

모두 다. 이름 없는 땅도 가봤고, 어디든 오래 머물지 않았어. 하지만 이곳에 도착해서 저기 현관에 앉아 당신을 기다릴 때, 난 깨달았어. 내가 향하던 곳은 어떤 장소가 아니라는 걸. 난 당신을 향해 온 거야. 우린 함께 인생을 만들어갈 수 있어. 인생을 말이야."

"난 모르겠어. 모르겠어."

"나한테 한번 맡겨봐. 어떻게 되는지 두고보기나 하라고. 당신이 원하지 않으면 아무 약속도 안 할게. 그냥 지켜보기만 해. 알았지?"

"알았어."

"나한테 맡겨줄 거지?"

"글쎄…… 뭐 얼마간은?"

"얼마간이라고?" 폴 디가 빙그레 웃었다. "좋아. 이 정도면 얼마간에 포함되겠지. 타운에서 서커스가 열리거든. 목요일인 내일은 흑인들을 위한 날인데, 지금 나한테 2달러가 있어. 나랑 당신이랑 덴버랑 이 돈을 한푼도 안 남기고 다 쓰는 거야. 어때?"

"안 돼"가 그녀의 대답이었다. 적어도 말을 시작할 때는 그랬다(하루 쉬겠다고 하면 식당 주인이 뭐라고 할까?). 하지만 그렇게 말하는 순간에도 세서는 두 눈으로 그의 얼굴을 보는 게 얼마나 즐거운지를 생각하고 있었다.

목요일에는 귀뚜라미가 울어댔고, 푸른빛을 벗어던진 하늘은 오전 열한시부터 하얗게 달아올랐다. 세서는 더운 날씨에는 어울리지 않는 차림새였다. 하지만 십팔 년 만에 처음 있는 바깥 외출인 만큼 아무리 무거워도 좋은 드레스와 모자로 차려입어야 할 것 같았다. 모자는 꼭

써야 했다. 일하러 갈 때처럼 수건으로 머리를 싸맨 몰골로 레이디 존스나 엘라와 마주치고 싶지는 않았다. 드레스는 쓰고 남은 고급 모직으로 만든 것으로, 베이비 석스를 사랑했던 백인 여자 보드윈 양이 크리스마스 선물로 준 것이었다. 덴버와 폴 디는 그나마 더위를 견딜 만했는데, 두 사람 모두 특별히 차려입어야 할 자리가 아니라고 생각했던 것이다. 덴버는 보닛을 벗어 어깨 뒤로 넘겼고, 폴 디는 겉옷도 없이 조끼를 풀어 헤친 채 셔츠 소매를 팔꿈치 위로 둘둘 말아올렸다. 세 사람은 서로 손을 잡지 않았지만 그림자들은 손을 잡고 있었다. 세서가 왼편을 힐끗 보니, 세 사람의 그림자가 나란히 손에 손을 잡고 땅 위를 미끄러져가고 있었다. 어쩌면 그가 옳은지도 몰라. 인생. 손을 맞잡은 그림자들을 내려다보다가, 그녀는 문득 주일날처럼 한껏 차려입은 것이 부끄럽게 느껴졌다. 앞뒤에서 걷는 다른 사람들은 아마 그녀가 잘난 척한다고 여길 것이다. 이층집에 산다고 남들과 다르다는 걸 과시하려 든다고. 게다가 감히 시도하지도, 했다면 살아남지 못할 거라고 남들이 믿는 일을 버젓이 저지르고도 멀쩡히 살아 있으니, 남들보다 더 독하다는 걸 자랑하려 든다고. 제발 옷 좀 잘 입으라고, 최소한 머리라도 다시 땋으라고 했던 엄마의 성화를 덴버가 무시한 게 다행스러웠다. 하지만 덴버는 이번 나들이를 즐기려는 노력은 조금도 하지 않았다. 뚱한 얼굴로 마지못해 가겠다고는 했지만, '자, 어디 한번 날 즐겁게 해보시지'라는 식이었다. 정작 신난 사람은 폴 디였다. 5미터 내에 있는 사람이라면 누구한테든 인사를 건넸다. 날씨에 대해, 날씨가 자기에게 미치는 영향에 대해 농담을 지껄이기도 하고, 까마귀떼에 대고 고함을 지르기도 하고, 시든 장미꽃 냄새를 제일 먼저 맡기도 했다. 그러는 내내, 그들이 뭘 하든—덴버가 이마의 땀을 닦든, 신발끈을 다시 묶으려고 허리를 숙이든, 폴 디가 돌멩이를 걷어차든, 어느 엄마 어깨에 기댄 아기의 얼굴을 만져보려고 손을 뻗든—그들의 발밑에 왼편으로 길게 드리운 세 그림자는 서로 손을 꼭 잡고 있었다. 하지만 세서 말고는 아무도 그 사실을 알아채지 못했는데, 그녀도 좋은 징조라는 결론을 내리고 나서는 더이상 내려다보지 않았다. 인생. 어쩌면 가능할지도 몰라.

벌목장 울타리 위아래로 피어난 늙은 장미가 죽어가고 있었다. 일터의 분위기를 좀 좋게 해보려고—생계를 위해 나무를 베어내는 죄를 조금이나마 덜어볼 요량으로—십이 년 전 이 장미를 심은 벌목꾼은 장미의 왕성한 번식력에 경악하고 말았다. 장미는 순식간에 뻗어나가, 벌목장과 바로 옆 공터를 가르는 말뚝 울타리를 완전히 뒤덮어버렸다. 공터에서는 노숙자들이 잠을 자고 아이들이 뛰어놀았으며, 일 년에 한 번은 서커스 참가자들이 천막을 쳤다. 장미는 죽을 때가 가까워질수록 향기가 더 독해졌다. 서커스를 보러 가는 사람들은 모두 서커스를 생각하면 썩은 장미 냄새를 떠올렸다. 독한 향기 탓에 살짝 현기증이 나고 목이 탔지만, 길을 따라 줄지어 걸어가는 흑인들의 열성을 막지는 못했다. 어떤 이는 풀이 무성한 갓길로 걷고, 어떤 이는 삐거덕삐거덕 굴러가는 포장마차를 피해가며 먼지 나는 길 한복판으로 걸었다. 하나같이 폴 디처럼 한껏 들떠 있었고, 죽어가는 장미의 독한 냄새(폴 디가 모든 사람의 주의를 여기에 집중시켰다)도 그 기세를 꺾지는 못했다. 마침내 밧줄을 쳐놓은 입구에 빽빽이 몰려든 사람들은 등잔처럼 환히 빛났다. 덜떨어진 백인들을 구경한다는 흥분에 숨이 막힐 지경이었다. 마술을 하는, 광대짓을 하는, 머리가 없거나 두 개 달린, 혹은 6미터나 되게 크거나 60센티미터도 안 되게 작은, 몸무게가 1톤이 넘는, 온몸에 문신을 한, 유릿조각을 먹는, 불을 삼키는, 입에서 긴 끈을 뱉어내는, 몸을 꼬아 매듭처럼 묶는, 인간 피라미드를 쌓는, 뱀을 가지고 노는, 서로 치고받고 싸우는 백인들.

이 모든 게 광고에 실려 있었다. 글을 읽을 줄 아는 사람은 읽고, 읽을 줄 모르는 사람은 들은 광고에. 그리고 그 광고는 전부 거짓이었지만 이들의 흥을 깨뜨리지는 못했다. 선동꾼이 그들과 아이들에게 욕을 했지만("새끼 검둥이들이 풀려났다!") 그의 조끼에 묻은 음식 얼룩과 바지에 난 구멍을 보니 별로 마음 상할 일도 아니었다. 어쨌든 그 정도는, 어쩌면 두 번 다시 누리지 못할 이 재미에 비하면 소소한 대가였다. 백인들이 스스로를 구경거리로 삼는 구경을 할 수 있다면 2페니와 욕설쯤은 아무것도 아니었다. 그래서 서커스는 보통 수준에도 한참 못 미쳤지만(그래서 흑인들을 위한 목요일 공연에 동의했던 것이다), 관중석에 앉은 사백 명의 흑인들에게는 전율에 전율에 전율을 안겨주었다.

1톤 여자가 그들에게 침을 뱉었지만 뚱뚱한 몸집 탓에 목표물에 도달하지 못했고, 여자의 조그만 눈에 무기력한 야비함이 떠오르자 그들은 열광했다. 아라비안나이트 댄서는 보통 십오 분 동안 추는 춤을 삼 분으로 줄여버렸지만, 아이들은 되레 반가워하며 환호성을 쏟아냈다. 그다음 순서인 아부 산에서 온 뱀 조련사의 등장을 기다리느라 애가 탔기 때문이다.

덴버는 부츠를 신은 백인 소녀가 맡은 매대에서 쓴 박하와 감초, 페퍼민트, 레모네이드를 샀다. 단것으로 기분이 좋아진데다 주위를 둘러싼 사람들이 덴버에게 별 관심을 보이지 않아서—심지어 가끔 '안녕,

덴버' 하며 인사를 하기까지 하니—덴버는 어쩌면 폴 디 아저씨가 그렇게 나쁜 사람이 아닐지 모른다는 생각이 들기 시작했다. 실제로 그에게는—세 사람이 난쟁이춤을 구경하며 함께 서 있었을 때—다른 흑인들의 시선을 다정하고 부드럽게 바꿔놓는 무언가가 있었다. 덴버는 사람들의 그런 표정을 본 적이 한 번도 없었다. 심지어 몇몇 흑인들은 엄마에게 고개를 까딱하며 미소까지 지었다. 누구든 폴 디가 풍기는 유쾌한 분위기를 함께하지 않고는 못 배기는 게 분명했다. 거인이 난쟁이와 춤을 출 때나 머리 둘 달린 남자가 혼자 떠들 때도 폴 디는 무릎을 탁탁 쳤다. 그는 덴버가 사달라고 하는 건 뭐든, 원치 않는 물건까지도 잔뜩 사주었다. 또한 주저하는 세서를 꼬드겨 천막 안에 데리고 들어가더니, 먹기 싫어하는 사탕을 입안에 억지로 밀어넣기도 했다. 한편 아프리카 야만인이 막대기를 흔들며 와, 와 소리를 지르자, 폴 디는 그가 로어노크에서부터 아는 사이라고 사람들에게 떠들기도 했다. 몇 사람과는 안면을 트고 일자리를 찾을 수 있을지 묻기도 했다. 세서는 사람들의 미소에 미소로 응했다. 덴버는 기뻐서 몸을 흔들었다. 집으로 돌아가는 길, 이제는 앞장서서 가는 세 사람의 그림자는 여전히 서로의 손을 꼭 잡고 있었다.

옷을 모두 차려입은 한 여자가 물 밖으로 걸어나왔다. 그녀는 시냇가 마른땅으로 겨우 올라와 털썩 주저앉더니 뽕나무에 몸을 기댔다. 여자는 아무렇게나 머리를 기댄 채 밀짚모자의 챙이 갈라질 때까지 하루 밤낮을 꼬박 그 자리에 앉아 있었다. 온몸이 쑤셨고, 특히 허파가 가장 아팠다. 물이 뚝뚝 떨어지는 몸으로 가쁜 숨을 쉬며, 여자는 어떻게든 무거운 눈꺼풀과 타협을 보려고 기를 쓰며 몇 시간을 보냈다. 한낮의 산들바람은 여자의 옷을 말려주었고 밤바람은 옷을 구겨놓았다. 여자가 물속에서 걸어나오는 모습을 우연히 지나다 본 사람은 아무도 없었다. 만약 그랬다 해도 여자에게 선뜻 다가가지 못하고 망설였을 것이다. 여자가 홀딱 젖었다든가 꾸벅꾸벅 졸고 있었다든가 천식 기침 비슷한 소리를 내고 있었기 때문이 아니라, 그 와중에도 내내 히죽히죽 웃고 있었기 때문이다. 여자는 땅바닥에서 몸을 일으켜 숲속으로 들어가서 회양목의 대신전大神殿을 지나고 들판을 지난 다음, 진회색 집 마당까지 다다르는 데 다음날 오전 시간을 다 보냈다. 그러고는 또다시 녹초가 되어 제일 처음 눈에 들어온 적당한 자리—124번지 계단에서 그리 멀지 않은 그루터기—에 주저앉았다. 그때쯤에는 눈을 계속 뜨고 있기가 그나마 조금 수월했다. 여자는 이 분 정도 눈을 뜨고 버틸 수 있었다. 그녀의 목은 둘레가 손님용 찻잔 받침만큼도 안 되어 보였고, 자꾸만 푹푹 꺾여 드레스 목둘레에 달린 레이스에 턱이 쓸렸다.

축하할 일도 하나 없는데 샴페인을 퍼마신 여자의 모습이 아마 이와 비슷할 것이다. 챙이 갈라진 밀짚모자를 비딱하게 쓰고 신발끈은 다 풀어진 채 공공장소에 앉아 꾸벅꾸벅 조는. 하지만 124번지 계단 근처에서 쌔근거리고 있는 이 여자는 피부만큼은 그런 여자들과 전혀 달랐다. 손마디에도 주름살 하나 없는 매끈한 새 피부였다.

오후 늦게 서커스가 끝나자, 흑인들은 운좋으면 마차를 얻어타고 그렇지 않으면 걸어서 집으로 돌아오고 있었다. 여자는 다시 잠이 들었다. 햇살이 여자의 얼굴 위로 가득 쏟아졌다. 그래서 세서와 덴버, 폴 디가 길모퉁이를 돌았을 때 눈에 보인 거라고는 검은색 드레스와 그 아래 끈이 풀린 신발뿐이었고, 히어보이는 어디에도 없었다.

"저게 뭐죠?" 덴버가 물었다.

무슨 까닭인지 바로 설명하기는 어려웠지만, 여자의 얼굴이 보일 정도로 가까이 다가간 순간 세서의 방광이 터질 듯이 꽉 차버렸다. 그녀는 "잠깐 실례"라고 하고는 황급히 124번지 뒤로 달려갔다. 그녀의 엄마를 손가락으로 가리켜 알려줬던 여덟 살짜리 아이에게 보살핌을 받던 어린 시절 이후로, 그렇게 주체할 수 없는 위기를 맞은 건 처음이었다. 그녀는 미처 변소까지 가지도 못했다. 변소 문을 코앞에 두고 치맛자락을 황급히 들어올려야만 했다. 오줌 줄기가 끝없이 흘러내렸다. 말이라도 된 기분이야, 세서는 생각했다. 하지만 오줌이 줄기차게 계속 흘러내리자 세서는 다시 생각했다. 아니야, 덴버가 태어났을 때 배에 흘러넘치던 양수 같아. 어찌나 많았던지 에이미는 이렇게 말했다. "이제 좀 참아, 루. 계속하다가는 너 때문에 우리 배가 가라앉겠어." 하지만 한번 터져버린 자궁에서 쏟아져나오는 양수는 도저히 멈출 수가 없었고, 지금도 멈출 수 없었다. 세서는 폴 디가 자기를 찾으러 오지 않기만을 바랄 뿐이었다. 변소 바로 앞에 쭈그리고 앉아 보기 민망할 정도로 깊은 진구렁을 만들고 있는 꼬락서니를 들키고 말 테니까. 서커스에서 이런 기인도 받아줄까 궁금해하는 순간, 오줌이 그쳤다. 세서는 매무새를 다듬고 얼른 집을 돌아 현관으로 달려갔다. 거기엔 아무도 없었다. 세 사람 모두 집안에 있었고, 폴 디와 덴버는 물을 몇 잔째 거푸 들이켜는 낯선 여자를 그 앞에 서서 지켜보고 있었다.

"목이 마르다고 하더군." 폴 디가 모자를 벗으며 말했다. "엄청 목이 말랐던 모양이야."

여자는 얼룩덜룩한 양철 컵에 담긴 물을 꿀꺽꿀꺽 마시더니 더 달라고 컵을 내밀었다. 덴버는 네 번이나 컵을 채워주었고, 여자는 마치 사막을 건너온 사람처럼 네 번 다 물을 들이켰다. 마침내 다 마시고 났을 때, 턱에 물이 조금 묻어 있었지만 여자는 닦을 생각조차 하지 않았다. 대신 잔뜩 졸린 눈으로 세서를 빤히 쳐다보았다. 제대로 못 먹었구나. 세서는 생각했다. 옷을 나이들어 보이게 입었지만 실은 어리겠는걸. 목둘레에 달린 레이스도 고급이고 모자도 부잣집 여자들이나 쓰는 거야. 이마에 수직으로 난 세 줄의 긁힌 자국만 아니면, 그녀의 피부는 흠 하나 없었다. 긁힌 자국조차 매우 가늘고 희미해서 처음에는 머리카락처럼 보였다. 그것도 풍성하게 자라 검은 실타래처럼 땋아서 모자 밑으로 늘어뜨리기 전의, 갓난아이의 머리카락 같았다.

"이 근처에 사니?" 세서가 물었다.

여자는 아니라고 고개를 젓더니 손을 아래로 뻗어 신발을 벗었다. 그러고는 드레스를 무릎까지 끌어올리고 스타킹을 돌돌 말아내렸다. 스타킹 뭉치를 신발 속에 쑤셔넣을 때, 세서는 여자의 발이 손과 마찬가지로 보드라운 생살인 걸 보았다. 마차를 얻어타고 왔나보군. 세서는 생각했다. 담배와 사탕수수로 이루어진 인생보다 나은 뭔가를 찾아 떠도는 웨스트버지니아 처녀들 중 하나일 거야. 세서는 허리를 숙여 신발을 집어들었다.

"이름이 뭐지?" 폴 디가 물었다.

"빌러비드." 여자가 대답했다. 목소리가 너무 낮고 거칠어 세 사람은 서로 번갈아 마주보았다. 목소리부터 귀에 들어왔고, 그다음에야 이름이 들렸다.

"빌러비드. 성을 이름으로 쓰니, 빌러비드?" 폴 디가 물었다.

"성?" 여자는 어리둥절한 표정이었다. 그러더니 "아니"라고 말하고는 자기 이름의 철자를 불러주었다. 마치 그녀가 말하는 대로 글자가 만들어지기라도 하듯 천천히.

세서는 신발을 툭 떨어뜨렸다. 덴버는 털썩 주저앉았고 폴 디는 미소를 지었다. 그는 조심스럽게 철자를 또박또박 발음하는 그 말투를 알아챘다. 자신이 그렇듯이, 자기 이름조차 읽지 못하고 겨우 그 철자만 외워서 말하는 사람들의 말투였다. 폴 디는 여자에게 가족에 대해 물으려다가 생각을 바꿨다. 이렇게 흘러다니는 흑인 처녀들은 대개 모든 게 무너져버린 폐허에서 흘러나온 경우였다. 사 년 전 로체스터에 있을 때, 여자아이 열넷을 거느리고 온 다섯 명의 여자들을 본 적이 있었다. 남자란 남자—오라비, 삼촌, 아버지, 남편, 아들까지—는 하나씩 하나씩 하나씩 뽑혀가고 없었다. 그들은 드보어 스트리트에 사는 한 목회자에게 전하는 소개장만 달랑 한 장 갖고 있을 뿐이었다. 전쟁이 끝난 지 이미 사오 년이나 지난 뒤였지만, 백인이나 흑인이나 아무도 그 사실을 모르는 것 같았다. 떠돌이 흑인들로 이루어진 희한한 무리가 뒷길과 소몰잇길을 따라 스커넥터디에서 잭슨까지 떠돌아다녔다. 그들은 반쯤 넋이 나가긴 했지만 끈질기기 짝이 없어서, 언젠가 "연락하게, 시카고 근처에 오면 언제든지 내게 연락해" 하고 사촌이나 친척 아주머니, 친구가 던진 한마디 말만 믿고 그들을 찾아다녔다. 어떤 이들은 자기를 부양할 능력이 없는 가족을 떠나 달아나고 있었고, 어떤 이들은 가족을 찾아 달아나고 있었다. 죽은 곡식이나 죽은 혈육, 생명의 위협이나 빼앗긴 땅으로부터 달아나는 이들도 있었다. 뷰글러와 하워드보다 더 어린 소년들, 여러 가족이 뒤섞인 여자들과 어린아이들 무리가 있고, 또 한편에는 홀로 쫓거나 쫓기는 남자들, 남자들, 남자들이 있었다. 대중교통 이용은 아예 금지당한 채, 그들은 빚과 더러운 '말하는 시트'*에 쫓기면서 샛길을 따라다니고 표시를 찾아 지평선을 샅샅이 뒤지며 서

---

* 흰색 두건을 쓴 KKK단을 가리킴.

로에게 깊이 의지했다. 하지만 서로 만나게 되면 인사치레 말고는 굳게 침묵을 지켰고, 이곳저곳 떠돌게 된 슬픈 사연에 대해서는 묻지도, 털어놓지도 않았다. 백인들에 대한 이야기는 차마 입에 담을 수도 없었으니까. 그건 누구나 다 아는 사실이었다.

그래서 폴 디는 챙이 갈라진 모자를 쓴 처녀에게 어디서 어떻게 여기까지 왔는지 꼬치꼬치 캐묻지 않았다. 언젠가 알리고 싶은 마음이 생기고 그 이야기를 털어놓을 수 있을 만큼 건강해지면, 알아서 말할 테니까. 지금 당장은 세 사람 모두 이 아가씨에게 뭘 해줘야 할까 하는 생각뿐이었다. 이 중요한 질문 뒤로 각자 또다른 의문을 품고서. 폴 디는 여자의 신발이 새것이란 데 의문을 가졌다. 한편 세서는 여자의 사랑스러운 이름에 마음 깊이 감동을 받았다. 반짝거리는 묘비에 대한 기억 때문에 이 처녀에게 유난히 마음이 쏠렸다. 하지만 덴버는, 떨고 있었다. 그녀는 이 졸음에 겨운 미녀를 바라보며 더 많은 걸 원했다.

세서는 모자를 못에 걸고 처녀를 향해 친절하게 돌아섰다. "빌러비드라니, 참 예쁜 이름이구나. 모자를 좀 벗지 그러니? 난 이제 뭘 좀 만들어야겠다. 우리는 신시내티 근처에서 열린 서커스에 갔다 오는 길이란다. 정말이지 눈에 보이는 게 다 구경거리더라."

의자에 똑바로 앉아 있던 빌러비드는 세서의 환영 인사를 듣다가 다시 잠들어버렸다.

"이봐, 아가씨." 폴 디가 그녀를 살짝 흔들어 깨웠다. "잠깐 누울래?"

여자는 게슴츠레 눈을 뜨더니 갓난아이 같은 보드라운 발로 일어서서는, 겨우겨우 걸어 천천히 곁방으로 갔다. 일단 곁방에 들어가자, 여자는 베이비 석스가 쓰던 침대에 푹 쓰러져버렸다. 덴버는 여자의 모자를 벗기고 색깔 있는 천 두 조각이 누벼진 누비이불을 발 위에 덮어주었다. 여자는 증기기관처럼 숨을 쌕쌕거렸다.

"숨소리를 들으니 후두염 같은데." 폴 디가 문을 닫으며 말했다.

"열이 있나? 덴버, 혹시 열이 있든?"

"아뇨. 몸이 차요."

"그럼 있는 거야. 열병에 걸리면 뜨거워졌다 차가워졌다 하거든."

"콜레라일지도 몰라." 폴 디가 말했다.

"그래?"

"온통 다 젖었잖아. 틀림없어."

"가엾은 것. 그 병이라면 이 집에서 해줄 수 있는 건 아무것도 없어. 그냥 이겨내는 수밖에. 진짜 지독한 병인데."

"아픈 게 아니에요!" 덴버가 소리를 질렀다. 어찌나 열의에 찬 목소리였는지 그들은 미소를 짓고 말았다.

여자는 나흘 내내 잠을 잤고, 물 마실 때만 눈을 뜨고 일어나 앉았다. 덴버는 깊이 잠든 모습을 지켜보고 거친 숨소리에 귀를 기울이며 그녀를 극진히 간호했다. 위험하기 짝이 없는 소유욕과 애정에 사로잡혀, 빌러비드의 요실금이 자신의 치욕이라도 되는 양 감추기도 했다. 세서가 식당에 가고 폴 디가 짐꾼이 필요한 배를 찾으러 나간 뒤 몰래 이불을 빨았다. 덴버는 속옷을 삶고 표백제에 담그면서 열병이 무사히 지나가기를 간절히 기도했다. 간호에 열중한 나머지 식사도, 에메랄드빛 비밀 방에 가는 일도 까맣게 잊어버렸다.

"빌러비드?" 덴버는 속삭이곤 했다. "빌러비드?" 그리고 그 검은 눈이 살짝 떠질 때면, "나 여기 있어요. 여기 아직 있어요"라는 말만 되풀이

했다.

이따금 빌러비드는 아주 오랫동안 말없이 꿈꾸는 눈빛으로 누워, 입술을 핥고 깊은 한숨을 내쉬었다. 그러면 덴버는 "왜 그래요?" 하고 전전긍긍하며 묻곤 했다.

"무거워." 빌러비드는 이렇게 중얼거렸다. "이곳은 무거워."

"앉아 있을래요?"

"아니." 그녀가 탁한 목소리로 말했다.

빌러비드가 우중충한 누비이불에서 오렌지색 천조각을 알아보기까지는 사흘이 걸렸다. 덕분에 자기 환자가 좀더 오래 깨어 있게 되어 덴버는 무척 기뻤다. 빌러비드는 이 빛바랜 오렌지색 천조각에 마음을 홀딱 빼앗긴 나머지, 팔꿈치로 괴고 몸을 일으켜 천조각을 어루만지려고까지 했다. 하지만 그러다보면 금방 지쳐버렸기 때문에, 덴버는 가장 밝은 부분이 아픈 처녀의 시선과 일직선이 되도록 누비이불을 돌려놓았다.

평생 인내심이라고는 모르고 살았던 덴버는 인내의 화신이 되었다. 엄마가 간섭하지만 않으면 덴버는 자비로움의 표본이었다. 하지만 세서가 도와주려고 하면 퉁명스럽게 돌변했다.

"오늘은 뭐라도 한 숟갈 먹었니?" 세서가 물었다.

"콜레라에 걸렸는데 뭘 먹겠어요."

"그게 확실하니? 폴 디 아저씨 짐작일 뿐인데."

"몰라요. 어쨌든 아직은 아무것도 먹으면 안 돼요."

"콜레라 환자들은 온종일 토한다더라."

"그럼 더구나 먹으면 안 되겠네요, 안 그래요?"

"그렇다고 굶겨 죽일 수는 없잖니, 덴버."

"엄마는 신경쓰지 마세요. 제가 잘 돌보고 있으니까요."

"말은 좀 하든?"

"하면 알려드릴게요."

세서는 딸을 바라보며 생각했다. 그래, 저 아이는 외로웠던 거야. 무척이나 외로웠어.

"혹시 히어보이 어딨는지 아니?" 세서가 화제를 바꿔볼 생각으로 물었다.

"그 개는 안 돌아올 거예요." 덴버가 대답했다.

"어떻게 아니?"

"그냥 알아요." 덴버는 접시에 놓인 사각형의 달콤한 빵 한 조각을 냉큼 집어들었다.

곁방으로 돌아간 덴버가 막 의자에 앉으려는 순간, 빌러비드가 눈을 번쩍 떴다. 덴버는 심장이 두방망이질하는 걸 느꼈다. 잠이 싹 달아난 얼굴을 처음 보아서도, 눈이 크고 새까매서도 아니었다. 흰자위가 새하얗다못해 파르스름한 색마저 감돌아서도 아니었다. 크고 검은 눈동자 깊은 곳에 아무런 표정도 보이지 않아서였다.

"뭘 좀 갖다줄까요?"

빌러비드는 덴버 손에 들린 달콤한 빵을 바라보았다. 덴버가 빵을 내밀자 그녀는 싱긋 미소를 지었고 덴버의 심장도 방망이질을 멈추고 잠잠해졌다. 마치 고향에 돌아온 나그네처럼 마음이 놓이고 편안해졌다.

그 순간부터 그후 모든 일이 다 끝날 때까지, 설탕은 언제나 반드시 빌러비드를 기쁘게 했다. 그녀는 마치 단것을 먹기 위해 세상에 태어난 사람 같았다. 꿀뿐만 아니라 꿀이 박힌 밀랍, 설탕 샌드위치, 깡통 속에서 딱딱하게 굳어버린 당밀, 레모네이드, 태피 사탕 그리고 세서가 식당에서 가져온 온갖 종류의 디저트에 환장했다. 빌러비드는 사탕수숫대가 흐늘흐늘해질 때까지 씹고, 단물이 다 빠진 후에도 오랫동안 입가에 사탕수수 가닥을 늘어뜨리고 있었다. 그 모습에 덴버는 깔깔거렸고 세서도 미소를 지었고, 폴 디는 속이 메슥거린다고 말했다.

세서는 빨리 기운을 차리기 위해서 환자의 몸이 단것을 필요로 한다고 생각했다. 하지만 빌러비드가 눈부시게 건강해진 뒤로도 단것은 계속 계속 필요했다. 그녀가 아무데도 가지 않았기 때문이다. 애당초 갈 데가 없는 듯 보였다. 자기가 이 마을 이곳에서 뭘 하고 있는지, 또 어디서 왔는지에 대한 이야기는 꺼내지도 않았고, 아예 모르는 것 같기도 했다. 그들은 열병 때문에 그녀의 행동이 느려진 것처럼 그녀의 기억도 지워진 거라고 생각했다. 빌러비드는 열아홉이나 스무 살밖에 안 된 젊고 날씬한 처녀였지만, 마치 뚱뚱한 여자나 노인네처럼 가구를 붙잡고 힘들게 걸었으며, 목 하나로 감당하기에는 머리가 너무 무겁다는 듯 손바닥으로 고개를 받치곤 했다.

"저애를 이대로 먹여살릴 거야? 앞으로 쭉?" 이렇게 말하면서, 폴 디는 자신이 무척 인색하게 느껴졌고 날선 목소리에 스스로도 놀랐다.

"덴버가 좋아하잖아. 게다가 별 말썽을 일으키지도 않고. 숨쉬는 게 더 좋아질 때까지 기다려볼까봐. 여전히 힘겹게 씩씩거리는 소리가 들리더라고."

"저애 좀 웃기는 데가 있어." 폴 디가 혼잣말을 하듯 중얼거렸다.

"웃기다니 뭐가?"

"행동도 숨소리도 아픈 사람 같은데, 전혀 아파 보이지 않는단 말이지. 피부도 깨끗하고 눈도 반짝거리고 힘도 황소처럼 세잖아."

"힘이 세다니? 어딜 잡지 않으면 걷지도 못하는걸."

"내 말이 그 말이야. 제대로 걷지도 못하는데, 한 손으로 흔들의자를 번쩍 드는 걸 내가 봤다니까."

"그럴 리가."

"나한테 그러지 말고 덴버한테 물어봐. 바로 옆에 있었으니까."

"덴버! 잠깐 이리 좀 오렴!"

현관에서 걸레질을 하던 덴버가 창문으로 고개를 쑥 내밀었다.

"폴 디 아저씨 말씀이 빌러비드가 한 손으로 흔들의자를 드는 걸 너랑 같이 봤다는데, 그랬니?"

길고 무거운 속눈썹 탓에 덴버의 두 눈은 더 바쁘게 깜박거리는 것처럼 보였다. 그 눈은 지금처럼 폴 디를 똑바로 응시하고 있는 때조차, 거짓이었다. "아뇨. 그런 건 못 봤어요." 덴버가 대답했다.

폴 디는 인상을 찌푸렸지만 아무 말도 하지 않았다. 만약 두 사람 사이에 빗장이 조금 열려 있었더라도, 그 순간 영영 닫히고 말았을 것이다.

빗방울이 솔잎에 죽어라 매달리듯, 빌러비드의 시선은 세서에게서 떨어질 줄 몰랐다. 세서가 허리를 숙여 화덕의 바람문을 흔들 때도, 나뭇가지를 부러뜨려 불쏘시개를 만들 때도, 빌러비드는 그녀를 핥고 맛보고 집어삼킬 듯이 바라보았다. 그만 나가라는 말을 듣지 않는 한, 그리고 꼭 필요한 경우가 아니면, 빌러비드는 정령처럼 세서의 곁을 맴돌면서 세서가 있는 방을 떠나지 않았다. 그녀는 캄캄한 새벽 일찍 일어나, 세서가 일하러 가기 전 빵을 구우러 내려올 때까지 부엌에서 기다렸다. 등잔 불빛과 요리용 화덕의 불길이 드리운 두 사람의 그림자는 시커먼 칼처럼 부엌 천장에서 서로 부딪쳤다 엇갈렸다 했다. 세서가 돌아올 두시쯤이면 빌러비드는 창가나 문가에 착 달라붙어 있었다. 그러다가 현관에서 현관 계단으로, 보도로, 큰길로 나가더니, 급기야 습관에 굴복하여 날마다 블루스톤 로드를 점점 더 멀리 내려가기 시작했다. 그러고는 세서를 만나 함께 124번지로 돌아오곤 했다. 날마다 오후가 되면 이 나이든 여인이 돌아오지 않는 건 아닌지 새삼 걱정되는 모양이었다.

세서는 빌러비드의 조용하고 공공연한 헌신에 기분이 우쭐했다. 딸에게서 그와 같은 숭배(대놓고 드러내는)를 받았다면 아마 짜증이 났을 것이다. 덴버가 그렇게 우스꽝스러운 응석받이로 자란다는 생각만으로도 소름이 쫙 끼쳤다. 하지만 좀 유별나기는 해도 사랑스러운 이 손님과의 동행은 열성적인 제자가 선생을 기쁘게 하듯 그녀를 흐뭇하게 했다.

밤이 점점 더 빨리 찾아와서 등잔을 일찍부터 켜야 하는 계절이 되었다. 세서는 어둠 속에서 출근했고, 폴 디는 어둠 속에서 집으로 걸어왔다. 그렇게 어두컴컴하고 서늘한 어느 날 저녁, 세서는 순무를 네 조각으로 잘라넣고 스튜를 끓였다. 덴버에게는 콩 반의반 말을 주고 골라서 밤새 물에 불리라고 시켰다. 그런 다음 좀 쉬려고 자리에 앉았다. 화덕의 따뜻한 열기에 졸음이 밀려와서 잠에 빠져드는 순간, 세서는 빌러비드의 손길을 느꼈다. 깃털보다 가벼운 손길이었지만, 그럼에도 간절한 욕망이 담겨 있었다. 세서는 움찔하며 주위를 둘러보았다. 처음에는 어깨에 놓인 빌러비드의 갓난아이 같은 보드라운 손이, 그다음에는 그녀의 눈동자가 눈에 들어왔다. 세서는 그 속에서 깊이를 알 수 없는 갈망을 보았다. 거의 통제할 수 없는 애원이었다. 세서는 빌러비드의 손가락을 톡톡 두드려주고는 덴버를 힐끗 보았다. 덴버는 콩 고르는 일에 열중해 있었다.

“다이아몬드는 어디 있어?” 빌러비드가 세서의 얼굴을 가만히 살폈다.

“다이아몬드? 내가 다이아몬드로 뭘 하겠니?”

“귀에 거는 거.”

“그랬으면 얼마나 좋겠니. 예전에 크리스털 귀고리가 있긴 했지. 전에 모신 주인마님이 주신 선물이었어.”

“얘기해줘.” 빌러비드가 행복한 듯 활짝 웃으며 말했다. “다이아몬드 얘기 해줘.”

이것도 빌러비드의 허기를 채워주는 수단이 되었다. 단것이 빌러비드를 기쁘게 하는 효과가 있다는 사실을 덴버가 발견하고 거기에 의존한 것과 마찬가지로, 세서는 빌러비드가 이야기에서 깊은 만족감을 얻는다는 사실을 알았다. 이 사실은 (빌러비드를 기쁘게 한 만큼이나) 세서를 아연케 했다. 과거의 삶과 관련된 언급치고 상처가 아닌 게 없었기 때문이다. 과거의 모든 것은 고통 혹은 상실이었다. 그래서 세서와 베이비 석스는 과거를 절대 입에 올릴 수 없다는 데 말없이 동의했었다. 덴버가 아무리 캐물어도 세서는 그저 짧게 대답하거나 불완전한 몽상만 두서없이 늘어놓곤 했다. 심지어 폴 디와 이야기할 때도, 과거의 일부를 함께 나눈 그였기에 적어도 차분하게 말할 수는 있었지만 상처는 여전히 남아 있었다. 마치 재갈이 물린 흉터가 입가의 보드라운 부분에 남아 있는 것처럼.

하지만 막상 귀고리 이야기를 시작하자, 세서는 자기가 그 이야기를 하고 싶어하고 또 즐긴다는 걸 깨달았다. 빌러비드가 사건 자체와 거리가 있기 때문인지, 아니면 이야기를 듣고 싶어 안달하기 때문인지는 알 수 없었다. 어쨌든 전혀 예기치 못한 즐거움이었다.

또닥또닥 콩을 고르는 소리와 순무가 졸아드는 코를 찌르는 냄새 속에서, 세서는 한때 자신의 귀에 걸려 있었던 크리스털에 대해 이야기했다.

"그 귀고리는 켄터키에서 모시던 마님이 내가 결혼할 때 주신 거란다. 그 시절 그곳에서는 그걸 결혼이라고 했었지. 예식도, 목사도 없다는 것을 알고 내가 얼마나 상심했는지 마님은 아셨던 모양이야. 정말 아무것도 없었어. 난 마땅히 결혼에는 뭔가 있어야 한다고 생각했거든. 이 결혼이 정당하고 진실하다고 말해줄 뭔가가 말이야. 옥수수 껍질이 수북이 쌓인 침상으로 그저 몸만 옮기는 건 싫었어. 그이의 오두막으로 요강만 덜렁 들고 가는 것도. 뭔가 예식이 있어야 한다고 생각했어. 가령 춤을 춘다든가. 머리에는 수염패랭이꽃을 꽂고." 세서는 빙그레 웃었다. "결혼식을 본 적은 한 번도 없었지만, 옷장에서 가너 부인의 웨딩드레스를 본 적은 있었지. 그리고 부인이 줄기차게 늘어놓는 결혼식 이야기도 들었어. 건포도가 1킬로그램이나 들어간 케이크와 양 네 마리가 통째로 나왔다고 했지. 사람들이 다음날까지 먹을 수 있었대. 그게 바로 내가 원하는 거였어. 한 끼 식사, 나와 핼리와 스위트홈의 모든 사람들이 한자리에 앉아 뭔가 특별한 음식을 먹는 것 말이야. 식소가 몰래 빠져나가 찾아가곤 하던 커빙턴이나 하이트리스 농장에서 다른 흑인들도 몇 명 초대하고. 하지만 아무 계획도 없었어. 그래도 우리가 남편과 아내가 되는 데는 아무 문제가 없다고 다들 말했지. 원래 그렇다고. 그게 전부라고.

그래서 난 최소한 드레스라도 만들겠다고 결심했단다. 일할 때 입는 자루 같은 것과는 다른 옷 말이야. 난 천을 훔치기 시작했고, 마침내 너희는 상상도 못할 드레스를 완성했단다. 윗도리는 수선 바구니에 들어 있던 베갯잇 두 장으로, 치마 앞판은 초가 쓰러져서 구멍이 난 서랍장 덮개와 다리미를 시험할 때 쓰던 낡은 허리띠로 만들었어. 치마 뒤쪽이 제일 오랫동안 고민거리였단다. 당장 없어져도 눈에 띄지 않을 천을 도저히 못 찾을 것 같았어. 나중에 드레스를 뜯어서 그 천들을 전부 제자리에 갖다놓으려고 했거든. 헬리는 내가 드레스 만드는 걸 다 끝낼 때까지 참을성 있게 기다려주었어. 드레스 없이는 결혼하지 않을 줄 알았던 거지. 결국 나는 헛간에서 못에 걸려 있던 모기장을 걷어냈어. 잼을 거를 때 쓰던 거였어. 난 그걸 정성껏 빨고 얼룩을 빼서 치마 뒤에 붙였지. 그리고 난 세상에서 가장 보기 흉한 드레스를 입고 서 있었어. 양모솔 덕분에 간신히 거지꼴은 면했지. 그때 난 겨우 열네 살이었고, 그래서 그렇게 스스로를 자랑스러워했던 것 같아.

어쨌든, 가너 부인은 내가 드레스 입은 걸 보셨던 게 틀림없어. 나름대로 꽤 영리하게 훔친다고 생각했지만 부인은 내가 한 일을 죄다 알았어. 심지어 헬리와 함께 옥수수밭으로 떠난 신혼여행까지도. 우리가 결혼식 후 처음으로 간 곳이었지. 어느 토요일 오후였어. 헬리는 아프다고 사정사정해서 타운으로 일하러 가지 않았지. 평소에는 베이비 석스의 몸값을 치르기 위해 토요일과 일요일에도 일을 했거든. 하지만 그날은 아프다고 사정을 했고, 나는 드레스를 입었어. 우리는 손을 맞잡고 옥수수들 속으로 걸어들어갔단다. 아직도 저 멀리 식소와 폴들이 옥수수를 굽던 냄새가 코끝을 맴도는구나. 다음날 가너 부인이 내게 손짓을 하더니 당신 침실이 있는 위층으로 데려가셨어. 부인은 나무 상자를 열고 크리스털 귀고리 한 쌍을 꺼냈지. '이걸 주고 싶구나, 세서'라고 말씀하셨어. 나는 '네, 마님'이라고 대답했고. '귀는 뚫었니?' 부인이 물었지. '아니요, 마님.' '그럼 뚫으렴. 그래야 이걸 걸 수 있으니까. 네가 이걸 받았으면 좋겠어. 너랑 핼리가 행복했으면 좋겠구나.' 난 부인에게 고맙다고 말씀드렸지만, 그곳에서 도망쳐나오기 전까지는 절대 그 귀고리를 하지 않았어. 내가 이 집으로 걸어들어온 다음, 베이비 석스 할머니가 어느 날 내 속치마를 뜯고 귀고리를 꺼냈단다. 난 덴버를 품에 안고 화덕 옆 바로 이 자리에 앉았지. 그리고 할머니는 귀고리를 걸 수 있도록 내 귀를 뚫어주셨어."

"난 엄마가 귀고리 한 걸 본 적 없는데. 귀고리는 지금 어디 있어요?" 덴버가 물었다.

"없어졌어. 오래전에 없어졌단다." 세서는 그만 입을 다물어버렸다. 세 사람이 함께 비에 흠뻑 젖은 시트와 속치마를 안고 바람 속을 달려 집으로 돌아온 순간까지. 그들은 숨이 차 헉헉거리면서도 깔깔 웃으며 의자와 탁자 위에 빨래를 널었다. 빌러비드는 양동이에 든 물을 실컷 마시고는 세서가 덴버의 머리를 수건으로 닦아주는 모습을 지켜보았다.

"땋은 머리를 풀어야 하지 않을까?" 세서가 물었다.

"으응, 내일 할래요." 촘촘한 머리빗이 머리카락을 잡아당길 생각을 하자 덴버는 몸이 움츠러들었다.

"오늘은 항상 여기 있지. 내일이란 건 없고." 세서가 타일렀다.

"아프단 말이에요." 덴버가 대꾸했다.

"매일 빗질을 해봐. 그럼 하나도 안 아프지."

"아야."

"당신 여자, 그 여자는 네 머리를 빗겨준 적 없어?" 빌러비드가 불쑥 물었다.

세서와 덴버가 그녀를 올려다보았다. 사 주나 지났건만 아직도 그 걸걸한 목소리와 그 속에 담긴 듯한 노랫가락에 익숙해지지 않았다. 거기에는 그들의 노래와는 장단이 다른, 바깥세상의 음악이 깔려 있었다.

"당신 여자, 그 여자는 네 머리를 빗겨준 적 없어?"는 분명 세서에게 하는 질문이었다. 빌러비드의 시선이 향해 있는 사람이 세서였기 때문이다.

"내 여자? 우리 어머니 말이니? 설령 빗겨주셨어도 난 기억을 못한단다. 들에 나가 일하는 모습 몇 번밖에 본 적이 없거든. 그리고 쪽물을 들이는 걸 딱 한 번 봤어. 내가 아침에 눈을 뜰 때쯤이면 이미 줄을 서고 계셨어. 달이 밝은 날이면 달빛 아래서 일을 하셨지. 일요일에는 막대기처럼 쓰러져 주무셨어. 아마 이삼 주쯤은 내게 젖을 물리셨을 거야. 다른 여자들도 그렇게 하니까. 그러고는 다시 논으로 돌아가셨고, 난 유모 노릇을 하는 다른 여자의 젖을 빨았지. 그러니 네 질문에 대답을 하자면, 그런 적 없다는 거야. 내 생각에는 그래. 한 번도 내 머리를 빗겨주시거나 한 적이 없어. 내 기억으로는 심지어 밤에 같은 오두막에서 잔 적도 거의 없는걸. 줄 서는 곳에서 너무 멀었나봐. 어머니가 딱 하나 해주신 일이 있지. 날 데리고 훈제소 뒤로 갔어. 그 뒤에서 앞섶을 풀더니 젖가슴을 들어올리고 그 밑을 가리키셨어. 갈비뼈 바로 위에 동그라미와 십자가 낙인이 찍혀 있었어. 어머니가 말씀하셨지. '이게 네 엄마란다. 바로 이게.' 그러고는 손가락으로 가리키셨어. '이 표시가 찍힌 사람은 이제 나밖에 없어. 나머진 다 죽었지. 엄마한테 무슨 일이 생겼는데 엄마 얼굴을 못 알아보겠거든, 이 표시로 날 찾으렴.' 난 죽도록 겁이 났어. 내 머릿속에는 온통, 이게 얼마나 중요한 일인데, 나도 뭔가 중요한 대답을 해야 하는데, 그런 생각뿐이었어. 하지만 아무 생각도 나지 않아서 그냥 떠오르는 대로 말했지. '네, 엄마. 하지만 엄마는 날 어떻게 알아볼 거예요? 엄마는 날 어떻게 알아보죠? 나한테도 표시를 해주세요.' 이렇게 말했단다. '나한테도 이 표시로 표시해주세요.'" 세서가 킬킬 웃었다.

"해주셨나요?" 덴버가 물었다.

"따귀를 때리시더구나."

"왜요?"

"그땐 나도 몰랐어. 내 몸에 표시가 찍히기 전까지는 몰랐지."

"그분은 어떻게 되셨어요?"

"목이 매달렸어. 사람들이 줄을 자르고 어머니를 밑으로 내릴 때까지 아무도 그녀의 몸에 동그라미와 십자가 표시가 있는지 없는지 알 수 없었어. 특히 내가 그랬지. 그래서 난 살펴봤단다." 세서는 빗에 붙은 머리카락을 모으더니 허리를 젖혀 불속으로 휙 던져넣었다. 탁탁 불꽃이 튀었고 탄내가 코를 자극했다. "아이고, 이런." 세서가 탄식하며 자리에서 벌떡 일어나는 바람에 덴버의 머리카락에 꽂아두었던 빗이 바닥으로 떨어졌다.

"엄마? 왜 그래요, 엄마?"

세서는 의자로 가더니 시트를 걷어서 두 팔로 쫙 펼쳤다. 그런 다음 반으로 접고, 접고, 또 접었다. 다른 빨래도 그렇게 했다. 완전히 마르지는 않았지만 빨래를 개는 느낌이 너무나 좋아서 멈출 수가 없었다. 손을 놀려 무슨 일이든 해야만 했다. 알고 있다는 사실조차 까맣게 잊고 있던 일이 떠올랐기 때문이었다. 은밀하고 수치스러운 어떤 일. 따귀와 동그라미 안에 그려진 십자가 바로 다음에 그녀의 마음속 틈새로 스며든 어떤 일이.

"외할머니는 왜 목이 매달렸어요?" 덴버가 물었다. 외할머니 이야기를 들은 건 처음이었다. 덴버가 아는 할머니라곤 베이비 석스뿐이었다.

"끝내 알아낼 수 없었어. 죽은 사람이 무척 많았거든." 세서는 이렇게 대답했지만, 축축한 빨래를 개고 또 개는 동안 점점 또렷이 기억나는 일이 있었다. 낸이라는 여자가 자기 손을 잡더니, 엄마의 표시를 미처 확인하기도 전에 시체 더미로부터 멀리 끌고 가버렸다. 낸은 그녀가 제일 잘 아는 사람 중 하나였다. 그녀는 하루종일 아기들을 곁에서 보살피고 요리를 했다. 한 팔은 멀쩡했지만 다른 팔은 절반이 잘리고 없었다. 그리고 쓰는 말이 달랐다. 그때는 그 말을 다 알아들을 수 있었지만 지금은 기억나지도 않고 따라 할 수도 없었다. 바로 그 때문에, 노래하고 춤추던 일과 북적거렸던 사람들 말고는 스위트홈으로 오기 전의 생활이 거의 기억나지 않는 거라고 세서는 생각했다. 낸이 쓰던 언어와 함께, 낸이 그녀에게 해줬던 말도 다 잊어버렸다. 그녀의 어머니도 똑같은 언어를 썼는데, 그 말은 영영 돌아오지 않을 것이다. 하지만 거기 담긴 뜻, 그것만큼은 내내 남아 있었다. 축축하고 새하얀 시트를 가슴에 꼭 안은 채, 그녀는 더이상 이해할 수 없는 암호로부터 의미를 골라내고 있었다. 어느 밤. 낸은 성한 팔로 그녀를 꼭 껴안고 뭉툭한 다른 팔을 허공에 휘저으며 이렇게 말했다. "잘 들어. 내가 말해줄게, 꼬마

아가씨 세서야." 낸은 정말로 말해주었다. 세서의 엄마와 자신이 함께 바다를 건너왔다고 얘기해주었다. 두 사람 모두 선원들에게 여러 차례 당했다. "네 엄마는 갓난아이들을 전부 내던져버렸어. 너만 빼고 말이야. 선원의 자식 하나는 섬에다 버렸단다. 백인 자식들도 다 내버렸어. 이름도 지어주지 않고 내버렸지. 너한테는 그 흑인 남자의 이름을 붙여주었어. 네 엄마는 그 남자를 두 팔로 껴안았단다. 다른 남자들은 절대 껴안지 않았는데. 절대, 절대로 말이야. 잘 들어. 내가 말해줄게, 꼬마 아가씨 세서야."

꼬마 아가씨 세서일 때는 이 이야기를 들어도 아무 느낌이 없었다. 다 큰 여자가 되고는 화가 났지만 무엇 때문인지 잘 몰랐다. 갑자기 베이비 석스에 대한 엄청난 그리움이 해일처럼 그녀를 덮쳤다. 철썩거리는 해일이 지나간 뒤 고요가 찾아왔고, 세서는 화덕 옆에 앉은 두 소녀를 바라보았다. 아프고 천박한 하숙인과 신경질적이고 외로운 딸. 두 사람이 한없이 작고 멀게 느껴졌다.

"좀 있으면 폴 디 아저씨가 오실 거야." 세서가 말했다.

덴버는 안도의 한숨을 쉬었다. 엄마가 빨래를 개며 서서 골똘히 생각에 빠져 있는 잠깐 동안, 덴버는 제발 그만하라고 이를 악물고 빌었다. 덴버는 엄마가 자기와 상관없는 이야기를 하는 게 죽도록 싫었다. 그래서 항상 에이미에 대해서만 물어보곤 했던 것이다. 나머지는 덴버가 없어서 더욱 찬란하게 빛을 발하는 강력한 세계였다. 그 안에 자기가 없기 때문에 덴버는 그 세계를 증오했고, 빌러비드도 함께 증오해주기를 바랐다. 그렇지만 그럴 가능성은 전혀 없었다. 빌러비드는 틈이 날 때마다 우스운 질문을 해대서 세서의 이야기를 끌어내곤 했다. 덴버는 빌러비드가 마치 굶주린 사람처럼 엄마의 이야기를 듣고 싶어한다는 걸 알아차렸다. 그리고 이제 또다른 사실도 깨달았다. “다이아몬드는 어디 있어?” “당신 여자, 그 여자는 네 머리를 빗겨준 적 없어?” 하는 빌러비드의 질문들 말이다. 그중에서도 가장 황당한 질문. 귀고리 얘기 해줘.

대체 어떻게 알았을까?

빌러비드는 광채가 났고 폴 디는 그게 영 못마땅했다. 여자란 가느다란 넝쿨을 내뻗기 직전의 딸기와 같다. 먼저 초록색의 때깔 자체가 변한다. 그다음 가느다란 넝쿨이 뻗고 꽃봉오리가 맺힌다. 하얀 꽃잎이 시들고 아직 파란 딸기가 고개를 내밀 때쯤, 반짝거리는 이파리는 더욱 팽팽해지고 매끄럽게 윤이 나는 법이다. 빌러비드의 모습이 그랬다. 반들반들하고 반짝거렸다. 폴 디는 잠에서 깨어나면 꼭 세서와 관계를 가졌다. 그래야 나중에 하얀 계단을 내려가 세서가 빌러비드의 시선을 받으며 빵을 만드는 곳으로 갈 때 머리가 맑았다.

저녁에 폴 디가 집에 돌아와 세 여자가 다 함께 저녁상을 차릴 때면 빌러비드의 광채가 어찌나 확연하게 드러나는지 덴버와 세서가 왜 그걸 못 보는지 의아할 지경이었다. 어쩌면 두 사람도 보았을지 모른다.

남자들처럼 여자도 자기들 중 누구 하나가 발정이 나면 알아채고야 마니까. 폴 디는 빌러비드 본인이 그 사실을 알고 있는지 조심스럽게 지켜보았지만, 정작 그녀는 그에게 전혀 관심이 없었다. 직접 질문을 던져도 대꾸조차 하지 않을 때가 많았다. 그를 쳐다보기는 했지만 입은 열지 않았다. 벌써 오 주나 함께 지냈는데도 그루터기에서 잠든 그녀를 처음 발견했을 때 이후로 더는 그녀에 대해 알아낸 것이 없었다.

그들은 폴 디가 124번지에 온 날 부숴버렸던 식탁에 둘러앉았다. 수리한 식탁 다리는 이전보다 더 튼튼했다. 양배추가 동나고 윤기 나는 훈제 족발 뼈다귀만 각자의 접시 위에 수북이 쌓여 있었다. 세서는 식빵푸딩을 덜어주면서 베테랑 요리사들이 늘 그러듯 변명을 먼저 늘어놓고 부디 맛있게 먹어달라고 중얼거렸다. 그때 마치 애완동물처럼 맹목적인 애정을 담뿍 담은 표정으로 세서를 바라보는 빌러비드를 보자, 폴 디는 한마디하지 않을 수 없었다.

"아가씨는 형제자매도 없나?"

빌러비드는 숟가락을 흔들기만 할 뿐 그에게 눈길을 주지는 않았다. "아무도 없어."

"그럼 뭘 찾아서 여기까지 왔지?" 그가 물었다.

"이 집. 내가 머무를 수 있는 이 집을 찾아왔어."

"누가 이 집 이야기를 해줬어?"

"그 여자가 해줬어. 다리에 있을 때, 그 여자가 해줬어."

"옛날에 우리가 알고 지낸 사람인가보지." 세서가 말했다. 124번지가 사방에서 전갈이 날아오고 뒤이어 전갈을 보낸 당사자들이 속속 당도하는 기차역 같았던 그 옛날 말이다. 그때 124번지는 조금씩 흘러들어온 소식들을 말린 콩을 샘물에 불리듯 푹 담가놓는 곳이었다. 쉽게 소화할 수 있을 만큼 말랑말랑해질 때까지.

"어떻게 왔어? 누가 데려다줬지?"

이제 빌러비드는 그를 빤히 바라보았지만 아무 대답도 하지 않았다.

폴 디는 세서와 덴버가 배근육에 힘을 꽉 주고 끈끈한 거미줄을 뽑아내 서로를 향해 슬금슬금 다가가는 걸 느낄 수 있었다. 그는 어쨌든 계속 밀어붙이기로 마음을 굳혔다.

"누가 여기까지 데려다줬는지 묻잖아."

"걸어왔어." 빌러비드가 대답했다. "멀고, 멀고, 멀고, 아주 먼 길이었어. 아무도 날 데려다주지 않아. 아무도 날 도와주지 않아."

"하지만 네 신발은 새것이던데. 그렇게 먼 길을 걸어왔다면 어째서 신발이 그렇게 멀쩡하지?"

"폴 디, 꼬치꼬치 캐묻지 좀 마."

"난 알고 싶어." 그가 나이프를 마치 막대기처럼 주먹으로 꽉 쥐며 말했다.

"나 신발 신어! 드레스 입어! 신발끈이 안 묶여!" 빌러비드가 소리를 지르며 사납게 폴 디를 노려보아서 덴버가 그녀의 팔에 손을 올렸다.

"내가 신발끈 묶는 법 가르쳐줄게." 덴버가 달랬다. 그리고 그 보답으로 빌러비드의 미소를 받았다.

폴 디는 커다란 은빛 물고기의 꼬리를 움켜쥐었다가 순식간에 놓쳐버린 듯한 기분이 들었다. 이제 물고기는 검은 물속으로 헤엄쳐 돌아갔고, 지나간 자리에 반짝이는 물살만이 남았다. 하지만 그녀가 자기 때문에 광채를 발하는 게 아니라면, 대체 누구 때문일까? 그가 알기로 특정한 상대도 없는데 빛을 발하는 여자는 절대 없었다. 그저 만인에게 선언을 하듯이 광채를 발하는 여자는 절대 없었다. 그의 경험상, 그 빛은 언제나 초점이 있을 때만 나타났다. 도랑에서 자신과 함께 기다릴 때는 희미하다못해 연기처럼 사라질 듯하다가 식소가 도착하니 별처럼 반짝 빛나던 50킬로미터의 여자처럼. 폴 디는 결코 그 빛을 잘못 알아본 적이 없었다. 세서의 물에 젖은 다리를 보았을 때도 그 빛이 있었다. 그렇지 않았다면 바로 그날 그녀를 두 팔로 껴안고 등뒤에서 속삭이는 대담한 행동은 못했으리라.

집도 없고 가족도 없는 이 빌러비드라는 아가씨는, 왠지 꼭 집어 말할 수는 없지만, 그가 지난 이십 년 동안 만난 흑인들을 전부 떠올려봐도 종잡을 수 없었다. 전쟁중이나 전쟁 전후나 완전히 넋이 나가고, 지독히 굶주리고, 혹은 지치고 모든 걸 빼앗겨서 무엇을 기억하고 말하는 것조차 기적인 흑인들을 폴 디는 많이 보았다. 자신처럼 그들도 동굴 속에 숨어 지냈고 먹을 걸 두고 올빼미와 싸웠다. 자신처럼 그들도 돼지 먹이를 훔쳤고, 낮이면 나무 위에서 자고 밤이면 하염없이 걸었다. 그리고 자신처럼 단속반과 수색대와 순찰대, 퇴역 군인, 산골 주민, 민병대, 흥에 들떠 노는 사람들을 피해 진흙탕에 몸을 파묻고 우물 속으로 뛰어들었다. 한번은 숲속에서 혼자 사는 열네 살짜리 흑인 아이를 만났는데, 그 아이는 다른 곳에서 살았던 기억이 전혀 없다고 말했다. 또 한번은 정신 나간 흑인 여자가 오리를 자기 아기들이라고 믿고 훔친 죄로 감옥에 갔다가 교수형을 당하는 꼴도 보았다.

움직여라. 걸어라. 도망쳐라. 숨어라. 훔쳐라 그리고 계속 움직여라. 그가 한 여자 혹은 한 가족과 몇 달 이상 한곳에 머무를 수 있었던 적은 딱 한 번뿐이었다. 델라웨어에서 베 짜는 여자와 이 년 가까이 살았던 때였다. 켄터키 주 펄래스키 카운티, 그리고 물론 조지아의 수용소를 제외하고는, 흑인이 살기에 그보다 더 비참한 곳은 본 적이 없었다.

이런 모든 흑인들과도 빌러비드는 달랐다. 그녀가 내뿜는 광채, 새 신발. 그런 것들이 그의 마음을 괴롭혔다. 어쩌면 단지 그녀가 자신을 아랑곳하지 않는다는 사실 때문인지도 모른다. 혹은 그녀가 등장한 시기 때문일 수도 있다. 하필이면 세서와 그가 화해를 하고 외출을 한 날, 그리고 마치 가족처럼 딱 좋은 시간을 보낸 바로 그날 그녀가 나타나 집에 들어왔으니. 덴버도 거의 마음을 돌렸다고 할 수 있었고, 세서는 깔깔 웃고 있었고, 그는 안정적인 일자리를 약속받았고, 124번지의 귀신들은 말끔히 몰아낸 참이었다. 진짜 삶다운 삶이 시작될 참이었다. 그런데 제기랄! 물을 들이켜는 여자가 병이 나 쓰러지고, 집으로 들어오더니, 몸이 다 나은 뒤에도 한 발짝도 움직이지 않는 것이다.

폴 디는 그녀를 내보내고 싶었지만, 세서가 집에 들여놓았으니 자기 집도 아닌데 마음대로 몰아낼 수는 없었다. 게다가 귀신을 몰아내는 일과 KKK단이 전염병처럼 퍼진 동네에서 힘없는 흑인 소녀를 내쫓아버리는 일은 차원이 다른 문제였다. 흑인의 피 없이는 살 수 없는 용龍이 흑인의 피에 죽도록 굶주려 오하이오 전역을 제멋대로 휘젓고 다녔다.

저녁식사를 마치고 식탁에 앉아 금작화 줄기를 씹으며, 폴 디는 그녀를 원래 자리로 보내겠다고 결심했다. 동네 흑인들에게 물어서 어떻게든 이 아이의 집을 알아내리라.

그가 이런 생각을 하는 순간, 빌러비드가 식빵푸딩에서 골라내 삼킨 건포도 한 알이 그만 목에 딱 걸렸다. 그녀는 뒤로 자빠지며 의자에서 굴러떨어지더니 두 손으로 목을 잡고 버둥거렸다. 덴버가 그녀의 손을 목에서 억지로 떼어내는 동안 세서는 그녀의 등을 탁탁 쳤다. 빌러비드는 손과 무릎으로 바닥을 짚고 엎드린 채 먹은 걸 모두 토해내더니 숨을 쉬려고 캑캑거렸다.

빌러비드가 잠잠해지고 덴버가 엉망이 된 바닥을 닦아내자, 세서가 말했다. "이제 그만 가서 자거라."

"내 방으로 가. 내가 돌봐줄게." 덴버가 말했다.

이보다 좋은 기회는 있을 수 없었다. 덴버는 빌러비드와 한방을 쓸 구실을 찾느라 병이 날 지경이었다. 빌러비드를 아래층에 두고 자는 게 너무 힘들었다. 혹시 다시 병이 날까봐, 잠이 들었다가 깨어나지 못할까봐, 혹은 (하느님, 제발 그러지 마세요) 이리저리 떠돌다가 이 집에 들어왔을 때처럼 자리에서 일어나 마당 밖으로 걸어나갈까봐 애가 탔다. 자기 방에서라면 더 쉽게 이야기를 나눌 수 있었다. 세서와 폴 디가 잠든 밤이나 혹은 두 사람이 아직 집에 돌아오지 않은 낮에. 토막 난 문장들과 백일몽, 이해보다 훨씬 더 짜릿한 오해들로 가득찬 달콤하고 말도 안 되는 대화들.

아이들이 자리를 뜨자, 세서는 식탁을 치우기 시작했다. 그녀는 물이 담긴 개수대 옆에 접시를 쌓아놓았다.

"저애의 어떤 점이 그렇게 못마땅해?"

폴 디는 눈살을 찌푸릴 뿐 아무 대꾸도 하지 않았다.

"우리는 벌써 덴버 때문에 한바탕 싸웠어. 그런데 저애 때문에 또 싸워야 해?" 세서가 물었다.

"그저 왜 그렇게 매달리는지 이해할 수 없어서 그래. 저애가 당신한테 왜 그러는지는 뻔하지만 당신이 왜 저애한테 매달리는지는 알 수가 없어."

세서는 쌓아놓은 접시 앞에서 그를 향해 휙 돌아섰다. "누가 누구한테 매달리든 당신이 무슨 상관이야? 저애 하나 먹여살리는 일쯤은 문제도 아니야. 식당에서 남은 음식이나 좀더 가져오면 그만이니까. 게다가 저애는 덴버한테 좋은 친구 노릇을 하잖아. 당신도 알고 당신이 안다는 걸 나도 알아. 그런데 왜 못 잡아먹어서 안달이야?"

"딱 부러지게는 말 못하겠어. 그냥 그런 느낌이 들어."

"그럼 이런 기분도 좀 느껴보지그래? 잠을 잘 침대와 함께 잠들 누군가가 있어서, 그걸 얻기 위해 날마다 뭘 해야 할지 죽도록 걱정하지 않아도 되는 기분이 어떤 건지 말이야. 그게 어떤 기분인지 느껴보라고. 그게 힘들거든, 언제 뭐가 덮칠지 모르는 길을 떠도는 흑인 여자의 심정이 어떨지 좀 느껴보든지. 그런 걸 느껴보란 말이야."

"그런 느낌이라면 나도 잘 알아, 세서. 난 어제 태어난 핏덩이도 아니고 평생 여자한테 못되게 군 적도 없어."

"아이고, 세상에 하나밖에 없는 인물 나셨네." 세서가 대꾸했다.

"둘이 아니고?"

"그래, 둘은 무슨."

"핼리가 당신에게 무슨 짓을 한 적 있어? 핼리는 항상 당신 곁을 지켰어. 절대 당신을 버리지 않았잖아."

"내가 아니면 누굴 버렸단 말이야?"

"몰라. 하지만 당신은 버리지 않았어. 그건 사실이야."

"그렇다면 더 나쁜 짓을 했네. 자기 새끼들을 버렸으니까."

"당신은 몰라."

"그이는 거기 오지 않았어. 오겠다고 말한 장소에 없었다고."

"거기 있었어."

"그럼 왜 나타나지 않았지? 어째서 우리 아기들을 실어보내고 나 혼자 남아 그이를 기다려야 했지?"

"다락에서 나올 수가 없었어."

"다락? 무슨 다락?"

"당신 머리 위에 있던 다락. 그 헛간 다락 말이야."

천천히, 아주 천천히, 세서는 최대한 시간을 들여 식탁으로 다가갔다.

"그이가 봤다고?"

"그래, 봤어."

"그이가 당신한테 말했어?"

"당신이 나한테 말해줬잖아."

"무슨 소리야?"

"내가 이 집에 온 날. 그 녀석들이 당신 젖을 훔쳤다고 했잖아. 핼리가 뭣 때문에 맛이 갔는지 난 전혀 몰랐어. 그런데 그거였어. 이제 짐작이 가. 그전에는 뭔가가 핼리를 완전히 망쳐놓았다는 것밖에 몰랐어. 그렇게 몇 해 동안 토요일이고 일요일이고 오밤중까지 쉬지 않고 일해도 끄떡도 않던 핼리였는데. 하지만 그날 헛간에서 뭘 봤는지는 몰라도 그 때문에 핼리는 마른 가지처럼 뚝 부러져버렸어."

"그이가 봤다고?" 세서는 마치 달아나려는 것을 붙잡으려는 듯 팔꿈치를 꼭 잡았다.

“봤어. 틀림없이.”

“그 녀석들이 나한테 하는 짓을 보고도 그냥 살려뒀단 말이야? 그이가 보고도? 그걸 보고도? 보고도?”

“이봐, 이봐! 내 말 잘 들어. 이야기를 해줄 테니까. 남자는 빌어먹을 도끼가 아니란 말이야. 날마다 일 분도 쉬지 않고 패고 자르고 부수긴 하지만, 남자에게도 그런 게 생긴다고. 마음속에 있어서 도저히 잘라낼 수 없는 것 말이야.”

세서는 등잔 불빛 속에서 이리저리, 이리저리 서성거렸다. “탈출을 도와주는 사람이 말했어. 일요일까지라고. 그 녀석들이 내 젖을 빼앗아 가는데, 그 꼴을 뻔히 보면서도 내려오지 않았다고? 일요일이 왔는데도 그이는 오지 않았어. 월요일에도 핼리는 오지 않았지. 난 그이가 죽었나보다, 그래서 못 오는구나 생각하다가, 붙잡힌 게 아닐까, 그래서 못 오는구나 생각했어. 그러다가 아니야, 그이는 죽지 않았어, 그랬다면 내가 모를 리가 없다 생각했지. 그리고 그 숱한 세월이 흐르고 이제, 당신이 여기 와서는 당신도 모른다고, 그러니 그이가 죽었다고는 못한다고 했지. 그래서 난 또 그래, 그이가 달리 더 좋은 살길을 찾았나보다 생각했어. 이 근처 어디 살았다면 나는 아니더라도 자기 어머니는 꼭 보러 왔을 테니까. 그렇지만 그이가 그걸 봤다는 건 꿈에도 생각 못 했어.”

“이제 와서 그게 뭐가 중요해?”

“그이가 살아 있다면, 그리고 그 꼴을 봤다면, 그이는 절대 내 집에 발을 들여놓지 않을 거야. 핼리라면 그럴 거야.”

“그후로 핼리는 망가져버렸어, 세서.” 폴 디는 그녀를 올려다보며 한

숨을 쉬었다. "당신도 다 아는 편이 나을지도 모르겠군. 내가 마지막으로 봤을 때 헬리는 교유기 옆에 주저앉아 있었어. 얼굴이 버터 범벅이 된 채."

아무 생각도 나질 않았고, 세서는 그게 고마웠다. 그녀는 보통 무슨 이야기를 들으면 당장 그 장면이 떠오르곤 했다. 하지만 폴 디의 이야기에는 아무 장면도 떠오르지 않았다. 머릿속이 텅 비었다. 조심조심, 그녀는 이성적인 질문으로 옮아갔다.

"그이가 뭐라고 했어?"

"아무 말도 안 했어."

"한마디도?"

"한마디도."

"그럼 당신은 뭐라고 했어? 당신도 그이한테 아무 말 안 했어? 무슨 말이든!"

"할 수가 없었어, 세서. 그냥…… 할 수가 없었어."

"왜!"

"재갈을 물고 있었거든."

세서는 현관문을 열고 나가 계단에 앉았다. 해가 저물어 주위가 검푸르게 물들고 있었지만 아직 저 너머 들판에 선 나무들의 검은 그림자는 구별할 수 있었다. 세서는 고개를 설레설레 흔들며 도통 말을 듣지 않는 머리를 체념하고 받아들였다. 어째서 이 머리는 거절이란 걸 모를까? 참혹한 일이든, 후회스러운 일이든, 더럽게 끔찍한 장면이든 가리는 게 없으니. 욕심꾸러기 아이처럼 뭐든 덥석덥석 받아먹는단 말이야. 단 한 번이라도, 고맙지만 사양한다고 말할 수는 없을까? 방금 먹어서 이젠 한입도 더 못 먹겠다고 말이야. 이빨에 이끼 낀 그 빌어먹을 두 녀석만으로도 난 지금 터질 지경이야. 한 놈은 날 바닥에 눕힌 채 붙잡고 또 한 놈은 내 젖을 빨고, 녀석들의 책 읽는 선생은 그걸 지켜보며 공책에 적었지. 난 아직도 그 기억으로 꽉 차 있다고. 제기랄, 다시 돌아가서 기억을 더 보탤 수는 없어. 거기다 남편까지 더해야 한다니. 바로 내 머리 위 다락에서, 그렇게 가까운 곳에서 날 지켜보는 남편. 아무도 찾을 수 없는 유일한 장소라고 생각했겠지. 그곳에서 나도 차마 볼 수 없었던 그 광경을 내려다보는 남편이라니. 녀석들을 막지도 않고 눈앞에서 벌어지는 일을 그저 바라보고만 있는 남편이라니. 그런데도 탐욕스러운 내 머리는 이렇게 말하지. 오, 고마워요. 더 주세요. 그럼 난 또 더 주는 거야. 방금 그렇게 주고도 멈출 줄을 몰라. 버터와 응고시킨 우유로 범벅이 된 얼굴로 교유기 옆에 쭈그리고 앉은 남편도 있어. 녀석들이 빼앗아간 젖이 그이의 머릿속에 새겨졌기 때문이었겠지. 그이 생각에는, 온 세상이 다 아는 거나 마찬가지였던 거야. 만약 그때 그렇게 망가져버렸다면, 그이는 지금쯤 분명히 죽었을 테지. 게다가 폴 디가 입에 쇠 재갈이 물려서 그런 그이를 보고도 구해주거나 위로해주지 못했다면, 폴 디에겐 나한테 해줄 말이 아직 더 있단 소리잖아. 내 머리가 당장 달려가 고맙지만 사양한다는 말은 절대 하지 않고 덥석 받아먹을 이야기가. 난 알고 싶지도 않고 기억하고 싶지도 않아. 그것 말고도 할 일이 많은걸. 내일 일도, 덴버도, 빌러비드도 걱정해야 하고, 사랑은 물론이고 늙고 병들 일도 걱정해야 해.

하지만 그녀의 머리는 앞날에는 아무 관심도 없었다. 과거로 꽉 차 있으면서도 여전히 배고프니 더 달라고 성화를 부려서, 내일을 계획하기는커녕 상상해볼 여지도 남겨두지 않았다. 야생 양파밭에서의 그날 오후와 똑같이. 그저 한 치 앞이 그녀가 가장 멀리 내다볼 수 있는 미래였던 그때처럼. 다른 사람들은 미쳐버렸는데, 왜 그녀는 그럴 수 없었을까? 다른 사람들의 머리는 그만 멈추고 팽 돌아서 딴 세상으로 가버렸는데. 핼리도 그렇게 된 게 틀림없었다. 얼마나 좋을까. 둘이서 착유장에 등을 기대고 교유기 옆에 쪼그리고 앉아 세상 근심 따위는 다 잊어버린 채, 서로의 얼굴에 차갑고 덩어리진 버터를 처바르고 있다면. 미끈거리고 끈적거리는 감촉을 느끼며 버터를 서로의 머리카락에 문지르고 손가락 사이로 새는 버터를 바라본다면. 바로 그 자리에서 멈췄다면 얼마나 마음이 편했을까. 꼭꼭 닫아버리고 버터나 쥐어짜고 있으면. 하지만 그녀의 세 아이가 담요에 싸여 설탕물을 빨면서 오하이오로 가고 있었다. 아무리 버터 장난을 쳐도 그 현실을 바꿀 수는 없었을 것이다.

폴 디가 문밖으로 걸어나와 그녀의 어깨를 어루만졌다.

"그 얘기를 할 생각은 없었어."

"나도 그런 얘기를 들을 생각은 없었어."

"다시 주워담을 수는 없지만, 가만히 내버려둘 수는 있어." 폴 디가 말했다.

이 사람도 나한테 말하고 싶구나, 세서는 생각했다. 그때 심정이 어땠느냐고, 쇠 재갈에 짓눌린 혓바닥이 얼마나 아팠느냐고, 얼마나 간절히 침을 뱉고 싶었으면 엉엉 울기까지 했느냐고 내가 물어봐주길 바라는구나. 세서는 이미 알고 있었다. 스위트홈에 오기 전 있었던 곳에서 시시때때로 그런 광경을 보았다. 어른 남자나 남자아이들, 어린 계집애들, 여자들 할 것 없이. 입술이 뒤로 확 당겨지는 순간, 두 눈에서 사나운 빛이 솟구쳐올랐다. 재갈을 벗고 며칠이 지나도, 거위 기름을 입꼬리에 문지르며 온갖 방법을 다 써봐도 혀의 통증은 가라앉지 않았고 사나운 눈빛도 사라지지 않았다.

세서는 폴 디의 눈을 가만히 올려다보며 어떤 흔적이라도 남았는지 살펴보았다.

"어렸을 때 그런 사람들을 봤어." 세서가 입을 열었다. "재갈이 물린 사람들은 그뒤로 언제나 사납게 보였어. 무슨 이유로 재갈을 물렸든 효과는 전혀 없었을 거야. 전에는 아무것도 없었던 사람들에게 사나운 분노를 심어줬으니까. 그런데 당신에게는 그런 게 안 보여. 당신 눈 어디에도 사나운 기색이라곤 없어."

"집어넣을 방법이 있으면 빼낼 방법도 있는 법이지. 난 두 가지 다 겪어봤지만 어느 쪽이 더 지독한지 아직 잘 모르겠어." 그가 그녀 옆에 앉았다. 세서는 그를 보았다. 어슴푸레한 빛 속에서 그의 여윈 구릿빛 얼굴을 보자, 그녀는 마음이 가라앉았다.

"나한테 그 이야기 하고 싶어?" 세서가 물었다.

"모르겠어. 그 얘기는 한 번도 해본 적이 없어. 아무한테도. 가끔 노래로 부르기는 했지만, 정말이지 아무한테도 말하지 않았어."

"말해봐. 내가 들어줄게."

"그래, 당신이라면 들어줄 수 있을지 몰라. 하지만 내가 말할 수 있을지 모르겠어. 그러니까, 제대로 말할 수 있을지 모르겠다고. 재갈 때문이 아니었거든. 그게 아니었어."

"그럼 뭐야?" 세서가 물었다.

"수탉들이었어." 폴 디가 말했다. "날 빤히 보는 수탉들을 보며 그 옆을 지나가는 거."

세서가 빙그레 웃었다. "그 소나무 위에서 보고 있었어?"

"맞아." 폴 디도 그녀와 함께 미소를 지었다. "그 나무 위에 앉아 있던 놈들이 다섯은 됐을 거야. 암탉은 적어도 오십 마리쯤 됐고."

"미스터도 있었어?"

"거기엔 없었어. 하지만 스무 걸음도 채 못 가 녀석을 봤지. 녀석은 울타리 기둥에서 내려와 물통 위에 앉아 있었어."

"미스터는 그 물통을 참 좋아했지." 세서가 생각에 잠겨 말했다. 그래, 이젠 멈출 수가 없어.

"그랬지? 무슨 왕좌나 되는 것처럼 말이야. 녀석의 알껍데기를 내가 깨줬잖아. 내가 아니었다면 녀석은 죽었을 거야. 암탉이 알에서 나온 새끼들을 줄줄이 거느리고 가버렸는데 알 하나가 아직 남아 있었지. 꼭 속이 빈 것 같았지만 움직이는 게 보이더라고. 그래서 내가 껍데기를 톡톡 쳐서 깨줬더니 미스터가 나온 거야. 발도 그렇고 전체적으로 상태가 꽤 안 좋았어. 그 망할 놈이 쑥쑥 자라더니 온 마당을 휘젓고 다니는 걸 나는 다 지켜봤지."

"녀석은 언제나 혐오스러웠어." 세서가 말했다.

"그래, 언제 봐도 싫은 녀석이었지. 잔인하고 고약했어. 구부러진 발톱을 마구 휘둘렀잖아. 볏은 내 손바닥만큼이나 넓적하고 시뻘겠지. 놈이 바로 그 물통 위에 앉아서 나를 빤히 쳐다보더라고. 맹세코, 녀석은 웃고 있었어. 내 머릿속은 온통 조금 전에 본 핼리의 모습으로 꽉 차 있었어. 재갈은 생각도 하지 않았지. 그저 핼리와 그전에 본 식소 생각뿐이었어. 그런데 미스터를 본 순간, 나도 마찬가지라는 걸 깨달았어. 그들뿐만 아니라, 나도 마찬가지라는 걸. 한 명은 미치고, 한 명은 팔려가고, 또 한 명은 사라지고, 또 한 명은 불에 타버렸어. 그리고 나는 등 뒤로 손이 묶인 채 쇠 재갈을 물고 있었지. 스위트홈의 마지막 남자인 나도.

미스터, 녀석은 무척…… 자유로워 보였어. 나보다 나았지. 더 강하고 억셌어. 그 빌어먹을 놈은 혼자서 알을 깨고 나오지도 못했었는데 마치 왕 같았고 반대로 나는……" 폴 디는 말을 멈추더니 오른손으로 왼손을 꽉 쥐었다. 그렇게 손과 세상이 잠잠해질 때까지 오랫동안 붙잡고 있다가 다시 말을 이었다.

"미스터는 자기가 타고난 대로 사는 게 허락되었고 그렇게 살았지. 하지만 난 내 모습 그대로 사는 게 허락되지 않았어. 설사 놈을 잡아 먹는다 해도 미스터란 이름의 수탉을 요리하는 것에 지나지 않았지. 하지만 난 죽든 살든 두 번 다시 폴 디가 될 수 없었어. 학교 선생이 날 바꿔놓은 거야. 난 다른 뭔가가 되었어. 햇살을 받으며 물통 위에 앉아 있는 수탉보다도 못한 게 되었어."

세서는 그의 무릎에 손을 올려놓고 쓰다듬었다.

폴 디는 겨우 이야기를 시작했을 뿐이었다. 그의 무릎에 놓인 세서의 손길이 다정하게 마음을 위로하며 그의 말문을 막았을 때, 그가 그녀에게 털어놓은 이야기는 시작에 불과했다. 도리어 잘됐다. 도리어 잘됐어. 더 길게 이야기했다가는 두 사람 모두 돌아올 수 없는 곳까지 갈 수도 있다. 나머지 이야기는 원래의 자리, 그의 가슴속, 붉은 심장이 있었던 자리에 묻은 양철 담뱃갑 속에 그대로 둘 것이다. 담뱃갑의 뚜껑은 녹슬어서 굳게 닫혀 있었다. 이 다정하고 강인한 여인 앞에서 그 뚜껑을 열지는 않으리라. 세서가 그 안에 담긴 것의 냄새라도 맡는다면, 그에게 너무나 수치스러운 일일 테니까. 게다가 그의 가슴속에 미스터의 볏처럼 빛나는 붉은 심장이 없다는 사실을 알면 그녀도 상처받을지 모른다.

세서는 그의 작업복과 돌처럼 단단하고 둥근 무릎을 꾹꾹 눌러가며 문지르고 또 문질렀다. 그렇게 해서 자기가 그랬듯이 그도 평안을 되찾기를 바랐다. 어둑어둑한 식당 부엌에서 빵을 반죽할 때처럼. 아직 요리사도 도착하지 않은 시각, 벤치 하나 길이만큼도 안 되는 좁은 공간에서, 우유 깡통을 쌓아놓는 곳 왼편 뒤쪽에 생긴 좁은 공간에서 반죽하는 일. 반죽을 주무르고, 또 주무르는 일. 밀려드는 과거를 내쫓는 힘겨운 일과를 시작하기에 그보다 더 좋은 일은 없었다.

위층에서 빌러비드가 춤을 추고 있었다. 작게 투스텝, 투스텝, 다시 원스텝, 미끄러지고, 미끄러지고 앞뒤로 스트럿.*

덴버는 침대에 앉아 미소를 지으며 음악을 흥얼거려주었다.

빌러비드가 이렇게 행복해하는 모습은 한 번도 본 적이 없었다. 단것이 주는 쾌락이나 덴버가 알려준 소식에 도톰한 입술이 활짝 벌어지는 모습을 본 적은 있었다. 엄마가 들려주는 지난 시절 이야기를 들을 때면 빌러비드의 온몸에서 따뜻한 만족의 기운이 흘러나오는 걸 느끼기도 했다. 하지만 이렇게 즐거워하는 모습은 처음이었다. 빌러비드가 두 눈을 부릅뜨고 바닥에 벌렁 자빠져서 목을 움켜쥔 채 발버둥친 지

* 행진하듯이 걸으면서 앞뒤로 왔다갔다하는 동작.

십 분도 지나지 않았다. 그런데 덴버의 침대에 불과 몇 초쯤 누워 있다가, 이제는 일어나서 춤을 추고 있었다.

"춤은 어디서 배웠어?" 덴버가 물었다.

"안 배웠어. 내가 하는 것 좀 봐." 빌러비드는 두 주먹을 엉덩이에 대고 맨발로 깡충깡충 뛰기 시작했다. 덴버는 깔깔 웃었다.

"이번엔 너야. 어서." 빌러비드가 말했다. "그냥 한번 해봐." 그녀의 까만 치마가 옆으로 살랑거렸다.

침대에서 일어나는 순간, 덴버는 몸이 얼음처럼 차가워졌다. 그녀는 자기 덩치가 빌러비드의 두 배쯤 된다는 사실을 알고 있었다. 하지만 눈송이처럼 차갑고 가벼워져서 둥둥 떠다녔다.

빌러비드는 한 손으로 덴버의 손을 잡고, 또 한 손은 덴버의 어깨 위에 얹었다. 그대로 두 사람은 춤을 추었다. 좁은 방안을 빙글빙글 돌았다. 현기증이 나서인지 아니면 가볍고 얼음처럼 차가워진 느낌 때문인지 덴버는 숨이 넘어갈 정도로 웃어댔다. 전염성 강한 웃음이 빌러비드에게로 옮았다. 두 사람은 새끼 고양이처럼 명랑해져서 몸을 앞뒤로 앞뒤로 흔들었다. 그러다가 기진맥진해서 바닥에 주저앉았다. 빌러비드가 고개를 젖혀 침대 가장자리에 기댄 채 숨을 고르는 동안 덴버는 빌러비드가 자려고 옷을 벗을 때마다 훤히 드러났던 그것의 끄트머리를 살짝 보았다. 덴버는 그것을 똑바로 쳐다보면서 낮은 소리로 물었다. "왜 자기 이름을 빌러비드라고 불러?"

빌러비드는 두 눈을 감았다. "어둠 속에서 내 이름은 빌러비드야."

덴버는 좀더 돌진했다. "거긴 어때? 언니가 전에 있던 곳 말이야. 나한테 말해줄 수 있어?"

"캄캄해." 빌러비드가 말했다. "거기서 난 작아. 여기서는 이만한데." 그녀는 침대에 기댔던 고개를 들더니 옆으로 누워 몸을 웅크렸다.

덴버는 손으로 입을 막았다. "추웠어?"

빌러비드는 더 바싹 몸을 웅크리며 고개를 저었다. "더워. 저 아래에는 숨쉴 공기도 없고 움직일 공간도 없어."

"누구 본 사람은 없어?"

"산더미야. 저 아래에는 사람이 엄청 많아. 어떤 사람은 죽었어."

"그럼 예수님도 봤어? 베이비 석스도?"

"몰라. 이름은 몰라." 빌러비드가 몸을 일으켜 앉았다.

"말해봐. 여긴 어떻게 왔어?"

"기다렸어. 그러다가 다리 위로 갔어. 어두울 때, 환할 때, 어두울 때, 환할 때 계속 거기 있었어. 아주 오랜 시간이었어."

"그동안 내내 다리 위에 있었어?"

"아니. 나중에. 밖으로 나온 뒤에."

"뭣 때문에 다시 돌아왔어?"

빌러비드가 미소를 지었다. "그녀의 얼굴을 보려고."

"엄마 얼굴? 세서?"

"응, 세서."

덴버는 조금 상처를 받았다. 빌러비드가 돌아온 가장 큰 이유가 자기가 아니라는 사실에 무시를 당한 느낌이었다. "우리가 시냇가에서 함께 놀았던 건 기억 안 나?"

"난 다리 위에 있었어. 다리 위에 있는 나를 봤어?" 빌러비드가 말했다.

"아니, 시냇가에서. 숲 뒤편에 있는 시내."

"오, 난 물속에 있었어. 물속에서 그녀의 다이아몬드를 봤지. 만질 수도 있었어."

"그런데 왜 안 만졌어?"

"그녀가 날 버려두고 갔어. 나만 혼자 두고." 빌러비드가 말했다. 그녀는 눈을 들어 덴버의 눈을 마주보고는 인상을 찌푸리는 것 같았다. 어쩌면 아닐 수도. 이마에 작게 난 긁힌 자국 때문에 그렇게 보였는지도 모른다.

덴버는 침을 꿀꺽 삼켰다. "언니는 그러지 마." 그녀는 말했다. "그러지 마. 우릴 두고 떠나지 않을 거지?"

"안 떠나. 절대로. 여기가 내가 있을 곳이야."

책상다리를 하고 앉아 있던 덴버가 갑자기 몸을 기울이더니 빌러비드의 손목을 꼭 잡았다. "엄마한테는 말하지 마. 엄마한테는 언니가 누군지 알려주지 말라고. 알았지?"

"나한테 이래라저래라 하지 마. 나한테 절대 명령하지 마."

"하지만 난 언니 편이야, 빌러비드."

"그녀뿐이야. 나한테 필요한 사람은 그녀뿐이야. 넌 가도 되지만 그녀만은 내가 가져야 해." 빌러비드는 밤하늘처럼 새카만 두 눈을 최대한 크게 떴다.

"난 언니한테 아무 짓도 안 했어. 절대 언니를 해치지 않아. 어느 누구도 해친 적 없는걸." 덴버가 말했다.

"나도 그래. 나도 그래."

"앞으로 어떻게 할 거야?"

"여기 있을 거야. 여기가 내 집이야."

"나도 여기가 집이야."

"그럼 여기 있어. 하지만 절대 나한테 이래라저래라 하지 마. 절대 그러지 마."

"우리 춤추고 있었잖아. 방금까지 같이 춤추고 있었잖아. 춤추자."

"추고 싶지 않아." 빌러비드는 자리에서 일어나더니 침대에 누웠다. 두 사람의 침묵이 마치 공포에 질린 새처럼 이벽 저벽에 마구 부딪혔다. 마침내 덴버의 숨소리가 견딜 수 없는 상실의 위협을 이겨내고 차분해졌다.

"얘기해줘." 빌러비드가 말했다. "세서가 배에서 어떻게 널 낳았는지 얘기해줘."

"전부 다 말해준 적은 없어." 덴버가 말했다.

"얘기해줘."

덴버는 침대로 올라가 앞치마 밑으로 팔짱을 꼈다. 서커스에 다녀오고 빌러비드가 이 집 앞 그루터기에 앉아 있던 그날 이후로, 덴버는 숲속 나무 사이의 비밀 방에 한 번도 가지 않았다. 그리고 그 사실을 지금 이 절박한 순간까지 기억조차 하지 못했었다. 거기서 얻을 수 있는 것은 뭐든지 언니가 훨씬 많이, 넘치도록 줄 수 있었다. 두근거리는 가슴, 꿈결 같은 기분, 친구, 아슬아슬함, 아름다움. 덴버는 이야기를 시작하려고 침을 두 번 삼키고 나서, 평생 들어온 이야기를 실 삼아 빌러비드를 낚을 그물을 짜기 시작했다.

"엄마가 그러는데 그 여자애는 손힘이 좋았대. 그 백인 여자애 말이야. 팔은 가느다랗고 짧았지만 손힘은 좋았대. 엄마는 보자마자 그걸 알았대. 머리통 다섯을 합친 것만큼이나 머리숱이 많았고 손힘이 좋았단다, 엄마는 그렇게 말했어. 아마 손 때문에 그 여자애가 할 수 있을 거란 생각이 들었나봐. 엄마랑 나를 강 너머로 데려다줄 수 있을 거라고. 하지만 엄마의 마음이 든든했던 건 사실 입 때문이었대. 백인들의 경우에는 보고 판단할 수 있는 게 하나도 없다고 하셨어. 어디로 튈지 모른다고 말이야. 말이랑 행동이 다르다고. 하지만 입을 보면, 가끔은 알 수 있대. 이 백인 여자애는 폭풍처럼 닥치는 대로 지껄이긴 했지만 입가에 비열함이 없었대. 그애가 엄마를 달개집으로 데려가 발을 주물러줬다니, 그 생각이 맞았던 거야. 그래서 엄마는 그애가 엄마를 밀고하지 않을 거라고 믿었대. 도망친 노예를 신고하면 포상금을 받을 수 있었는데, 그전엔 그 에이미라는 여자애가 가장 원하는 게 돈은 아닐 거라고 확신할 수가 없었어. 특히 에이미는 벨벳을 좀 사야겠다는 이야기만 끝없이 해댔으니까."

"벨벳이 뭐야?"

"천이야. 짙고 부드러운 천."

"계속해."

"어쨌든 그애는 엄마의 발을 주물러서 되살려놓았어. 엄마는 너무 아파서 엉엉 울었대. 그렇지만 덕분에 드디어 베이비 석스 할머니가 계신 곳으로 갈 수 있겠구나 하고 생각했대……"

"그건 또 누구야?"

"말했잖아. 우리 할머니라고."

"그럼 세서의 엄마야?"

"아니, 우리 아빠의 엄마."

"계속해봐."

"거기에는 다른 식구들도 있었어. 우리 오빠들이랑…… 여자 아기도. 엄마는 아이들을 베이비 할머니 댁으로 먼저 보내고 자길 기다리고 있으라고 했거든. 그래서 거기 가기 위해 어떻게든 온갖 고생을 다 견뎌야 했어. 그런데 이 에이미라는 여자애가 도와준 거야."

덴버는 말을 멈추고 한숨을 내쉬었다. 여기서부터 그녀가 가장 좋아하는 대목이었다. 드디어 그 이야기에 이른 것이다. 덴버가 이 대목을 가장 좋아하는 이유는 처음부터 끝까지 자신에 관한 이야기이기 때문이었다. 하지만 한편으로는 싫어하기도 했는데, 왠지 어딘가에 빚을 져서 덴버 자신이 그것을 갚아야 할 것 같기 때문이었다. 하지만 누구에게 빚을 졌으며 어떻게 갚아야 할지는 알 수 없었다. 지금, 초롱초롱한 눈으로 이야기에 굶주린 표정을 짓고 있는 빌러비드의 얼굴과, 물건들의 색깔이며 크기를 꼬치꼬치 캐물으며 한마디도 놓치지 않으려는 태도, 알고 싶어하는 갈망을 보면서 덴버는 자기가 하는 이야기가 눈앞에 보이기 시작했다. 듣기만 할 때는 미처 몰랐던 것까지도. 열아홉 살—지금의 자신보다 한 살 더 많다—의 노예 소녀가 멀리 떨어져 있는 자식들에게 가려고 컴컴한 숲속을 걷고 있다. 그녀는 지쳤고 어쩌면 겁에 질렸는지도 모른다. 심지어 길을 잃었는지도 모른다. 무엇보다 그녀는 혼자이고, 뱃속에는 신경써야 할 또다른 아기까지 있다. 어쩌면 사냥개가, 분명 총을 들었을 사람들이 뒤를 쫓아온다. 이에 이끼가 낀 남자애는 말할 것도 없다. 캄캄한 밤은 오히려 무섭지 않다. 그녀는 밤과 같은 색깔이니까. 하지만 낮에는 모든 소리가 총소리나 추적자들의 숨죽인 발소리로 들린다.

이제 덴버는 그 장면을 보고 느끼고 있었다. 빌러비드를 통해. 그때 엄마가 느꼈을 감정을 고스란히 느꼈다. 그때 엄마가 보았을 광경을 그대로 보았다. 조목조목 이야기할수록, 상세하게 설명할수록, 빌러비드는 더 좋아했다. 덴버는 빌러비드의 질문에 답하기 위해, 어머니와 할머니한테서 얻어들은 단편적인 이야기들에 피와 살과 뛰는 심장을 더했다. 사실상 그 독백은 두 사람이 함께 누워 부르는 이중창이 되었다. 덴버는 사랑하는 이를 배불리 먹이는 게 커다란 즐거움인 연인처럼 빌러비드의 호기심을 채워주었다. 오렌지색 천 두 조각이 붙은 칙칙한 색깔의 누비이불도 그들 곁에 있었다. 빌러비드가 잘 때도 곁에 두고 싶어했기 때문이다. 이불에서는 풀냄새가 났고 부지런한 여인네의 쉴 틈 없는 손처럼 건조하고 따뜻하고 까끌까끌했다. 덴버는 이야기를 했고, 빌러비드는 들었다. 두 사람은 실제로 어떤 일이 일어났는지, 그리고 실제로 어땠을지를 창조해내려고 최선을 다했다. 오직 세서만이 마음속에 담았고, 이후 윤곽을 잡아볼 시간을 가졌기에 오직 그녀만이 아는 사실들을. 에이미의 목소리 특징이나 불타는 장작 같았던 그녀의 숨결을. 급작스럽게 바뀌던—밤에는 시원하다가 낮에는 뜨겁고 갑자기 안개가 몰려드는—산속 날씨. 백인 여자애 곁에서 세서가 얼마나 무모하게 행동했는지. 그 무모함은 절망의 산물이면서 에이미의 도망자의 눈빛과 따뜻한 입매에 고무되어 나온 것이었다.

"아가씨는 이런 산속을 헤매고 돌아다닐 일이 없으실 텐데요."

"누가 할 소리. 여기서는 너보다 내가 볼일이 더 많아. 사람들한테 붙잡히면 넌 목이 달아날걸. 나야 아무도 쫓아오는 사람이 없지만 넌 쫓기고 있잖아." 에이미는 손가락으로 노예 여자의 발바닥을 꾹꾹 눌렀다. "누구 애야?"

세서는 대답하지 않았다.

"애아빠가 누군지도 모르는구나. 이런, 세상에." 에이미가 고개를 절레절레 흔들며 한숨을 쉬었다. "아파?"

"조금요."

"좋은 일이야. 아플수록 좋아. 아프지 않고 낫는 병은 없으니까. 왜 그렇게 버둥거려?"

세서는 팔꿈치로 괴고 상체를 일으켰다. 너무 오래 등을 대고 누워 있었더니 양어깨 사이에 난리가 났다. 발바닥에서도 불이 나고 등에서도 불이 나서 땀이 났다.

"등이 아파요." 세서가 말했다.

"등이 아프다고? 제기랄, 성한 데가 없군. 이쪽으로 돌아봐. 어디 한번 보자."

어찌나 힘이 드는지 속이 다 뒤집힐 지경이었지만, 세서는 오른쪽으로 돌아누웠다. 에이미는 등판을 풀어 헤치더니 "이런, 세상에"라고 중얼거렸다. 세서는 상태가 꽤 나쁜 모양이라고 짐작했다. 에이미가 한동안 말을 잇지 못했기 때문이다. 에이미가 말문이 막혀버려 침묵을 지키는 동안, 세서는 힘 좋은 그 손가락들이 가볍게 등을 어루만지는 걸 느꼈다. 숨소리는 들렸지만 백인 여자애는 여전히 아무 말도 없었다. 세서는 꼼짝도 할 수 없었다. 불룩한 배 쪽으로도, 등 쪽으로도 누울 수가 없었다. 그렇다고 옆으로 계속 누워 있자니 아파서 비명을 지르는 발들이 짓눌렸다. 마침내 에이미가 몽유병자 같은 목소리로 말했다.

"이건 나무야, 루. 벚나무. 봐, 여기가 줄기야. 붉고 넓게 쫙 벌어졌는데 수액이 가득하고, 여기는 나뭇가지가 갈라지는 곳이야. 가지가 엄청나게 많아. 잎사귀도 있어. 그렇게 보여. 꽃잎도 있네. 조그맣고 귀여운 벚꽃. 그만큼 하얗고. 네 등에 커다란 나무 한 그루가 통째로 자라고 있어. 꽃이 만발한 채로. 대체 하느님은 무슨 생각이실까. 나도 매질을 당해봤지만 이런 건 생각 안 나. 버디 씨도 손이 악랄하기 짝이 없었어. 네가 똑바로 쳐다보기만 해도 채찍질을 할걸. 틀림없어. 한번은 내가 자기를 똑바로 쳐다봤다며 몸을 한껏 뒤로 젖히더니 나한테 부지깽이를 던졌거든. 아마 내가 무슨 생각을 하는지 알았나봐."

세서가 신음을 하자 에이미는 몽상을 짧게 끊었다. 하지만 그러는 동안에도 세서의 발 위치를 바꿔 낙엽으로 덮은 돌무더기 위에 실렸던 체중을 발목 위로 옮겨주었다.

"좀 나아? 세상엔 죽는 방법도 가지가지로구나. 넌 여기서 죽을 거야. 빠져나갈 수가 없어. 그래도 내가 와서 저 바깥 풀숲에서 죽지는 않았으니 조물주께 감사하도록 해. 뱀이 와서 널 물고 곰이 널 잡아먹었을 거야. 어쩌면 루, 너는 원래 있던 곳을 떠나지 말았어야 했는지도 몰라. 그래도 네 등을 보니 왜 도망쳤는지 알겠다, 하하. 저 나무를 심은 사람이 누군진 몰라도 버디 씨는 새발의 피네. 세상에, 내가 네가 아니라 천만다행이다. 글쎄, 너한테 해줄 수 있는 건 거미줄이 전부야. 이 안에 있는 걸로는 그나마도 모자라. 밖에 나가 찾아볼게. 이끼를 붙일 수도 있지만 가끔 벌레 같은 것들이 그 안에 숨어 있어서 말이야. 어쩌면 내가 네 등의 꽃송이들을 짜야 할지도 몰라. 고름이 줄줄 흐르겠지? 대체 하느님은 무슨 생각이실까. 아무튼 넌 치료를 좀 받아야 해. 그러니 지금은 아무데도 도망가지 마."

세서는 백인 여자애가 멀리 덤불 속에서 거미줄을 찾으며 흥얼거리는 콧노래를 들을 수 있었다. 그녀는 그 소리에 온 정신을 집중했다. 에이미가 떠나자마자 뱃속의 아기가 몸을 뻗기 시작했기 때문이다. 좋은 질문이야. 세서는 생각했다. 대체 하느님은 무슨 생각이실까? 에이미가 등판을 풀어 헤쳐놓은 채 나갔기 때문에 바람의 꼬리가 상처를 살랑살랑 건드려 등의 통증이 한층 줄었다. 안도하는 순간, 그나마 아픔이 덜했던 짓무른 혓바닥에서 통증이 느껴졌다. 에이미가 두 손 가득 거미줄을 가지고 돌아왔다. 그녀는 거미줄에 붙은 벌레를 깨끗이 떼어내고 세서의 등에 붙여주면서 꼭 크리스마스트리를 장식하는 것 같다고 말했다.

"우리집에 오는 늙은 검둥이 여자가 있는데, 아는 게 하나도 없어. 버디 부인이 주는 바느질 일을 하는데, 레이스는 정말 훌륭하게 만들지만 단 한 문장도 제대로 말할 줄 모른다니까. 그 여자는 아는 게 없어. 너처럼 말이야. 너도 아는 게 하나도 없잖아. 그러다 죽어. 그렇게 되는 거야. 하지만 난 아니야. 난 보스턴에 가서 벨벳을 살 거야. 카민색 벨벳. 넌 그게 뭔지도 모르지? 넌 절대 모를 거야. 얼굴에 햇살을 받으며 잠을 자본 적도 없을걸. 난 두어 번 그런 적 있어. 물론 대개는 해가 뜨기 전에 가축들을 먹이고 날이 어두워지고 나서도 한참 후에야 잠자리에 들지만 말이야. 한번은 포장마차 뒤에 타고 가다가 잠이 들었어. 얼굴에 햇살을 받으며 자는 기분은 정말 최고더라. 두 번 그랬다고 했지? 첫번째는 어릴 때였고 그땐 아무도 나를 괴롭히지 않았지. 그다음이 포장마차 뒤였는데, 다시 똑같은 일이 벌어진 거야. 그 빌어먹을 닭들이

닭장에서 도망쳐나오지만 않았더라면 좋았을 텐데. 버디 씨한테 엉덩이를 맞았어. 켄터키는 살 만한 곳이 아니야. 보스턴이 좋지. 우리 엄마가 버디 씨에게 넘어가기 전에 거기 살았거든. 조 네이선 말로는 버디 씨가 내 아빠라지만 난 안 믿어. 너는?"

세서는 자기도 버디 씨가 그녀의 아빠라는 것은 안 믿는다고 말했다.

"넌 네 아빠가 누군지 알지?"

"몰라요." 세서가 말했다.

"나도 몰라. 어쨌든 내가 아는 건 그 사람은 아니라는 거야." 에이미가 공사를 마치고 자리에서 일어나더니 달개집 안에서 이리저리 돌아다니며 노래를 불렀다. 느릿느릿 움직이는 그녀의 눈동자가 머리카락 위에서 반짝거리는 햇살을 받아 투명하게 보였다.

바쁜 하루가 끝나고
울다 지친 내 어린것을
가만히 흔들어줄 때,
밤바람이 부드럽게 불어오고
골짜기의 귀뚜라미들이
귀뚤귀뚤, 귀뚤귀뚤, 또 귀뚤귀뚤 울 때,
귀신 들린 초원에서는
요정들이 여왕을 둘러싸고 춤을 춘다네.
그러면 저 안개 낀 하늘에서
단추눈 아가씨가 오신다네.

갑자기 에이미는 이리저리 비척비척 돌아다니기를 멈추고 자리에 앉더니, 앙상한 두 팔로 무릎을 감싸고 힘 좋은 두 손으로 팔꿈치를 움켜쥐었다. 느릿느릿 움직이던 눈동자가 멈추더니 발치의 땅바닥을 내려다보았다. "우리 엄마가 부르던 노래야. 나한테 가르쳐줬어."

진흙과 안개와 저녁 어스름을 뚫고
고요하고 아늑한 우리집으로,
달콤하고 나지막한 노랫소리에 맞춰
요람이 흔들거리는 곳.
단조롭고 둔하게 재깍거리는 시계 소리가
오늘 하루도 끝났다고 알려주는 곳,
바닥에서 잠든 장난감들 위로
달빛이 어른거리는 곳,
울다 지친 내 아기가 누워 있는 그곳으로
단추눈 아가씨가 오신다네.

아가씨는 울다 지친 내 사랑스러운 아기 위에
손을 얹으시는데,
활짝 펼친 하얀 손은
곱슬머리 위의 베일 같고,
비단실처럼 부드러운 머리카락을 한 가닥 한 가닥
어루만지고 쓰다듬는 듯하네.

그러고는 갈색 두 눈 위로
눈꺼풀을 살며시 덮어주시네.
그렇게 마음을 달래주는 다정하고 슬기로운
단추눈 아가씨가 오신다네.

에이미는 노래를 마치고 묵묵히 앉아 있더니, 이윽고 마지막 소절을 다시 한번 부르고 자리에서 일어섰다. 그러고는 달개집을 나가 조금 떨어진 곳에 있는 어린 물푸레나무에 몸을 기댔다. 그녀가 돌아왔을 때 태양은 아래쪽 계곡에 걸려 있었고, 파란 켄터키의 빛 속에서 그들은 태양보다 한참 높은 곳에 있었다.

"아직 안 죽었지, 루? 루?"

"아직 안 죽었어요."

"내기하자. 오늘밤만 넘기면 넌 끝까지 살아남을 거야." 에이미는 앉기 편하게 낙엽을 정리하고 꿇어앉아 퉁퉁 부어오른 발을 다시 문질렀다. "어디, 다시 한번 제대로 주물러보자." 에이미가 말했다. 세서가 잇새로 헉하고 숨을 몰아쉬자, 그녀는 말했다. "입 다물어. 입을 꼭 다물어야 해."

세서는 혀를 물지 않도록 조심하면서 입술을 꼭 깨물고 그 힘 좋은 두 손이 "벌들아, 부드럽게 노래하렴. 벌들아, 조용조용 노래하렴" 하는 곡조에 맞춰 일하도록 내버려두었다. 잠시 후 에이미는 반대쪽으로 가서 자리를 잡고 앉았다. 그러고는 고개를 비스듬히 기울인 채 머리를 땋으며 말했다. "밤에 내 위로 쓰러져 죽지는 마, 알았지? 그 못생기고 새까만 얼굴이 날 빤히 바라보는 꼴을 보고 싶지는 않으니까. 죽으려거든 어디 내 눈에 안 띄는 데로 멀리 가서 죽어, 알았지?"

"알았어요." 세서가 대답했다. "할 수 있으면 그렇게 할게요, 아가씨."

세서는 이 세상을 다시 보게 되리라고 결코 기대하지 않았다. 그래서 누군가 발끝으로 자기 엉덩이를 쿡쿡 찌르는 걸 느꼈을 때 죽음이라고 생각했던 잠에서 깨어나는 데 한참이 걸렸다. 세서는 부들부들 떨며 뻣뻣하게 굳은 몸을 일으켜 앉았다. 에이미가 수액 가득한 그녀의 등을 바라보고 있었다.

"꼬락서니가 꼭 마귀 같네." 에이미가 말했다. "하지만 넌 이겨냈어. 주여, 어서 오소서. 루가 이겨냈습니다. 이게 다 내 덕분이야. 난 아픈 것들을 낫게 하는 재주가 있거든. 걸을 수 있겠어?"

"어떻게든 오줌부터 눠야겠어요."

"어디 걸을 수 있나 보자."

썩 좋지는 않지만 걸을 수는 있었다. 그래서 세서는 처음에는 에이미를 붙잡고, 그다음에는 물푸레나무를 잡고서 절뚝절뚝 걸었다.

"내가 해냈어. 난 정말 아픈 것들을 낫게 하는 재주가 있다니까, 안 그래?"

"그래요. 정말 훌륭하세요." 세서가 말했다.

"이 언덕을 떠나야 해. 자, 어서. 강까지 데려다줄게. 그게 너한테 좋겠어. 난 간선도로로 갈 거야. 곧장 보스턴으로 이어지니까. 그런데 네 옷에 온통 묻은 건 뭐지?"

"젖이에요."

"가지가지하는구나."

세서는 자기 배를 내려다보며 어루만졌다. 아기가 죽었다. 그녀는 밤

사이 죽지 않았지만, 아기는 죽었다. 그렇다면 이제 멈출 수 없었다. 헤엄을 쳐서라도, 이 젖을 어린 딸아이에게 갖다주리라.

"배고프지 않니?" 에이미가 물었다.

"전혀요. 그저 마음이 급할 뿐이에요, 아가씨."

"워워, 서두르지 마. 신발 필요하니?"

"뭐라고요?"

"방법이 있거든." 에이미는 이렇게 말하더니, 정말 해냈다. 세서의 숄에서 천을 두 조각 찢어내 낙엽을 채운 다음, 발에다 묶어주었다. 그러는 동안에도 줄곧 재잘재잘 떠들었다.

"몇 살이니, 루? 난 월경을 시작한 지 사 년이나 됐는데, 그 누구의 아이도 가진 적이 없어. 내가 젖을 땀처럼 줄줄 흘리는 꼴은 절대 못 볼걸. 왜냐하면……"

"저도 알아요. 아가씨는 보스턴에 가실 테니까요." 세서가 말했다.

정오에는 강이 보였고, 얼마 후에는 물소리가 들릴 만큼 다가갔다. 늦은 오후가 되어서야 그들은 원한다면 강물을 마실 수 있는 곳에 다다랐다. 별이 네 개쯤 보이기 시작했을 때 그들이 발견한 건 세서를 태우고 안전한 곳까지 데려갈 배도, 도망자를 기꺼이 태워줄 사공도 아니었다. 그런 건 없었다. 단지 어디 훔쳐가보라는 듯 놓인 배 한 척뿐이었다. 노는 하나뿐이었고, 여기저기 구멍이 뚫려 있었으며 새둥지도 두 개나 있었다.

"봐, 루. 주님이 널 돌보시나봐."

세서는 1.5킬로미터 폭의 검은 강물을 바라보았다. 달랑 노 하나와 아무 쓸모 없는 배 한 척만으로, 수백 킬로미터 떨어진 미시시피를 향해 온 힘을 다해 흘러가는 물살에 맞서 저 강을 건너야만 했다. 세서는 그 강물이 고향처럼 보였다. 뱃속의 아기(결코 죽지 않았다)도 그렇게 생각한 게 분명했다. 그녀가 강에 가까이 다가가자마자 양수가 터져 강물과 합류했으니까. 양수가 터지고 산고를 알리는 진통마저 뒤따르자 그녀의 등이 활처럼 구부러졌다.

"대체 왜 그래?" 에이미가 물었다. "네 머리엔 든 것도 없니? 당장 그만둬. 당장 그만두라고 말했잖아, 루. 넌 정말 세상에 둘도 없는 바보 천치야. 루! 루!"

하지만 세서는 안으로 들어가야겠다는 것 말고는 아무 생각도 할 수 없었다. 그녀는 돌풍처럼 진통이 지나가고 달콤한 박동이 뒤따라오기를 기다렸다. 그러고는 다시 엉금엉금 기어 배 안으로 들어갔다. 그녀 밑에서 배가 출렁거렸다. 낙엽 주머니를 묶은 발을 배의 좌석에 걸쳐놓자마자, 숨 돌릴 새도 없이 두번째 진통이 숨통을 죄어왔다. 네 개의 여름 별 아래서 숨을 헐떡거리며 그녀는 양쪽 뱃전에 다리를 걸쳤다. 마치 세서는 전혀 모를 거라는 듯, 산통이 마치 쌓아놓은 밤나무 장작더미가 무너지는 일이나 가죽 같은 하늘을 지그재그로 찢는 번개이기라도 하다는 듯한 말투로 에이미가 친절히 알려준 대로, 아기 머리가 나오고 있었기 때문이다.

아기는 걸려서 좀처럼 나오지 않았다. 얼굴을 위로 한 채, 엄마의 핏속에 빠져 죽어가고 있었다. 에이미는 예수에게 빌다못해 예수의 아빠에게 욕설을 퍼붓기 시작했다.

"힘줘!" 에이미가 소리를 질렀다.

"잡아당겨요." 세서가 힘없이 중얼거렸다.

힘 좋은 손이 네번째로 작업을 하기 시작했고, 꼭 알맞은 때에 온갖 구멍을 통해 스며든 강물이 세서의 엉덩이 위로 점점 차오르고 있었다. 에이미가 아기의 머리를 말 그대로 끄집어내는 동안, 세서는 한 팔을 뒤로 뻗어 밧줄을 움켜쥐었다. 발 하나가 강바닥에서 솟아올라 배 바닥과 세서의 엉덩이를 탁 찼을 때, 그녀는 드디어 끝이 났다는 걸 알고 잠시 마음놓고 기절했다. 의식이 돌아왔을 때는 아기 울음소리 대신 에이미가 아기를 어르는 소리만 들렸다. 너무 오랫동안 아무 소리도 나지 않아서 두 사람 모두 아기가 죽었다고 생각했다. 갑자기 세서가 몸을 활처럼 구부리며 후산後産을 했다. 그때 아기가 칭얼거리기 시작했고, 세서는 보았다. 아기는 배꼽에 50센티미터쯤 되는 탯줄을 매단 채 차가운 저녁 공기에 떨고 있었다. 에이미가 자기 속치마로 아기를 감쌌고, 두 여자는 흠뻑 젖고 끈적끈적한 채로 강변을 기어나와 참으로 하느님이 보살핀 아기를 살펴보았다.

강기슭을 따라 움푹한 곳에서 자라는 푸른고사리의 포자들이 수면에 둥둥 떠서 강 한가운데로 흘러갔다. 그 푸르스름한 은빛 행렬은 햇살이 낮고 희미해졌을 때 강기슭에 누워서 그 속이나 바로 가까이에 있지 않으면 잘 보이지 않았다. 종종 벌레로 잘못 보기 쉬웠지만 사실 그것들은 한 세대가 미래를 확신하며 잠자고 있는 씨앗이었다. 잠깐 동안은 모두에게 미래가 있다고 믿기 쉽다. 포자 속에 담긴 모든 것들이 실현될 거라고, 정해진 수명을 다할 거라고. 하지만 이런 확신의 순간은 오래가지 않는다. 포자의 수명보다는 오래가겠지만.

여름 저녁의 서늘함이 감도는 강기슭에 앉은 두 여자는 푸르스름한 은빛 포자의 소나기 아래서 안간힘을 썼다. 그들은 이 세상에서 다시 만나게 될 거라고 결코 기대하지 않았고, 그 순간에는 그런 생각을 할 여력조차 없었다. 하지만 그 여름밤, 푸른고사리에 둘러싸인 그곳에서 두 사람은 함께 뭔가를 제대로, 훌륭하게 해냈다. 지나가던 순찰대가 두 도망자, 법을 어긴 두 도망자—노예와 머리를 풀어 헤친 맨발의 백인 여자—가 태어난 지 십 분밖에 안 된 아기를 입고 있던 누더기로 감싸고 있는 꼴을 보았다면 킬킬 웃었으리라. 하지만 순찰대도, 목사도 오지 않았다. 강물은 그들의 발밑에서 차오른 물을 스스로 빨아들여 삼켜버렸다. 그들의 일을 방해하는 건 아무것도 없었다. 그래서 두 사람은 훌륭하게 해낼 수 있었다.

황혼이 찾아왔고, 에이미는 그만 가야겠다고 말했다. 훤한 대낮에 사람들이 왔다갔다하는 강에서 도망자와 함께 꼼짝없이 붙잡히고 싶지 않다는 것이었다. 강물에 손과 얼굴을 씻은 후 에이미는 일어서서 옷가지에 싸여 세서의 가슴에 묶여 있는 아기를 내려다보았다.

"이애는 내가 누군지 영영 알지 못하겠지. 애한테 얘기해줄 거야? 누가 이 세상에 태어나게 해줬는지?" 에이미는 턱을 치켜들고 멀리 태양이 있던 곳을 바라보았다. "애한테 얘기해줘. 내 말 듣고 있어? 에이미 덴버 아가씨라고 말해줘. 보스턴에 사는."

세서는 잠이 밀려드는 걸 느꼈고, 아주 깊은 잠이라는 걸 알았다. 잠의 길목에서, 잠 속으로 빠지기 전에 그녀는 생각했다. '예쁜 이름이네요. 덴버. 정말 예뻐요.'

모든 걸 내려놓아야 할 때였다. 폴 디가 와서 그녀 집 현관 계단에 앉기 전에는 곁방에서 흘러나오는 속삭임이 그녀를 지탱해주었다. 질책하는 유령을 견디게 해주었고, 하워드와 뷰글러의 갓난아이 때 얼굴을 새롭게 떠올려 꿈속에서는 오직 나무들 사이로 일부분만 보이던 아이들의 모습을 이 세상에서 온전히 간직할 수 있게 해주었다. 속삭임은 남편 역시 그림자처럼 희미하지만 저기 어딘가에 있다고 믿게 해주었다. 그런데 지금은 버터 압착기와 교유기 사이에 앉은 핼리의 얼굴이 자꾸만 커지더니 그녀의 시야를 가득 채우고 머리를 쿡쿡 쑤셨다. 그녀는 목덜미를 주물러 어긋난 뼈를 바로잡아주던 베이비 석스의 손길이 그리웠다. 그때마다 베이비 석스는 이렇게 타일렀다. "내려놓아라, 세서. 칼과 방패를. 내려놔. 내려놓아. 둘 다 내려놓아라. 강가에 내려놓

아. 칼과 방패 모두. 더는 싸울 궁리를 하지 마라. 그 더러운 것들을 모두 내려놓아. 칼과 방패 모두." 꾹꾹 주무르는 손가락과 조용하게 타이르는 목소리를 세서는 따르곤 했다. 불행과 후회, 원한과 상처를 막아내기 위한 육중한 칼들을, 저 아래 맑은 물이 흘러가는 강기슭에 하나씩 하나씩 내려놓았다.

베이비 석스의 손길도 목소리도 없는 구 년의 세월은 너무 가혹했다. 곁방에서 흘러나오는 속삭임은 너무 희미했다. 하느님이 더할 나위없이 사랑스럽게 만드신 남자의 버터 범벅이 된 얼굴에는 속삭임 이상의 것이 필요했다. 기념문을 세우거나 수의를 만들거나. 어떤 치유의 의식이. 세서는 베이비 석스가 햇살을 받으며 춤을 추었던 공터에 가기로 결심했다.

124번지와 그 집에 사는 모든 사람들이 문을 굳게 닫고 장막을 내려 세상과 단절되기 전, 귀신들의 놀이터가 되고 상처 입은 자들의 보금자리가 되기 전, 124번지는 분주하고 즐거운 집이었다. 그곳에서 베이비 석스 성녀는 사랑하고, 타이르고, 음식을 먹이고, 질책하고, 위로했다. 화덕에서는 항상 한 개가 아니라 두 개의 냄비가 끓고 있었고, 등불은 밤새도록 환했다. 낯선 사람들이 쉬어 갔고, 아이들은 손님의 신발을 신어보곤 했다. 사람들은 이 집에 전갈을 남겼는데, 받을 사람이 누구든 머지않아 이 집에 들를 것이 분명하기 때문이었다. 대화는 조용하고 간결했다. 베이비 석스 성녀가 쓸데없는 말은 허락하지 않았기 때문이다. "세상만사는 적당한 정도를 아느냐에 달려 있어." "멈춰야 할 때를 아는 게 좋아." 그녀는 이렇게 말하곤 했다.

세서가 가슴에 갓난아이를 꽉 묶은 채 포장마차에서 내렸던 곳도 바로 그런 124번지 앞이었다. 그때 그녀는 드넓은 시어머니의 품을 난생 처음 느꼈다. 신시내티로 간 어머니. 베이비 석스가 신시내티로 가기로 결심한 까닭은 노예 생활이 그녀의 '다리와 등, 머리, 눈, 손, 신장, 자궁 그리고 혀까지 망가뜨려놓았기 때문에' 먹고살 수 있는 수단이 심장 말고는 아무것도 남아 있지 않아서였다. 그녀는 당장 심장이 하는 일에 착수했다. 어떤 명예로운 호칭도 이름 앞에 붙이길 거부하고 이름 뒤에 소박한 포옹만을 허락하며 교회 없는 목사가 되었다. 그녀는 신도들을 직접 방문하고 자신의 넓은 심장을 활짝 열어 그들이 마음껏 쓸 수 있게 했다. 겨울과 가을에는 아프리카감리교회와 침례교회, 성결교회, 축성교회, 구원자와 구원받은 자의 교회로 심장을 가지고 갔다. 서품도 사제복도 없고, 성유도 바르지 않았지만, 그녀는 사람들 앞에서 자신의 위대한 심장을 고동치게 했다. 그러다가 따뜻한 계절이 돌아오면, 베이비 석스 성녀는 따라올 수 있는 모든 흑인 남자와 여자, 아이 들의 추종을 받으며 자신의 위대한 심장을 가지고 공터로 향했다. 사슴과 누군가 처음 그곳을 개간한 사람 외에는 아무도 모르는 오솔길 끝, 숲속 깊은 곳에, 누구도 개간한 목적을 모르지만 탁 트인 넓은 장소가 있었다. 매주 토요일 오후, 뜨거운 열기 속에 석스는 공터에 앉고 사람들은 나무 사이에서 기다렸다.

평평하고 거대한 바위 위에 자리를 잡고, 베이비 석스는 고개를 숙여 말없이 기도했다. 회중은 나무 사이에서 그녀를 지켜보았다. 그녀가 지팡이를 내려놓으면 준비가 되었다는 뜻이었다. 이윽고 그녀가 외쳤다. "아이들을 이리 보내요!" 아이들이 나무 사이에서 달려나왔다.

"어머니께 웃음소리를 들려드리렴." 베이비 석스가 아이들에게 말하자, 나무 사이로 웃음소리가 울려퍼졌다. 이 광경을 지켜보던 어른들은 미소를 감추지 못했다.

잠시 후 베이비 석스는 "남자 어른들은 이리 나오세요!" 하고 소리쳤다. 남자들은 웃음소리가 울려퍼지는 나무들 사이에서 하나둘씩 걸어 나왔다.

"아내들과 아이들에게 춤을 보여주세요." 그녀가 말하자, 남자들의 발밑에서 지상의 생물들이 부르르 떨었다.

마침내 그녀는 여자들을 가까이 불렀다. "울어요." 그녀가 말했다. "살아 있는 자들과 죽은 자들을 위해서. 그저 울어요." 여자들은 두 눈을 가리지도 않고 목놓아 울었다.

그렇게 시작되었다. 깔깔 웃는 아이들과 춤추는 남자들, 통곡하는 여자들, 이윽고 모두가 어우러졌다. 여자들이 울음을 멈추고 춤을 추면, 남자들은 주저앉아 통곡했다. 아이들이 춤을 추면 여자들이 웃었고, 그러다가 아이들이 울었다. 모두 기진맥진하고 갈가리 찢긴 채 축축한 공터에 쓰러져 헐떡거릴 때까지. 뒤이어 침묵이 찾아오면, 베이비 석스 성녀는 그들에게 자신의 위대하고 커다란 심장을 내주었다.

그녀는 삶을 정화하라든가, 가서 다시는 죄를 짓지 말라고 말하지 않았다. 그들이 이 땅의 축복받은 존재라든가, 세상을 물려받을 온유한 존재라든가, 영광을 누릴 순결한 존재라고 말하지도 않았다.

그녀는 그들이 누릴 수 있는 은총은 오직 그들이 상상할 수 있는 은총뿐이라고 말했다. 은총을 볼 수 없다면, 누릴 수도 없다고.

"여기, 바로 여기에 우리 몸이 있습니다. 웃고 우는 몸, 맨발로 풀밭에서 춤을 추는 몸. 이 몸을 사랑하세요. 열심히 사랑하세요. 저기 저들은 여러분의 몸을 사랑하지 않습니다. 그들은 여러분의 몸을 경멸합니다. 여러분의 눈을 사랑하지 않아서 당장 뽑고 싶어하지요. 여러분의 등가죽도 사랑하지 않습니다. 저기 저들은 등가죽을 벗겨내지요. 오, 내 동포들이여, 저자들은 여러분의 손을 사랑하지 않습니다. 그저 멋대로 써먹다가 밧줄로 묶고 사슬에 채우고 자르고 빈손으로 버릴 뿐입니다. 여러분의 손을 사랑하십시오! 사랑하세요. 두 손을 들어올려 입을 맞춰요. 다른 사람의 손을 잡고, 서로 토닥이고, 여러분의 얼굴을 쓰다듬어주십시오. 저들은 그 얼굴도 사랑하지 않기 때문입니다. **여러분**이 사랑해줘야 합니다. 바로 **여러분**이! 그리고 저들은 여러분의 입도 사랑하지 않습니다. 저기, 저 밖에서 저들은 여러분의 입이 짓뭉개진 것을 보고 또다시 짓뭉개버릴 겁니다. 그 입으로 여러분이 무슨 말을 하든, 저들은 귀담아듣지 않을 겁니다. 그 입으로 비명을 질러도 저들은 듣지 못할 겁니다. 여러분의 몸에 영양분을 주기 위해 그 입에 뭔가를 넣으면, 저들은 그걸 낚아채고 대신 찌꺼기를 줄 겁니다. 결코 저들은 여러분의 입을 사랑하지 않습니다. 그러니 **여러분**이 사랑해야 합니다. 이것이 내가 말하는 몸입니다. 사랑받아야 하는 몸. 휴식을 취하고 춤을 춰야 하는 발, 기대야 하는 등, 두 팔이 있어야 하는 어깨. 튼튼한 두 팔 말입니다. 오, 나의 동포들이여. 내 말을 들으십시오. 저기 저 밖의 저들은 올가미를 쓰지 않은 꼿꼿한 여러분의 목을 사랑하지 않습니다. 그러니 여러분의 목을 사랑하십시오. 목에 손을 얹고 축복하며 쓰다듬고 붙잡아 세워주십시오. 저들이 당장 돼지 먹이로 줘버릴 여러분의 내장도, 여러분이 사랑해야 합니다. 시커먼, 시커먼 간도 사랑하십시오. 사랑하세요. 심장박동과 박동하는 심장도 사랑하십시오. 눈이나 발보다 더욱 더 사랑하십시오. 아직 자유로운 공기를 마시지 못한 폐보다 더. 생명을 품는 자궁보다, 생명을 낳는 음부보다 더 많이 사랑하십시오. 내 말을 들으십시오. 여러분의 심장을 사랑하십시오. 그것은 여러분이 받은 상이니까요." 베이비 석스는 더이상 아무 말도 하지 않고 자리에서 일어나, 뒤틀린 엉덩이로 춤을 추며 심장이 말하고 싶은 나머지 말들을 표현했다. 그동안 다른 사람들은 입을 열어 노래를 불러주었다. 깊이 사랑받는 그들의 몸에 어울리는 완벽한 사부합창이 이루어질 때까지 긴 음들이 이어졌다.

지금 세서는 그곳에 가고 싶었다. 오래전 노랫소리가 떠난 그 장소에 귀라도 기울여보고 싶었다. 할 수 있다면 세상을 떠난 시어머니로부터 자신의 칼과 방패를 어찌해야 할지 실마리를 얻고 싶었다. 베이비 석스 성녀가 자신이 거짓말쟁이임을 인정하고, 위대한 심장도 내버리고, 곁방 침대에 누워 이따금 색깔만을 갈망하며 깨어나곤 했던 때로부터도 벌써 구 년이 지난 지금에서야, 맙소사.

"저 흰둥이들은 내가 가진 모든 걸, 내가 꿈꿨던 모든 걸 빼앗아갔어." 베이비 석스는 말했다. "그리고 내 심장마저 부숴놓았지. 세상에 불운 따위는 없어. 흰둥이들이 있을 뿐이지." 124번지는 굳게 닫혔고 원혼의 독기를 견뎌야 했다. 밤새 불을 밝히는 등잔도, 들르는 이웃들도 더는 없었다. 저녁식사 후에 도란도란 나누던 대화도 없었다. 낯선 손님의 신발을 신고 뛰어노는 맨발의 어린아이들도, 그것을 지켜보는 이도 없었다. 베이비 석스 성녀는 자신이 거짓말을 했다고 믿었다. 상상이든 실제든, 은총 따위는 없었다. 햇살을 받으며 공터에서 춤을 춰도 그 사실을 바꿀 수는 없었다. 며느리가 그 집에 도착한 지 불과 이십팔 일 만에 그녀의 믿음과 사랑, 그녀의 상상력과 위대하고 커다랗고 늙은 심장은 무너지기 시작했다.

그렇지만 세서는 바로 그 공터에 가기로 작정했다. 핼리에게 조의를 표하기 위해. 빛이 바뀌기 전, 아직 그녀가 기억하는 대로 녹음이 그곳을 축복하는 동안, 식물이 뿜어내는 김이 자욱하고 딸기가 썩어가는 그곳으로.

세서는 숄을 두르고 덴버와 빌러비드에게도 그렇게 하도록 시켰다. 세 사람은 다 함께 일요일 아침 늦게 집을 나섰다. 세서가 앞장섰고 여자애들은 뒤따라왔다. 한 사람도 눈에 띄지 않았다.

숲에 도착하자, 세서는 숲속을 통과하는 오솔길을 금세 찾을 수 있었다. 이제는 그곳에서 음식이 잔뜩 놓인 식탁과 밴조 악단, 천막까지 완벽하게 갖춘 대도시 부흥회가 정기적으로 열리기 때문이었다. 옛날의 오솔길은 이제 큰길이 되었지만, 여전히 아치를 이룬 나무들이 풀밭에 열매를 떨어뜨리고 있었다.

그렇게 할 수밖에 없는 일을 했음에도 불구하고, 세서는 베이비 석스가 무너져버린 걸 자기 탓으로 돌렸다. 베이비 석스가 아무리 부인해도, 세서는 자신이 보스턴으로 가던 백인 여자애의 속치마에 싸인 갓난아이를 가슴에 안고 포장마차에서 뛰어내린 그 순간부터 124번지에 비극이 시작되었다고 생각했다.

두 소녀를 데리고 떡갈나무와 마로니에가 우거진 밝은 초록색 회랑을 따라 걸으면서, 세서는 오하이오 강기슭에서 진흙 범벅이 된 채 깨어났을 때처럼 땀을 흘리기 시작했다.

에이미는 가고 없었다. 세서는 혼자였고 연약했지만 어쨌든 살아 있었다. 아기 역시 마찬가지였다. 그녀는 강 하류로 걸어가다가 자리에 서서 반짝이는 강물을 바라보았다. 이윽고 뗏목 하나가 시야에 들어왔다. 하지만 세서는 뗏목에 탄 사람들이 백인인지 아닌지 알 수가 없었다. 몸에 열이 올라 땀이 쏟아지기 시작했지만 세서는 오히려 하느님께 감사했다. 덕분에 아기를 따뜻하게 해줄 수 있었기 때문이다. 뗏목을 지나쳤을 때, 그녀는 비틀거리며 걸음을 옮기다가 낚시를 하고 있는 흑인 세 명—사내애 두 명과 어른 한 명—근처까지 가게 되었다. 그녀는 걸음을 멈추고 그들이 말을 걸어오기를 기다렸다. 아이 중 하나가 그녀를 손가락으로 가리키자 남자가 어깨 너머로 돌아보았다. 힐끗 스치는 눈길이었다. 어차피 그녀에 대해 알아야 할 모든 것을 아는 데는 시간이 필요하지 않았기 때문이다.

한동안 아무도 말이 없었다. 이윽고 남자가 입을 열었다. "강을 건너시게?"

"네." 세서가 대답했다.

"댁이 가는 걸 아는 사람이 있소?"

"네."

그는 다시 한번 그녀를 바라보더니 아랫입술처럼 땅 위로 삐죽 튀어나온 바위를 향해 고갯짓을 했다. 세서는 그쪽으로 가서 앉았다. 바위가 햇살을 잔뜩 머금고 있었지만 그녀의 몸만큼 뜨겁지는 않았다. 지칠대로 지쳐 움직일 생각도 못하고 그 자리에 가만히 있으려니 햇살이 눈을 파고들어 어지러웠다. 세서의 몸에서 쏟아지는 땀으로 아기도 온몸을 목욕했다. 그렇게 앉은 채 까무룩 잠이 들었던 모양이다. 눈을 뜨자, 그 남자가 연기가 모락모락 나는 뱀장어 구이를 들고 그녀 앞에 서 있었다. 그녀는 힘겹게 손을 내밀었지만 냄새를 맡기도 힘들어서 도저히 먹을 수 없었다. 그녀는 물을 좀 달라고 간청했다. 남자는 물병에 오하이오 강물을 좀 담아주었다. 세서는 그걸 다 마시고 더 달라고 했다. 머릿속에서 다시 쨍그랑거리는 소리가 들려왔지만, 세서는 그 험한 일을 다 견디고 여기까지 와서 결국 강을 건너지 못하고 죽을 거란 생각을 떨쳐내려 했다.

남자는 비 오듯 땀을 흘리는 그녀의 얼굴을 지켜보더니 사내애 하나를 불렀다.

"겉옷을 벗어라." 남자가 아이에게 말했다.

"네?"

"내 말 들었잖니."

아이는 투덜대며 겉옷을 벗었다. "뭘 어쩌시려고요? 그럼 전 뭘 입어요?"

남자는 세서의 가슴에 매여 있던 아기를 끌러 사내애의 겉옷으로 감싼 다음 소매를 앞으로 묶었다.

"전 뭘 입느냐고요."

늙은 남자는 한숨을 쉬고는 잠시 묵묵히 있다가 말했다. "정 네 옷을 다시 찾고 싶으면, 가서 저 아기한테서 벗겨내. 아기를 알몸으로 풀밭에 내버려두고 넌 다시 옷을 입으라고. 만약 네가 그럴 수 있는 인간이라면, 당장 어디든 가서 다시는 돌아오지 마라."

사내애는 눈길을 떨어뜨리더니 다른 아이 곁으로 돌아갔다. 손에 뱀장어를 쥐고 아기는 발밑에 내려놓은 채, 자꾸 입안이 마르고 땀이 줄줄 흐르는 중에도 세서는 꾸벅꾸벅 졸았다. 저녁이 되자, 남자가 그녀의 어깨를 톡톡 쳤다.

그녀의 예상과는 반대로 그들은 상류 쪽으로 배를 몰았고 에이미가 찾아낸 노 젓는 배로부터 점점 멀어졌다. 자기를 켄터키로 돌려보내는 모양이라는 생각이 막 드는 순간, 남자가 뗏목을 돌려 총알처럼 빠르게 오하이오 강을 건넜다. 남자는 세서가 가파른 강기슭을 기어오르도록 도와주었다. 그러는 동안 겉옷을 빼앗긴 사내아이는 자기 옷으로 감싼 아기를 안고 따라왔다. 남자는 덤불로 가려진 우리로 그녀를 데려갔다. 우리 안의 흙바닥이 잘 다져져 있었다.

"여기서 기다려요. 곧 사람이 올 거요. 움직이지 마요. 놈들에게 발각될지 모르니까."

"고맙습니다. 제대로 기억할 수 있게 이름이라도 알고 싶어요." 세서가 말했다.

"내 이름은 스탬프요. 스탬프 페이드. 저 아기를 잘 돌봐요, 내 말 듣고 있소?" 남자가 말했다.

"듣고 있어요. 듣고 있어요." 대답은 그렇게 했지만 사실은 듣고 있지 않았다. 몇 시간 후 한 여자가 인기척도 없이 다가와 세서 바로 앞에 섰다. 삼베 가방을 멘 키가 작고 젊은 여자가 그녀에게 인사를 했다.

"신호는 한참 전에 봤는데, 더 빨리 올 수가 없었어요." 그녀가 말했다.

"무슨 신호요?" 세서가 물었다.

"강을 건너는 사람이 있으면 스탬프가 낡은 돼지우리를 열어놓거든요. 어린애가 있으면 기둥에 흰 천을 묶고요."

여자는 무릎을 꿇고 앉아 가방을 비우기 시작했다. "내 이름은 엘라예요." 엘라는 가방에서 양모 담요 한 장, 무명 헝겊, 구운 고구마 두 개, 남자 신발 한 켤레를 꺼냈다. "내 남편 존이 밖에 있어요. 어디로 갈 건가요?"

세서는 세 아이를 먼저 보내놓은 베이비 석스의 집에 대해 이야기했다.

엘라는 헝겊 끈으로 아기의 배꼽 주위를 단단히 감으며 구멍들—도망자들이 말하지 않는 사연들, 그들이 하지 않는 질문들—에 귀를 기울였다. 뒤에 남은, 이름도 알 수 없고 언급되지도 않는 사람들에 대해서도 귀를 기울였다. 그녀는 남자 신발 속 자갈을 털어내고 세서의 발을 억지로 넣어보려 했다. 좀처럼 들어가지 않았다. 그러다 가슴 아프게도 신발 뒷굽이 쩍 벌어지고 말았다. 그렇게 귀한 물건을 망쳐버리다니 참으로 안타까운 일이었다. 세서는 사내아이의 겉옷을 입으며 아이들 소식을 들었는지 감히 물어보지 못하고 망설였다.

"그애들은 무사히 도착했어요." 엘라가 말했다. "스탬프가 그 일행 중 몇 명을 태워줬어요. 블루스톤에 내려줬는데 별로 멀지 않아요."

세서는 너무도 감사해서 뭘 어찌해야 좋을지 몰랐다. 그래서 고구마 하나를 껍질을 벗겨 먹고, 토하고, 좀더 먹으며 말없이 자축했다.

"아이들이 엄마를 보면 좋아하겠군요. 이애는 언제 태어났나요?" 엘라가 물었다.

"어제요." 세서가 턱밑으로 흐르는 땀을 훔치며 말했다. "부디 무사하기를 바랄 뿐이에요."

엘라는 양모 담요 밖으로 튀어나온 자그맣고 지저분한 얼굴을 바라보며 고개를 저었다. "뭐라고 말하기 어렵네요. 누가 나한테 물어본다면, '아무것도 사랑하지 마라'라고 말해주겠어요." 잠시 후 엘라는 날선 발언을 누그러뜨리려는 듯 세서를 향해 미소를 지었다. "혼자 낳았어요?"

"아뇨. 백인 아가씨가 도와줬어요."

"그렇다면 서둘러 떠나는 게 좋겠네요."

베이비 석스는 그녀에게 입을 맞추었고 아이들은 만나게 해주지 않았다. 다들 자는데다 아이들이 한밤중에 깨서 보기에는 세서의 몰골이 말이 아니라고 했다. 베이비 석스는 갓난아이를 받아 보닛을 쓴 젊은 여자에게 건네주며 산모의 오줌을 받을 때까지 아기 눈을 씻기지 말라고 지시했다.

"아기가 아직 안 울었니?" 베이비가 물었다.

"잠깐 울었어요."

"시간은 충분하다. 우선 산모 몸부터 추슬러야지."

베이비 석스는 세서를 곁방으로 데려간 뒤, 알코올램프 불빛에 의지해 온몸을 구석구석 씻기기 시작했다. 우선 얼굴부터 닦아주었다. 그러고 나서 식은 냄비물을 데우는 동안, 베이비 석스는 그녀 옆에 앉아 회색 무명을 바느질했다. 세서는 꾸벅꾸벅 졸다가 손과 팔이 씻길 때 깨어났다. 몸을 한 부분 다 씻길 때마다, 베이비는 누비이불을 세서에게 덮어주고 다시 화덕에 물을 올렸다. 시트를 찢고 회색 무명을 바느질하면서도, 그녀는 보닛을 쓴 여자를 감독했다. 여자는 아기를 돌보고 음식을 만들면서 연방 눈물을 쏟았다. 세서의 다리를 다 씻기고 나서, 베이비는 발을 살펴보고 가볍게 닦아주었다. 이번에는 뜨거운 물 두 냄비를 따로따로 쓰면서 세서의 가랑이 사이를 깨끗이 씻어내고 시트로 배와 질을 동여맸다. 마지막으로 형체를 알아볼 수 없는 발을 공략했다.

"느껴지니?"

"뭐가요?" 세서가 반문했다.

"아무것도 아니다. 일어나보렴." 베이비 석스는 세서를 부축해서 흔들의자에 앉혔다. 그러고는 노간주 기름을 섞은 소금물 양동이에 발을 넣어주었다. 세서는 그날 밤 내내 발을 담그고 앉아 있었다. 젖꼭지 주변에 앉은 딱지는 돼지기름을 발라 부드럽게 한 다음 깨끗이 닦아냈다. 새벽녘이 되자 조용하기만 하던 아기가 깨어나 엄마젖을 물었다.

"애가 잘못되지 않기만을 빌어라." 베이비 석스가 말했다. "젖을 다 먹이면, 날 부르렴." 베이비 석스는 자리를 뜨려고 몸을 돌리는 순간 침대 시트에 묻은 시커먼 얼룩을 보았다. 그녀는 인상을 찌푸리며 아기를 향해 몸을 숙인 며느리를 살펴보았다. 세서의 어깨를 덮은 담요 위로 새빨간 피가 장미꽃처럼 피어 있었다. 베이비 석스는 깜짝 놀라 손으로 입을 막았다. 젖을 다 먹고 갓난아이가 잠이 들자—눈을 반쯤 뜨고 혀로는 꿈속에서도 젖을 빨면서—나이든 여인은 아무 말 없이 꽃이 만발한 며느리의 등에 기름을 발라주고 새로 바느질한 드레스 안쪽에 두꺼운 천을 이중으로 덧대주었다.

아직도 모든 게 꿈만 같았다. 아직도. 그렇지만 잠이 덜 깬 두 아들과 '벌써 기나?'라고 불리는 딸이 방으로 들어오자, 꿈이든 생시든 아무 상관이 없어졌다. 세서는 침대에 누워 아이들에게 깔리고 에워싸이고 아이들 위에 엎드리기도 했지만, 무엇보다 자식들 모두와 함께 있었다. '벌써 기나?'가 세서의 얼굴에 맑은 침을 질질 흘렸고, 기쁨에 겨운 세서의 웃음소리가 어찌나 컸던지 아이는 두 눈을 껌벅거렸다. 뷰글러와 하워드는 서로 먼저 엄마의 흉측한 발을 만져보겠다고 나서다가 이제는 같이 갖고 놀았다. 세서는 끊임없이 아이들에게 입을 맞추었다. 목덜미, 정수리, 손바닥 한가운데에도 입을 맞추었다. 엄마가 아이들 옷을 들추고 팽팽하게 튀어나온 배에도 입을 맞추기 시작하자, 남자아이들 입에서 그만하면 됐다는 소리가 튀어나왔다. 아이들이 "아빠도 와?"라고 물은 순간, 그 말 때문에 세서는 입맞춤을 멈췄다.

세서는 울지 않았다. 대신 "금방"이라고 대답하고 미소를 지어 보였다. 단지 사랑 때문에 엄마의 눈이 반짝이는 것이라고 아이들이 생각하도록. 그러고도 한참 후에야 베이비 석스에게 사내애들을 방에서 내보내달라고 하고 시어머니가 전날 밤부터 바느질한 회색 무명 드레스를 입어보았다. 비로소 세서는 자리에 누워서 '벌써 기나?'를 품에 안고 얼렀다. 그녀가 오른손 손가락 두 개로 자신의 왼쪽 젖꼭지를 감싸쥐자 아기는 입을 딱 벌렸다. 두 사람은 서로의 자리를 찾았다.

베이비 석스가 들어오더니 그들을 보고 큰 소리로 웃으면서, 세서에게 계집애가 얼마나 기운이 좋고 영리한지 벌써 기어다닌다고 말했다. 그러고는 허리를 숙이고 한때 세서의 옷이었던 누더기 뭉치를 한데 끌어모았다.

"건질 만한 건 하나도 없구나." 베이비가 말했다.

세서가 눈을 들어 올려다보며 소리쳤다. "잠깐만요. 속치마 안쪽에 뭔가 아직 묶여 있는지 봐주세요."

베이비 석스가 너덜너덜해진 천을 손가락으로 구석구석 더듬더니 자갈 같은 걸 찾아냈다. 그걸 세서에게 내밀었다. "도망 기념 선물이냐?"

"결혼 선물이에요."

"여기에 신랑까지 있다면 얼마나 좋겠니." 베이비 석스는 자기 손바닥을 가만히 바라보았다. "아범은 어찌된 것 같니?"

"모르겠어요." 세서가 대답했다. "만나기로 한 장소에 없었어요. 전 도망쳐나와야만 했고요. 어쩔 수 없었어요." 세서는 젖을 빠는 딸아이의 졸린 눈을 잠시 바라보다가 다시 베이비 석스의 얼굴을 쳐다보았다. "그이는 해낼 거예요. 저도 해냈으니 핼리도 틀림없이 해낼 수 있어요."

"글쎄다. 이걸 귀에 걸렴. 어쩌면 그애의 길을 밝혀줄지도 모르잖니." 아들이 죽었다고 확신하면서, 베이비 석스는 세서에게 보석 귀고리를 건네주었다.

"귀를 뚫어야 해요."

"내가 해주마. 그래도 될 만해지면." 베이비 석스가 말했다.

세서는 '벌써 기나?'를 즐겁게 해주려고 귀고리를 짤랑짤랑 흔들어 보였고, 아기는 귀고리를 향해 자꾸자꾸 손을 뻗었다.

공터에서 세서는 베이비 석스가 예전에 설교를 하던 바위를 발견하고, 햇볕에 달아오른 나뭇잎 냄새와 천둥처럼 울리던 발소리, 밤나무 가지에서 밤송이들을 떨어뜨리던 함성을 떠올렸다. 그들을 인도하는 베이비 석스의 심장과 더불어 사람들은 감정을 분출했다.

세서는 이십팔 일—달의 공전주기—동안 노예가 아닌 삶을 살았다. 어린 딸아이의 맑고 순수한 침이 그녀의 얼굴에 떨어진 순간부터 끈끈한 피 속으로 흘러들어가기까지의 이십팔 일이었다. 치유와 안락함, 진정한 대화의 나날이었다. 다른 흑인들 사오십 명의 이름을, 그들의 생각과 습관을 알게 된 사교의 나날이었다. 그들이 어디서 살았고 무슨 일을 했는지도 알게 되었다. 자신의 희로애락과 더불어 그들의 희로애락을 느끼다보니 마음이 한결 편해졌다. 누군가는 알파벳을, 또 누군가는 바느질을 그녀에게 가르쳐주었다. 그리고 모두가 새벽에 눈을 떠 그날 뭘 할지 스스로 결정하는 기분이 어떤지 가르쳐주었다. 그렇게 세서는 핼리를 기다리는 시간을 견뎠다. 124번지와 공터에서, 세서도 다른 이들과 더불어 조금씩 조금씩 자기 자신을 주장하게 되었다. 자유를 찾는 일과 자유를 찾은 자신에 대해 소유권을 주장하는 일은 별개였다.

이제 덴버와 빌러비드가 나무 사이에서 지켜보는 가운데 세서는 베이비 석스의 바위에 앉았다. 핼리가 현관문을 두드리는 그런 날은 앞으로 영원히 오지 않으리라, 세서는 생각했다. 사실을 모를 때도 힘들었지만, 알고 나니 더 힘들었다.

그저 그 손길만이라도, 하고 세서는 생각했다. 어머니, 제 목덜미를 주물러주시던 손길만이라도 다시 느끼게 해주세요. 그러면 모든 걸 내려놓고 이 막다른 골목에서 빠져나갈 길을 찾을 거예요. 세서는 가만히 고개를 숙였다. 그러자 손가락들이 나타났다. 이제는 훨씬 가벼워져서 거의 깃털이 스치는 느낌이었지만, 틀림없이 목덜미를 어루만지는 손가락이었다. 세서는 손가락들이 제대로 주무를 수 있도록 약간 긴장을 풀어야 했다. 마치 어린아이의 손길처럼 어찌나 살살 만지는지 안마라기보다는 차라리 손가락 키스에 가까웠다. 그래도 세서는 그런 노력이 고맙기만 했다. 베이비 석스가 먼 곳에서 보내주는 사랑은 가까이 살을 맞댄 그 누구의 사랑에도 뒤지지 않았다. 그 손길은 물론이고 그녀가 원하는 것을 들어주고 싶어하는 간절한 마음은 그녀의 영혼을 일으켜 다음 단계로 나아갈 수 있을 만큼 끌어올려주었다. 뭔가 분명한 말을 해달라고, 누구도 감당할 수 없을 소식을 탐욕스럽게 갈망하는 이 머리로 그런 소식을 전하길 기꺼워하는 이 세상을 어떻게 계속 살아가야 할지 조언을 해달라고 청할 수 있게 해주었다.

그녀는 폴 디가 자신의 삶에 뭔가를 보태주고 있음을 알았다. 기대고 싶지만 그러기에는 차마 두려운 뭔가를. 그리고 이제 또다른 것을 주었다. 그녀의 가슴을 아프게 하는 새로운 광경과 오래된 재기억을. 핼리에 대해 알지 못해 텅 비어 있던 공간—이따금 그의 비겁함이나 어리석음 혹은 불운에 대한 정당한 분노로 물들던 공간—이, 확실한 소식 없이 비어 있던 그 공간이 이제는 갓 태어난 서글픔으로 가득차버린 것이다. 게다가 얼마나 많은 소식이 더 남아 있을지 누가 알겠는가. 124번지가 살아 있었던 몇 년 전만 해도 슬픔을 나눌 남자 친구들, 여자 친구들이 사방에서 찾아왔었다. 그러나 얼마 후 그들은 모두 사라져버렸다. 아기 유령이 그 집을 차지하고 있는 한, 친구들은 그녀를 찾아오려 하지 않았다. 세서 또한 부당한 대접을 받은 이들 특유의 강한 자존심으로 사람들의 비난에 맞섰다. 하지만 지금은 슬픔을 나눌 누군가가 있었다. 그는 그녀의 집에 들어온 그날로 귀신을 내쫓아버렸고 그 후로 귀신은 얼씬도 하지 않았다. 참으로 다행이었지만, 그 자리에 그는 다른 종류의 환영을 불러다놓았다. 버터와 응고시킨 우유로 범벅이 된 핼리의 얼굴, 쇠 재갈이 가득 물린 폴 디의 입. 그리고 마음이 내키면 그가 그녀에게 또 무슨 이야기를 할지는 오직 신만이 아시리라.

그녀의 목덜미를 어루만지는 손길에 힘이 들어갔다. 마치 베이비 석스가 기운을 낸 듯 손놀림이 대담해졌다. 엄지손가락으로는 목덜미를 꾹꾹 누르고 나머지 손가락으로 양옆을 주물렀다. 세게, 더 세게, 손가락들은 작은 원을 그리며 천천히 숨통을 향해 움직였다. 목이 졸리는 걸 알았을 때, 혹은 그렇다고 생각했을 때, 세서는 겁이 났다기보다 깜짝 놀랐다. 어쨌든 베이비 석스의 손가락이 그녀의 목을 움켜쥐었고 그 때문에 세서는 숨을 쉴 수가 없었다. 세서는 바위에 앉은 그 자리에서 고꾸라지며 있지도 않은 손을 손톱으로 마구 잡아뜯었다. 덴버가 달려오고 뒤이어 빌러비드가 왔을 때, 세서는 발버둥치고 있었다.

"엄마! 엄마!" 덴버가 소리쳤다. 그녀는 "엄마!" 하고 외치며 세서를 똑바로 눕혔다.

손가락은 사라졌고 세서는 몇 번이나 숨을 크게 들이마시고 나서야 코앞에 있는 딸아이와 그 위에서 얼씬거리는 빌러비드의 얼굴을 알아보았다.

"엄마, 괜찮아요?"

"누군가 내 목을 졸랐어." 세서가 말했다.

"누가요?"

세서는 목을 문지르며 일어나 앉으려고 애썼다. "베이비 할머니일 거야. 그저 목덜미를 좀 주물러달라고 빌었을 뿐인데. 예전에 해주셨던 대로 말이야. 잘해주시다가 갑자기 정신이 나가버리셨나봐."

"할머니가 엄마한테 그런 짓을 할 리 없잖아요. 베이비 할머니가요? 아닐 거예요."

"좀 일으켜주렴."

"이거 봐." 빌러비드가 세서의 목을 가리켰다.

"뭔데? 뭐가 보이니?" 세서가 물었다.

"멍이 들었어요." 덴버가 대답했다.

"내 목에?"

"여기도. 여기, 여기도 있어." 빌러비드가 말하면서 손을 뻗어 세서의 검은 목보다 더 시커멓게 변하고 있는 멍자국을 만졌다. 그녀의 손가락은 말할 수 없이 시원했다.

"그래봐야 별 도움 안 돼." 덴버가 말했지만, 빌러비드는 몸을 숙인 채 두 손으로 세서의 축축한 살갗을 쓰다듬었다. 섀미가죽*처럼 부드럽고 호박단처럼 매끄러워 보이는 피부였다.

세서는 신음했다. 빌러비드의 손가락은 매우 시원하고 능숙했다. 우여곡절 많고 은밀했던, 물위를 걷는 듯 위태로웠던 그녀의 인생이 조금은 부드러워졌다. 서커스에 가던 길에 서로 손을 잡고 흔들던 그림자들 속에서 힐끗 보았던 행복이 어쩌면 정말로 있을지도 모르겠다는 느낌까지 들었다. 폴 디가 전해준 소식과 아직 그 혼자 간직하고 있는 소식을 어떻게든 감당할 수 있다면 말이다. 감당할 수만 있다면. 그 몸서리쳐지는 광경이 눈앞에 떠오를 때마다 무너지지 않고, 쓰러지거나 울지 않는다면. 베이비 석스의 친구, 보닛을 쓰고 음식을 만들며 눈물을 쏟던 젊은 여자처럼 영영 미쳐버리지 않는다면. 눈을 부릅뜬 채 자던 필리스 아주머니처럼. 침대 밑에 숨어서 자던 잭슨 틸처럼. 세서의 소망은 이대로 계속 사는 것이 전부였다. 지금까지 그랬던 것처럼. 귀신이 나오는 집에서 딸과 단둘이 살면서 그녀는 온갖 빌어먹을 일들을 감당

* 양, 사슴, 염소의 가죽을 무두질한 것.

했다. 그런데 왜 이제 와서, 귀신 대신 폴 디와 함께 사는 지금 이렇게 무너지는 걸까? 두려움에 떠는 걸까? 베이비 석스를 찾는 걸까? 최악의 순간은 끝나지 않았나? 이미 다 지나오지 않았나? 124번지의 귀신과 살면서도 그녀는 무슨 일이든 다 견뎠고, 해냈고, 해결했다. 그런데 핼리에게 무슨 일이 일어났는지 살짝 알게 되었다고 해서 어미를 찾는 토끼처럼 멈춰버리다니.

빌러비드의 손가락은 천국 같았다. 그 손길 아래서 다시 안정적으로 호흡하니 고뇌도 잠잠해졌다. 세서가 그곳에 와서 찾고자 했던 평화가 마음속에 서서히 깃들었다.

우리 모습이 참 볼만하겠구나, 세서는 이렇게 생각하며 두 눈을 감고 광경을 그려보았다. 공터 한가운데, 베이비 석스 성녀가 사랑했던 바위 밑에 있는 세 여자. 한 여자는 자기 앞에 무릎을 꿇은 두 여자 중 한 명의 친절한 손길에 목을 맡기고 앉아 있다.

덴버는 두 사람의 얼굴을 바라보았다. 빌러비드는 목덜미를 주무르는 자신의 엄지손가락을 내려다보고 있었다. 제 눈에 보이는 광경이 무척 사랑스러운 듯, 허리를 숙이더니 세서의 턱 아래 보드라운 살에 입을 맞추었다.

세 사람은 한동안 그렇게 가만히 있었다. 덴버나 세서나 가만있지 않으면 어떻게 해야 할지 몰랐기 때문이다. 어떻게 그만두게 할지, 계속 입을 맞추는 저 입술의 감촉이나 표정을 어떻게 사랑하지 않을 수 있을지 몰랐기 때문이다. 결국 세서가 빌러비드의 머리채를 움켜쥐고 두 눈을 빠르게 깜박거리며 몸을 떼어냈다. 나중에 세서는 꼭 앳된 젖냄새 같던 빌러비드의 숨결 때문에 자신이 인상을 쓰며 엄하게 말했다고 생각했다. “이러기엔 넌 다 컸어.”

세서는 덴버를 바라보았다. 그리고 더 심한 감정으로 변하려 하는 겁먹은 표정을 발견하고는 얼른 자리에서 일어나 그 광경을 깨뜨렸다.

“어서 일어나자! 일어나!” 세서는 손을 흔들어 소녀들을 일으켜세웠다. 공터를 떠나는 세 사람의 모습은 그곳에 올 때와 똑같아 보였다. 세서가 앞장섰고 두 아이가 뒤따랐다. 모두 아까처럼 말이 없었지만 달라진 점이 있었다. 세서는 마음이 심란했다. 입맞춤 때문이 아니라 그 직전에, 빌러비드의 마사지로 아주 기분좋게 고통을 쫓고 있을 때, 그녀의 목을 조르기 전까지 그녀가 사랑했던 손가락, 위안받았던 그 손가락들이 무엇인가를 떠올려주었는데 지금은 도무지 생각이 나지 않았기 때문이다. 한 가지 확실한 사실은, 처음 생각처럼 베이비 석스가 목을 조르지는 않았다는 것이었다. 덴버 말이 맞았다. 얼룩덜룩한 그림자를 만들며 나뭇잎 사이로 새어드는 햇살 속을 걸으면서, 공터의 마력으로부터 멀어질수록 점점 머리가 맑아진 세서는 자기 손가락보다 더 친숙한 베이비 석스의 감촉을 떠올렸다. 그 손가락은 그녀를 구석구석 씻기고 자궁을 싸매주고 머리카락을 빗기고 젖꼭지에 기름을 바르고 옷을 꿰매고 발을 닦아주고 등에도 기름을 발라주었다. 특히 처음 며칠 동안은 머릿속에 자꾸 떠오르는 기억(조카놈들이 그녀의 몸 위에서 노는 동안 그녀가 직접 만든 잉크로 기록을 하던 학교 선생)과 좀처럼 떠오르지 않는 기억(펠트 모자를 쓴 여인이 밭에서 허리를 펴려고 몸을 일으켰을 때 본 여인의 얼굴)의 무게에 짓눌려 그녀가 울적해할 때면, 만사를 제쳐두고 그녀의 목덜미부터 주물러주곤 했다. 세상의 모든 손바닥들 가운데 눕는다 해도, 벨벳을 사러 가던 백인 소녀의 힘센 손을 기억하는 것과 똑같이 베이비 석스의 손을 구별해낼 수 있었다. 하지만 세서는 무려 십팔 년 동안 저승에서 온 손길로 가득찬 집에서 살았다. 목덜미를 누르던 엄지손가락도 그 손길과 같았다. 어쩌면 혼령이 그곳으로 가버렸는지도 모른다. 폴 디에게 내몰려 124번지에서 쫓겨난 후, 공터에 자리를 잡았는지도. 충분히 그럴듯하다고, 그녀는 생각했다.

어째서 덴버와 빌러비드를 데려갈 생각을 했는지 이제는 그 이유를 알 듯했다. 그때는 막연히 옆에 누가 있으면 든든하겠다는 충동적인 생각 같았다. 그런데 아이들이 그녀의 목숨을 구한 것이다. 빌러비드는 너무 걱정한 나머지 두 살배기 아기처럼 행동했다.

불길이 꺼지거나 바람을 쐬려고 창문을 여는 순간 홀연히 사라지는 희미한 탄내처럼, 그 아이의 손길이 꼭 아기 유령 같았다는 의혹은 어느덧 사라졌다. 어쨌든 그건 아주 사소한 고민에 불과했다. 지금 그녀의 마음속에서 펑펑 솟구치는 열망을 방해할 만큼 강하지는 않았다. 그녀는 폴 디를 원했다. 그가 무슨 말을 하고 무엇을 알든, 자신의 인생에 들어온 그를 원했다. 핼리를 추모하기 위해서가 아니라 바로 이 열망을 알기 위해서 공터까지 온 것이었고, 이제 알았다. 신뢰와 재기억. 그래, 폴 디가 화덕 앞에서 안고 어루만질 때 어쩌면 가능할지도 모른다고 생각했던 방법. 그의 몸의 무게와 윤곽, 살아 있는 듯 생생한 수염, 굽은 등, 숙련된 손. 뭔가를 기다리는 두 눈과 경이로운 힘. 그녀의 마음을 잘 아는 그의 마음. 그녀의 이야기가 곧 그의 이야기이기에, 이야기하고 다듬고 다시 이야기해도 견딜 만했다. 서로에 대해 아직 모르는 일들, 아직 그것을 표현할 말을 찾지 못한 일들은, 글쎄, 언젠가 때가 올 것이다. 폴 디가 끌려가 쇠를 빨아야 했던 그곳에 대해서도, 세서의 아기 '벌써 기나?'의 완벽한 죽음에 대해서도.

세서는 서둘러 돌아가고 싶었다. 이 게으른 여자애들에게 일을 시켜 방황하는 머릿속을 채워주고 싶었다. 해가 저물어 한결 시원해진 초록색 회랑을 부랴부랴 걷다가, 문득 두 아이가 자매처럼 꼭 닮았다는 생각이 들었다. 두 아이의 순종과 절대적인 신뢰를 깨닫고 깜짝 놀랐다. 세서는 덴버를 이해할 수 있었다. 외롭게 지내다보니 자기 마음조차 속이는 비밀 많은 아이가 된 것이다. 또 귀신과 몇 해를 함께 살면서 어떤 면은 믿을 수 없을 만큼 둔감해지고 어떤 면은 믿을 수 없을 만큼 예민해졌다. 그 결과 수줍음 많으면서도 고집 센 딸이 된 것이다. 이 아이를 지키기 위해서라면 세서는 기꺼이 죽을 수도 있었다. 다른 아이, 빌러비드에 대해서는 별로 아는 게 없었다. 아니, 자신을 위해서라면 못할 일이 없다는 것과 덴버와 서로 함께 지내는 걸 좋아한다는 것 말고는 아무것도 몰랐다. 이제 세서는 그 이유를 알 것 같았다. 두 아이가 감정을 소모하고 집착하는 방식은 서로 조화를 이루었다. 한 명이 줘야만 하는 것을 다른 한 명은 기쁘게 받아들였다. 두 아이는 공터를 빙 둘러싼 나무들 사이에 서 있다가, 세서가 숨이 막히게 되자 비명과 입맞춤을 가지고 달려나오지 않았던가. 어쨌든 세서는 두 사람 사이에서 어떤 경쟁도, 일방적인 지배도 알아챌 수 없었기에 혼자 그렇게 납득했다. 지금 세서의 생각은 온통 폴 디에게 차려줄 저녁상에 쏠려 있었다. 만들기 어렵지만, 꼭 그렇게 만들어주고 싶었다. 다정한 한 남자와 더 새롭고 강인한 삶을 시작하기 위해서. 골고루 노릇노릇하게 익혀 후추를 듬뿍 친 알감자, 돼지 껍질로 맛을 낸 꼬투리콩, 식초와 설탕을 뿌린 노란 호박. 어쩌면 옥수수 알갱이와 양파를 버터에 볶은 요리. 거기에 부풀린 빵까지.

들어서기 전부터 머릿속으로 부엌을 구석구석 뒤지고 있던 세서는 앞으로 차릴 저녁상에 정신이 팔린 나머지 코앞을 보지 못했다. 폴 디가 하얀 계단 뒤의 빈 공간에 물통을 갖다놓고 들어앉아 있었던 것이다. 세서가 그를 보고 환하게 웃자 폴 디도 미소로 화답했다.

"여름이 끝났나봐." 세서가 말했다.

"이리 들어와."

"안 돼. 애들이 바로 뒤에 와."

"애들 소리가 안 들리는데."

"난 저녁 차려야 해, 폴 디."

"나도 마찬가지야." 폴 디가 벌떡 일어나더니 두 팔로 그녀를 껴안아 움직이지 못하게 했다. 세서의 드레스가 그의 몸에 묻은 물을 빨아들였다. 폴 디의 입이 그녀의 귓가에 닿았다. 그녀의 턱이 그의 어깨를 스쳤다.

"무슨 요리 할 건데?"

"꼬투리콩 요리를 할까 생각중이야."

"오, 좋아."

"옥수수도 좀 볶을까?"

"그래."

세서가 할 수 있으리라는 데에는 의문의 여지가 없었다. 그녀가 처음 124번지에 도착했던 날처럼, 그녀에게는 모두를 먹일 만큼 젖이 충분했다.

빌러비드가 집안으로 들어왔고 두 사람은 발소리를 들었어야 했지만 그러지 못했다.

숨소리, 중얼거리는 소리, 숨소리, 중얼거리는 소리. 빌러비드는 현관문이 쾅 닫히자마자 두 사람이 내는 소리를 들었다. 그녀는 문소리에 화들짝 놀랐다가 속삭임이 들려오는 하얀 계단 뒤쪽으로 고개를 돌렸다. 빌러비드는 한 발 앞으로 내딛고는 그만 울고 싶어졌다. 그녀는 아주 가까이 있었고, 이젠 더 가까워졌다. 세서가 자기를 빼고 다른 일을 하거나 다른 것을 생각할 때 치밀던 분노보다 훨씬 더 강한 분노가 치밀었다. 날마다 아홉 시간이나 열 시간쯤은 세서가 나가고 없었는데, 한 시간 정도만 빼면 그럭저럭 견딜 수 있었다. 가까이 있지만 눈에 보이지는 않는, 벽과 문 너머에서 그 남자 곁에 누워 있는 밤도 참을 수 있었다. 하지만 이제는 빌러비드가 안심했던 대낮까지, 이 정도로 만족해야 한다고 스스로 타일렀던 낮시간까지 기꺼이 다른 것에 관심을 쏟는 세서 때문에 이리저리 쪼개지고 형편없이 줄어들고 있었다. 관심을 받는 건 대부분 그 남자였다. 무슨 말을 해서 세서가 숲속으로 도망쳐 바위에 앉아 혼잣말하게 만든 남자. 밤마다 세서를 문 뒤에 감춰두는 남자. 그리고 이제는 빌러비드가 세서의 목을 구해주고 그녀의 손을 잡을 준비가 된 이 순간 계단 뒤에서 세서를 끌어안고 속삭이는 남자.

빌러비드는 돌아서서 집을 나왔다. 덴버는 아직 도착하지 않았다. 아니면 저 바깥 어디선가 기다리는 모양이었다. 빌러비드는 덴버를 찾으러 가다가 잠시 걸음을 멈추고 홍관조 한 마리가 굵은 가지에서 잔가지로 폴짝 뛰어오르는 모습을 구경했다. 나뭇잎 사이로 이리저리 옮겨 다니는 핏빛 반점을 좇다가 결국 놓쳐버린 뒤에도 한 번이라도 더 보고 싶은 마음에 뒷걸음질치며 계속 쳐다보았다.

마침내 빌러비드는 앞을 보고 숲속을 달려 시냇가에 이르렀다. 시냇물에 바싹 붙어서서 물에 비친 자기 얼굴을 내려다보았다. 이윽고 덴버의 얼굴이 옆에 나타나, 두 사람은 나란히 물에 비친 서로의 얼굴을 바라보았다.

"언니가 그랬지. 난 봤어." 덴버가 말했다.

"뭘?"

"언니 얼굴을 봤다고. 언니가 엄마 목을 졸랐잖아."

"안 그랬어."

"엄마를 사랑한다고 그랬잖아."

"내가 고쳐줬잖아, 안 그래? 내가 목을 고쳐준 거잖아?"

"나중에 그랬지. 엄마 목을 조른 다음에."

"난 목에 입을 맞췄어. 조르지 않았어. 목을 조른 건 쇠고리야."

"내가 봤다니까." 덴버가 빌러비드의 팔을 꽉 붙잡았다.

"조심해, 이 계집애야." 빌러비드는 이렇게 말하며 팔을 탁 뿌리치더니, 숲 저편에서 노래하는 시냇물을 따라 있는 힘을 다해 내달렸다.

혼자 남겨진 덴버는 고민했다. 정말 잘못 본 걸까. 세서가 바위에 앉아 있는 동안, 그녀와 빌러비드는 나무 사이에 서서 소곤거리고 있었다. 그 공터가 한때 베이비 석스가 설교를 하던 곳임은 알았지만 그것은 덴버가 아기 때 일이었다. 직접 가본 기억은 전혀 없었다. 124번지와 그 뒤편 들판만이 그녀가 아는 혹은 원하는 세상의 전부였다.

한때는 그녀도 더 넓은 세상을 알았고 알고 싶어했다. 다른 사람이 사는 진짜 집으로 통하는 길을 걸어간 적도 있었다. 그 집 창문 밖에서 귀를 기울이며 서 있기도 했다. 혼자 네 번쯤. 엄마와 할머니가 잠시 방심하는 초저녁, 집안일을 마치고 저녁식사를 하기 직전, 저녁 일과로 접어들기 전의 빈 시간을 틈타 124번지를 몰래 빠져나갔던 것이다. 덴버는 자기만 빼고 다른 아이들이 모두 가 있는 집을 찾아나섰다. 그 집을 찾았지만 용기가 없어서 차마 현관문으로 들어가지 못하고 창문 너머로 엿보기만 했다. 등받이가 곧은 의자에 앉은 레이디 존스 앞쪽 바닥에 대여섯 명의 아이들이 책상다리를 하고 있었다. 레이디 존스는 책을, 아이들은 석판을 들고 있었다. 레이디 존스가 뭔가 말하고 있었는데 목소리가 나지막해서 덴버에게는 들리지 않았다. 아이들은 그녀의 말을 따라 했다. 덴버는 네 번 찾아가 엿보았다. 다섯번째 갔을 때 레이디 존스가 그녀를 발견하고는 말했다. "현관으로 들어와요, 덴버 양. 이건 곁다리로 볼 게 아니에요."

그렇게 해서 덴버는 거의 일 년 동안 또래 아이들과 함께 어울려 글자와 셈을 배웠다. 일곱 살의 그녀에게 오후의 그 두 시간은 말할 수 없이 귀중했다. 특히 스스로 해낸 일이라서 더욱 그랬다. 덴버는 엄마와 오빠들이 이 일로 놀라며 기뻐하는 걸 보고 자신도 놀랐고 기뻤다. 레이디 존스는 한 달에 달랑 5센트 동전 한 개만 받고 백인들이 불법은 아닐지라도 쓸데없는 짓이라고 여기는 일을 했다. 공부에 관심이 있고 공부할 시간이 있는 흑인 아이들을 좁은 응접실 가득 불러모았던 것이다. 동전을 손수건에 꽁꽁 싸서 허리춤에 단단히 묶고 레이디 존스에게 갖다주는 일은 무척 긴장감이 넘쳤다. 분필이 비명을 지르지 않도록 능숙하게 다루는 연습, 대문자 W와 소문자 i 등 자기 이름을 이루는 아름다운 글자들, 레이디 존스가 교재로 사용하는 성경에 나오는 가슴 저미는 문장들. 덴버는 매일 아침 연습했고 매일 오후 주목을 받았다. 그녀는 행복에 빠져서 반 친구들로부터 따돌림을 당하는 줄도 몰랐다. 아이들이 자기와 나란히 걷지 않으려고 이런저런 핑계를 대며 발걸음을 늦추거나 재촉하곤 했었는데도. 결국 그녀만큼이나 똑똑한 소년 넬슨 로드가 이 상황을 끝냈다. 그 아이가 덴버에게 물었던 엄마에 대한 질문이 분필이며 소문자 i며 그 오후 시간의 모든 일들을 영원히 손닿지 않는 곳으로 몰아내버렸다. 그애가 그 말을 꺼냈을 때, 덴버는 그냥 웃어넘기거나 그를 쓰러뜨렸어야 했다. 하지만 그의 표정이나 목소리에는 비열한 기미가 없었다. 호기심뿐이었다. 그렇지만 그애가 질문을 했을 때, 덴버의 마음속에서 내내 숨어 있었던 뭔가가 불쑥 떠올랐다.

덴버는 두 번 다시 그곳에 가지 않았다. 이틀째 결석을 하자, 세서는 덴버에게 왜 그러느냐고 물었다. 덴버는 대답하지 않았다. 오빠나 다른 사람에게 넬슨 로드가 한 질문에 대해 물어보기엔 너무 무서웠다. 마음속에 불쑥 떠오른 그것을 중심으로 엄마에 대한 두렵고도 이상한 감정이 생겨났기 때문이다. 나중에, 베이비 석스 할머니가 세상을 떠난 후에, 하워드와 뷰글러 오빠가 도망친 이유가 덴버는 하나도 궁금하지 않았다. 엄마는 귀신 때문이라고 했지만 그녀의 생각은 달랐다. 만약 귀신 때문이라면 어째서 그렇게 오래 참았단 말인가? 오빠들은 그녀만큼이나 오랫동안 귀신과 같이 살았다. 하지만 넬슨 로드의 말이 맞다면, 오빠들이 화를 내면서 집에서 최대한 멀리 달아난 것도 당연한 일이었다.

한편 아기 유령에게 관심을 집중하면서부터 엄마에 대한 끔찍하고 통제할 수 없는 꿈들도 출구를 찾았다. 넬슨 로드와의 일이 있기 전에는 귀신의 이상한 짓거리에 거의 관심이 없었다. 엄마와 할머니가 유령의 존재를 묵묵히 참고 견뎠기에 덴버도 무덤덤하게 받아들였다. 그러다가 유령의 장난에 지치고 짜증이 나기 시작했다. 그 무렵에 덴버는 다른 아이들을 따라서 레이디 존스의 사설 학교를 찾아나선 것이었다. 이제 아기 유령은 그녀에게 모든 증오와 사랑과 두려움의 대상이 되었고, 그녀는 그 감정들을 도대체 어떻게 해야 할지 몰랐다. 마침내 넬슨 로드의 질문에 대해 물어볼 용기가 간신히 났을 때에도 덴버의 귀에는 엄마의 대답이나 베이비 석스의 말이 들리지 않았고, 그후로는 아예 아무 소리도 들리지 않았다. 그렇게 이 년 동안 덴버는 도저히 뚫고 들어갈 수 없을 만큼 단단한 침묵에 싸여 걸어다녔다. 덕분에 스스로도 믿기 힘든 놀라운 시력을 얻었다. 이를테면 머리 위로 20미터 가까운 높이의 나뭇가지에 앉은 참새의 까만 콧구멍을 본다든가 하는. 이 년 동안 덴버는 아무 소리도 듣지 못하다가 어느 날 무언가가 천둥처럼 요란하게 계단을 기어오르는 소리를 들었다. 베이비 석스는 히어보이가 평소 안 다니던 데서 어슬렁거린다고 생각했다. 엄마는 아들들이 갖고 노는 고무공이 계단으로 통통 굴러내려가는 소리인 줄 알았다.

"저 빌어먹을 개가 돌았나?" 베이비 석스가 버럭 소리쳤다.

"녀석은 현관에 있는걸요. 가서 보세요." 세서가 말했다.

"그럼 지금 이게 무슨 소리냐?"

세서는 화덕 뚜껑을 쾅 닫았다. "뷰글러! 뷰글러! 엄마가 집안에서 공 갖고 놀지 말라고 몇 번이나 말했니!" 하얀 계단 쪽을 쳐다본 세서는 꼭대기에 서 있는 덴버를 보았다.

"계단을 올라오려고 했어요."

“뭐라고?” 세서의 손에는 화덕 뚜껑을 열 때 쓰는 행주가 칭칭 감겨 있었다.

“아기 유령 말이에요. 기어오르는 소리 못 들으셨어요?” 덴버가 말했다.

기절초풍할 일이 둘이나 생겼으니 어느 것에 먼저 놀랄지가 문제였다. 덴버가 소리를 들은 것? 아니면 ‘벌써 기나?’가 여전히 무슨 짓을 벌이고 있을 뿐 아니라 더 심해졌다는 것?

차마 들을 수 없는 대답 때문에 닫혔다가 죽은 언니가 계단을 기어오르려는 소리에 다시 열린 덴버의 귀는 124번지 사람들의 운명에 또 다른 변화를 예고했다. 그때부터 유령은 원한에 가득차, 한숨과 사고 대신 의도적이고 날카로운 공격을 가했다. 뷰글러와 하워드는 집에서 여자들과 함께 지내는 데 점점 짜증을 냈고, 타운에서 마구간에 물과 먹이를 나르는 허드렛일을 구하지 못한 때면 끊임없이 퉁명스럽게 불평하며 시간을 보냈다. 귀신의 공격이 너무나 직접적으로 겨누어져 결국 두 사람을 내쫓을 때까지. 베이비 석스는 녹초가 되어 침대에 누워버렸고 그 커다랗고 오래된 심장이 멈출 때까지 거기서 나오지 않았다. 이따금 색깔을 갖다달라고 할 때 말고는 사실상 아무 말도 하지 않았다. 그러다가 생의 마지막날 오후, 침대에서 빠져나와 방문 앞까지 느릿느릿 걸어가더니, 노예로 육십 년 자유인으로 십 년을 살며 배운 교훈을 세서와 덴버에게 남겼다. 이 세상에 불운은 없다. 백인들이 있을 뿐이다, 라고. “그놈들은 그만둘 때를 모른다.” 베이비 석스는 이렇게 덧붙이고 침대로 돌아가더니 누비이불을 끌어당겨 덮고는 영원히 그 생각을 떨치지 못할 두 사람을 남겨둔 채 떠났다.

곧바로 세서와 덴버는 아기 유령을 불러내 설득해보았지만, 아무 성과가 없었다. 결국 유령을 야단치고 두들겨패서 내쫓고 그 자리에 들어앉은 사람은 남자인 폴 디였다. 서커스에 가든 안 가든, 덴버는 아무리 생각해도 폴 디보다는 원한에 찬 아기 유령이 더 좋았다. 폴 디가 이 집으로 들어온 처음 며칠 동안 덴버는 가능한 한 오랫동안 자신의 에메랄드빛 비밀 방에 처박혀 태산처럼 거대하고 고독한 기분을 느꼈다. 자기만 빼고 다른 사람들은 전부 짝이 있는데 자기는 유령 친구마저 빼앗겼다고 생각하며. 그래서 검은색 드레스와 치맛단 아래로 끈이 풀린 신발을 보았을 때, 그녀는 남몰래 감사하며 몸을 떨었다. 어떤 능력을 가졌고 그 능력을 어떻게 사용하든, 빌러비드는 자기의 것이었다. 덴버는 빌러비드가 엄마를 해치려 한다는 생각에 화들짝 놀랐지만 도저히 막을 힘이 없었다. 그만큼 다른 사람을 사랑하고 싶은 그녀의 욕구는 걷잡을 수 없었다. 덴버가 공터에서 목격한 광경은 그녀에게 수치심을 안겨주었다. 엄마와 빌러비드 가운데 하나를 선택하는 데 일말의 갈등도 없었기 때문이다.

초록색 덤불 방을 나와 뒤쪽의 시냇물을 향해 가면서 덴버는 빌러비드가 정말 엄마를 목 졸라 죽이려 했다면 자신이 어떻게 했을까 고민했다. 내버려두었을까? 살인, 이라고 넬슨 로드는 말했다. "너희 엄마는 살인을 해서 감옥에 가지 않았니? 그때 너도 같이 가지 않았어?"

두번째 질문 때문에, 첫번째 질문에 대해서도 그토록 오랫동안 엄마에게 물어볼 수가 없었다. 질문을 들었을 때 불쑥 떠오른 것은 바로 그곳에서 줄곧 똬리를 틀고 있던 것이었다. 어둠, 돌바닥, 혼자서 움직이는 무언가. 대답을 듣느니 차라리 귀가 머는 게 나았다. 햇빛을 찾아 활짝 피었다가 해가 지면 꽉 오므라드는 작은 분꽃처럼, 그뒤로 덴버는 아기 유령만 바라보고 다른 모든 일에서 멀어졌다. 폴 디가 오기 전까지는. 하지만 그가 입힌 상처는 빌러비드가 기적적으로 부활하면서 말끔히 나았다.

바로 저 앞 시냇가에 맨발을 물에 담그고 서 있는 그녀가 보였다. 검은색 치마를 종아리 위로 걷어올리고 아름다운 머리를 숙인 채 넋을 잃고 생각에 빠진 실루엣이었다.

덴버는 새삼 솟아오르는 눈물을 참으려고 눈을 깜박거리며 그녀에게 다가갔다. 한마디 말, 용서의 몸짓을 간구하면서.

덴버는 신발을 벗고 물속으로 들어가 그녀와 나란히 섰다. 빌러비드의 황홀한 머리에서 눈을 떼기가 어려웠지만 그녀가 뭘 보는지 보려고 시선을 돌렸다.

거북이 한 마리가 시냇가를 따라 엉금엉금 기어가다가 방향을 돌려 마른땅으로 올라가고 있었다. 바로 뒤에서 또다른 거북이가 같은 방향으로 향했다. 움직이지 않고 둥둥 떠 있는 그릇 아래 놓인 네 개의 접시들. 풀밭에 들어간 암컷 뒤로 다른 거북이가 재빨리, 아주 재빨리 움직여 올라타려 했다. 암컷의 어깨 근처에 발을 올리려는 수컷의 그 확고부동한 힘. 서로 포옹하는 목들—한껏 아래로 구부린 수컷의 목을 향해 암컷이 제 목을 쭉 뻗어 톡, 톡, 톡, 서로 머리가 맞닿았다. 수컷을 향해 손가락처럼 쭉 뻗은 갈망에 가득찬 암컷의 목은 어디든 닿을 수 있었다. 암컷은 오직 수컷의 얼굴에 닿기 위해 껍데기 바깥의 모든 위험을 무릅썼다. 그들이 입은 육중한 갑옷이 충돌하며 허공에서 서로 어루만지는 두 개의 머리를 조롱하고 방해했다.

빌러비드가 잡고 있던 치맛자락을 놓았다. 치마가 둥글게 퍼졌다. 치맛단이 물속에서 짙어졌다.

웃고 있는 대장 수탉, 미스터의 시야에서 멀리 벗어나자, 하느님 감사합니다, 폴 디는 떨기 시작했다. 급작스럽지도 않았고, 남의 눈에 띌 정도도 아니었다. 마지막으로 '형제'를 보기 위해 고개를 돌렸을 때, 그러니까 짐마차 축에 그의 목을 묶은 밧줄이 허용하는 한 한껏 고개를 돌렸을 때도, 나중에 그놈들이 그의 발목에 족쇄를 단단히 채우고 손목까지 묶었을 때도, 겉으로는 전혀 떠는 기미를 보이지 않았다. 그로부터 십팔 일 뒤 그 구덩이들을 보았을 때도 마찬가지였다. 3백 미터의 대지에 나무 궤짝이 딱 맞게 들어가도록 깊이 1.5미터 너비 1.5미터로 파놓은 구덩이들이었다. 새장처럼 빗장을 들어올려 여는 창살 문으로 들어가면 삼면의 벽과 쓰다 남은 재목에 붉은 진흙을 바른 지붕이 나왔다. 그의 머리 위로 60센티미터, 정면으로 1미터 정도 트인 구덩이.

막사라 부르는 그 무덤으로 땅속을 기어다니거나 빨빨 돌아다니는 것들은 뭐든지 마음대로 들락거렸다. 그런 구덩이가 마흔다섯 개 더 있었다. 폴 디는 학교 선생이 그를 팔아넘긴 새 주인 브랜디와인을 죽이려 했다가 그곳으로 보내졌다. 브랜디와인은 다른 노예 열 명과 그를 한 줄로 묶어 켄터키를 지나 버지니아로 끌고 갔다. 왜 그런 짓을 하려 했는지는 폴 디도 정확히 알 수 없었다. 핼리나 식소, 폴 에이, 폴 에프, 그리고 미스터 이외의 다른 이유는. 하지만 그가 떨림을 깨달았을 때쯤에는 이미 고질병으로 자리잡은 뒤였다.

그래도 다른 사람들은 아무도 몰랐다. 떨림이 몸속에서 시작되었기 때문이다. 가슴에서 뭔가 팔락거리는 것 같더니, 곧 쇄골로 옮겨갔다. 마치 잔물결처럼, 처음에는 부드럽게 찰랑거리다가 나중에는 사납게 요동쳤다. 남쪽으로 끌려가면 갈수록, 스무 해 동안 얼음 연못처럼 꽁꽁 얼어붙었던 그의 피가 서서히 녹아서 조각조각 부서졌다. 일단 녹기 시작하자, 주체할 수 없이 일렁이며 소용돌이쳤다. 때로는 다리에서 떨림이 느껴지기도 했다. 그러다가 다시 꼬리뼈 쪽으로 옮겨갔다. 백인들이 그를 짐마차에서 끌어내렸을 때 그의 눈에는 온통 지글지글 끓는 풀밭뿐인 세상에 개들과 허물어진 오두막 두 채만이 보였고, 빙글빙글 소용돌이치는 피 때문에 몸이 앞뒤로 비틀거렸다. 하지만 어느 누구도 알아채지 못했다. 그날 저녁 수갑 앞에 내민 그의 손목은 침착했고, 족쇄를 사슬에 연결하는 동안 버티고 선 다리 역시 흔들림이 없었다. 하지만 그들이 나무 궤짝 안에 그를 처넣고 문을 닫자, 그의 두 손은 통제력을 잃고 멋대로 방황했다. 무슨 수로도 떨림을 멈출 수 없었고 신경을 쓰지 않을 수도 없었다. 녀석들은 음경을 잡아 오줌을 누는 일도, 숟가락으로 라이머콩을 떠서 입에 넣는 일도 마다했다. 마침내 녀석들이 다시 말을 듣게 되는 기적은 새벽녘 망치와 함께 찾아왔다.

마흔여섯 명 전원이 총소리에 깨어났다. 마흔여섯 명 전원이. 백인 셋이 구덩이 사이로 걸어다니며 차례차례 자물쇠를 땄다. 아무도 나오지 않았다. 마지막 자물쇠까지 따고 나면, 백인 셋이 돌아와 차례차례 빗장을 들어올렸다. 비로소 흑인들이 하나씩 하나씩 나왔다. 하루라도 그곳에서 지낸 사람들은 개머리판으로 쿡쿡 찌르지 않아도 신속하게 나왔고, 폴 디처럼 방금 도착한 사람들은 개머리판으로 찌르자 얼른 나왔다. 마흔여섯 명 전원이 구덩이 안에 일렬로 서면, 구덩이를 기어올라오라는 신호로 또다른 총소리가 울렸다. 땅 위에는 손으로 직접 벼린 최상급 조지아산 사슬이 3백 미터나 뻗어 있었다. 흑인들은 모두 허리를 숙이고 기다렸다. 이윽고 첫번째 죄수가 사슬 끝을 집어들어 발목에 찬 족쇄 고리에 끼운 다음, 허리를 펴고 발을 끌어 사슬 끝을 다음 죄수에게 전달했다. 그러면 그 죄수도 똑같이 했다. 마침내 사슬이 끝까지 전달되고 모든 죄수가 옆 사람 자리에 서고 나면, 한 줄로 선 죄수들은 뒤돌아서서 자기들이 나온 궤짝을 마주보았다. 서로 이야기를 하는 사람은 아무도 없었다. 적어도 입으로는. 할말이 있으면 오직 눈으로만 주고받아야 했다. "오늘 아침엔 나 좀 도와줘. 몸이 안 좋아." "해냈어." "신참이야." "진정해. 진정하라고."

사슬 차는 일이 끝나면 그들은 무릎을 꿇고 앉았다. 그때쯤이면 대개 이슬이 안개가 되어 있었다. 종종 안개가 짙어 개들이 짖지 않고 숨만 쉬고 있으면 비둘기 울음소리가 들리기도 했다. 죄수들이 안개 속에 무릎을 꿇고 앉아 기다리면 간수 중 하나 혹은 둘이나 셋이 일시적인 충동에 사로잡혔다. 아니, 어쩌면 간수들 모두 그 짓을 원했을 수도 있다. 특정한 죄수 하나에게, 아니면 아무나에게, 혹은 모든 죄수들에게 원했을 수도.

"아침? 아침 먹고 싶나, 검둥이?"

"네, 그렇습니다."

"배고파, 검둥이?"

"그렇습니다."

"그래, 여기 있다."

무릎을 꿇은 죄수들 중에는 간혹 간수의 포피를 물어뜯어 예수님께 가져가는 대가로 머리에 총알이 박히는 쪽을 선택하는 이도 있었다. 그때 폴 디는 그런 일은 몰랐다. 그는 간수의 냄새를 맡으며, 비둘기 울음소리같이 꾸르륵거리는 간수의 낮은 신음을 들으며, 자신의 떨리는 두 손을 내려다보고 있었다. 간수는 그의 오른편 안개 속에서 무릎을 꿇은 죄수 앞에 서 있었다. 다음은 틀림없이 자기 차례라는 생각이 들자 폴 디는 구역질이 나왔다. 올라오는 건 하나도 없었다. 그 꼴을 지켜보던 간수 한 명이 소총으로 그의 어깨를 후려쳤고 그 짓을 하고 있던 간수는 검둥이의 토사물로 바지나 구두를 버리기 싫어 이번에는 신참을 건너뛰기로 했다.

"하이이이!"

"네, 그렇습니다"를 제외하고 이것이 아침마다 검둥이가 낼 수 있는 첫번째 소리였다. 제일 앞에서 사슬을 끄는 죄수는 온 힘을 다해 이 말을 외쳤다. "하이이이!" 폴 디는 그가 그 고마운 말을 외칠 때를 어떻게 아는지 영영 확인하지 못했다. 죄수들은 그를 하이맨이라고 불렀는데,

처음 얼마 동안 폴 디는 간수가 그에게 신호 보낼 때를 알려준다고 생각했다. 죄수들에게 무릎을 펴고 일어나 수제 사슬의 장단에 맞춰 투스텝 춤을 추라는 신호를. 나중에야 그게 아니란 생각이 들었다. 그는 이제 새벽녘의 "하이이이!"와 해질녘의 "호우우우!"가 하이맨이 혼자 책임지고 한 일이었다고 믿고 있었다. 오직 하이맨만이 어느 정도가 적당하고 어느 선 이상이 지나친지, 그 일이 언제 끝나고 때가 언제 오는지를 알았기 때문이다.

그들은 사슬 춤을 추며 들판을 건너고 숲을 지나고 오솔길을 걸어갔다. 길 끝에는 눈이 휘둥그레질 정도로 아름다운 장석長石이 있었고, 그곳에 가면 폴 디의 손은 사납게 요동치는 피의 떨림을 떨쳐내고 주의를 집중했다. 죄수들은 손에 커다란 쇠망치를 들고 하이맨의 인도에 따라 일을 해나갔다. 알아들을 수 없게 멋대로 가사를 바꿔가며 큰 소리로 노래를 부르고 망치를 내려쳤다. 단어의 의미가 달라지도록 한 글자씩 바꾸는 장난을 치기도 했다. 그들은 예전에 알던 여자들을 노래하고 지나온 어린 시절과 손수 길들였거나 다른 사람이 길들이는 걸 보았던 가축들을 노래했다. 감독과 주인과 주인마님, 노새와 개에 대해 노래하고 인생은 수치를 모른다고 노래했다. 그들은 오래전에 죽은 누이와 묘지를 열렬히 노래했다. 숲속의 돼지, 냄비 속의 음식, 낚싯줄에 걸린 물고기, 사탕수수와 비와 흔들의자를.

그리고 그들은 두들겨팼다. 한때는 알았으나 이제 더는, 더는 알 수 없는 여자들을. 한때는 그들 자신이었으나 두 번 다시 될 수 없는 어린아이들을. 감독 하나를 어찌나 자주 완벽하게 숨통을 끊어놓았는지 또 한번 두들겨패서 곤죽을 만들려면 일단 다시 살려놓아야 할 지경이었다. 소나무 사이에서 뜨거운 곡물가루 케이크를 맛보던 기억을, 그들은 때려서 내쫓았다. 죽음 씨에게는 사랑 노래를 불러주며 그의 머리통을 박살내버렸다. 다른 무엇보다도 철저하게, 그들은 사람들이 '삶'이라고 부르는 화냥년을 죽였다. 그들을 계속 살아가게 했으니까. 내일의 태양이 떠오르는 건 그럴 만한 이유가 있어서라고, 또다른 시간의 일격이 마침내 이것을 끝낼 거라고 믿게 했으니까. 그년의 숨통이 끊어진 뒤에야 비로소 그들은 안전해질 것이다. 성공을 거둔 죄수들—삶을 병신으로 만들고 사지를 절단하고 심지어 땅에 묻어버릴 만큼 오랫동안 그곳에서 지낸 사람들—은 아직까지도 거시기를 간질이는 그년의 품에 빠져 앞날을 기대하며 걱정하고 과거를 돌아보며 기억하는 다른 죄수들을 계속 주시했다. 눈으로 "나 좀 도와줘, 안 좋아"라든가 "조심해"라고 말하는 죄수들을. 그것은 오늘 난 대들거나 내 똥을 먹거나 달아날지도 몰라라는 뜻이었다. 마지막 계획이야말로 하지 못하게 지켜봐야 했다. 만약 누구 하나가 무모하게 달아나기라도 하면 모든 죄수들, 즉 마흔여섯 명 전원이 함께 묶인 사슬에 끌려갈 테고, 누가 몇이나 죽을지 장담할 수 없기 때문이었다. 제 목숨이야 걸 수 있지만 형제들의 목숨까지 걸 수는 없었다. 그래서 그들은 눈으로 말했다. "진정해." "내 옆에 꼭 붙어 있어."

팔십육 일이 지나고서야 끝이 났다. 삶이 죽어버렸다. 폴 디는 날마다 온종일 그년의 엉덩짝을 두들겨패서 칭얼거리는 소리조차 못 내게 만들었다. 팔십육 일이 지나자 그의 손도 얌전해졌다. 쥐들이 부스럭거리는 밤마다 새벽녘의 "하이이이!" 소리와 망치 자루를 꼭 붙잡을 때를 평온하게 기다렸다. 삶이 굴러떨어져 죽었다. 적어도 폴 디는 그렇게 생각했다.

비가 내렸다.

짧은잎소나무와 솔송나무에서 뱀들이 기어내려왔다.

비가 내렸다.

삼나무, 백합나무, 물푸레나무, 야자나무가 닷새째 바람도 없이 내리는 비에 축축 늘어졌다. 여드렛날이 되자 비둘기들이 자취를 감췄고, 아흐렛날에는 도롱뇽조차 사라졌다. 개들은 귀를 축 늘어뜨리고 앞발만 멍하니 내려다보았다. 죄수들은 작업을 할 수 없었다. 사슬을 연결하는 일은 더뎌졌고, 아침식사는 중단됐고, 투스텝은 수프처럼 질척한 풀밭과 푹푹 꺼지는 땅을 기어가는 느릿느릿한 걸음이 되었다.

비가 그치거나 잦아들 때까지 모든 죄수를 궤짝 안에 가두어두기로 결정됐다. 백인들이, 빌어먹을, 총에 물이 들어갈 염려 없이 걸어다닐 수 있고 개들도 부들부들 떨지 않을 때까지. 조지아 최고의 수제 족쇄에 달린 고리 마흔여섯 개에 사슬이 연결되었다.

비가 내렸다.

궤짝 안에서 죄수들은 구덩이에 물이 차오르는 소리를 들으며 독사가 나올까 경계했다. 진흙탕에 쪼그리고 앉아 그 위에서 잠을 자고 거기다 오줌도 눴다. 폴 디는 자기가 비명을 지른다고 생각했다. 마침 입을 딱 벌리고 있던 차에 목청이 터져라 지르는 커다란 소리가 들렸기 때문이다. 하지만 다른 사람이었을지도 모른다. 다음 순간 그는 자기가 울고 있다고 생각했다. 뭔가가 그의 뺨을 타고 흘러내렸다. 손을 들어 눈물을 닦아보니 시커먼 진흙이었다. 머리 위에서 지붕 널빤지를 타고 흙탕물이 시내를 이루며 흘러내리고 있었다. 지붕이 무너지면 진드

기처럼 납작하게 깔려 죽겠구나 하고 폴 디는 생각했다. 순식간에 벌어진 일이라 깊이 생각할 틈이 없었다. 누군가 사슬을 한 번 힘껏 잡아당겼다. 어찌나 세게 잡아당겼던지 폴 디는 다리가 엉키면서 진흙탕 속에 나뒹굴었다. 대체 자기가 어떻게 알았는지, 아니, 누구든 그걸 어떻게 알 수 있는지 도무지 모를 일이었다. 하지만 어쨌든 그는 알았다. 정말 그랬다. 그는 양손을 들어 옆에 있는 죄수도 알아챌 수 있도록 왼쪽 사슬을 힘껏 잡아당겼다. 물은 발목까지 차올라서 그가 잠을 자는 널빤지를 덮쳤다. 이제 그것은 더이상 물이 아니었다. 구덩이가 푹 꺼지면서 진흙이 창살 아래와 사이사이로 새어들어왔다.

그들은 기다렸다. 마흔여섯 명 전원이 하나가 되어. 비명도 흘러나오지 않았다. 그들 중 몇 명은 죽을 만큼 애써 참았겠지만. 진흙은 허벅지까지 차올랐고 그는 창살에 꼭 매달렸다. 그때 그것이 왔다. 다시 휙 잡아당기는 신호가. 이번에는 왼쪽에서 왔는데, 진흙을 뚫고 전해져 처음보다 약했다.

시작은 사슬을 끼우는 일과 비슷했지만 사슬의 힘은 달랐다. 한 사람씩 한 사람씩, 하이맨부터 사슬의 끝까지 그들은 물속으로 들어갔다. 진흙을 뚫고 창살 아래로 깊이. 앞이 보이지 않아 더듬거리며. 몇몇은 셔츠로 머리를 감싸거나 누더기로 얼굴을 가리거나 신발을 챙겨 신을 정신이 있었다. 다른 이들은 곧장 물로 뛰어들어 무작정 잠수해서 밖으로 빠져나온 다음 공기를 찾아 필사적으로 위로 올라갔다. 방향을 잃은 사람이 있으면 옆 구덩이의 죄수들이 우왕좌왕하는 사슬의 움직임을 느끼고 잡아당겨 방향을 돌려주었다. 한 명만 잘못돼도 모두 실패할 터였다. 그들을 묶은 사슬은 모두 살리거나 모두 죽일 것이고, 하이맨은 구원자였다. 그들은 샘 모스*처럼 사슬을 통해 대화를 나누었고, 위대하신 신이시여, 전원이 물위로 올라왔다. 고해성사를 하지 못하고 죽은 자들처럼, 탈출한 좀비들처럼 보이는 그들은, 손에 사슬을 쥔 그들은 비와 어둠을 믿었다. 그러나 무엇보다도 하이맨과 서로를 믿었다.

깊은 우울에 빠진 개들이 누워 있는 헛간을 지나, 경비 초소 두 곳을 지나, 말들이 자는 마구간을 지나, 부리를 깃털 속에 파묻은 암탉들을 지나, 그들은 앞을 헤치고 나아갔다. 달은 도움이 되지 않았다. 아예 없었으니까. 들판은 늪이었고 길은 낙수받이였다. 조지아 주 전체가 미끄러지며 녹아 없어지는 것 같았다. 길을 가로막는 참나무 가지와 싸울 때면 이끼가 그들의 얼굴을 닦아주었다. 당시 조지아 주에는 앨라배마와 미시시피 전체가 포함되어 있었기 때문에 넘어야 할 주 경계선 따위는 없었고, 어차피 상관없었다. 만약 그들이 알았더라면 앨프리드 수용소와 아름다운 장석뿐만 아니라 서배너도 피해 블루리지 산맥을 흐르는 강을 따라 시아일랜즈**로 향했을 것이다. 하지만 그들은 몰랐다.

낮이 오면 그들은 박태기나무 덤불 속에 모여 웅크리고 있었다. 밤이 오면 더 높은 곳으로 기어오르며 그들의 모습을 가려주고 사람들을 집에 붙잡아놓는 비가 계속 내려주기를 기도했다. 그들은 저택에서 꽤 떨어져 인적이 드문 별채를 발견하길 바랐다. 노예가 밧줄을 만들거나 꼬치에 감자를 굽고 있을 오두막을. 막상 그들이 발견한 것은 병든 체로키 인디언들의 야영지였다. 장미 이름의 기원이 된 부족.

---

* 모스부호를 고안한 미국의 발명가.

** 미국 사우스캐롤라이나 주, 조지아 주, 플로리다 주 동부 연안의 제도. 이곳에는 일찍부터 독자적이고 약간은 자유로운 흑인 공동체가 형성되어 있었다.

그들은 대량 학살을 당하고도 고집을 꺾지 않고 오클라호마* 대신 도망자의 삶을 선택한 인디언 부족 중 하나였다. 지금 그들을 휩쓸고 있는 질병은 이백여 년 전 부족의 절반을 죽음으로 이끌었던 병을 연상시켰다.** 그때의 재앙과 지금의 재앙 사이에 그들은 런던에 가서 조지 3세를 알현하고, 신문을 출간하고, 바구니를 만들고, 오글소프***를 인도하여 숲을 지나고, 앤드루 잭슨 대통령을 도와 크리크족과 싸우고, 옥수수를 요리하고, 헌법을 제정하고, 스페인 왕에게 청원을 올리고, 다트머스 대학의 실험 대상이 되고, 보호소를 세우고, 자신들의 언어를 기록하고, 정착민들에게 저항하고, 곰을 쏘고, 성서를 번역했다. 다 소용없었다. 그들이 크리크족과 맞서 싸우며 도와준 바로 그 대통령의 주장에 따라 그들은 아칸소 강으로 강제 이주 당했고, 이미 엄청나게 줄어든 인원 중 4분의 1을 또 잃었다.

끝났다고 생각한 그들은 조약에 서명한 체로키들과 갈라선 뒤 이 숲으로 들어와 세상의 종말을 기다렸다. 지금 앓는 병은 그들이 기억하는 약탈에 비하면 그저 불편한 일에 불과했다. 그래도, 그들은 최대한 서로를 보호했다. 건강한 사람들은 수킬로미터 밖으로 보내고, 병자들은 죽은 사람들과 함께 남았다. 살아남거나, 죽은 사람들에게 가기 위해.

조지아 주 앨프리드 수용소에서 온 죄수들은 야영지 근처에 반원을 그리고 앉았다. 아무도 나와보지 않았지만 계속 앉아 있었다. 몇 시간이 흐르고 빗줄기가 약해졌다. 마침내 한 여자가 집밖으로 머리를 내밀

---

* 1838~1839년에 체로키 인디언들이 강제로 이주당한 곳.

** 천연두를 말한다.

*** 영국 장군, 의원, 박애주의자, 조지아 식민지의 건설자.

었다. 밤이 찾아왔고, 아무 일도 일어나지 않았다. 새벽이 되자 아름다운 피부가 따개비로 뒤덮인 두 남자가 다가왔다. 한동안 아무도 입을 열지 않았다. 이윽고 하이맨이 손을 들어올렸다. 체로키 인디언들은 사슬을 보고 가버렸다. 다시 돌아왔을 때는 두 손 가득 작은 도끼를 들고 있었다. 아이 두 명이 빗물에 점점 묽어지고 식어가는 옥수수죽 단지를 들고 따라왔다.

버펄로 사람들, 인디언들은 그들을 그렇게 불렀다. 그리고 옥수수죽을 떠먹거나 사슬을 끊어내는 죄수들에게 천천히 말을 붙였다. 인디언들은 경고했지만 조지아 주 앨프리드 수용소의 궤짝에서 도망쳐나온 죄수들 중 그 병에 신경쓰는 사람은 아무도 없었다. 마흔여섯 명 전원이 그곳에 머물면서 휴식을 취하고 다음 계획을 짰다. 폴 디는 뭘 할지 아무 생각이 없었고, 다른 사람들보다 정보도 없는 듯했다. 그는 강, 주, 마을, 구역에 대해 잘 아는 듯 이야기하는 동료 죄수들의 말을 들었다. 세상의 시작과 끝을 설명해주는 체로키 인디언들의 말도 들었다. 그들이 아는 다른 버펄로 사람들 이야기도 들었다. 그들 중 세 명이 몇 킬로미터 떨어져 있는 건강한 인디언들의 야영지에 있다고 했다. 하이맨은 그들과 합류하길 원했고, 다른 죄수들은 하이맨과 동행하길 원했다. 어떤 이들은 떠나고 싶어했고 어떤 이들은 남고 싶어했다. 몇 주가 지나자 폴 디는 아무런 계획도 없이 남은 유일한 버펄로 사람이 되었다. 하지만 그는 개들이 자신을 뒤쫓을 거라는 생각을 떨칠 수 없었다. 탈출할 때 비가 내려 개들이 쫓아올 수 없었을 거라는 하이맨의 말에도 불구하고. 마침내 병든 체로키 인디언들 사이에서 버펄로 털이 난 유일한 사람으로 남은 폴 디는 정신을 차리고 자신의 무지를 인정하며 북쪽으로 가는 길을 물었다. 자유로운 북쪽, 마법의 북쪽, 흑인을 환대하는 자비로운 북쪽으로. 체로키 인디언은 미소를 지으며 주위를 돌아보았다. 한 달 전 홍수처럼 쏟아지던 비가 온 세상을 물안개와 꽃으로 바꿔놓았다.

"저쪽으로." 인디언이 손가락으로 가리키며 말했다. "꽃나무를 따라가시오. 꽃이 피는 나무만 따라가시오. 꽃이 지면 떠나시오. 꽃이 모두 지면, 원하는 곳에 이르게 될 거요."

그는 말채나무에서 꽃이 만발한 복숭아나무로 달려갔다. 복숭아꽃이 듬성듬성해져 벚꽃을 쫓아갔고, 그다음에는 목련, 멀구슬나무, 페칸, 호두나무, 손바닥선인장을 따라갔다. 마침내 그는 꽃송이가 있던 자리에 이제 막 조그만 열매가 맺힌 사과나무밭에 이르렀다. 봄이 북쪽으로 어슬렁어슬렁 산책을 가는 동안, 폴 디는 이 동반자를 따라가기 위해 미친듯이 달려야 했다. 2월부터 7월까지 그는 꽃의 파수꾼 노릇을 했다. 어쩌다 꽃을 놓쳐 길을 인도해줄 꽃잎 한 장 찾을 수 없을 때면 발길을 멈추고 언덕 위 나무에 올라 주위를 둘러싼 녹음의 세계에서 얼핏얼핏 보이는 분홍빛이나 흰빛을 찾으려 지평선을 살펴보았다. 꽃을 만지거나 잠시 서서 향기를 맡아보는 법도 없었다. 그저 뒤따라갈 뿐이었다. 꽃이 만개한 자두나무의 안내를 받는 누더기 차림의 검둥이.

알고 보니 사과밭은 델라웨어였고, 델라웨어에는 베 짜는 여인이 살고 있었다. 그녀는 폴 디에게 소시지를 주었고 다 먹어치우자마자 그를 단숨에 낚아챘다. 그는 울면서 그녀의 침대로 기어들어갔다. 여자는 그에게 조카의 이름을 붙여주어 간단하게 그를 시러큐스에서 온 조카로

둔갑시켰다. 열여덟 달이 흘렀고, 그는 다시 꽃을 좇았다. 다만 이번에는 짐마차에 탄 채였다.

폴 디가 조지아 주 앨프리드 수용소와 식소, 학교 선생, 핼리, 형제들, 세서, 미스터, 쇠 재갈의 맛, 버터가 만들어지는 모습, 히커리 나무 냄새, 공책을 하나하나 가슴속의 담배 깡통 속에 집어넣기까지는 얼마간 시간이 걸렸다. 그가 124번지에 당도했을 무렵에는 이 세상 그 무엇도 깡통의 뚜껑을 열 수 없었다.

그녀가 그를 움직이게 했다.

그가 아기 유령을 내쫓았을 때처럼 창문이 부서지고 잼 단지들이 나뒹굴고 온 집안에 고함과 비명이 난무하는 방식은 아니었다. 하지만 어쨌든 그녀는 그를 움직이게 했다. 폴 디는 어떻게 막아야 할지 알 수 없었다. 마치 자기 스스로 움직이는 것처럼 보였기 때문이다. 누구도 알아채지 못하는 사이, 지극히 당연하다는 듯, 폴 디는 124번지 밖으로 나가고 있었다.

시작은 아주 단순했다. 어느 날 저녁식사를 마치고, 폴 디는 강에서 하는 일에 시달려 뼛속까지 지친 몸으로 화덕 옆 흔들의자에 앉아 있다 그만 잠이 들어버렸다. 그리고 아침식사를 준비하러 하얀 계단을 내려오는 세서의 발소리에 잠이 깼다.

"어디 나간 줄 알았어." 세서가 말했다.

폴 디는 신음을 하다가 자기가 어젯밤 그 자리에 그대로 있는 걸 보고는 깜짝 놀랐다.

"설마 내가 밤새도록 이 의자에서 잔 건 아니겠지?"

세서가 깔깔 웃었다. "난 아무 말도 안 할 거야."

"왜 깨우지 않았어?"

"깨웠어. 두세 번 불렀는데 자정이 넘어서 그만 포기해버렸지. 그러고는 당신이 어디 나간 줄 알았어."

폴 디는 등을 펴려면 애 좀 먹겠구나 생각하며 일어섰다. 하지만 그렇지 않았다. 뻣뻣하거나 삐걱거리는 뼈마디는 한 군데도 없었다. 오히려 몸이 가뿐했다. 이렇게 잠이 잘 오는 장소가 있긴 하지, 폴 디는 생각했다. 이곳저곳에 있는 나무 밑이라든가 부둣가, 벤치, 언젠가 한번은 거룻배, 대개는 건초 더미, 항상 침대였던 건 아니야. 그리고 이제 여기서는 흔들의자로군. 좀 의아한 일이긴 했다. 그의 경험상 가구야말로 숙면을 취하기에 가장 안 좋은 곳이었으니까.

다음날 저녁에도 그는 거기서 잤고 그다음날도 마찬가지였다. 날마다 세서와 섹스를 하는 게 이미 습관이 되어 있었고, 빛을 발하는 빌러비드 때문에 마음이 어지러워지지 않도록 아침에 세서를 다시 위층으로 데려가거나 저녁식사 후에 그녀와 함께 눕는 걸 일과로 삼았다. 하지만 꼭 이런저런 핑계를 대거나 방법을 찾아 밤시간 대부분을 흔들의자에서 보내곤 했다. 폴 디는 등 때문이라고 스스로에게 설명했다. 조지아의 궤짝 속에서 자느라 약해진 허리를 지탱해줄 뭔가가 필요하다고.

그런 식으로 시간은 흘러갔고, 어쩌면 계속 그렇게 지낼 수 있었을는지도 모른다. 하지만 어느 날 저녁, 폴 디는 식사를 마치고 세서와 볼일까지 끝낸 후 아래층으로 내려와 흔들의자에 앉았지만 그 자리에 있고 싶지 않았다. 자리에서 일어나 생각해보았지만 그렇다고 다시 위층으로 올라가고 싶지도 않았다. 얼른 쉬고 싶어 짜증이 난 폴 디는 베이비 석스의 방문을 열었다. 그리고 노인이 세상을 떠난 침대에 쓰러져 그대로 잠들어버렸다. 그렇게 잠자리 문제가 해결되었다. 아니, 해결된 듯했다. 그 방은 그의 방이 되었고, 세서도 반대하지 않았다. 애당초 세서의 이인용 침대는 폴 디가 오기 전까지 십팔 년 동안 그녀 혼자 차지였다. 그리고 어쩌면 이 방식이 더 나을 수도 있었다. 집에 다 큰 여자애들이 있는데다 그는 세서의 진짜 남편도 아니었으니까. 어쨌든 아침식사 전이나 저녁식사 후의 욕망은 줄어들지 않았으므로, 폴 디가 세서의 불평을 들을 일은 없었다.

그런 식으로 시간은 흘러갔고, 어쩌면 계속 그렇게 지낼 수 있었을는지도 모른다. 하지만 어느 날 저녁, 폴 디는 식사를 마치고 세서와 볼일까지 끝낸 후 아래층으로 내려와 베이비 석스의 침대에 누웠지만 그 자리에 있고 싶지 않았다.

폴 디는 집 변덕이 도졌다고 생각했다. 여자의 집이 남자를 구속하기 시작할 때 남자들이 때때로 느끼는 텅 빈 분노 말이다. 그럴 때면 남자들은 마구 소리를 지르거나 뭔가를 때려부수거나 하다못해 달아나기라도 하고 싶어진다. 폴 디는 그런 충동을 잘 알았고 여러 번 느껴보았다. 델라웨어의 베 짜는 여자 집에서도 그랬다. 그는 항상 집 변덕은 그 집에 사는 여자 때문에 도지는 거라고 생각했다. 이번 불안감은 여자와는 아무 상관이 없었다. 야채를 다듬는 손, 실을 바늘에 꿰기 전에 실 끝에 침을 묻히고 솔기를 다 꿰매면 실을 물어 끊는 입, 비방에 맞서 두 딸(빌러비드는 이제 그녀의 딸이 되었다)이나 다른 흑인 여자들을 열렬히 옹호할 때 두 눈에 서는 핏발까지, 그가 날마다 조금씩 더 사랑하게 된 여자였으니까. 더구나 이번의 집 변덕에는 분노도, 숨막히는 답답함도, 다른 데로 가고 싶다는 갈망도 없었다. 그저 위층이나 흔들의자, 그리고 이제는 베이비 석스의 침대에서조차 잠을 잘 수 없고, 그러고 싶지도 않을 뿐이었다. 그래서 폴 디는 식료품 저장실로 갔다.

그런 식으로 시간은 흘러갔고, 어쩌면 계속 그렇게 지낼 수 있었을는지도 모른다. 하지만 어느 날 저녁, 폴 디는 식사를 마치고 세서와 볼일까지 끝낸 후 저장실의 간이침대에 누웠지만 그 자리에 있고 싶지 않았다. 마침내 냉장창고에서, 124번지의 본채와 떨어진 그곳에서 고구마가 가득 담긴 두 개의 포대 위에 꼬부리고 누워 돼지기름 깡통 옆구리를 가만히 노려보고 있다가, 문득 자의로 이렇게 옮겨다니는 게 아니라는 사실을 깨달았다. 폴 디가 불안해했던 게 아니었다. 그는 방해당하고 있었다.

그래서 그는 기다렸다. 아침에는 세서를 찾아가고 밤에는 냉장창고에서 잠을 자며 기다렸다.

그녀가 왔고, 그는 그녀를 때려눕히고 싶었다.

오하이오의 계절은 연극적이었다. 계절들은 저마다 이 세상에 인간이 사는 건 자신의 공연 때문이라고 확신하며 프리마돈나처럼 당당하게 입장했다. 폴 디가 아예 124번지에서 밀려나 뒤쪽 창고에서 지내게 되었을 때에는 여름이 야유를 받으며 무대에서 내려오고 가을이 피와 황금이 들어 있는 병들을 가지고 모두의 주목을 받고 있었다. 평온한 막간이어야 할 밤에도 휴식은 전혀 없었다. 죽어가는 풍경이 끈질기고 시끄럽게 소리를 질렀기 때문이다. 폴 디는 얇은 담요에 조금이라도 더 온기를 보태려고 신문지를 깔고 덮었다. 하지만 차가운 밤공기는 문제가 아니었다. 등뒤에서 문이 열리는 소리가 들렸을 때, 폴 디는 돌아보지 않고 버텼다.

"여긴 뭐하러 왔지? 원하는 게 뭐야?" 그는 틀림없이 그녀의 숨소리를 들었을 것이다.

"내 몸속을 만져주고 내 이름을 불러줘."

폴 디는 더이상 작은 담배 깡통을 걱정하지 않았다. 담배 깡통은 녹슨 채 굳게 닫혀 있었다. 그래서 그녀가 치마를 걷어올리고 지난번 그 거북이들이 그랬듯이 어깨 너머로 고개를 돌려 뻗는 동안에도 그는 그저 달빛에 은색으로 빛나는 돼지기름 깡통만 바라보며 조용히 말했다.

"좋은 사람들이 널 받아주고 잘 대해주면, 너도 좋게 갚아야지. 이러면 안 돼…… 세서가 널 얼마나 사랑하는데. 친딸만큼이나 사랑하는 거. 너도 알잖니."

그가 말하는 동안 빌러비드는 치마를 떨어뜨리고 텅 빈 눈으로 그를 바라보았다. 그녀는 소리도 없이 한 발짝 다가와서 그의 등뒤에 바싹 다가섰다.

"세서는 내가 사랑하는 만큼 날 사랑하지 않아. 난 세서 말고는 아무도 사랑하지 않는데."

"그럼 여긴 뭣 때문에 왔지?"

"당신이 내 몸속을 만져주면 좋겠어."

"집으로 돌아가서 잠이나 자."

"당신은 날 만져줘야 해. 몸속을. 그리고 내 이름을 불러줘야 해."

은빛 돼지기름 깡통에서 시선을 떼지 않는 한 그는 안전했다. 하지만 그가 롯의 아내처럼 떨며 등뒤에 선 죄의 실체를 보고 싶다는 여자 같은 욕망을 느낀다면, 저 저주하는 저주받은 존재에 동정심을 느낀다면, 혹은 두 사람 사이의 관계를 존중해 그녀를 품에 안아주려 한다면, 그도 역시 파멸하고 말 것이다.

"내 이름을 불러줘."

"싫다."

"어서 불러줘. 이름을 불러주면 갈게."

"빌러비드." 그가 이름을 불렀지만 그녀는 가지 않았다. 그녀는 더 가까이 다가왔고 그는 그녀의 발소리를 듣지 못했다. 담배 깡통 가장자리에 슨 녹이 부서져 떨어지며 내는 속삭임도 듣지 못했다. 그래서 깡통 뚜껑이 열렸는데도 폴 디는 그 사실을 몰랐다. 그가 아는 건 그가 몸속으로 손을 뻗으면서 "붉은 심장. 붉은 심장"이라고 계속 중얼거렸다는 사실뿐이었다. 처음에는 나지막하게, 그러다가 나중에는 덴버를 깨우고 결국에는 폴 디 자신을 깨울 만큼 큰 소리로. "붉은 심장. 붉은 심장. 붉은 심장."

원래의 허기로 되돌아가기란 불가능했다. 다행스럽게도 덴버에게는 그저 바라보는 것만도 충분히 버틸 만한 양식이 되었다. 하지만 돌아오는 눈길을 받는 것은 식욕 이상의 만족감을 주었다. 그 시선은 그녀의 피부를 뚫고 들어와 애당초 허기가 느껴지지 않았던 곳까지 도달했다. 자주 받을 필요도 없었다. 빌러비드는 좀처럼 그녀를 똑바로 보는 일이 없었고, 어쩌다 그럴 때도 덴버는 빌러비드의 생각이 다른 데로 흘러가다가 눈만 잠시 자기 얼굴에 멈췄을 뿐임을 잘 알고 있었다. 하지만 가끔 빌러비드는 덴버가 유도하지도 않았는데 예상치도 못한 순간에 주먹 쥔 손으로 뺨을 괴고 덴버를 주의깊게 바라보았다.

황홀한 일이었다. 빤히 보는 것도 아니고, 그저 보이기에 보는 것도 아니고, 그러나 관심 어린, 비난이 담기지 않은 상대방의 시선에 끌려

들어가는 것은. 그녀의 머리카락을 어떤 대상이나 모양으로서가 아니라, 그저 그녀의 일부분으로서 가만히 살펴보는 눈길. 마치 그녀가 정원사마저 멈춰 서서 찬탄하는 채송화이기라도 하다는 듯이 그녀의 입술과 코, 턱을 애무하는 눈길. 덴버의 살갗은 그 시선 아래 스르르 녹아 부드러워졌고, 엄마의 허리에 팔을 두르고 있던 그 라일 드레스처럼 광채가 났다. 그녀는 자기 몸 밖으로 나와 주변을 둥둥 떠다니면서 모호하고 강렬한 기분을 동시에 느꼈다. 아무것도 필요치 않았다. 지금 이대로라면.

그런 때면, 뭔가가 필요하고 뭔가를 원하는 사람은 빌러비드 같았다. 커다랗고 새까만 눈동자 깊은 곳에, 무표정한 눈빛 뒤에는 한푼만 달라고 내민 손바닥이 있었고, 덴버는 기꺼이 내주고 싶었다. 어떻게 해야 하는지 알거나 그녀에 대해 잘 알기만 했어도. 그런 지식은 세서가 이따금 그녀에게 던지는 이런 질문에 대한 대답으로는 절대 얻을 수 없었다. "기억을 죄다 잃어버렸니? 나도 우리 엄마를 전혀 모르지만, 그래도 두어 번 본 적은 있어. 넌 엄마를 한 번도 못 봤니? 대체 어떤 백인들이었니? 아무 기억도 안 나?"

빌러비드는 손등을 긁으며 자기 엄마였던 여자가 기억난다고, 그리고 엄마한테서 떼어진 기억이 난다고 말하곤 했다. 그 밖에 다른 기억 중 가장 또렷한 것은, 항상 되풀이해서 얘기하는 그 다리였다. 다리 위에 서서 아래를 내려다보던 기억. 그리고 백인 남자 한 명을 알고 있었다.

세서는 이것이 참으로 놀라운 얘기이며 자신의 결론을 뒷받침해줄 만한 또다른 증거라고 여겼다. 그리고 그 결론을 덴버에게만 살짝 말해주었다.

"그 드레스는 어디서 났니? 그 신발은?"

빌러비드는 가져왔다고 대답했다.

"누구한테서?"

침묵하다가 더 세게 손등을 긁으며 빌러비드는 자기는 모른다, 옷가지를 보고 그냥 가졌다고 했다.

"저런, 저런." 세서는 덴버에게, 아마 백인 남자가 자기 목적을 위해 빌러비드를 가두어놓고 절대 내보내주지 않은 것 같다고 말했다. 빌러비드는 탈출해 다리나 어떤 곳에 이르렀고 머릿속에서 다른 기억들은 모두 지워버렸을 거라고. 엘라가 당한 일과 비슷한데, 다만 엘라는 두 사람—아버지와 아들—에게 당했고 모든 일을 빠짐없이 기억한다는 점이 달랐다. 두 남자는 자기들을 위해 일 년이 넘도록 엘라를 방에 가둬놓았다.

"그 두 남자가 나한테 무슨 짓을 했는지 상상도 못할 거예요." 엘라는 말했었다.

세서는 폴 디가 옆에 있을 때 빌러비드의 행동도 그렇게 설명이 된다고 생각했다. 빌러비드는 그를 지독하게 싫어했다.

덴버는 세서의 추측을 믿지 않았지만 별다른 언급도 하지 않았다. 그저 눈을 내리깔고 냉장창고에 대해 입도 뻥끗하지 않았다. 그녀는 빌러비드가 곁방에서 엄마 옆에 무릎을 꿇고 앉아 있던 하얀 드레스이며, 그녀의 인생 대부분을 함께해온 아기 유령의 현신이라고 확신했다. 그리고 아무리 짧은 순간이더라도 빌러비드의 눈길을 받으면, 덴버는 그저 바라보는 사람으로 머물러야 하는 나머지 시간에도 내내 감사할 수 있었다. 게다가 그녀에게는 과거와는 아무 상관 없는 자기 나름의 질문들이 있었다. 오직 현재만이 덴버의 관심사였으니까. 하지만 빌러비드에게 물어보고 싶어 죽을 지경인 의문점들을 그대로 내색하자니 너무 꼬치꼬치 캐묻는 것처럼 보일까봐 조심스러웠다. 지나치게 성화를 부리다가는 저 내민 손바닥이 원하는 동전을 잃고, 그러다 식욕 이상의 그곳마저 잃을 수도 있었기 때문이다. 차라리 바라봐도 좋다는 허락을 받고 실컷 배를 채우는 편이 더 나았다. 예전과 같은 허기—빌러비드가 오기 이전의 허기, 단지 살아 있음을 맛보고, 삶이 밋밋한 게 아니라 우여곡절이 있는 것임을 느끼기 위해 회양목과 향수에 미친듯이 빠져들었던 시절의 허기—는 이제 생각할 수도 없었으니까. 바라보기만 해도 허기는 막을 수 있었으니까.

그래서 덴버는 빌러비드에게 어떻게 귀고리에 대해 아는지, 왜 야밤에 냉장창고로 가는지, 자려고 누울 때나 자다가 옷이 흐트러졌을 때 슬쩍 보이는 그것이 뭔지 묻지 않았다. 덴버가 조심스럽게 행동하거나 뭔가를 설명해주었을 때, 혹은 어떤 일에 동참해주거나 세서가 식당에서 일하는 동안 시간을 때울 만한 이야기를 들려주었을 때, 그 시선은 찾아왔다. 잡다한 집안일로는 빌러비드 안에서 쉴새없이 널름거리는 불길을 끄기에 역부족이었다. 행군 물이 팔뚝을 타고 올라올 정도로 이불을 세게 비틀어 짜도 소용없었다. 삽으로 통행로에 쌓인 눈을 변소 쪽으로 퍼내도 그랬다. 빗물 수조에 8센티미터 두께로 얼어붙은 얼음장을 깨도, 지난여름에 쓴 통조림 병을 문질러 닦고 끓여도, 닭장의 갈라진 틈을 진흙으로 메우고 치마폭에 병아리들을 품어도 마찬가지였다. 일을 하는 내내 덴버는 지금 하는 일이 무엇이며 어떻게 왜 하는지 얘기해야 했다. 덴버가 한때 알았거나 보았던 사람들에 대해서 이야기해주되, 실제보다 더 실감나게 해줘야 했다. 오렌지와 향수, 좋은 모직 치마를 갖다준 달콤한 향기를 풍기는 백인 여자, 철자 노래와 숫자 노래를 가르쳐준 레이디 존스, 뺨에 동전만한 반점이 있고 덴버만큼이나 똑똑했던 아름다운 소년. 세서가 감자 껍질을 벗기고 베이비 할머니가 숨을 몰아쉬는 동안 그들의 영혼을 위해 기도했던 백인 목사. 덴버는 하워드와 뷰글러 이야기도 해주었다. 각자 침대의 어느 쪽에서 잤는지(맨 위는 늘 덴버 차지였다), 그녀가 베이비 석스의 침대로 잠자리를 옮기기 전까지는 오빠들이 원래 손을 잡지 않고 잔다는 사실을 까맣게 몰랐다는 얘기도. 덴버는 빌러비드의 관심을 잡아두기 위해 천천히 오빠들을 묘사했다. 오빠들의 버릇이며 오빠들이 가르쳐준 놀이까지. 하지만 그들을 차츰 집밖으로 몰아내고 마침내 멀리 쫓아버린 공포에 대해서는 말하지 않았다.

오늘 그들은 집밖에 있다. 날은 몹시 춥고 눈은 꾹꾹 다진 흙만큼 단단하다. 덴버는 레이디 존스가 학생들에게 가르쳐준 숫자 세기 노래를 다 부른 참이다. 덴버가 빨랫줄에서 꽁꽁 언 수건들과 속옷들을 걷는 동안 빌러비드는 가만히 팔을 내밀고 있다. 덴버는 빨래를 하나씩 하나씩 빌러비드의 팔에 올려놓는다. 마침내 빨랫더미가 거대한 카드패처럼 턱밑까지 쌓인다. 그 밖에 앞치마와 갈색 스타킹은 덴버가 들고 간다. 그들은 매서운 추위에 반쯤 얼이 빠져서 집으로 돌아온다. 옷가지들은 서서히 녹아 다림질하기 딱 좋을 만큼 축축해질 테고 그때 다림질을 하면 뜨거운 빗물 냄새가 날 것이다. 세서의 앞치마를 두르고 방 안을 돌며 춤을 추는 빌러비드는 캄캄한 어둠 속에도 꽃이 있는지 알고 싶어한다. 덴버는 화덕에 장작을 더 넣으면서 당연히 있다고 안심시킨다. 얼굴은 드레스의 목둘레로 테가 잡히고 허리는 앞치마 끈에 안긴 채 빙글빙글 돌며 빌러비드는 목이 마르다고 말한다.

덴버는 사과주스를 좀 데워주겠다고 한다. 그러면서도 한편으로는 이 춤꾼의 흥미를 끌고 즐겁게 해주려면 무슨 말을 하고 뭘 해야 할지 궁리하느라 머리가 팽팽 돈다. 이제 덴버는 책략가다. 세서가 출근하는 순간부터 집으로 돌아오는 시간까지 빌러비드를 옆에 꼭 붙들어놓을 책략을 세워야 한다. 세서가 돌아올 무렵이 되면 빌러비드는 창가를 서성이다가 문밖으로 나가고 다시 계단 밑으로 내려가고 기어이 길가까지 나선다. 계략을 세우면서 덴버는 확연히 달라졌다. 예전에는 게으르고 작은 일에도 불평을 해댔지만 이제는 민첩하게 재깍재깍 일을 해치우고 심지어 세서가 시키지 않은 일까지 한다. 모두 "우리가 해야 해"라든가 "엄마가 하라고 했어"라고 말하기 위해서다. 그러지 않으면 빌러비드는 혼자만의 몽상에 빠지거나 말문을 닫은 채 시무룩해져 덴버가 눈길을 받을 가능성이 아예 사라진다. 저녁에는 덴버가 전혀 통제할 수 없다. 어디든 엄마가 가까이 있으면, 빌러비드의 눈길은 오직 엄마에게로만 향한다. 밤에 잠자리에서는 어떤 일이 일어날지 모른다. 빌러비드가 보이지 않는 어둠 속에서 이야기를 들려달라고 조를 수도 있고, 자리에서 일어나 폴 디가 자는 냉장창고로 갈 수도 있다. 아니면 소리 없이 울기도 한다. 때로는 벽돌처럼 죽은듯이 자기도 하는데, 그녀의 숨결은 당밀이나 샌드쿠키 부스러기처럼 달콤하다. 그럴 때면 덴버는 빌러비드 쪽으로 돌아누울 것이다. 빌러비드도 그녀 쪽으로 얼굴을 돌리고 있다면, 덴버는 그녀의 입에서 흘러나오는 달콤한 숨을 깊이 들이마실 것이다. 그렇지 않다면, 덴버는 몸을 비스듬히 일으켜 그녀 위로 고개를 숙이고 이따금 냄새라도 맡으려 할 것이다. 그게 무엇이든 원래의 허기보다는 나으니까. 경이로운 소문자 i, 파이 반죽이 넓어지듯 술술 나오는 문장, 함께 공부하는 다른 아이들이 있었던 그 일 년이 지나고 찾아온, 아무 소리도 들리지 않던 그 시절의 허기보다는. 뭐든지 더 나았다, 손짓에만 대답하고 입술의 움직임에는 무관심했던 그 시절의 침묵보다는. 아무리 작은 것도 죄다 눈에 띄고 색깔들이 지글지글 연기를 내며 시야에 확 들어오던 그 시절의 침묵보다는. 그러므로 덴버는 세상에서 가장 강렬한 황혼도, 접시만큼 넓적한 별도, 피처럼 붉게 물든 가을도 다 외면하고, 아무리 옅은 노란색이라도 그녀의 빌러비드에게서 나오는 것에 만족할 것이다.

사과주스 단지는 무겁다. 항상 그렇다. 텅 빈 때조차. 덴버는 쉽게 나를 수 있지만 빌러비드에게 도와달라고 부탁한다. 사과주스 단지는 냉장창고 안, 당밀과 뼈처럼 딱딱한 3킬로그램짜리 체더치즈 옆에 있다. 창고 한가운데에는 신문지를 깔아놓은 간이침대가 있고 발치에 담요가 놓여 있다. 눈이 왔고, 그와 함께 본격적인 겨울이 찾아왔지만, 거의 한 달째 잠자리로 쓰이고 있다.

정오라서 바깥은 환하지만 창고 안은 그렇지 않다. 햇빛의 편린이 군데군데 천장과 벽을 뚫고 들어오지만, 막상 창고 안에서는 너무 약해서 이곳저곳을 비추지 못한다. 더 강한 어둠이 피라미떼 같은 햇빛을 삼켜버리고 만다.

창고 문이 쾅 닫힌다. 덴버는 빌러비드가 어디 서 있는지 보이지 않는다.

"어디 있어?" 덴버가 웃음 섞인 목소리로 속삭인다.

"여기." 빌러비드가 말한다.

"어디?"

"찾아봐." 빌러비드가 말한다.

덴버가 오른팔을 앞으로 내밀고 한두 걸음 앞으로 나아간다. 뭔가에 걸려서 침대로 쓰러진다. 그녀의 몸에 깔린 신문지가 부스럭 소리를 낸다. 덴버가 다시 깔깔 웃는다. "아, 이런. 빌러비드?"

아무도 대답하지 않는다. 덴버는 두 팔을 휘저으며 감자 포대와 돼지기름 깡통, 훈제 돼지 옆구리살을 사람일지도 모르는 형체와 구별하려고 눈을 가늘게 뜬다.

"장난 그만해." 덴버는 이렇게 말하고는, 여기가 아직 냉장창고이고 꿈을 꾸는 것이 아님을 확인하려고 고개를 들어 햇살을 바라본다. 빛의 피라미떼가 여전히 위에서 헤엄치고 있지만 덴버가 있는 곳으로 내려오지는 못한다.

"언니가 목마르다고 했잖아. 사과주스 마실 거야, 안 마실 거야?" 덴버의 목소리에 살짝 비난하는 기색이 서린다. 살짝. 빌러비드의 기분을 상하게 하고 싶지도 않고, 머리카락처럼 스멀스멀 자신을 휘감는 공포를 드러내 보이고 싶지도 않다. 빌러비드의 모습도 보이지 않고 목소리도 들리지 않는다. 덴버는 바스락거리는 신문지 위에서 몸을 일으키려고 버둥거린다. 손바닥을 앞으로 쭉 내민 채, 그녀는 천천히 문 쪽으로 다가간다. 빗장도, 손잡이도 없고 못에 걸린 철사 고리 하나뿐이다. 그녀는 문을 밀어 연다. 차가운 햇살이 어둠을 밀어낸다. 창고 안은 그들이 들어왔을 때 모습 그대로다. 다만 빌러비드가 거기 없을 뿐. 더 찾아봐야 소용없는 짓이다. 창고 안은 한눈에 다 보이기 때문이다. 그래도 덴버는 두리번거린다. 그녀를 잃는 일은 도저히 감당할 수 없기에. 덴버가 다시 창고 안으로 들어서자 등뒤에서 문이 재빨리 닫힌다. 캄캄하든 말든 그녀는 허둥지둥 돌아다니며 손을 뻗어 거미줄, 치즈, 비스듬히 기운 선반, 걸음을 옮길 때마다 발에 걸리는 침대를 샅샅이 더듬는다. 발을 헛디뎌도 덴버는 깨닫지 못한다. 어디에 제 몸이 있는지, 어디가 팔이고 발이고 무릎인지 모르기 때문이다. 그녀는 꽁꽁 얼어붙은 강의 수면에서 떨어져나와 어둠 속을 정처 없이 떠내려가며 주변 사물들의 가장자리에 부딪히는 두꺼운 얼음덩어리가 된 기분이다. 깨지기도 녹기도 쉽고, 차가운 얼음.

숨쉬기가 힘들다. 설령 빛이 있다 해도 덴버는 아무것도 보지 못할 것이다. 울고 있으니까. 일어날지도 모른다고 생각했던 일이, 그대로 일어났다. 방에 걸어들어가듯이 쉽게. 햇살에 씻긴 해맑은 얼굴로 그루터기 위에 마술처럼 나타나더니, 어둠에 산 채로 잡아먹힌 듯 창고에서 마술처럼 사라져버렸다.

"이러지 마." 덴버는 격렬한 울음을 삼키며 간신히 말한다. "이러지 마. 돌아가지 마."

폴 디가 124번지에 찾아오고, 화덕 앞에서 무기력하게 눈물을 흘렸을 때보다 더 비참하다. 이번이 더 나쁘다. 그때는 자신을 위해 울었다. 이번에는 자기 자신이 없어져서 울고 있다. 그에 비하면 죽음은 그저 식사 한끼 거르는 일에 불과하다. 덴버는 자신의 두께가 점점 얇아져 완전히 사라지고 있음을 느낀다. 그녀는 관자놀이의 머리카락을 움켜쥐고 뿌리까지 뽑힐 만큼 힘껏 잡아뜯으며 녹아내리는 걸 잠시라도 막으려 한다. 이를 악물고 울음을 참는다. 창고 문을 열 생각은 하지 않는다. 저 밖에도 세상이 없으니까. 그녀는 냉장창고 안에서 이대로 꼼짝하지 않겠다고 결심한다. 어둠이 그녀의 머리 위에서 맴도는 햇살의 피라미떼를 삼키듯 자기를 집어삼키도록 내버려둘 작정이다. 또다른 이별, 또다른 속임수는 감당할 수 없다. 침대 발치 쪽에서 발가락으로 등을 쿡쿡 찌르던 오빠들이 어느 날 잠에서 깨어나보니 차례차례 사라진 일. 할머니가 마실 음료를 따라놓고 식탁에 앉아 순무를 먹는데 엄마의 손이 곁방 문가에 나타나더니 "베이비 석스가 떠나셨단다, 덴버" 하고 말하는 엄마의 목소리가 들려온 일. 그다음엔 엄마가 죽거나 폴 디가 엄마를 데리고 가버리면 어쩌나 걱정하게 되었고, 그러자 꿈은 현실이 된다는 말이 정말 실현되어 이렇게 캄캄한 어둠 속 신문지 더미 위에 남겨진 것이다.

발소리도 없이 그녀가 나타난다. 아까 덴버가 보았을 때는 아무도 없었던 자리에 그녀가 서 있다. 빙그레 웃으면서.

덴버는 빌러비드의 치맛자락을 덥석 붙잡는다. "날 두고 떠난 줄 알았어. 돌아간 줄 알았다고."

빌러비드가 미소짓는다. "난 거기 싫어. 내가 있을 곳은 여기야." 그녀는 까르르 웃으며 간이침대에 앉더니 뒤로 벌렁 누워 천장에서 새어들어오는 빛의 편린을 바라본다.

슬며시, 덴버는 빌러비드의 치맛자락을 두 손가락으로 꽉 잡는다. 그러길 잘했다. 갑자기 빌러비드가 벌떡 일어나 앉았기 때문이다.

"왜 그래?" 덴버가 묻는다.

"저기 봐." 그녀가 햇빛이 새어들어오는 틈새를 가리킨다.

"뭘? 난 아무것도 안 보이는데." 덴버가 손가락이 가리키는 곳을 좇는다.

빌러비드가 손을 내린다. "내가 이러고 있어."

덴버는 빌러비드가 허리를 구부려 웅크리더니 몸을 흔드는 모습을 지켜본다. 그녀는 시선을 허공에 두고 덴버에게는 거의 들리지도 않을 만큼 나지막하게 신음한다.

"괜찮아? 빌러비드?"

빌러비드의 눈에 초점이 돌아온다. "저 위. 그애 얼굴이 있어."

덴버는 빌러비드의 시선이 향한 곳을 바라본다. 어둠뿐, 아무것도 없다.

"누구 얼굴? 그게 누군데?"

"나. 나야."

빌러비드가 다시 빙그레 웃고 있다.

스위트홈의 마지막 남자, 알 만한 한 사람에게 그렇게 이름 붙여지고 불리던 남자는, 그걸 믿었다. 다른 네 남자도 한때 믿었지만 그들은 오래전에 떠났다. 팔려간 사람은 영영 돌아오지 못했고, 사라진 사람은 영영 찾을 수 없었다. 한 명은 그가 알기로 확실히 죽었고, 또 한 명은 죽었기를 바랐다. 버터와 응고시킨 우유 범벅은 사는 게 아니었고 살 이유도 되지 못했으니까. 폴 디는 켄터키 주의 모든 흑인 중에서 오직 자기들 다섯만이 진짜 사나이라고 생각하며 자랐다. 가너 씨는 자신의 잘못을 지적하거나 심지어 맞서는 것도 용납했으며 그러기를 독려했다. 작업 방법을 고안하고, 필요한 것은 알아보고 허락 없이 시도할 수 있었다. 어머니를 사고, 말이나 아내를 선택하고, 총을 다루고, 심지어 원하면 글을 배울 수도 있었다. 하지만 종이에 적을 수 있는 것 중에는 그들에게 중요한 게 없었기에 아무도 원하지 않았다.

그게 다였을까? 남자다움은 그런 데 있을까? 남자다움이 뭔지 잘 알 법한 백인 남자가 '사내'라고 불러준 데? 그들에게 일만 하는 게 아니라 어떻게 일할지 결정할 수 있는 특권을 준 백인이니까? 아니다. 가너 씨와 그들의 관계에는 진심이 있었다. 가너 씨는 그들을 믿고 신뢰했을 뿐만 아니라, 무엇보다도 그들의 말을 경청했다.

가너 씨는 그들이 하는 말에 일리가 있다고 생각했고 그들의 감정을 진지하게 받아들였다. 노예의 의견에 따른다고 해서 그의 권위나 힘이 실추되지는 않았다. 학교 선생은 그와 다른 현실을 가르쳤다. 호밀밭의 허수아비처럼 손을 흔들고 있는 진실을. 그들은 오직 스위트홈에서만 스위트홈의 남자들이었다. 그 땅에서 한 발짝만 벗어나면 그들은 인류 가운데 존재하는 침입자들이었다. 이빨 없는 개, 뿔 없는 황소, 거세한 말인 그들의 힝힝거리는 울음소리는 책임 있는 인간의 언어로 번역될 수 없었다. 그의 힘은 학교 선생이 틀렸음을 아는 데서 비롯되었다. 하지만 이제 그는 의구심이 들었다. 조지아 주 앨프리드 수용소가 있었고 델라웨어가 있었고 식소가 있었지만, 그래도 의구심이 들었다. 학교 선생 말이 옳다면, 자기가 힘없는 봉제 인형 신세가 된 것도 설명이 되었다. 어떻게 고작 딸뻘밖에 안 되는 여자애가 아무때나 아무데서나 들었다 놨다 하는 존재가 되었는지. 전혀 원치 않는다고 확신할 때도 그 계집애와 그 짓을 하는지. 그애가 돌아서서 엉덩이를 들이댈 때마다 젊은 시절의 암송아지(정말 그 때문일까?)가 번번이 결심을 깨뜨려버렸다. 하지만 그가 굴욕감을 느끼고 어쩌면 학교 선생이 옳지 않을까 의구심이 든 것은 단순히 욕정 때문만은 아니었다. 그애가 원하는 대로 자리를 옮겨다니면서도 속수무책으로 당하고 있다는 사실 때문이었다. 아무리 기를 써도 저녁에 빛나는 하얀 계단을 올라갈 수가 없었다. 죽을 힘을 다해도 부엌이나 곁방이나 저장실에서 잘 수가 없었다. 그는 노력했다. 진흙탕 속으로 들어갔을 때처럼 숨을 꾹 참았고, 떨림이 시작됐을 때처럼 심장을 강철처럼 단단하게 연마했다. 하지만 그때보다 더 나빴고, 쇠망치로 억눌렀던 피의 소용돌이보다 더 심각했다. 124번지의 저녁 식탁에서 일어나 계단 쪽을 돌아보면 바로 구역질이 올라왔고 그다음으로 혐오감이 뒤따랐다. 그가, 바로 그가. 막 숨이 넘어간 짐승의 날고기를 먹던 그가. 꽃이 만발한 자두나무 아래서 아직 심장이 뛰는 비둘기의 가슴을 물어뜯던 그가. 그는 남자였고 남자는 자기가 하고자 하는 일을 할 수 있다. 밤이 찾아오는 여섯 시간 동안 마른 우물 속에서 꼼짝 않고 버티고, 맨손으로 너구리와 싸워서 이기고, 형제들보다 더 사랑했던 또다른 '남자'가 불에 타 죽는 모습을 눈물 한 방울 흘리지 않고 지켜보았다. 태워 죽이는 자들에게 진짜 남자란 무엇인지 보여주기 위해서. 그랬던 그가, 조지아에서 델라웨어까지 걸어갔던 사내가, 124번지에서는 원하는 곳에 갈 수도 머물 수도 없게 되다니. 세상에 이런 수치가.

폴 디는 자기 발에 명령을 내릴 수는 없었지만 그래도 말은 할 수 있다고 생각했기에, 그 방법으로 이 상황을 벗어나야겠다고 결심했다. 지난 삼 주간의 일을 세서에게 털어놓을 작정이었다. 그녀가 식당이라고 부르는 맥줏집에서 퇴근할 때 혼자 있는 기회를 노려 모든 걸 털어놓으리라.

그는 그녀를 기다렸다. 소여 식당 뒷골목에 서 있자니 겨울 오후는 이미 황혼녘같이 보였다. 폴 디는 할말을 미리 연습해보고 세서가 지을 표정을 상상했다. 머릿속에 모인 말들은 대장을 따라 정렬하기 전의 아이들처럼 뒤죽박죽이었다.

"글쎄, 아, 그런 게 아니라, 남자란 어쩔 수가 없어. 알잖아. 그러니까 내 말 좀 들어봐. 그런 게 아니야, 정말 아니라고. 가녀, 내 말은 말이지. 그건 아니야, 내가 싸워서 이길 수 있는 약점이 아니라고. 왜냐면 나한테 무슨 일이 일어나고 있거든. 그 계집애가 그렇게 만들었어. 나도 알아. 당신은 내가 그애를 애당초 싫어했다고 생각하겠지. 하지만 정말 그애가 나를 그렇게 만들고 있어. 날 꼼짝 못하게 만들고 있다고. 세서, 그애가 날 꼼짝 못하게 하는데 난 속수무책이야."

뭐라고? 어른이 어린 여자애한테 꼼짝을 못한다고? 하지만 그애가 보통 여자애가 아니고 여자애로 둔갑한 뭔가라면? 겉으로만 사랑스러운 여자애처럼 보이는 아주 천한 뭔가라면, 그애와 그 짓을 하고 안 하고는 중요한 문제가 아니었다. 124번지에서 원하는 곳에 갈 수도, 머물 수도 없다는 게 문제였다. 그리고 세서를 잃을 수도 있었다. 그는 상황을 타개할 만큼 남자답지 못했기에 세서가 필요했고, 그녀가 사실을 알고 그를 도와줘야만 했다. 자기가 보호해주고 싶은 여자에게 되레 자기를 도와달라고 부탁해야 하다니 수치스럽기 짝이 없는 일이었다. 이런 빌어먹을.

폴 디는 두 손을 모아 입에 대고 따뜻한 입김을 불었다. 바람이 골목 아래로 어찌나 빨리 불어닥치는지 음식 찌꺼기를 기다리는 네 마리 부엌 개의 털이 반질반질해졌다. 그는 개들을 바라보았다. 개들도 그를 쳐다보았다.

마침내 부엌 뒷문이 열리고 세서가 음식 찌꺼기 냄비를 한쪽 팔에 안고 나왔다. 그를 보자 그녀는 오, 하고 탄성을 질렀다. 그녀의 미소에는 기쁨과 놀라움이 담겨 있었다.

폴 디는 자기도 미소로 화답했다고 생각했지만 얼굴이 꽁꽁 얼어붙어서 확신할 수는 없었다.

"어머 당신, 덕분에 소녀가 된 기분인걸. 퇴근 시간에 맞춰 데리러 오다니. 여태껏 그런 사람은 한 명도 없었는데. 조심하는 게 좋아, 어쩌면 은근히 기다리게 될지 모른다고." 세서는 먹을거리가 충분하다는 걸 알려서 개들이 서로 싸우지 않도록 재빨리 큰 뼈다귀들을 던져주었다. 그런 다음 뭔가의 가죽과 또다른 뭔가의 머리, 내장 등—식당에서 쓸 수 없고 그녀도 쓰고 싶지 않은 재료들—을 개들의 발치에 한 무더기 쏟았다. 소복이 쌓인 찌꺼기에서 김이 모락모락 피어났다.

"이걸 헹궈야 해. 곧 올게." 세서가 말했다.

폴 디가 고개를 끄덕이자 그녀는 부엌으로 들어갔다.

개들은 소리도 내지 않고 먹었다. 최소한 저 개들은 여기 온 목적을 이루었구나, 하고 폴 디는 생각했다. 만약 그녀가 개들에게 베푸는 만큼만 넉넉하다면……

그녀는 갈색 양모 수건을 머리에 둘렀는데, 바람을 막으려고 이마까지 끌어내려 쓴 모습이었다.

"일찍 퇴근한 거야, 뭐야?"

"일찍 퇴근했어."

"무슨 일 있어?"

"말하자면 그렇지." 폴 디는 그렇게 말하면서 입술을 쓱 닦았다.

"잘렸어?"

"아니, 아니야. 일거리는 많아. 그냥……"

"응?"

"세서, 지금부터 내가 하려는 얘기가 별로 듣기 좋진 않을 거야."

그 말을 들은 세서가 우뚝 멈춰 서더니 그와 그 밉살스러운 바람 쪽으로 얼굴을 돌렸다. 다른 여자라면 바람이 그렇게 얼굴을 후려칠 때 눈을 찡그리거나 적어도 눈물을 찔끔거렸을 것이다. 다른 여자라면 근심이나 애원, 심하면 분노 어린 표정으로 그를 쏘아보았을 것이다. 방금 그가 한 말은 틀림없이 '잘 있어라, 난 떠난다'라는 작별 인사의 서두처럼 들렸을 테니까.

하지만 세서는 조용히, 차분하게 그를 바라보았다. 도움이 필요하거나 문제가 생긴 남자를 받아주거나, 놓아주거나, 아니면 용서해줄 준비를 이미 하고서. 얘기를 듣기도 전에 좋다, 괜찮다, 라고 미리 말하고 동의하면서. 어떤 남자도—길게 보면—자신의 기대에 부응할 수 없다고 생각하기에. 그러므로 그 이유가 무엇이든, 괜찮았다. 잘못이 아니었다. 누구의 잘못도 아니었다.

폴 디는 그녀가 무슨 생각을 하는지 알고 있었다. 비록 그녀의 생각이 틀리기는 했지만—그녀를 떠나려는 게 아니었다, 결코—지금 하려고 마음먹은 얘기는 훨씬 더 안 좋을 터였다. 그래서 그녀의 눈빛에서 점차 사그라지는 기대감, 비난이 섞이지 않은 쓸쓸함이 보이자, 도저히 그 말을 꺼낼 수 없었다. 이런 바람을 맞으면서도 눈 한 번 찡그리지 않는 여인에게 "난 남자가 아니야"라고 말할 수는 없었다.

"말해봐, 폴 디. 내가 듣기 좋든 싫든 어서."

하려 했던 말을 도저히 할 수 없었던 폴 디는 자기 마음에 있는 줄도 몰랐던 엉뚱한 말을 내뱉고 말았다. "아이를 가졌으면 좋겠어, 세서. 내 아이를 낳아주겠어?"

이제 그녀는 깔깔거리며 웃고 있었고, 그도 마찬가지였다.

"그 부탁을 하려고 여기까지 왔단 말이야? 정말 정신 나간 양반이야. 당신 말이 맞아. 별로 듣기 좋진 않네. 그 모든 걸 처음부터 다시 하기엔 내가 너무 늙었다는 생각 안 들어?" 세서는 슬며시 그의 손에 깍지를 끼었다. 길가에 드리웠던 손과 손을 맞잡은 그림자들과 똑같이.

"한번 생각해봐." 폴 디가 말했다. 그러자 갑자기 그게 해결책이 되었다. 그녀 곁에 계속 머무를 수 있고 자신의 남자다움을 증명하는 동시에 그애의 주문에서 벗어날 수 있는 방법, 그 하나로 모든 문제를 해결할 수 있었다. 그는 세서의 손끝을 자기 뺨에 갖다댔다. 그녀는 깔깔 웃으면서도 혹여 누군가 골목을 지나다가 훤한 대낮에 바람을 맞으며 공공장소에서 민망한 짓을 하는 두 사람을 보기라도 할까봐 얼른 손을 치웠다.

그래도 그는 시간을 약간 벌었다. 아니, 사실은 시간을 산 셈이었고, 부디 그 대가를 치르다 파멸하지 않기를 바랄 뿐이었다. 오늘 오후를 얻기 위해 남은 삶이라는 동전을 치른 듯이.

골목을 벗어나 큰길로 들어서자 두 사람은 장난을 그만두고 손을 놓고서 몸을 잔뜩 웅크렸다. 골목보다 바람은 덜했지만, 바람 끝에 실려 오는 메마른 추위에 행인들은 외투 안에서 몸이 빳빳하게 얼어붙은 채 걸음을 계속 재촉했다. 문이나 가게 쇼윈도에 기대선 사람은 아무도 없었다. 사료나 목재를 배달하는 마차 바퀴가 상처라도 입은 듯 비명을 질러댔다. 술집 앞에 매어놓은 말들은 부들부들 떨며 눈을 감았다. 네 여자가 둘씩 나란히 걸으며 다가왔다. 널빤지 보도에 그들의 구두 소리가 요란하게 울렸다. 폴 디가 세서의 팔꿈치를 살짝 잡아당겨 보도에서 땅으로 내려서자 여자들이 지나갔다.

삼십 분 후 도시 경계에 다다르자 세서와 폴 디는 다시 서로의 손을 잡아채고 붙잡으면서 은근슬쩍 엉덩이를 두드리기도 했다. 다 큰 어른인 동시에 철부지란 사실이 민망하면서도 기분좋았다.

결심하자, 그는 생각했다. 그러면 다 되는 거야. 엄마 없는 계집 따위가 내 결심을 깨뜨릴 수는 없어. 한낱 게으른 떠돌이 어린 계집 때문에 마음을 바꾸고, 나를 의심하고, 고민하다가, 애원하거나 고백하지는 않을 테다. 해낼 수 있다고 확신한 폴 디는 세서의 어깨에 팔을 두르고 꼭 안았다. 세서는 그의 가슴에 머리를 기댔다. 그 순간이 두 사람 모두에게 참으로 소중했기에, 그들은 걸음을 멈추고 그대로 가만히 서 있었다. 숨도 쉬지 않고, 행인이 지나갈까 신경도 쓰지 않고. 겨울의 햇빛은 희미했다. 세서는 눈을 감았다. 폴 디는 길가에 줄지어 선 검은 나무들을, 공격에 맞서 번쩍 치켜든 팔들을 바라보았다. 사르르, 갑자기 눈이 내리기 시작했다. 하늘에서 내려오는 선물처럼. 세서가 눈을 뜨더니 "어머나"* 하고 탄성을 질렀다. 폴 디가 느끼기에도 그런 것 같았다. 자그마한 자비. 지금 그들이 느끼는 감정에 확실한 표시를 해두고 나중에 그 감정을 떠올리고 싶을 때 그럴 수 있도록 하늘이 베풀어준 자비.

보슬보슬한 눈송이가, 동전처럼 돌에 부딪힐 듯 굵고 묵직한 눈송이

* 원문은 Mercy. 놀랐을 때 쓰는 감탄사이면서 '자비'라는 뜻을 가진 명사이기도 하다.

가 쏟아져내렸다. 눈은 어쩌면 저렇게 조용한지, 폴 디는 항상 놀라워했다. 비처럼 내리지 않고 비밀처럼 다가왔다.

"뛰어!" 폴 디가 소리쳤다.

"당신이나 뛰어. 난 온종일 서 있었단 말이야." 세서가 말했다.

"난 뭐하고 있었는데? 앉아 있었나?" 폴 디가 그녀를 잡아끌었다.

"그만! 그만! 다리에 뛸 힘이 없어."

"그럼 나한테 맡겨." 그는 이렇게 말하더니, 세서가 알아채기도 전에 그녀를 등에 번쩍 업고는 하얗게 변해가는 갈색 들판 사이로 냅다 달려내려가고 있었다.

마침내 숨이 턱까지 차자 그는 멈췄고, 웃느라 힘이 빠진 세서도 등에서 미끄러져내려와 섰다.

"당신한테는 정말 애들이 필요하겠어. 눈밭에서 같이 놀아줄 애들이." 세서가 머릿수건을 단단히 동여맸다.

폴 디는 씩 웃으며 입김을 불어 언 손을 녹였다. "정말 한번 노력해보고 싶어. 물론 기꺼이 협조해줄 상대가 필요하지만."

"아주, 아주 협조적이어야 할걸." 세서가 대답했다.

이제 거의 네시였고, 124번지까지는 8백 미터쯤 남아 있었다. 흩날리는 눈발 때문에 거의 보이지 않았지만 두 사람을 향해 미끄러져오는 형체가 있었다. 사실은 지난 넉 달 동안 날마다 세서를 마중나온 바로 그 형체였지만, 폴 디와 세서는 서로에게 정신이 팔린 나머지 그녀가 가까이 다가왔을 때 화들짝 놀라고 말았다.

빌러비드는 폴 디는 쳐다보지도 않았다. 오직 세서만 구석구석 살폈다. 외투도 입지 않고 스카프를 두르지도 않고 머리에 아무것도 쓰지 않았지만, 손에 긴 숄을 들고 있었다. 그녀는 팔을 뻗어 숄로 세서를 감싸주려 했다.

"정신 나갔구나. 아무것도 안 걸치고 한데 나오다니." 세서는 성큼성큼 걸어가더니 폴 디 앞에서 숄을 받아 빌러비드의 머리와 어깨에 둘러주었다. "앞뒤 분별하는 법을 좀더 배워야겠다." 세서는 이렇게 말하면서 왼팔로 그녀를 감싸안았다. 눈이 그쳤다. 폴 디는 빌러비드가 오기 전까지 세서가 있었던 자리에서 얼음처럼 차가운 한기를 느꼈다. 두 여자 뒤로 1미터쯤 뒤처져 집으로 가는 내내 폴 디는 뱃속에서부터 치밀어오르는 분을 애써 삭여야 했다. 창가에 등잔불에 비친 덴버의 실루엣이 보이자 그는 절로 이런 생각이 들었다. '대체 넌 누구 편이냐?'

일을 해낸 사람은 세서였다. 아무런 의심도 없이, 확신에 차서 모든 문제를 한 방에 풀어버렸다.

"폴 디, 당신 오늘밤에는 밖에서 안 잘 거지?" 세서는 그를 향해 미소를 지었고, 굴뚝이 도움이 필요한 친구처럼 하늘에서 밀려들어오는 한기에 맞서 기침을 했다. 창틀도 몰아치는 겨울바람에 달달 떨렸다.

폴 디는 스튜 고기에서 눈을 떼고 고개를 들었다.

"위층으로 올라와. 거기가 원래 당신 자리잖아." 세서가 말했다. "……그리고 거기서 지내."

식탁의 빌러비드 자리에서 악의의 촉수가 슬금슬금 그를 향해 뻗어나왔지만, 세서의 따뜻한 미소 앞에서는 전혀 해를 끼치지 못했다.

예전에 한 번(딱 한 번), 폴 디는 여자에게 고마워한 적이 있었다. 숲에서 기어나와 허기와 외로움에 눈이 돌아갈 지경이 된 그는 윌밍턴의 흑인 구역에서 맨 처음 만난 집 뒷문을 무작정 두드렸다. 한 여자가 문을 열고 나오기에 장작을 패줄 테니 먹을 걸 좀 주면 고맙겠다고 말했다. 여자는 그를 위아래로 훑어보았다.

"잠깐 기다려요." 여자는 이렇게 말하고 문을 활짝 열었다. 그리고 그에게 돼지고기 소시지를 주었다. 오랫동안 굶주린 사람에게는 최악의 음식이었지만, 폴 디도 그의 위장도 그것을 거부하지 않았다. 잠시 후 여자의 침실에서 하얀 면 시트와 베개 두 개를 보았을 때, 그는 사내로서 난생처음 흘리는 감사의 눈물을 여자에게 들키지 않으려고 재빨리, 재빨리 닦아야만 했다. 땅바닥, 풀밭, 진흙, 껍질, 낙엽, 건초, 옥수수심, 조개더미, 그는 이런 것들 위에서 다 자봤다. 그러나 새하얀 면 시트라니, 생각조차 해본 적 없었다. 그는 신음하며 침대로 쓰러졌고, 여자는 그가 침대 시트가 아니라 자신과 사랑을 나누는 척할 수 있도록 도와주었다. 그날 밤 그는 소시지로 잔뜩 배를 채우고 호사에 겨워, 영원히 그 여자 곁을 떠나지 않겠노라고 맹세했다. 여자는 아마 그를 죽이지 않고서는 절대 침대에서 내쫓을 수 없었으리라. 열여덟 달 후 노스포인트 은행 철도 회사에 팔려갈 때도 그는 여전히 시트라는 걸 소개해준 여자에게 감사했다.

이제 그는 두번째로 감사하고 있었다. 마치 자신을 절벽에서 구해내 안전한 땅에 내려놓아준 느낌이었다. 세서의 침대에서라면 정신 나간 여자애 둘쯤은 감내할 수 있다는 걸 알았다. 세서가 이렇게 자신의 소망을 확실히 밝혀주는 한. 몸을 쭉 펴고 누워서 발치의 창문 너머로 내리는 눈송이를 바라보자니, 그를 세서가 일하는 식당 뒷골목까지 가게 만들었던 의심들은 간단히 떨쳐버릴 수 있었다. 스스로에 대한 기대치가 높았던 것이다. 지나치게 높았던 것이다. 자기라면 비겁하다고 할 만한 일을 다른 사람들은 상식이라고 불렀다.

깊은 우물 같은 그의 품에 꼭 안겨서 세서는 길거리에서 폴 디가 아이를 낳아달라고 부탁했을 때의 표정을 떠올렸다. 비록 웃음을 터뜨리며 그의 손을 잡기는 했지만 사실 그녀는 겁이 났다. 그가 원하는 게 그런 거라면 잠자리가 얼마나 즐겁겠나 싶은 생각이 잠깐 스치긴 했지만, 또다시 아기를 가진다는 생각에 두려운 마음이 더 컸다. 그때처럼 아이를 돌볼 수 있을 만큼 착해지고, 기민해지고, 강해져야만 한다, 또다시. 그만큼 더 오랫동안 살아 있어야 한다. 오, 하느님, 저를 구원하소서, 그녀는 생각했다. 걱정 없는 성격이라면 모를까, 모성애란 사람을 죽이는 것이었다. 뭣 때문에 그는 그녀가 임신하길 원할까? 그녀를 떠나지 않으려고? 자기가 이 길을 지났다는 표시로? 그는 아마 사방에 애가 있을 것이다. 십팔 년 동안이나 떠돌아다녔으니, 틀림없이 몇 명은 싸질러놓았겠지. 아니야. 그는 그녀가 낳은 자식들이 미운 것이다. 그래서다. 자식들이 아니라 자식이지. 세서는 정정했다. 자식 하나와 친자식처럼 생각하는 빌러비드. 폴 디는 그게 못마땅한 거다. 그녀를 딸아이들과 나눠 갖는 일이. 자기만 빼놓고 셋이서 무슨 일인가로 깔깔거리는 소리를 듣는 일이. 그는 알아듣지 못하는 세 사람만의 암호가. 어쩌면 자기를 위해서가 아니라 애들에게 필요한 일을 하느라 쓰는 시간조차 못마땅한지도 모른다. 어떻든 그들은 한가족이고, 그는 가장이 아니었다.

이것 좀 꿰매줄래, 자기?

응응. 이 속치마만 끝내고 바로 해줄게. 애가 여기 왔을 때 입었던 거 한 벌로 버티고 있거든. 누구든 갈아입을 옷은 필요하잖아.

파이 남았어?

덴버가 마지막 조각을 먹었나봐.

그런데도 불평 한마디 하지 않았다. 심지어 온 집안을 전전하다 집 밖으로까지 몰려나 잠을 자는 것에도 개의치 않았다. 그걸 그녀가 오늘 밤 그에 대한 배려로 그만두게 해준 것이다.

세서는 한숨을 쉬고는 그의 가슴에 손을 올려놓았다. 임신하지 않을 구실을 찾기 위해 그를 비난할 구실을 찾고 있다는 걸 그녀도 알고 있었고, 약간 부끄러워졌다. 하지만 그녀에겐 이제 자식이 더 필요하지 않았다. 만약 아들들이 어느 날 집에 돌아오고 덴버와 빌러비드도 계속 같이 산다면, 글쎄 그게 가장 바람직하지 않겠는가? 길가에서 손에 손을 잡은 그림자를 본 후에 바로 그림이 달라지지 않았나? 그러고서 앞마당에 앉은 드레스와 구두를 보자마자 양수가 터졌었다. 햇빛을 받아 붉어진 그 얼굴을 볼 필요조차 없었다. 몇 년 동안 꿈꿔온 일이었기에.

폴 디의 가슴이 그녀의 손 밑에서 부풀었다 가라앉고, 부풀었다 가라앉았다.

덴버는 설거지를 끝내고 식탁에 앉았다. 세서와 폴 디가 방에서 나간 후로 빌러비드는 꼼짝도 하지 않고 앉아서 집게손가락만 빨고 있었다. 덴버는 한동안 그녀의 얼굴을 바라보다가 말했다. "엄마는 아저씨가 여기 있길 원해."

빌러비드는 계속해서 손가락으로 입안을 더듬으며 말했다. "그 사람을 쫓아낼 거야."

"아저씨가 떠나면 엄마가 언니한테 화를 낼지도 몰라."

빌러비드는 집게손가락에 이어 엄지손가락까지 입속에 집어넣더니 어금니 하나를 뽑았다. 피는 거의 나지 않았지만, 덴버가 말했다. "이런, 안 아팠어?"

빌러비드는 이를 바라보며 생각에 잠겼다. 결국 이렇게 되는군. 다음

차례는 팔, 손, 발가락일 거야. 몸이 부분부분 떨어져나갈 거야. 어쩌면 한 번에 하나씩, 어쩌면 한꺼번에. 아니면 어느 날 아침 덴버는 깨어나기 전이고, 세서는 출근하고 없을 때, 몸이 토막토막 떨어져 날아가버릴지도 몰라. 혼자 있을 때면 목에다 머리를 올려놓고 엉덩이에 다리를 붙이고 있기가 힘들어. 그녀는 기억하지 못하는 일이 많았는데, 언제든 잠에서 깨어나 산산조각난 자신을 발견할지도 모른다는 사실을 처음 깨달은 때도 그중 하나였다. 두 가지 꿈을 꿨다. 하나는 터져버리는 꿈이었고, 또하나는 잡아먹히는 꿈이었다. 이—맨 안쪽에 난 묘하게 생긴 조각—가 뽑혀나왔을 때, 빌러비드는 그 일이 시작되었다고 생각했다.

"사랑니인가보네. 아프지 않아?" 덴버가 물었다.

"아파."

"그런데 왜 안 울어?"

"뭐라고?"

"아프다면서 왜 울지 않느냐고."

그래서 그녀는 울었다. 식탁에 앉아 있던 그대로, 조그맣고 하얀 이를 매끈하기 짝이 없는 손바닥에 올려놓은 채. 피처럼 붉은 새가 나뭇잎 사이로 사라지고, 그러자마자 거북이들이 연이어 물 밖으로 나왔을 때 이렇게 울고 싶었다. 세서가 계단 아래 물통 속에 서 있던 그에게 가버렸을 때 이렇게 울고 싶었다. 빌러비드는 입가로 흘러내린 짭짤한 눈물을 혀끝으로 살짝 핥았다. 자신의 어깨를 감싼 덴버의 팔이 어깨가 떨어져나가지 않게 해주길 바랐다.

위층의 한몸이 된 남녀는 아무 소리도 듣지 못했지만 그 아래, 바깥,

124번지 주변에는 눈이 내리고 내리고 또 내렸다. 눈 위에 눈이 쌓이고, 눈 밑에 눈이 묻혔다. 더 높이. 더 깊이.

베이비 석스도 마음 한구석으로는 만약 하느님이 뜻대로 행하셔서 핼리가 그 일을 해낸다면, 그야말로 축하할 일이라고 생각했는지 모른다. 단 하나 남은 아들이 그녀를 위해, 또 어느 여름밤 존과 엘라가 그녀 집 문 앞에 데려다준 세 아이를 위해 해냈던 일을 자기 스스로를 위해서도 해내기만 한다면. 세서 없이 아이들만 도착했을 때 베이비 석스는 두려우면서도 감사했다. 살아남은 가족이 바로 자신의 손주들이란 사실에 감사했다. 사내아이 둘과 벌써 기는 어린 손녀딸. 그녀에게 처음으로 생긴 친손주였고, 더는 없을 줄 알았다. 하지만 그녀는 마음을 진정시켰다. 물어보는 것조차 두려웠다. 세서와 핼리는 어떻게 된 걸까? 왜 늦어질까? 왜 세서는 함께 마차를 타지 않았을까? 누구도 혼자서 탈출에 성공할 수는 없다. 사냥꾼들이 솔개를 잡듯 그들을 겨누고 토끼를 잡듯 그물을 놓기 때문만은 아니었다. 어떻게 가야 할지 모르면 도망칠 수가 없기 때문이었다. 길을 알려주는 사람이 없으면 영영 길을 잃을 수도 있었다.

그래서 세서가 도착했을 때—찢기고 짓이겨져 만신창이가 되었지만 품에 또다른 손주를 하나 안고서—환호성을 지르고 싶다는 생각이 마음 한구석에서 좀더 앞쪽으로 나왔다. 하지만 여전히 핼리는 소식이 없었고 세서도 그에게 무슨 일이 일어났는지 몰랐기 때문에, 일단 환호는 잠재워두었다. 섣불리 감사 기도를 드려서 아들에게 불운이 닥치는 걸 원치 않았기 때문이다.

시작은 스탬프 페이드였다. 세서가 124번지에 온 지 이십 일이 지났을 때, 그는 손수 조카의 겉옷으로 싸매준 아기와 구운 뱀장어 토막을 건네주었던 아기 엄마를 보려고 찾아왔다. 그러고는 자기만 아는 어떤 이유로 양동이 두 개를 들고 강가 근처로 갔다. 그곳에 검은딸기가 자라는 건 오직 그만 아는 사실이었다. 정말 맛있어서 먹다보면 꼭 교회에 있는 것처럼 행복해지는 검은딸기였다. 한 알만 입에 넣어도 머리에 성유聖油를 바르는 느낌이었다. 그는 강둑까지 거의 10킬로미터를 걸었고, 미끄러지다시피 뛰어서 덤불이 거의 비집고 들어갈 틈 없이 자란 골짜기를 내려갔다. 검은딸기 덤불에는 닿기만 해도 피가 날 것 같은 칼날처럼 두꺼운 가시가 줄줄이 박혀 셔츠 소매와 바지를 뚫고 들어왔다. 그 와중에 모기와 꿀벌, 말벌, 쌍살벌, 그리고 그 주에서 가장 독한 암거미 들에게 시달리기까지 했다. 그는 긁히고 찢기고 물리면서도 요리조리 뚫고 다니면서 딸기를 땄는데, 손끝으로 하나하나 어찌나 조심스럽게 땄던지 단 한 알도 무르지 않았다. 오후 늦게 124번지로 돌아온 그는 가득찬 양동이 두 개를 현관에 내려놓았다. 너덜너덜해진 옷, 피가 흐르는 손, 발진이 일어난 얼굴과 목을 보고 베이비 석스는 주저앉아 큰 소리로 웃었다.

뷰글러와 하워드, 보닛을 쓴 여자와 세서가 무슨 일인가 싶어 나왔다가, 조용하고 강철 같았던 흑인 영감의 몰골을 보고 베이비 석스처럼 웃음을 터뜨렸다. 중개인이자 낚시꾼, 뱃사공이자 사냥꾼, 구원자이자 첩자인 사람이 마침내 백주에 검은딸기 두 양동이에 매질을 당한 듯 서 있었던 것이다. 웃는 사람들은 아랑곳없이, 스탬프는 검은딸기를 하나 집어들어 태어난 지 삼 주 된 덴버의 입에 넣어주었다. 여자들이 비명을 질렀다.

"그걸 먹기엔 너무 어려요, 스탬프."

"설사할 거야."

"배탈이 날 텐데."

하지만 아기가 두 눈을 흥분으로 반짝거리고 입맛을 다시자, 그들도 아기를 따라 한 번에 하나씩 교회 같은 맛이 나는 딸기를 맛보기 시작했다. 결국 베이비 석스가 남자애들의 손등을 탁탁 때려 양동이 옆에서 내쫓고, 스탬프도 씻으라고 펌프가로 보냈다. 그녀는 이 과일로 그의 노고와 사랑에 걸맞은 뭔가를 하기로 결심했다. 그 일은 이렇게 시작되었다.

베이비 석스는 파이 반죽을 만들며, 엘라와 존에게 잠깐 들르라고 해야겠다고 생각했다. 파이 세 개는, 어쩌면 네 개는, 한집 식구가 먹기에는 너무 많으니까. 세서는 닭 두어 마리를 함께 내놓는 게 좋겠다고 생각했다. 스탬프는 굳이 낚싯대를 드리우지 않아도 농어와 메기가 배로 뛰어들 거라고 생각했다.

일은 덴버의 반짝이는 두 눈에서 시작돼 아흔 명의 손님을 치르는 잔치로 커져버렸다. 124번지는 손님들의 떠들썩한 목소리로 밤늦게까지 들썩거렸다. 아흔 명의 손님들은 지나치게 잘 먹고 지나치게 많이 웃어서 그만 화가 났다. 다음날 아침, 잠에서 깨어난 그들은 스탬프가 왼쪽 손바닥으로 끓는 기름이 튀어오르는 걸 막아가면서 히커리 가지에 꽂아 튀겨낸 농어 요리를 떠올렸다. 크림을 넣어 만든 옥수수 푸딩, 실컷 먹고 지쳐서 잔디밭에 곯아떨어진 아이들과 여전히 그 손에 쥐여 있던 작은 토끼구이 뼈다귀를 떠올렸고, 화가 났다.

베이비 석스의 파이 세 개(어쩌면 네 개)는 열 개(어쩌면 열두 개)로 늘어났다. 세서의 닭 두 마리는 칠면조 다섯 마리가 되었다. 신시내티에서 공수한 얼음 한 덩어리—설탕과 박하를 넣고 으깬 수박을 부어 펀치를 만들려던—는 한 수레가 되어 욕조 하나를 가득 채운 딸기 펀치에 부었다. 웃음소리와 호의, 아흔 명을 먹일 만한 음식으로 들썩이는 124번지는 그들을 화나게 했다. 이건 지나치잖아, 그들은 생각했다. 베이비 석스 성녀는 대체 이걸 다 어디서 얻었지? 어째서 그녀와 그녀의 가족들이 항상 모든 일의 중심이지? 어떻게 그녀는 항상 해야 할 일과 때를 정확히 알지? 조언을 해주고, 전갈을 전하고, 아픈 사람을 치료하고, 도망자들을 숨겨주고, 사랑하고, 요리하고, 요리하고, 사랑하고, 설교하고, 노래하고, 춤추고, 모든 사람을 사랑하는 일들을. 마치 그게 직업인 양, 그것도 그녀만이 할 수 있는 일인 양.

검은딸기 두 양동이를 받아 파이 열 개, 아니 어쩌면 열두 개를 만들고, 마을 사람 전체가 다 먹을 만한 양의 칠면조, 9월에 용케 구한 햇콩,

소도 없으면서 어디서 났는지 모를 신선한 크림, 얼음, 게다가 설탕, 파운드빵, 빵 푸딩, 부풀린 빵, 과자, 이런 것들을 가지고 있다는 데 그들은 이제 화가 났다. 빵과 물고기는 하느님의 능력에 속한 것이었다. 아마 평생 50킬로그램의 짐을 저울까지 지고 날라본 적도, 아기를 업은 채 오크라 열매를 따본 적도 없었을 노예 출신 여자의 것이 아니었다. 자기들처럼 열 살짜리 백인 남자애한테 매질을 당해본 적도 없는 여자. 심지어 노예 신세로 도망친 적도 없는 여자, 오히려 어머니를 지극히 사랑하는 아들이 몸값을 치러 빼내지고 오하이오 강까지 포장마차로 모셔진 여자. 가슴에는 꼭꼭 접은 해방 문서를 간직한 채(심지어 가너라는 옛 주인이 손수 마차를 몰아주고 정착금까지 대주었다). 게다가 보드윈 남매—노예를 싫어하는 것보다 더 노예제도를 증오해서 스탬프 페이드와 엘라, 존에게 도망자들을 위한 옷가지와 식량, 장비를 제공해주는 백인 남매—로부터 우물이 딸린 이층집까지 빌렸다.

그래서 마을 사람들은 부글부글 끓었다. 다음날 아침, 그들은 124번지에서 과시하듯 베푼 잔치 음식과 분별없는 너그러움 때문에 탈이 난 위장을 달래느라 베이킹 소다를 삼켰다. 마당에 모여 살찐 쥐, 최후의 심판, 오만에 대해 서로 수군거렸다.

사람들이 내뿜는 불만의 냄새가 공기중에 짙게 감돌았다. 잠에서 깨어 그 냄새를 맡은 베이비 석스는 손주들에게 줄 옥수수죽을 끓이면서 대체 그게 뭘까 고민했다. 얼마 뒤에는 정원에 서서 후추나무 뿌리를 덮고 있는 단단한 흙을 잘게 부수다가 또다시 그 냄새를 맡았다. 그녀는 고개를 들고 주위를 둘러보았다. 그녀의 뒤쪽에서 왼편으로 몇 미터쯤 떨어진 강낭콩 지지대 사이에 세서가 쭈그리고 앉아 있었다. 등이 빨리 나오라고 드레스 속에 넣어준 기름 먹인 플란넬 때문에 어깨가 울퉁불퉁했다. 옆에 놓인 나무통 안에는 삼 주 된 갓난아이가 누워 있었다. 베이비 석스 성녀는 고개를 들었다. 하늘은 맑고 파랬다. 나뭇잎들의 선명한 초록에 죽음의 붓칠은 흔적조차 없었다. 새소리가 들렸고, 희미하게 초원을 따라 흐르는 시냇물 소리도 들렸다. 강아지 히어보이는 어제 잔치에서 남은 마지막 뼈다귀들을 땅에 파묻고 있었다. 집 옆 어딘가에서 뷰글러와 하워드와 벌써 기는 여자 아기의 목소리가 들려왔다. 잘못된 건 없어 보였다. 하지만 불만의 냄새가 코를 찔렀다. 채소밭 너머, 냇가이지만 양지바른 곳에는 옥수수를 심어두었다. 잔치 때문에 꽤 많이 땄지만 익어가는 옥수수가 아직 남아 있었다. 지금 서 있는 자리에서도 잘 보였다. 괭이를 든 그녀는 후추나무와 호박 넝쿨 쪽으로 다시 몸을 기울였다. 그러고는 조심스럽게, 정확한 각도로 날을 세워서 억센 운향풀* 한 줄기를 잘랐다. 꽃은 모자에 꽂고 나머지는 옆으로 던졌다. 탁, 탁, 탁, 조용히 장작 패는 소리를 듣고서야 베이비 석스는 스탬프가 전날 밤에 해주기로 약속한 집안일을 하고 있다는 게 생각났다. 그녀는 일을 하며 한숨을 쉬었다. 잠시 후 허리를 펴고 일어났다가 다시 한번 그 불만의 냄새를 맡았다. 그녀는 괭이자루에 몸을 기댄 채 냄새에 집중했다. 아무도 자기를 위해 기도해주지 않는 데에는 이미 익숙했다. 하지만 이렇게 제멋대로 떠도는 혐오감은 생소했다. 분명 백인들은 아니었다. 그 정도는 분간할 수 있었다. 그러니 흑인들이 틀림없었다. 그때 문득 깨달았다. 친구들과 이웃들이 자신에게 화가 났다는 것

* 약초의 일종.

을. 자신이 선을 넘고, 지나치게 베풀고, 분에 넘치게 행동해서 기분을 상하게 한 바람에.

베이비는 눈을 감았다. 어쩌면 그들이 옳을 것이다. 그때 갑자기 불만의 냄새 뒤에서, 아주 먼 뒤쪽에서 또다른 냄새가 풍겨왔다. 점점 가까워지는 어두운 냄새. 다른 냄새에 묻혀 감지하지 못했던 어떤 냄새.

그녀는 그게 뭔지 알아내려고 눈을 꼭 감았지만, 생김새가 마음에 들지 않는 목이 높은 구두들만 보일 뿐이었다.

아무래도 알 수 없었지만 계속 고민하면서 그녀는 괭이로 흙을 부서뜨렸다. 대체 뭐지? 점점 가까이 다가오는 이 어두운 기운은. 아직도 그녀를 해칠 게 남았단 말인가. 핼리가 죽었다는 소식? 아니다. 그녀는 핼리가 살아 있다는 소식보다 죽었다는 소식에 더 철저하게 마음의 준비를 해왔다. 마지막 남은 자식. 그가 태어났을 때, 베이비 석스는 제대로 쳐다보지도 않았다. 어차피 어른이 되어가는 과정을 지켜보지 못할 테니, 얼굴을 익히려는 수고도 할 필요 없었으니까. 이미 일곱 번이나 겪었다. 조그만 발을 쥐어보고 통통한 손끝을 자기 손으로 어루만져보았다. 하지만 그 손가락들이 어미라면 어디서나 알아볼 수 있는 어엿한 남자의 손 혹은 여자의 손으로 크는 건 한 번도 보지 못했다. 그녀는 오늘날까지도 아이들의 영구치가 어떻게 생겼는지, 걸을 때 고개를 얼마큼 드는지 몰랐다. 패티는 혀짤배기소리를 고쳤을까? 페이머스의 피부는 결국 어떤 색이 되었을까? 조니의 턱에 움푹 파인 것은 턱이 갈라진 거였을까, 아니면 턱뼈가 자라면서 곧 사라질 보조개였을까? 그리고 네 딸들. 그녀가 마지막으로 보았을 때 그애들은 겨드랑이에 털도 나지 않았었다. 아델리아는 아직도 빵 밑바닥의 탄 부분을 좋아할까? 일곱 명의 자식들이 모두 떠나거나 죽었다. 그러니 막내놈을 열심히 들여다본들 무슨 소용이 있으랴? 그런데 무슨 이유에서인지 백인들은 그애를 계속 키우도록 내버려두었다. 그애는 그녀와 함께였다. 어디를 가든.

캐롤라이나에서 고관절을 다친 뒤에 그녀는 정말 헐값에(당시 10달러였던 핼리보다도 싸게) 가너 씨에게 팔렸다. 그는 그들 모자를 켄터키 주의 스위트홈이라는 농장으로 데려갔다. 다친 고관절 때문에 그녀는 다리가 세 개뿐인 개처럼 온몸을 씰룩거리며 걸었다. 하지만 스위트홈에는 논도 담배밭도 보이지 않았고, 그녀를 때려눕히는 사람도 아무도, 정말 아무도 없었다. 단 한 번도 그런 일이 없었다. 릴리언 가너는 무슨 이유에서인지 그녀를 제니라고 불렀지만, 절대 밀치거나 때리거나 욕을 하는 법이 없었다. 심지어 소똥을 밟고 미끄러져 앞치마에 담아가던 달걀을 전부 깨뜨렸을 때도, 아무도 그녀에게 '검둥이년 대체 넌 왜 그 모양이야'라고 소리치지 않았고 때려눕히지도 않았다.

스위트홈은 그녀가 거쳐온 농장들에 비하면 자그마했다. 가너 씨와 가너 부인, 그녀, 핼리 그리고 넷 중 셋은 이름이 폴인 사내아이들이 농장 식구 전부였다. 가너 부인은 일을 하며 콧노래를 흥얼거렸고, 가너 씨는 세상이 마치 자기가 갖고 놀 장난감인 양 굴었다. 밭에서는 그녀의 일손이 필요 없었다. 모든 일은 핼리를 포함한 가너 씨의 사내아이들이 도맡아 했다. 베이비 석스에게는 축복과도 다름없었는데, 어차피 할 수 없는 일이었기 때문이다. 그녀가 한 일은 콧노래를 부르는 릴리언 가너 옆에서 함께 요리하고 통조림을 만들고 빨래하고 다림질하고 양초, 옷, 비누, 사과주스를 만들고 닭, 돼지, 개, 거위에게 모이를 주고 소젖을 짜고 버터를 젓고 지방을 정제하고 불을 피우고…… 그게 전부였다. 그 정도야 일도 아니었다. 그리고 아무도 그녀를 때려눕히지 않았다.

엉덩이가 쑤시지 않은 날이 없었지만 그녀는 한마디 내색도 하지 않았다. 지난 사 년 동안 그녀의 거동을 가까이에서 지켜봐온 핼리만이 엄마가 양손으로 허벅지를 들어올려야만 겨우 침대를 오르내릴 수 있다는 걸 알았다. 그래서 가너 씨에게 제 엄마가 앉아서 쉴 수 있도록 몸값을 치르고 싶다고 말했던 것이다. 착한 녀석. 그녀를 위해 힘든 일을 해준 유일한 사람. 자신의 노동과 삶을 희생하고 이제는 자기 자식까지 안겨준 사람. 정원에 서서 불만의 냄새 뒤로 다가오는 어두운 기운이 무엇일지 고민하면서도 그녀는 손주들의 목소리만은 또렷이 들을 수 있었다. 스위트홈은 확실히 전에 있던 곳들보다 좋았다. 의심의 여지 없이. 그러나 그건 중요하지 않았다. 그녀의 한가운데, 자신이 아닌 자신이 둥지를 튼 그 황량한 마음 한가운데에 이미 설움이 자리를 잡아버렸기에. 자식들이 어디 묻혔는지, 혹시 살아 있다면 어떻게 생겼는지 모른다는 설움이었다. 그러나 아무리 그렇다 해도 사실 자신에 대해서보다는 자식들에 대해 더 잘 알았다. 그녀는 자신이 어떤 사람인지 발견할 수 있는 지도를 한 번도 가져본 적이 없었기 때문이다.

노래를 부를 수 있을까? (부른다면 과연 듣기 좋을까?) 예쁜가? 좋은 친구인가? 다정한 엄마가 될 수 있었을까? 충실한 아내는? 언니가 있었다면 날 좋아했을까? 엄마가 날 알았다면 예뻐하셨을까?

그녀의 엉덩이뼈를 망가뜨린 밭일과 정신이 멍해지던 피로감에서 벗어난 릴리언 가너의 집에서, 그녀를 때려눕히는(그리고 그 위에 올라타는) 사람이 없는 릴리언 가너의 집에서, 그녀는 백인 여자가 일을 하면서 부르는 콧노래를 들었다. 그리고 가너 씨가 집에 들어오면 환하게 밝아지는 부인의 얼굴을 보며 생각했다. 여긴 더 나은 곳이구나, 하지만 난 아니야. 베이비 석스가 보기에 가너 부부는 노예들을 임금을 받는 일꾼처럼 대하는 독특한 노예제도를 운영하는 것 같았다. 그들의 말을 들어주고, 그들이 알고 싶어하는 걸 가르쳐주었다. 가너 씨는 사내아이들을 종마처럼 다루지도 않았다. 베이비 석스가 캐롤라이나에서 당한 것처럼 사내아이들을 그녀의 오두막으로 끌고 와 "저년이랑 붙어" 하고 명령하는 법이 없었다. 혹은 교미를 시키라고 다른 농장에 빌려주지도 않았다. 그래서 그녀는 놀랍고 기뻤지만, 한편으로는 걱정스러웠다. 주인은 저애들에게 여자를 골라주려는 걸까? 저애들이 본능에 완전히 눈떴을 때 무슨 일이 일어날지 알긴 아는 걸까? 그는 위험을 자초하고 있었고 본인도 분명히 그 사실을 알고 있었다. 사실 자기와 동행하지 않으면 스위트홈을 떠날 수 없다고 명령한 것은 법 때문이라기보다 남자로 자란 노예들을 풀어놓는 게 위험한 일이기 때문이었다.

베이비 석스는 피할 수 있는 한 거의 말을 하지 않았다. 그녀의 혀뿌리가 감당할 수 있는 말이 뭐가 남아 있었겠는가? 그래서 백인 여자는 새로 온 흑인 노예가 비록 말이 너무 없지만 큰 도움이 된다고 생각하며 일하는 내내 혼자 콧노래를 불렀다.

가너 씨가 핼리와의 계약에 동의하고, 핼리가 세상 무엇보다 자신을 해방시키는 일을 중요하게 여기는 것처럼 보이자, 베이비 석스는 강 건너는 일을 받아들이기로 했다. 괴로운 일 두 가지—쓰러질 때까지 서 있는 것과 어쩌면 유일하게 살아남은 자식일 막내아들 곁을 떠나는 것—중에서, 핼리가 기뻐할 일을 선택한 것이다. 그리고 아들에게는 절대 자기가 마음속으로 던지는 그 질문을 하지 않았다. 무엇을 위해서? 세 발 달린 개처럼 절뚝거리는 예순도 넘은 노예 할망구에게 자유가 무슨 소용이란 말이냐? 그리고 마침내 자유의 땅에 발을 내디뎠을 때, 베이비 석스는 자기도 몰랐던 사실을 아들 핼리가 알고 있었다는 게 도저히 믿기지 않았다. 자유로운 공기라고는 단 한 숨도 마셔보지 못한 핼리가 대체 어떻게 알았을까? 이 세상에 자유처럼 좋은 게 없다는 사실을. 베이비 석스는 그게 두려웠다.

뭔가 잘못되었다. 뭐가 문제일까? 뭘까? 그녀는 스스로에게 물었다. 그녀는 자기가 어떻게 생겼는지 몰랐고 궁금하지도 않았다. 그런데 갑자기 자신의 손이 보였고, 눈앞이 아찔할 만큼 단순 명쾌한 생각이 머리를 스쳤다. "이 손은 내 거야. 내 손이야." 뒤이어 가슴이 쿵쿵거리는 것이 느껴졌고, 또다른 무언가를 새로 발견했다. 자신의 심장박동이었다. 이게 내내 여기 있었단 말인가? 이 쿵쿵 뛰는 것이? 그녀는 자신이 바보처럼 느껴져서 큰 소리로 웃기 시작했다. 가너 씨가 고개를 돌려 커다란 갈색 눈으로 그녀를 보며 미소를 지었다. "뭐가 그렇게 우습니, 제니?"

그녀는 웃음을 멈출 수가 없었다. "제 심장이 뛰어요." 그녀가 말했다.

그 말은 사실이었다.

가너 씨가 웃음을 터뜨렸다. "겁낼 거 없어, 제니. 그냥 살던 대로 살면 돼, 그럼 아무 문제 없을 거야."

그녀는 너무 크게 웃지 않으려고 입을 막았다.

"지금 널 데려가는 집 사람들이 필요한 건 다 도와줄 거야. 이름은 보드윈이고, 남매지. 스코틀랜드 출신이야. 나랑은 이십 년도 넘게 알고 지냈어."

베이비 석스는 지금이야말로 오랫동안 궁금했던 것을 물어볼 좋은 기회라고 생각했다.

"가너 씨, 어째서 절 제니라고 부르세요?" 그녀가 물었다.

"그야 네 매매 증서에 그렇게 적혀 있었으니까. 그게 네 이름 아니니? 넌 널 뭐라고 부르는데?"

"없어요. 전 이름이 없어요." 그녀가 말했다.

가너 씨는 너무 웃어서 얼굴이 시뻘게졌다. "널 캐롤라이나에서 데려올 때 휘틀로가 널 제니라고 불렀고, 매매 증서에도 제니 휘틀로라고 적혀 있었지. 그 사람이 널 제니라고 부르지 않았니?"

"아니요, 주인님. 그랬더라도 전 못 들었어요."

"그럼 넌 뭐라고 부르면 대답했지?"

"아무 소리에나요. 하지만 제 남편 이름은 석스랍니다."

"제니, 결혼했구나? 몰랐는데."

"말하자면 그렇지요."

"지금 어디 있는지는 아니? 남편 말이다."

"아니요."

"핼리 아버지냐?"

"아니요."

"그럼 왜 핼리를 석스라고 부르니? 그애 매매 증서에도 휘틀로라고 적혀 있었는데, 너처럼 말이야."

"석스가 제 이름이거든요, 주인님. 제 남편한테서 딴 이름이지요. 남편은 절 제니라고 부르지 않았어요."

"그럼 뭐라고 불렀는데?"

"베이비요."

"음." 가너 씨의 얼굴이 다시 빨개졌다. "내가 너라면 계속 제니 휘틀로란 이름을 쓸 것 같구나. 베이비 석스 부인은 자유로운 흑인에게는 안 어울리는걸."

그럴지도 모르죠, 그녀는 생각했다. 하지만 그녀가 이른바 '남편'이라고 부르는 사람이 남긴 것이라곤 베이비 석스라는 이름이 전부였다. 그녀에게 신발 만드는 법을 가르쳐준, 진지하고 우수에 젖은 남자. 두 사람은 약속했다. 둘 중에 누구라도 도망칠 기회가 생기면 놓치지 말자고. 가능하면 둘이서, 여의치 않으면 혼자서라도. 그리고 절대 뒤돌아보지 말자고. 그는 기회를 잡았고, 그후로 아무런 소식도 없었기에 그녀는 그가 성공했다고 믿었다. 그런데 이제 그녀가 매매 증서에 적힌 이름을 사용한다면 그이가 어떻게 자신의 소식을 듣거나 찾아올 수 있겠는가?

그녀는 이 도시에 적응할 수가 없었다. 캐롤라이나보다 더 북적였고 백인들도 숨이 멎을 만큼 많았다. 어디에나 이층집이 널려 있었고, 보도에는 반듯하게 잘린 널빤지가 깔려 있었다. 도로는 가너 씨네 집만큼이나 넓었다.

"이곳은 물의 도시란다." 가너 씨가 말했다. "모든 게 물로 움직이고, 강으로 운반할 수 없는 건 운하를 통해 보내지. 도시의 여왕이야, 제니. 네가 꿈꿨던 모든 것들이 바로 여기에 있단다. 쇠화덕, 단추, 배, 셔츠, 머리빗, 페인트, 증기기관, 책. 하수도 시설을 보면 눈알이 튀어나올걸.

그래, 여기야말로 도시지. 도시에서 살아야 한다면, 바로 여기서 살아야지."

보드윈 남매가 사는 집은 주택과 나무가 빽빽이 들어선 거리 한복판에 있었다. 가너 씨는 마차에서 뛰어내리더니 단단한 쇠말뚝에 말을 붙잡아 맸다.

"다 왔다."

베이비는 보따리를 집어들고, 장시간의 마차 여행과 다친 고관절 때문에 몹시 힘겹게 마차에서 내렸다. 가너 씨는 성큼성큼 보도를 걸어올라가더니 그녀의 발이 미처 땅에 닿기도 전에 현관에 이르렀다. 그래도 뒷문으로 이어지는 길로 들어서기 전에 현관문을 열어주는 흑인 소녀의 얼굴은 엿볼 수 있었다. 기다린 지 꽤 오래된 것 같은 기분이 들었을 때, 비로소 아까 그 흑인 소녀가 부엌문을 열고 창가 자리를 권해주었다.

"먹을 걸 좀 드릴까요, 아주머니?" 흑인 소녀가 물었다.

"괜찮다, 얘야. 물이나 좀 마셨으면 좋겠다만." 흑인 소녀가 개수대로 가더니 펌프질을 해 물을 한 잔 가득 받았다. 그러고는 베이비 석스의 손에 컵을 건네주면서 말했다. "전 제이니예요."

베이비는 개수대를 보고 경탄하며 물을 한 방울도 남기지 않고 다 마셨다. 비록 쓰디쓴 약 같은 맛이 났지만. "석스란다." 그녀는 그렇게 말하면서 손등으로 입술을 닦았다. "베이비 석스."

"만나서 반가워요, 석스 부인. 이 집에서 지내실 건가요?"

"어디서 지낼지 나도 모르겠구나. 가너 씨, 그러니까 날 여기까지 데려온 분께서 거처를 마련해주겠다고 하셨어." 그러고는 한마디 덧붙였다. "그게, 난 자유의 몸이거든."

제이니가 싱긋 웃었다. "그렇군요, 아주머니."

"너희 가족은 이 근처에 사니?"

"예, 아주머니. 우리 가족 모두 블루스톤에 살아요."

"우리 가족은 뿔뿔이 흩어졌어. 하지만 머잖아 다시 모여 살게 될지도 몰라." 베이비 석스가 말했다.

오, 전능하신 하느님, 그녀는 생각했다. 대체 어디서부터 시작해야 합니까? 휘틀로 영감에게 편지를 써달라고 누군가에게 부탁하자. 누가 패티와 로자 리를 데려갔는지 알아보자. 던이라는 사람이 아델리아를 데리고 서부로 갔다는 소식은 들었다. 타이리나 존은 찾으려 애쓸 필요 없을 것이다. 헤어진 지 벌써 삼십 년이나 됐고, 그 아이들이 숨어 있는데 너무 애써 찾으면 아이들에게 좋은 일보다는 나쁜 일이 생길지 모른다. 낸시와 페이머스는 서배너로 떠나는 배가 버지니아 해안에서 출항을 하기도 전에 배에서 죽었다. 그녀가 아는 건 그 정도뿐이었다. 휘틀로네 관리인이 전해준 소식이었는데, 마음에서 우러나온 호의라기보다는 그녀를 마음대로 갖고 놀려는 수작에서였다. 선장이 화물을 가득 실으려고 항구에서 삼 주나 출발을 지체했다. 그놈이 말하길, 갇혀 있다가 견디지 못하고 죽은 노예 중에 둘이 휘틀로네 흑인 아이들인데, 이름은……

하지만 그녀는 그들의 이름을 알았다. 알고 있었기에 주먹으로 귀를 틀어막고 관리인의 입에서 흘러나오는 이름을 듣지 않았다.

제이니는 우유를 좀 데운 다음 옥수수빵 접시 옆에 놓인 사발에 부었다. 몇 번의 설득 끝에, 베이비 석스는 식탁으로 가서 앉았다. 그녀는 빵을 부스러뜨려 뜨거운 우유에 넣고는, 평생 이렇게 배가 고픈 적이 없었다는 사실을 새삼 깨달았다. 놀라울 정도였다.

"이 음식을 찾지 않으실까?"

"아니에요. 다 드셔도 돼요. 우리 거예요."

"이 집에 또 누가 사니?"

"저뿐이에요. 우드러프 씨가 정원 일을 하러 일주일에 두세 번 정도 오세요."

"그렇게 두 사람뿐이야?"

"네, 아주머니. 전 요리랑 빨래를 해요."

"어쩌면 너희 식구들이 일손이 필요한 사람을 알지도 모르겠구나."

"꼭 물어볼게요. 제가 알기로는 도살장에서 여자들을 쓴대요."

"무슨 일인데?"

"저도 몰라요."

"남자들이 싫어하는 일이겠지."

"제 사촌이 그러는데, 원하는 만큼 고기를 가져갈 수 있대요. 게다가 시간당 25센트도 받고요. 훈연 소시지를 만들거든요."

베이비 석스의 손이 머리 꼭대기로 올라갔다. 돈이라고? 돈? 날마다 돈을 준다고? 돈을?

"그 도살장 어디 있니?" 그녀가 물었다.

제이니가 미처 대답하기 전에 보드윈 남매가 부엌으로 들어왔고, 가너 씨가 싱글싱글 웃으며 뒤따라왔다. 누가 봐도 영락없는 남매인 두 사람은 회색 옷 차림이었고, 눈처럼 하얀 머리카락에 비해 얼굴은 무척 젊어 보였다.

"먹을 걸 좀 드렸니, 제이니?" 남매 중 오빠가 물었다.

"네, 주인님."

"앉아 있으렴, 제니." 여동생이 말했다. 좋은 소식이 이어졌다.

그들이 무슨 일을 할 줄 아느냐고 물었을 때, 그녀는 자기가 해온 수백 가지 일들을 줄줄 늘어놓는 대신 도살장에 대해 물었다. 그 일을 하기에는 나이가 많다고 그들은 대답했다.

"이렇게 솜씨 좋은 구두장이는 못 봤을 거요." 가너 씨가 말했다.

"구두장이라고요?" 여동생 보드윈이 짙은 검은색 눈썹을 치켜세우며 말했다. "그런 건 누가 가르쳐줬지?"

"어떤 노예가 가르쳐줬어요." 베이비 석스가 말했다.

"새 신발? 아니면 그냥 수선만 하나?"

"새것이든 헌것이든 뭐든요."

"글쎄, 그 일도 괜찮겠지만 그걸로는 부족한데." 오빠 보드윈이 말했다.

"빨래는 어떨까?" 여동생이 물었다.

"좋습니다, 마님."

"5백 그램에 2센트야."

"좋습니다, 마님. 그런데 어디서 하지요?"

"뭐라고?"

"방금 빨래를 하라고 하셨잖습니까? 어디서 하지요? 전 어디서 지내게 되나요?"

"아, 잘 들어봐, 제니." 가너 씨가 말했다. "이 두 천사분께서 널 위해 집을 마련해주셨어. 좀 떨어진 곳에 있는 이분들 집이래."

그 집은 이들 남매가 타운으로 이사 오기 전, 조부모가 소유했던 집이었다. 최근까지 한 무리의 흑인들이 세 들어 살다가, 주를 떠났다고 했다. 제니 혼자 쓰기에는 너무 큰 집(방이 위층에 두 개, 아래층에도 두 개)이지만 그 집이 최선이며, 그들이 구할 수 있는 집도 그곳뿐이었다고 남매는 말했다. 빨래와 삯바느질을 하고 통조림도 조금 만들면(아, 물론 구두도) 그 집에서 살게 해주겠다는 것이었다. 깨끗이만 쓴다면. 전에 살던 흑인들은 깨끗하지 않았다고 했다. 베이비 석스는 조건에 동의했다. 돈을 못 벌어 안타깝기는 했지만 계단이 있는 집이라는 데 마음이 들떴다. 그녀가 계단을 못 오른다는 건 전혀 중요하지 않았다. 가너 씨는 보드윈 남매에게 그녀가 뛰어난 구두장이일 뿐만 아니라 훌륭한 요리사라고 말하면서 자신의 배와 구두를 증거로 보여주었다. 모두 웃음을 터뜨렸다.

"필요한 게 있으면 뭐든지 말해." 여동생이 말했다. "우리는 노예제도를 지지하지 않아. 가너 씨 방식이라도."

"제니, 이분들께 말 좀 해줘. 우리 농장보다 더 좋은 곳에서 지내본 적 있어?"

"아뇨, 주인님. 없습니다." 그녀가 말했다.

"스위트홈에 얼마나 있었지?"

"십 년쯤요."

"배가 고팠던 적 있나?"

"아뇨, 주인님."

"추웠던 적은?"

"없습니다, 주인님."

"누가 건드린 적 있어?"

"아뇨, 주인님."

"핼리에게 네 몸값을 치르도록 허락했지, 안 그래?"

"맞습니다, 주인님. 그렇게 해주셨죠." 대답은 이렇게 했지만, 그녀는 생각했다. 하지만 당신은 내 아들을 가졌고 난 만신창이가 되었죠. 내가 하늘나라로 간 후에도, 당신은 내 몸값을 치러야 한다며 내 아들을 다른 데 빌려주겠죠.

우드러프가 집까지 태워줄 거라고 그들은 말했다. 그러고는 세 사람 모두 부엌문으로 나가버렸다.

"이제 저녁을 차려야겠어요." 제이니가 말했다.

"내가 도와줄게. 넌 키가 작아서 화덕에 손이 안 닿을 거야." 베이비 석스가 말했다.

우드러프가 말을 속보로 몰았을 때는 날이 이미 어두워져 있었다. 그는 수염이 덥수룩한 청년이었다. 턱에 화상 자국이 있었는데, 무성한 수염으로도 가려지지 않았다.

"젊은이는 여기서 태어났나?" 베이비 석스가 물었다.

"아니에요, 아주머니. 버지니아에서요. 이 년 전에 여기 왔어요."

"그렇군."

"아주 좋은 집으로 가시네요. 큰 집이죠. 목사님과 가족들이 살던 집이에요. 아이들이 열여덟 명이나 됐죠."

"어머나 세상에. 그 식구들은 어디로 갔나?"

"일리노이로 갔어요. 앨런 주교님이 그곳 교회를 맡기셨거든요. 큰 교회랍니다."

"이 근처에는 어떤 교회가 있나? 지난 십 년 동안 한 번도 교회에 가본 적이 없어."

"어쩌다가요?"

"교회가 없었거든. 지금까지 있었던 농장에 오기 전에 있던 집은 살기엔 무척 싫었지만, 그래도 어쨌든 일요일마다 교회에 갔었지. 아마 지금쯤은 주님도 내가 누군지 까먹으셨을 거야."

"그럼 파이크 목사님을 찾아가보세요, 아주머니. 다시 하느님을 만나게 해주실 거예요."

"그런 일로 목사님을 찾을 필요는 없다오. 혼자서도 만날 수 있으니까. 자식들을 다시 만나는 일에 필요하다면 모를까. 목사님께서는 물론 읽고 쓸 줄 아시겠지?"

"물론이죠."

"잘됐네. 여기저기 알아봐야 할 게 많아서." 하지만 그들이 알아낸 소식들이 너무 한심해서 그녀는 단념해버렸다. 이 년 동안 목사가 써준 편지를 보낸 끝에, 이 년 동안 빨래를 하고 바느질을 하고 통조림을 만들고 구두를 만들고 정원을 가꾸고 교회에 출석한 끝에 그녀가 알아낸 소식이라고는 휘틀로 농장이 사라졌다는 사실과, 서부로 갔다는 정보만으로는 '던이라는 사람'에게 편지를 쓸 수 없다는 사실뿐이었다. 하지만 핼리가 결혼을 했고 곧 아기가 태어난다는 좋은 소식도 있었다. 베이비 석스는 그쯤에서 만족하고 이제부터 자기만의 설교를 하기로 결정했다. 오하이오 강을 건너는 순간부터 고동치기 시작한 심장으로 뭘 할지 결심한 것이다. 그것은 효과가 있었고, 아주 잘 굴러갔다. 그녀가 며느리와 핼리의 자식들—그중 하나는 도망길에 태어났다—의 모습에 도취되어 오만해진 나머지 크리스마스도 무색할 만큼 성대한 검은딸기 잔치를 베풀기 전까지는. 이제 그녀는 불만의 냄새를 맡으며 정원에 서서, 서서히 다가오는 검은 그림자를 느끼고 목이 높은 구두들을 보고 있었다. 구두들의 생김새는 도무지 마음에 들지 않았다. 도무지.

말을 타고 네 사람—학교 선생, 조카 한 명, 노예 사냥꾼과 보안관—이 왔을 때, 블루스톤 로드의 집이 어찌나 조용했던지 그들은 너무 늦었나보다 생각했다. 세 명은 말에서 내리고, 한 명은 소총을 든 채 안장에 앉아 집 좌우로 시선을 겨누었다. 도망노예가 그쪽으로 돌진할 가능성이 컸기 때문이었다. 물론 단정할 수는 없는 일이었다. 간혹 어딘가에서 단단히 웅크린 녀석들을 발견할 때도 있었다. 마루 밑이라든가 식기실 따위에서. 한번은 굴뚝에서도 찾았다. 그런 순간에도 조심해야 했다. 얌전한 놈들, 벽장이나 건초 더미 혹은 언젠가처럼 굴뚝에서 끌어낸 놈들은 처음 이삼 초 동안은 순순히 따라온다. 이른바 현행범으로 붙잡히면, 녀석들은 백인을 속이려는 일이 얼마나 무익한지, 소총을 피해 달아나려는 일이 얼마나 가망 없는지 깨달은 듯이 보인다. 녀석들은 마치 잼 단지에 손을 넣었다가 들킨 어린아이처럼 씩 웃기까지 한다. 그리고 묶으려고 밧줄을 내밀 때, 그때도 절대 장담할 수 없다. 고개를 떨구고 작은 잼 단지 미소를 지었던 그 검둥이가 별안간 황소나 뭐 그런 짐승처럼 포효하며 도저히 믿기 힘든 짓을 저지를 수도 있기 때문이다. 자기 입에 처박힌 소총을 움켜쥔다든가 총을 든 사람에게 덤벼든다든가, 무슨 짓을 할지 몰랐다. 그래서 항상 한발 뒤로 물러나 다른 사람을 시켜 묶어야 한다. 그러지 않으면, 산 채로 잡아와야 돈을 받을 수 있는 놈을 죽여버려야 하는 일이 벌어진다. 뱀이나 곰과는 달리 죽은 검둥이는 가죽을 벗겨 팔 수도 없고 고기로 무게를 달아봐야 한 푼 가치도 없다.

검둥이 예닐곱 명이 길을 따라 그 집 쪽으로 오고 있었다. 노예 사냥꾼의 왼편으로는 남자아이 두 명이, 오른편으로는 여자들이 걸어왔다. 그가 소총으로 멈추라는 신호를 보내자, 그들은 그 자리에 섰다. 조카가 집안을 엿보고 돌아왔다. 그러고는 조용히 하라고 손가락을 입술에 갖다댄 뒤, 엄지손가락으로 그들이 쫓는 것들이 집 뒤에 있다고 전했다. 노예 사냥꾼은 말에서 내려 다른 사람들과 합류했다. 학교 선생과 조카는 집 왼편으로, 사냥꾼과 보안관은 오른편으로 움직였다. 정신 나간 늙은 검둥이 하나가 도끼를 들고 장작더미 사이에 서 있었다. 척 보자마자 정신이 나갔다는 걸 알 수 있었는데, 나지막하게 고양이 같은 소리를 내며 끙끙거리고 있었기 때문이다. 그 검둥이의 10미터쯤 뒤편에 모자에 꽃을 꽂은 또다른 검둥이 여편네가 있었다. 그 역시 제정신이 아닌 듯했다. 역시 꼼짝 않고 서서 마치 길 앞에 드리운 거미줄을 걷어내려는 듯 두 손을 휘젓고 있었기 때문이다. 하지만 둘 다 같은 곳을 응시하고 있었다. 헛간이었다. 조카가 늙은 검둥이에게 다가가 도끼를 빼앗았다. 그러고는 네 사람 모두 헛간 쪽으로 다가가기 시작했다.

그 안에는, 검둥이 여자 발치에서 톱밥과 흙먼지를 뒤집어쓴 사내애 둘이 피를 흘리고 있었다. 여자는 한 손으로는 피투성이가 된 또다른 아이를 가슴에 끌어안고 다른 손으로는 갓난아이의 발뒤꿈치를 붙잡고 있었다. 여자는 그들을 쳐다보지도 않았다. 그저 팔을 빙빙 돌려 갓난아이를 널빤지 벽에 던지려다가 실패하자 다시 제대로 맞히려 할 뿐이었다. 그때—백인 남자들이 눈앞에 펼쳐진 광경을 멍하니 바라보던 그 찰나에—늙은 검둥이가 여전히 고양이 소리를 내며 그들 뒤에서 헛간 안으로 뛰어들었다. 그러고는 호를 그리며 돌리는 엄마의 손에서 아기를 낚아챘다.

이제 되찾을 게 하나도 없다는 사실이 명백해졌다. 특히 학교 선생에게는. 멀쩡히 살아 있기를 바랐던, 그래서 켄터키로 데려가 스위트홈에 절실히 필요한 일을 시킬 때까지 제대로 키울 수 있기를 바랐던 애새끼 셋(계집이 도망치는 도중에 하나를 더 낳았으니까 이제는 넷이었다)은 이제 없었다. 둘은 눈을 부릅뜨고 톱밥 속에 쓰러져 있었고, 또하나는 이번 사냥의 표적인 검둥이의 옷에 피를 펌프처럼 쏟고 있었다. 그 여자 노예는 학교 선생이 잉크도 잘 만들고, 수프 끓이는 솜씨도 기가 막히고, 옷깃도 마음에 꼭 들게 다릴 뿐만 아니라 최소한 십 년은 더 새끼를 칠 수 있다고 입에 거품을 물고 자랑한 계집이었다. 하지만 이제 미쳐버렸다. 서툴게도 조카 녀석이 매질을 너무 심하게 해서 달아나게 하는 바람에. 학교 선생은 그 조카를 호되게 꾸짖었다. 생각 좀 하라고, 제발 생각 좀. 훈련시키는 수준을 넘을 만큼 매질을 해버리면 네 말馬이 어떻게 하겠느냐고. 치퍼나 삼손, 이런 사냥개들을 지나치게 매질하면 어떻게 되겠느냐고. 그러면 숲속에서든 어디서든 두 번 다시 믿을 수 없게 된다고. 손으로 토끼고기 한 점을 먹이다가 돌변한 녀석에게 손을 물어뜯길 수도 있다고. 그래서 학교 선생은 그 조카에게 이번 사냥에 따라오지 못하는 벌을 내렸다. 농장에 머물면서 가축들을 먹이고 혼자 음식을 해 먹고 릴리언을 수발하고 곡식도 돌보라고. 이 꼴을 보면 녀석이 참 좋아하겠군. 하느님이 우리에게 책임을 넘겨주신 짐승들을 지나치게 매질하면 어떤 꼴을 당하는지, 얼마나 골치 아프고 손실이 큰지 보란 말이다. 결국 몽땅 잃었다. 다섯 놈 모두. 저 야옹거리는 영감태기의 품에서 발버둥치는 갓난아이는 데려갈 수 있겠지만, 대체 누가 키운단 말인가? 저 계집은 뭔가 단단히 잘못돼버렸으니. 이제 계집은 그를 바라보고 있었다. 조카놈이 저 표정을 본다면, 틀림없이 교훈을 얻을 텐데. 짐승을 학대하면 성공을 기대할 수 없다는 교훈을.

형이 그녀를 찍어누르는 동안 그녀의 젖을 빨았던 또다른 조카는 자기가 덜덜 떨고 있다는 것조차 몰랐다. 삼촌이 그런 혼란스러운 순간을 조심하라고 미리 경고했지만, 제대로 받아들이지 못한 모양이었다. 저 여자는 어째서 저런 짓을 하지? 매질을 당했다고? 빌어먹을, 백인인 자기도 백만 번 넘게 매질을 당했다. 한번은 매질을 당하고는 너무 아프고 화가 나서 우물 두레박을 박살낸 적도 있었다. 또 한번은 삼촌에게 화풀이를 했다. 그래봤자 돌멩이 몇 개 던진 게 전부였지만. 하지만 매질을 당했다고 저렇게까지 된 적은…… 아무리 그래도 저런 짓을 할 수는…… 대체 저 여자는 어째서 저런 짓을 하죠? 이것은 조카가 보안관에게 한 질문이었다. 보안관도 다른 사람들처럼 얼이 빠져 멍하니 서 있었지만, 떨지는 않았다. 그는 마른침을 삼키고 또 삼켰다. "대체 저 여자는 어쩌자고 저런 짓을 하죠?"

보안관이 돌아서서 나머지 세 사람에게 말했다. "모두 그만 돌아가는 게 좋겠소. 당신들 볼일은 끝난 것 같군. 이제는 내 볼일만 남았소."

학교 선생은 모자로 허벅지를 내려치더니 침을 뱉고는 장작 헛간을 떠났다. 조카와 사냥꾼도 뒤따라나갔다. 그들은 모자에 꽃을 꽂고 후추밭에 서 있는 여자는 거들떠보지도 않았다. 사냥꾼이 소총으로 경고하는데도 점점 가까이 몰려드는 예닐곱 명의 얼굴도 보지 않았다. 검둥이의 눈이라면 이제 넌더리가 났다. 톱밥 속 꼬마 검둥이의 부릅뜬 눈. 머리통이 떨어져나가지 않게 얼굴을 받친 피에 젖은 손가락들 사이로 빤히 쳐다보던 검둥이 계집아이의 눈. 흰자위만 보이는 눈을 발치로 내리깐 늙은 검둥이의 품에서 울어대던 검둥이 애새끼의 찡그린 눈. 그중에서도 가장 몸서리났던 건 아예 눈알이 없는 사람처럼 바라보던 검둥이 여자의 눈이었다. 흰자위는 완전히 사라졌고 여자의 피부처럼 새카만 구멍만 뻥 뚫려 있어 꼭 장님 같았다.

그들은 학교 선생의 말에서 노새를 풀어 울타리에 매어놓았다. 도망친 여자 노예를 원래 자리로 데려가려고 빌린 노새였다. 이윽고 그들은 머리 위로 똑바로 쏟아지는 햇살을 받으며 황급히 말을 몰아 떠나갔다. 난생처음 보는 지독한 검둥이 무리 속에 보안관만 혼자 남겨두고. 자기들이 좋아하는 식인 생활로 돌아가지 못하게 매 순간 주의와 지도가 필요한 인종에게 이른바 자유라는 걸 주면 어떤 결과가 나오는지 보여주는 확실한 증거가 아닐 수 없었다.

보안관도 그만 여기서 물러나고 싶었다. 장작이나 석탄, 등유 등 오하이오의 혹독한 겨울을 나기 위한 연료를 저장하는 그곳에서 나가 햇살 아래 서고 싶었다. 이제 그는 오하이오의 겨울을 생각하며 8월의 햇살 속으로 도망치고 싶은 충동을 애써 억눌렀다. 두려워서가 아니었다. 절대 아니었다. 그저 추울 뿐이었다. 그리고 아무것도 손대고 싶지 않았다. 영감의 품에 안긴 아기는 악을 쓰며 울고, 흰자위가 없는 여자의 눈은 똑바로 앞만 응시하고 있었다. 어쩌면 그들 모두 그렇게, 얼어붙은 사람들처럼 꼼짝 않고 목요일까지 있었을지도 모른다. 바닥에 쓰러진 남자아이들 중 하나가 한숨을 쉬지 않았더라면. 아이는 깊고 달콤한 잠에 빠져 있는 듯이 한숨을 쉬었고, 그 소리에 보안관은 행동을 취했다.

"너를 체포해야겠다. 이제 더는 문제 일으키면 안 돼. 할 만큼 했어. 그만 가자."

그녀는 꼼짝하지 않았다.

"조용히 가자, 내 말 들리지? 그럼 널 묶지는 않을 거야."

그녀는 끝내 움직이지 않았고, 결국 보안관은 가까이 다가가서 어떻게든 피에 젖은 여자의 손을 묶어야겠다고 마음먹었다. 그때 등뒤 문간에 그림자가 나타나 보안관은 뒤를 돌아보았다. 모자에 꽃을 꽂은 검둥이가 헛간으로 들어왔다.

베이비 석스는 누가 숨을 쉬고 누가 쉬지 않는지 알아채고는 곧장 흙바닥에 쓰러져 있는 손자들에게 갔다. 영감은 멍하니 앞을 보고 있는 여자에게 가서 말했다. "세서, 내 품에 안긴 걸 가져가고 당신이 안고 있는 걸 나한테 줘요."

그녀가 그를 돌아보았다. 그러고는 영감이 안은 갓난아이를 보더니, 빵에 소금을 넣지 않았다거나 하는 실수를 저지른 사람처럼 목구멍으로 나지막한 소리를 냈다.

"그럼 난 나가서 마차를 불러오겠소." 보안관은 이렇게 말하고 마침내 햇빛 속으로 들어갔다.

하지만 스탬프 페이드도 베이비 석스도 세서가 품에서 '벌써 기나?'를 내려놓게 하지 못했다. 헛간에서 나와 집으로 돌아갈 때까지 줄곧 안고 있었다. 베이비 석스는 사내아이들을 안으로 데리고 들어가, 머리를 씻기고 손을 문지르고 눈꺼풀을 뒤집어보면서 연방 "내가 잘못했다, 내가 잘못했어"라고 속삭였다. 그녀는 손자들의 상처를 붕대로 싸매고 장뇌 냄새를 맡게 하고 나서야 비로소 세서에게로 관심을 돌렸다. 그녀는 스탬프 페이드에게서 우는 아기를 받아 꽉 찬 이 분 동안 어깨에 올려놓고 있다가, 아기 엄마 앞에 가서 섰다.

"막내한테 젖 줄 때가 됐구나." 그녀가 말했다.

세서는 아기를 받으려고 손을 뻗으면서도 죽은 아기를 놓지 않았다.

베이비 석스가 고개를 저었다. "한 번에 하나만 안아야지." 그녀는 그렇게 달래며 살아 있는 아기와 죽은 아기를 바꾸었다. 그리고 죽은 아기를 곁방으로 데려갔다. 그녀가 돌아왔을 때, 세서는 피 묻은 젖꼭지를 아기의 입에 물리려 애를 쓰고 있었다. 베이비 석스는 주먹으로 식탁을 쾅 내려치며 고함을 질렀다. "씻어야지! 네 몸부터 씻어야지!"

두 사람은 싸움을 벌였다. 사랑하는 이의 마음을 두고 경쟁하는 연적처럼 맞붙어 싸웠다. 서로 젖을 빨고 있는 아이를 차지하려고 싸웠다. 결국 피웅덩이를 밟고 미끄러져 넘어지는 바람에 베이비 석스가 졌다. 그래서 덴버는 언니의 피를 먹어가며 엄마의 젖을 빨았다. 그들이 그러고 있을 때, 보안관이 이웃의 수레를 징발하여 스탬프에게 몰라고 지시하고 돌아왔다.

밖에서는 이제, 몰려든 검은 얼굴들이 수군거림을 뚝 그쳤다. 살아 있는 아기를 품에 안은 채, 세서는 말없는 사람들 앞을 말없이 지나갔다. 그녀가 수레에 올라타자 상쾌하고 푸른 하늘을 배경으로 그녀의 옆얼굴이 칼날처럼 또렷하게 드러났다. 그 또렷한 옆얼굴에 사람들은 충격을 받았다. 고개를 너무 높이 치켜들었나? 허리를 너무 꼿꼿이 세웠나? 아마 그랬으리라. 아니었다면 그녀가 블루스톤 로드에 있는 그 집 문간에 모습을 드러내자마자 노래가 울려퍼졌을 테니까. 가는 길 내내 그녀를 부축해주고 붙잡아줄 팔처럼, 노래의 망토가 그녀를 재빨리 감쌌을 테니까. 그러나 사람들은 수레가 방향을 돌려 서쪽 시내를 향할 때까지 기다렸다. 그뒤로도 노랫말은 나오지 않았다. 흥얼거리는 콧노래뿐. 노랫말은 없었다.

베이비 석스는 현관 계단을 뛰어내려가 울부짖으며 수레를 따라갈 작정이었다. 안 돼요, 안 돼. 마지막 남은 자식까지 데려가게 하지 마요. 정말 그럴 작정이었다. 막 움직이기 시작했지만, 마루에서 일어나 마당으로 내려갔을 때는 이미 수레가 떠난 뒤였고 마차 한 대가 당도했다. 빨강머리 소년과 노랑머리 소녀가 마차에서 뛰어내리더니 사람들을 헤치고 그녀에게 달려왔다. 소년은 한 손에는 반쯤 먹다 남은 피망을, 다른 한 손에는 구두 한 켤레를 들고 있었다.

"엄마가 수요일까지래." 소년은 구두 혀를 맞잡아 두 짝을 한 손에 들고 있었다. "엄마가 수요일까지 고쳐놓으라고 했어."

베이비 석스는 소년을 바라보았다. 그다음에는 근육을 씰룩거리는 선두 말을 길가에 붙들고 선 여자를 보았다.

"엄마가 수요일까지래. 내 말 들었어? 베이비? 베이비?"

그녀는 소년에게서 구두—진흙이 잔뜩 묻은 목이 높은 구두—를 받아들고 말했다. "잘못했습니다. 주님, 제가 잘못했어요. 정말 잘못했습니다."

보이지 않는 곳에서 수레가 삐거덕거리며 블루스톤 로드를 내려갔다. 수레에 탄 사람들은 아무 말도 없었다. 수레가 흔들리자 아기는 잠이 들었다. 뜨거운 태양에 세서의 드레스가 굳은 송장처럼, 뻣뻣하게, 말랐다.

그 사람 입매가 아닌데요.

그녀를 잘 모르는 사람이라면, 혹은 식당 구멍을 통해 힐끗 한 번 봤을 뿐인 사람이라면 그녀라고 생각할지 모르지만, 폴 디는 그녀를 더 잘 알았다. 글쎄, 이마 언저리의 어떤 인상, 고요함이랄까, 그건 그녀를 떠올리게 하는 데가 있었다. 그렇지만 그 입은 그녀의 입매라고 볼 수 없었기에 그는 그렇게 말했다. 자기를 조심스레 지켜보고 있는 스탬프 페이드 영감에게.

"모르겠습니다. 제가 보기에는 전혀 안 닮았어요. 세서의 입매를 잘 아는데, 이건 아니에요." 그는 신문에서 오린 기사 쪼가리를 손가락으로 잘 펴서 들여다보았고, 전혀 동요하지 않았다. 종이를 펼치는 스탬프의 침통한 태도라든가, 종이를 먼저 자기 무릎에 그다음에는 말뚝의 갈라진 꼭대기에 올려놓고는 구겨진 부분이 판판하게 펴지도록 쓰다듬는 조심스러운 손놀림을 보고, 폴 디는 그게 자기를 엉망으로 만들어놓으리란 걸 알았다. 거기 적힌 내용이 뭐든 그를 뒤흔들어놓으리란 걸.

활송滑送 장치 속에서 돼지들이 꽥꽥 울고 있었다. 폴 디와 스탬프 페이드 그리고 스무 명의 일꾼들은 온종일 돼지를 밀고 찔러 운하에서 물가로, 도랑으로, 도살장으로 몰았다. 곡물을 재배하는 농부들이 서쪽으로 옮겨갔듯 비록 이제 세인트루이스와 시카고가 도축업을 상당 부분 잠식했지만, 오하이오 사람들의 머릿속에서 신시내티는 여전히 돼지 항구였다. 주된 일은 북부 사람들이 죽고 못 사는 돼지를 받아 도살한 뒤 배에 실어 강을 따라 상류로 보내는 것이었다. 겨울 한 달 정도는 뜨내기라도 일자리를 구할 수 있었다. 코를 찌르는 돼지 내장의 악취를 참을 수 있고 열두 시간 동안 계속 서 있을 수만 있다면. 폴 디는 이런 일에 이골이 나 있었다.

손 닿는 곳은 구석구석 다 씻었는데도 돼지 똥이 장화에 약간 남았다. 입술을 비쭉거리며 경멸 어린 미소를 살짝 짓고 서 있던 폴 디는 냄새를 맡고 그 사실을 알았다. 대개는 집으로 가기 전에 헛간에 장화를 벗어두고, 구석에서 평상복으로 갈아입으면서 신발도 갈아신었다. 가는 길에 하늘만큼이나 오래된 공동묘지 한가운데를 지나야 했는데, 그곳에는 자기 육신을 덮은 봉분 속에서 더이상 편안히 쉴 수 없게 된 죽은 마이애미 인디언들의 불안한 기운이 가득차 있었다. 그들의 머리 위로 낯선 종족들이 걸어다녔고, 그들이 베고 누운 땅 사이로 도로가 뚫렸다. 또한 우물과 집이 영원한 휴식에서 그들을 조금씩 밀어냈다. 그들은 안식을 방해받았다는 사실보다 땅은 신성하다고 믿었던 자신들의 어리석음에 더욱 화가 나 리킹 강 강둑에서 으르렁거렸고, 캐서린 스트리트 나무 사이에서 한숨지었으며, 돼지 도축장 위를 바람을 타고 달렸다. 폴 디는 그들의 아우성을 들으면서도 그곳을 떠나지 않았는데, 이러니저러니 해도 나쁘지 않은 일자리였고 특히 신시내티가 도축과 하천 운송의 중심지라는 지위를 되찾는 겨울에는 더욱 괜찮았기 때문이었다. 돼지고기를 향한 열망은 이 나라의 모든 도시에서 거의 광적으로 커져갔다. 양돈 농가들은 돼지를 여러 마리 키워서 더 먼 곳으로 팔기만 하면 돈을 긁어모았다. 남부 오하이오에 홍수처럼 밀려든 독일인들은 돼지고기 요리를 최고 수준으로 발전시켰다. 오하이오 강은 돼지 수송선으로 붐볐고, 강가에서는 꽥꽥거리는 돼지 울음소리 사이로 선장들이 서로에게 고함지르는 소리가 머리 위로 날아가는 오리 울음소리만큼이나 흔하게 들렸다. 양, 소, 닭 등도 이 강을 따라 상하류로 운반되었다. 검둥이는 그저 여기로 찾아오기만 하면 그만이었고, 언제나 일거리가 있었다. 찌르기, 죽이기, 자르기, 껍질 벗기기, 포장하기, 내장 손질하기 등등.

울부짖는 돼지들로부터 백 미터쯤 떨어져서, 두 남자가 웨스턴로 로드의 헛간 뒤에 서 있었다. 지난 일주일 동안 왜 스탬프가 작업을 하는 폴 디를 눈여겨보았는지, 어째서 저녁 교대 시간이 다가오면 일을 멈추고 폴 디의 작업 속도에 보조를 맞추었는지 그 이유가 밝혀졌다. 스탬프는 그에게 이 종이 쪼가리—신문 기사—를 보여주기로 결심했던 것이다. 입매만 빼면 세서를 꼭 닮은 여자의 그림이 실린 기사를. 하지만 입매가 전혀 달랐다.

폴 디는 스탬프의 손바닥 밑에서 그 신문 기사를 빼냈다. 기사는 아무 의미가 없었기 때문에 아예 눈길도 주지 않았다. 단지 그 얼굴만 보고는 아니라고 고개를 저었다. 아니에요. 입을 보세요. 시커먼 글자가 뭐라고 하든, 스탬프 페이드가 그에게 알리고 싶은 사실이 무엇이든, 아니었다. 누구든 듣고 싶어하는 이야기로 신문에 흑인 얼굴이 실리는 일은 절대로 없으니까. 신문에서 흑인 얼굴을 보는 순간, 날카로운 두려움이 심실 사이를 파고든다. 건강한 아기를 낳았다거나 거리의 폭도를 따돌렸다고 흑인의 얼굴이 신문에 실리는 법은 없기 때문이다. 살해를 당했거나 사지가 잘렸거나 붙잡혔거나 불탔거나 감옥에 갔거나 채찍질을 당했거나 쫓겨났거나 짓밟혔거나 강간을 당했거나 사기를 당했어도 마찬가지였다. 그런 일들은 기삿거리가 될 가치가 없었으니까. 뭔가 특이한 일이어야만 했다. 백인들이 흥미를 가질 만한 정말 색다른 일, 헉할 정도는 아니더라도 잠깐 동안 혀를 쯧쯧 찰 만한 사건이어야 했다. 특히 신시내티의 백인 시민들이 입을 딱 벌릴 만한 흑인 관련 기사를 찾기란 분명 어려운 일일 것이다.

그러면 입매는 전혀 다르지만 눈매는 세서처럼 차분한 이 여자는 대체 누구란 말인가? 그녀는 그의 마음에 꼭 드는 자태로 고개를 돌리고 있어서, 그저 바라만 봐도 눈물이 고였다.

그래서 폴 디는 그렇게 말했다. "이건 그 사람 입매가 아닌데요. 그 사람 입을 잘 아는데, 이건 아니에요." 스탬프 페이드가 뭐라 말을 꺼내기도 전에 폴 디는 이렇게 말했고, 심지어 그가 말하는 중에도 거듭 말했다. 아니, 영감이 하는 말을 나도 다 들었어요. 그렇지만 들으면 들을수록 그림 속의 이 입술이 더 낯설게 보일 뿐이에요.

스탬프는 그 잔치, 베이비 석스가 베풀었던 잔치로부터 이야기를 시작했다가 그만두고, 좀더 거슬러올라가 검은딸기, 그게 어디서 자라고, 그렇게 자라게 한 땅이 어땠는지부터 이야기했다.

"그것들은 태양에 훤히 드러나 있었지만, 새들은 얼씬도 못했다오. 그 땅에 뱀이 산다는 걸 새들도 알았기 때문이지. 그래서 나 말고는 어느 누구의 방해도 받지 않고 그저 통통하고 달콤하게 자라났다오. 나 말고는 강가의 그곳까지 아무도 가지 않았고, 강둑을 선뜻 미끄러져내려갈 만한 다리를 가진 사람도 없었으니까. 사실 나도 마찬가지였지. 하지만 그날은 기꺼이 가고 싶었소. 뭣 때문인지 몰라도 그러고 싶었다오. 검은딸기 가지들이 채찍처럼 날 휘갈겼어. 날 갈기갈기 찢어놓았다오. 그렇지만 난 기어이 양동이 두 개를 가득 채워서 베이비 석스의 집으로 가져갔소. 그때부터였지. 아마 자네는 그런 음식은 구경도 못해봤을걸. 우리는 하느님이 이 땅에 내려주신 모든 걸 굽거나 튀기거나 스튜에 넣고 끓였지. 사람들이 다 왔소. 다들 잔뜩 배를 채웠지. 어찌나 음식을 많이 했던지 다음날 쓸 불쏘시개 하나 남아나지 않았다오. 그래서 내가 그 일을 해주겠다고 나섰고. 다음날 아침, 난 약속한 대로 그 집에 가서 장작을 패고 있었소."

"하지만 이건 그녀의 입매가 아니에요. 전혀 다르단 말입니다." 폴 디가 말했다.

스탬프 페이드가 그를 바라보았다. 그는 그날 아침에 베이비 석스가 얼마나 안절부절못했는지, 얼마나 주변 소리에 귀를 기울였는지, 어찌나 자주 옥수수밭 너머 냇물 쪽을 내려다보았는지 자기도 자꾸 따라보았다고 그에게 이야기해주려고 했다. 도끼를 휘두르는 사이사이, 그는 베이비 석스가 내려다보는 쪽을 함께 살펴보았다. 그래서 두 사람 모두 그걸 놓치고 말았던 것이다. 그들이 엉뚱한 방향—냇물 쪽—을 바라보는 동안 그것은 길을 따라 다가오고 있었다. 넷이었다. 말을 타고 한 무리처럼 딱 붙어서, 스스로 정의롭다는 듯. 스탬프는 그에게 그 이야기를 해주려고 했다. 그가 생각하기에는 왜 베이비 석스와 자기가 그걸 보지 못하고 놓쳤는지가 중요했기 때문이다. 잔치에 대해서도 말해주려고 했다. 그래야 어째서 아무도 먼저 달려와주지 않았는지, 타운에서 말 네 마리가 물을 마시고 말에서 내린 사람들이 탐문을 하는 걸 보고도 어째서 아무도 발 빠른 아들에게 들판을 가로질러 달려가라고 바로 시키지 않았는지 그 이유를 설명할 수 있기 때문이었다. 엘라도, 존도, 그 누구도 블루스톤 로드로 달려와 처음 보는 백인들이 '그 표정'을 하고 방금 타운에 들어왔다고 알려주지 않았다. 검둥이라면 누구나 엄마 젖꼭지를 빨 때부터 식별하는 법을 배우는 바로 그 정의감 넘치는 표정. 그 표정은 마치 높이 쳐든 깃발처럼, 회초리 다발, 매질, 주먹질, 거짓말 등을 공개적으로 행하기 훨씬 전부터 암암리에 전달하고 선포했다. 그런데도 아무도 그들에게 경고해주지 않았던 것이다. 스탬프는 사람들이 온종일 배 터지게 먹고 지친 탓에 무뎌진 것은 아니었다고 생각해왔다. 뭔가 다른 이유, 그러니까 야비한 심술 같은 것 때문에 옆으로 비켜서 있었거나, 관심을 기울이지 않았거나, 아니면 벌써 다른 누군가가 블루스톤 로드의 집에 소식을 전해줬을 거라고 스스로에게 핑계를 댔을 거라고 생각했다. 그 집에 예쁜 여자가 들어와 살기 시작한 지 거의 한 달이 다 되어갔다. 아이 넷을 능숙하게 잘도 키우는 젊은 여자. 심지어 자식 하나는 이곳에 도착하기 전날 혼자서 낳았고, 이제는 베이비 석스의 커다란 늙은 심장과 너그러움의 은혜를 듬뿍 받고 있었다. 어쩌면 사람들은 그저 베이비 석스가 그들은 받지 못한 어떤 축복을 받은, 정말 특별한 존재인지 알고 싶었는지도 모른다. 스탬프는 폴 디에게 그런 이야기를 해주려고 했다. 하지만 폴 디는 껄껄 웃으며 말할 뿐이었다. "아, 절대 아니에요. 이마 언저리가 좀 닮긴 했지만, 그 사람 입매가 아니에요."

그래서 스탬프 페이드는 그녀가 날아다니는 솔개처럼 새끼들을 낚아채서 내달렸다고, 얼굴은 부리처럼 쪼아대고 손은 발톱처럼 움켜쥐었다고, 하나는 어깨에 걸치고 하나는 겨드랑이에 끼고 하나는 손을 잡고 또하나는 소리질러 부르면서 닥치는 대로 자식들을 끌어모아 장작은 없고 햇살과 톱밥만 있는 헛간으로 뛰어들어갔다고 말해주지 못했다. 장작은 잔치를 하느라 다 써버리고 하나도 없었기에 그가 장작을 패주고 있었던 것이다. 그날 이른 아침 헛간에 가봐서 아는데, 아무것도 없었다. 햇빛 말고는 아무것도. 햇빛, 톱밥, 삽 하나. 도끼는 그가 들고 나왔다. 그러니 삽 말고 다른 건 없었다. 물론 톱은 있었다.

"제가 그 사람과 오래전부터 잘 아는 사이라는 걸 잊으셨군요." 폴 디가 말했다. "켄터키 시절부터 알았죠. 그 사람이 꼬마였을 때부터요. 그저 몇 달 알고 지낸 사이가 아니랍니다. 오래전부터 알았죠. 그러니 분명히 말할 수 있어요. 이건 그 사람 입매가 아니에요. 닮긴 했지만, 절대 아니에요."

그래서 스탬프 페이드는 아무 말도 하지 못했다. 대신, 숨을 한 번 들이마신 뒤, 그 여자 것이 아닌 입 쪽으로 고개를 숙이고는 폴 디가 읽지 못하는 글자들을 천천히 읽어주었다. 스탬프 페이드가 다 읽고 나자,

폴 디는 처음보다 더 활기찬 어조로 말했다. "미안합니다, 스탬프. 뭔가 착오가 있는 모양이네요. 이건 그 사람 입매가 아니라니까요."

스탬프는 폴 디의 눈을 들여다보았다. 그 눈에 담긴 다정한 확신을 보자, 십팔 년 전에 그런 일이 있기는 했는지 의심스러울 정도였다. 그와 베이비 석스가 엉뚱한 쪽을 보는 동안, 예쁜 여자 노예가 모자 하나를 알아보고, 장작 헛간으로 들어가 자기 새끼들을 죽이려 했던 일이.

"내가 여기 도착했을 때 그애는 벌써 기어다니고 있었어. 채 일주일도 안 됐는데, 내가 마차에 태워 보낼 때는 겨우 일어나 앉고 뒤집기를 하던 아기가 벌써 기어다니는 거야. 한동안 그애를 계단에서 떼어놓느라 죽을 고생을 했지. 요즘이야 태어나자마자 일어나서 걸어다니지만, 내가 아직 젊었던 이십 년 전만 해도 아기들이 더디게 컸어. 하워드는 구 개월이 될 때까지 제 머리도 못 가눴다니까. 베이비 석스는 그게 다 음식 때문이라고 하셨어. 젖밖에 못 먹으면 그렇게 빨리 클 수가 없다고. 그런데 내가 가진 거라고는 젖밖에 없었어. 이가 나야 씹을 때가 되는 거라고 생각했지. 물어볼 사람이 아무도 없었거든. 가너 부인은 애를 낳아본 적이 없는데, 농장에 여자라고는 우리 둘뿐이었으니까."

그녀는 빙글빙글 돌고 있었다. 방안을 맴돌고 또 맴돌았다. 잼 찬장을 지나 창문을 지나 현관문을 지나 또다른 창문, 식기장, 곁방 문, 수도가 연결되지 않은 개수대, 화덕을 지나, 다시 잼 찬장 앞으로 돌아왔다. 폴 디는 식탁에 앉아서, 느리지만 꾸준히 도는 바퀴처럼 빙글빙글 돌면서 눈앞에 나타났다가 등뒤로 사라지길 반복하는 세서를 지켜보았다. 그녀는 가끔 뒷짐을 졌다. 가끔은 귀를 만지거나 입을 가리거나 가슴 앞으로 팔짱을 끼기도 했다. 또 이따금 몸을 돌리며 엉덩이를 문지르기도 했지만, 바퀴는 결코 멈추지 않았다.

"필리스 아주머니 기억나? 미노빌에서 오던 분, 내가 아기를 낳을 때마다 가너 씨는 당신들 중 하나를 보내서 그분을 불러왔지. 오직 그때만 볼 수 있었어. 얼마나 여러 번 그분을 찾아가보고 싶었는지 몰라. 얘기 좀 나누려고 말이야. 그래서 가너 부인이 기도회에 갈 때 미노빌에 내려달라고 부탁할 작정도 해봤지. 돌아오는 길에 다시 날 태워올 수 있으니까. 아마 부탁했으면 가너 부인은 들어줬을 거야. 하지만 한 번도 그러지 못했어. 핼리와 내가 대낮에 서로를 마주볼 수 있는 건 그날뿐이었으니까. 그래서 얘기할 사람이 아무도 없었지. 그러니까, 아기가 언제쯤 작은 음식 조각을 씹을 수 있고 언제쯤 줘야 하는지, 단단한 걸 먹여야 이가 나오는지 아니면 이가 나올 때까지 기다렸다가 먹여야 하는지 아는 사람이 말이야. 그래, 지금은 알지. 베이비 석스가 제대로 먹였으니까. 딱 일주일 후 내가 도착했을 때 그애는 벌써 기어다니고 있었어. 막을 수도 없었어. 어찌나 저 계단을 좋아하던지, 꼭대기까지 잘 보고 올라가라고 칠까지 해줬어."

세서는 그 일을 떠올리며 미소를 지었다. 곧 미소는 둘로 갈라졌고 갑자기 헉하고 숨을 들이마셨다. 하지만 세서는 몸서리를 치지도, 눈을 감지도 않았다. 바퀴처럼 돌 뿐이었다.

"좀더 잘 알았더라면 좋았을걸 싶지만 이미 말했듯이 물어볼 사람이 아무도 없었어. 그러니까 여자 말이야. 그래서 난 스위트홈에 오기 전에 있었던 곳에서 본 것들을 떠올리려고 애를 썼지. 거기 여자들이 어떻게 했는지 말이야. 그 여자들은 모르는 게 없었어. 나무에 아기들을 걸어놓을 때 쓰는 물건을 만드는 방법도. 그래서 밭에서 일하는 동안 아기가 해를 입지 않도록 할 수 있었지. 아기들한테 씹으라고 주는 나뭇잎도 있었어. 아마 박하나 사사프라스였을 거야. 컴프리였는지도 모르고. 지금도 나는 그 여자들이 그 바구니 같은 물건을 어떻게 만들었는지 모르겠어. 어차피 나는 필요가 없었지. 축사나 집안에서만 일을 했으니까. 하지만 그 잎이 뭐였는지는 알았었는데 잊었어. 써먹을 수도 있었을 텐데. 우리가 다 같이 돼지고기를 훈제해야 할 때는 뷰글러를 묶어두었지. 사방에 불을 피워놓았는데 그애는 아무거나 건드렸거든. 얼마나 여러 번 그애를 잃을 뻔했는지 몰라. 한번은 우물 위에 올라선 적도 있다니까. 내가 쏜살같이 달려가서 제때 낚아챘지. 그래서 돼지기름을 정제하거나 고기 훈제를 하느라 그애를 돌볼 수 없을 것 같을 때는 밧줄을 가져다가 애 발목에 묶었어. 주변을 돌아다니며 놀 수는 있어도 우물이나 불 가까이는 가지 못할 정도의 길이였지. 물론 그 모습이 마음에 들지는 않았지만, 달리 어떻게 해야 할지 몰랐거든. 참 힘들었어. 내 말 무슨 뜻인지 알겠어? 도와줄 여자 하나 없이 혼자서 아이를 키우는 일 말이야. 핼리는 좋은 남편이었지만 빚을 갚느라 사방을 돌아다니며 일을 해야 했어. 그러다가 겨우 눈을 좀 붙이려고 누운 남편을 그런 일로 귀찮게 하고 싶지 않았지. 그나마 식소가 가장 큰 도움이 됐어. 아마 당신은 기억 안 나겠지만, 한번은 하워드가 착유장에 들어갔다가 레드코라한테 손을 짓밟혔던 것 같아. 엄지손가락이 뒤로 꺾여 있더라고. 내가 갔을 때, 그 젖소는 아기를 물기 직전이었지. 지금까지도 어떻게 그애를 구해냈는지 모르겠어. 식소가 아이의 비명을 듣고 달려왔어. 그러더니 어떻게 했는지 알아? 엄지손가락을 똑바로 돌리고는 손바닥 위로 걸쳐서 새끼손가락에 묶어버린 거야. 세상에, 나 같으면 절대 그런 생각은 못했을 거야. 절대로 말이야. 참 많은 걸 가르쳐줬어, 식소가."

폴 디는 현기증이 났다. 처음에는 세서가 빙빙 돌고 있어서라고 생각했다. 화제를 빙빙 돌리듯 그의 주위를 맴돌고 있었다. 빙글빙글, 방향 한 번 바꾸지 않고. 방향이라도 바꾸면 덜 어지러울 텐데. 하지만 곧 다른 생각이 들었다. 아니야, 이건 그녀의 목소리 때문이야. 너무 가까워. 세서는 그가 앉은 자리에서 적어도 3미터쯤은 떨어져 돌고 있었는데도, 마치 어린아이가 달싹거리는 입술의 움직임을 느낄 수 있을 만큼 귀에다 가까이 대고 소곤거리는 말소리처럼 들렸다. 너무 가까워서 무슨 말인지는 알아들을 수 없는. 폴 디는 그녀의 말 중에서 겨우 몇 마디만 알아들었다. 하지만 괜찮았다. 세서는 본론, 그러니까 그가 차마 대놓고 묻지는 못하고 신문 기사를 보여주는 것으로 대신한 질문에는 대답하지 않았으니까. 그 질문은 또한 그의 미소 속에도 담겨 있었다. 그걸 그녀에게 보여주면서 미소를 지었던 것이다. 그녀가 이 농담—다른 흑인 여자의 얼굴이 들어가야 할 자리에 그녀의 얼굴이 들어간 실수—에 까르르 웃음을 터뜨리면, 그도 얼른 따라 웃을 채비를 하고. 그러면 그는 "당신도 황당하지? 스탬프 영감이 노망이 났나봐"라고 말할 작정이었다. 그녀는 킬킬거리겠지. "제대로 돌았구먼."

하지만 그의 미소는 폭소로 커질 기회가 영영 없었다. 그건 입가에 자그맣고 외롭게 머물러 있었다. 그녀가 신문 기사를 자세히 살펴보고 돌려줄 때까지.

어쩌면 그 미소 때문이었는지도 모른다. 아니면 그녀가 그의 눈 속에서 발견한, 언제나 기다리고 있는 사랑 때문이었는지도. 망아지나 전도사나 어린아이가 바라보는 것처럼 순하고 꾸밈없는 눈빛. 그녀가 사랑을 받을 자격이 있건 없건 상관하지 않는 사랑이 담긴 그 눈빛 때문에, 세서는 용기를 내서 이 세상에서 그녀가 뭔가 해명해야 할 것 같은 의무감을 느꼈던 단 한 사람, 베이비 석스에게도 하지 않았던 이야기를 그에게 털어놓았던 것이다. 그게 아니었다면 그녀는 그저 신문에 난 기사 내용 정도만 이야기하고 더는 아무 말 하지 않았으리라. 세서가 알아볼 수 있는 단어는 일흔다섯 개(기사에 나온 단어의 절반 정도)뿐이었다. 하지만 이해할 수 없는 나머지 단어들이 가진 힘도, 자기가 설명하고자 하는 힘보다 크지 않다는 걸 알고 있었다. 그녀가 한번 설명해보기로 마음먹은 건 그 미소와 숨김없는 사랑 때문이었다.

"당신한테 스위트홈 이야기를 할 필요는 없겠지. 그곳이 어땠는지 말이야. 하지만 내가 그곳에서 도망쳐나오는 게 어땠는지는 당신도 모를 거야."

손바닥으로 코와 입을 가린 채, 그녀는 잠시 말을 멈추고 그 엄청난 기적을, 그 놀라운 감동을 다시금 떠올렸다.

"해냈어. 모두 빠져나왔어. 헬리도 없이. 그때까지 내 힘으로 혼자 해낸 유일한 일이었어. 결심했지. 그러고 나니 그렇게 정해져 있던 것처럼 잘 풀렸어. 우리는 이곳에 왔어. 내 아기들과 나까지 전부. 내가 그 애들을 낳고 빼낸 건 우연이 아니었어. 내가 해낸 거지. 물론 많은 도움을 받았지만, 그래도 그 일을 해낸 사람은 나였어. '계속 가' '지금이야'라고 말한 사람도, 주위를 살핀 사람도, 머리를 쓴 사람도 나였어. 하지만 그 이상의 의미가 있었어. 전에는 결코 알지 못했던 일종의 이기심 같은 거였어. 그게 기분이 좋았어. 좋고 옳았어. 폴 디, 난 아주 크고 깊고 넓었어. 두 팔을 쫙 벌리면 우리 아이들이 모두 품에 들어올 정도였지. 그렇게 넓었던 거야. 이곳에 도착한 후로 아이들에 대한 사랑은 더 깊어진 것 같았어. 어쩌면 켄터키에서는 제대로 사랑할 수 없었는지도 몰라. 내가 사랑할 수 있는 내 것이 아니었으니까. 하지만 이곳에 도착해 마차에서 뛰어내리는 순간, 나는 원하기만 하면 이 세상에 사랑하지 못할 사람이 하나도 없었어. 무슨 뜻인지 알아?"

그녀가 대답을 바라거나 기대한 게 아니었기에 폴 디는 가만히 있었다. 그렇지만 그녀가 무슨 말을 하는지는 잘 알았다. 조지아 주 앨프리드 수용소에서는 귀에 들려오는 비둘기 소리를 즐길 권리도 허가도 없었다. 그곳에서는 안개든 비둘기든 햇빛이든 구릿빛 흙이든 달이든 모두 총을 든 사람들의 소유였기 때문이다. 그들 중 왜소한 놈은, 덩치 큰 놈도 마찬가지였지만, 폴 디가 마음만 먹으면 나뭇가지처럼 똑 분지를 수도 있었다. 자신의 남자다움이 총에 있다고 알고, 총이 없으면 여우에게도 조롱당할 거란 사실을 알면서도 부끄러워하지 않는 사내들. 암여우도 비웃을 이런 '사내들'이, 그냥 내버려두면, 비둘기 소리를 듣거나 달빛을 사랑하는 일조차 못하게 할 수 있었다. 그래서 스스로를 방어하고 작은 것만 사랑했다. 하늘에서 가장 조그만 별을 골라 자기 별로 삼고, 잠들기 전에 구덩이 위쪽 틈새로 그 사랑하는 것을 보기 위해 고개를 비스듬히 돌린 채 자리에 누웠다. 사슬을 채우는 동안 나무 사이로 슬쩍 훔쳐보기도 했다. 풀잎이나 도롱뇽, 거미, 딱따구리, 딱정벌레, 개미 왕국. 그보다 큰 건 그게 뭐든 꿈도 꾸지 못했다. 여자, 아이, 형제—조지아 주 앨프리드 수용소에서 그렇게 큰 사랑을 했다가는 그들이 배를 갈라 활짝 뒤집어놓았으리라. 그는 그녀의 말이 무슨 뜻인지 정확하게 알고 있었다. 무엇이든 선택해서 사랑할 수 있는—욕망해도 좋다는 허가를 받을 필요가 없는—곳에 도달하는 것, 그래, 그게 바로 자유였다.

돌고, 또 돌면서 이제 그녀는 본론을 꺼내는 대신 또다른 기억을 갉작거렸다.

"가너 부인이 나한테 준 물건이 하나 있었어. 옥양목이었지. 사이사이 작은 꽃이 박힌 줄무늬가 있었어. 폭이 1미터 정도 되었을까, 겨우 머릿수건이나 만들 수 있는 거. 하지만 난 그걸로 딸아이가 입을 민소매 드레스를 만들어주고 싶었어. 세상에서 제일 예쁜 색깔의 천이었거든. 그런 색깔을 뭐라고 하는지도 모르겠어. 노란빛이 감도는 장밋빛이었지. 딸아이에게 옷을 만들어주겠다는 생각을 아주 오랫동안 했으면서 그만 그 천을 두고 왔으니 내가 얼마나 바보 같은지 알겠지? 1미터밖에 안 되는 천이었는데 그 일을 계속 미뤘던 거야. 피곤하다느니 시간이 없다느니 하면서. 그래서 여기 도착했을 때, 아직 침대에서 나올 수도 없었을 때부터 나는 베이비 석스가 가진 천을 얻어서 작은 옷을 만들기 시작했어. 글쎄, 내가 하고 싶은 말은, 그건 정말 내 평생 처음 누려보는 이기적인 즐거움이었다는 거야. 그 모든 걸 다시 예전으로 되돌릴 수 없었어. 그 딸아이든 다른 아이든 학교 선생 밑에서 살게 둘 수는 없었어. 그건 끝이었어."

세서는 그녀가 방과 그와 본론의 주변을 빙빙 맴돌며 그리는 원이 끝내 원에 머물고 말리란 사실을 알았다. 결코 안으로 좁혀 들어가지도, 묻는 사람이 누구든 꼭 집어 대답하지도 못할 거란 사실을. 제대로 알아듣지 못한다면, 그녀는 설명할 방법이 전혀 없었다. 왜냐하면 진실은 아주 간단했으니까. 꽃무늬 민소매 드레스며 나무에 매다는 아기 바구니, 이기심, 발목에 묶은 밧줄, 우물 따위가 나열된 긴 기록이 아니었다. 간단한 것이었다. 정원에 쭈그리고 앉아 있다가 다가오는 그들을 보고, 학교 선생의 모자를 알아보았을 때, 그녀는 날개가 파닥이는 소리를 들었다. 작은 벌새들이 바늘처럼 뾰족한 부리로 머릿수건을 뚫고 그녀의 머리카락 사이를 콕콕 쪼아대며 날개를 파닥거렸다. 혹시 생각이라는 걸 했다면, '안 돼, 안 돼, 안 돼 안 돼, 안 돼 안 돼 안 돼'라는 절규뿐이었다. 간단했다. 그녀는 무작정 달려갔다. 자신이 만든 생명들, 귀중하고 멋지고 아름다운 자신의 일부들을 빠짐없이 끌어모아서, 이 세상의 장막 너머로 멀리, 아무도 그들을 해칠 수 없는 저편으로 들고, 밀고, 끌고 갔던 것이다. 저 너머로. 이곳 바깥, 아이들이 안전할 수 있는 곳으로. 그리고 벌새의 날개는 계속 파닥거렸다. 세서는 다시 맴돌기를 멈추고 창밖을 내다보았다. 저 마당에 대문 달린 울타리가 서 있던 시절을 떠올렸다. 그 대문으로 항상 누군가 들락거려 124번지가 간이역처럼 붐비던 시절을. 모두가 발길을 뚝 끊어버린 시간, 울타리를 무너뜨리고 말뚝을 뽑고 대문을 부수어 124번지를 황폐하고 휑뎅그렁하게 만든 백인 남자아이들을 그녀는 보지 못했다. 집 쪽으로 다가오는 거라곤 블루스톤 로드 갓길에 자란 잡초뿐이었다.

감옥에서 돌아왔을 때, 세서는 울타리가 사라진 걸 보고 기뻤다. 바로 그 울타리에 그들이 말을 매어놓았었다. 바로 그 울타리 위로 둥둥 떠 있는 학교 선생의 모자를 그녀는 정원에 쭈그리고 앉아 있다가 본 것이다. 그리고 마침내 그자와 대면하여 뚫어져라 그 눈을 쳐다볼 때쯤에는, 그의 추적을 막을 만한 것을 두 팔에 안고 있었다. 그는 아기의 심장이 한 번 펄떡일 때마다 한 걸음씩 뒤로 물러섰다. 마침내 심장이 완전히 멈춰버릴 때까지.

"내가 그를 막았어." 세서는 한때 울타리가 있던 자리를 응시하며 중얼거렸다. "내 새끼들을 보냈다고, 안전한 곳으로."

폴 디는 머릿속이 마구 아우성쳤지만, 마지막 말을 하는 세서의 만족스러운 듯한 어조는 귀에 들렸다. 순간 세서가 아이들을 위해 원했던 것은 124번지에는 없는 한 가지, 즉 안전이었다는 생각이 들었다. 그것은 그가 이 집의 문으로 걸어들어왔던 그날 받은 첫번째 전언이기도 했다. 그는 자기가 이 집을 안전한 곳으로 만들었다고, 모든 위험을 몰아냈다고 생각했다. 그 빌어먹을 것을 이곳에서 내쫓고 몰아내, 노새와 쟁기의 차이를 그 귀신과 다른 모든 사람들에게 똑똑히 보여주었다고 말이다. 그리고 그가 오기 전에 세서가 직접 그러지 않은 까닭은 단지 그럴 힘이 없었기 때문이라고 생각했다. 달리 선택의 여지가 없어서 그저 무기력하게, 반성하듯 체념한 채 124번지에서 살았다고. 남편도 아들도 시어머니도 없이, 머리가 둔한 딸과 단둘이서, 죽지 못해 살아왔다고. 그가 핼리의 여자로 알았던, 눈빛이 날카롭고 독한 스위트홈의 여인은 (핼리처럼) 순종적이었고 (핼리처럼) 수줍어했고 (핼리처럼)

일 중독자였다. 그런데 그가 틀렸다. 여기 이 세서는 완전히 새로운 사람이었다. 그녀의 집에 깃든 유령은, 새 구두를 신고 이 집에 들어와 방 하나를 차지해버린 저 마녀가 환대받은 것과 똑같은 이유로, 그녀를 괴롭힐 수 있는 존재가 전혀 아니었던 것이다. 여기 이 세서는 보통 여자들처럼 사랑을 이야기하고 보통 여자들처럼 아기 옷에 대해 떠들지만, 그 말에 담긴 뜻은 뼈를 쪼개고도 남을 정도였다. 여기 이 세서는 톱을 든 채 안전을 이야기하는 여자였다. 여기 이 새로운 세서는 세상이 어디까지이고 자기가 어디부터인지를 모르는 여자였다. 갑자기 폴 디는 스탬프 페이드가 자기에게 보여주고 싶어했던 게 뭔지 보였다. 세서가 저지른 행동보다 더 중요한 것은 바로 그녀의 주장이었다. 그것이 그를 두렵게 했다.

"당신의 사랑은 너무 짙어." 이렇게 말하며, 그는 생각했다. 그년이 날 보고 있어. 바로 내 머리 위에서 바닥 틈으로 날 내려다보고 있어.

"너무 짙다고?" 그녀는 베이비 석스의 명령 한마디에 마로니에 열매가 후드득 떨어지던 공터를 생각하며 말했다. "사랑이 그런 거야. 그렇지 않으면 사랑이 아니지. 옅은 사랑은 사랑이 아니야."

"그래. 그렇지만 아무 소용 없었잖아, 안 그래? 무슨 소용이 있었어?" 폴 디가 물었다.

"소용 있었어." 세서가 대답했다.

"어떻게? 아들들은 전부 어딘가로 떠나버렸잖아. 딸아이 하나는 죽었고, 다른 하나는 마당 밖으로 나가지도 않아. 그런데 무슨 소용이 있었다는 거야?"

"스위트홈에 가지 않았잖아. 학교 선생이 그애들을 데려가지 않았어."

"어쩌면 그게 나았을지도 몰라."

"뭐가 더 나은지 나쁜지 아는 건 내 일이 아니야. 지금 어떤지를 알고, 또 내가 끔찍한 줄 아는 일로부터 그애들을 지키는 게 내 일이지. 난 그 일을 해냈어."

"당신은 잘못했어, 세서."

"거기로 돌아가야 했다는 거야? 내 아이들을 데리고 거기로 돌아가야 했다고?"

"방법이 있었겠지. 뭔가 다른 방법이."

"무슨 방법?"

"세서, 당신은 두 발 달린 인간이야. 네 발 달린 짐승이 아니라고." 그가 말했다. 그리고 바로 그 순간, 두 사람 사이에는 숲이 생겨났다. 길도 없이 고요하기만 한 숲이.

나중에 폴 디는 자기가 어쩌다 그런 말을 했을까 의아해하곤 했다. 젊은 시절의 암송아지 때문에? 천장을 뚫고 자신을 감시하는 시선이 있다는 확신 때문에? 그는 얼마나 빨리 자신의 수치를 그녀의 수치로 바꾸어놓았던가. 냉장창고에서 저지른 자신의 비밀을 그녀의 너무 짙은 사랑으로 즉시 대신해버렸다.

그동안 숲은 두 사람 사이를 확실하게 벌려놓고 그 거리에 무게와 형상을 부여했다.

그는 바로 모자를 쓰지는 않았다. 처음에는 모자를 만지작거리며 어떻게 떠날지, 어떻게 해야 도망치는 것처럼 보이지 않을지 고심했다. 똑바로 바라보고 떠나는 게 매우 중요했다. 그는 자리에서 일어났고,

돌아서서 하얀 계단을 올려다보았다. 과연 그 계집이 거기 있었다. 그를 등진 채 일직선처럼 꼿꼿하게 서 있었다. 그는 문으로 허둥지둥 달려가지 않았다. 천천히 움직여 문 앞에 이르러 문을 열고, 세서에게 오늘은 좀 늦을 테니 식사를 남겨달라고 부탁했다. 그러고 나서야 비로소 모자를 썼다.

다정하기도 해라, 세서는 생각했다. 저이는 내가 그 말을 들으면 견딜 수 없을 줄 아나보지. 내 속에 있는 말을 다 털어놓은 마당에, 그러고도 대체 너는 발이 몇 개 달렸느냐는 말을 들은 지금, "안녕"이란 말 한마디가 날 산산이 부숴놓을 거라고 생각하나봐. 참 다정하기도 하지.

"안녕." 그녀는 숲 저멀리에서 중얼거렸다.

제2부

124번지는 시끄러웠다. 스탬프 페이드는 길에서도 그 소리를 들을 수 있었다. 그는 최대한 고개를 높이 치켜들고 그 집을 향해 걸어갔다. 행여 누군가 봐도 밀정이란 말이 나오지 않게 하기 위해서였다. 그렇지만 걱정스러운 마음이 자꾸 들면서 밀정이 된 듯한 느낌을 떨쳐버릴 수 없었다. 오려낸 신문 기사를 폴 디에게 보여주고, 바로 그날 그가 124번지를 떠났다는 소식을 들은 이후 스탬프는 줄곧 마음이 편치 않았다. 남자에게 그의 여자에 대한 이야기를 해야 하나 말아야 하나 고심하다가 결국 해야 한다고 결론을 내렸지만, 그러고 나자 세서가 걱정스러워지기 시작했다. 좋은 남자를 만나 행복해질 수 있는 단 한 번의 기회를 내가 막은 것은 아닐까? 남자를 잃어서, 강을 건너도록 도와주었고 베이비 석스의 친구이자 자신의 친구이기도 했던 사람이 누가 묻지도 않았는데 흘러간 소문을 제 마음대로 다시 입에 올려 화가 났을까?

'늙어서 망령이 난 게야. 너무 늙었고 너무 많은 걸 봤어.' 그는 도살장 마당에서 그 사실을 폭로하는 동안에도 비밀을 지켜달라고 당부했다. 이제 와 생각하니 누굴 보호하려고 그랬는지 어이가 없었다. 폴 디는 이 마을에서 그 사실을 모르는 유일한 사람이었는데. 버젓이 신문에까지 실렸던 사실이 어떻게 돼지 잡는 마당 한구석에서 귓속말로 주고받아야 할 비밀이 되었나? 누구에게 비밀이기에? 세서, 바로 그녀였다. 그는 은밀히 그녀의 뒤를 캤었다. 마치 밀정처럼. 하지만 그는 평생 밀정 노릇을 해왔다. 항상 선하고 성스러운 목적을 위해서였지만. 전쟁 전부터 그가 한 일은 전부 밀정질이었다. 도망자들을 은신처로 데려가고 비밀 정보를 공공장소들로 전달했다. 그의 합법적인 채소밭 밑에는 그가 배로 강을 건네준 남부 흑인 탈영병들이 숨어 있었다. 그가 봄마다 돼지를 도살했던 것도 나름의 목적이 있었다. 그가 나눠주는 내장과 뼈로 도망자들의 온 가족이 먹고살았던 것이다. 그는 그들의 편지를 대신 써주고 받은 편지를 읽어주었다. 누가 수종水腫이 있고 누가 땔감이 필요한지, 어느 집 아이가 재능이 있고 어느 집 아이가 버릇을 고쳐야 하는지도 알았다. 그는 오하이오 강과 강둑의 비밀을 알았다. 빈집이 어디이고 꽉 찬 집이 어디인지, 춤을 가장 잘 추는 사람이 누구이고 가장 말주변이 없는 사람이 누구인지, 목소리가 아름다운 사람은 누구이고 음치는 누구인지 알고 있었다. 그의 가랑이 사이에 달린 물건이 지금은 시시하지만 그렇지 않았던 시절을 그는 기억하고 있었다. 그 물건의 욕망이 욕망에 사로잡힌 사람을 욕망의 구렁텅이로 몰아가던 시절을. 그 까닭에 그는 나무 상자를 열어 폴 디에게 증거로 보여줄 십팔 년 전의 신문 기사를 찾기 전까지, 그토록 오랫동안 고심했던 것이다.

나중에야—그전에는 미처 생각지 못했다—그는 이 문제에 대한 세서의 감정을 헤아리게 되었다. 이 뒤늦은 깨달음에 그는 마음이 몹시 불편했다. 어쩌면 모르는 척 내버려뒀어야 했는지도 모른다. 어쩌면 세서가 자기 입으로 털어놓을 수도 있었다. 어쩌면 그는 스스로 생각하듯이 고귀한 정신을 지닌 그리스도의 병사가 아니라, 진실이니 경고니 하며 자신이 소중히 여기는 명분을 위해 별 탈 없이 잘 지내는 사람들을 훼방하는 평범하고 속된 간섭자일지도 모른다. 이제 124번지는 폴 디가 마을로 오기 전과 같은 모습으로 돌아갔다. 한 무리의 유령들이 세서와 덴버를 괴롭히는 소리가 길에서도 들렸다. 세서는 돌아온 유령과 잘 지낼 수 있을지 몰라도, 그 딸까지 그럴 수는 없을 것 같다고 스탬프는 생각했다. 덴버의 삶에는 평범한 누군가가 필요했다. 운좋게도 그는 덴버가 막 태어난 즈음에—그 아이가 자신이 살아 있다는 걸 깨닫기도 전에—그 곁에 있었기에 그 아이에게는 특히 마음이 쏠렸다. 그 아이가 살아 있다는 것을 알고 사 주 후에 건강한 모습을 보았을 때는 어찌나 기뻤던지, 그 지역에서 가장 좋은 검은딸기를 최대한 많이 따와 그 힘들게 거둔 것을 베이비 석스에게 선물하기 전에 제일 먼저 아이의 입에 두 알 넣어주었다. 오늘날까지도 그는 자신이 따온 검은딸기 덕분에(그것 때문에 잔치가 시작되었고 장작을 패게 되었으니까) 덴버가 아직 살아 있는 거라고 굳게 믿었다. 그가 장작을 패러 거기 가지 않았더라면 세서는 갓난아이의 머리통을 판자에 짓이겨버렸을 것이다. 어쩌면 폴 디에게 신문 기사를 보여주고 그를 도망치게 하기 전에 세서는 몰라도 최소한 덴버 생각은 했어야만 했는지 모른다. 폴 디는 베이비 석스가 세상을 떠난 뒤로 그 아이의 인생에 들어온 유일하게 평범한 사람이 아니던가. 그게 가시처럼 스탬프의 마음을 찔렀다.

덴버나 세서에 대한 뒤늦은 걱정보다 더 깊고 더 뼈아프게, 마치 바보의 주머니에 든 은화처럼 그의 영혼을 괴롭히던 건 바로 베이비 석스의 추억이었다. 그의 하늘에 우뚝 솟은 산과 같은 존재. 길가까지 시끄러운 목소리가 들려왔는데도, 스탬프가 고개를 꼿꼿이 들고 124번지의 마당으로 걸어들어간 것도 베이비 석스에 대한 추억과 그녀에게 응당 바쳐야 할 존경심 때문이었다.

그 참극(도망노예법*에 대한 세서의 격렬한 반응을 그는 이렇게 불렀다) 이후로 이 집에 딱 한 번 발을 들여놓은 적이 있었다. 베이비 석스 성녀의 시신을 집밖으로 옮길 때였다. 두 팔로 그녀를 안아올렸을 때, 그녀는 마치 소녀처럼 보였다. 더는 힘들게 엉덩이뼈를 삐걱거리며 다니지 않아도 된다는 걸, 마침내 누군가가 자신을 옮겨준다는 사실을 이제 그녀도 알 거라고 생각하니 그는 기뻤다. 그녀가 조금만 더 기다렸더라면, 전쟁이 끝나고 잠깐이나마 섬광처럼 빛났던 결과들을 보았을 텐데. 함께 축하하고, 그에 대한 훌륭한 설교를 들으러 다녔을 텐데. 사실 그때 스탬프는 혼자서 기쁨에 들떠 있는 이집 저집을 찾아다니며 사람들이 주는 술을 받아마셨다. 석스는 기다려주지 않았고, 그는 상을 당한 슬픔보다는 먼저 떠난 그녀에게 화가 난 심정으로 장례식에 참석했다. 세서와 그 딸은 그런 상황에서도 눈물 한 방울 흘리지 않았다. 세서는 "공터에 묻어달라"는 단 한마디 지시를 내릴 뿐이었다. 스탬프는

* 1850년에 발효된 법으로, 다른 주로 도망친 노예를 송환하도록 규정함.

그렇게 해주려 했지만, 백인들이 만들어놓은 매장 장소 관련 법령 때문에 그럴 수 없었다. 결국 베이비 석스는 목이 잘려 죽은 갓난아이 옆에 묻혔다. 그녀가 그렇게 나란히 묻히는 걸 용납했을지 스탬프는 확신이 서지 않았다.

마당에 상이 차려졌다. 스탬프 말고는 아무도 124번지 안으로 들어가려고 하지 않았기 때문이다. 이런 무례를 세서는 파이크 목사가 주관하는 예배에 참석하지 않는 또다른 무례로 갚았다. 그녀는 온 마음을 다해 찬송가를 부르는 다른 사람들과 함께하는 대신 무덤을 찾아갔고, 거기 서서 그곳의 정적과 맞섰다. 이런 무례한 행동은 문상객들의 또다른 무례를 낳았다. 124번지 마당으로 돌아온 마을 사람들은 자기들이 가져온 음식만 먹고 세서의 음식에는 손도 대지 않았다. 그녀 역시 사람들이 마련한 음식을 건드리지 않았고, 덴버도 먹지 못하게 했다. 자유를 얻은 삶을 화합에 바쳤던 베이비 석스 성녀는 그렇게 오만과 두려움, 비난과 원한이 춤을 추는 가운데 땅에 묻혔다. 마을 사람들은 전부 세서가 힘든 시간을 겪기를 간절히 바랐다. 그녀의 터무니없는 주장과 자급하는 태도가 그걸 자초하는 것처럼 보였다. 스탬프 페이드는 어른이 된 이후 비열한 감정이라고는 한 번도 느껴본 적이 없었기에, '교만한 자는 반드시 파멸할 것'이라는 마을 사람들의 신념이 어느새 자기에게 영향을 준 것이 아닐까 하는 의구심이 일었다. 그렇다면 그가 신문 기사를 폴 디에게 보여줄 때, 어째서 세서의 감정이나 덴버의 필요는 고려하지 않았는지도 설명이 되었다.

만약 세서가 문을 열고 그의 눈을 빤히 바라보면 어떻게 할지, 무슨 말을 할지 아무 생각도 없었다. 원하는 게 있다면 기꺼이 도와주고, 화가 났다면 기꺼이 받아줄 작정이었다. 그 외에는 베이비 석스의 혈육에게 저질렀을지도 모르는 잘못을 바로잡으려는 자신의 본능과, 길가까지 들려오는 목소리들이 입증하듯 날로 귀신이 기승을 부리는 124번지로 이끌리는 본능을 믿었다. 또다른 게 있다면, 그분보다 더 오래되었어도 더 강하지는 않은 것들을 지배하시는 예수그리스도의 권능에 의지하는 마음이었다.

그가 현관으로 다가갈 때 들은 것은 도저히 알아듣지 못할 소리였다. 마당 밖 블루스톤 로드에서는 뭔가 다급한 목소리들이 아우성친다고 생각했다. 시끄럽고 긴박한 목소리들이 동시에 다 같이 떠들고 있어 누구한테 무슨 말을 하는지 알아들을 수가 없었다. 완전히 무의미한 소리도, 외국어도 아니었다. 하지만 두서가 없고 뒤죽박죽이어서 스탬프는 죽었다 깨나도 그 소리를 묘사하거나 해독할 수 없었다. 유일하게 알아들은 말은 '내 것'이었다. 나머지 말은 모두 그의 이해력을 넘어섰다. 하지만 그는 목소리들을 뚫고 계속 걸어갔다. 계단 앞에 다다르자, 돌연 목소리들이 잦아들더니 속삭임보다 더 희미해졌다. 그 바람에 스탬프는 걸음을 멈췄다. 이제 아우성은 간간이 중얼거리는 소리로 바뀌었다. 마치 아무도 보는 이 없이 혼자라고 생각하며 일할 때 여자들의 입에서 저절로 흘러나오는 소리 같았다. 바늘귀를 헛꿰고는 쯧쯧 하는 소리, 아끼는 접시에 또 금이 간 걸 발견하고 내는 부드러운 신음, 암탉을 보고 나직하고 정겹게 투덜거리는 소리. 격렬하거나 놀랄 만한 소리는 전혀 아니었다. 그저 여자들과 집안일 사이에서 끊임없이 오고가는 내밀한 대화 같았다.

스탬프 페이드는 여태껏 단 한 번도 두드려본 적이 없는(그에게는 언제나 열려 있었기에) 그 집 문을 두드리기 위해 주먹을 들어올렸지만, 차마 그러지 못했다. 격식을 차리지 않아도 되는 관계, 자신에게 신세를 진 검둥이들한테 그가 바라는 보답은 그게 전부였다. 외투를 갖다주거나 쪽지를 전달해주고, 목숨을 살려주고, 수조를 고쳐주고 나면, 스탬프 페이드는 그 집 대문을 자기 집처럼 마음대로 드나들 수 있는 권리를 가져갔다. 그는 언제나 좋은 일로만 찾아왔기 때문에, 문가에서 그의 발소리가 들리거나 그가 부르는 소리만 나도 사람들은 환한 얼굴로 그를 맞이했다. 그는 스스로 주장해온 단 하나의 특권을 잃느니 올렸던 손을 내리고 현관 앞을 떠나는 쪽을 택했다.

그후로도 몇 번이나 다시 가보려 했다. 매번 세서를 만나겠다고 단단히 결심하고, 시끄럽고 다급한 목소리들을 지나 웅얼거리는 소리가 들리는 곳에 다다라 걸음을 멈추고, 문 앞에서 어떻게 해야 할지 궁리했다. 엿새 동안 여섯 번이나 그는 평소 다니던 길을 벗어나 124번지의 문을 두드리려고 시도했다. 하지만 그 동작의 냉랭함—문을 두드리는 행동은 그가 그 집에서 완전히 낯선 사람이란 표시였다—에 항상 압도되었다. 눈 위에 난 발자국을 되밟으며 그는 한숨을 쉬었다. 마음은 간절하나 몸이 말을 듣지 않는구나.

스탬프 페이드가 베이비 석스를 위해 124번지를 찾아가보려 마음먹고 있는 동안, 세서는 베이비 석스의 충고를 받아들이려고 애쓰고 있었다. '칼과 방패, 모두 내려놓아라.' 베이비 석스의 충고를 단지 인정하는 게 아니라 실제로 실천하고 싶었다. 폴 디가 그녀에게 발이 몇 개 달렸는지 일깨워주고 나서 나흘이 지난 날, 세서는 낯선 사람들의 신발들 사이에서 아이스스케이트를 찾아냈다. 분명 거기 있을 줄 알았다. 신발 더미를 파헤치면서 그녀는 화덕 앞에서 폴 디가 등에 키스하는 동안 그렇게 쉽게 믿어버린, 그렇게 빨리 항복해버린 자기 자신을 경멸했다. 폴 디 역시 사실을 알고 나면 다른 마을 사람들과 똑같이 행동하리라는 걸 진작 알았어야 했다. 여자 친구들과 시어머니, 자식들 모두와 함께했던 이십팔 일. 이웃의 일원이었던 시간, 그녀 자신의 집에 찾아올 진짜 이웃이 있었던 시간, 그런 날은 오래전에 가버렸고 다시는 돌아오지 않을 것이다. 숲속 공터에서 추는 춤도, 행복한 만찬도 더는 없으리라. 도망노예법의 진짜 의미, 정착료,* 교회 내 흑인 지정석, 노예제 반대 운동, 노예해방, 유색인 투표권, 공화당, 드레드 스콧,** 공부, 소저너***의 큰 바퀴가 달린 마차, 오하이오 주 델라웨어의 유색인 여성단체 등 사람들을 의자에 붙잡아놓고 고통 혹은 희열에 휩싸여 마룻바닥을 박박 긁거나 서성이게 하는 중대한 문제들에 대한, 폭풍처럼 열띠거나 조곤조곤한 토론도 없으리라. 〈노스 스타〉****나 승전 소식을 애타게 기다리는 일도. 새로운 배신에 한숨짓거나 작은 승리에 박수를 치는 일도 없으리라.

행복한 이십팔 일 뒤 외롭고 배척당하는 십팔 년의 삶이 이어졌다. 그리고 태양이 눈부시게 쏟아진 몇 달이 이어졌다. 길 위에 드리운, 손

---

* 당시 신시내티에는 남부에서 도망친 노예들이 많이 살았는데, 시에서 이들에게 고액의 정착료를 요구했다.

** 미국의 흑인 노예. 1857년, 자유 신분 확인을 위해 소송을 제기했지만 연방 대법원에서 각하되었다.

*** 소저너 트루스. 흑인 전도사이자 사회 개혁가로 노예제 폐지와 여권운동에 힘썼다.

**** 노예제 폐지를 주장하던 신문.

에 손을 잡은 그림자가 그녀에게 약속했던 삶이었다. 폴 디와 함께 있으면 다른 흑인들도 머뭇머뭇 인사를 했다. 잠자리 생활도 있었다. 덴버의 친구를 제외하고, 모든 게 남김없이 사라져버렸다. 이렇게 반복되는 걸까? 그녀는 궁금했다. 십팔 년이나 이십 년쯤 도저히 견딜 수 없는 삶을 보내면 짧은 영광의 순간이 끼어드는 것이?

그래, 그런 거라면, 그런 거지.

그녀는 무릎을 꿇고 마룻바닥을 솔질하고 있었고, 덴버는 마른걸레를 든 채 그 뒤를 따라다니고 있었다. 그때 빌러비드가 나타나서 말했다. "이건 뭐하는 거야?" 여전히 무릎을 꿇고 마룻바닥을 솔질하며, 세서는 아이와 그 아이가 손에 든 스케이트를 바라보았다. 스케이트라고는 신어본 적도 없었지만, 바로 그 순간 그 자리에서 그녀는 베이비 석스의 충고를 받아들이기로 결심했다. '모두 내려놓아라.' 양동이는 그대로 내버려두었다. 덴버에게 숄을 가져오라고 하고 세서는 분명 신발 더미 어딘가에 더 있을 스케이트를 찾기 시작했다. 그녀를 딱하게 여기는 누군가가, 그녀가 어떻게 사는지 들여다보려고 근처를 기웃거리는 누군가가 있었다면(폴 디를 포함해), 이 여자가, 자기 아이들을 사랑한다는 이유로 세 번이나 고물처럼 버려진 여자가 꽁꽁 얼어붙은 시냇물 위로 신나게 미끄러져내려가는 모습을 보았을 것이다.

그녀는 닥치는 대로 서둘러 신발들을 내던졌다. 한 짝을 발견했는데, 남자용이었다.

"좋아, 교대로 타면 되지, 뭐. 한 사람은 두 짝 다 신고, 한 사람은 한 짝만 신고, 또 한 사람은 그냥 신발을 신고 미끄럼을 타는 거야."

아무도 그들이 넘어지는 모습을 보지 못했다.

손에 손을 잡고, 서로에게 의지하면서, 그들은 얼음 위를 빙글빙글 돌았다. 빌러비드는 두 짝을 다 신었고, 덴버는 한 짝만 신고 곧 깨질 것만 같은 얼음을 주춤주춤 지쳤다. 세서는 자기는 신발을 신었으니 똑바로 서 있을 수 있을 거라고 생각했다. 그녀의 생각은 틀렸다. 시냇물 위로 두어 발짝 떼자마자, 균형을 잃고 엉덩방아를 찧고 말았다. 소녀들은 깔깔 웃고 비명을 지르며 엄마를 따라 얼음 위로 올라섰다. 세서는 일어서려고 버둥거리면서, 자신이 두 다리를 양쪽으로 쫙 벌릴 수 있다는 사실과 그 자세가 무척 아프다는 사실을 깨달았다. 생각지도 못한 자리에서 뼈가 튀어나왔고, 웃음도 그랬다. 원을 그리든 직선을 그리든 세 사람은 단 일 분도 제대로 서 있지 못했지만, 아무도 그들이 넘어지는 모습을 보지 못했다.

그들은 각각 다른 두 사람이 똑바로 서 있도록 잡아주려는 듯했지만 누구 하나가 넘어질 때마다 즐거움은 배가되었다. 그들이 서로의 손에 의지해 중력과 싸우는 동안, 둑 위의 떡갈나무와 솨솨 바람 소리를 내는 소나무는 그들을 감싸주고 그들의 웃음소리를 빨아들였다. 그들의 치맛자락은 날개처럼 휘날리고 그들의 살갗은 추위와 사그라지는 햇살 속에 백랍으로 변했다.

아무도 그들이 넘어지는 모습을 보지 못했다.

마침내 녹초가 된 그들은 벌렁 드러누워 숨을 골랐다. 그들 위로 펼쳐진 하늘은 다른 나라였다. 핥을 수 있을 듯 가깝게 보이는 겨울 별들이 해가 지기도 전에 떠올라 있었다. 잠깐 동안 세서는 하늘을 올려다보며 별들이 주는 완벽한 평화 속으로 빠져들었다. 이윽고 덴버가 몸을 일으키더니 혼자서 좀 오래 얼음을 지쳐보려고 애를 썼다. 하지만 한 짝뿐인 스케이트 날 끝이 얼음덩어리에 부딪히는 순간, 그녀가 두 팔을 마구 허우적거리며 어찌나 야단스럽게 나자빠졌는지 세 사람 모두—세서, 빌러비드, 덴버 자신까지도—기침이 날 만큼 웃어댔다. 세서는 두 손과 무릎으로 땅을 짚고 몸을 일으켰다. 여전히 웃느라 가슴이 들썩거리고 눈물까지 나왔다. 그리고 한동안 그렇게 두 손과 두 무릎을 땅에 대고 엎드려 있었다. 그런데 웃음이 잦아든 후에도 눈물은 멈추지 않았고, 빌러비드와 덴버는 한참 후에야 그 사실을 알아차렸다. 그들은 세서의 어깨를 어루만져주었다.

숲을 지나 집으로 돌아가는 길에, 세서는 두 아이를 양옆에 두고 각각 한 팔로 끌어안았다. 두 아이는 한 팔로 그녀의 허리를 감쌌다. 단단하게 굳은 눈 위를 걸어오며 미끄러지기도 하고 서로 꼭 붙잡아야 했지만, 아무도 그들이 넘어지는 모습을 보지 못했다.

집안에 들어서자, 비로소 한기가 느껴졌다. 그들은 신발과 젖은 스타킹을 벗고 보송보송한 털양말을 신었다. 덴버는 불을 피웠다. 세서는 우유를 데운 다음 사탕수수 시럽과 바닐라를 넣어 저었다. 요리용 화덕 앞에서 누비이불과 담요를 두른 채 그들은 우유를 마시고, 코를 훔치고, 다시 우유를 마셨다.

"감자 구워먹을까?" 덴버가 말했다.

"그건 내일. 이제 잘 시간이다." 세서가 말했다.

그러고는 아이들에게 따뜻하고 달콤한 우유를 조금씩 더 따라주었다. 화덕불이 으르렁거렸다.

"눈물은 다 끝났어?" 빌러비드가 물었다.

세서가 빙그레 웃었다. "그래, 눈물은 다 끝났어. 어서 마셔라. 자러

가야지."

하지만 아무도 따스한 담요와 불과 우유컵을 떠나 냉랭한 침대 속으로 들어가고 싶어하지 않았다. 그들은 계속 우유를 홀짝거리며 화덕불을 바라보았다.

딸깍하는 소리가 들렸을 때 세서는 그게 뭔지 잘 몰랐다. 처음 시작된 순간, 아니 시작도 전에 거의 한 박자 앞서, 채 세 음도 듣기 전, 미처 그 선율이 분명해지기도 전에 딸깍하는 소리가 들렸다는 것이 나중에야 대낮처럼 자명해졌다. 몸을 살짝 숙인 채, 빌러비드가 나지막이 콧노래를 흥얼거리고 있었다.

이때였다. 빌러비드가 콧노래를 마치는 순간, 세서는 딸깍하는 소리를 떠올렸다. 흩어져 있던 조각들이 그것들을 위해 특별히 만들어지고 고안된 자리로 딱 맞아들어가는 소리를. 컵에 담긴 우유를 흘리거나 하지는 않았다. 그녀의 손은 떨리지 않았으니까. 세서는 그저 고개를 돌려 빌러비드의 옆모습을 바라볼 뿐이었다. 턱과 입, 코와 이마가 거대한 그림자로 확대되어 빌러비드의 뒤쪽 벽에 똑같이 비치고 있었다. 덴버가 스무 가닥 혹은 서른 가닥으로 땋아준 그녀의 머리카락은 마치 팔처럼 그녀의 어깨 위로 곡선을 이루었다. 세서가 앉은 자리에서는 정확히 살펴볼 수 없었다. 이마 선도, 눈썹도, 입술도……

"기억나는 거라곤 그애가 빵 밑바닥의 탄 부분을 좋아했다는 것뿐이야. 그 조그만 손으로 날 때려도, 난 그게 그애의 손인지 못 알아볼걸." 베이비 석스가 말했었다.

……몽고반점도, 잇몸 색깔도, 귀 모양도……

"여기. 여길 봐라. 이게 네 엄마란다. 내 얼굴을 못 알아보겠거든 여길 봐."

……손가락도, 손톱도, 심지어……

하지만 시간이 있을 것이다. 딸깍하는 소리가 딸깍 하고 났으니까. 모든 게 마땅히 있어야 할 자리를 찾았거나, 혹은 찾아들어가려는 준비를 갖췄으니까.

"내가 만든 노래야." 세서가 말했다. "내가 만들어서 내 아이들에게 불러주었어. 나하고 내 자식들 말고는 아무도 그 노래를 모르지."

빌러비드가 고개를 돌려 세서를 바라보았다. "난 알아." 그녀가 말했다.

나무에 파인 구멍 속에서 징이 박힌 보석함을 발견하면, 뚜껑을 열기 전에 살며시 어루만져봐야 한다. 자물쇠가 녹슬었거나 아예 걸쇠에서 떨어져나갔을 수도 있다. 그래도 못대가리를 만져보고 무게를 가늠해봐야 한다. 그동안 줄곧 감춰져 있었던 그 무덤에서 조심스레 발굴하기 전에 성급히 도끼날로 부숴버려서는 안 된다. 정말이지 기적 같은 기적 앞에서는 헉 소리조차 내서는 안 된다. 그 마법은, 그것이 언제나 거기서 나를 기다려왔다는 사실을 내가 아는 데 있기 때문이다.

세서는 냄비 안쪽에서 하얗고 보드라운 막을 닦아내고, 곁방에서 베개를 가져와 아이들 머리를 받쳐주었다. 불을 잘 지키든지 아니면 위층으로 올라오라고 아이들에게 당부하는 그녀의 목소리는 전혀 떨리지 않았다.

그 말을 하면서, 그녀는 팔짱 낀 팔에 담요를 말아들고 백합처럼 새하얀 계단을 신부처럼 걸어올라갔다. 밖에서는 눈이 우아한 형상으로 굳어갔다. 겨울 별들의 평화는 영원할 듯 보였다.

리본을 만지작거리고 살냄새를 맡으며, 스탬프 페이드는 124번지로 다시 다가갔다.

뼛속까지 지쳤어, 그는 생각했다. 평생 뼈가 욱신거릴 정도로 피곤했지만, 이젠 뼛속까지 지쳐버렸어. 병상에 누워 죽을 때까지 색깔만 생각하며 지내는 동안 베이비 석스가 분명 이런 기분이었을 거야. 베이비 석스가 그에게 앞으로 뭘 하겠다고 말했을 때, 그는 그녀가 수치스러워한다고, 너무 수치스러운 나머지 그렇다는 말조차 못한다고 생각했었다. 설교단 위에서 보인 권위, 공터에서 추던 춤, 그녀의 강력한 부름(그녀는 설교나 전도를 하지 않았다. 그러기에는 자기가 너무 무식하다면서. 그녀는 단지 **불렀고** 회중들은 들었다), 그 모든 일들이 뒷마당에서 일어난 유혈극 때문에 조롱당하고 비난받았다. 하느님은 그녀를 당혹시켰고 그녀는 그런 하느님이 너무 실망스러워 그렇다는 말도 못했다. 대신 그만 자리에 누워 색깔이나 생각해야겠다고 스탬프에게 말했던 것이다. 그는 어떻게든 베이비 석스의 마음을 돌리려고 애썼다. 세서는 그가 구해낸 젖먹이와 함께 감옥에 갇혀 있었다. 그녀의 아들들은 서로를 놓칠까 두려워하며 마당에서 손을 꼭 잡고 다녔다. 낯선 사람들과 친한 이웃들이 자초지종을 한번 더 들으려고 들를 때, 갑자기 베이비 석스가 정전停戰을 선포했다. 그녀는 별안간 모든 걸 그만두었다. 세서가 감옥에서 풀려났을 즈음 베이비 석스는 파란색에 지쳐 노란색으로 관심을 옮기는 중이었다.

처음에는 마당을 거닐거나 감옥으로 음식을 갖다주거나 혹은 타운에 신발을 배달하러 다니는 그녀의 모습을 이따금 볼 수 있었다. 그러다가 차츰차츰 보이는 횟수가 줄었다. 그때는 그녀가 수치심 때문에 자리에 드러누웠다고 생각했다. 그러나 그 비극이 일어난 지 십팔 년, 말도 많고 탈도 많았던 그녀의 장례식이 끝난 지 팔 년이 된 지금 그는 생각이 달라졌다. 베이비 석스는 뼛속까지 지쳤던 것이다. 그녀가 그토록 갈망하던 색깔을 찾는 데 팔 년이나 걸렸다는 것은, 골수에 피를 공급하는 심장이 약해졌다는 증거였다. 그 자신과 마찬가지로 베이비 석스의 피로도 급작스럽게 찾아왔지만 몇 년 동안 계속되었다. 육십 년의 세월 동안 그녀의 인생을 잘근잘근 씹어 마치 생선 가시처럼 뱉어버린 사람들에게 차례차례 자식들을 빼앗긴 뒤 오 년을 마지막 남은 자식이 안겨준 자유를 누리며 산 끝에 찾아온 피로였다. 그리고 그 끝에 자신의 미래를 팔아 어머니의 미래를 사준, 미래를 맞바꿔준, 그러니까 자기에게는 미래가 있든 없든 어머니에게는 미래를 준 아들도 잃었다. 그나마 며느리와 손주를 얻었다 했더니 그 며느리가 손주를 죽이는(혹은 죽이려 하는) 꼴을 보았고, 다른 자유로운 흑인들의 사회에 속해 그들을 사랑하고 그들에게 사랑받으며 조언하고 조언받고, 보호하고 보호받고, 대접하고 대접받으며 사는가 했는데, 하루아침에 사람들이 등을 돌리고 거리를 두는 꼴까지 봐야 했으니, 그래, 그 정도면 제아무리 베이비 석스 성녀라도 나가떨어질 만했다.

"내 말 좀 들어보구려." 스탬프는 그녀를 설득했다. "말씀을 그만둬서는 안 돼요. 전하라고 당신에게 주어진 말씀이오. 그러니 말씀을 그만둬서는 안 돼요. 당신한테 무슨 일이 있었든 난 상관하지 않소."

두 사람은 발목까지 낙엽에 푹푹 빠지는 리치먼드 스트리트에 서 있었다. 저택들의 일층을 환하게 밝힌 등불 탓에 초저녁 거리는 더욱 어두워 보였다. 낙엽 태우는 냄새가 무척 근사했다. 정말 우연히, 물건을 날라주고 팁으로 받은 1페니를 주머니에 넣으면서 길 건너편을 힐끗 본 순간, 그는 뒤뚱뒤뚱 걷는 여자가 자신의 오랜 친구임을 알아보았다. 몇 주 동안 통 그녀를 보지 못했다. 그는 재빨리 길을 건넜다. 붉은 낙엽이 발길에 마구 차였다. 그가 인사를 건네며 불러세우자, 그녀는 관심이라고는 눈곱만큼도 없는 얼굴로 답례를 했다. 접시로 보일 지경이었다. 구두가 잔뜩 든 손가방을 들고서 그녀는 그가 말을 꺼내기를, 대화를 이끌거나 나누기를 기다렸다. 그녀의 눈빛에 슬픔이 어려 있었다면 스탬프는 충분히 이해했을 것이다. 하지만 마땅히 슬픔이 깃들어야 할 자리에는 무관심만 도사리고 있었다.

"연달아 삼 주나 토요일 공터 모임에 빠졌더군요." 그가 그녀에게 말했다.

베이비 석스는 고개를 돌리더니 길가에 늘어선 집들을 훑어보았다.

"사람들이 왔었소." 그가 말했다.

"사람들이야 왔다가 또 가지요." 그녀가 대답했다.

"자, 내가 들어드리리다." 스탬프는 그녀의 가방을 받아 들어주려고 했지만 그녀가 거절했다.

"여기 근처에 배달 왔어요. 이름이 터커라던데." 그녀가 말했다.

"바로 저기요. 마당에 쌍둥이 밤나무가 있는 집이지. 병들었지만." 그가 말했다.

두 사람은 잠시 걸었다. 뒤뚱뒤뚱 걷는 그녀와 보조를 맞추기 위해 스탬프는 걸음을 늦췄다.

"그래서?"

"그래서라니, 뭘요?"

"토요일 모임 말이오. 부름을 들려주러 나올 거요?"

"내가 사람들을 불러서 사람들이 온다 해도, 대체 무슨 말을 하겠어요?"

"말씀을 전해야지!" 미처 자제할 틈도 없이 버럭 고함이 튀어나왔다. 낙엽을 태우던 두 백인이 고개를 돌려 그를 쳐다보았다. 스탬프는 허리를 숙이고 그녀의 귓가에 속삭였다. "말씀. 말씀 말이오."

"그것 또한 빼앗겼어요." 그녀가 대답했다. 그 말을 듣자 스탬프는 무슨 일이 있어도 그만둬서는 안 된다고 그녀를 타이르고 그녀에게 간청했다. 말씀은 그녀에게 주어진 것이며, 그녀는 그걸 전해야 한다고. 그래야만 한다고.

두 사람은 쌍둥이 밤나무가 서 있는 흰색 집에 도착했다.

"이제 내가 한 말을 알겠소?" 스탬프가 말했다. "저렇게 큰데 두 나무 잎사귀를 다 합쳐도 어린 자작나무 한 그루를 못 따라간다니까."

"그러네요." 말은 이렇게 하면서도, 그녀는 흰색 집만 쳐다보았다.

"당신이 꼭 해야 해요." 그가 말했다. "그래야만 해요. 아무도 당신처럼 부름을 전할 수는 없소. 꼭 나와야 해요."

"내가 해야 할 일은 침대에 들어가 눕는 거예요. 이 세상에서 아무 해도 끼치지 않는 것에만 매달리고 싶어요."

"그게 대체 무슨 소리요? 이 땅에 해롭지 않은 건 없소."

"아니, 있어요. 파란색이죠. 파란색은 아무에게도 해를 끼치지 않아요. 노란색도 마찬가지고."

"침대에 들어가 노란색에 대해 생각할 작정이라고?"

“난 노란색을 좋아해요.”

“그래서 뭘 어쩌려고? 파란색과 노란색을 다 생각하고 나면, 그다음엔?”

“말할 수 없네요. 그런 계획까지 세울 수는 없으니까.”

“당신은 하느님을 원망하고 있소. 당신이 하는 짓은 바로 그런 거요.” 그가 말했다.

“아니라니까, 스탬프. 그렇지 않아요.”

“그럼 백인들이 이겼다는 거요? 그런 얘기요?”

“그들이 내 집 마당에 들어왔다는 얘기예요.”

“아무것도 중요하지 않다는 듯 말하는구려.”

“그들이 내 집 마당에 들어왔다는 얘기예요.”

“세서가 저지른 짓이오.”

“그 아이가 그러지 않았다면?”

“하느님도 포기하셨다는 말이오? 제 몸의 피를 쏟아내는 일 말고는 우리가 할 수 있는 일이 아무것도 없다고?”

“그들이 내 집 마당에 들어왔단 말이에요.”

“당신은 지금 하느님을 벌주려는 거요.”

“하느님이 내게 내리신 벌에 비할까.”

“그래서는 안 돼요, 베이비. 옳지 않아요.”

“나도 옳고 그른 걸 알았던 시절이 있었죠.”

“지금도 알고 있소.”

“이제 나는 내 눈에 보이는 것만 알 뿐이에요. 신발을 들고 다니는 검둥이 여자.”

"아, 베이비." 스탬프는 혓바닥으로 입술을 축이며 그녀의 짐을 덜고 그녀의 마음을 돌릴 수 있을 말을 찾았다. "흔들리지 말아야 해요. '이 모든 일 역시 지나가리라.' 대체 뭘 바라는 거요? 기적이라도 찾는 거요?"

"아니요." 베이비 석스가 대답했다. "내가 여기 찾으러 온 걸 찾는 중이에요. 바로 뒷문이요." 그러고는 뒤뚱뒤뚱 뒷문으로 걸어갔다. 그 집 사람들은 베이비 석스를 집안에 들이지 않았다. 그녀를 계단에 그대로 세워둔 채 신발만 받아들었고, 그녀는 백인 여자가 10센트 동전을 찾으러 들어간 동안 난간에 엉덩이를 걸치고 쉬었다.

스탬프 페이드는 걸음을 돌렸다. 너무 화가 나서 도저히 집까지 바래다주며 이야기를 더 들어줄 수 없었다. 그는 잠시 베이비 석스를 지켜보다가, 아까부터 경계하는 표정으로 창밖을 내다보는 옆집 백인이 어떤 결론을 내리기 전에 얼른 돌아서서 떠났다.

이제 두번째로 124번지를 방문하려 하면서 스탬프는 그때 나눈 대화를 후회했다. 날카로웠던 자신의 어조, 자기가 태산처럼 여겼던 여인이 뼛속까지 지쳐 있는 모습을 보지 않으려 했던 자신의 태도를. 이제야, 너무 뒤늦게, 그녀를 이해할 수 있었다. 펌프처럼 사랑을 퍼올리던 심장, 말씀을 전하던 입은 중요하지 않았다. 어찌됐든 백인들은 그녀 집 마당까지 쳐들어왔고, 베이비 석스는 세서의 난폭한 선택을 비난할 수도 인정할 수도 없었던 것이다. 이쪽이든 저쪽이든 결정했더라면 그녀는 구원받았을지도 모른다. 하지만 양쪽 사이에 끼어 이러지도 저러지도 못하게 되자, 그녀는 자리에 누워버렸다. 마침내 백인들이 그녀를 쓰러뜨린 것이다.

그리고 스탬프도. 1874년이지만 백인들은 여전히 제멋대로 날뛰었다. 온 마을 흑인들이 몰살당하기도 했고, 켄터키 주에서만 한 해에 여든일곱 건의 흑인 린치가 일어났으며, 유색인 학교 네 곳이 완전히 불에 타버렸다. 다 큰 어른들이 아이처럼 채찍으로 얻어맞는가 하면 어린아이들이 어른처럼 채찍질을 당했고, 흑인 여자들은 집단 강간을 당했다. 재산을 빼앗기고 목이 부러졌다. 그는 살냄새를, 살냄새와 뜨거운 피냄새를 맡았다. 살냄새도 살냄새지만, 화형 린치의 불길 속에서 끓어오르는 인간의 피냄새는 완전히 달랐다. 악취가 코를 찔렀다. 〈노스 스타〉지의 페이지들에서, 목격자들의 입에서 악취가 풍겼다. 손수 전해진 편지에 적힌 비뚤비뚤한 손글씨에 악취가 새겨져 있었다. 각종 법률 기관에 제출되는 '그런 까닭에'라는 말로 가득찬 문서와 탄원서에서도 상세하게 적힌 악취가 났다. 하지만 그 무엇도 그를 뼛속까지 지치게 했던 적은 없었다. 그 무엇도. 그렇게 한 것은 리본이었다. 리킹 강 강둑에 뗏목을 묶고 최대한 안전하게 단속을 하는데, 밑바닥에서 뭔가 붉은 게 눈에 띄었다. 손을 뻗으면서도 그는 붉은색 깃털이 뗏목 틈에 끼었나보다 생각했다. 잡아당겨 보니 아직도 머릿가죽이 고스란히 붙어 있는 젖은 곱슬머리에 묶인 빨간 리본이 손안에 있었다. 그는 리본을 풀어 주머니에 넣고 머리카락은 수초 사이에 버렸다. 집으로 향하는 길에, 그는 숨이 차고 어지러워서 걸음을 멈췄다. 증상이 가실 때까지 기다린 뒤에야 다시 길을 갈 수 있었다. 잠시 후, 또 숨이 찼다. 이번에는 울타리 옆에 주저앉고 말았다. 그는 잠시 쉬다가 일어났지만 한 발짝도 못 가서 지나온 길을 돌아보았다. 그리고 얼어붙은 개흙과 그 너머 강을 향해 중얼거렸다. "대체 이 사람들은 뭐란 말입니까? 말씀해주십시오, 예수님. 그들은 어떤 인간들인가요?"

집에 도착했을 때, 그는 녹초가 되어 여동생과 조카들이 차려놓은 음식조차 먹을 수 없었다. 그는 어둠이 짙게 깔릴 때까지 추위 속에서 현관에 앉아 있다가, 자기를 부르는 여동생의 목소리가 점점 초조해지는 바람에 어쩔 수 없이 잠자리에 들었다. 그는 리본을 간직했다. 살냄새가 그의 신경을 건드렸다. 뼛속까지 약해진 탓인지, 세상의 해롭지 않은 것들만 생각하고 싶다는 베이비 석스의 소망이 그의 머릿속에 맴돌았다. 부디 그녀가 파란색, 노란색, 어쩌면 초록색에도 애착을 가지기를, 하지만 붉은색은 절대 고르지 않기를 바랐다.

그녀를 오해하고, 그녀를 비난하고, 그녀에게 빚을 졌지만, 이제는 자신도 알게 되었다는 걸 그녀에게 알려야 했다. 그리고 그녀와 그녀의 가족들에게 저지른 잘못을 바로잡아야만 했다. 그래서 뼛속까지 지치고 병들었음에도, 그는 그 목소리들을 뚫고 나아가 다시 한번 124번지의 문을 두드리려고 했던 것이다. 비록 단 한마디밖에 알아듣지 못했지만, 적어도 이번에는 누가 말하는지는 알 것 같았다. 줄에 옭아매여 목이 부러진 사람들, 불속에서 피가 끓어오른 사람들, 리본을 잃어버린 흑인 소녀들이었다.

얼마나 엄청난 아우성인지.

세서는 싱글싱글 웃으며 잠자리에 들었다. 얼른 자리에 누워서 자신이 이미 내린 결론의 증거들을 하나하나 밝혀보고 싶어 견딜 수가 없었다. 빌러비드가 처음 온 날과 그때의 상황, 그리고 공터에서의 입맞춤이 의미하는 바를 찬찬히 따져볼 작정이었다. 하지만 그녀는 잠이 들었고, 여전히 입가에 미소를 띤 채 눈을 뜨니 하얀 눈이 빛나는 아침이었다. 날이 어찌나 추운지 입김이 보일 정도였다. 그녀는 이불을 걷어차고 차가운 마룻바닥으로 내려설 용기가 생길 때까지 잠시 머뭇거렸다. 처음으로, 직장에 늦게 갈 작정이었다.

아래층으로 내려와보니 두 아이는 지난밤 그 자리에서 그대로 자고 있었다. 각자 담요를 둘둘 만 채, 서로 등을 맞대고 누워 베개에 코를 박고. 한 켤레의 스케이트와 나머지 한 짝이 현관문 앞에 나뒹굴고 있었고, 말리려고 화덕 뒤 못에 걸어놓은 스타킹은 아직 마르지 않았다.

세서는 빌러비드의 얼굴을 들여다보고 미소를 지었다.

이윽고 그녀는 조심스럽게 조용조용 그 아이 곁을 돌아서 화덕불을 살리러 갔다. 처음에는 종이를 좀 넣고, 그다음에는 불쏘시개를 조금만—너무 많지 않게—넣었다. 더 많은 장작을 넣어도 될 만큼 불길이 세지기 전까지 맛보기로만. 세서는 불길의 춤이 거세고 빨라질 때까지 불을 키웠다. 헛간에서 장작을 더 가져오려고 밖으로 나갔을 때, 그녀는 눈 위에 얼어붙은 남자 발자국을 미처 보지 못했다. 버석거리는 눈을 밟으며 집 뒤쪽으로 돌아 눈이 수북이 쌓인 장작더미로 다가갔을 뿐이었다. 그녀는 눈을 깨끗이 털어낸 다음 두 팔 가득 마른 장작을 안았다. 심지어 헛간을 똑바로 바라보고 지금은 기억하지 않아도 될 일들을 떠올리며 미소를, 미소를 지었다. 이런 생각을 하면서. 그 아이는 나한테 조금도 화나지 않았어. 조금도.

길 위에서 보았던 손에 손을 잡은 그림자는 폴 디와 덴버와 그녀가 아니라 '우리 세 사람'이었던 게 분명했다. 어젯밤 서로 손을 잡고 스케이트를 탄 세 사람, 바닐라향 우유를 홀짝거린 세 사람. 게다가 그녀의 딸이 영원한 곳에서 이렇게 집으로 돌아온 걸 보면, 아들들도 어디로 떠났든 분명히 그곳에서 돌아올 수 있고, 또 돌아올 것이었다.

세서는 추위에 이가 시려서 혀로 앞니를 감쌌다. 두 팔 가득 장작을 안고 구부정하게 몸을 숙인 채, 다시 집을 빙 돌아 현관으로 왔다. 자신이 누군가의 얼어붙은 발자국들을 밟고 있다는 사실은 절대 알아차리지 못했다.

집안에는 아이들이 여전히 자고 있었다. 다만 그녀가 잠깐 나가 있는 동안 둘 다 자세를 바꾸어 불가로 좀더 바싹 다가가 있었다. 품 안의 장작을 땔나무 상자에 쏟자, 살짝 몸을 뒤척이기는 했지만 깨지는 않았다. 세서는 최대한 조용히 요리용 화덕에 불을 피우기 시작했다. 자매를 깨우기 싫었고, 아침식사를 준비하는 동안 자신의 발치에서 아이들이 자고 있는 게 행복했기 때문이다. 직장에 늦으리라는 것만이 딱한 일이었다. 정말이지 참 딱했다. 십육 년 만에 처음인가? 어쨌든 참으로 딱한 일이었다.

세서는 어제 남긴 옥수수죽에다 달걀 두 개를 깨뜨려 넣고 패티를 만든 다음 햄 몇 조각과 함께 구웠다. 그때 덴버가 완전히 잠에서 깨어나 끙끙거렸다.

"등이 뻣뻣하니?"

"아아, 네."

"마루에서 자는 게 좋다더라."

"몸이 쑤셔 죽겠는걸요." 덴버가 투덜거렸다.

"넘어져서 그럴지도 몰라."

덴버가 씩 웃었다. "참 재밌었어요." 그녀는 고개를 돌려 가볍게 코를 골며 자는 빌러비드를 내려다보았다. "깨울까요?"

"아니, 자게 내버려둬."

"아침에 엄마 출근할 때 배웅하는 걸 좋아하는데."

"그렇게 하게 해줄게." 세서가 말했다. 그러고는 생각했다. 이 아이에게 말하기 전에, 그러니까 내가 안다는 걸 알려주기 전에, 먼저 잘 생각해야 해. 더는 기억하지 않아도 되는 일을 전부 생각해봐야지. 베이비가 말씀하신 것처럼 하는 거야. 생각해보고, 그런 다음 내려놓아라, 영원히. 잠시나마 폴 디는 저 바깥에 세상이 있고 내가 그 세상에서 살 수 있다는 확신을 주었지. 그렇지 않다는 걸 알았어야 했는데. 사실 알고 있었어. 바깥에서 무슨 일이 벌어지든 내 알 바 아니야. 세상은 이 방안에 있어. 바로 여기에 모든 게 있어. 필요한 모든 게.

세 사람은 남정네들처럼 정신없이 게걸스럽게 먹었다. 말도 별로 없이, 그저 서로 함께 있고 눈을 들여다볼 수 있다는 데 만족하며.

세서가 수건으로 머리를 동여매고 짐을 꾸려 타운으로 떠났을 때는 이미 오전도 절반쯤 지나서였다. 집을 떠나면서 그녀는 발자국도 보지 못했고 올가미처럼 124번지를 빙 둘러싼 목소리들도 듣지 못했다.

바퀴들이 지나간 자국을 터벅터벅 따라가며, 세서는 더는 기억하지 않아도 되는 일들로 마음이 들떠 몹시 기분이 좋았다.

난 아무것도 기억할 필요 없어. 설명할 필요도 없어. 그 아이는 모든 걸 이해하고 있으니까. 이제는 베이비 석스의 억장이 어떻게 무너졌는지도 잊을 수 있어. 그건 이 세상에 흔적 하나 남기지 않은 소멸이었다고 우리가 동의했던 것도. 내게 음식을 가져다주실 때의 눈빛도 잊을 수 있어. 하워드와 뷰글러는 무사하지만 서로 손을 놓지 않으려 한다고 하셨지. 놀 때도, 특히 잘 때 그러고 있다고. 베이비 석스는 바구니에서 음식을 꺼내 건네주셨는데, 철장 사이로도 충분히 주고받을 만큼 작게 포장한 음식이었지. 그러면서 새로운 소식을 속삭여주셨어. 보드윈 씨가 판사를 만나러 갈 거란다. 판사실에. 계속 판사실에, 라고 중얼거리셨지. 마치 그게 무슨 뜻인지 나나 당신이 알기라도 하는 듯. 오하이오주 델라웨어의 유색인 여성단체에서 나를 교수형에 처하지 말아달라는 탄원서를 제출했다는 소식도. 백인 전도사 두 명이 찾아와 나와 이야기를 나누고 나를 위해 기도해주고 싶어했다는 소식도. 신문기자도 왔다고 했다. 베이비는 이런 소식을 전해주었고, 나는 쥐를 잡을 게 필요하다고 말했었다. 어머니는 덴버를 데려가고 싶어했고, 내가 아기를 내놓지 않으려 하자 손뼉을 탁 치셨지. "귀고리는 어디 있니?" 어머니가 물었어. "내가 대신 갖고 있으마." 나는 간수가 가져갔다고 말했어. 내가 자해하지 못하도록. 간수는 내가 그런 철사 따위로 무슨 짓을 할 수 있을 거라 생각했나. 베이비 석스는 손으로 입을 가리고 말했어. "학교 선생이 마을을 떠났다. 청원서를 내고는 말을 타고 떠났어. 매장을 할 수 있도록 널 내보내줄 게다. 장례식이 아니라 그냥 매장이야." 그들은 과연 그렇게 했어. 보안관이 나를 데리고 갔는데, 내가 마차 안에서 덴버에게 젖을 먹이자 고개를 돌리더구나. 하워드와 뷰글러는 나를 근처에도 못 오게 했어. 그애들 머리카락도 못 만져봤지. 많은 사람들이 왔던 것 같은데, 난 그저 관만 바라보았어. 파이크 목사님이 정말 쩌렁쩌렁한 목소리로 설교를 했지만 난 하나도 알아듣지 못했어. 처음 단 두 단어만 빼고는. 그리고 석 달 후, 덴버가 이유식을 할 때가 되자 그들은 날 아주 내보내줬어. 난 당장 네 묘비를 세우러 갔단다. 하지만 묘비명을 새길 돈이 없었기에 내가 가진 것과 맞바꿔야만 했지(넌, 헐값에 팔아넘겼다고 할 테지). 그 사람에게 그 말을 전부 새겨달라고 하지 못한 게 지금까지도 미안하단다. 파이크 목사님의 설교 중에서 내가 알아들은 단 두 마디. '참으로 사랑하는' 그 두 마디 전부를. 너는 나에게 바로 그런 존재이니까. 하지만 이제는 겨우 한 마디밖에 새기지 못했다고 미안해할 필요가 없어졌어. 도살장과 그곳 마당에서 일하던 토요일의 여자들을 기억할 필요도 없고. 내가 저지른 짓이 베이비 석스 그분의 인생을 완전히 바꿔놓았다는 것도 잊을 수 있어. 공터도 친구들도 없이, 그저 빨래와 구두뿐인 인생을 살다 가셨지. 이제 난 그 모든 걸 다 잊을 수 있어. 내가 묘비를 세우자마자, 넌 집에 네 존재를 알리고 우리 모두를 미치도록 걱정시켰잖아. 그땐 이해할 수가 없었단다. 네가 나한테 단단히 화가 났다고 생각했지. 하지만 이제는 알아. 설령 화가 났었더라도, 지금은 그렇지 않다는 걸. 여기 내 곁으로 돌아와주었으니까. 결국 내 생각이 옳았던 거야. 내 집 문밖에는 세상이 없어. 이제 난 딱 하나만 알면 돼. 흉터는 얼마나 심하니?

세서가 영원한 현재에 빠져 십육 년 만에 처음으로 지각을 하며 일터로 걸어갈 때, 스탬프 페이드는 지독한 피로와 평생의 습관에 맞서 싸우고 있었다. 베이비 석스는 그들이 이겼다고 생각하고 공터로 가기를 거부했지만, 그는 그런 승리를 인정하고 싶지 않았다. 베이비네는 뒷문이 없었기 때문에 그는 용기를 내 싸늘한 한기와 목소리의 장벽을 뚫고 그녀의 것이었던 집 문을 두드렸다. 힘을 내려고 주머니 속 빨간 리본을 꼭 움켜쥔 채. 처음에는 살짝, 그러다가 점점 더 세게. 마침내는 사납게 쾅쾅 두드렸다. 이런 일이 일어날 수 있다는 것을 도저히 믿을 수 없어서. 자기가 나타났는데 흑인이 사는 집의 현관문이 활짝 열리지 않다니. 창가로 걸어가서 그는 울고 싶은 심정이 되었다. 분명히 집에 있으면서도 아무도 현관으로 나와보지 않았던 것이다. 리본이 가리가리 찢어질 만큼 비비면서, 노인은 돌아서 계단을 내려갔다. 이제 수치심과 빚진 기분에 호기심까지 더해졌다. 창문을 들여다보았을 때 두 사람이 그를 등진 채 웅크리고 있었는데, 한 사람은 누구의 머리인지 알아볼 수 있었지만 다른 한 사람이 마음에 걸렸다. 모르는 여자였고, 누군지 짐작조차 가지 않았다. 그 집을 찾을 사람은 아무도, 아무도 없었으니까.

즐겁지 않은 아침식사를 마친 후 그는 혹시 아는 게 있을까 싶어 엘라와 존을 찾아갔다. 어쩌면 거기서, 지금껏 그 오랜 세월을 맑은 정신으로 살아온 끝에, 결국 자기가 스스로 지은 이름이 잘못되었고 아직도 갚아야 할 또다른 빚이 있음을 알게 될지도 모르는 일이었다.* 태어날 때 이름은 조슈아였지만, 아내를 주인의 아들에게 넘겨주면서 그는 이름을 바꾸었다. 그는 아무도 죽이지 않기 위해, 결국 스스로를 죽이지 않기 위해 아내를 넘겨주었다. 아내가 반드시 살아 있어달라고 당부했기 때문이다. 그러지 않으면 주인 아들이 자기한테 싫증이 났을 때 자기가 어디로, 누구한테 돌아가겠느냐고 했던 것이다. 그런 선물을 바치고 난 다음, 그는 자기는 이 세상 누구에게도 빚진 게 없다고 결론 내렸다. 자신의 의무가 뭐였든 그 행동 하나로 다 갚은 거라고. 어쩌면 그

* 페이드(Paid)는 '값을 지불했다'는 뜻이다.

일로 인해 망나니나 배교자, 심지어 술주정뱅이가 될 수도 있을 거라고 생각했다. 아무에게도 마음의 빚이 없는 자유인. 어떤 의미로는 그렇게 된 셈이었다. 하지만 그런 건 아무 상관이 없었다. 일을 잘하든 못하든. 적게 하든 아예 하지 않든. 말이 되든 되지 않든. 잠을 자든 깨어 있든, 누구를 좋아하고 누구를 싫어하든. 제대로 사는 것 같지도 않았고 만족감을 얻지도 못했다. 그래서 그는 곤경에 빠져 빚을 진 사람들이 빚을 갚도록 도와줌으로써 빚이 없는 상태를 다른 사람들에게 전파했다. 매를 맞고 도망쳤다고? 그러면 배에 태워 강을 건네주고 빚을 갚은 것으로 쳐주었다. 말하자면 그들에게 그들 자신의 매매 증서를 준 셈이었다. "당신은 빚을 갚았소. 그러니 이제 인생이 당신에게 빚을 졌소." 그리고 그에 대한 영수증으로, 그렇게 말할 수 있다면, 그가 절대 두드리지 않아도 언제든 활짝 열리는 문을 받았다. 존과 엘라네 집 문 앞에서 "누구 안 계시오?" 하고 그저 한 번 부르기만 하면 경첩이 돌며 문이 열리는 것처럼.

"대체 내내 어디 틀어박혀 계셨어요? 존한테 이런 말까지 했다니까요. 스탬프 영감님이 집에서 꼼짝 않는 걸 보니 춥긴 추운가보다고요."

"아, 외출을 좀 했지." 그는 모자를 벗고 머리를 문질렀다.

"어디로요? 이 근처는 아닌 것 같은데." 엘라가 화덕 뒤 빨랫줄에 속옷 두 벌을 널었다.

"오늘 아침 베이비 석스네 집에 갔다 왔네."

"거긴 뭐하러요? 누가 초대라도 하던가요?" 엘라가 물었다.

"베이비의 혈육이잖아. 내가 그 가족을 돌보는 데 무슨 초대가 필요하겠어."

“쯧쯧.” 엘라는 전혀 동조하지 않았다. 그녀는 베이비 석스의 친구였고, 힘든 시절이 오기 전까지는 세서의 친구이기도 했다. 하지만 이후로는 서커스에서 고개를 한 번 까딱한 것 말고는 세서에게 인사도 하지 않았었다.

“그 집에 누가 새로 왔더군. 여자던데. 자네라면 누군지 알까 해서.”

“이 동네에 새로 온 흑인 중에 제가 모르는 사람은 없는데. 어떻게 생겼어요? 혹시 덴버 아니에요?”

“덴버라면 내가 잘 알지. 그애는 호리호리하던걸.”

“분명해요?”

“내 눈으로 본 걸 내가 모르겠나.”

“124번지에서야 뭘 볼지 모르는 일이죠.”

“그건 맞는 말이네만.”

“폴 디한테 물어보시는 편이 낫겠어요.” 엘라가 말했다.

“어디 있는지 찾을 수가 없어.” 스탬프가 말했다. 찾으려는 노력은 별로 하지 않았지만, 그 말은 사실이었다. 자기가 음산한 도살장에서 알려준 정보 때문에 인생이 완전히 달라져버린 남자를 대면할 자신은 아직 없었다.

“그 사람 요즘 교회에서 자던걸요.” 엘라가 말했다.

“교회라고!” 스탬프는 충격을 받았고 가슴이 몹시 아팠다.

“네. 파이크 목사님께 지하실에서 지내도 되겠느냐고 했대요.”

“거긴 지독하게 추운데!”

“그 정도야 알았겠죠.”

“왜 그러지?”

"약간 거만하잖아요. 척 보기에도."

"그럴 필요가 없잖아! 이 동네 사람 누구라도 받아줄 텐데!"

엘라는 돌아서서 스탬프 페이드를 바라보았다. "멀찌감치 떨어져 있는 사람 마음을 읽을 순 없잖아요. 부탁을 해야지."

"아니, 왜? 왜 부탁을 해야 하지? 누구든 먼저 얘기해주면 안 되나? 대체 어떻게 된 일이야? 언제부터 이 마을에 온 흑인이 개처럼 지하실에서 자게 됐느냐고?"

"화내지 마세요, 스탬프."

"내가 이상한 게 아냐. 누군가 정신을 차리고 기독교인답게 행동할 때까지는 계속 이럴 거야."

"거기서 지낸 지 며칠밖에 안 됐어요."

"단 며칠이라도 안 되지! 자네는 다 알면서도 도와주지 않았단 말이야? 자네답지 않구먼, 엘라. 나와 자네는 이십 년이 넘도록 강에서 흑인들을 구해내지 않았나. 그런데 이제는 한 사람 재워주지도 못하겠다는 건가? 일까지 하는 사람이잖아! 적어도 제 밥값은 하는 사람이라고!"

"부탁을 했으면 뭐든 해줬을 거예요."

"왜 갑자기 그런 게 필요해졌지?"

"그 사람을 잘 모르니까요."

"흑인이라는 건 알잖아!"

"스탬프, 아침부터 시비 걸지 마요. 그럴 기분 아니니까."

"그 여자 때문이지, 안 그런가?"

"그 여자라니 누구요?"

"세서 말이야. 그가 세서와 지내면서 그 집에 살았잖아. 자넨 그 여자

일에는 관여하고 싶지……"

"잠깐만요. 잘 알지도 못하면서 끼어들지 마세요."

"이봐, 그러지 마. 이러기엔 우린 너무 오래 알고 지냈어."

"글쎄, 그 집에서 무슨 일이 있었는지 누가 알겠어요? 보세요, 저는 세서도 모르고 그 집 식구들은 아무도 몰라요."

"뭐라고?"

"내가 아는 거라곤 그 여자가 베이비 석스의 아들과 결혼했다는 것 뿐인데, 그것도 잘 모르겠어요. 그럼 그 아들은 어디 있죠? 내가 가슴에다 끈으로 묶어준 아기를 안고서 그 여자가 존의 마차에서 내려 문 앞에 서기 전까지, 베이비는 그 여자를 한 번도 본 적이 없었어요."

"아기를 묶어준 사람은 나야! 그리고 넌 그 마차 근처에도 가지 않았잖아. 자넨 몰라도 그 자식들은 엄마를 안다고."

"그게 뭐요? 그애들의 엄마가 아니란 말은 안 했어요. 하지만 그애들이 베이비 석스의 손주들인지 누가 알아요? 그 여자는 포장마차를 탔는데 어떻게 남편은 못 탈 수가 있죠? 어디 한번 말해봐요. 어떻게 숲속에서 혼자 애를 낳았는지 말이에요. 백인 여자가 숲에서 나타나 도와줬다고 말해보시라고요. 망할. 그 말을 믿어요? 백인 여자요? 네, 어떤 부류의 백인인지 알 것 같군요."

"아, 엘라. 그러면 안 돼."

"숲속을 떠돌아다니는 백인이라면 뻔하잖아요. 총을 들고 있지 않더라도 나 같으면 절대 상대하지 않을 거예요!"

"자네들은 친구였어."

"네, 그 여자가 본색을 드러내기 전까지는요."

"엘라."

"자기 자식 목에 톱질을 해대는 친구는 사귀지 않아요."

"자네는 수렁에 빠졌어."

"아니, 아니죠. 전 마른땅에 있고 계속 여기 머물 거예요. 수렁에 빠진 사람은 영감님이에요."

"지금 자네가 하는 말이 폴 디와 대체 무슨 상관이지?"

"그 사람은 왜 도망쳤죠? 말해주세요."

"나 때문이야."

"영감님 때문이라고요?"

"얘기를 했거든. 그…… 신문 기사를 보여줬어…… 세서가 저지른 일에 대한 기사 말이야. 그걸 읽어줬어. 그날 바로 그 집에서 나오더군."

"그런 얘긴 안 해주셨잖아요. 전 그 사람이 다 아는 줄 알았어요."

"그 사람은 아무것도 몰랐어. 베이비 석스가 있던 곳에서 함께 지냈던 시절의 세서밖에는."

"그 사람이 베이비 석스를 알아요?"

"알고말고. 아들 핼리도 알지."

"그런데 세서가 저지른 짓을 알고서 떠났단 말이죠?"

"어쨌든 그 사람이 머물 곳이 있긴 한 것 같군."

"영감님 말씀을 들으니 좀 달리 보이네요. 전 그런 줄은 모르고……"

하지만 스탬프 페이드는 그녀가 무슨 생각을 하는지 알았다.

"그 사람 안부를 물으려고 오신 건 아니었죠." 엘라가 말했다. "새로 온 여자애 얘기를 하셨잖아요."

"그랬지."

"글쎄, 폴 디라면 누군지 알겠죠. 아니면 무엇인지."

"자네 머릿속에는 온통 유령 생각뿐인가보군. 어디에서든 유령을 보니 말이야."

"안 좋게 죽은 사람들이 땅속에 편히 머무르지 못한다는 건 영감님도 잘 아시잖아요."

그는 부인할 수 없었다. 예수님께서도 그러지 못했으니까. 그래서 스탬프는 엘라가 내놓은 편육 한 점을 먹어 나쁜 감정이 없다는 걸 보여준 후, 폴 디를 찾아나섰다. 폴 디는 눈이 시뻘게져서 무릎 사이에 손을 집어넣고 성 구세주 교회 계단에 앉아 있었다.

그녀가 부엌에 들어서자마자 소여가 버럭 호통을 쳤지만, 그녀는 아랑곳하지 않고 돌아서서 앞치마로 손을 뻗었다. 이제 입구 따위는 없었다. 들어올 수 있는 틈새나 균열도 없었다. 세서는 어떻게든 그들을 멀리하려고 애썼지만, 언제라도 저들이 자기를 뒤흔들고, 머물러 있는 자리에서 떼어놓고, 머리카락 속으로 짹짹거리는 새들을 다시 몰아넣을 수 있다는 것을 아주 잘 알았다. 그녀의 젖을 바싹 말려버린 것, 이미 그들이 한 짓이었다. 그녀의 등을 갈라 나무가 자라도록 한 것도. 배가 불룩한 그녀를 숲속으로 내몬 것도 그들 소행이었다. 그들과 관련된 소식은 죄다 구역질이 났다. 그들은 핼리의 얼굴에 버터를 처바르고 폴 디의 입에 쇠 재갈을 물렸다. 식소를 바싹 태워버리고 그녀의 어머니를 목매달았다. 세서는 더이상 백인들에 관한 소식은 듣고 싶지 않았다. 엘라가, 존과 스탬프 페이드가 아는 사실, 백인들이 좋아할 만한 방식대로 꾸며진 세상에 대해서는 조금도 알고 싶지 않았다. 그들에 관한 소식은 머리카락 속의 새소리와 함께 끝났어야 했다.

한때는, 아주 오래전이지만, 그녀도 순했고 남을 잘 믿었다. 가너 부인을 믿었고 부인의 남편도 믿었다. 속치마 안에 귀고리를 묶어서 도망쳤지만, 귀에 달고 싶어서라기보다는 간직하고 싶어서였다. 백인들 중에서 그래도 몇 사람은 다르다고 믿게 해주는 귀고리였다. 학교 선생이 한 명 있으면 에이미 같은 백인도 한 명 있을 거라고. 선생의 조카들 같은 백인이 한 명 있으면 가너 씨나 보드윈 씨나 아니면 점잖게 팔꿈치를 붙잡아주고 젖을 먹일 때 고개를 돌려준 보안관 같은 사람이라도 한 명 있을 거라는 믿음. 하지만 이후 그녀는 베이비 석스의 유언을 한 글자도 남김없이 다 믿게 되었고, 특별한 백인과 행운에 대한 기억들은 몽땅 묻어버렸다. 그런데 폴 디가 그 기억을 다시 파내고, 그녀에게 몸을 돌려주고, 그녀의 갈라진 등에 입을 맞추며 그녀의 기억을 자극한 다음, 또다른 소식을 가져다주었던 것이다. 응고시킨 우유와 쇠 재갈과 수탉의 미소에 대한 소식을. 하지만 정작 그는 그녀의 소식을 듣자마자, 발이 몇 개인지 세어보고는 작별 인사도 없이 떠나버렸다.

"아무 말 마세요, 소여 씨. 오늘 아침에는 아무 말도 마시라고요."

"뭐? 뭐? 뭐라고? 지금 나한테 말대꾸하는 거야?"

"아무 말도 하지 마시라고 했어요."

"얼른 파이나 만드는 게 좋을걸."

세서는 과일을 만져보고 과도를 집어들었다.

파이에서 나온 과일즙이 오븐 바닥에 떨어져 쉬익 소리를 낼 때, 그녀는 이미 감자 샐러드를 만들고 있었다. 소여가 부엌에 들어와 잔소리를 했다. "너무 달게 하지 마. 너무 달게 하면 손님들이 안 먹는단 말이야."

"늘 하던 대로 했는데요."

"그래, 너무 달다니까."

소시지는 남아서 되돌아오는 법이 없었다. 요리사가 소시지를 잘 만들었기 때문에, 소여 식당에 먹다 남은 소시지란 없었다. 그래서 세서는 소시지가 필요할 때면 만들어지자마자 따로 챙겨놓았다. 그런대로 먹을 만한 스튜도 좀 있었다. 문제는 그녀가 만든 파이도 모두 팔린다는 것이었다. 겨우 쌀 푸딩과 제대로 구워지지 않은 생강 과자만 반 판 정도 남을 뿐이었다. 아침 내내 몽상에 빠져 있지 않고 주의를 기울였다면 점심거리를 찾아 게처럼 쑤시고 다니지는 않았을 텐데. 그녀는 시계를 잘 볼 줄 몰랐지만 시곗바늘 두 개가 숫자판 꼭대기에 딱 붙어서 기도를 드릴 때 자신의 일과가 끝난다는 것은 알았다. 쇠뚜껑이 달린 단지에 스튜를 담고 고기 싸는 종이로 생강 과자를 쌌다. 그리고 그것들을 겉치마의 주머니에 넣고 설거지를 하기 시작했다. 요리사와 웨이터 두 명이 퇴근하며 챙겨간 것에 비하면 이 정도는 아무것도 아니었다. 소여 씨는 근로 조건에 3달러 40센트의 주급과 함께 점심식사를 포함시켰고, 그녀는 처음부터 그 점심을 집에 싸가겠다고 확실히 말해두었다. 그렇지만 성냥이나 등유 조금, 약간의 소금, 버터 같은 물품들도 이따금 가져가곤 했다. 그런 것들을 살 형편은 되었기 때문에 좀 부끄럽긴 했다. 그녀는 단지 오하이오의 모든 백인들이 볼일을 다 보고 나서야 점원이 뒷문에 난 구멍을 통해 들여다보는 검둥이들의 얼굴로 눈길을 돌릴 때까지 다른 이들과 함께 펠프스의 가게 뒷문 밖에서 기다리고 서 있어야 하는 곤혹스러운 상황이 싫을 뿐이었다. 또한 이게 도둑질이기 때문에 세서는 수치스러웠다. 도둑질이라는 문제에 대한 식소의 주장은 재밌기는 했지만 그녀의 기분까지 바꿔놓진 못했다. 학교 선생의 생각을 바꿔놓지 못한 것처럼.

"새끼 돼지 훔쳤지? 네가 새끼 돼지를 훔쳤어." 학교 선생은 조용하지만 단호했다. 그럴듯한 대답을 기대하지 않고 그저 묻는 시늉만 하는 것 같았다. 식소는 일어나서 애원하거나 부인하지도 않고 그냥 자리에 앉아 있었다. 손에 살코기를 움켜쥔 채 앉아 있었다. 양철 접시에는 보석—거칠고 연마되지 않았지만 약탈품인 것만은 분명한—같은 연골이 모여 있었다.

"돼지를 훔쳤지? 그렇지?"

"아닙니다, 주인님." 식소가 대답했다. 하지만 예의상 시선은 계속 고기에 두었다.

"네놈이 훔치지 않았단 말이지. 내가 널 똑바로 보고 있는데?"

"네, 주인님. 훔치지 않았습니다."

학교 선생이 씩 웃었다. "그럼 네놈이 잡았느냐?"

"네, 주인님. 제가 잡았습니다."

"살도 발라내고?"

"네, 주인님."

"네놈이 요리도 했느냐?"

"네, 주인님."

"그래, 그럼, 네놈이 먹었느냐?"

"네, 주인님. 분명히 제가 먹었습니다."

"그런데도 훔치지 않았다는 거냐?"

"네, 주인님. 훔치지 않았습니다."

"그럼 뭐냐?"

"주인님의 재산을 불려드린 겁니다."

"뭐라고?"

"식소는 고지대 밭에 호밀을 심어서 더 좋은 기회를 줍니다. 식소는 땅을 일구고 비료를 뿌려서 주인님께 더 많은 곡식을 줍니다. 식소는 식소를 먹이고 돌봐서 주인님께 더 많은 일을 해드립니다."

영리한 답변이었지만 학교 선생은 어쨌든 그를 때렸고, 말뜻을 정의하는 일은 정의를 내리는 사람 소관이지 정의를 듣는 사람 소관이 아님을 보여주었다. 가너 씨가 귀에 구멍이 나서—가너 부인은 뇌졸중으로 고막이 터졌다고 했고, 식소는 화약 때문이라고 했다—죽은 이후로, 그들이 건드리는 건 무엇이든 훔친 물건으로 여겨졌다. 옥수수 하나뿐 아니라, 낳은 암탉도 기억하지 못하는 달걀 두 개까지 죄다. 학교 선생은 스위트홈 남자들에게서 총을 빼앗았고, 고작해야 빵과 콩, 옥수수죽, 채소 그리고 도축하고 약간 남은 고기가 전부인 그들의 식단을 보충해줄 사냥감까지 빼앗아갔다. 그들은 적극적으로 좀도둑질을 하기 시작했고, 그것은 그들의 권리이자 의무가 되었다.

그때는 세서도 그런 일을 이해했다. 하지만 이제 전과자를 고용할 만큼 친절한 주인 밑에서 돈을 받으며 일하다보니, 다른 검둥이들과 함께 일반 가게 창문 앞에 줄을 서서 기다리느니 좀도둑질이 낫다고 여기는 자신의 자만심이 혐오스러웠다. 그녀는 다른 흑인들을 밀치고 싶지도, 밀쳐지고 싶지도 않았다. 특히 지금은, 그들에게 비난이나 동정의 대상이 되고 싶지 않았다. 그녀는 손등으로 이마를 문질러 땀을 닦았다. 힘든 하루가 끝나갔고 벌써 마음이 들떴다. 지난번 탈출 이후로 이렇게 생기가 돈 적은 없었다. 골목을 돌아다니는 개들에게 음식 찌꺼기를 던져주고 미친듯이 먹어치우는 개들을 지켜보면서, 그녀는 입술을 꽉 다물었다. 오늘은 누군가 마차를 태워주겠다면 기꺼이 받아들이고 싶은 날이었다. 아무도 그러지는 않겠지만. 십육 년 동안 그녀의 자존심은 어떤 부탁도 용납하지 않았으니까. 하지만 오늘은. 아, 오늘만큼은. 지금은 먼길을 훌쩍 뛰어넘어 한시라도 빨리 집에 있고 싶었다.

소여가 그녀에게 다시는 늦지 말라고 주의를 줄 때도 그녀는 듣는 둥 마는 둥 했다. 소여도 한때는 다정한 사람이었다. 사람을 대할 때도 인내심을 갖고 상냥하게 도와주었다. 하지만 아들이 전쟁에서 죽은 이후로 해마다 점점 더 고약해졌다. 마치 모든 게 세서의 까만 얼굴 탓인 양.

"네, 네." 그녀는 어떻게 하면 시간을 재촉해 한시도 지체하지 않고 단숨에 도착할 수 있을까 궁리하면서 대답했다.

걱정할 필요가 없었다. 단단히 외투를 여미고 허리를 잔뜩 수그린 채 집으로 출발했을 때, 그녀의 머릿속은 잊어버려도 되는 일들로 분주했기 때문이다.

감사하게도 이제 난 재기억하거나 얘기할 필요가 없어. 넌 다 알고 있으니까. 전부. 난 절대 널 떼어놓고 싶지 않았다는 걸 너도 알잖아. 절대. 하지만 내가 생각할 수 있는 방법은 그것뿐이었어. 기차*가 왔을

* 19세기 미국의 노예제 폐지론자들이 본격적으로 도망노예들을 돕기 위해 벌인 활동을 '지하 철도 운동(Underground railroad)'이라고 한다. 이들은 도피 경로를 '선로', 도피안

때를 대비해 언제든 채비를 하고 있어야만 했어. 학교 선생은 우리가 배울 수 없는 것들만 우리에게 가르쳤지. 난 줄자 따위에는 아무 관심도 없었어. 우린 모두 그걸 보고 웃었지. 식소만 빼고. 그는 어떤 일에도 웃지 않았으니까. 하지만 난 신경쓰지 않았어. 학교 선생은 줄자로 내 머리 둘레를 재고, 코 너비를 재고, 엉덩이 둘레를 잿어. 내 이에 번호를 매겼지. 난 그가 멍청하다고 생각했어. 그리고 그가 하는 질문들은 세상에서 가장 멍청한 소리라고.

그때 엄마와 네 오빠들은 두번째 밭에서 나오고 있었단다. 첫번째 밭은 집 가까이에 있었는데, 열매를 빨리 맺는 작물들을 심었지. 콩이나 양파, 스위트피 같은 것들 말이야. 또다른 밭은 더 멀리 아래쪽에 있었는데, 오래 걸리는 작물들, 감자나 호박, 오크라, 자리공 등이 자랐어. 그쪽에는 거둘 게 별로 없었단다. 아직 때가 일렀거든. 어린 자리공이 좀 자랐을 수도 있었겠지만 그게 고작이었어. 우리는 김을 매고 모든 곡물들이 싹이 잘 트도록 괭이질을 좀 했지. 그러고는 집으로 출발했단다. 두번째 밭에서 돌아가는 길은 지대가 점점 높아졌어. 언덕은 아니었지만 그와 비슷했지. 뷰글러와 하워드가 달려올라갔다가 굴러내려오고 다시 달려올라갔다가 굴러내려오기에는 충분했어. 한때는 꿈속에서 그애들이 그렇게, 까르르 웃으면서 짧고 통통한 다리로 언덕을 달려올라가는 모습이 보였지. 이제 내 눈에 보이는 거라고는 철로를 따라 걸어가는 그애들 뒷모습뿐이로구나. 나한테서 점점 멀어져가는 모습. 언제나 내게서 멀어져갔지. 하지만 그때 그애들은 언덕을 뛰어오르

내자를 '역무원', 도망노예를 '화물'이라고 불렀다. 여기서 '기차'는 실제 기차가 아니고 도망노예를 데려갈 운송 수단을 가리킨다.

고 구르면서 행복해했단다. 아직 때가 일렀어. 작물이 성장하는 계절이 코앞이었지만 자란 건 별로 없었지. 여전히 콩꽃이 피어 있던 게 기억나는구나. 풀만 길게 자랐는데, 하얀 꽃봉오리와 다이앤이라 불리는 키 큰 붉은 꽃이 가득했어. 푸른빛이 아주 희미하게 감도는 꽃도 있었어. 수레국화처럼 밝은빛이었는데, 아주 연한, 정말로 연한 색이었지. 아마 나는 서둘러 돌아와야 했을 거야. 널 바구니에 눕혀 마당에 놓고 갔으니까. 닭들이 할퀴지 못하는 곳에 두고 왔지만 모를 일이었지. 그런데도 난 돌아오는 길에 꾸물거렸고, 네 오빠들은 두세 발짝 옮길 때마다 하늘 한 번 보고 꽃 한 번 보는 엄마를 참고 기다리지 못했어. 결국 앞서 달려가버리는 그애들을 난 그냥 내버려두었단다. 그 계절의 공기에는 달콤한 뭔가가 살고 있어서 산들바람이 적당히 불면 도저히 집안에 가만있을 수가 없지. 돌아왔을 때 하워드와 뷰글러가 숙소 옆에서 깔깔거리는 소리가 들려왔어. 나는 괭이를 내려놓고 마당을 가로질러 너한테 갔지. 그늘이 움직이는 바람에 내가 돌아왔을 때는 햇빛이 너를 똑바로 비추고 있더구나. 바로 네 얼굴을 비추었는데도 너는 깨지 않았어. 여전히 잠들어 있었지. 난 널 들어올려 품에 안고 싶기도 했고, 잠자는 네 모습을 그대로 바라보고 싶기도 했단다. 둘 중에 뭘 해야 할지 몰랐어. 네 얼굴이 정말이지 사랑스러웠으니까. 멀지 않은 곳에 가너 씨가 만든 포도 덩굴로 덮인 정자가 있었어. 항상 거창한 계획을 세웠던 가너 씨는 자기가 마실 포도주를 직접 만들고 싶어했지. 끝끝내 포도잼 한 단지밖에는 나오지 않았지만. 아마 흙이 포도를 기르는 데 맞지 않았던 것 같아. 네 아빠는 흙이 아니라 비 때문이라고 생각했지. 식소는 벌레 때문이라 했고. 포도는 아주 작고 단단했단다. 게다가 식초처럼 시었지. 그래도 거기에는 작은 식탁이 하나 있었어. 나는 네가 누운 바구니를 들고 포도 덩굴 정자로 갔단다. 그늘지고 시원했어. 나는 작은 식탁에 널 내려놓고서, 모슬린 한 조각만 있으면 벌레 같은 게 널 물지 못하게 할 텐데 하고 생각했어. 그리고 가너 부인이 당장 부엌에서 날 찾지만 않는다면, 의자를 하나 가져와서 거기서 내가 야채를 손질하면서 너와 함께 있을 수 있겠다고 생각했지. 나는 부엌 제면기 옆에 놓인 깨끗한 모슬린을 가지러 뒷문 쪽으로 갔어. 발밑에서 느껴지는 풀의 감촉이 참 좋았지. 뒷문 가까이 가자 목소리가 들렸어. 학교 선생이 오후마다 아주 잠깐씩 학생들을 앉혀놓고 책을 가르쳤거든. 날씨가 좋으면 학생들은 테라스에 앉아서 배우기도 했어. 모두 세 명이었지. 선생이 이야기하면 학생들은 받아적었어. 아니면 선생이 책을 읽으면 학생들이 그걸 받아적곤 했어. 난 아무에게도 이 이야기는 하지 않았단다. 네 아빠에게도, 그 누구에게도 말이야. 가너 부인에게는 이야기할 뻔했지만, 당시에 부인은 몸이 몹시 약했고 점점 더 나빠지고 있었어. 그러니 이 이야기는 이번에 처음으로 하는 거야. 너한테 이 이야기를 하는 까닭은, 뭔가 설명하는 데 도움이 될지도 모르기 때문이란다. 물론 네가 설명을 요구하지 않을 거라는 건 알지만 말이야. 이야기하는 것도, 심지어 생각하는 것도. 그러니 듣고 싶지 않다면, 듣지 않아도 돼. 하지만 그날 나는 어쩔 수 없이 들어야만 했단다. 선생이 학생들에게 이런 말을 하고 있었어. "누구를 하고 있니?" 그러자 남자애 중 하나가 대답했어. "세서요." 내 이름이 들리기에 발길을 멈췄어. 그러고는 그들이 뭘 하는지 보이는 곳으로 몇 걸음 다가갔지. 학교 선생이 한 손을 어떤 학생의 등에 댄 채 그 아이를 내려다보고 서 있었어. 그는 집게

손가락에 두어 번 침을 묻히더니 공책을 몇 장 넘겼어. 천천히. 내가 그만 돌아서서 모슬린을 가지러 가려는 순간, 또다시 그의 말소리가 들렸어. "아니, 아니야. 이런 식으로 하는 게 아니야. 그 여자의 인간적인 특징은 왼쪽에, 동물적인 특징은 오른쪽에 적으라고 했잖니. 줄을 맞추는 걸 잊지 마라." 나는 뒷걸음질치기 시작했어. 고개를 돌려 길을 보지도 않았지. 무조건 발을 들어 뒤로 계속 물러났을 뿐. 그러다가 나무에 쾅 부딪혀 머릿가죽이 따끔거렸어. 개 한 마리가 마당에서 냄비를 핥고 있었어. 난 재빨리 포도 덩굴 정자로 돌아왔지만 모슬린은 가져오지 못했어. 파리들이 잔뜩 네 얼굴 위에 앉아 다리를 비벼대고 있었지. 머리가 미칠 듯이 가려웠어. 마치 누군가 가느다란 바늘로 내 머릿가죽을 콕콕 찌르는 듯했어. 핼리한테도, 아무한테도 이 이야기는 하지 않았어. 하지만 바로 그날, 가너 부인에게 살짝 물어보기는 했지. 그때 부인은 몹시 기운이 없었어. 돌아가실 때만큼은 아니었지만, 그래도 점점 약해져 가던 때였지. 부인의 턱밑에 주머니 같은 게 자라고 있었어. 그 때문에 아프진 않은 것 같았지만, 쇠약해진 건 그 때문이었어. 처음 얼마 동안은 아침에 자리에서 일어나 팔팔하게 다니다가도 두번째로 소젖을 짤 때쯤이면 서 있지도 못했지. 그러다가 늦잠을 자기 시작했어. 그날, 내가 이층으로 올라간 날은 온종일 침대에서 꼼짝도 못하고 있었지. 그래서 콩 수프를 갖다드리면서 그 참에 부인에게 물어봐야겠다고 생각했어. 침실 문을 열자 취침용 모자를 쓴 부인이 날 바라보았어. 이미 부인의 눈빛에서 생기라고는 찾아보기 힘들었어. 신발과 스타킹이 마루에 떨어져 있어서, 나는 부인이 옷을 입으려고 애썼다는 걸 알아차렸지.

"콩 수프를 좀 가져왔어요." 내가 말했어.

부인이 대답했어. "삼킬 수 있을 것 같지 않구나."

"조금이라도 드셔보세요."

"너무 진해. 틀림없이 너무 진할 거야."

"물을 좀 타서 묽게 만들까요?"

"아니야. 그냥 치워라. 시원한 물이나 좀 가져다주렴. 그거면 돼."

"네, 마님. 그런데 마님, 뭐 좀 여쭤봐도 될까요?"

"뭔데 그러니, 세서?"

"특징이 무슨 뜻인가요?"

"뭐라고?"

"단어요. 특징이란 단어요."

"아." 부인이 베개에서 고개를 돌렸어. "성질이란 거야. 누가 그런 말을 가르쳐줬니?"

"학교 선생님이 말하는 걸 들었어요."

"물을 좀 갈아주렴, 세서. 미지근하구나."

"네, 마님. 성질이라고요?"

"세서, 물. 시원한 물."

나는 하얀 콩 수프가 담긴 쟁반에 물주전자를 올리고 아래층으로 내려갔지. 그리고 시원한 물을 가지고 돌아와 부인이 물을 마시는 동안 머리를 받쳐주었어. 목에 생긴 혹 때문에 삼키기가 힘들어서 물을 마시는 데도 한참이 걸렸지. 부인은 다시 누워서 입을 닦았단다. 물을 마셔서 잠시 흡족한 듯 보이더니 이내 인상을 찡그리며 말하더구나. "깨어 있을 수가 없을 것 같구나, 세서. 잠만 자고 싶어."

"그럼 주무세요. 제가 집안일을 할게요." 나는 부인에게 말했어.

하지만 부인은 이건 어떠냐, 저건 어떠냐 하며 계속 말을 시키더구나. 핼리는 아무 문제 없으리란 걸 알지만 학교 선생이 폴들과 식소를 잘 다루는지 궁금하다고도 했어.

"네, 마님. 그런 것 같아요." 내가 대답했지.

"선생이 시키는 대로 따르니?"

"시킬 필요도 없는걸요."

"다행이야. 고마운 일이구나. 나도 하루이틀 지나면 다시 아래층에 내려가볼 수 있을 거야. 휴식이 좀더 필요할 뿐이야. 의사 선생님이 다시 오기로 돼 있어. 내일이지?"

"성질이라고 하셨나요, 마님?"

"뭐라고?"

"성질이라고 하셨죠?"

"음, 비슷해. 여름의 성질은 덥다는 거잖아. 특징은 성질이야. 자연스럽게 타고난 것."

"성질이 하나보다 많을 수 있나요?"

"많을 수 있지. 가령 아기는 엄지손가락을 빨잖니. 그게 하나의 성질이지만 또다른 성질도 있지. 빌리를 레드코라한테서 떼어놓도록 해. 그이는 절대 한 해 걸러 한 번씩 새끼를 낳게 하지 않았어. 세서, 내 말 듣고 있니? 창가에서 떨어져서 내 말 좀 들으렴."

"네, 마님."

"서방님한테 저녁식사 후에 좀 올라오시라고 전해주고."

"네, 마님."

"머리를 감으면 이도 없어질 거야."

"제 머리에는 이 없어요, 마님."

"뭐든 간에, 슬쩍슬쩍 긁을 게 아니라 박박 문질러 씻어야 해. 우리집에 비누가 떨어진 건 아니겠지?"

"네, 마님."

"좋아. 이제 됐다. 말을 했더니 피곤하구나."

"네, 마님."

"그리고 고맙다, 세서."

"네, 마님."

너는 너무 어렸으니까 숙소를 기억하지 못할 거야. 네 오빠들은 창문 밑에서 잠을 잤지. 나랑 너랑 네 아빠는 벽 쪽에서 잤고. 학교 선생이 내 몸의 치수를 잰 이유를 들은 그날 밤 나는 잠을 이루지 못했어. 핼리가 들어왔을 때 나는 학교 선생을 어떻게 생각하느냐고 물었지. 아무 생각도 없다고 하더군. 세서, 그는 백인이야, 안 그래? 그래서 내가 말했어. 그런데 내 말은, 그도 가너 씨 같은 사람일까?

"대체 뭘 알고 싶어, 세서?"

"주인님하고 마님 말이야. 그분들은 전에 봤던 백인들과는 달라. 여기 오기 전에 있었던 큰 농장 사람들하고는 다르다고." 나는 말했어.

"어떻게 다른데?" 그가 물었지.

"글쎄, 조용조용하게 말하지."

"그건 중요하지 않아, 세서. 시끄럽게 말하든 조용히 말하든 하는 말은 똑같으니까."

"가너 씨는 당신이 어머니를 사게 해줬잖아."

"그래, 그랬지."

"그런데도?"

"안 그랬으면 어머니는 화덕 앞에서 쓰러져 죽었을 테니까."

"그래도, 그렇게 해줬잖아. 당신이 일해서 갚도록."

"그래그래."

"정신 차려, 헬리."

"그래, 그렇다고 했잖아."

"안 된다고 할 수도 있었는데, 그러지 않았어."

"그래, 안 된다고 하지 않았어. 어머니는 여기서 십 년을 일했어. 그런데 또 십 년을 더 일한다면 어머니가 견딜 수 있었을 거라고 생각해? 내가 어머니의 여생을 위해 주인에게 값을 치르고, 그 대가로 주인은 너랑 나랑 그리고 세 아이를 더 얻은 셈이야. 난 아직 일 년 더 일해서 빚을 갚아야 해. 일 년 더. 그런데 저기 저 학교 선생이 나더러 그만두라고 했어. 그럴 이유가 없다고. 별도로 일을 해야 하는데 여기 스위트홈에서 해야 해."

"별도로 일을 하면 돈을 준대?"

"아니."

"그럼 어떻게 빚을 갚아? 얼마나 되지?"

"123달러 70센트."

"그 사람은 그걸 받고 싶지 않대?"

"다른 걸 원해."

"뭘?"

"나도 몰라. 뭔가 있어. 어쨌든 선생은 더이상 날 스위트홈 밖으로 내보내고 싶어하지 않아. 우리 아들들이 아직 어려서 내가 다른 곳에서 일을 하면 수지가 안 맞는대."

"당신이 빚진 돈은 어떻게 하고?"

"다른 식으로 받아내겠지."

"어떻게?"

"나도 몰라, 세서."

"그렇다면 유일하게 남은 질문은, 어떻게 하느냐는 거네? 어떻게 받아내려는 걸까?"

"몰라. 그게 한 가지 의문이고, 하나가 더 있어."

"뭔데?"

그는 살짝 몸을 일으키며 돌아누워서 손가락 마디로 내 뺨을 톡 쳤어. "그 의문은 이거야. 당신은 누가 사서 빼내주지? 또 나는? 또 저애는?" 네 아빠는 네가 누워 있는 쪽을 가리켰어.

"무슨 소리야?"

"별도로 일하는 것까지 포함해서, 스위트홈에서만 일하면 난 이제 뭘 팔 수 있겠느냐고."

그는 돌아눕더니 다시 잠들어버렸어. 나는 잠을 잘 수 없을 것 같았는데, 조금 잤어. 그가 한 말에, 아니 어쩌면 그가 하지 않은 말에 잠이 깼지. 한 대 얻어맞은 사람처럼 멍하니 일어나 앉았는데, 그때 네가 잠에서 깨어 울기 시작했어. 너를 어르고 달랬지만 방이 비좁아서 밖으로 걸어나왔지. 이리저리 서성거렸어. 이리저리. 저택의 위층 창문에서 흘러나오는 불빛 말고는 온 세상이 깜깜했어. 부인이 아직 잠들지 못한 모양이었어. 나는 정신이 번쩍 들게 한 그 말을 머릿속에서 떨쳐버릴 수 없었어. "우리 아들들이 아직 어려서"라는 말. 핼리가 한 그 말이

날 확 깨웠어. 풀을 벨 때도 우유를 짤 때도 장작을 가져올 때도 그 말은 온종일 내 뒤를 따라다녔지. 한동안, 한동안 말이야.

우리는 그때부터 계획을 짰어야 했어. 하지만 그러지 않았어. 무슨 생각이었는지 모르겠어. 하지만 거기서 벗어나는 길은 돈이라고 생각했지. 몸값을 주고 사는 것. 도망친다는 생각 따위는 우리 머릿속 어디에도 없었어. 우리 모두? 몇 명만? 어디로? 어떻게? 결국 그 이야기를 꺼낸 사람은 식소였어. 가너 부인이 생계를 유지하려 애를 쓰다가 폴 에프를 판 다음이었지. 부인은 그 돈으로 이미 이 년을 살았고, 내 생각에 돈은 바닥이 나버렸을 거야. 그래서 학교 선생에게 농장을 맡아달라고 편지를 썼고. 스위트홈 남자들이 넷이나 있었지만, 부인은 여전히 시누이의 남편과 조카들이 필요하다고 믿었어. 사람들이 부인에게 혼자서 검둥이들과 살아서는 안 된다고 말했으니까. 그래서 그는 커다란 모자와 안경을 쓰고 마부석 가득 종이를 싣고 왔어. 말투는 부드러웠지만 감시는 심했지. 그는 폴 에이를 때렸어. 세게 때리거나 오래 때리지는 않았지만, 어쨌든 누군가 맞는 건 처음이었어. 가너 씨는 매질을 허락하지 않았거든. 그다음에 봤을 때 그는 세상에서 가장 아름다운 나무들과 함께였어. 그때부터 식소는 하늘을 살펴보기 시작했지. 그는 밤에 몰래 돌아다니는 유일한 사람이었고, 그래서 기차라는 걸 알게 되었다고 핼리가 말했지.

"저쪽이야." 핼리가 마구간 너머를 가리켰어. "그 사람이 우리 어머니를 데려간 곳이. 식소가 그러는데 저쪽에 자유가 있대. 기차가 다니는데, 그 기차만 타면 몸값을 치를 필요가 없대."

"기차? 그게 뭔데?" 나는 그에게 물었어.

그후로 그들은 내 앞에서 입을 다물었어. 심지어 핼리까지도. 하지만 자기들끼리는 귓속말을 주고받았고 식소는 하늘을 관찰했지. 높은 곳 말고 나무와 하늘이 맞닿은 낮은 곳 말이야. 식소의 마음이 이미 스위트홈을 떠났다는 걸 알 수 있었어.

계획은 훌륭했는데, 때가 왔을 때 내가 덴버를 가져서 몸이 무거웠어. 그래서 계획을 약간 바꿨어. 약간만. 폴 디가 나중에 말해준 대로 핼리의 얼굴이 버터 범벅이 되고, 마침내 식소를 웃게 할 정도로만.

하지만 난 너를 빼냈단다, 아가야. 그리고 네 오빠들도. 기차가 온다는 신호가 왔을 때 준비된 사람은 너희밖에 없었어. 핼리도 다른 누구도 찾을 수 없었지. 식소가 불에 타버렸고 폴 디는 족쇄를 차고 있었다는 걸 난 몰랐어. 나중에야 알았지. 그래서 나는 옥수수밭에서 기다리던 여자에게 부탁해 너희 모두를 마차에 태워 보냈단다. 하하. 이젠 아무도 내 아기들을 공책에 적거나 줄자로 잴 수 없어. 나중에 내가 겪어야만 했던 일들은, 너희 때문이었단다. 나무에 매달린 남자들 바로 옆을 지나쳤어. 한 명은 폴 에이의 셔츠를 입고 있었지만 발도, 머리도 없었어. 나는 곧장 걸어갔단다. 오직 나만이 네 젖을 갖고 있었으니까. 하느님은 하느님 뜻대로 하시라지, 난 어떻게든 젖을 너한테 가지고 갈 테니까. 너도 기억나지? 내가 그랬다는 걸? 내가 여기 도착했을 때, 모두를 충분히 먹일 만큼 젖이 있었다는 걸?

길모퉁이를 한번 더 돌자, 세서의 눈에 124번지의 굴뚝이 보였다. 굴뚝은 더이상 외롭고 쓸쓸해 보이지 않았다. 가느다랗게 솟아오르는 연기는 그녀에게 돌아온 몸 하나를 따스하게 덥혀준 불길에서 나오는 것이었다. 마치 한 번도 떠난 적 없었던 것처럼, 비석 따위는 필요하지도 않았던 것처럼 돌아온 몸. 그리고 그 몸 안에서 고동치는 심장은 그녀의 손에서 단 한순간도 멈춘 적이 없었다.

그녀는 문을 열고 집으로 들어갔다. 그리고 문을 꼭 걸어잠갔다.

유리창 너머로 두 사람의 등을 보고 황급히 계단을 내려왔던 그날, 스탬프 페이드는 그 집 주위를 에워싸고 아우성치는 그 해독할 수 없는 말들이 성난 흑인 원혼들의 지껄임이라고 생각했다. 베이비 석스처럼 침대에 누워 임종을 맞은 흑인은 매우 드물었고, 베이비 석스를 포함해 그가 아는 사람 중에 살 만한 인생을 산 흑인은 아무도 없었다. 심지어 교육받은 흑인들, 즉 고학력자나 의사, 선생, 신문기자, 사업가 들도 힘들게 살았다. 앞서가기 위해서 머리를 써야 했을 뿐 아니라, 흑인 전체가 기대고 있다는 부담도 느꼈다. 그러한 삶에는 머리가 두 개는 필요했다. 백인들은 겉으로 보이는 태도가 어떻든, 새까만 피부 밑에는 예외 없이 정글이 도사리고 있다고 믿었다. 항해할 수 없는 급류, 줄타기를 하며 끽끽대는 개코원숭이, 잠자는 뱀, 백인들의 달콤하고 하얀 피를 언제나 노리는 붉은 잇몸. 어떤 점에서는 백인들이 옳다고 그는 생각했다. 그들에게 흑인들이 사실은 얼마나 점잖고 영리하고 다정하고 인간적인지를 입증하려고 기를 쓰면 쓸수록, 흑인들이 당연하다고 생각하는 일들을 백인들에게 납득시키느라 자신을 소진하면 할수록, 흑인들의 마음속에는 점점 더 깊고 빽빽한 정글이 자라났으니까. 하지만 그 정글은 흑인들이 어디 살 만한 다른 곳에서 가져온 것이 아니었다. 백인들이 흑인들의 마음속에 심어놓은 것이었다. 그리고 정글은 자라났다. 퍼져나갔다. 삶 속에, 삶을 통해, 삶 이후에도, 정글은 자라났고 그걸 만든 백인들을 침범하기에 이르렀다. 한 사람도 빼놓지 않고 건드렸다. 변화시키고 바꿔놓았다. 심지어 그들이 원한 것보다 훨씬 더 잔인하고 어리석고 악하게. 백인들은 자신들이 만든 정글을 무척 두려워했다. 끽끽대는 개코원숭이는 바로 그들의 새하얀 피부 밑에서 살고 있었다. 붉은 잇몸은 바로 그들의 것이었다.

그동안 은밀하게 확산된 이 새로운 종류의 백인 정글은, 이따금 124번지 같은 장소에서 그 지껄이는 소리가 들려올 때를 제외하면 조용히 숨겨져 있었다.

힘들게 문을 두드리고도 집에 들어가보지 못한 이후로, 스탬프 페이드는 세서를 보살피겠다는 생각을 버렸다. 그가 포기하자, 124번지는 제멋대로 방치되었다. 세서가 문을 걸어잠그자, 그 집 여자들은 마침내 자유로워져서 있고 싶은 대로 있고, 보고 싶은 것을 보고, 내키는 대로 마음속 말을 했다.

거의 그랬다. 스탬프 페이드가 들을 수는 있었지만 해독하지는 못한 그 집을 에워싼 목소리들에는 124번지 여자들의 생각이 뒤섞여 있었다. 발화할 수 없고, 발화된 적도 없는 생각들이었다.

빌러비드, 내 딸. 내 거. 봐. 그애는 스스로 내게 돌아왔고, 난 아무 설명도 할 필요가 없어. 예전엔 설명할 시간이 없었어. 재빨리 저질러야 했으니까. 재빨리. 그애는 안전해야만 했고 난 그애를 안전할 곳으로 보냈어. 하지만 내 사랑은 거칠었고, 그앤 이제 돌아왔지. 난 그애가 돌아올 줄 알았어. 폴 디가 그렇게 쫓아내버렸으니 육신을 입고 돌아올 수밖에 없었던 거야. 저세상에 있는 베이비 석스께서 도와준 게 분명해. 난 절대로 그애를 떠나보내지 않을 거야. 설사 그럴 필요가 없다 해도, 그애에게 설명해줄 거야. 내가 어째서 그랬는지를. 내 손으로 죽이지 않았어도 그애는 죽었을 테고, 그애한테 그런 일이 벌어지는 걸 절대 두고볼 수 없었다는 걸. 설명해주면 이해할 거야. 이미 모든 걸 이해하고 있으니까. 세상 어느 엄마보다 더 살뜰하게 그애를, 내 딸을 돌봐주겠어. 내 자식 말고는 이제 그 누구도 내 젖을 가져가지 못해. 나는 절대 다른 사람에게 젖을 준 적이 없어. 딱 한 번 그런 건 강제로 빼앗긴 거야. 그들이 날 붙잡아 눕히고는 빼앗았지. 내 아기에게 줘야 할 젖을. 엄마가 논에 나갔기 때문에, 낸은 백인 아기들과 나까지 젖을 먹여야 했어. 백인 아기들이 먼저 먹고, 남은 젖을 내가 먹었지. 아예 못 먹기도 했고. 내 것이라 할 젖이 없었어. 나는 내 젖이 없다는 게 어떤 건지 잘 알아. 젖을 두고 빽빽 울며 다퉈야 하는 게, 돌아오는 젖이 거의 없는 게 어떤 건지. 빌러비드에게 그런 이야기를 해줄 거야. 그럼 그애는 이해할 거야. 내 딸이니까. 어떻게든 젖을 남겨두었다가, 심지어 그들이 젖을 빼앗은 후에도 그걸 먹인 아이니까. 그들이 마구간 뒤에서 나를 마치 암소처럼, 아니 염소처럼 다루고 난 후에도 말이야. 말들과 같이 마구간에 있기에는 내가 너무 불결하댔어. 하지만 그렇게 불결해도 그들에게 음식을 해주고 가너 부인을 돌봐주는 건 괜찮았나봐. 난 마치 친엄마를 돌보듯 부인을 돌봐드렸어. 엄마에게 내 도움이 필요했다면, 그 사람들이 엄마를 논 밖으로 내보내주었다면, 아마 그렇게 돌봐드렸을 거야. 난 엄마가 버리지 않은 유일한 자식이었으니까. 물론 우리 엄마보다 부인에게 더 잘해줄 수는 없지. 만약 엄마가 병에 걸려 내 도움이 필요했다면 병이 낫거나 돌아가실 때까지 곁을 지켜드렸을 거야. 그러니까 낸이 날 끌고 가지 않았다면 엄마가 돌아가신 다음에도 그 곁을 떠나지 않았을 거야. 미처 표시를 확인하지도 못했어. 죽은 사람은 엄마가 틀림없었지만 오랫동안 난 그 사실을 믿지 못했어. 사방으로 엄마 모자를 찾아다녔지. 그뒤로 말을 더듬었어. 핼리를 만나고 나서야 고쳤지. 아, 하지만 이젠 다 끝났어. 난 여기 있어. 살아남았어. 그리고 내 딸이 집으로 돌아왔지. 이제 난 다시 세상을 볼 수 있어. 그애도 여기서 보고 있으니까. 헛간 사건 이후로 나는 세상을 보지 않았지. 하지만 이제는 아침에 화덕에 불을 피울 때면, 태양이 그날을 위해 뭘 하는지 보려고 창밖을 내다보곤 해. 수돗가의 펌프 손잡이를 먼저 비출까, 아니면 꼭지를 비출까? 풀밭이 회녹색인지 밤색인지 아니면 무슨 색인지 봐. 왜 베이비 석스가 말년에 색깔만 생각하고 살았는지 이제 그 이유를 알겠어. 그전까지는 즐기는 건 고사하고 색깔들을 제대로 바라볼 틈도 없었던 거야. 한참이나 걸려 파란색을 끝내시고 그다음엔 노란색을, 그리고 초록색까지 끝냈어. 분홍색을 한창 즐기다가 돌아가셨지. 하지만 붉은색까지는 원하지 않으셨던 것 같아. 이해할 수 있어. 붉은색이라면 나랑 빌러비드가 끝장을 냈으니까. 사실 그 붉은색이랑 빌러비드의 묘비에 감돌던 분홍빛이 내가 마지막으로 기억하는 색깔이야. 이제는 나도 색을 찾아볼 거야. 우리 앞에 어떤 봄이 기다리고 있을지 생각해봐! 그애가 볼 수 있도록 당근을 심을 거야. 순무도. 순무를 본 적이 있니, 우리 아가? 하느님이 만드신 것들 중에 그보다 더 예쁜 건 없단다. 부드러운 뿌리에 단단한 머리가 달린, 흰색과 자주색이 섞인 채소야. 손에 쥐었을 때 느낌이 참 좋고, 넘쳐흐르는 시냇물처럼 씁쓸하면서도 행복한 냄새가 나지. 우리 함께 그 냄새를 맡아보자, 빌러비드. 빌러비드. 넌 내 거니까, 난 네게 이런 것들을 보여주고 엄마들이 가르쳐줘야만 하는 것들을 가르쳐줘야 하니까. 어떤 건 잊어버리는데 어떤 건 기억이 나니 참 이상한 일이야. 그 백인 소녀의 손은 절대 잊지 못할 거야. 에이미였지. 하지만 그 풍성했던 머리카락 색깔은 까맣게 잊었어. 눈동자는 회색이었을 거야. 그 눈 색깔은 기억나는 것 같아. 가너 부인의 눈은 연갈색이었어. 건강했을 적엔 말이야. 병이 나자, 색이 더 짙어졌지. 강한 여자였어. 한때는. 정신이 나가 떠들어댈 때면, "나도 예전에는 노새처럼 튼튼했어, 제니"라고 말하곤 했지. 헛소리를 할 때면 나를 제니라고 불렀지만, 강했던 건 분명해. 맹세할 수도 있어. 키가 크고 힘도 셌지. 장작더미 위에서 우리 두 사람은 두 장정 못지않게 일을 잘했어. 베개에서 고개를 들어올리지도 못하게 되자 무척이나 상심하셨지. 그렇지만 왜 학교 선생이 필요하다고 생각하셨는지는 아직도 이해할 수가 없어. 부인도 나처럼 지금까지 살아 계실지 궁금해. 마지막으로 부인을 보았을 때, 부인은 그저 우는 것 말고는 아무것도 하지 못했어. 그들이 나에게 한 짓을 말씀드리면서 나 역시 부인의 얼굴을 닦아드리는 것 말고는 아무것도 해드릴 수 없었지. 누군가 이 일을 알아야 했어. 들어야만 했어. 누군가. 어쩌면 부인은 살아남았을지도 몰라. 학교 선생이 날 대하듯이 부인을 대하진 않았을 테니까. 내 경우에는 처음 맞은 매가 마지막으로 맞은 매가 되었지. 아무도 내 아이들한테서 나를 떼어놓을 수 없어. 부인을 간병하고 있지 않았더라면 무슨 일이 일어났는지 파악했을지도 몰라. 어쩌면 핼리는 나에게 오려고 애쓰고 있었을지도. 나는 가너 부인의 침대 옆에 서서 부인이 요강에 볼일을 다 볼 때까지 시중을 들고 있었지. 다시 침대에 눕히자 부인은 춥다고 말했어. 화염처럼 뜨거운 날씨였는데도 누비이불을 갖다달라고 했지. 그러고는 창문을 닫아달라고 했어. 나는 안 된다고 했어. 부인은 이불이 필요했지만, 나는 산들바람이 필요했거든. 긴 노란색 커튼이 산들바람에 펄럭이면, 그나마 견딜 만했으니까. 부인 말을 들었어야 했는데. 어쩌면 총소리처럼 들렸던 소리가 정말 총소리였는지도 몰

라. 어쩌면 내가 누구든 뭐든 보았을지도 모르지. 어쩌면. 아무튼 난 아기들을 데리고 옥수수밭으로 갔어, 핼리가 있든 없든. 맙소사. 그 여자의 방울 소리를 들었을 때 말이야. 여자가 말했지. 다른 사람은요? 나는 모르겠다고 했어. 여자가 말했지. 난 여기서 밤을 새웠어요. 더 기다릴 수 없어요. 나는 여자를 설득하려고 했지만, 여자가 말했어. 그럴 수 없어요. 어서 가요. 어쩌지. 주변에는 아무도 없었어. 남자애들은 겁을 먹었지. 너는 내 등에 업혀 자고 있었단다. 덴버는 내 뱃속에서 자고 있었고. 마치 몸이 반으로 쪼개지는 느낌이었어. 여자에게 너희를 데려가라고 했지. 난 돌아가야 한다고. 혹시 모르니까. 여자는 날 물끄러미 보더니 말했어. 뭐라고요? 그들이 내 윗옷을 벗겼을 때, 혀를 조금 깨물었었지. 혀끝이 대롱거렸어. 그럴 작정은 아니었는데. 물었더니, 뚝 끊어졌어. 나는 생각했지. 오, 하느님, 제가 절 먹어버리려고 해요. 그들은 아기가 다치지 않도록 내 배가 들어갈 만한 구멍을 팠어. 덴버는 내가 이 이야기를 하는 걸 좋아하지 않아. 자기가 어떻게 태어났는지에 대한 것 말고는 스위트홈에 관한 이야기는 다 싫어해. 하지만 넌 거기에서 살았잖아. 너무 어렸을 때라 기억 못한다 해도, 내가 너한테 이야기해줄 수 있어. 포도 덩굴 정자. 기억나니? 나는 부리나케 달렸어. 그런데도 파리들이 먼저 너에게 달려들었지. 너를 포도 덩굴 정자로 데려갔을 때처럼 햇살이 눈부셔 네 얼굴이 뿌예졌을 때, 네가 누구인지 바로 알아봤어야 했는데. 오줌보가 터졌을 때 알아차릴 수도 있었는데. 그루터기에 앉은 너를 보는 순간, 터져버렸지. 그리고 네 얼굴을 보았을 때, 그렇게 오랜 세월이 지났는데도 네 얼굴을 알아볼 만한 실마리가 한두 개가 아니었어. 그러니 당장 알아봤어야 했는데. 네가 물을 몇 컵이나 연거푸 마신

일은, 내가 124번지에 처음 도착했던 날 네가 내 얼굴에 맑은 침을 흘렸던 일과 연결되어 있었으니까 말이야. 즉시 알아볼 수 있었는데, 폴 디 때문에 주의가 산만했지. 그렇지 않았다면, 나는 네 이마에 선명하게 찍힌 내 손톱자국을 바로 알아봤을 거야. 헛간에서 네 머리를 받치고 있을 때 생긴 자국이거든. 그리고 나중에, 너를 어르느라 달랑달랑 흔들곤 했던 그 귀고리에 대해 네가 물어보았을 때도, 폴 디만 아니었더라면 바로 널 알아봤을 거야. 그는 처음부터 널 내쫓고 싶어하는 것처럼 보였지. 하지만 난 그렇게 하도록 내버려두지 않았어. 어떻게 생각하니? 헛간에서 있었던 너와 나의 일을 알고는 그가 어떻게 도망을 쳤는지 봐. 그로서는 차마 듣기 힘든 이야기였겠지. 너무 짙어, 그가 말했어. 내 사랑은 너무 짙다고. 그가 사랑에 대해 뭘 안다고? 과연 그가 기꺼이 자기 목숨까지 바칠 사람이 있을까? 비석에 몇 자 새기기 위해 낯선 사람에게 자기의 은밀한 부분을 내주려 할까? 방법이 있었겠지, 그는 말했어. 분명 뭔가 다른 방법이 있었을 거라고. 그럼, 학교 선생이 우리를 끌고 가게 내버려두라고? 엉덩이 치수를 재고는 갈가리 찢어버리도록? 난 그게 어떤 기분인지 이미 느껴보았고, 두 발로 걸어다니는 인간이든 나자빠진 인간이든 누구든 너한테까지 그런 기분을 느끼게 하도록 내버려두지 않을 거야. 넌 안 돼. 내 자식들은 절대 안 돼. 너는 내 것이라는 말은 내가 네 것이란 뜻이기도 해. 내 자식들 없이는 절대 숨을 쉬지 않을 거야. 베이비 석스에게 이 말을 하자, 그분은 무릎을 꿇고 하느님께 나를 용서해달라고 빌었지. 그렇지만 지금도 마찬가지야. 내 계획은 너희 모두를 우리 친엄마가 있는 저세상으로 데려가는 거였어. 사람들은 내가 너희를 그곳으로 데려가는 건 막았지만, 네가 여기로 오는 건 막지 못했어. 하하. 넌 착한 아이답게, 내 딸답게 돌아왔지. 나도 그렇게 되고 싶었어. 만약 사람들이 목매달기 전에 엄마가 그 논에서 빠져나올 수 있었다면, 그래서 내가 엄마 딸 노릇을 할 수 있었다면, 나도 그런 딸이 되었을 텐데. 그거 아니? 우리 엄마는 재갈을 너무 많이 물어서 미소짓는 얼굴이 되었다는 걸. 웃지 않을 때에도 엄마는 미소를 지었고, 난 한 번도 엄마의 진짜 미소를 보지 못했어. 지금도 궁금해, 붙잡혔을 때 대체 뭘 하고 있었는지. 도망치고 있었을 거라고? 아니야. 그건 아니야. 그분은 내 엄마였고, 세상 어느 엄마도 자기 딸을 두고 도망치는 법은 없으니까, 안 그래? 엄마가 그럴 수 있겠어? 딸을 외팔이 여자에게 맡겨두고? 설사 겨우 한두 주밖에 젖을 물리지 못하고 한 번도 젖이 넉넉해본 적이 없는 다른 여자의 품에 넘긴 딸이라도 말이야. 엄마가 원하지 않을 때도 미소를 짓게 된 것은 재갈 때문이라고 사람들이 말했어. 도살장 마당에서 일을 하던 토요일의 여자들처럼. 감옥에서 나왔을 때, 그 여자들을 똑똑히 보았지. 여자들은 남자들이 주급을 받는 토요일마다 교대 시간에 맞춰 찾아와서 담장 뒤나 변소 뒤에서 일을 했어. 연장 창고 문에 기대서서 일하는 여자들도 있었지. 여자들은 떠나면서 십장에게 5센트나 10센트짜리 동전을 몇 개 건네주었는데, 그때쯤에는 여자들의 얼굴에서 미소는 찾아볼 수 없었어. 어떤 여자들은 자기들이 느끼는 기분을 떨쳐버리려고 술을 마셨지. 술은 한 방울도 입에 대지 않고, 곧장 펠프스 가게로 달려가 자식들이나 어머니에게 필요한 물건을 사는 여자들도 있었어. 돼지 잡는 마당에서 일을 하다니. 그건 여자들이 할 수 있는 대단한 일이었어. 감옥에서 나와 몸을 팔아서, 말하자면 네 이름을 샀을 때, 나도 거의 그렇게 될 뻔했지. 하지만 보드윈 남매가 소여 식당에서 요리하는 일을 구해줘서, 지금 내가 너를 생각하며 미소짓듯 내 의지로 미소지을 수 있게 해주었어.

하지만 너도 다 알 거야. 모두들 말했듯이 넌 똑똑하니까. 내가 여기 왔을 때, 넌 벌써 기어다녔으니까. 계단도 기어올라가려고 했어. 그래서 베이비 석스가 계단을 하얗게 칠하라고 하셨지. 네가 등잔 불빛이 닿지 않는 어두운 계단 꼭대기까지 잘 볼 수 있도록 말이야. 그래, 넌 그 계단을 무척 좋아했어.

나도 거의 그렇게 될 뻔했지. 그럴 뻔했어. 토요일의 여자가 될 뻔했어. 이미 석공의 작업실에서 한 번 일했으니까. 그러니 도살장에 이르는 건 순식간이었을 거야. 그 비석을 세웠을 때, 나도 너와 함께 그곳에 눕고 싶었어. 네 머리를 내 어깨에 눕히고 널 따뜻하게 보듬어주고 싶었어. 뷰글러와 하워드, 덴버에게 엄마가 필요하지 않았더라면, 아마 그렇게 했을 거야. 그때 내 마음은 집 없는 떠돌이였으니까. 그때는 너와 함께 그곳에 누울 수가 없었어. 아무리 간절하게 원해도 말이야. 그때는 평화롭게 누울 수 있는 곳이 이 세상 어디에도 없었어. 지금은 그럴 수 있어. 지금은 익사한 것처럼 깊이 잠들 수 있어. 감사한 일이지. 내 딸, 그애가 내게 돌아왔어, 그애는 내 것이야.

빌러비드는 내 언니예요. 나는 엄마의 젖과 함께 언니의 피를 삼켰죠. 아무 소리도 듣지 못하는 시절이 지나간 뒤 제일 처음 들은 건 언니가 계단을 기어오르는 소리였어요. 폴 디 아저씨가 오기 전까지 언니는 나의 비밀 친구였죠. 하지만 아저씨가 언니를 내쫓아버렸어요. 아주 어렸을 때부터 언니는 내 친구였고, 내가 아빠를 기다리는 걸 도와주었죠. 나와 언니는 아빠를 기다렸어요. 난 엄마를 사랑하지만, 엄마가 딸 하나를 죽였다는 것을 알아요. 그래서 엄마가 아무리 다정하게 굴어도, 엄마가 무서워요. 엄마는 오빠들도 죽이려다 실패했고, 오빠들도 그걸 알았어요. 오빠들은 나에게 가르쳐주겠다며 마녀를 죽이는 방법에 대한 이야기를 들려주곤 했죠. 마치 내가 알아야 할 필요라도 있다는 듯이 말이죠. 오빠들이 전쟁터에 나가 싸우고 싶어했던 것도 죽음에 그렇게 가까이 갔었기 때문인지 몰라요. 오빠들은 나에게 전쟁에 나갈 거라고 말했죠. 내 생각에 오빠들은 살인하는 여자보다는 살인하는 남자들과 함께 있는 걸 선택한 것 같아요. 심지어 엄마에게는 자기 자식을 죽여도 되는 것처럼 보이는 뭔가가 분명 있어요. 나는 항상, 엄마가 언니를 죽여도 괜찮다고 생각하게 한 일이 또다시 일어날까봐 두려워요. 그게 뭔지, 누구인지 모르지만, 어쩌면 또다른 끔찍한 것이 엄마가 다시 그런 짓을 저지르도록 몰아갈 수도 있잖아요. 그게 뭔지 알아야 하지만, 알고 싶지 않아요. 어떤 것이든 간에 그건 이 집 바깥에서, 마당 바깥에서 와서, 마음이 내키면 마당 안으로 곧장 들어올 수도 있어요. 그래서 나는 절대 이 집을 떠나지 않고 마당을 살폈어요. 다시 그런 일이 일어나 엄마가 나까지 죽여야 하는 일이 벌어지지 않도록 말이죠. 레이디 존스 양네 집에 가지 않은 후로 혼자서 124번지를 떠난 적이 없어요. 한 번도. 그 외에 딱 두 번 집을 떠난 적이 있었는데, 엄마와 함께였죠. 한번은 베이비 할머니가 언니 빌러비드 옆에 묻히는 걸 보기 위해서였고, 또 한번은 폴 디 아저씨와 함께였어요. 집으로 돌아올 때, 나는 집이 여전히 텅 비어 있을 거라고 생각했죠. 폴 디 아저씨가 언니의 유령을 내쫓아버렸으니까요. 하지만 아니었어요. 124번지로 돌아와보니, 그녀가 있었어요. 빌러비드가. 나를 기다리고 있었죠. 오랜 귀환 여행으로 녹초가 되어서. 나에게 보호와 보살핌을 받을 준비를 하고서요. 이번에는 내가 언니한테서 엄마를 떼어놓아야 해요. 힘든 일이지만 반드시 해야 해요. 모든 게 나에게 달렸어요. 캄캄하고 박박 긁는 소리가 들리는 곳에서 엄마를 본 적이 있어요. 엄마 옷에서 무슨 냄새가 났죠. 조그만 것들이 구석구석에서 우리를 지켜보는 가운데 나는 엄마와 함께 있었어요. 건드리기도 하고. 가끔 그것들이 우리를 건드렸다고요. 오랫동안 잊고 있었는데, 넬슨 로드가 일깨워주었어요. 나는 엄마에게 그게 사실이냐고 물었지만, 뭐라고 말하는지 들을 수 없었죠. 아무 말도 들리지 않는데, 레이디 존스에게 돌아간들 무슨 소용이 있겠어요. 너무나 조용했죠. 사람들의 표정을 읽고 무슨 생각을 하는지 짐작하는 법을 배우게 되었기에, 나는 굳이 사람들 말을 들을 필요가 없었어요. 나랑 빌러비드는 그렇게 함께 놀았어요. 말하지 않고. 현관에서. 시냇가에서. 비밀 방에서. 이제 모든 게 나에게 달렸지만, 언니는 날 의지해도 돼요. 그날 공터에서는 언니가 엄마를 죽이려는 줄 알았어요. 죽여서 복수하려는 줄로요. 하지만 그때 언니가 엄마 목에 입을 맞추었고, 나는 언니에게 경고를 해야 해요. 엄마를 너무 사랑하지 말라고. 그러지 말라고. 어쩌면 엄마 마음속에는 아직 자식을 죽여도 괜찮다는 생각이 남아 있을지도 몰라요. 언니에게 말해줘야 해요. 언니를 보호해야 해요.

엄마는 밤마다 내 목을 잘라요. 뷰글러와 하워드 오빠는 엄마가 내 목을 자를 거라고 했는데, 정말 그랬어요. 엄마의 예쁜 두 눈이 나를 마치 낯선 사람처럼 바라보죠. 딱히 사악한 눈빛은 아니지만, 누군가를 발견했는데 그게 나여서 미안하다는 듯이. 자기도 그러고 싶지 않지만 어쩔 수 없다고, 많이 아프지는 않을 거라고 말하는 듯이. 이게 바로 어른들이 하는 일이라고, 손에서 가시를 뽑아주거나 눈에 재가 들어갔을 때 수건 귀퉁이로 눈을 닦아주는 것처럼. 엄마는 뷰글러와 하워드 오빠를 살펴보지요. 괜찮은지 보려고요. 그런 다음 내 쪽으로 건너와요. 나는 엄마가 그 일을 조심스럽게 잘한다는 걸 알고 있어요. 말끔하게 잘

자를 거라는 걸. 아프지도 않을 거예요. 엄마가 목을 자르고 나면 나는 잠시 내 머리와 함께 그 자리에 누워 있죠. 이윽고 엄마는 내 머리를 아래층으로 가져가서 머리카락을 땋아줘요. 나는 울지 않으려고 애쓰지만 빗질이 너무 아파요. 엄마가 빗질을 끝내고 머리를 땋기 시작하면, 슬슬 졸음이 와요. 자러 가고 싶지만 그러면 깨어날 수 없다는 걸 알아요. 그래서 엄마가 머리 손질을 다 끝낼 때까지 눈을 뜨고 있어야만 해요. 그런 다음에야 잘 수 있죠. 엄마가 방에 들어와 목을 자르기를 기다리는 순간이 무서워요. 정작 목이 잘릴 때는 무섭지 않은데, 엄마를 기다릴 때는 무서워요. 밤에 엄마가 나를 찾으러 들어올 수 없는 유일한 곳은 베이비 할머니의 방이에요. 우리가 자는 이층 방은 이 집에 백인들이 살았을 때 하인들이 자던 곳이었어요. 집 바깥에 따로 부엌도 있었지요. 하지만 베이비 할머니가 이사 와서 그 헛간을 장작과 연장을 두는 창고로 바꾸었어요. 그러고는 그곳으로 통하는 뒷문을 판자로 막아버렸죠. 더이상 그런 왕래는 하고 싶지 않다고 말씀하시면서요. 그 주위를 창고로 만든 바람에 124번지에 들어오고 싶으면 할머니 방을 지나와야 해요. 사람들이 이층집을 마치 방안에서 음식을 하는 오두막집처럼 만들어버렸다고 수군거리든 말든 할머니는 개의치 않는다고 말씀하셨어요. 차려입은 손님들은 요리용 화덕이 있고 야채 껍질이 나뒹굴고 기름이 튀고 연기가 풀풀 나는 방안에 앉기 싫어할 거라는 말을 들었대요. 그래도 할머니는 신경쓰지 않는다고 하셨어요. 할머니 방에 함께 있으면 밤에도 안전했죠. 들리는 소리라고는 내 숨소리뿐이었는데, 가끔 낮에는 그게 내 숨소리인지 아니면 내 옆에 있는 누군가의 소리인지 분간이 잘 안 될 때가 있었어요. 나는 히어보이의 배가 부풀었다 꺼졌다, 부풀었다 꺼졌다 하는 걸 지켜보곤 했죠. 내 배의 움직임과 맞추려고, 히어보이의 박자에 따라 숨을 참았다가 내쉬곤 했어요. 누구의 숨소리인지 알아보려고요. 마치 병에 대고 입으로 부드럽게 바람을 불 때 나는 소리 같았는데, 아주 규칙적이었어요. 내가 내는 소리일까? 하워드 오빠일까? 누구지? 그때는 모두 조용히 있고 저도 사람들이 하는 말을 들을 수 없던 때였어요. 하지만 난 상관하지 않았어요. 정적이 찾아오면 아빠 꿈을 더 잘 꿀 수 있었거든요. 난 아빠가 오고 있다는 걸 항상 알고 있었어요. 뭔가 문제가 생겨서 늦어지는 거였죠. 말에 문제가 생겼어요. 강물이 넘쳐 보트가 가라앉아서 새로 만들어야 했어요. 어떤 때는 린치 폭도나 폭풍 때문이었죠. 하지만 아빠는 오고 있었고, 그건 비밀이었어요. 외면적으로 난 자신을 온통 엄마를 사랑하는데 썼어요. 엄마가 날 죽이지 않도록. 심지어 엄마가 밤에 내 머리를 땋을 때도 엄마를 사랑했어요. 아빠가 나에게 오고 있다는 사실을 엄마에게는 절대 알려주지 않았어요. 베이비 할머니도 아빠가 오고 있다고 생각하셨죠. 한동안 그렇게 생각하다가 결국 그만두셨지만. 난 결코 포기하지 않았어요. 심지어 뷰글러와 하워드 오빠가 도망쳤을 때도요. 그러다가 폴 디 아저씨가 집에 왔어요. 아래층에서 그의 목소리와 엄마의 웃음소리가 들려와서, 나는 아빠라고 생각했죠. 더는 아무도 이 집을 찾아오지 않으니까요. 하지만 아래층에 내려가보니, 그 사람은 폴 디였고 날 찾아온 게 아니었어요. 아저씨는 우리 엄마를 원했죠. 처음에는요. 그다음에는 우리 언니까지 원했어요. 하지만 언니가 그를 집에서 내쫓았고, 난 아저씨가 떠나서 정말 좋아요. 이제는 우리뿐이고, 아빠가 집으로 돌아와서 엄마를 감시하고 뭔가가 들이닥치지 않는지 마당을 주시하는 일을 도와주실 때까지 나는 언니를 지킬 수 있어요.

아빠는 덜 익힌 달걀 프라이라면 사족을 못 썼어요. 그걸 빵에 찍어 먹었죠. 할머니는 아빠 이야기를 들려주시곤 했어요. 할머니가 아빠에게 부드러운 달걀 프라이를 한 접시 해주기만 하면 아빠는 크리스마스인 것처럼 행복해했대요. 할머니는 항상 우리 아빠가 좀 겁이 났대요. 그 아이는 너무 착했어, 할머니는 말씀하셨어요. 처음부터, 정말이지 너무 착했어. 그래서 할머니는 겁이 났죠. 어떤 일도 끝까지 견뎌내지 못할 거야, 라고 생각하신 거죠. 백인들도 그렇게 생각한 게 틀림없어요. 왜냐하면 두 사람을 절대 갈라놓지 않았거든요. 그래서 할머니는 아들을 돌봐주고 잘 알 수 있는 기회를 얻었고, 아빠가 사랑하는 방식을 두려워했어요. 동물과 연장과 곡식과 알파벳까지 사랑했대요. 아빠는 종이에 셈을 할 수도 있었어요. 주인이 가르쳐주었죠. 다른 흑인 남자아이들에게도 가르쳐주겠다고 제안했지만, 우리 아빠만 배우고 싶어했대요. 할머니 말씀으로는, 다른 아이들은 싫다고 했대요. 그들 중에 이름 대신 번호로 불린 한 사람은 그러면 생각이 바뀔 거라고 말했대요. 잊지 말아야 할 것을 잊게 되고 기억하지 말아야 할 것을 기억하게 될 거라고, 머릿속을 뒤죽박죽으로 만들고 싶지 않다고. 하지만 우리 아빠는, 셈을 못하면 백인들에게 속을 수 있고 글을 못 읽으면 얻어맞을 수 있다고 말씀하셨대요. 다른 아이들은 웃기는 소리라고 생각했죠. 할머니 말씀이, 자기는 잘 모르겠지만 아빠가 그곳에서 할머니를 빼낼 수 있었던 것은 종이에 셈을 할 수 있었기 때문이래요. 그리고 할머니는 진짜 전도사들처럼 성경을 읽지 못하는 게 항상 한이라고 하셨어요. 그래서 나는 읽는 법을 배우는 게 좋겠다고요. 온 세상이 조용해지고 들리는 거라고는 내 숨소리와 식탁에 놓인 우유 단지를 쓰러뜨리는 다른 누군가의 숨소리뿐인 상태가 되기 전까지는 나도 글을 배웠어요. 우유 단지 근처엔 아무도 없었어요. 엄마는 뷰글러 오빠를 때렸지만 오빠는 단지를 건드리지 않았어요. 그때부터 다림질해놓은 옷이 엉망으로 어질러지고 케이크에 손도장이 찍혔죠. 그런데 누구 짓인지 알아차린 사람은 나밖에 없었던 것 같아요. 언니가 돌아왔을 때 나만 누구인지 알아보았던 것처럼 말이죠. 바로는 아니었지만, 언니가 자기 이름—성이 아니라 엄마가 석공에게 값을 치르고 새긴 글자—의 철자를 대는 순간, 깨달았어요. 그리고 나는 몰랐던 엄마의 귀고리에 대해 물었을 때, 확신이 들었죠. 아빠를 기다리는 날 돕기 위해 언니가 왔다는 걸.

우리 아빠는 천사였어요. 아빠는 보기만 해도 어디가 아픈지 알아맞히고 병을 고칠 수 있었어요. 베이비 할머니가 아침에 잠에서 깼을 때 붙잡고 일어설 수 있도록 끈을 만들어 달아주기도 했고, 할머니가 똑바로 설 수 있도록 발 받침대를 만들어주기도 했죠. 할머니는 백인이 자식들 앞에서 당신을 때려눕힐까봐 항상 노심초사하셨대요. 얻어맞아 쓰러지는 모습을 보이고 싶지 않아서 자식들 앞에서는 바르게 행동하고 옳은 일만 하셨대요. 그런 꼴을 보면 아이들이 미쳐버린다고요. 스위트홈에서는 아무도 그렇게 하거나 그렇게 하겠다고 위협하지 않았죠. 그래서 아빠는 그곳에서 한 번도 그런 광경을 보지 못했고, 절대 미치지 않았어요. 그리고 장담하지만 지금도 이곳으로 오기 위해 애쓰고 계세요. 폴 디 아저씨가 해냈다면 우리 아빠도 할 수 있어요. 천사 같은 우리 아빠. 우리 가족은 모두 함께 살아야 해요. 나랑 아빠랑 빌러비드.

엄마는 함께 지내도 좋고, 원하면 폴 디 아저씨와 떠나도 좋아요. 아빠가 엄마를 원한다면 모르지만. 하지만 이제 아빠가 그러실 것 같지는 않아요. 엄마가 폴 디 아저씨를 잠자리에 받아들였으니 말이죠. 베이비 할머니는 당신의 자식 여덟 명이 제각각 다른 남자의 아이라서 사람들에게 무시당한다고 말씀하셨어요. 그것 때문에 흑인이나 백인이나 하나같이 당신을 경멸한다고 말이죠. 노예는 쾌락을 느껴서는 안 된다. 노예의 몸은 쾌락을 느끼려고 있는 게 아니라 자식을 많이 낳아 주인이 누구든 그를 기쁘게 해주려고 있는 것이다. 마음속 깊숙한 곳에서도 쾌락을 느껴서는 안 된다. 할머니는 나한테 그런 소리는 한마디도 귀담아듣지 말라고 하셨어요. 언제나 내 몸에 귀를 기울이고 내 몸을 사랑해야 한다고 하셨죠.

비밀의 방. 할머니가 돌아가셨을 때, 난 그곳에 갔어요. 엄마는 나더러 마당에 나가지도 말고 다른 사람들과 함께 음식을 먹지도 말라고 했죠. 우리는 집안에 틀어박혀 있었어요. 가슴 아픈 일이었죠. 난 알아요. 베이비 할머니라면 그런 파티와 거기 온 손님들을 좋아하셨을 거예요. 아무도 못 만나고 외출도 못하게 되자 울적해하셨거든요. 그저 시름에 잠겨 색깔과, 당신이 어떻게 실수를 하게 되었는지만 생각하셨어요. 심장과 몸이 뭔가 할 수 있다고 믿은 당신의 생각이 틀렸다고 말이에요. 어찌됐든 백인들이 들어왔죠. 할머니의 마당까지. 할머니는 항상 옳은 일만 하셨는데도, 백인들은 할머니의 마당에 들어왔어요. 그래서 할머니는 어떻게 생각해야 할지 모르셨죠. 할머니에게 남은 건 심장이 전부였는데, 백인들이 그걸 부숴버린 거예요. 그래서 전쟁조차도 할머니를 흥분시키지 못했어요.

할머니는 아빠에 관한 이야기를 내게 전부 들려주셨죠. 할머니를 사려고 아빠가 얼마나 열심히 일했는지 말이에요. 케이크가 망가지고 다림질한 옷이 전부 엉망이 되고 난 후에, 언니가 자기 침대로 돌아가려고 계단을 기어오르는 소리가 귀에 들리기 시작한 후에, 할머니는 내 얘기도 들려주셨죠. 난 마법에 걸렸다고요. 태어날 때도 그랬고, 언제나 무사했다고 말이죠. 그러니 그 유령을 무서워할 필요가 없다고 하셨어요. 엄마 젖을 먹을 때, 내가 그 유령의 피를 같이 맛보았기 때문에 날 해치지 않을 거라고요. 유령이 쫓아다니는 사람은 엄마와, 그 일을 막지 못하고 손놓고 있었던 할머니 당신이라고 말씀하셨어요. 하지만 나는 절대 해치지 않을 거래요. 다만 무한한 사랑을 갈망하는 탐욕스러운 유령이니까 조심해야 한대요. 생각해보면 당연한 일이죠. 그래서 난 그렇게 해줘요. 언니를 사랑해요. 정말이에요. 언니는 나랑 놀아주고 내가 필요할 때면 언제나 찾아와 내 곁에 있어주었어요. 언니는 내 거예요, 빌러비드. 그녀는 내 거예요.

나는 빌러비드 그녀는 내 거야. 이파리에서 꽃을 떼는 그녀가 보여 그녀는 그걸 둥근 바구니에 담아 그녀에게 이파리는 필요 없어 그녀는 바구니를 채워 그녀는 풀밭을 헤치고 있어 그녀를 돕고 싶지만 구름이 길을 막아 그림인 것들을 어떻게 말로 할 수 있지 난 그녀와 떨어져 있지 않아 나는 멈출 곳이 없어 그녀의 얼굴은 내 것이고 난 그 얼굴이 있는 곳에 같이 있고 싶고 그 얼굴을 바라보고 싶어 멋져

모든 게 지금이야 언제나 지금이야 내가 웅크리고 앉아서 역시 웅크리고 앉은 다른 사람들을 지켜보지 않는 그런 때는 영원히 오지 않을 거야 난 항상 웅크리고 있어 내 얼굴 위의 남자는 죽었어 그

의 얼굴은 내 것이 아니야 그의 입에서는 달콤한 냄새가 풍기지만 눈은 굳게 감겨 있어

어떤 사람은 더럽게도 자기 오줌을 먹어 난 먹지 않아 피부가 없는 사람들이 우리에게 자기 오줌을 마시라고 갖다줘 우리에겐 아무것도 없어 밤에는 내 얼굴 위 죽은 남자가 보이지 않아 대낮의 햇살이 갈라진 틈새로 들어오면 굳게 감긴 그의 눈이 보여 난 크지 않아 작은 생쥐들은 우리가 잠들 때까지 기다리지 않아 누군가 몸부림치지만 여기엔 그럴 자리가 없어 우리가 물을 더 마신다면 눈물을 흘릴 수 있을 텐데 우리가 땀이나 오줌을 흘릴 수 없어서 피부가 없는 사람들이 자기네 걸 갖다줘 한번은 달콤한 돌멩이를 빨아먹으라고 갖다줬어 우리 모두 몸을 두고 떠나려고 애를 써 내 얼굴 위에 있는 남자는 결국 해냈어 영원히 죽는 건 힘든 일이야 잠깐 잠이 들었다가도 곧 돌아오지 처음에는 토할 수 있었어 이젠 못해

이제는 그럴 수 없어 그의 이는 예쁘고 하얗고 뾰족해 누군가 떨고 있어 여기에서도 난 느낄 수 있어 그는 작은 새처럼 바들바들 떠는 자기 육신을 떠나려고 힘들게 싸워 몸을 떨 만한 자리도 없어서 그는 죽을 수가 없어 나의 죽은 남자는 내 얼굴 위에서 치워졌어 난 그의 예쁘고 하얗고 뾰족한 이가 그리워

이제 우리는 웅크리고 있지 않아 우리는 서 있지만 내 다리는 마치 내 죽은 남자의 눈과 같아 비좁아서 난 쓰러질 수도 없어 피부 없는 사람들이 큰 소리를 내 나는 죽지 않았다 빵은 바다 색깔이야 나는 그걸 먹을 수도 없을 만큼 너무 배가 고파 태양에 내 눈이 감겨 죽을

수 있는 사람들이 쌓여 있어 난 내 남자를 찾을 수 없어 내가 사랑했던 이를 가진 남자 멋져 죽은 사람들의 작은 언덕 멋져 피부 없는 사람들이 그들을 막대기로 밀어내 내가 원하는 얼굴의 그 여자가 저기 있어 저 얼굴 저건 내 거야 그들은 빵 색깔의 바닷속으로 떨어져 그녀의 귀에는 아무것도 없어 내 얼굴 위에서 죽은 남자의 이가 나에게도 있다면 저 여자 목에 걸린 저 고리를 물어뜯어줄 텐데 물어뜯어 벗겨줄 텐데 그녀가 그걸 싫어한다는 걸 난 알아 이젠 몸을 웅크릴 수 있고 웅크린 채 웅크린 다른 사람들을 구경할 자리가 있어 지금이란 웅크리는 거야 영원히 지금 안에 내 얼굴을 가진 여자는 바닷속에 있어 멋져

처음에 난 그녀를 볼 수 있었어 도울 수는 없었어 구름이 길을 막고 있었으니까 처음에 난 그녀를 볼 수 있었어 그녀의 귀에서 반짝거리는 것을 그녀는 목에 걸린 고리를 좋아하지 않아 난 알아 구름이 길을 막고 있다는 걸 그녀가 알 수 있도록 난 뚫어져라 그녀를 바라봐 그녀도 틀림없이 나를 보았어 난 나를 보는 그녀를 보고 있어 그녀는 눈에 고인 물을 비워 나는 거기 그녀의 얼굴이 있는 곳에 있고 시끄러운 구름이 내 앞을 막았다고 그녀에게 얘기해 그녀는 귀고리를 원해 둥근 바구니를 원해 난 그녀의 얼굴을 원해 멋져

처음에 여자들은 남자들과 멀리 떨어져 있고 남자들은 여자들과 멀리 떨어져 있어 폭풍이 우리를 흔들어서 남자들은 여자들 속으로 여자들은 남자들 속으로 뒤섞여 그때부터 나는 그 남자의 등 밑에 있어 오랫동안 나는 오직 내 위에 있는 그의 목과 넓은 어깨만 봐 나는 작

아　난 그를 사랑해 그에게는 노래가 있으니까　그가 몸을 돌리고 죽었을 때 난 노래가 나오는 그의 이를 봐　그의 노래는 부드러웠어　그의 노래는 한 여자가 이파리에서 꽃을 떼어내 둥근 바구니에 담고 있는 장소에 관한 거야　구름 앞에서　그녀는 우리 근처에 웅크리고 앉아 있어　하지만 그가 눈을 굳게 감고 내 얼굴 위에서 죽기 전까지 나는 그녀를 보지 못해　우리는 그렇게 있어　그의 입에서는 숨결이 흘러나오지 않고 숨결이 있어야 할 자리에서는 달콤한 냄새가 나　다른 사람들은 그가 죽은 줄 몰라　난 알아　그의 노래는 사라졌어　이제 난 그의 작고 예쁜 이를 대신 사랑해

그녀를 다시 잃을 수는 없어　내 죽은 남자가 시끄러운 구름처럼 길을 가로막고 있었어　그가 내 얼굴 위에서 죽자 그녀의 얼굴이 보여 그녀는 나에게 미소를 지을 거야　그럴 거야　그녀의 뾰족한 귀고리는 사라졌어　피부 없는 사람들이 시끄러운 소리를 내　그들이 내 남자를 밀어내　그들은 내 얼굴을 한 그 여자는 밀어내지 않아　그녀는 안으로 들어와　그들은 그녀를 밀어내지 않아　그녀는 안으로 들어와 작은 언덕은 사라졌어　그녀는 나를 보고 미소를 지을 거야 그럴 거야 멋져

이제 그들은 웅크리고 있지 않아　우리가 그래　그들은 물위를 둥둥 떠다녀　그들은 작은 언덕을 허물고 밀어내　난 내 예쁜 이를 찾을 수 없어　나에게 미소지으려 하는 검은 얼굴을 나는 봐　나에게 미소지으려 하는 건 내 검은 얼굴이야　우리의 목에 쇠고리가 걸려 있어

그녀는 귀에 뾰족한 귀고리도 없고 둥근 바구니도 없어 그녀는 내 얼굴을 하고 물속으로 들어가

난 쏟아지는 빗속에 서 있어 다른 사람들은 끌려갔어 난 끌려가지 않았어 난 비처럼 떨어지고 있어 그가 먹는 걸 지켜보고 있어 난 안에서 비와 함께 떨어지지 않으려고 웅크리고 있어 난 산산조각 날 거야 그는 내가 잠을 자는 곳을 망가뜨려 그는 거기에 자기 손가락을 넣어 나는 음식을 떨어뜨리고 산산조각으로 부서져 그녀는 내 얼굴을 가지고 가

아무도 나를 원하지 않아 내 이름을 말해주지 않아 그녀가 다리 밑에 있어서 난 다리 위에서 기다려 밤이 있고 낮이 있어

다시 또다시 밤 낮 밤 낮 나는 기다려 내 목에는 쇠고리가 없어 이 물위에는 배가 없어 피부 없는 사람들도 없어 내 죽은 남자는 여기서 둥둥 떠다니지 않아 그의 이는 파란색과 풀이 있는 저 밑에 있어 내가 원하는 그 얼굴도 저 밑에 있어 나에게 미소지을 얼굴 그럴 거야 낮에는 다이아몬드가 그녀와 거북이들이 있는 물속에 있어 밤에는 씹고 삼키고 웃는 소리가 들려 그건 내 거야 그녀가 그 웃음이야 나는 그 웃음소리야 나는 내 것인 그녀의 얼굴을 봐 그건 우리가 웅크리고 있던 곳에서 나에게 미소지었을 그 얼굴이야 이제 그녀는 그럴 거야 그녀의 얼굴이 물을 지나서 와 멋져 그녀의 얼굴은 내 거야 그녀는 미소를 짓고 있지 않아 그녀는 씹고 삼키고 있어 나는 내 얼굴을 가져야만 해 난 안으로 들어가 풀밭이 열려 그녀가 헤치고 있어 나는 물속에 있고 그녀는 오고 있어 둥근 바구니는 없

어 그녀의 목에는 쇠고리도 없어 그녀는 다이아몬드가 있는 곳으로 올라가 나는 그녀의 뒤를 따라가 우리는 이제 그녀의 귀고리가 된 다이아몬드들 속에 있어 내 얼굴이 다가와 난 저걸 가져야 해 난 하나가 되길 고대하고 있어 난 내 얼굴을 엄청나게 사랑해 내 검은 얼굴이 나에게 가까이 다가와 난 하나가 되길 원해 그녀가 나에게 속삭여 그녀가 속삭여 난 그녀에게 다가가 씹고 삼켜 그녀가 나를 만져 그녀는 내가 하나가 되길 원한다는 걸 알아 그녀는 나를 씹어서 삼켜 나는 사라져 이제 난 그녀의 얼굴이야 내 원래 얼굴은 날 떠났어 난 멀리 헤엄쳐가는 나를 바라봐 멋져 내 발바닥이 보여 난 혼자야 우리 둘이 되고 싶어 하나가 되고 싶어

난 파란 물 밖으로 나와 내 발바닥이 헤엄쳐간 후에 나로부터 멀리 떨어져서 나는 올라와 난 있을 곳을 찾아야 해 공기가 무거워 난 죽지 않았어 죽지 않았어 집이 있어 그녀가 나에게 속삭여주었던 게 있어 난 그녀가 말해준 곳에 있어 난 죽지 않았어 난 앉아 태양에 눈이 감겨 눈을 뜨자 잃어버린 그 얼굴이 보여 세서의 얼굴이 바로 나를 떠났던 그 얼굴이야 세서는 자기를 보는 나를 보고 난 그 미소를 봐 그녀의 미소짓는 얼굴이 내가 있을 곳이야 내가 잃어버린 그 얼굴이야 그녀는 나에게 미소짓는 내 얼굴이야 마침내 미소지어 멋져 이제 우리는 하나가 될 수 있어 멋져

나는 빌러비드, 그리고 그녀는 내 거야. 세서는 웅크리기 전에 있던 곳에서 꽃을, 노란 꽃을 따던 그 사람이야. 초록 이파리에서 꽃을 떼어내던 사람. 그 꽃들은 이제 우리가 덮고 자는 누비이불 위에 있어. 피부가 없는 사람들이 와서 우리를 죽은 사람들과 함께 햇살 아래로 끌고가 바다에 밀어넣을 때, 그녀는 나에게 미소를 지어 보이려던 참이었지. 세서는 바닷속으로 들어갔어. 자기가 들어간 거야. 그들이 밀어넣지 않았어. 자기가 들어갔어. 그녀는 나에게 막 미소지을 채비를 하고 있었는데, 죽은 사람들이 바다로 밀려 떨어지는 걸 보자 가버렸어. 내 얼굴도 그녀의 얼굴도 없이 나만 거기에 남겨둔 채. 세서는 내가 찾았다가 다리 아래 물속에서 잃어버린 그 얼굴이야. 내가 물속으로 들어갔을 때, 나를 향해 다가오는 그녀의 얼굴이 보였어. 그건 내 얼굴이기도 했어. 난 하나가 되고 싶었지. 하나가 되려고 애를 썼지만, 그녀는 수면 위 빛의 파편 속으로 올라가버렸어. 난 다시 그녀를 잃어버렸지만, 그녀가 내게 속삭여준 집을 찾아냈어. 그곳에는 그녀가 있었고 마침내 나를 향해 미소를 지었어. 정말 좋아. 하지만 또다시 그녀를 놓칠 수는 없어. 내가 알고 싶은 건, 우리가 웅크리고 있던 곳에서 그녀는 왜 물속으로 뛰어들었을까 하는 거야. 나에게 막 미소를 지어 보이려던 순간이었는데 왜 그랬을까? 난 그녀를 따라서 바다에 들어가고 싶었지만 움직일 수 없었어. 그녀가 꽃을 따고 있을 때도 도와주고 싶었지만, 총구에서 피어난 연기구름이 눈앞을 가려서 그녀를 놓치고 말았어. 세 번이나 잃어버린 거야. 한번은 시끄러운 연기구름 때문에 꽃과 함께 사라졌고, 또 한번은 나에게 미소짓는 대신 바닷속으로 들어가버렸지. 마지막에는 내가 그녀와 하나가 되려고 다리 아래로 다가갔을 때 그녀도 내 쪽으로 다가왔지만 미소를 짓지는 않았지. 그녀는 내게 속삭이고 날 씹어 먹고 헤엄쳐가버렸어. 이제 난 이 집에서 그녀를 찾았어. 그녀는 나를 보고 미소지어. 저건 내 웃는 얼굴이야. 난 두 번 다시 그녀를 놓치지 않을 거야. 그녀는 내 거야.

솔직히 말해봐. 넌 저세상에서 오지 않았니?

응. 난 저세상에 있었어.

나 때문에 돌아왔니?

응.

날 기억하는 거니?

응. 기억해.

한순간도 날 잊은 적 없니?

당신 얼굴은 내 거야.

날 용서해줄래? 내 곁에 있을래? 넌 이제 여기서 안전해.

피부 없는 사람들은 어디 있어?

저 밖에. 멀리.

여기 들어올 수 있어?

아니. 예전에 한 번 그러려고 했지만, 내가 막았어. 다시는 오지 않을 거야.

한 사람은 내가 있는 집에 있었어. 날 아프게 했어.

그 사람들은 이제 우리를 해칠 수 없어.

귀고리는 어디 있어?

그들이 빼앗아갔어.

피부 없는 사람들이 귀고리를 가져갔어?

그래.

도와주려고 했지만 연기구름이 앞을 가로막았어.

여긴 연기구름 따위는 없어.

그 사람들이 당신 목에 쇠고리를 두르면 내가 물어뜯어버릴 거야.

빌러비드.

둥근 바구니를 만들어줄게.

돌아왔구나. 네가 돌아왔어.

우리, 나를 보고 웃어줄 거야?

내가 웃고 있는 게 안 보이니?

난 당신 얼굴을 사랑해.

우리는 냇가에서 놀았지.

난 거기 물속에 있었어.

조용했던 때, 우리는 놀았어.

구름이 시끄럽게 앞을 가로막았어.

내가 언니를 필요로 할 때, 언니는 내 곁에 와주었어.

난 미소짓는 그녀의 얼굴이 필요했어.

내 귀에 들리는 건 오직 숨소리뿐이었어.

숨결은 사라졌어. 이만 남았어.

언니가 날 해치지 않을 거라고 할머니가 말했어.

그녀는 날 아프게 해.

내가 언니를 지켜줄게.

난 그녀의 얼굴을 원해.

그녀를 너무 많이 사랑하지는 마.

난 그녀를 너무나 사랑해.

그녀를 조심해. 언니에게 꿈을 줄 수도 있어.

그녀는 씹어서 삼켜.

그녀가 머리를 땋아줄 때는 절대 잠들지 마.

그녀는 웃음이고 난 웃음소리야.

난 집을 감시해. 마당을 감시해.

그녀가 날 떠났어.

아빠가 우리를 찾아오고 계셔.

멋져.

빌러비드

내 언니

내 딸

내 얼굴, 바로 나야

널 다시 찾았구나, 내게로 돌아와주었어

나의 빌러비드

내 거야

내 거야

내 거야

내게 네 젖이 있어

내게 네 미소가 있어

내가 보살펴줄게

당신은 내 얼굴이고, 내가 바로 당신이야. 왜 당신인 나를 떠났어?

두 번 다시 널 떠나지 않을게

다시는 날 떠나지 마

두 번 다시 날 떠나지 마

당신은 물속으로 들어갔어

난 언니의 피를 마셨어

난 네 젖을 가져왔어

당신은 미소짓는 걸 잊어버렸어

난 널 사랑했어
당신은 날 아프게 했어
넌 내게 돌아와주었어
당신은 날 떠났어

난 널 기다렸어
당신은 내 거야
넌 내 거야
당신은 내 거야

웬만한 부잣집 거실 크기도 안 되는 조그만 교회였다. 신도석에는 등받이가 없었고, 회중이 곧 성가대였기 때문에 성가대석도 필요 없었다. 몇몇 신도들은 설교자가 회중보다 조금이라도 더 높은 곳에 서야 한다며 단상을 짓자고 주장했었지만, 별로 시급한 일은 아니었다. 가장 고귀한, 하얀 떡갈나무 십자가가 이미 제자리에 놓였기 때문이다. 성 구세주 교회가 되기 전, 이곳은 쇼윈도로 쓴 정면 유리창을 제외하면 다른 옆 창문들은 사용된 일이 없는 포목점이었다. 신도들은 자기들을 비춰줄 여린 햇빛은 받아들이면서 안이 들여다보이지 않게 하려면 유리창에 칠을 해야 할지 커튼을 쳐야 할지 고민하고 있었고, 지금은 일단 종이가 발려 있었다. 여름에는 통풍을 위해 문들을 활짝 열어놓았다. 겨울에는 복도에 놓인 무쇠 난로 한 대로 그럭저럭 버텼다. 교회 앞에는, 예전에는 포목점 손님들이 앉았다 가고 난간 사이에 머리가 낀 사내애를 보며 아이들이 깔깔 웃곤 했던 튼튼한 테라스가 있었다. 1월이라도 바람이 잔잔하고 화창한 날이면 무쇠 난로가 싸늘하게 식어버린 교회 안보다 바깥 테라스가 사실 더 따뜻했다. 눅눅한 지하실은 꽤 따뜻했지만, 간이침대나 세숫대야, 하다못해 옷을 걸 못 하나 비춰줄 빛조차 들어오지 않았다. 지하실에 달랑 하나 있는 등잔도 처량하기 짝이 없어서, 폴 디는 테라스 계단에 앉아서 외투 주머니에 쑤셔넣어둔 술병으로 부족한 온기를 보충했다. 온기와 새빨간 눈. 폴 디는 무릎 사이에 손목을 끼워넣었다. 떨리는 손을 가만히 두기 위해서가 아니라 마땅히 붙잡을 게 없어서였다. 그의 담뱃갑은 이미 활짝 열리고, 내용물이 쏟아져나와 자유롭게 떠다니며 그를 장난감이자 먹잇감으로 삼았다.

왜 이렇게 오래 걸렸는지 알 수 없었다. 차라리 식소와 함께 불속으로 뛰어드는 편이 나았으리라. 그럼 둘이서 한바탕 웃을 수 있었을 텐데. 어떻게 하든 항복의 순간은 결국 찾아오기 마련이다. 그런데 "세븐오Seven-O"*를 외치며 웃음으로 맞이하지 못할 까닭이 어디 있나! 어째서? 무엇 때문에 질질 끈단 말인가? 주머니에 닭튀김을 넣고 눈물을 글썽거리는 그의 형이 마차 뒤에 앉아 손을 흔드는 광경을 이미 보지 않았는가. 어머니. 아버지. 어머니는 기억조차 나지 않는다. 아버지는 얼굴 한 번 보지 못했다. 그는 가너 씨에게 팔려온 세 명의 배다른 형제들(아버지는 같지만 어머니는 다른) 중 막내였고, 농장 밖으로 나

* 식소와 50킬로미터 여자 사이에서 태어날 아기의 이름.

가는 걸 금지당한 채 이십 년을 지냈다. 한번은 메릴랜드에서, 온 식구가 백 년 동안 함께 살아왔다는 네 노예 가족을 만난 적이 있었다. 증조할아버지들, 증조할머니들, 할아버지들, 할머니들, 어머니들, 아버지들, 고모들, 이모들, 삼촌들, 조카들, 자식들. 백인 피가 절반 섞인 혼혈, 백인 피가 약간 섞인 혼혈, 순수 흑인, 인디언 혼혈. 폴 디는 경외감과 부러움이 뒤섞인 눈으로 그들을 바라보았다. 그후로는 흑인 대가족을 만날 때마다 누가 누구인지, 서로 관계가 어떻게 되는지, 실제로 누가 누구의 자식인지 거듭거듭 확인하곤 했다.

"이분이 우리 고모세요. 여기 이분이 고모 아들이고요. 저분은 우리 아버지 사촌입니다. 우리 어머니는 결혼을 두 번 하셨는데, 이쪽이 아버지가 다른 내 여동생이고 저쪽은 여동생의 두 아이죠. 자, 제 아내는……"

그는 한 번도 가져보지 못한 것이었다. 스위트홈에서 자랄 때는 그런 것이 그립지 않았다. 그에게는 형제들이 있었고, 두 명의 친구와 부엌일을 하는 베이비 석스, 그리고 그들에게 총 쏘는 법을 가르쳐주고 그들이 하는 말에 귀기울여주는 주인이 있었다. 그들에게 비누를 만들어주고 절대 언성을 높이는 법이 없는 주인마님도. 스무 해 동안 그들은 그 안락한 요람 속에서 다 함께 살았다. 베이비가 떠나고, 세서가 오고, 핼리가 그녀를 차지할 때까지. 핼리는 그녀와 가족을 이루었고, 식소는 50킬로미터 여자와 가족을 이루려고 기를 썼다. 폴 디가 큰형과 작별 인사를 나눌 무렵, 농장 주인은 죽었고 주인마님은 신경쇠약에 걸렸고 요람은 이미 쪼개져버렸다. 식소는 의사 때문에 가너 부인이 병들었다고 말했다. 다리가 부러진 종마를 죽일 때 화약이 부족하면 대신 말에게 먹이는 걸 마님한테 먹였다면서, 학교 선생이 세운 새 규칙만 아니었다면 당장 마님께 말씀드렸을 거라고 했다. 그들은 식소를 비웃었다. 아무튼 식소는 세상만사 모르는 것이 없었다. 물론 가너 씨의 뇌졸중에 대해서도 알았는데, 그의 말로는 질투심에 불탄 이웃이 그의 귀에다 총을 쐈다는 것이었다.

"그럼 피는 어디 있는데?" 그들이 식소에게 따졌다.

피는 없었다. 가너 씨는 암말의 목덜미 위에 몸을 굽힌 채 새파랗게 질린 얼굴에 땀을 흘리며 집으로 돌아왔다. 피는 한 방울도 흘리지 않았다. 식소는 툴툴거렸는데, 그는 그들 중에서 유일하게 가너 씨가 세상을 떠나는 걸 보고도 안타까워하지 않았다. 하지만 나중에는, 말할 수 없이 안타까워했다. 그들 모두 마찬가지였다.

"마님은 그 작자를 왜 부르셨지?" 폴 디가 물었다. "학교 선생이 왜 필요한 거야?"

"계산을 할 줄 아는 사람이 필요한가보지." 핼리가 말했다.

"계산은 너도 할 수 있잖아."

"그런 계산 말고."

"그게 아니야." 식소가 입을 열었다. "여기에 또다른 백인이 필요했던 거야."

"뭣 때문에?"

"넌 뭣 때문이라고 생각하냐? 뭣 때문이라고 생각해?"

그래, 그것이 현실이었다. 아무도 가너 씨가 죽을 거라고는 예상하지 못했다. 가너 씨도 죽을 수 있다는 생각을 아무도 하지 못했다. 놀랍게도. 모든 게 가너 씨가 살아 있어야 가능했다. 그가 살아 있지 않으면,

그들의 삶은 산산조각나는 것이었다. 그게 노예제가 아니고 뭐란 말인가? 기운이 한창인, 웬만한 키 큰 남자들보다 더 키가 크고 누구보다도 힘이 셌던 폴 디를 그들은 꺾어버렸다. 처음에는 그의 소총을, 그다음에는 그의 생각을. 학교 선생은 흑인들의 충고를 절대 받아들이지 않았다. 그들이 제공하는 정보를 말대꾸라 부르면서, 그들을 재교육하기 위한 다양한 교정 방법(공책에 꼼꼼히 기록해두었다)을 개발했다. 학교 선생은 그들이 너무 많이 먹고, 너무 많이 쉬고, 너무 말이 많다고 불평했다. 그와 비교하면 그건 사실이었다. 학교 선생은 조금 먹었고, 거의 말이 없었으며, 절대 쉬는 법이 없었으니까. 한번은 그들이 노는 걸—공던지기 놀이였다—보고 어찌나 깊이 상처 입은 표정을 짓던지 폴 디는 어안이 벙벙해 눈을 끔뻑거렸다. 학교 선생은 그들에게만큼 학생들에게도 엄격했다. 교정 방법이 달랐을 뿐.

오랫동안 폴 디는 가너가 어엿한 사내로 키워놓은 노예들을 학교 선생이 어린아이로 망쳐놓았다고 믿었다. 그래서 그들이 달아났던 것이다. 담뱃갑 속 내용물에 시달리는 지금, 폴 디는 학교 선생이 오기 전과 오고 난 후에 실제로 달라진 게 있긴 있었는지 의구심이 들었다. 가너는 공공연히 그들을 사내라고 부르고 선포했다. 하지만 오직 스위트홈에서만, 그리고 그의 허락하에서만 그랬다. 그는 자기가 본 것에 이름을 붙인 걸까, 아니면 자신이 보지도 못한 것을 만들어낸 걸까? 그건 식소의, 심지어 핼리의 의문이기도 했다. 하지만 가너가 사내라고 부르든 부르지 않든 이 두 사람은 분명 사내였다. 폴 디에게 그것만은 항상 분명했다. 그러나 자신의 남자다움을 생각해보면 만족스럽지 않았고, 그것이 고민이었다. 아, 그는 남자다운 일을 많이 했지만, 그건 가너의 선물이었을까 아니면 자신의 의지였을까? 가너가 없었으면—스위트홈에 오기 전처럼 살았다면—그는 어떻게 되었을까? 식소의 나라나 그의 어머니의 나라에 있었다면? 또는 끔찍하게도, 노예선을 타고 있었다면? 한 백인이 사내라고 불러서 사내가 된 걸까? 어느 날 아침 가너가 눈을 떠서 마음을 바꿔먹었다면? 그 말을 취소해버렸다면. 그땐 달아났을까? 그가 마음을 바꾸지 않았더라면, 폴 형제들은 평생토록 그곳에서 지냈을까? 어째서 우리 형제들이 결정을 내리는 데 하룻밤이나 걸렸을까? 식소와 핼리와 함께할지를 의논하는 데. 그들은 멋진 거짓말 속에 고립되어 살아왔기 때문이었다. 그래서 핼리와 베이비 석스가 스위트홈으로 오기 전에 겪은 삶을 단순히 불운이라고 치부했다. 식소의 어두운 이야기들을 무시하거나 웃어넘겼다. 주인의 보호를 받으며 자기들은 특별하다고 확신했다. 조지아 주 앨프리드 수용소 같은 문제는 꿈에도 생각지 못했다. 그곳은 세상의 겉모습만을 너무나 사랑하며, 이꼴 저꼴 다 참아내며, 쳐다볼 권리도 없지만 그럼에도 불구하고 달이 떠 있는 그곳에서 그저 목숨을 부지하는 곳이었다. 작은 것을 은밀히 사랑하며. 그의 작은 사랑은 물론 나무였다. 하지만 그에게 손짓하던 굵은 고목 '형제' 같지는 않았다.

조지아 주 앨프리드 수용소에는 묘목이라고 부를 수도 없을 만큼 어린 사시나무가 한 그루 있었다. 키가 그의 허리에도 못 미쳤다. 꺾어서 말을 후려치는 데나 쓰면 적당할 듯했다. 노래 살인과 사시나무. 그는 살아남아 목숨을 빼앗는 노래를 불렀고, 살아 있다는 사실을 확인해주는 사시나무를 지켜보았다. 단 한순간도 자신이 도망칠 수 있을 거라고 생각하지 못했다. 비가 오기 전까지는. 나중에, 체로키 인디언이 꽃을 따라 달리라고 가르쳐준 이후로, 그는 단지 움직이고 이동해서 매일 전날과는 다른 어딘가에 가 있기만을 원했다. 고모도, 사촌도, 자식도 없는 인생을 체념하고 받아들였다. 심지어 세서를 만나기 전까지는 여자도 없었다.

그런데 그 여자애가 그를 움직이게 했다. 그가 의심과 회한 그리고 차마 하지 못한 질문들을 마지막 하나까지 꽁꽁 싸서 내다버렸을 때, 이미 오래전부터 자신의 의지로 인간이 되었다고 믿고 있었는데, 마침내 뿌리를 내리고 싶다고 생각한 바로 그 순간, 그 장소에서 그 여자애가 그를 움직이게 한 것이다. 이 방에서 저 방으로. 마치 헝겊 인형처럼.

한때 포목점이었던 교회 현관에 주저앉아, 살짝 취했고 딱히 할 일도 없어서 그는 이런저런 생각을 할 수 있었다. 천천히 떠오르는, 만약에 이랬다면 하는 생각들. 깊은 상처만 남고 딱히 손에 잡히는 결론으로 이어지지 않는 생각들. 그래서 그는 손목을 잡았다. 그 여자의 삶을 지나치다 그 안으로 들어가고, 또 자기 안으로 그녀의 삶을 들이는 바람에 이런 나락으로 떨어졌다. 완전한 한 여자와 더불어 여생을 살고 싶다는 소망은 새로웠고, 그 기분을 잃어버리자 그는 울고 싶었고, 결론 없는 깊은 생각들 속에 잠기고 싶었다. 그저 다음 끼니와 밤에 잘 곳만 걱정하며 떠돌아다닐 때는, 모든 걸 가슴속에 꽁꽁 싸매두었을 때는 패배감도, 일이 제대로 되지 않는다는 게 뭔지도 몰랐다. 물꼬만 트이면 어떻게든 해결되었다. 이 모든 일이 어디서부터 잘못되었는지 생각해보니, 그 계획부터 시작해서 전부 잘못되었다. 물론 훌륭한 계획이었다. 잘못될 가능성을 모두 배제하고 치밀하게 짠.

말들을 수레에 매던 식소는 다시 영어를 쓰면서 50킬로미터 여자가 해준 이야기를 핼리에게 털어놓았다. 그녀가 사는 곳의 흑인 일곱 명이 북부로 가는 다른 두 명과 합류하기로 했다는 것이었다. 그 두 사람은 예전에도 가본 적이 있어서 길을 안다고 했다. 둘 중 한 명은 여자인데, 옥수수가 자라 키가 커지면 옥수수밭에서 그들을 기다리기로 했다. 하룻밤 그리고 다음날 반나절을 더 기다렸다가 그들이 오면, 다른 흑인들이 숨어 있는 포장마차로 데려가주겠다고 했다는 것이다. 여자가 방울을 울리면 그게 신호였다. 식소는 가기로 했고, 그의 여자도 가기로 했고, 핼리는 가족을 전부 데리고 가겠다고 했다. 폴 형제 둘은 생각할 시간이 필요하다고 말했다. 어디로 가야 할지, 어떻게 살지 고민할 시간이. 무슨 일을 하고, 누가 그들을 받아줄지, 폴 에프를 찾아가봐야 할지를. 그들이 기억하기로 폴 에프의 주인은 '트레이스' 어쩌고 하는 곳에 살고 있었다. 하룻저녁 이야기를 나눈 끝에 그들은 결정을 내렸다.

이제 그들이 해야 할 일은 봄이 지나가기를, 그래서 옥수수가 한껏 자라고 달이 동그랗게 살찌기를 기다리는 것뿐이었다.

그리고 계획. 더 수월하게 출발할 수 있는 어둑어둑할 때가 좋을까, 아니면 길이 잘 보이는 새벽녘이 좋을까? 식소는 그 제안을 경멸한다. 밤에 떠나야 시간을 더 벌 수 있고 피부색의 덕을 볼 수 있다. 식소는 그들에게 두려우냐고 묻지 않는다. 그는 시험 삼아 한밤중에 옥수수밭까지 몇 번 달려보면서 냇물 근처에 담요와 칼 두 자루를 묻는다. 세서가 시내를 헤엄쳐갈 수 있을까? 그들이 식소에게 묻는다. 옥수수가 다 자랄 때쯤이면 냇물도 마를 거야. 빼돌릴 음식이 없어. 그러자 세서가 떠날 때가 가까워오면 사탕수수 시럽이나 당밀 한 단지와 빵을 좀 챙겨놓겠다고 말한다. 그녀는 담요가 반드시 제자리에 있기만을 바랄 뿐이다. 길을 가는 동안 아기를 업어 동이고 덮어주려면 꼭 필요할 테니까. 그들이 걸친 옷가지 말고 다른 천이라곤 없다. 물론 신발도 없다. 칼이 있으니 먹는 일은 한결 수월할 것이다. 밧줄과 냄비도 하나 묻는다. 훌륭한 계획이다.

그들은 학교 선생과 학생들이 언제 오고가는지 잘 지켜보고 기억해둔다. 언제 어디서 뭘 원하는지, 시간이 얼마나 걸리는지도. 밤마다 잠을 이루지 못하는 가너 부인은 아침 내내 잔다. 어떤 날은 학생들과 선생이 아침식사 전까지 수업을 한다. 일주일에 한 번은 아침식사를 아예 거르고 교회까지 15킬로미터 이상을 갔다가, 푸짐한 점심식사를 기대하며 돌아온다. 저녁식사 후에 학교 선생은 공책에 기록을 하고, 학생들은 연장을 깨끗이 씻거나 수선하거나 갈아놓는다. 세서의 일과가 가장 불확실한데, 언제든 가너 부인이 부르면 가야 하기 때문이다. 통증과 쇠약해진 몸, 지독한 외로움이 부인을 감당할 수 없을 정도로 짓누르는 밤시간에도 마찬가지다. 그래서 이렇게 하기로 했다. 식소와 폴 형제는 저녁식사 후 먼저 냇가에 가서 50킬로미터 여자를 기다린다. 핼리는 동이 트기 전에 세서와 세 아이를 데리고 온다. 해가 뜨기 전, 닭과 젖소를 돌봐야 하기 전에, 화덕에서 불 피우는 연기가 올라와야 할 때쯤이면, 그들은 냇가나 그 근처에서 다른 사람들과 함께 있을 것이다. 그렇게 하면 가너 부인이 밤에 세서를 불러도 부인에게 갈 수 있을 것이다. 그들은 봄이 지나가기만 기다리면 된다.

하지만. 세서가 봄에 덜컥 임신을 했고 8월이 되자 남자들을 따라 걷지 못할 정도로 몸이 무거워진다. 아이들은 남자들이 안고 갈 수 있지만, 그녀까지 안고 갈 수는 없다.

하지만. 가너가 살아 있을 때에는 기가 죽어 있던 이웃들이 이제는 스스럼없이 스위트홈을 찾아오고 아무 때나 불쑥 나타난다.

하지만. 아이들이 더는 부엌에서 놀 수 없게 되어, 세서는 집과 숙소를 허둥지둥 오고가야 한다. 아이들을 돌보느라 안절부절못하다가 좌절하고 만다. 아이들은 어른들 일을 하기에는 아직 어리고, 어린 딸은 태어난 지 아홉 달밖에 되지 않았다. 가너 부인의 도움도 받지 못하고, 학교 선생의 요구가 늘어나면서 세서는 일이 점점 더 늘어난다.

하지만. 새끼 돼지 사건으로 학교 선생과 언쟁이 오고간 뒤로, 식소는 밤마다 가축들과 함께 묶여 있다. 그리고 궤짝이며 우리, 헛간, 닭장, 마구 창고, 축사까지 죄다 자물쇠가 채워진다. 재빨리 도망쳐 들어가거나 다 함께 모일 곳이 없다. 식소는 이제 입안에 항상 못을 넣고 다닌다. 필요한 경우에 밧줄을 풀기 위해서다.

하지만. 핼리는 스위트홈에서 별도로 일을 더 하라는 지시를 받는다. 그리고 학교 선생이 가라는 곳 말고는 어디로도 갈 수가 없다. 자기 여자를 보러 몰래 빠져나가던 식소만이, 그리고 몇 년 동안 멀리 일을 다닌 핼리만이 스위트홈 밖에 뭐가 있는지, 거기까지 어떻게 가는지 안다.

훌륭한 계획이다. 주의깊은 학생들과 그들의 선생의 감시 아래에서도 잘 실행될 것이다.

하지만. 그들은 계획을 변경해야 했다. 아주 조금만. 일단 떠나는 시간을 변경한다. 그들은 핼리가 알려준 방향을 잘 기억해둔다. 몸을 묶은 밧줄을 풀고 말들을 놀라게 하지 않으면서 잠긴 문을 부수고 나올 시간이 필요한 식소는 나중에 출발해서 50킬로미터 여자와 함께 냇가에서 폴 형제와 합류하기로 한다. 네 사람은 곧장 옥수수밭으로 간다. 핼리 역시 세서 때문에 시간이 더 필요해서, 동틀녘까지 기다리지 않고 밤중에 아이들과 아내를 데리고 가기로 한다. 그들 가족은 냇가에 모이지 않고 곧장 옥수수밭으로 갈 것이다. 옥수수는 거의 그들 어깨높이까지 자랐고, 더이상 자라지 않을 것이다. 달이 부풀어오르고 있다. 그들은 새가 내는 소리도, 뱀이 내는 소리도 아닌 방울 소리를 들으려고 귀를 기울이느라, 추수도 타작도 논 정리나 낟알 줍기, 운반도 거의 하지 못한다. 그러던 어느 날 오전도 절반쯤 지나, 그 소리가 들린다. 아니, 핼리가 듣고 다른 사람들에게 노래로 알려주기 시작한다. "쉿, 쉿. 누군가 내 이름을 불러. 쉿, 쉿. 누군가 내 이름을 불러. 오 나의 주님, 오 나의 주님, 전 어찌해야 합니까?"

점심식사 시간에 그는 밭을 떠난다. 그래야만 한다. 신호를 들었다고 세서에게 말해줘야 한다. 세서는 이틀 밤 내내 가너 부인 곁에 붙어 있었고, 그는 오늘밤에는 그럴 수 없다는 것을 모를지 모르는 그녀를 내버려둘 수 없다. 폴 형제는 떠나는 핼리를 바라본다. '형제'의 그늘 밑에서 옥수수빵을 씹으며, 휘청휘청 멀어져가는 그를 바라본다. 빵은 맛있다. 빵이 짭짤해지도록 입가에 묻은 땀을 핥는다. 학교 선생과 학생들은 이미 집에서 점심을 먹고 있다. 핼리는 휘청휘청 멀어져간다. 이제는 노래를 부르지 않는다.

무슨 일이 일어났는지 아무도 모른다. 교유기 옆에 있던 모습 말고는. 그것이 마지막 모습이었다. 폴 디가 아는 거라고는 세서에게 한마디 말도 없이 핼리가 사라졌다는 사실뿐이었다. 그러고는 버터 범벅이 되어 쪼그리고 앉은 그의 모습을 본 게 다였다. 어쩌면 그가 저택 정문에 도착해서 세서를 만날 수 있느냐고 물었을 때, 학교 선생이 그의 목소리에서 불안한 기색을 알아챘는지도 모른다. 그래서 항상 몸에 지니고 다니는 엽총을 집어들었는지도 모른다. 그게 아니면 핼리가 "제 마누라"라고 말할 때, 학교 선생의 눈이 번쩍할 만한 어떤 실수를 저질렀을 수도 있다. 세서는 돌이켜보니 총소리를 들은 것 같다고, 그렇지만 가너 부인의 침실 창밖으로 내다보지는 않았다고 말한다. 하지만 핼리는 그날 죽거나 다치지 않았다. 왜냐하면 나중에, 세서가 어느 누구의 도움도 없이 혼자 도망친 후에, 식소가 웃음을 터뜨리고 그의 형이 사라진 후에 폴 디는 핼리를 보았기 때문이다. 버터로 미끈거리고 생선처럼 눈의 초점을 잃은 그를. 어쩌면 학교 선생이 그의 등뒤에서 총을 쏘았는지도 모른다. 무단으로 저택에 들어온 것을 벌주려고 그의 발에 대고 쏘았는지도 모른다. 어쩌면 핼리는 헛간으로 들어가 몸을 숨기고 있다가 학교 선생의 가축들과 함께 갇혔을 수도 있다. 어떤 일이든 일어났을 수 있다. 핼리는 사라졌고, 모두 각자 할 일을 했다.

폴 에이는 점심식사 후에 목재 옮기는 일을 하러 돌아간다. 그들은 숙소에서 만나 저녁식사를 하기로 한다. 하지만 형은 끝내 나타나지 않는다. 폴 디는 정시에 냇가를 향해 떠난다. 폴 에이가 먼저 가 있으리라 믿고 바라면서. 학교 선생이 뭔가 알아챈 게 분명하다. 폴 디는 냇가에 도착하고, 냇물은 식소가 예고한 대로 말라 있다. 그는 그곳에서 50킬로미터 여자와 함께 식소와 폴 에이를 기다린다. 식소만 나타난다. 손목에서는 피가 흐르고, 혓바닥은 불꽃처럼 날름거리며 입술을 핥는다.

"폴 에이 봤어?"

"아니."

"헬리는?"

"못 봤어."

"흔적도 없어?"

"전혀. 숙소에는 아이들밖에 없어."

"세서는?"

"애들이 자고 있었어. 세서도 아직 거기 있을 거야."

"난 폴 에이 없이는 못 떠나."

"난 도와줄 수 없어."

"돌아가서 찾아봐야 할까?"

"난 도와줄 수 없어."

"네 생각은 어때?"

"곧장 옥수수밭으로 간 것 같아."

이윽고 식소가 여자를 향해 몸을 돌린다. 두 사람은 서로 꼭 끌어안고 속삭인다. 이제 여자는 환하게 빛나고 있다. 어떤 광채, 어떤 반짝임이 그녀 안에서 흘러나온다. 조금 전 폴 디와 함께 시내 바닥의 조약돌 위에 무릎을 꿇고 앉아 있을 때까지는, 그저 어둠 속에서 가볍게 숨을 내쉬는 형체일 뿐 아무것도 아니었다.

식소가 땅에 묻어놓은 칼을 찾기 위해 살금살금 기어나가려 한다. 그때 무슨 소리를 듣는다. 아무 소리도 들리지 않는다. 칼은 잊어버려. 이제. 세 사람이 강둑으로 기어오르자 학교 선생과 학생들, 그리고 다른 백인 네 명이 그들을 향해 다가온다. 등불을 들고. 식소는 50킬로미터 여자를 밀친다. 여자는 시내 바닥을 따라 멀리 달아난다. 폴 디와 식소는 반대 방향인 숲을 향해 달아난다. 두 사람 모두 백인들에게 둘러싸여 결박당한다.

그때 공기가 달콤해진다. 꿀벌들이 사랑하는 것들이 향기를 내뿜는다. 노새처럼 꽁꽁 묶인 채, 폴 디는 이슬에 젖은 풀이 얼마나 촉촉하고 기분좋은지 느낀다. 폴 에이는 어디 있을까 생각하는데, 식소가 몸을 돌리더니 제일 가까운 곳에서 자신을 겨누는 소총의 총구를 덥석 움켜쥔다. 그러고는 노래를 부르기 시작한다. 다른 백인 두 명이 폴 디를 떠밀고 가서 나무에 묶는다. 학교 선생이 말한다. "살려둬. 살려둬. 그놈은 살려두는 게 좋아." 식소는 총을 휘둘러 한 백인의 갈비뼈를 부러뜨리지만, 꽁꽁 묶인 손으로는 그 무기를 다른 방식으로 쓸 수가 없다. 백인들은 그저 기다리기만 하면 된다. 아마도, 그의 노래가 끝나기까지? 그들이 노래를 듣는 동안, 다섯 개의 총구가 그를 겨눈다. 그들이 등불빛에서 멀어지자, 폴 디는 그들의 모습을 볼 수 없다. 마침내 한 사람이 소총으로 식소의 머리를 내려친다. 식소가 다시 정신을 차렸을 때는, 히커리로 피운 모닥불이 그의 눈앞에서 타고 있고, 그의 허리가 나무에 묶여 있다. 학교 선생이 마음을 바꾸었다. "이놈은 영영 쓸모없게 돼버렸어." 노래 때문에 확신하게 된 모양이다.

불길은 계속 사그라지고, 백인들은 이런 다급한 상황을 예상하지 못했기에 몹시 당황한다. 그들은 잡으러 온 거지, 죽이러 온 게 아니었다. 그들이 어떻게든 피울 수 있는 불은 겨우 옥수수죽이나 끓일 수 있는 정도다. 마른 나뭇가지는 드물고 풀은 이슬에 젖어 축축하다.

옥수수죽이나 끓일 정도의 모닥불 속에서 식소는 허리를 쭉 펴고 서 있다. 그는 노래를 다 부른다. 웃는다. 마치 세서의 아들들이 빗속에서

첨벙거리거나 건초 속에서 뒹굴 때 내는 울려퍼지는 웃음소리 같다. 그의 발이 익어간다. 바지에서는 연기가 피어오른다. 그는 웃는다. 뭔가 재미있는 모양이다. 폴 디가 그게 뭘까 생각하는데, 식소가 웃는 중간중간 큰 소리로 외친다. "세븐 오! 세븐 오!"

연기를 내며 고집스럽게 타오르는 불길. 그들은 총을 쏘아 식소가 입을 다물게 한다. 그러는 수밖에 없다.

족쇄를 찬 채, 꿀벌이 사랑하는 향기로운 것들 사이를 걸어가며 폴 디는 백인 남자들끼리 하는 말을 듣고 난생처음 자신의 값어치를 알게 된다. 그는 항상 자신의 가치를 알았다. 아니, 안다고 믿었다. 어엿한 일꾼, 농장에 이익을 가져다줄 수 있는 노동자로서의 가치를. 하지만 이제야 그는 자신의 값어치를, 다시 말해 몸값을 알게 된다. 그의 몸무게, 그의 힘, 그의 심장, 그의 머리, 그의 성기 그리고 그의 미래를 달러로 매긴 가치를.

말들을 묶어놓은 곳에 이르러 말에 올라타자마자, 백인들은 냉정을 되찾고 지금 처한 어려움에 대해 자기들끼리 이야기한다. 온갖 문제들에 대해. 그 목소리들은 학교 선생에게 가너가 이 노예들을 얼마나 망쳐버렸는지 상기시킨다. 가너는 법을 어기는 짓을 했다. 검둥이들이 자유 시간에 돈을 받고 일을 해서 스스로 몸값을 치르는 걸 허락하다니. 심지어 저 자식들 손에 총을 쥐여주지 않았나! 그렇다고 검둥이들을 짝지어 수를 더 늘리기라도 했나? 천만의 말씀! 그는 검둥이들을 결혼시킬 작정이었다. 이보다 더 황당할 수는 없다! 학교 선생은 한숨을 쉬며 말한다. 내가 그걸 모르는 줄 아나? 그래서 이곳을 바로잡기 위해 왔지. 이제 농장은 가너가 죽었을 때보다 더 큰 몰락에 직면했다. 노예

중 최소한 둘을 잃었고, 어쩌면 셋을 잃을 수도 있다. 핼리라고 불리는 녀석을 찾을 수 있을지 확신할 수 없기 때문이다. 아주머니는 너무 쇠약해서 아무 도움이 되지 않는다. 대규모 집단 탈출을 지금 내 손으로 처리하고 있는 것과 다름없다. 여기 이놈은 가능하다면 9백 달러를 받고 팔 생각이다. 그리고 어서 가서 애를 낳을 수 있는 년과 그년의 새끼와 다른 한 놈, 그놈도 찾기만 하면 가둬놓아야 한다. '여기 이놈'에게서 나온 돈으로 열둘이나 열다섯 살쯤 되는 어린놈을 둘 살 수 있으리라. 애를 낳을 수 있는 노예 하나에다 그년의 새끼 셋, 그리고 뭐가 될지는 모르지만 뱃속에 든 새끼까지 있으니 어쩌면 그와 그의 조카에게 일곱 명의 노예가 생기는 셈이고, 스위트홈도 이 정도 골치를 썩고 고생할 만한 가치는 있을 것이다.

"릴리언은 고비를 넘길 수 있을 것 같나?"

"오늘내일해."

"자네는 릴리언의 시누이와 결혼했지, 안 그런가?"

"그랬지."

"그 여자도 허약했나?"

"좀 그랬어. 열병에 걸려 죽었으니까."

"어쨌든, 이 동네에서는 굳이 홀아비로 지낼 필요가 없다네."

"지금 당장은 스위트홈 생각뿐이야."

"자넬 탓할 수는 없지. 꽤 넓은 농장이니까."

그들은 폴 디가 눕지 못하도록 살이 세 개 달린 고리를 그의 목에 채우고 발목을 붙여 사슬을 채운다. 이제 그의 머릿속에는 방금 귀에 들린 숫자 생각뿐이다. 둘. 둘이라고? 검둥이 둘을 잃었단 말이지? 폴 디는 심장이 펄떡펄떡 뛴다고 느낀다. 저들은 핼리를 찾으러 간다고 했다. 폴 에이가 아니라. 그렇다면 폴 에이는 이미 찾은 게 틀림없고, 백인들에게 붙잡혔다면 분명 끝장났다는 뜻이다.

학교 선생은 오두막 문을 닫기 전에 그를 한참 쳐다본다. 아주 조심스럽게, 본다. 폴 디는 시선을 마주하지 않는다. 이제 부슬비가 내린다. 기대만 한껏 부풀리고 채워주지는 않는 짓궂은 8월의 비다. 폴 디는 자기도 함께 노래를 불렀어야 했다고 후회한다. 식소의 선율에 맞춰 쩌렁쩌렁 울리도록. 하지만 가사가 그를 막았다. 그는 그 가사를 이해하지 못했다. 아는 곡조였으니 아무 문제도 안 되었겠지만. 그 노래는 증오가 흘러넘치는 주바*였다.

따스한 부슬비가 내리다 그치고, 내리다 그치고 한다. 그는 가너 부인 방의 창가에서 훌쩍거리는 소리를 들은 것 같다고 생각한다. 하지만 누구든, 뭐든 그런 소리를 낼 수 있다. 심지어 발정난 암고양이일 수도 있다. 그는 머리를 꼿꼿이 세우고 있다 지쳐서 목에 채워진 고리 위에 턱을 받친다. 그리고 어떻게 하면 발을 끌어서라도 화로까지 다가가 곡식 한줌을 넣고 물을 끓일 수 있을까 궁리한다. 그가 그러고 있을 때, 비에 젖은 세서가 불룩한 배를 안고 들어와 도망가겠다고 말한다. 방금 아이들을 옥수수밭에 데려다주고 오는 길이라고. 백인들은 근처에 없었다. 핼리를 찾지 못했다. 누가 붙잡혔지? 식소는 달아났나? 폴 에이는?

폴 디는 자기가 아는 대로 말해준다. 식소는 죽었어. 50킬로미터 여자는 달아났고, 폴 에이와 핼리는 어떻게 됐는지 몰라. "대체 그이는 어

* 미국 남부 흑인들이 즐기던 춤.

디 있을까?" 세서가 묻는다.

폴 디는 고개를 저을 수 없는 처지라 어깨만 으쓱한다.

"식소가 죽는 걸 직접 봤어? 확실해?"

"확실해."

"죽을 때 정신이 있었어? 죽음이 닥쳐오는 걸 알았어?"

"말짱했어. 말짱한 정신으로 웃었어."

"식소가 웃었다고?"

"그 웃음소리를 들었어야 했는데, 세서."

물이 끓고 있는 작은 화롯불 앞에 선 세서의 옷자락에서 김이 난다. 그는 발목에 족쇄를 차고 있어 움직이기가 힘들다. 게다가 목 장식도 창피하다. 수치스러운 마음에 그는 세서의 눈길을 피한다. 하지만 피하지 않아도, 세서의 눈에는 새까만 눈동자뿐이다. 흰자위는 전혀 보이지 않는다. 세서는 떠나겠다고 말한다. 그는 세서가 농장 정문까지도 가지 못할 거라고 생각하지만, 굳이 말리지 않는다. 두 번 다시 그녀를 보지 못하리라는 걸 안다. 바로 그 순간, 거기서 그의 심장은 멈췄다.

그 직후에 학생들이 그녀를 헛간으로 데려가 재미를 보았던 모양이다. 그리고 세서가 가너 부인에게 이 사실을 고하자, 그들은 쇠가죽 채찍으로 그녀를 내리쳤다. 그런데도 그녀가 도망칠 거라고 세상에 어느 누가 생각이나 했겠는가? 그들은 그녀가 그런 배와 등을 하고는 어디로도 도망치지 못할 거라 확신했던 게 틀림없다. 폴 디는 백인들이 그녀를 신시내티까지 쫓아갔다는 것을 알고도 별로 놀라지 않았다. 이제 생각해보니, 그녀는 그보다 몸값이 훨씬 비쌌던 것이다. 비용을 들이지 않고도 스스로 증식하는 자산이었으니까.

학교 선생이 받아낸 자신의 몸값을 센트 단위까지 떠올리면서, 그는 세서의 몸값은 얼마일까 궁금해했다. 베이비 석스의 몸값은 얼마였을까? 핼리는 자신의 노동력 외에, 빚이 얼마나 더 있었던 걸까? 가너 부인은 폴 에프를 팔아 얼마를 받았을까? 9백 달러보다 많았을까? 얼마나 많았을까? 10달러? 20달러? 학교 선생은 알 터였다. 모든 것의 가치를 잘 알았으니까. 식소가 더이상 쓸모없다고 선언할 때, 그의 목소리에 진정 어린 슬픔이 배어 있던 이유가 이로써 설명되었다. 세상 어느 멍청이가 총 앞에서 노래를 불러대는 검둥이를 사가겠는가? 50킬로미터 여자가 이제 막 싹이 트려는 제 씨앗을 배고 달아났기 때문에 "세븐 오! 세븐 오!"를 외쳐대는 검둥이를. 게다가 그 웃음소리는 어떻고. 어찌나 환희에 가득차 물결처럼 울려퍼지던지 불길이 꺼질 정도였다. 백인들이 그를 사륜 짐마차에 묶었을 때, 그는 자기 입에 물린 재갈이 아니라 식소의 웃음소리만을 생각했다. 그러고 나서 핼리를 보았고, 곧이어 그 수탉을 보았다. 그놈은 미소를 지으며 마치 이렇게 말하는 듯했다. 네가 여태 본 건 애들 장난에 불과해. 대체 수탉 따위가 조지아 주 앨프리드 수용소를 어떻게 알았을까?

"안녕하슈."

스탬프 페이드는 여전히 손가락으로 리본을 만지작거리며 바지 주머니를 움질거리고 있었다.

고개를 든 폴 디는 주머니의 움직임을 알아채고 콧방귀를 뀌었다. "난 까막눈이에요. 읽으라고 무슨 신문 기사를 또 가져왔다면, 괜한 시간 낭비예요."

스탬프는 리본을 꺼내놓고 계단에 앉았다.

"아니, 이건 다른 거요. 다른 얘기라오." 스탬프는 엄지와 검지로 빨간 헝겊을 쓰다듬으며 말했다.

폴 디가 아무 대답도 하지 않았기에, 두 남자는 한동안 말없이 앉아 있었다.

"나도 괴롭긴 마찬가지라오." 스탬프가 입을 열었다. "하지만 해야 하오. 당신에게 해야 할 얘기가 두 가지 있는데, 우선 쉬운 것부터 하겠소."

폴 디가 키득키득 웃었다. "영감님한테 괴로운 얘기라니, 내가 들으면 죽겠는걸요."

"아니, 아니오. 그런 얘기가 아니라오. 그저 용서를 빌러 왔다오. 사과하려고 말이오."

"뭘 사과한다는 거예요?" 폴 디는 외투 주머니에 손을 넣어 술병을 찾았다.

"아무 집이나 고르시오. 신시내티에 사는 모든 흑인들의 집 중에서. 어느 집을 고르든 기꺼이 환영할 거요. 사람들이 먼저 제안하거나 말하지 않은 데 대해 사과하겠소. 하지만 어느 집으로 가든 환영받을 거요. 내 집은 곧 당신 집이기도 하오. 존과 엘라, 레이디 양, 에이블 우드러프, 윌리 파이크, 누구네든 마찬가지요. 지하실에서 잘 이유가 없소. 지금까지 그렇게 하루하루 지낸 당신에게 미안할 따름이오. 어째서 목사가 당신을 내버려뒀는지 모르겠구려. 그 사람이 꼬마일 적부터 알고 지냈는데."

"아뇨, 목사님은 자기 집에 묵으라고 했어요."

"그랬소? 그런데?"

"글쎄요, 내키지 않았을 뿐이에요. 그냥 한동안 혼자 지내고 싶었죠. 어쨌든 목사님은 말했어요. 나를 볼 때마다 자기 집으로 오라고 했어요."

"그거 다행이로군. 난 다들 미쳤다고 생각했지."

폴 디가 고개를 저었다. “미친 건 바로 저예요.”

“그래, 어떻게 할지 계획은 있소?”

“오, 그럼요. 엄청난 계획이 있죠.” 폴 디는 술을 두어 모금 삼켰다.

술 취해서 세운 계획은 뭐든 오래가지 못하지, 스탬프는 생각했다. 하지만 술 마시는 사람을 말려봐야 아무 소용 없다는 걸 경험으로 알고 있었다. 그는 목청을 가다듬고, 이제 두번째 얘기를 어떻게 꺼낼까 궁리하기 시작했다. 오늘은 밖을 돌아다니는 사람이 거의 없었다. 운하가 얼어붙어 선박 운행도 정지되었다. 그때 가까이 다가오는 말발굽 소리가 들렸다. 높은 동부식 안장이 놓여 있었지만, 말을 탄 사람은 어느 모로 보나 오하이오밸리 출신이 분명했다. 그는 말을 타고 가다가 두 사람을 보더니 고삐를 잡아당기고 교회로 이어진 길을 따라왔다. 그가 몸을 앞으로 기울였다.

“이봐.” 그가 말했다.

스탬프는 리본을 얼른 주머니에 넣었다. “네, 나리?”

“주디라는 계집을 찾네. 도살장에서 일한다던데.”

“모르는 사람인 것 같습니다. 모르겠습니다, 나리.”

“플랭크 로드에 산다던데.”

“플랭크 로드라고요. 네, 나리. 저 위로 가셔야 합니다. 1.5킬로미터쯤요.”

“그 여자 모르나? 도살장에서 일하는 주디.”

“모릅니다요, 나리. 하지만 플랭크 로드는 알죠. 저쪽으로 1.5킬로미터쯤 가십시오.”

폴 디는 술병을 들고 들이켰다. 말을 탄 사람이 그를 보더니 다시 스탬프 페이드를 바라보았다. 오른쪽 고삐를 늦춰 말의 방향을 돌리는가 했는데, 마음을 바꾸고 다시 돌아왔다.

"이봐." 남자가 폴 디에게 말했다. "저 위에 십자가가 있잖아. 그러니 여기는 교회거나 아니면 교회였던 곳이겠지. 어느 정도 예의는 갖춰야 하지 않겠나? 내 말 알아들었나?"

"네, 나리." 스탬프가 대답했다. "나리 말씀이 맞습니다. 그러잖아도 제가 이 친구에게 얘기하러 온 참입니다. 바로 그 얘기 말입죠."

말을 탄 남자는 혀를 쯧쯧 차며 가버렸다. 스탬프는 오른손 손가락 두 개로 왼손 손바닥에 작은 동그라미를 그렸다. "선택을 하구려." 스탬프가 말했다. "어느 집이든 선택만 하시오. 당신이 원하면 받아줄 테니까. 우리집. 엘라네. 윌리 파이크네. 다들 넉넉하진 않지만, 한 사람 재울 자리는 있다오. 숙박비는 여유가 생기면 좀 내고, 사정이 안 되면 안 내도 된다오. 한번 생각해보구려. 어른이니, 싫다는데 억지로 시킬 수는 없지만, 생각은 해보구려."

폴 디는 아무 말도 하지 않았다.

"내가 당신한테 상처를 줬다면, 지금 사과하겠소."

"그럴 필요 없어요. 전혀요."

한 여자가 아이 넷을 데리고 길 건너편을 걸어갔다. 그녀는 미소를 지으며 손을 흔들었다. "안녕하세요. 지금은 갈 길이 바쁘네요. 기도회에서 봐요."

"나도 갈 거요." 스탬프가 여자의 인사에 화답했다. "저기 또 한 사람 있구려." 스탬프가 폴 디에게 말했다. "스크립처 우드러프, 에이블의 누이라오. 솔과 수지 공장에서 일하지. 두고보시오. 여기서 좀 지내다보면, 이 동네 흑인들만큼 친절한 사람들도 없다는 걸 알게 될 거요. 자존심, 글쎄, 자존심이 센 사람을 좀 불편해하긴 하지. 누군가 자존심이 너무 강하다고 생각되면, 좀 못되게 굴 수는 있소. 그렇지만 근본적으로는 좋은 사람들이고 누구든 당신을 받아줄 거요."

"주디는 어떤가요? 그 여자도 날 받아줄까요?"

"사정에 따라 다르겠지. 왜 그런 생각을 하는 거요?"

"주디를 아세요?"

"주디스라오. 나야 모르는 이가 없지."

"플랭크 로드에 사는?"

"어디 사는 누구든."

"그래요? 그 여자가 날 받아줄까요?"

스탬프는 허리를 숙이고 신발끈을 풀었다. 까만 후크 열두 개가 바닥 양옆에 각각 여섯 개씩 달려 있고, 발등에는 끈 구멍이 네 쌍 뚫려 있었다. 그는 신발끈을 모두 풀고 정성 들여 구두 혀를 가다듬은 후 다시 끈을 맸다. 구멍에 끼울 차례가 되자, 그는 손가락으로 끈 끝을 비볐다.

"내 이름을 어떻게 지었는지 얘기해주리다." 스탬프는 매듭을 단단히 짓고는 나비 모양으로 묶었다. "그들은 날 조슈아라고 불렀지만, 난 내 이름을 새로 지었지. 어째서 그랬는지 그 이유를 말해주겠소." 그러더니 스탬프는 그에게 배슈티 이야기를 들려주었다. "그때 난 그 여자에게 절대 손대지 않았소. 단 한 번도. 거의 일 년 동안. 그 일은 모종을 심을 때 시작돼서 난알을 주울 때쯤에야 끝났지. 더 길었던 것도 같네. 그놈을 죽였어야 했소. 그녀는 안 된다고 했지만, 그래도 죽였어야 했어. 그때 난 지금 같은 인내심이 없었소. 하지만 그만한 인내심이 없기는 다른 사람도 마찬가지일 거라 생각했지. 그러니까 그 주인놈 아내 말이오. 과연 그 여자가 나보다 더 잘 참을지 어디 한번 보자는 생각이 들었소. 배슈티와 나는 낮에는 함께 밭에서 일했는데, 그녀는 이따금 밤에 나가서 밤새도록 돌아오지 않았소. 난 그녀를 손끝 하나 건드리지 않았고 그녀에게 하루에 세 마디도 건네지 않았다오. 대신 틈만 나면 그 여자, 바로 젊은 주인의 아내를 만나려고 저택 근처를 어슬렁거렸소. 젊은 주인은 열일곱인가 스무 살인가 먹은 소년에 불과했소. 그러다가 마침내 그녀의 모습을 보았소. 물 한 잔을 들고 뒷마당 울타리 옆에 서 있더군. 물을 마시면서 마당 너머를 멍하니 내다보고 있었소. 난 다가갔소. 그리고 좀 떨어진 곳에서 모자를 벗어들고 말했다오. '실례합니다, 마님. 마님?' 그녀가 돌아보았소. 난 웃으며 말했소. '실례합니다. 혹시 배슈티 보셨나요? 제 아내 배슈티 말입니다.' 그 여자는 정말 작았다오. 머리카락은 새카맣고, 얼굴은 내 주먹만했소. '뭐라고? 배슈티?' 그녀가 물었소. '네, 마님. 배슈티요. 제 아내입니다. 마님께 달걀을 갖다드려야 한다고 했거든요. 혹시 갖고 왔던가요? 배슈티를 보면 마님도 아실 겁니다. 목에 검은 리본을 맨 여자요.' 그러자 그녀의 얼굴이 빨갛게 달아올랐고, 그래서 난 그녀도 알고 있다는 걸 알았다오. 그 리본은 주인놈이 배슈티에게 준 물건이었으니 말이오. 카메오가 달린 검은 리본 목걸이. 아내는 그놈에게 갈 때마다 그걸 맸다오. 난 다시 모자를 쓰고 말했소. '제 아내를 보시거든 제가 찾는다고 좀 전해주십시오. 감사합니다. 감사합니다, 마님.' 난 그녀가 뭐라 말하기 전에 얼른 돌아서서 나왔소. 감히 뒤를 돌아볼 엄두도 못 내고 나오다가 나무 뒤에 숨어서 봤지. 그녀는 잔을 물끄러미 들여다보며 그 자리에 그대로 서 있었소. 사실 생각만큼 만족스러운 기분은 아니었소. 게다가 그녀가 막아줄 거라고 생각했는데, 그러지도 않았다오. 그러던 어느 날 아침 배슈티가 들어와 창가에 앉았소. 일요일이었소. 우리는 일요일이면 우리 밭에서 일을 했소. 창가에 앉은 아내가 밖을 내다보며 말했소. '돌아왔어요. 내가 돌아왔어요, 조시.' 난 아내의 목덜미를 보았소. 정말 가느다랬지. 난 그걸 부러뜨리기로 작정했소. 나뭇가지처럼 뚝 부러뜨리는 거지. 워낙 그래왔지만, 그때만큼 비열했던 적도 없었소."

"그래서 했어요? 정말 부러뜨렸어요?"

"아니, 아니라오. 내 이름을 바꿨지."

"거기서 어떻게 빠져나왔어요? 여기는 어떻게 왔고요?"

"배를 타고. 미시시피 강을 타고 멤피스까지. 멤피스부터 컴벌랜드까지는 걸었고."

"배슈티도?"

"아니. 그 여자는 죽었소."

"아, 이런. 다른 쪽 신발끈이나 마저 매세요!"

"뭐라고?"

"그 빌어먹을 신발끈이나 매시라고요! 당신 코앞에 있잖아요! 어서 묶어요!"

"그러면 기분이 좀 나아지겠소?"

"아뇨." 폴 디는 술병을 바닥에 내던지고는 상표에 그려진 황금 마차를 노려보았다. 말은 없다. 그저 푸른 천으로 장식된 황금 마차뿐이었다.

"아까 당신에게 할 얘기가 두 가지라고 했소. 하나밖에 안 했으니, 다른 하나도 얘기해주겠소."

"알고 싶지 않아요. 아무것도 알고 싶지 않아요. 주디가 날 받아줄지 아닐지 그것만 알려주세요."

"난 그 자리에 있었소, 폴 디."

"어디 있었다는 거죠?"

"그 마당에 말이오. 그녀가 그 일을 저질렀을 때."

"주디가?"

"세서 얘기요."

"제기랄."

"당신이 생각하는 그런 일은 아니었소."

"영감님이 내 생각을 어떻게 압니까."

"그녀는 미친 게 아니었소. 자식들을 사랑했던 거지. 해치는 인간들에게 그들이 한 짓보다 더 큰 해를 입히려 했던 거요."

"그만둬요."

"그리고 그 상처를 사방에 퍼뜨리고."

"스탬프, 날 좀 내버려두세요. 난 그 여자가 어릴 때부터 알았어요. 소녀였을 때부터 알았는데도 난 그 여자가 무서워요."

"세서가 무서운 게 아닐 거요. 난 당신 말을 믿지 않소."

"세서가 무섭다고요. 나 자신도 무섭고. 그리고 누구보다도 그 집에 사는 그 여자애가 제일 무서워요."

"그 처녀는 누구요? 어디서 왔소?"

"몰라요. 그냥 어느 날 불쑥 나타나 그루터기에 앉아 있었어요."

"흠. 124번지 밖에서 그 여자를 본 사람은 당신하고 나밖에 없는 것 같구려."

"그애는 아무데도 안 가니까요. 어디서 보셨어요?"

"부엌 바닥에서 자고 있더군. 집안을 들여다봤지."

"처음 봤을 때부터 그애 근처에도 가고 싶지 않았어요. 뭔가 이상한 구석이 있어요. 말투도 이상하고 행동도 이상해요." 폴 디는 모자 안으로 손을 넣어 관자놀이 주변을 벅벅 긁었다. "그애를 보면 뭔가 떠올라요. 뭔가, 기억해야 하는 것 같은데."

"자기가 어디서 왔다는 말은 안 했소? 가족들은 어디 있고?"

"자기도 몰라요. 아니, 모른대요. 내가 들은 얘기라곤 다리 위에서 살았고 옷을 훔쳐 입었다는 정도예요."

"어떤 다리?"

"그걸 내가 알겠어요?"

"이 근방에 내가 모르는 다리는 없다오. 하지만 다리 위에서 사는 사람은 아무도 없소. 다리 아래서도 마찬가지고. 그 처녀가 세서네 집에서 산 지 얼마나 됐소?"

"지난 8월부터요. 서커스가 열린 날이었죠."

"나쁜 징조인데. 그 처녀도 서커스에 왔었소?"

"아뇨. 집에 돌아왔더니 거기, 그루터기에서 자고 있었어요. 비단 드레스를 입고 새 구두를 신고요. 기름처럼 새까맸죠."

"그래요? 흠. 디어크리크 근방에 한 백인에게 감금당한 처녀가 한 명 있었소. 지난여름에 남자는 시체로 발견됐고, 처녀는 사라졌지. 어쩌면 그 처녀일지도 모르겠군. 사람들 말로는 아주 어린 새끼 때부터 거기

갇혀 있었다던데."

"글쎄요, 지금은 암캐가 다 됐더군요."

"그 처녀 때문에 도망 나온 거요? 내가 세서에 대해 해준 얘기 때문이 아니라?"

폴 디는 온몸에 전율이 흘렀다. 뼛속까지 시린 경련에 무심코 무릎을 꽉 움켜잡았다. 그는 알 수 없었다. 싸구려 위스키 탓인지, 지하실에서 밤을 보낸 탓인지, 돼지 콜레라 탓인지, 쇠 재갈 탓인지, 웃는 수탉 탓인지, 불타는 발 탓인지, 껄껄 웃는 죽은 자들 탓인지, 바람 소리를 내는 풀밭 탓인지, 비 탓인지, 사과꽃 탓인지, 목걸이 탓인지, 도살장의 주디 탓인지, 버터를 처바른 핼리 탓인지, 유령이 나타나는 하얀 계단 탓인지, 벚나무 탓인지, 카메오 장식 탓인지, 사시나무 탓인지, 폴 에이의 얼굴 탓인지, 소시지 탓인지, 아니면 붉디붉은 심장을 잃어버린 탓인지.

"말 좀 해보세요, 스탬프." 폴 디의 눈가가 축축해졌다. "나한테 이거 하나만 말해보세요. 대체 검둥이는 얼마나 참아야 합니까? 말 좀 해보세요. 네?"

"참을 수 있는 만큼 참아야지." 스탬프 페이드가 말했다. "참을 수 있는 만큼."

"왜요? 왜? 왜? 왜? 왜?"

제3부

124번지는 조용했다. 정적에 대해서는 통달했다고 생각했던 덴버도, 굶주림이 정적을 불러온다는 것, 굶주리면 사람이 조용해지고 기진맥진해진다는 것을 알고 깜짝 놀랐다. 세서와 빌러비드는 그 사실을 모르거나, 이렇든 저렇든 상관하지 않았다. 두 사람은 서로 싸우는 데 기운을 쓰느라 너무 바빴다. 결국 세상 끝에서 떨어져 죽어야 하는 사람은 덴버였다. 그러지 않으면 모두 죽을 테니까. 엄마의 검지와 엄지 사이에 붙은 살은 중국 비단처럼 얇아졌고, 집안에 있는 옷가지들은 죄다 엄마에게 포대처럼 헐렁했다. 빌러비드는 손바닥으로 머리를 받치고 졸리면 어디서나 쓰러져 잤다. 날로 덩치가 커지고 살이 찌는데도 단것을 달라고 칭얼거렸다. 알 낳는 닭 두 마리만 빼고 아무것도 남지 않았다. 가끔 달걀 하나를 먹는 게 나을지, 닭 두 마리를 튀겨먹는 게 나을지 조만간 누군가가 결정해야 했다. 굶주림이 심할수록 그들은 더 쇠약해졌고, 쇠약해질수록 더 조용해졌다. 하지만 그편이 나았다. 함께 놀던 행복한 1월 한 달이 지난 후로는 격렬한 말다툼이 벌어지고, 벽에 부지깽이를 던져대고, 고래고래 악을 쓰고, 울고불고하기만 했다. 덴버도 함께 놀았었다. 평소 습관대로 살짝 뒤로 물러나 있긴 했지만, 그렇게 재밌는 놀이는 평생 처음이었다. 그러나 일단 세서가 그 흉터를 보고, 빌러비드가 옷을 벗을 때마다 끄트머리가 살짝 덴버의 눈에 들어오곤 하던 그 흉터—턱 아래, 간지럼을 태우는 자리에 살짝 구부러져 있어 미소처럼 보이는 흔적—를 보고는 손가락으로 어루만지며 오랫동안 두 눈을 꼭 감고 있은 후로, 두 사람은 덴버를 놀이에서 빼버렸다. 요리 놀이, 바느질 놀이, 머리 손질과 옷 입기 놀이. 엄마는 그런 놀이에 푹 빠져 날마다 점점 더 늦게 출근했고 마침내 예상했을 만한 일이 벌어졌다. 소여가 세서에게 다시는 나오지 말라고 통보한 것이다. 그런데 세서는 다른 일자리를 알아보기는커녕 빌러비드와 더 신나게 놀았다. 빌러비드는 무엇에도 만족하는 법이 없었다. 자장가, 새로운 바느질법, 케이크를 굽고 바닥에 남은 탄 부분, 우유 위에 뜬 크림. 닭이 알을 두 개만 낳으면, 둘 다 빌러비드 차지였다. 해오던 일들을 내팽개치고 분홍색만 찾던 베이비 할머니처럼 엄마도 정신이 나가버린 것 같았다. 하지만 엄마는 덴버를 완전히 내쳐버렸다는 점이 석스 할머니와 달랐다. 심지어 덴버에게 불러주곤 하던 노래조차 빌러비드에게만 불러주었다. "높은 조니, 넓은 조니, 내 곁을 떠나지 마, 조니."

처음에는 세 사람이 같이 놀았다. 꼬박 한 달 동안, 덴버는 말할 수 없이 좋았다. 별이 총총한 하늘 아래서 스케이트를 타고 화덕 옆에서 달콤한 우유를 마셨던 그날 밤부터, 세서가 오후 햇살 속에서 그들에게 보여준 끈 마술과 해거름의 그림자놀이까지. 한겨울인데도 세서는 열에 들떠 눈을 반짝이며 채소와 꽃이 어우러진 정원을 만들 계획을 세웠다. 어떤 색깔이 될지 이야기하고 또 이야기하면서. 또한 그녀는, 엄마를 보는 덴버가 불안해질 정도로 빌러비드의 머리카락을 땋고 부풀리고 묶고 기름을 바르며 놀았다. 그들은 서로 침대를 바꾸고 옷도 바꿔 입었다. 나란히 팔짱을 끼고 걸으며 내내 미소를 지었다. 날씨가 풀리자, 그들은 뒷마당에 무릎을 꿇고 앉아서 부스러지지도 않을 만큼 단단한 땅에다 정원을 설계했다. 평생 저축한 38달러는 호사스러운 음식을 사먹고 리본과 드레스로 치장을 하느라 다 써버렸다. 세서는 어디 급하게 갈 데라도 있는 사람처럼 천을 자르고 바느질을 했다. 푸른 줄무늬와 야단스러운 무늬가 박힌 밝은 색깔의 천들이었다. 세서는 6킬로미터도 넘게 걸어 존 실리토 가게까지 가서 노란색 리본과 반짝거리는 단추, 검은색 레이스를 사왔다. 결국 3월 말쯤 되자 세 사람은 서커스단의 할 일 없는 여자들 같은 차림새가 되었다. 빌러비드와 엄마가 오직 서로에게만 관심이 있다는 게 분명해지자, 덴버는 서서히 놀이에서 물러나기 시작했다. 하지만 빌러비드가 위험하다는 징조가 언제 나타날지 몰라 바싹 경계하며 감시를 계속했다. 마침내 전혀 위험하지 않다는 확신이 생기고, 마냥 행복해하며 웃는 엄마를 보고—어떻게 잘못될 수 있겠는가?—덴버는 경계를 풀었고, 일이 잘못되었다. 처음에는 누구의 잘못인지를 가려내려 한 게 문제였다. 그녀의 시선은 엄마에게 머물렀다. 엄마 안에 있는 그것이 밖으로 튀어나와 다시 살인을 저지를 신호를 포착하려고. 하지만 요구하는 사람은 빌러비드였다. 자기가 원하는 건 뭐든지 가졌고, 세서가 더는 줄 게 없어지자, 빌러비드는 욕망을 만들어냈다. 그녀는 냇물 바닥에 층층이 쌓인 채 그들을 향해 손짓하는 갈색 나뭇잎들을 세서가 몇 시간이고 함께 바라봐주길 원했다. 어린 시절 덴버가 정적 속에서 그녀와 함께 놀던 바로 그 자리에서. 이제 놀이 상대가 바뀌었다. 해빙이 되자마자, 빌러비드는 물을 응시하는 자기 얼굴이 찰랑거리고 일렁이고 퍼져나가다가 저 아래 나뭇잎 사이로 사라져버리는 걸 응시했다. 밝은색 줄무늬 드레스를 더럽혀가며 땅에 납작 엎드려서는 일렁이는 그 얼굴들에 제 얼굴을 갖다대기도 했다. 그녀는 따뜻해진 날씨가 대지에 제일 먼저 풀어놓은 것들로 바구니를 채우고 또 채웠다. 민들레, 제비꽃, 개나리 따위를 가득 따서 세서에게 선물하면, 세서는 그걸 온 집안에 늘어놓고 꽂고 감았다. 빌러비드는 세서의 옷을 입고 손바닥으로 자신의 살을 쓰다듬었다. 그녀는 세서를 흉내냈다. 세서처럼 말하고 세서가 웃는 대로 웃고, 몸을 똑같이 움직여 걸음도 손짓도 코로 한숨 쉬고 고개를 드는 것도 똑같이 했다. 남자와 여자 모양의 과자를 굽거나 베이비 석스의 낡은 누비이불에 새로 천조각을 대는 두 사람을 볼 때면, 때때로 덴버는 누가 누구인지 구별하기 어려울 정도였다.

그러다 분위기가 바뀌고 말다툼이 시작되었다. 처음에는 천천히. 빌러비드가 불평을 하면 세서가 사과를 하는 식으로. 나이든 여자가 하는 특별한 노력에 약간 덜 즐거운 기색을 보이는 식으로. 밖에 있기에는 날씨가 너무 춥지 않니? 그러면 빌러비드는 '그래서 뭐?'라는 듯한 표정을 지어 보였다. 잘 시간이 지났어, 바느질하기에는 너무 어둡지 않니? 이런 말에도 빌러비드는 꿈쩍하지 않고 "해"라고 말했다. 그러면 세서는 순순히 따랐다. 빌러비드는 뭐든 가장 좋은 것을 가장 먼저 가졌다. 가장 좋은 의자, 가장 커다란 조각, 가장 예쁜 접시, 가장 밝은색 머리 리본. 그녀가 많이 가지면 가질수록, 세서는 점점 말이 많아지고 변명도 많아졌다. 자기가 아이들을 위해 얼마나 큰 고통을 당했고 어떤 일을 겪었는지, 포도 덩굴 정자에서 파리를 쫓아준 일, 달개집까지 기어서 갔던 일을 묘사했다. 어떤 말도 빌러비드의 마음을 움직이지 못했다. 빌러비드는 자기를 두고 떠났다고 세서를 비난했다. 다정하게 굴지도 않고 미소짓지도 않았다고. 엄마와 자기는 똑같고 얼굴도 똑같은데 어떻게 자길 두고 떠날 수 있었냐고 말했다. 그러면 세서는 울면서, 절대 떠난 적 없다고, 적어도 그럴 생각이 아니었다고 말했다. 아이들을 멀리 보내야만 했다고, 그동안에도 내내 젖을 간직하고 있었다고, 비석을 살 돈도 있었지만 충분하지 않았다고. 온 가족이 다 저세상에서 영원토록 함께 사는 게 언제나 그녀의 계획이었다고. 빌러비드는 들은 척도 하지 않았다. 자기가 울 때 아무도 없었다고 말했다. 죽은 사람들이 자기 위에 누워 있었다고. 먹을 게 아무것도 없었다고. 피부가 없는 유령들이 그녀의 몸에 손가락을 쑤셔넣고 어두울 때는 빌러비드라고 하다가 밝을 때는 잡년이라고 했다고. 세서는 용서를 빌었다. 자신이 그럴 수밖에 없었던 이유를 구구절절 헤아리며 늘어놓았다. 빌러비드가 훨씬 더 중요했다고, 자기 목숨보다 더 소중했다고. 언제라도 처지를 바꾸고 싶었다고. 빌러비드가 흘린 눈물을 한 방울이라도 되돌릴 수 있다면 자기 인생을 일 분도 남김없이 전부 내놓을 수 있다고. 모기가 아기를 물면 얼마나 마음이 아픈지 아느냐고. 아기를 땅에 내려놓고 저택으로 뛰어갈 때면 괴로워 미칠 뻔했다고. 스위트홈을 떠나기 전 빌러비드는 밤마다 엄마 품이나 등에서 잤다고. 빌러비드는 무조건 아니라고 했다. 세서는 한 번도 자길 찾아온 적이 없었고, 자기한테는 한마디도 하지 않았으며 미소조차 짓지 않았다고. 뭐니뭐니해도 제일 나쁜 건, 손을 흔들어주지 않고 심지어 돌아보지도 않고 자기를 두고 달아난 거라고 했다.

세서가 한두 번 자기주장—엄마의 말은 곧 법이고 엄마야말로 무엇이 최선인지 아는 사람이니까 토를 달지 말아야 한다고—을 세우려고 하자, 빌러비드는 물건을 쾅 내려놓거나 식탁 위 접시를 싹 밀어내거나 마루에 소금 그릇을 내던지거나 유리창을 부숴버렸다.

그녀는 그들과 달랐다. 그녀는 야생 짐승이었다. 여기서 당장 나가, 정신을 좀 차리거든 들어오너라. 그녀에게 이렇게 말하는 사람은 아무도 없었다. 나한테 말대꾸를 하면 다음주까지 자리에서 일어나지도 못하게 만들어주겠다, 줄기에 도끼질을 하면 가지도 죽는다, 부모를 공경하면 주 하느님께서 네게 주신 땅에서 오래 번성할 것이다, 문고리에 묶어놓겠다, 널 대신해서 일해줄 사람은 없고 하느님은 그런 지저분한 짓거리를 싫어하신다. 이렇게 말하는 사람도 없었다.

없었다. 아무도 없었다. 오히려 그들은 깨진 접시를 수선하고 소금을 쓸어담았다. 차츰차츰 덴버는 어느 날 아침 엄마가 깨어나 칼을 집어들겠구나, 엄마가 그러지 않으면 빌러비드가 그러겠구나 싶은 생각이 들었다. 엄마 안에 있는 그것이 밖으로 튀어나올까봐 두려운 만큼, 엄마가 자기보다 나이도 많지 않은 여자애를 떠받드는 모습을 보기가 창피했다. 한번은 빌러비드의 요강을 들고 나가는 엄마의 모습을 보고, 쏜살같이 달려가 엄마 손에서 빼앗은 적도 있었다. 하지만 음식을 충분히 먹지 못하고 지내는 것이 가장 견디기 힘든 고통이었다. 덴버에게는 먹을 것이 없어서 식탁이나 화덕가에 떨어진 음식 부스러기, 바닥에 눌어붙은 옥수수죽, 파이 껍질을 비롯한 온갖 껍질을 주워먹는 엄마를 지켜보는 것도 견디기 힘들었다. 한번은 가운뎃손가락을 빈 잼 단지에 깊숙이 집어넣어 싹싹 핥아먹은 다음에 단지를 치우는 것도 보았다.

그들은 지쳐갔다. 점점 더 덩치가 커지는 빌러비드조차 그들만큼이나 기운이 빠진 듯 보였다. 어떤 경우에는 부지깽이를 휘두르는 대신 으르렁거리거나 혀를 차는 것으로 끝냈고, 덕분에 124번지는 조용해졌다. 덴버는 너무 굶주려서 맥이 없고 몽롱한 채 엄마의 검지와 엄지 사이 살이 점점 얇아지는 걸 보았다. 또한 빛나면서도 생기가 없고, 주위를 경계하면서도 공허한 엄마의 눈이 빌러비드의 모든 것—손금 없는 손바닥, 이마, 지나치게 길고 뒤틀린 미소처럼 보이는 턱밑의 흉터—에 온통 관심을 쏟고 있다는 걸 알았다. 바구니처럼 불룩하게 살이 찐 배만 빼놓고. 덴버는 또한 서커스 의상 같은 자신의 블라우스 소매가 손가락을 덮는다는 걸 깨달았다. 한때 발목이 드러났던 치맛단은 이제 마루를 쓸고 다녔다. 자신들이 리본을 치렁치렁 달고 한껏 치장을 한 채, 모두를 지치게 하는 사랑에 갇혀 굶주리고 축 늘어져 있다는 것도 알았다. 그러다 덴버는 엄마가 먹지도 않은 뭔가를 게우는 것을 보고 마치 총에 맞은 듯 충격을 받았다. 그녀가 처음 시작했던 일, 엄마로부터 빌러비드를 보호하는 일은 이제 빌러비드로부터 엄마를 보호하는 일로 바뀌었다. 두 사람만 남겨둔 채 엄마가 죽을 수도 있다는 게 분명해졌다. 그러면 빌러비드는 무슨 짓을 할까? 무슨 일이 벌어지든 간에, 두 사람이 아니라 반드시 세 사람이 있어야 했다. 빌러비드나 엄마

둘 다 다음날이야 어떻게 되든 상관하지 않는 것 같았기에(빌러비드가 행복하면 엄마는 무조건 행복했고, 빌러비드는 그 헌신을 크림을 먹듯 핥아먹었다), 덴버는 자기가 나서야 한다는 걸 알았다. 이 집 마당을 떠나야 했다. 두 사람을 남겨둔 채, 세상 끝으로 걸어가 누군가에게 도움을 구해야 했다.

누가 도와줄 수 있을까? 내가 마주설 수 있는 사람, 엄마가 딸을 돌보고 잘못한 것을 보상하느라 마침내 무너져내리고 헝겊 인형처럼 주저앉았다는 사실을 창피한 마음 없이 털어놓을 수 있는 사람이 누가 있을까? 엄마와 할머니가 나눈 얘기를 통해 덴버도 몇 사람에 대해서는 알았다. 하지만 직접 아는 사람은 단 둘뿐이었다. 스탬프라는 백발의 노인과 레이디 존스였다. 물론 폴 디도 있었다. 그리고 세서에 대해 알려주었던 그 남자애도. 하지만 그들은 절대 도움을 주지 않을 것이다. 심장이 마구 발길질을 해대고 목구멍이 간질간질하고 화끈거려서, 덴버는 입안이 바싹 마르도록 침을 삼켰다. 심지어 어디로 가야 할지도 몰랐다. 식당에 일하러 다닐 때나 아직 돈이 남아 있어 장을 보러 갈 때, 엄마는 오른쪽으로 갔다. 반면 레이디 존스의 학교에 갈 때 덴버는 왼쪽으로 갔다.

날씨는 따뜻했다. 아름다운 날이었다. 바야흐로 4월이었고, 살아 있는 모든 것들이 머뭇거리고 있었다. 덴버는 머리와 어깨를 감쌌다. 서커스 의상들 중에서도 가장 밝은색 옷을 입고 남의 신발을 신고서 124번지 현관에 선 그녀는 현관의 경계 너머의 세상에 잡아먹힐 각오를 했다. 뭔가 조그만 것들이 사각거리고 때로는 스쳐지나기도 하는 저 바깥세상. 귀를 영영 막아버릴 만한 말이 튀어나올 수 있는 곳. 혼자 있으면, 감정이 엄습해 그림자처럼 딱 붙어다닐 수도 있는 곳. 지독히 나쁜 일들이 일어났고, 가까이 가면 또 그런 일이 일어날지 모르는 장소들이 존재하는 저 바깥세상. 시간이 흐르지 않는 스위트홈 같은 곳. 그리고 엄마가 말했듯이, 나쁜 일이 그녀를 기다리는 곳. 대체 그런 곳을 어떻게 알겠는가? 게다가 더—훨씬 더—큰 문제는, 저 밖에는 백인들이 있다는 것이다. 그렇지만 어떻게 백인들을 구별할 수 있겠는가? 엄마는 입이나 때로는 손을 보고 안다고 말했다. 하지만 베이비 할머니는 막을 방법이 없다고 했다. 백인들은 마음대로 배회할 수 있고, 이랬다저랬다 마음을 바꾸며, 심지어 옳은 행동이라고 스스로 생각할 때조차 실제로는 인간의 소행이라고는 도저히 믿을 수 없는 짓을 한다고.

"백인들이 절 감옥에서 빼줬어요." 한번은 세서가 베이비 석스에게 이렇게 말했다.

"널 감옥에 집어넣은 것도 그들이야." 베이비 석스가 대답했다.

"백인들은 어머니를 강 건너까지 데려다주었잖아요."

"내 아들 등에 업혀온 거지."

"백인들이 어머니에게 이 집을 줬어요."

"나한테 뭘 거저 준 사람은 아무도 없어."

"백인들 덕분에 제가 일자리를 얻었는걸요."

"그자는 요리사를 얻었잖니, 얘야."

"오, 몇몇 백인들은 우리를 정당하게 대해줘요."

"그때마다 항상 놀라잖니, 안 그래?"

"예전에는 이런 식으로 말씀하지 않으셨어요."

"나한테 덤비지 마라. 태초부터 살았던 백인들을 모두 합친 것보다 그 작자들이 빠뜨려 죽인 우리 흑인들이 더 많을 게다. 그러니 네 칼을 내려놔. 이건 싸움이 아니야. 참패지."

이런 대화들과 할머니의 유언을 떠올리면서, 덴버는 햇살이 비치는 현관에 서서 좀처럼 발을 떼지 못했다. 목구멍이 간질거리고 심장이 발길질을 했다. 그때 베이비 석스가 세상 무엇보다 청명하게 웃었다. "내가 너한테 캐롤라이나에 대해 아무 얘기도 안 해줬단 말이냐? 네 아빠에 대해서도? 내가 어쩌다 이렇게 절름거리게 됐는지, 네 엄마의 등은 물론이고 발에 대해서도 전혀 기억하지 못한단 말이냐? 내가 너한테 그런 얘기를 한 번도 안 해줬단 게냐? 그래서 계단을 못 내려가고 있는 거야? 이런."

하지만 할머니는 막을 방법이 없다고 하셨잖아요.

"그래, 없지."

그럼 어떻게 하죠?

"그 점을 명심하고, 마당 밖으로 걸어나가렴. 어서 가거라."

돌아왔다. 십여 년의 세월이 흐른 뒤에 그 길이 돌아왔다. 오른쪽으로 집 네 채가 굴뚝새처럼 일렬로 붙어 서 있었다. 첫번째 집에는 두 단짜리 계단이 있고 현관에 흔들의자가 놓여 있었다. 두번째 집은 세 단짜리 계단 위 현관 기둥에 빗자루가 하나 세워져 있고 집 옆에 부서진 의자 두 개와 개나리 한 그루가 있었다. 집 정면에는 창문이 하나도 없었다. 남자애가 땅바닥에 앉아 나무토막을 씹고 있었다. 세번째 집은 블라인드를 설치한 앞쪽 두 개의 창문에 하얗거나 붉은 속잎을 품은 초록색 이파리 화분들이 줄지어 놓여 있었다. 덴버는 닭 울음소리와 녹슨 대문이 삐걱거리는 소리를 들었다. 네번째 집은 플라타너스의 꽃눈이 비처럼 쏟아져 지붕 위에 쌓여 있었고 마당에도 쌓여 잔디가 자란 것처럼 보였다. 한 여자가 열린 문 앞에 서서 인사를 하려고 손을 반쯤 들다가 어깨 근처에서 멈췄다. 그러고는 자기가 손짓을 하려던 사람이 누군지 보려고 몸을 숙였다. 덴버는 고개를 떨궜다. 그다음에는 소한 마리가 있는 작은 울타리가 나타났다. 그 장소는 기억이 났지만 소는 기억나지 않았다. 긴장감 때문에 머릿수건 밑에서 두피가 축축하게 젖었다. 앞쪽에서 목소리가, 남자들의 목소리가 공기중에 떠돌며, 한발 한발 디딜 때마다 점점 가까워졌다. 혹시 백인들일지 몰라서 덴버는 계속 시선을 내리깔았다. 혹시 자기가 그들의 길을 막을까봐, 혹시 그들이 말을 걸어서 대답을 해야 할까봐. 내동댕이치고 붙잡고 묶으면 어쩌지? 그들은 점점 가까이 다가왔다. 길을 건너야 하는 건지도 모른다, 지금. 손을 흔들다 만 여자는 아직도 열린 문 앞에 서 있을까? 과연 그 여자가 그녀를 구하러 와줄까? 아니면 덴버가 손을 마주 흔들어주지 않은 데 화가 나서 모르는 척할까? 그만 돌아서서 아까 손을 흔들던 여자 집 쪽으로 가야 하는지도 모른다. 미처 결정을 내리기도 전에, 너무 늦어버렸다. 그들은 이미 그녀 앞에 와 있었다. 남자 둘, 흑인이었다. 덴버는 한숨을 내쉬었다. 두 사람은 모자를 살짝 만지며 중얼거렸다. "안녕하세요." 덴버는 눈으로 분명 감사의 인사를 했다고 생각했지만, 입을 벌려 답례할 기회는 놓치고 말았다. 그들은 그녀의 왼편으로 지나가버렸다.

덴버는 이 편안한 만남에 용기와 힘을 얻어 더 빨리 걷고, 일부러 주변 이웃집들을 둘러보기 시작했다. 한때 커다랗던 것들이 어찌나 작아

보이는지 충격을 받았다. 예전엔 넘겨다볼 수도 없었던 길가 표석이 이제 보니 한낱 앉아 쉬는 바위에 불과했다. 대문에서 집들로 이어지는 길들도 몇 킬로미터씩 뻗어 있지 않았다. 개들은 그녀의 무릎까지도 오지 않았다. 거인이 너도밤나무와 떡갈나무에 새겨놓은 글자들도 이제는 눈높이에서 보였다.

덴버는 아마 어디서든 알아보았을 것이다. 말뚝과 남은 목재로 만든 울타리는 이제 흰색이 아니라 회색이었지만, 그래도 어디서든 알아보았을 것이다. 담쟁이덩굴로 둘러싸인 석조 현관, 창문에 드리운 연노란색 커튼, 현관문으로 이어지는 벽돌 길, 뒷문으로 이어지는 나무판자 길. 그 길에서 덴버는 까치발을 하고 서서 창틀 너머를 훔쳐보았었다. 덴버는 또다시 레이디 존스의 거실을 그렇게 들여다보려다가 문득 또 들키면 얼마나 한심해 보일지 깨달았다. 갑자기 회의가 들면서 이 집을 찾고 느낀 기쁨이 희미해졌다. 그녀가 이제 여기 살지 않으면 어쩌지? 이렇게 오랜 시간이 흘렀는데, 예전 학생을 기억이나 하실까? 과연 뭐라고 하실까? 덴버는 몸속이 떨렸지만, 이마에 맺힌 땀을 닦고 문을 두드렸다.

레이디 존스는 건포도가 왔나보다 생각하며 문으로 걸어갔다. 문을 두드리는 소리가 작고 약한 걸로 봐서, 아이가 엄마가 보낸 건포도를 들고 온 모양이었다. 그녀가 저녁식사 모임에 내놓을 음식이 수고한 만큼 훌륭하게 완성되려면 그 재료가 꼭 필요했다. 평범한 케이크나 감자 파이는 흔했다. 그녀는 마지못해 자신의 특제 요리를 만들어오겠다고 자원하면서 아쉽게도 건포도가 없다고 말했다. 그러자 회장이 그런 핑계를 대지 못하게 일찌감치 건포도를 갖다주겠다고 했던 것이다. 레이디 존스는 반죽을 치대는 힘든 일이 걱정돼서 회장이 잊어버렸기를 바랐다. 그녀의 빵 굽는 오븐은 일주일 내내 차갑게 식어 있었다. 적당한 온도까지 오븐을 예열하는 일만 해도 끔찍할 것이다. 남편이 세상을 떠나고 자신도 눈이 침침해진 후로, 그녀는 제대로 집안 살림을 꾸리는 걸 포기했다. 교회를 위해 빵을 굽는 일에도 마음이 갈렸다. 자기가 요리를 얼마나 잘하는지 모두에게 상기시켜주고 싶은 마음도 있었고, 반면에 꼭 그래야 할까 싶은 마음도 있었다. 그래서 문 두드리는 소리가 들렸을 때 그녀는 한숨을 쉬고는, 최소한 건포도를 깨끗이 씻어 보냈기를 바라며 문으로 걸어갔다.

물론 나이가 더 들었고 창녀처럼 옷을 입고 있었지만, 레이디 존스는 대번에 그애를 알아볼 수 있었다. 세상 모든 사람들의 아이와 다를 바 없는 얼굴이었다. 동전처럼 동그란 두 눈은 대담하지만 불신으로 가득차 있었고, 곡선이 뚜렷한 검은 입술이 미처 다 가리지 못한 커다랗고 튼튼한 이가 드러나 보였다. 상처받기 쉬운 성품이 콧대를 가로질러 뺨 위에 엿보였다. 그리고 그 피부. 잡티 하나 없는 얇은 피부가 경제적으로 뼈를 가릴 만큼만 덮여 있었다. 이제 열여덟이나 열아홉 살쯤 되었으리라, 레이디 존스는 열두 살밖에 안 돼 보이는 앳된 얼굴을 바라보며 생각했다. 짙은 눈썹, 갓난아이처럼 빽빽한 속눈썹, 그리고 아직 세상을 잘 모르는 어린아이들이 발산하는 사랑에 대한 분명한 요구.

"어머, 덴버구나. 웬일이니?"

레이디 존스는 덴버의 손을 붙잡아 안으로 끌어야 했다. 이 소녀는 간신히 미소짓는 일 말고는 아무것도 할 수 없는 것처럼 보였기 때문이다. 다른 사람들은 이 아이가 멍청하다고 말했지만, 레이디 존스는 절대 그렇게 생각하지 않았다. 책이며 규칙이며 숫자 따위를 닥치는 대로 소화해내는 모습을 직접 가르치면서 보았기에 더 잘 알았다. 갑자기 덴버가 발길을 뚝 끊었을 때, 레이디 존스는 수업료 때문이라고 생각했다. 그래서 어느 날 길에서, 신발을 수선하는 숲속 설교자인 그 무식한 할머니에게 다가가 돈 때문이라면 괜찮다고 말했다. 그러자 그녀는 그게 아니라고, 그애는 귀가 멀었다고 했다. 그래서 레이디 존스는 덴버가 자리를 권하는 소리를 알아듣기 전까지, 그녀가 아직도 귀머거리인 줄 알았다.

"네가 찾아오다니 정말 반갑구나. 무슨 일로 왔니?"

덴버는 대답하지 않았다.

"그래, 꼭 무슨 이유가 있어야 올 수 있는 건 아니지. 차를 좀 마시자꾸나."

레이디 존스는 혼혈이었다. 회색 눈에 노랗고 꼬불꼬불한 머리카락. 그녀는 이 머리카락 한올 한올이 끔찍하게 싫었다. 색깔 때문인지 구불거림 때문인지는 모르겠지만 어쨌든. 그녀는 주변에서 가장 새카만 남자와 결혼해서 무지개 빛깔 같은 아이들 다섯을 낳았고, 다른 아이들과 더불어 거실에 앉혀놓고 자기가 아는 모든 걸 가르친 후에 모두 윌버포스로 보냈다. 옅은 피부색 덕분에 그녀는 펜실베이니아에 있는 흑인 여자 사범 학교에 뽑혀 갈 수 있었고, 뽑히지 못한 사람들을 가르침으로써 그 빚을 갚았다. 잡일을 할 수 있을 만큼 클 때까지 흙바닥에서 노는 아이들, 그녀는 이런 아이들을 가르쳤다. 신시내티의 흑인 구역에는 묘지 두 곳과 교회 여섯 개가 있었지만, 흑인들을 받아주는 학교나 병원은 하나도 없었기에, 그들은 집에서 공부하고 집에서 죽어야 했다. 레이디 존스는 마음속 깊이, 남편만 빼고 온 세상이(친자식들까지 포함해서) 자신과 자신의 머리카락을 경멸한다고 믿었다. 그녀는 칠흑처럼 새까만 아이들이 우글거리는 집에서 유일한 여자아이였던 시절부터 줄곧 '노랑이는 죄다 쓰레기'라든가 '하얀 검둥이' 같은 말을 듣고 자랐기에 모든 사람들을 조금씩은 미워했다. 그들도 자기만큼이나 그 머리카락을 혐오할 거라 믿었기 때문이었다. 적절하고 확실한 교육을 받으면서, 그녀는 깊은 원한을 떨쳐버렸고 누구에게나 예의바르게 대했다. 그녀의 진심 어린 애정은 선택받지 못한 신시내티 아이들에게만 주었다. 그런데 그중 한 명이 수놓은 의자 쿠션이 민망할 정도로 야단스러운 옷을 입고 그녀 앞에 앉아 있는 것이었다.

"설탕 줄까?"

"네. 감사합니다." 덴버는 단숨에 차를 전부 들이켰다.

"더 마실래?"

"아니에요, 아주머니."

"여기 더 있다. 마셔."

"네."

"가족들은 어떠시니, 얘야?"

덴버는 차를 마저 삼키지 못했다. 가족들이 어떤지 설명하기란 불가능했기 때문에 제일 먼저 머릿속에 떠오른 말을 해버렸다.

"전 일을 하고 싶어요, 레이디 선생님."

"일?"

"네. 무슨 일이든요."

레이디 존스가 미소를 지었다. "뭘 할 줄 아니?"

“할 줄 아는 게 없지만, 혹시 여분이 좀 있으시다면 선생님을 위해서 열심히 배울게요.”

“여분?”

“음식요. 저희 엄마가 몸이 안 좋으세요.”

“오, 아가. 오, 아가.” 존스가 탄식했다.

덴버는 그녀를 올려다보았다. 그땐 몰랐지만, 그토록 친절하고 다정하게 ‘아가’라고 불러준 그 말이, 세상에서 여자로서 살아가는 삶을 그녀에게 열어주었다. 그 달콤하고도 가시 많은 곳에 이르기 위해, 그녀는 다른 사람들이 손수 이름을 쓴 무수한 쪽지들로 이루어진 오솔길을 따라갔다. 레이디 존스는 그녀에게 쌀과 달걀 네 알과 차를 조금 주었다. 덴버는 엄마의 상태 때문에 집을 오래 비울 수 없다고 말하고는 아침에 집안일을 도와도 되겠느냐고 물었다. 레이디 존스는, 자기는 물론이고 자기가 아는 사람들 중에 제 손으로 할 수 있는 일을 사람을 사서 시킬 여유가 있는 사람은 없다고 대답했다. “하지만 어머니가 회복되실 때까지, 너희 가족이 먹을 게 필요하다면 그냥 와서 말만 하렴.” 레이디 존스는 아무도 굶지 않도록 교회 위원회가 만들어졌다는 이야기도 꺼냈다. 하지만 그 말에 손님은 오히려 불안해졌는지, 낯선 사람들에게 도움을 청하느니 차라리 굶는 게 낫다는 듯 “아니에요, 아니에요”라는 말만 되풀이했다. 레이디 존스는 덴버에게 작별 인사를 하고 언제든 다시 오라고 말했다. “아무 때나 괜찮아.”

이틀 후, 현관에 서 있던 덴버는 마당 가장자리의 그루터기 위에 뭔가 놓여 있는 걸 발견했다. 가서 보니 흰콩 한 부대였다. 한번은 차가운 토끼고기가 한 접시 놓여 있었다. 어느 날 아침에는 달걀 한 바구니가 놓여 있기도 했다. 덴버가 바구니를 집어드는 순간, 종이쪽지가 펄럭이며 떨어졌다. 그녀는 쪽지를 집어들고 읽어보았다. 커다랗고 비뚤비뚤한 글씨로 'M. 루실 윌리엄스'라고 적혀 있었다. 종이 뒤에는 밀가루 반죽 한 점이 붙어 있었다. 그래서 덴버는 두번째로 현관 밖 세상을 방문했다. 비록 그녀가 한 말이라고는 바구니를 돌려주며 내뱉은 "고맙습니다"가 전부였지만.

"천만에." M. 루실 윌리엄스가 말했다.

봄이 지나가는 내내, 이따금 음식 선물 속이나 근처에서 이름이 등장했다. 당연히 냄비나 접시, 혹은 바구니를 돌려받기 위해서였다. 하지만 동시에 이 소녀에게, 혹시 관심이 있다면, 누가 이 음식을 주었는지 알려주겠다는 의도도 있었다. 어떤 음식은 종이에 싸여 있어 돌려줄 게 전혀 없었는데도 이름이 적혀 있었으니까. 이름들 중에는 각각 다른 모양으로 쓴 X자가 많았는데,* 그럴 때면 레이디 존스가 그 접시나 냄비, 혹은 음식을 덮은 보자기를 보고 주인을 식별해주었다. 그녀가 그저 추측만 할 수 있을 때에도, 덴버는 그 사람이 진짜 은인이든 아니든 간에 어쨌든 레이디 존스가 시킨 대로 감사 인사를 하러 갔다. 잘못 찾아간다 해도 "아니란다, 얘야. 그건 우리 그릇이 아니야. 우리집 그릇은 파란 테두리가 있거든" 하면서 간단한 대화를 나누게 되었다. 그들 모두 덴버의 할머니를 알았고, 몇 사람은 공터에서 그녀와 함께 춤을 춘 적도 있었다. 124번지가 일종의 간이역이었던 시절을 기억하는 사람들도 있었다. 새로운 소식을 듣고, 소꼬리 수프를 맛보고, 아이들을 맡

* 당시 글자를 쓸 줄 모르는 흑인들이 이런 식으로 이름을 표시했다.

기고, 치마를 재단하러 모이던 곳으로. 어떤 사람은 그 집에서 제조한 물약을 먹고 병든 친척이 나았던 일을 떠올렸다. 또 어떤 사람은 그녀에게 베갯잇 가장자리에 프랑스식 매듭 자수법으로 수놓은 연푸른색 꽃 수술을 보여주기도 했다. 베이비 석스의 부엌 등잔 불빛 아래서 그 수를 놓으며 시에서 요구한 정착료에 대해 의논했다고 했다. 그들은 칠면조 열두 마리와 으깬 딸기가 가득 담긴 욕조가 있던 그 잔치를 기억하고 있었다. 어떤 이는 태어난 지 하루밖에 안 된 덴버를 담요로 감싸주고, 세서의 퉁퉁 부어오른 발에 맞게 구두를 재단해주었다고 했다. 어쩌면 그들은 덴버에게 미안했는지도 모른다. 혹은 세서에게. 어쩌면 누군가를 경멸했던 자신들의 지난날이 안타까웠는지도 모른다. 아니면 서로에게 그토록 오랫동안 나쁜 감정을 품고 있었으면서도, 그 사람에게 역경이 안장도 없는 말을 타고 찾아오면 재빨리 그리고 당연하다는 듯이 말에 발을 걸기 위해 최선을 다하는, 그저 착한 사람들인지도 모른다. 어쨌든 그들은 124번지에 말뚝을 박고 있던 사사로운 자존심과 오만한 주장이 수명을 다했다고 생각했다. 당연히, 귓속말을 하며 궁금해하고 고개를 절레절레 흔들기도 했다. 어떤 이들은 덴버의 난잡한 옷을 보고 대놓고 비웃기도 했지만, 그래도 그녀가 뭘 먹고 사는지 걱정하지 않을 수 없었고 "고맙습니다"라는 감사 인사를 받는 즐거움을 놓칠 수 없었다.

최소한 일주일에 한 번, 덴버는 레이디 존스를 방문했다. 레이디 존스는 단것을 좋아하는 덴버를 위해서라면 건포도빵을 구울 정도로 기운을 차렸다. 그녀는 덴버에게 성경 구절이 적힌 책을 한 권 주고서 덴버가 단어들을 웅얼거리거나 거의 고함을 지르다시피 읽는 걸 들었다.

6월이 되자, 덴버는 쉰두 쪽을 전부 읽고 외웠다. 일주일에 한 쪽씩 공부하도록 만들어진 책이었다.

덴버의 바깥 생활이 날로 발전하는 반면, 가정 생활은 날로 악화되어갔다. 만약 신시내티의 백인들이 정신병원에 흑인도 받아들이겠다고 한다면, 124번지에서 그 후보자들을 찾을 수 있었을 것이다. 세서도 빌러비드도 그 출처를 묻지 않았지만 음식 선물 덕분에 기력을 차린 두 여자는 악마가 계획한 파국적인 휴전에 도달했다. 빌러비드는 아무데나 앉아서 먹고 이 침대 저 침대를 전전했다. 그러다가 가끔 "비다! 비!"라고 비명을 지르며 루비 같은 핏방울이 맺힐 때까지 목을 손톱으로 할퀴곤 했는데, 한밤중처럼 새카만 피부 때문에 그 루비들은 더욱 밝게 빛나 보였다. 그때마다 세서는 "안 돼!"라고 소리를 지르며 의자를 넘어뜨려가면서 그녀에게 달려가 보석들을 닦아냈다. 빌러비드가 무릎 사이에 손을 집어넣고 잔뜩 웅크린 채 몇 시간이고 마루에 누워 꼼짝하지 않을 때도 있었다. 혹은 냇가에 가서 물속에 발을 담그고 다리에 물을 끼얹기도 했다. 그러고는 세서에게 달려가 그 크고 검은 눈에서 눈물을 주르륵 흘리며 엄마의 이를 손가락으로 더듬곤 했다. 그럴 때면 덴버는 최악의 상황이 된 것 같았다. 엄마 위로 몸을 숙인 빌러비드가 엄마처럼 보이고, 세서는 새로 이가 나는 아이처럼 보였던 것이다. 빌러비드가 찾지 않을 때면 세서는 구석의 의자에 앉아 꼼짝도 하지 않았다. 빌러비드는 날로 덩치가 커지고, 세서는 날로 쪼그라들었다. 빌러비드의 눈빛이 빛날수록, 한때 절대 시선을 피하지 않던 두 눈은 불면증 환자의 텅 빈 동공으로 변해갔다. 세서는 더이상 머리도 빗지 않고 세수도 하지 않았다. 그저 의자에 앉아 매질을 당한 아이처럼 입술만 빨았다. 그동안 빌러비드는 그녀의 생명을 갉아먹고 빼앗아 점점 더 부풀어오르고 점점 더 키가 커졌다. 늙은 여인은 불평 한마디 없이 순응했다.

덴버가 두 사람을 돌봐주었다. 빨래를 하고, 음식을 하고, 엄마를 윽박지르고 구슬려 이따금 조금이라도 음식을 먹이고, 빌러비드를 진정시키기 위해 단것을 최대한 자주 먹였다. 순간순간 그녀가 무슨 짓을 할지 알 수 없었다. 날씨가 더워지면 홀딱 벗거나 이불 한 장만 두르고 집안을 돌아다니기도 했다. 그녀의 배는 일등상을 탄 수박처럼 잔뜩 부풀어올랐다.

덴버는 엄마와 빌러비드의 관계를 이해했다고 생각했다. 세서는 톱질에 대한 보상을 하려 애썼고, 빌러비드는 그 보상을 받고 있었다. 하지만 거기에는 한도 끝도 없었고, 한없이 작아지는 엄마를 보면 덴버는 수치스럽고 화가 났다. 하지만 엄마가 가장 두려워하는 일이, 바로 덴버가 제일 처음 두려워했던 그 일이라는 것을 알고 있었다. 빌러비드가 떠날지도 모른다는 두려움. 자신이 빌러비드를 깨우쳐주기 전에 떠날까봐, 그게 어떤 의미였는지, 그 조그만 턱 아래 대고 톱날을 켜는 게 얼마나 힘들었는지, 손안에서 아기의 피가 기름처럼 펑펑 솟구치는 게, 머리가 떨어져나가지 않도록 얼굴을 붙잡고 있는 심정이, 생명의 힘으로 달콤하고 포동포동한 그 사랑스러운 아기의 몸을 관통하는 죽음의 경련을 어떻게든 흡수하려고 꼭 껴안는 심정이 어땠는지를 이해시키기 전에 빌러비드가 떠날까봐. 그러나 그보다도 베이비 석스가 죽음에 이른 이유와, 엘라가 아는 일과, 스탬프가 본 것과, 폴 디를 공포에 떨게 한 일은 훨씬, 훨씬 더 끔찍한 일이었다는 걸 그녀가 깨닫기도 전에 떠날까봐 두려웠던 것이다. 피부가 희기만 하면 머릿속에 떠오르는 대로 하기 위해 흑인의 인격을 모두 빼앗을 수 있었다. 일을 시키거나 죽이거나 사지를 절단할 뿐 아니라, 더럽혔다. 완전히 더럽혀서 더는 자신을 좋아할 수 없게 했다. 완전히 더럽혀서 자기가 누구인지 잊어버리고 생각해낼 수도 없게 했다. 그녀와 다른 이들은 그 일을 겪고도 살아남았지만, 자식만큼은 절대 그런 일을 겪게 할 수 없었다. 자식들은 그녀의 보배였다. 백인들이 **그녀 자신은** 더럽혀도 괜찮았다. 하지만 그녀의 보배만큼은, 마법처럼 놀랍고 아름다운 보배만큼은, 그녀의 순결한 분신만큼은 그렇게 되게 할 수 없었다. 머리도 발도 없이 표시만 남은 채 몸통만 나무에 매달린 시체들이 내 남편인지 폴 에이인지 고민하는, 그런 꿈으로조차 꿀 수 없는 꿈들은 더이상 안 된다. 애국자들이 흑인 학교에 불을 질러 부글부글 달구어진 여학생들 가운데 내 딸이 있는지, 백인 무리가 내 딸의 은밀한 곳을 침범하고 허벅지를 더럽힌 후 마차 밖으로 내던지지는 않았는지 괴로워하는 꿈들은 더이상 꿀 수 없었다. **그녀 자신은** 도살장 마당에서 몸을 팔지언정, 딸에게는 절대 안 될 일이었다.

그리고 아무도, 이 세상 어느 누구도, 딸의 특징을 공책의 동물적인 특징 목록에 적을 수는 없었다. 안 될 말이지, 오, 안 되고말고. 베이비 석스라면 걱정하면서도 체념하고 살았을지 모른다. 하지만 세서는 필사적으로 거부했었고, 지금도 거부했다.

덴버는, 엄마가 구석 자리에 앉아 하는 이런 이야기를, 그리고 훨씬 더 많은 이야기를 들었다. 엄마는 어떻게든 믿게 해야 한다고 느끼는 단 한 사람, 빌러비드를 설득하려고 애를 썼다. 자기가 한 행동이 옳았다고, 진정한 사랑에서 비롯된 행동이었다고.

빌러비드는 엄마가 앉은 의자 앞에 놓인 의자에 갓난아이 같은 포동포동한 발을 올려놓고, 손금 없는 손을 배 위에 얹은 채 엄마를 바라보았다. 컴컴하고도 컴컴한 곳에 웅크리고 있는 자기를 버려둔 채, 미소 짓는 일조차 잊어버리고 얼굴을 돌리며 떠난 여자가 바로 엄마였다는 것 말고는 그 어떤 말도 이해하지 못하면서.

결국 아버지의 딸인 덴버가 반드시 해야 할 일을 하기로 결심했다. 그루터기 위에 놓고 가는 친절에 의지해 사는 것을 그만두기로 작정한 것이다. 어디선가 일자리를 구하기로 했다. 비록 세서와 빌러비드 중 누가 무슨 짓을 저지를지 모르니 온종일 단둘만 남겨두는 게 걱정되기는 했지만, 자기가 이 집에 있다고 해서 두 여자의 행동에 별다른 영향을 끼치지도 못한다는 사실을 깨달은 것이다. 그녀가 두 사람을 먹여살렸지만, 두 사람은 그녀를 무시했다. 그저 원할 때마다 으르렁거리고, 토라지고, 해명하고, 떼쓰고, 으스대며 걷다가, 겁을 먹고, 울고, 또 서로를 자극해 폭력 사태가 벌어지기 직전까지 갔다가 끝이 났다. 덴버는 빌러비드가 조용해지고 몽롱해져 자기 일에만 신경을 쓰고 있을 때도, 엄마가 다시 그녀를 자극한다는 것을 알아차렸다. 변명을 속삭이고 중얼거렸다. 사실은 어땠고 왜, 어쩌다 그랬는지 빌러비드에게 설명하기 위해 정보를 주는 것이었다. 세서는 용서받기를 원하는 게 아니라, 거절당하기를 원하는 것 같았다. 그리고 빌러비드는 그런 그녀를 도와주었다.

누군가 구원을 받아야 했지만, 덴버가 일을 하지 않으면 구원할 사람도, 집에 와볼 사람도 없어지고, 심지어 덴버까지 없어질 형편이었다. 자신을 스스로 돌보고 건사해야 한다는 것은 새로운 생각이었다. 만약 자기 할머니 집을 나서던 넬슨 로드를 만나지 못했다면 그런 생각은 영영 떠오르지 않았을지도 모른다. 덴버는 파이 반쪽을 받고 감사 인사를 하러 그 집에 막 들어가던 참이었다. 넬슨 로드는 그저 웃으면서 "네 몸부터 잘 챙겨, 덴버"라고 말한 게 전부였지만 덴버에게는 마치 그 말을 위해 언어가 생겨난 듯했다. 지난번 그가 했던 말은 그녀의 귀를 막아버렸다. 그런데 이번에는 그녀의 마음을 활짝 열어주었다. 정원에서 잡초를 제거하고 채소를 뽑고 요리를 하고 빨래를 하면서 그녀는 무엇을 어떻게 할지 계획을 세웠다. 이미 두 번이나 도와준 적이 있는 보드윈 남매가 이번에도 도와줄 가능성이 가장 컸다. 한번은 베이비 석스를, 또 한번은 엄마를 도와주었다. 삼 세대도 당연히 도와주지 않겠는가?

덴버는 동이 틀 때 출발했지만, 신시내티의 거리에서 여러 번 길을 잃는 바람에 정오가 되어서야 그 집에 도착했다. 시끄럽고 분주한 거리 쪽으로 커다란 유리창을 낸 그 집은 보도에서 한참 물러나 있었다. 현관문을 열고 나온 흑인 여자가 말했다. "네?"

"들어가도 될까요?"

"무슨 일이죠?"

"보드윈 씨와 보드윈 부인을 뵙고 싶어요."

"보드윈 양이에요. 두 분은 남매거든요."

"아."

"무슨 일로 뵈려는 거죠?"

"일거리를 찾고 있어요. 두 분은 아실 것 같아서요."

"베이비 석스의 손녀구나, 그렇지?"

"네, 아주머니."

"들어오렴. 파리 들어오겠다." 그녀는 덴버를 부엌으로 데려가며 말했다. "넌 어느 문을 두드려야 하는지부터 먼저 배워야겠구나." 하지만 덴버는 그녀의 말을 반쯤 흘려들었다. 폭신하고 파란 무언가가 밟혔기 때문이었다. 주변이 온통 두툼하고 폭신하고 파랬다. 유리 상자들 속에는 반짝거리는 물건들이 꽉꽉 차 있었다. 책상과 선반에는 책들이 놓여 있었다. 반짝거리는 금속 받침이 달린 진주처럼 하얀 등잔들도 있었다. 그리고 그녀가 에메랄드빛 비밀 방에서 쏟았던 향수와 비슷한, 아니 그보다 훨씬 더 좋은 향기가 났다.

"앉으렴." 여자가 말했다. "내 이름 아니?"

"아니요."

"제이니란다. 제이니 왜건."

"안녕하세요?"

"그래. 네 어머니가 편찮으시다고 들었는데, 그러니?"

"네, 아주머니."

"누가 돌보니?"

"제가요. 하지만 일자리를 찾아야 해요."

제이니는 웃음을 터뜨렸다. "너 그거 아니? 난 열네 살 때부터 이 집에서 일했단다. 베이비 석스 성녀가 오셔서 네가 앉은 바로 그 자리에 앉아 계셨던 그날을 바로 어제처럼 기억하고 있어. 백인 남자가 모시고 왔지. 그렇게 해서 너희 할머니가 너희 가족이 사는 그 집을 얻으셨단다. 물론 다른 것들도."

"네, 아주머니."

"세서는 대체 어떻게 된 거니?" 제이니는 개수대에 등을 기대고 팔짱을 꼈다.

그것은 지불해야 할 대가치고 아주 사소했지만, 덴버에게는 큰일처럼 여겨졌다. 말하지 않으면 아무도 도와주지 않을 것이다. 모든 것을 털어놓지 않으면. 그러지 않으면 제이니는 보드윈 남매를 만나게 해주지 않을 게 분명했다. 그래서 덴버는 이 낯선 여자에게 레이디 존스에게도 하지 않았던 이야기를 털어놓았다. 그리고 그 보답으로 제이니는 보드윈 남매 집에 일손이 필요하다는 것을 인정했다. 비록 당사자들은 모르지만. 이 집에는 그녀 혼자뿐이고, 주인 남매가 점점 나이가 들자 두 분을 예전처럼 모실 수가 없었다. 그 집에서 자야 하는 경우가 점점 더 잦아졌다. 그러니 어쩌면 두 분께 말씀을 드려서 덴버에게 밤일을 맡길 수도 있을 것이다. 저녁식사가 끝날 무렵에 와서 아침식사까지 챙겨드리는 일. 그러면 덴버는 낮에는 세서를 돌볼 수 있고 밤에는 돈을 좀 벌 수 있을 것이다. 그러면 어떨까?

덴버는 집에서 어머니를 괴롭히는 처녀는 놀러온 사촌인데, 그녀 역시 병에 걸려서 두 사람 모두를 성가시게 한다고 설명했다. 제이니는 세서의 상태에 더 관심이 있는 것 같았다. 그리고 덴버 이야기를 듣고는 정신이 나간 듯했다. 그녀가 기억하는 세서는 그런 모습이 아니었다. 세서가 끝내 정신이 나갔구나. 제이니는 언젠가는 세서가 그렇게 될 줄 알고 있었다. 콧대만 높아서는 혼자서 모든 걸 감당하겠다고 기를 쓰더니만. 덴버는 엄마를 비방하는 말을 듣자 몹시 난감해져 의자에서 몸을 들썩거리며 개수대만 빤히 바라보았다. 제이니 왜건은 교만에 대해 한참을 더 떠들다가 결국 베이비 석스 이야기로 넘어가서 칭찬을 늘어놓았다. "그분이 주최했던 숲속 기도회에는 한 번도 못 가봤지만, 그분은 나한테 항상 잘해주셨단다. 언제나. 세상에 그런 분은 또 없을 거야."

"저도 할머니가 그리워요." 덴버가 말했다.

"물론 그렇겠지. 다들 그분을 그리워하니까. 참 좋은 분이셨어."

덴버는 더이상 아무 말도 하지 않았고, 제이니는 한동안 그녀의 얼굴을 물끄러미 바라보았다. "너희 오빠들은 아무도 너희 가족이 어떻게 사는지 보러 오지 않니?"

"네."

"소식도 못 들었고?"

"네, 아무 소식도요."

"그 집에서 꽤 힘들었나보구나. 그런데 얘, 너희 집에 있다는 그 여자 말이다. 그 사촌. 그 여자 손바닥에 손금이 있니?"

"없어요." 덴버가 대답했다.

"그렇구나, 정말 하느님이 계시긴 계신가보다."

며칠 후에 다시 오라는 말로 제이니의 면접은 끝났다. 주인들을 설득할 시간이 필요했다. 자기 가족한테도 엄마가 필요하니 밤에 도와줄 사람이 있어야 한다고. "이 집 일을 그만두고 싶지는 않아. 하지만 밤낮 이분들을 위해서만 내 시간을 쓸 수는 없잖니."

그럼 덴버가 밤에 해야 하는 일은 뭔가?

"그냥 여기 있으면 돼. 만약의 경우를 대비해서."

만약의 경우라니?

제이니는 어깨를 으쓱했다. "집에 불이 나서 폭삭 무너진다든가." 제이니가 씩 웃었다. "아니면 날씨 때문에 길이 너무 나빠서 내가 아침 일찍 오지 못한다든가. 밤늦게 손님이 찾아와서 시중을 들거나 가시고 난 다음에 뒷정리를 해야 한다든가. 뭐든 말이야. 백인들이 밤에 뭐가 필요한지 난들 알겠니."

"전에는 좋은 백인들이었잖아요."

"오, 그래. 좋은 사람들이야. 나쁜 사람들이라고는 할 수 없지. 나도 이분들을 다른 백인 둘과 바꿀 생각은 전혀 없단다. 그건 분명히 말할 수 있어."

이런 보증을 받고서 집을 나서려던 덴버는 그전에 뒷문 옆 선반에 앉은 그것을 보고 말았다. 입안 가득 돈을 물고 있는 흑인 소년의 인형을. 고개를 비정상적으로 젖히고 두 손은 주머니에 찔러넣은 모습이었다. 달처럼 불룩 튀어나온 두 눈이 얼굴 대부분을 차지하고, 그 밑에 쩍 벌린 빨간 입이 있었다. 삐죽삐죽한 못대가리를 머리카락이라고 드문드문 꽂아놓았다. 소년은 무릎을 꿇고 있었다. 컵처럼 쩍 벌린 입에는 배달이 왔을 때처럼 소소한 돈을 지불하는 데 필요한 동전이 담겨 있었지만 단추라든가 핀, 사과 젤리 등도 충분히 넣어둘 수 있었다. 소년이 무릎을 꿇고 앉은 받침대에는 이렇게 적혀 있었다. "분부만 하십쇼."

제이니는 자신이 알아낸 소식을 다른 흑인 여자들 사이에 퍼뜨렸다. 세서의 죽은 딸, 세서가 목을 잘랐던 그 딸이 복수를 하러 돌아왔다고. 소문에서 세서는 지칠 대로 지쳤거나, 피부에 반점이 나기도 하고, 다 죽어가고, 장황하게 주절거리거나, 외모가 달라져, 한마디로 귀신이 들렸다. 돌아온 딸이 세서를 때리고 침대에 묶어놓고 머리카락을 몽땅 잡아뜩었다고도 했다. 이야기가 충분히 부풀려져서 소문을 퍼뜨린 여자들조차 불안해하다가 마음을 진정하고 조심스럽게 상황을 진단하기까지는 며칠이 걸렸다. 여자들은 세 부류로 갈라졌다. 최악의 소문을 믿는 쪽, 아무것도 믿지 않는 쪽, 그리고 엘라처럼 이 문제에 대해 진지하게 생각하는 쪽.

"엘라. 세서에 대해 내가 들은 소문은 다 뭐야?"

"그 집에서 세서랑 함께 산대. 나도 그것밖에 몰라."

"그 딸? 죽은 딸 말이야?"

"그렇다던데."

"그애인 줄 어떻게 알았을까?"

"그 집에 있대. 잠자고 먹고 난리를 피워대면서. 세서를 날마다 때린대."

"나라도 그럴 거야. 그런데 아기라고?"

"아니, 다 컸대. 살아 있었다면 딱 그만한 나이일 거래."

"진짜 살아 있는 사람 얘기 맞아?"

"진짜 살아 있다니까."

"그 여자를 때린다고?"

"반죽을 때리듯이 때린다더군."

"올 게 온 것 같은데."

"그런 일을 당해도 될 사람은 아무도 없어."

"하지만, 엘라……"

"하지만이 아니야. 공정하다고 꼭 옳은 건 아니지."

"다짜고짜 자기 자식을 죽여서는 안 돼."

"물론 그렇지. 그리고 자식도 다짜고짜 제 어미를 죽일 수는 없는 거야."

구해주는 게 당연하다고 사람들을 설득한 건 다름 아닌 엘라였다. 그녀는 모든 우환에는 씹어삼키거나 피해야 할 뿌리가 있다고 믿는 현실적인 여자였다. 그녀의 표현에 따르자면, 심사숙고는 상황을 흐리고 행동을 방해할 뿐이었다. 그녀를 사랑한 사람은 아무도 없었고, 설사 있었다 해도 그녀는 반기지 않았을 것이다. 그녀가 보기에 사랑은 심각한 장애였으니까. 그녀는 어느 집에 갇힌 채 백인 부자에게 번갈아 당하며 사춘기를 보냈다. 그녀는 그들을 "이제껏 본 중에 가장 비열한 놈들"이라고 불렀다. 섹스에 대해 혐오감을 심어준 것도, 모든 흉악한 짓의 기준도 바로 "이제껏 본 중에 가장 비열한 놈들"이었다. 살인, 납치, 강간, 무슨 얘기든 그녀는 듣고 고개를 끄덕였다. 그 무엇도 "이제껏 본 중에 가장 비열한 놈들"에게 비할 수 없었다. 그녀는 이십 년 전 헛간에서 세서가 느낀 분노를 충분히 이해했다. 하지만 그녀의 반응은 이해할 수 없었다. 엘라는 그 행동이 교만하고 방향이 빗나간 것이었고, 세서는 너무 복잡한 여자라고 생각했다. 세서가 감옥에서 나온 후 누구에게도 감정 표현을 하지 않고 마치 혼자 세상을 사는 사람처럼 굴자, 엘라는 그녀를 쓰레기처럼 버리고 본 척도 하지 않았다.

하지만 딸은 그런대로 분별력이 있는 듯했다. 적어도 그애는 문밖으로 걸어나와 필요한 도움을 요청하고 일자리를 구했다. 세서를 때리는 뭔가가 124번지를 차지하고 들어앉았다는 소식을 들었을 때, 엘라는 화가 났고 "이제껏 본 중에 가장 비열한 놈들"을 기준으로, 무엇이 악마 그 자체일 가능성이 높을지 가늠해보려 했다. 엘라의 분노에는 다분히 개인적인 이유도 있었다. 세서가 무슨 짓을 했든, 엘라는 과거의 잘못이 현재를 지배한다는 생각이 못마땅했다. 세서의 범죄는 기가 막힐 정도였고, 그녀의 교만은 심지어 그보다 훨씬 더했다. 그렇지만 죄악이 집안에 들어와 제멋대로 활개치고 다닌다니 도저히 용납할 수 없었다. 하루하루 살아가는 것만도 충분히 힘들었다. 미래는 지는 해이며, 과거는 뒤에 남겨져야 할 무엇이었다. 그런데 그게 가만히 뒤에 남아 있지 않는다면, 그래, 그때는 발로 짓밟아줘야 마땅하다. 노예의 삶이든 자유인의 삶이든, 하루하루가 시험이고 시련이었다. 자기 자신이 해결책인 동시에 문젯거리가 되는 세상에서 믿고 의지할 수 있는 건 아무것도 없었다. "하루의 괴로움은 그날 겪는 것으로 족하니라." 아무도 그 이상은 필요하지 않았다. 아무도 어른이 된 악마가 원한을 품고 식탁에 앉은 꼴을 감당해야 할 필요는 없었다. 유령이 자기 분수에 맞는 모습으로 나타났다면—물건을 흔들거나 울부짖고 깨부수면서—엘라도 존중해주었을 것이다. 하지만 유령 주제에 육신을 입고 그녀가 사는 세상을 찾아온다면, 글쎄, 그거야말로 신발을 잘못 찾아 신은 셈 아닌가. 이승과 저승 사이에 약간의 교류가 이루어지는 것쯤이야 상관없지만, 이 경우는 노골적인 침범이었다.

"함께 기도할까?" 여자들이 물었다.

"음, 우선은 그래야겠지. 그런 다음에 해치웁시다." 엘라가 말했다.

덴버가 보드윈 남매의 집에서 처음으로 밤을 보내기로 한 날, 보드윈 씨는 제이니에게 도시 외곽에 볼일이 있어 나가니 새로 일할 여자애를 저녁식사 전까지 자기가 데리고 오겠다고 했다. 덴버는 무릎에 보따리를 올려놓고 현관 계단에 앉아 있었다. 서커스 의상 같던 드레스는 햇빛에 바래서 좀더 차분한 무지갯빛으로 변했다. 그녀는 보드윈 씨가 올 오른편을 바라보고 있었다. 그래서 집으로 다가오는 여자들을 보지 못했다. 점점 수가 늘어나는 여자들은 둘씩 셋씩 짝을 지어 왼편에서 오고 있었다. 덴버는 오른편을 보고 있었다. 보드윈 남매의 마음에 들 수 있을지 약간 불안했고, 신발이 달아나는 꿈을 꾸다가 울면서 깨어났기 때문에 심란하기도 했다. 꿈 때문에 울적했던 기분은 좀처럼 떨쳐지지 않았고 집안일을 하는 동안에는 무더위에 시달렸다. 결국 덴버는 너무 일찍부터 잠옷과 머리빗을 싸서 보따리를 꾸렸다. 그리고 초조한 마음으로 보따리 매듭을 만지작거리며 오른편을 바라보고 있었다.

어떤 여자들은 가지고 올 수 있는 것 중에 효력이 있다고 믿는 물건들은 다 가져왔다. 앞치마 주머니에 잔뜩 쑤셔넣고, 목에 주렁주렁 걸고, 젖가슴 사이에 넣었다. 또 어떤 여자들은 기독교 신앙을 창과 방패 삼아 가져왔다. 대부분은 두 가지를 모두 조금씩 가져왔다. 그 집에 도착해서 무엇을 어떻게 할지는 아무도 몰랐다. 일단 출발해서 블루스톤 로드를 걸어내려와 약속한 시간에 모였을 뿐이었다. 오기로 했던 여자들 중 몇 명은 무더위 때문에 집에서 나오지 않았다. 그 이야기를 믿는 여자들은 유령과 싸우는 일에 끼고 싶지 않아서 날씨야 어떻든 오지 않겠다고 했다. 애당초 그런 이야기 따위는 믿지 않았고, 그걸 믿는 사람들의 무지를 혐오하는 레이디 존스 같은 이들도 있었다. 결국 서른 명의 여자들이 모여 124번지를 향해 천천히, 천천히 걸어갔다.

금요일 오후 세시였다. 날씨가 어찌나 뜨겁고 눅눅한지 신시내티의 악취가 사방으로 퍼져나갔다. 운하, 매달린 고깃덩어리, 단지 속에서 썩어가는 음식, 들판의 작은 짐승들의 사체, 타운의 하수구와 공장에서 나는 악취였다. 악취와 열기, 습기를 보면 악마가 모습을 드러낸다 해도 믿을 지경이었다. 그것 말고는 평상시 일하러 가는 모습과 다를 바 없어 보였다. 고아원이나 정신병원에 빨래를 하러 가는 길일 수도 있었다. 방앗간에 옥수수 껍질을 벗기러 가는 것 같기도 했다. 생선을 손질하러, 내장을 씻으러, 백인 아기들을 요람에 재우러, 가게 바닥을 쓸러, 돼지 껍질을 벗기러, 돼지기름을 만들러, 소시지를 포장하러 가는 길이거나 음식 만드는 모습이 백인 손님들의 눈에 띄지 않도록 식당 부엌에 숨으러 가는 길일 수도 있었다.

하지만 오늘은 아니었다.

모두 서른 명의 여자들이 앞서거니 뒤서거니 하며 124번지에 도착했을 때, 그들이 제일 먼저 본 것은 현관 계단에 앉은 덴버가 아니라 자신들이었다. 더 젊고 원기 왕성했던 자신, 심지어 몇몇은 풀밭에 쓰러져 잠든 소녀의 모습이었다. 메기를 튀기느라 냄비에서 사방으로 기름이 튀고, 자신들은 독일식 감자 샐러드를 접시에 담고 있는 광경이 보였다. 파이에서 배어나는 자주색 시럽 때문에 이가 얼룩덜룩 물들었다. 그들은 현관에 앉아 있거나, 냇가까지 달려가고, 남자들을 놀리고, 등에 업은 아이들을 끌어올리고 있었다. 자신이 아이였던 이들은 그들의 작은 손을 잡고 목말을 태워주는 할아버지들의 발등에 걸터앉아 있었다. 사람들 사이로 절뚝절뚝 돌아다니는 베이비 석스는 웃으면서 더 먹으라고 권했다. 이제는 돌아가신 어머니들은 구금* 반주에 맞춰 어깨를

* 가늘고 길게 돌출된 판(瓣)을 손가락으로 뚱기거나 끈을 당겨서 그 진동을 판에 전달하는 악기. 음량을 키우기 위해 입술 가까이에 대고 구강으로 공명시키거나 음색을 바꾸기 위해 구강의 형태를 바꾸기도 한다.

들썩였다. 그들이 기어오르고 몸을 기댔던 울타리는 이미 사라지고 없었다. 땅콩단호박 나무 그루터기는 부챗살처럼 갈라져버렸다. 하지만 그곳에 그들이 있었다. 다음날 마음속에 떠오를 질투심 따위는 전혀 모르는 채, 베이비 석스의 마당에서 뛰어노는 어리고 행복한 그들이.

덴버는 웅성거리는 소리를 듣고 왼쪽으로 고개를 돌렸다. 여자들을 보고 그녀는 벌떡 일어섰다. 그들은 떼 지어 웅성거리고 수군거렸지만, 마당에 발을 들여놓지는 못했다. 덴버는 손을 흔들었다. 몇 사람이 손을 흔들며 답했지만, 더 가까이 오지는 않았다. 덴버는 다시 계단에 앉아 대체 무슨 일일까 궁금해했다. 한 여자가 털썩 무릎을 꿇었다. 그러자 여자들 절반 정도가 똑같이 무릎을 꿇었다. 덴버에게는 고개를 숙인 사람들이 보였지만, 무슨 기도를 하는지는 들리지 않았다. 열성적으로 장단을 맞추는 소리만 알아들을 수 있었다. 그렇습니다. 네, 그렇습니다, 오, 그렇습니다. 우리의 기도를 들어주소서. 들어주소서. 이루어주소서, 전능하신 주여, 이루어주소서. 주여. 무릎을 꿇지 않고 똑바로 서서 124번지를 뚫어져라 노려보는 사람들 중에 엘라가 있었다. 마치 벽을 뚫고 현관문 너머 저 안에 정말 뭐가 있는지 들여다보겠다는 듯했다. 죽은 딸이 진짜 돌아왔을까? 아니면 딸인 척하는 걸까? 세서가 매를 맞고 있을까? 엘라는 갖가지 방식으로 두들겨 맞아봤지만, 쓰러지지는 않았다. 재갈이 물리다 부러진 아랫니를 아직도 기억했고, 허리띠로 맞아 생긴 허리의 상처는 밧줄만큼 두꺼웠다. 그녀는 출산을 했지만, "이제껏 본 중에 가장 비열한 놈들"의 자식인 털북숭이 흰둥이에게 젖을 물리지 않았다. 그것은 소리 한 번 내지 않고 닷새를 버티다 죽었다. 그 애새끼도 돌아와서 자기를 매질할지 모른다고 생각하니, 엘라는 턱이 저절로 움직였다. 그리고 큰 소리로 고함을 지르기 시작했다.

무릎을 꿇은 여자들과 서 있던 여자들이 곧 엘라와 합세했다. 그들은 기도를 멈추고 한발 물러나 태초로 돌아갔다. 태초에는 말이 없었다. 태초에는 소리만 있었고, 그들 모두 그것이 어떤 소리인지 알고 있었다.

에드워드 보드윈은 마차를 몰고 블루스톤 로드를 달리고 있었다. 기분이 썩 좋지는 않았는데, 마차보다 애마 프린세스를 탄 자신의 모습을 더 좋아했기 때문이다. 고삐를 쥔 채 두 손 위로 구부정하게 몸을 수그리고 있으면, 실제 나이만큼 늙어 보였다. 그렇지만 길을 둘러서 새로 일할 여자애를 태워 오겠다고 누이와 약속을 했다. 찾아가는 길은 고민할 필요도 없었다. 자신이 태어난 집으로 가는 길이었으니까. 목적지가 그곳이라서인지 그는 시간에 대해 생각하게 되었다. 똑똑 떨어지거나 달려가버리는 시간. 그는 지난 삼십 년 동안 그 집을 보지 못했다. 집 앞에 서 있는 땅콩단호박 나무, 집 뒤로 흐르는 냇물, 그 사이에 놓인 집을. 심지어 길 건너편의 초원도 오랜만이었다. 세 살 때 타운으로 이사를 했기 때문에 집 내부는 거의 기억나지 않았다. 하지만 요리를 뒷마당에서 했던 것과 어른들이 가까이 가서 놀지 못하게 하던 우물이며 거기서 여자들이 죽었다는 것은 기억났다. 어머니, 할머니, 고모가 돌아가셨고 그가 태어나기 전에 누나가 죽었다. 결국 육십칠 년 전 남자들(아버지와 할아버지)은 그와 갓난아이였던 여동생을 데리고 코트 스트리트로 이사했다. 물론 블루스톤 양쪽으로 펼쳐진 땅 십만 평이 가장 중요했지만, 보드윈은 그 집에 더 깊고 다정한 애착을 느꼈다. 사소한 대가라도 받을 수 있다면 받고 그 집을 세놓는 것도 그래서였다. 설사 집세를 전혀 받지 못해도 신경쓰지 않았는데, 적어도 세입자가 있으면 집이 오랫동안 방치되어 망가지는 것은 막을 수 있기 때문이었다.

그곳에 물건을 묻어놓던 때도 있었다. 간직하고 싶은 소중한 물건들이었다. 어린 시절 그가 가진 물건들은 뭐든 가족들도 사용할 수 있었고 책임도 나눠 가졌다. 사생활은 어른들만 누리는 특권이었지만, 막상 어른이 되고 보니 그다지 필요한 것 같지 않았다.

말은 속보로 달렸고, 에드워드 보드윈은 바람을 후후 불어 자신의 아름다운 콧수염을 식혔다. 손을 제외하면 그의 신체에서 가장 매력적인 부분이 콧수염이라는 게 모임 여인들의 중론이었다. 검고 벨벳처럼 매끄러운 콧수염의 아름다움은 말끔히 면도한 강인한 턱 덕분에 더욱 돋보였다. 하지만 머리카락은 누이와 마찬가지로 백발이었다. 젊은 시절부터 그랬다. 덕분에 그는 어느 집회를 가든 가장 눈에 띄고 기억에 남는 인물이 되었고, 만화가들은 지역의 정치적 투쟁을 묘사할 일이 있을 때마다 그의 새하얀 머리카락과 커다랗고 검은 콧수염이 일으키는 극적 효과에 매달렸다. 이십 년 전, 노예제도를 반대하는 모임의 활동이 절정에 달했을 때는, 그의 상반된 털 색깔이 마치 문제의 핵심 같았다. 적들은 그를 "표백한 검둥이"라고 불렀다. 한번은 아칸소로 여행을 하는데, 흑인 뱃사공들과 경쟁하는 데 성이 난 미시시피 강의 백인 선원들이 그를 붙잡아 얼굴과 머리카락에 새카맣게 구두약을 칠한 적도 있었다. 그렇게 의기양양하던 시절은 이제 지나가버렸다. 남은 것은 악의의 찌꺼기와 좌절된 희망과 바로잡을 수 없는 어려움뿐이었다. 평화로운 공화국이라고? 글쎄, 그는 살아생전에 볼 수 없으리라.

날씨마저 견디기 버거워졌다. 그러잖아도 항상 너무 덥거나 추웠는데, 오늘은 햇볕에 데어 물집이 잡힐 지경이었다. 그는 햇볕이 목에 닿지 않게 모자를 푹 눌러썼다. 그러지 않으면 정말 열사병에 걸릴 것 같았다. 죽음에 대한 생각은 새롭지는 않았지만(그도 이제 일흔이 넘었다), 여전히 마음을 심란하게 만드는 힘이 있었다. 아직도 꿈속에 나타나곤 하는 옛날 집으로 다가갈수록, 시간이 흘러가는 방법에 대한 깨달음이 새록새록 사무쳤다. 겪기는 했지만 참전하지는 않은 전투들(마이애미족, 스페인 사람들, 분리주의자들과의 전투)을 기준으로 보면, 시간은 느리게 흘렀다. 하지만 자기 물건을 땅에 묻던 때를 생각하면, 세월은 눈 깜짝할 사이에 흘러갔다. 양철 병사들을 넣어둔 상자는 정확히 어디 묻혀 있을까? 시계 없는 시곗줄은? 누구한테서 감추느라고 그랬을까? 아버지였을 것이다. 하느님이 아시는 걸 알고 모든 사람들에게 그분의 뜻을 전하던, 신앙심 깊었던 아버지. 에드워드 보드윈은 아버지가 참 여러모로 특이한 분이라고 생각했지만, 정작 아버지는 아들에게 단 한 가지만 지켜달라고 명했다. 인간의 생명은 모두 성스럽다는 것이었다. 그의 아들은 아직도 그 말을 믿었다. 믿어야 할 이유가 자꾸 줄어들기는 했지만. 어떤 것에도, 편지, 탄원서, 집회, 토론, 모병, 논쟁, 구출, 전면적인 폭동으로 점철된 옛 시절만큼은 가슴이 뛰지 않았다. 하지만 이런저런 노력들은 더러 효과가 있었고, 그렇지 않을 때도 그와 누이는 장애물을 우회하는 데 유용한 사람이 되고자 했다. 도망친 여자 노예가 그의 옛집에서 시어머니와 함께 살다가 고난의 세계에 던져졌을 때 그랬듯이. 모임은 영아 살해와 야만성에 대한 규탄을 가까스로 노예제 폐지를 위한 또다른 사례로 전환시켰다. 침 튀기는 설전과 확신으로 가득찬 좋은 시절이었다. 그런데 지금은 그저 장난감 병정과 시계 없는 시곗줄이 어디 있을지 궁금할 뿐이었다. 참을 수 없이 푹푹 찌는 오늘 같은 날에는 이 정도 수고만으로도 충분했다. 새로 일할 여자애를 데려가고 자신의 보물을 정확히 어디 묻었는지 기억해내는 일. 그러고는 집에 가서 저녁식사를 하고 나면, 별일이 없는 한, 태양은 또 저물고 그에게는 평화로운 잠이 축복처럼 찾아올 터였다.

길은 팔꿈치처럼 구부러져 있었다. 모퉁이에 가까이 이르자, 노래하는 사람들이 보이기 전에 노랫소리가 먼저 들렸다.

여자들이 124번지 밖에 모였을 때, 세서는 얼음덩어리를 잘게 부수고 있었다. 그녀는 쓰던 얼음송곳을 앞치마 주머니에 넣고 대야에 얼음 조각들을 쏟아부었다. 노랫소리가 창문을 통해 흘러들어왔을 때, 세서는 빌러비드의 이마에 올려놓을 찬 물수건을 짜고 있었다. 곁방 침대에 대자로 드러누운 빌러비드는 땀을 비처럼 쏟으며 소금 덩어리를 손에 쥐고 있었다. 두 여자는 동시에 그 소리를 듣고 고개를 들었다. 목소리가 점점 더 커지자, 빌러비드는 벌떡 일어나 앉아 혀로 소금을 핥더니 큰방으로 걸어나갔다. 세서와 빌러비드는 서로 눈길을 주고받고는 후다닥 창가로 뛰어갔다. 덴버가 계단에 앉아 있는 게 보였고, 그 너머로, 마당과 길이 만나는 곳에 넋을 잃은 얼굴을 한 서른 명의 이웃 여자들이 눈에 들어왔다. 어떤 이들은 눈을 감고 있었고, 어떤 이들은 구름 한 점 없는 뜨거운 하늘을 우러러보고 있었다. 세서는 문을 열고 빌러비드의 손을 잡았다. 두 사람은 함께 문간에 섰다. 세서에게는 마치 공터가 그녀 앞에 찾아온 듯했다. 그 열기와 햇볕에 달아오른 나뭇잎까지 고스란히. 여인네들이 목소리를 내어 서로 어우러지는 화음과 음정과 곡조, 언어의 등을 부러뜨리는 그 소리를 찾던 그곳이. 목소리 위에 목소리가 계속 더해지다가 마침내 그걸 찾는 순간, 소리의 파도가 밤송이들을 떨어뜨리고 깊은 강물의 바닥까지 닿을 만큼 드넓게 퍼졌다. 그 파도는 세서를 덮쳤고 밀려드는 소리 속에서 그녀는 세례받는 사람처럼 몸을 떨었다.

노래를 부르던 여자들은 즉시 세서를 알아보았다. 그리고 세서 옆에 선 그것을 보고도 전혀 무섭지 않아서 깜짝 놀랐다. 악마의 자식은 참으로 영리하구나, 그들은 생각했다. 게다가 아름답기까지 하구나. 그것은 임신한 여자의 형상을 하고 뜨거운 오후 햇볕 속에서 벌거벗은 채 빙그레 웃고 있었다. 천둥처럼 새카맣고 반들반들 빛나는 그녀는 길고 곧은 다리로 서 있었고, 배는 커다랗고 팽팽했다. 넝쿨 같은 머리카락이 온 머리를 휘감고 있었다. 오, 주여. 그녀의 미소는 아찔할 정도로 눈부셨다.

세서는 두 눈이 활활 타는 느낌이 든다. 문득 위를 올려다본 건 아마 눈을 맑게 하기 위해서였으리라. 하늘은 맑고 파랗다. 나뭇잎들의 선명한 초록에 죽음의 붓칠은 흔적조차 없다. 그녀가 사랑에 빠진 얼굴들을 다시 보려고 눈길을 아래로 돌린 순간, 그가 보인다. 암말을 몰고 와 속도를 줄이는, 넓은 챙으로 얼굴은 가릴 수 있지만 속셈까지는 숨길 수 없는 검은 모자를 쓴 그가. 그가 그녀의 앞마당으로 온다. 그녀의 보배를 빼앗으러 온다. 날개가 파닥이는 소리가 들린다. 작은 벌새들이 바늘처럼 뾰족한 부리로 머릿수건을 뚫고 그녀의 머리를 콕콕 쪼아대며 날개를 파닥거린다. 그때 그녀의 머릿속에 무언가 떠오르는 생각이 있다면 '안 돼'라는 절규뿐이다. 안 돼, 안 돼, 안 돼 안 돼 안 돼. 그녀는 달려간다. 얼음송곳은 그녀의 손에 쥐여 있지 않다. 그녀의 손이 바로 얼음송곳이다.

현관 앞에 홀로 서서 빌러비드는 미소를 짓고 있다. 하지만 이제 그녀의 손에는 아무것도 없다. 세서가 그녀에게서 도망쳐, 달려간다. 좀 전까지 세서가 잡고 있던 손이 빌러비드는 허전하다. 지금 세서는 저 밖에 있는 사람들과 함께하려고 저 얼굴들 속으로 달려간다. 빌러비드를 남겨두고. 또다시, 그녀만 남겨두고. 그때, 덴버도 달려가기 시작한다. 그녀를 두고 저 밖에 있는 사람들을 향해. 그들은 언덕을 이룬다. 흑인들의 언덕이, 무너진다. 그리고 그들 모두의 위에서, 손에 채찍을 들고 자리에서 몸을 일으키는 남자, 피부 없는 남자가, 보고 있다. 그가 그녀를 보고 있다.

맨발에 캐머마일 얼룩.
신발을 벗었다네, 모자를 벗었다네.
맨발에 캐머마일 얼룩.
신발을 돌려주오, 모자를 돌려주오.

감자 포대에 머리를 기대자,
악마가 살그머니 등뒤로 다가왔어.
증기선이 외롭게 우네,
아주 눈이 멀 때까지 그 여자를 사랑하라.

눈이 멀어, 눈이 멀어.

스위트홈 계집애가 네 마음을 어지럽히네.

그의 귀환은 떠날 때와 정반대 순서로 이루어진다. 처음에는 냉장창고, 그다음은 식료품 저장실, 그리고 부엌을 거쳐 침대를 공략한다. 쇠약해지고 여기저기 털이 빠진 히어보이가 펌프 옆에 잠들어 있는 걸 보고 폴 디는 빌러비드가 정말 떠났다는 것을 안다. 사라져버렸다고, 어떤 이들은 바로 자기 눈앞에서 펑 터졌다고 말한다. 엘라는 장담하지 않는다. "그럴지도 모르죠." 그녀는 말한다. "아닐 수도 있고요. 숲속에 숨어서 또다른 기회를 노리고 있을 수도 있어요." 하지만 폴 디는 적어도 열여덟 살은 되었을 늙은 개를 보고 빌러비드가 124번지를 떠났다고 확신한다. 그럼에도 불구하고 어쩌면 그애의 목소리가 들려오지 않을까 반신반의하는 심정으로 냉장창고의 문을 연다. "만져줘. 날 만져줘. 내 몸속을 만지고 내 이름을 불러줘."

간이침대가 펼쳐져 있고, 쥐가 귀퉁이를 갉아먹은 오래된 신문지 더미가 그 위에 덮여 있다. 돼지기름 깡통도. 감자 포대도 있지만 지금은 텅 빈 채 흙바닥에 차곡차곡 쌓여 있다. 대낮에 보니 틈새로 달빛이 새어들어오는 어둠 속 이곳이 잘 상상이 되지 않는다. 이곳에서 그를 질식할 만큼 깊이 빠뜨리고, 그애가 바다 위의 맑은 공기인 양 그녀를 향해 솟구쳐오르려고 안간힘을 쓰게 하던 욕망도. 그애와의 성교는 재미조차 없었다. 오히려 어떻게든 살아남으려는 어리석은 충동에 가까웠다. 그애가 찾아와 치마를 걷어올릴 때마다 삶에 대한 허기가 그를 덮쳤고, 그는 자신의 폐를 통제할 수 없듯 그 허기를 통제할 수 없었다. 그리고 나서 해변으로 올라와 게걸스럽게 숨을 들이켜면, 그는 혐오감과 수치심 속에서도 한때 자신이 속했던 심해로 안내된 것에 고마워했다.

새어들어오는 대낮의 햇살은 기억을 녹여 빛 속을 부유하는 미진으로 바꾸어버린다. 폴 디는 창고 문을 닫는다. 그리고 집 쪽을 바라본다. 놀랍게도 집은 마주 노려보지 않는다. 귀신이 떠난 124번지는 그저 수리가 필요한 여느 낡은 집과 다르지 않다. 그리고 조용하다. 스탬프 페이드가 말했듯이.

"한때는 아우성이 그 집을 온통 에워싸고 있었지. 이제는 조용해." 스탬프가 말했다. "그 앞을 몇 번 지나쳤는데 아무 소리도 못 들었단 말일세. 된통 혼나고 정신 차렸나봐. 보드윈 씨가 되도록 빨리 그 집을 팔겠다고 했거든."

"그 사람인가요? 그녀가 찌르려던 사람이?"

"그렇다네. 보드윈 씨 여동생도 그 집이 골칫덩어리라고 하더군. 어떻게든 정리해야겠다고 제이니한테 말했대."

"보드윈이란 사람은요?" 폴 디가 물었다.

"제이니 말이, 보드윈 씨는 반대하지만 동생을 막지는 않을 거래."

"그런 곳에 있는 집을 누가 사겠어요? 돈 있는 사람은 아무도 그렇게 외딴곳에서 살고 싶어하지 않을 텐데요."

"그러게 말이야." 스탬프가 대답했다. "모르긴 몰라도 그 집을 처분하려면 한참 걸릴 걸세."

"세서를 고소할 생각은 아니겠죠?"

"그럴 것 같지는 않아. 제이니 말이, 보드윈 씨는 현관에 서 있던 벌거벗은 흑인 여자가 누구였는지 알고 싶어할 뿐이라는군. 그 여자를 쳐다보느라 정신이 팔려서 세서가 달려드는 것도 알아채지 못했나봐. 흑인 여자들끼리 싸우는 모습밖에 못 봤다고 하더래. 제이니 말이, 세서가 다른 흑인 여자한테 덤빈 줄로 안다더군."

"제이니가 다른 말을 하지는 않았겠죠?"

"그럼. 주인님이 돌아가시지 않아서 천만다행이라고만 했어. 엘라가 막지 않았다면, 틀림없이 일을 저질렀을 거라고 말이야. 그 여자가 주인님을 죽이다니, 생각만 해도 무서워죽겠다고 하더라고. 그랬다면 자기랑 덴버가 일자리를 잃었을 거라고."

"제이니가 자기 주인에게 벌거벗은 여자가 누군지 말했대요?"

"자긴 아무도 못 봤다고 했대."

"영감님은 그 여자들이 정말 봤다고 믿으세요?"

"글쎄, 뭔가를 보긴 봤겠지. 어쨌든 난 엘라를 믿고, 엘라는 그 여자의 눈을 똑바로 봤다고 했네. 세서 바로 옆에 서 있었다고. 그런데 여자들 말을 들어보면, 내가 예전에 그 집에서 봤던 여자애는 아닌 것 같아. 내가 본 여자애는 날씬했거든. 그 여자는 몸집이 아주 컸다잖아. 둘이서 손을 잡고 있었는데, 옆에 선 세서가 꼬마처럼 보였다지 뭔가."

"얼음송곳을 든 꼬마 말이죠. 대체 보드윈 씨에게 얼마나 가까이 갔대요?"

"코앞까지 갔었다는군. 그때 덴버와 다른 여자들이 세서를 붙잡고 엘라가 턱에 주먹을 날렸대."

"그랬다면 세서가 자길 노렸다는 걸 그분도 알 텐데요. 틀림없이 알 거예요."

"어쩌면 그럴지도. 난 모르겠네. 만약 보드윈 씨가 알고 있다면, 모르는 척하기로 마음먹은 게 아닐까. 어쨌든 그분다운 결정이야. 절대 우리한테 등을 돌릴 분이 아니거든. 바위처럼 한결같은 분이지. 내 분명히 말하지만, 세서가 그분을 해쳤다면, 그거야말로 우리 흑인들에게는 세상에서 가장 끔찍한 일이었을 걸세. 자네도 알지 않나? 애당초 세서가 교수형을 모면했던 건 바로 그분 덕분이었지."

"그렇죠. 빌어먹을. 그 여자는 미쳤어요. 미쳤어."

"그래, 하지만 우리 모두 그렇지 않나?"

두 사람은 웃음을 터뜨렸다. 처음에는 쉰 소리로 킬킬 새어나오던 웃음이 점점 더 커지더니 결국 스탬프는 손수건을 꺼내 눈물을 닦고 폴 디는 손바닥으로 눈물을 훔치는 지경에 이르렀다. 두 사람 모두 직접 보지 못한 그 광경을 눈앞에 떠올리자, 순간 심각하면서도 황당하기 짝이 없어 폭소가 터져나온 것이다.

"백인 남자가 문 앞에 나타날 때마다 죽이려 들까?"

"집세를 받으러 온 걸 수도 있었는데 말이죠."

"집배원들이 그 집 앞으로 다니지 않아서 천만다행이야."

"그럼 아무도 편지를 받지 못했을걸요."

"집배원만 빼고 말이야."

"거참 엄청 힘든 배달이 되겠군요."

"게다가 마지막 배달이 되겠지."

실컷 웃고 난 두 사람은 심호흡을 하며 고개를 설레설레 흔들었다.

"그런데도 그분은 덴버가 자기 집에서 밤을 보내게 내버려둔단 말인가요? 참!"

"아, 아니야. 이봐. 덴버는 건드리지 말게, 폴 디. 내가 정말 아끼는 아이라네. 난 그애가 무척 자랑스러워. 제일 먼저 달려가 엄마를 쓰러뜨린 게 바로 그애였다네. 그 악마가 무슨 짓을 하려는지 아무도 몰랐을 때 말이야."

"그렇다면 덴버가 그분의 목숨을 구했다고 할 수 있겠네요."

"그럼. 그렇지." 스탬프는 갑자기 자기가 펄쩍 뛰어올라 팔을 쭉 뻗어 그 곱슬머리 갓난아이의 머리통이 깨지기 직전에 아슬아슬하게 낚아챘던 일이 생각났다. "난 그애가 자랑스럽다네. 훌륭한 사람이 될 거야. 암, 그렇고말고."

그 말은 사실이었다. 다음날 아침 폴 디는 일하러 가는 길에 퇴근하는 덴버를 만났다. 더 날씬해지고 눈빛이 얌전해진 덴버는 그 어느 때보다도 핼리와 닮아 보였다.

덴버가 먼저 미소를 지으며 인사를 했다. "안녕하세요, 디 아저씨."

"음, 그래." 덴버의 미소에는 그가 기억하는 냉소는 없었고, 반가움과 세서를 닮은 입매만이 뚜렷하게 보였다. 폴 디는 모자를 만지작거렸다. "어떻게 지내니?"

"그럭저럭요."

"집에 가는 길이니?"

덴버는 아니라고 말했다. 셔츠 공장에 오후 일거리가 있다는 소식을 들었다는 것이었다. 보드윈 씨 댁에서 하는 밤일 외에 일자리를 하나 더 구해서, 돈을 좀 모으고 엄마도 도와주고 싶다고 했다. 폴 디가 보드윈 씨 댁에서 잘해주느냐고 묻자, 덴버는 그저 잘해주는 정도가 아니라 그 이상이라고 대답했다. 보드윈 양이 이것저것 가르쳐준다는 것이었다. 뭘 가르쳐주느냐고 물으니까, 덴버는 웃으면서 책이라고 말했다.

"제가 오벌린*에 들어갈 수도 있다고 하세요. 절 데리고 실험을 하고 계시죠." 폴 디는 "조심해. 조심해. 세상에 백인 선생보다 더 위험한 건 없단다"라고 말하지 않았다. 대신 고개를 끄덕이며 하고 싶었던 질문을 했다.

"어머니는 괜찮으시니?"

"아니요." 덴버가 말했다. "아니요, 매우 안 좋으세요."

"내가 들러볼까? 엄마가 날 반가워하실까?"

"저도 모르겠어요. 아무래도 전 엄마를 잃어버린 것 같아요, 폴 디 아저씨."

두 사람은 한동안 말이 없었다. 이윽고 그가 입을 열었다. "어…… 그 여자애 말이다. 그러니까, 빌러비드?"

"네?"

"넌 그애가 정말 네 언니라고 생각하니?"

덴버는 신발을 내려다보았다. "어떤 때는요. 어떤 때는 그 이상이었다는 생각도 들어요." 덴버는 무슨 얼룩 같은 걸 문지르며 블라우스를 만지작거렸다. 그러다가 갑자기 그의 눈을 똑바로 보았다. "아저씨야말로 제일 잘 아시잖아요? 제 말은, 아저씨는 언니를 속속들이 알았잖아요."

그가 입술을 핥았다. "글쎄, 내 생각을 묻는다면……"

"그건 아니에요." 그녀가 말했다. " 저도 제 생각이 있으니까요."

"다 컸구나." 그가 말했다.

---

* 오벌린 대학. 오하이오 주 로레인 카운티의 오벌린 시에 있다.

"네."

"그래. 그럼, 일자리 꼭 얻길 바란다."

"고맙습니다. 그리고 폴 디 아저씨, 굳이 멀리하실 필요는 없어요. 하지만 엄마와 얘기하실 때는 조심해주세요, 아시죠?"

"걱정 마라." 폴 디는 이렇게 말하고 그녀와 헤어졌다. 아니, 사실은 덴버가 먼저 돌아선 셈이었다. 그녀를 향해 이렇게 외치며 달려오는 한 청년 때문이었다. "저기요, 덴버 양. 잠깐 기다려요."

그를 향해 돌아서는 덴버의 얼굴은 마치 가스등을 켠 듯이 환하게 빛났다.

폴 디는 좀더 얘기를 나누면서 자기가 들은 소문들의 아귀를 맞춰보고 싶었지만 마지못해 자리를 떴다. 백인이 덴버를 일할 집에 데려가려고 왔는데 세서가 찔렀다는 둥, 아기 유령이 악마가 돼 돌아와 세서가 그녀를 교수형에서 구해준 사람을 직접 찌르게 했다는 둥, 온갖 소문이 돌았다. 한 가지 공통점은, 처음에는 분명히 그걸 보았는데 그다음에는 보지 못했다는 얘기였다. 여자들이 세서를 땅에 쓰러뜨리고 손에서 얼음송곳을 뺏은 다음 집 쪽을 돌아보았을 때, 그 유령은 사라지고 없었다. 나중에, 한 남자아이가 말하길, 124번지 뒤에서 시내를 따라 내려가며 미끼를 찾다가 머리카락이 물고기인 벌거벗은 여자가 숲을 가로질러 뛰어가는 걸 보았다고 했다.

사실 폴 디는 유령이 어떻게 떠났는지, 심지어 왜 떠났는지 전혀 관심이 없었다. 오히려 자기가 어떻게 그 집을 떠났으며 왜 떠났는지가 궁금했다. 가너의 눈으로 자신을 보면 이렇게 보였다가, 식소의 눈으로 보면 저렇게 보였다. 한 사람은 자신의 행동이 정당하다는 느낌을 준다. 또 한 사람은 수치스럽게 느끼게 한다. 전쟁 때 양편 모두에서 복무했던 시절처럼. 노스포인트 은행 철도 회사에서 도망쳐 테네시 주의 흑인 44연대에 합류했을 때, 그는 마침내 자기가 해냈다고 생각했다. 하지만 알고 보니 뉴저지 주의 한 사령관 휘하에 모인 다른 흑인 연대에 잘못 들어간 것이었다. 그는 그곳에서 사 주를 지냈다. 이 연대는 흑인 병사들에게 무기를 주느냐 마느냐 하는 문제 때문에 출전도 하기 전에 해산되고 말았다. 결국 주지 않기로 결정이 나자, 백인 사령관은 흑인 병사들에게 백인들을 죽이는 일 대신 무슨 명령을 내릴지 고민해야 했다. 만 명의 병사들 중 일부는 그곳에 남아 청소를 하고 짐을 운반하고 기지를 세웠다. 다른 병사들은 이리저리 떠돌다가 다른 연대에 합류하기도 했다. 하지만 대부분은 버림받은 채, 봉급 대신 씁쓸한 마음을 안고 각자 제 앞가림을 해야 했다. 폴 디도 뭘 할지 마음을 정하지 못해 고민하다가 노스포인트 은행에서 보낸 사람에게 붙잡혀 다시 델라웨어로 보내졌고, 일 년 동안 노예 생활을 했다. 그후 노스포인트 은행은 3백 달러를 받고 그를 앨라배마의 군대로 팔아버렸고, 거기서 그는 반란군*을 위해 일했다. 처음에는 시체를 분류했고 그다음에는 철을 제련했다. 그와 그의 무리는 전쟁터를 샅샅이 훑고 다니며 남부군 시체들 사이에서 남부군 부상자를 끌어냈다. 조심해, 그들은 말했다. 조심해서 다루라고. 눈 바로 밑까지 복면을 쓴 흑인들과 백인들은 등불을 들고 풀숲을 헤치고 다니며 죽은 사람들의 무심한 침묵 가운데서 산 사람의 신음을 들으려고 어둠 속에 귀를 기울였다. 시체는 대부분 청년들이었

* 남부군을 뜻함.

고 때로는 어린애들도 있었다. 폴 디는 조지아 주 앨프리드 수용소 간수의 아들인지도 모른다고 상상했던 이들에게 동정심을 느끼는 자신이 약간 부끄러웠다.

그는 다섯 번 시도해서 단 한 번도 확실히 성공한 적이 없었다. 모든 탈출(스위트홈에서, 브랜디와인에게서, 조지아 주 앨프리드 수용소에서, 윌밍턴에서, 노스포인트에서)은 번번이 실패로 돌아갔다. 혼자서, 변장도 하지 않고, 눈에 띄는 피부색과 기억에 남는 머리 모양에, 보호해주는 백인도 한 사람 없다보니, 붙잡히지 않을 재간이 없었다. 가장 오래 붙잡히지 않은 때는 죄수들과 함께 도주해 체로키 인디언들과 함께 지내다가 그들의 충고에 따라 델라웨어 윌밍턴까지 가서 베 짜는 여인의 집에 숨어살 때였다. 삼 년이었다. 매번 도망칠 때마다, 폴 디는 자기 것도 아닌 이 땅의 아름다움에 놀라지 않을 수 없었다. 그는 대지의 품에 몸을 숨기고, 먹을 걸 찾아 손가락으로 흙을 파고, 강둑에 매달려 물을 핥아마시면서 절대 그 땅을 사랑하지 않으려고 기를 썼다. 하늘이 별들의 무게로 약해져 친근하게 다가오는 밤에도, 그것을 사랑하지 말자고 다짐했다. 그 땅의 묘지들과 낮게 누운 강들도. 혹은 멀구슬나무 아래 외롭게 서 있는 집 한 채. 어쩌면 매여 있는 노새 한 마리와 그 가죽에 내리쬐는 햇살도. 어느 것이든 그의 마음을 흔들 수 있었지만, 그는 사랑하지 않으려고 힘들게 버텼다.

앨라배마의 전쟁터에서 몇 달을 보낸 후, 그는 포로이거나 임대됐거나 납치된 흑인 삼백 명과 함께 셀마에 있는 주물공장으로 보내졌다. 그가 종전을 맞이한 곳이었다. 이제 자유의 몸이라는 선언을 받은 그가 앨라배마를 떠나는 것은 쉬운 일이어야 마땅했다. 셀마의 주물공장을 걸어나와 대로를 택하거나, 원한다면 기차를 타거나 배를 타고서 곧장 필라델피아로 갈 수 있었어야 했다. 그런데 그렇지 않았다. 흑인 병사 두 명(그가 찾아다녔던 44연대 출신 포로들이었다)과 함께 셀마에서 모빌로 걸어갔는데, 처음 30킬로미터를 지나는 동안 흑인의 시체를 열두 구나 보았다. 그중에는 여자 둘과 어린 남자애들 넷도 있었다. 폴 디는 이게 분명 자기가 걸어갈 인생일 거라고 생각했다. 통제력을 쥔 북부군은 남부군을 통제하지 않고 떠났다. 모빌 외곽에 도착하니 흑인들이 불과 얼마 전 남부군 때문에 뜯어버렸던 철도를 연방 정부를 위해 다시 놓고 있었다. 그와 함께 가던 병사 중 킨이라는 사병은 매사추세츠 54연대*에도 있었다. 그는 폴 디에게 그들이 백인 병사들보다 봉급을 적게 받았다고 말했다. 매사추세츠 주에서 봉급 차이를 보상해주겠다고 제안을 해왔는데 그들이 집단으로 거절한 게 못내 속상하다고도 했다. 폴 디는 돈을 받고 싸운다는 개념에 깊은 감명을 받아서 그 사병을 질투와 경탄이 뒤섞인 눈으로 바라보았다.

킨과 그의 친구 로시터 중사가 작은 배 한 척을 징발해, 세 사람은 그 배를 타고 모빌 만을 떠다녔다. 그러다가 사병이 지나가는 연방의 포함砲艦에 신호를 보냈고, 세 사람 모두 함선에 올라탈 수 있었다. 킨과 로시터는 자기네 사령관을 찾으러 멤피스에서 하선했다. 포함의 선장은 목적지인 웨스트버지니아의 휠링까지 폴 디를 태워주었다. 그곳에서 그는 뉴저지로 방향을 잡았다.

모빌에 도착할 무렵까지는 산 사람보다 죽은 사람을 더 많이 보았지

* 남북전쟁 당시 혁혁한 공을 세운 최초의 흑인 부대.

만, 트렌턴에 도착하자 쫓지도 쫓기지도 않는 살아 있는 사람들이 수없이 많았다. 그들의 모습은 자유로운 삶이 어떤 것인지 그에게 보여주었고 그것은 폴 디가 결코 잊지 못할 만큼 매혹적이었다. 그가 왜 거기서 서성이는지 따지지 않는 백인들로 가득찬 분주한 거리를 걸으면서, 그는 더러운 옷차림과 차마 눈뜨고 봐줄 수 없는 머리 모양 때문에 눈총을 받았다. 그래도 경고하는 사람은 없었다. 그때 기적이 일어났다. 벽돌집들이 늘어선 어느 거리에 서 있던 폴 디는 한 백인이 마차에서 가방 두 개를 내리는 일을 도와달라고 부르는 소리("어이, 이봐! 거기!")를 들었다. 나중에 백인은 그에게 동전을 한 개 주었다. 폴 디는 그걸 들고 몇 시간을 하염없이 걸어다녔다. 과연 그걸로 뭘 살 수 있을지(옷? 식사? 말?) 그리고 자기에게 물건을 팔 사람이 있을지 판단이 서질 않았다. 마침내 짐마차에서 야채를 파는 장사꾼이 눈에 띄었다. 폴 디는 순무 한 다발을 손가락으로 가리켰다. 장사꾼은 순무를 건네주고 동전 한 개를 받더니 동전 대여섯 개를 도로 돌려주었다. 폴 디는 깜짝 놀라 뒷걸음질쳤다. 주변을 두리번거리며 이 '실수'나 자기 자신에게 아무도 관심이 없다는 걸 확인하고는, 그는 행복하게 순무를 씹으며 길을 걸었다. 여자들 몇 명만이 지나가면서 살짝 불쾌한 표정을 지을 뿐이었다. 난생처음 스스로 번 돈으로 물건을 샀다는 흥분에 그는 한껏 달아올랐고, 순무가 시들고 말라비틀어진 것은 아무렇지도 않았다. 먹고 걷다가 아무데서나 자는 게 제일 좋은 인생이라고 결정을 내린 건 바로 그 순간이었다. 그리고 칠 년 동안 그렇게 살았다. 어느덧 자신이 오하이오 남부까지 내려왔음을 깨달았을 때까지. 한때 그가 알았던 늙은 여인과 소녀가 가 있는 곳이었다.

이제 그의 귀환은 떠날 때와 반대로 이루어진다. 처음에는 냉장창고 근처 뒷마당에 서서, 채소들이 자라고 있어야 할 자리에 야단스럽게 만발한 늦여름 꽃들을 경탄하며 바라본다. 수염패랭이, 나팔꽃, 국화. 줄기는 썩어가고 꽃송이는 종기처럼 쪼그라든 식물들이 빽빽하게 심긴 깡통들의 기묘한 배치. 문고리와 콩대를 칭칭 감고 죽은 담쟁이덩굴. 변소와 나무에 못박힌 빛바랜 신문 사진들. 목욕통 근처에 버려져 있는, 너무 짧아서 줄넘기 말고는 아무데도 쓰지 못할 밧줄 하나. 그리고 죽은 반딧불이가 담긴 수많은 단지들. 마치 어린아이의 집 같다. 아주 키가 큰 어린아이가 사는 집.

그는 현관으로 걸어가 문을 연다. 돌덩이 같은 정적이 흐른다. 한때 서러운 붉은색 빛줄기가 그를 흠뻑 적셔 그 자리에서 꼼짝 못하게 했던 곳에는 이제 아무것도 없다. 쓸쓸하고 뭔가 빠진 듯한 없음. 부재라고 해야 더 적당하겠지만, 그 부재를 통과하는 데에도 세서를 믿고 그 고동치는 빛 속을 통과했을 때와 똑같이 결단력이 필요했다. 그는 재빨리 눈부시게 새하얀 계단을 힐끗 본다. 난간에는 리본이며 나비넥타이, 꽃다발 등이 칭칭 감겨 있다. 폴 디는 안으로 걸어들어간다. 그를 따라 들어온 바깥바람에 리본들이 살랑거린다. 조심스럽게, 서두르지도 지체하지도 않고, 그는 빛나는 계단을 올라간다. 세서의 방으로 들어간다. 그녀는 그곳에 없고, 침대가 어찌나 작아 보이는지 어떻게 두 사람이 저기 누웠을까 의아할 지경이다. 시트도 깔려 있지 않다. 천장 창문은 열리지 않기 때문에 방안이 숨막힐 듯 답답하다. 바닥에는 알록달록한 옷들이 널려 있다. 벽에 박힌 못에는 그가 빌러비드를 처음 보았을 때 그녀가 입고 있던 드레스가 걸려 있다. 한쪽 구석에는 스케이트

한 걸레가 바구니에 담겨 있다. 그는 다시 침대로 시선을 돌리고 좀처럼 눈을 떼지 않는다. 한때 자기가 있던 자리라는 생각이 들지 않는다. 진땀이 날 정도로 애를 쓰며 거기에 누운 자기 모습을 억지로 그려본다. 그 장면이 눈앞에 떠오르자, 비로소 기분이 좋아진다. 그는 다른 방으로 간다. 다른 방이 엉망인 데 반해 덴버의 방은 깔끔하다. 거기에도 세서는 없다. 어쩌면 그가 덴버와 이야기를 나눈 이후로 상태가 좋아져 다시 직장에 나가는지도 모른다. 그는 좁은 침대 위에 자신의 모습을 단단히 박아두고 계단을 내려온다. 부엌 식탁에 앉는다. 124번지에서 뭔가 빠져나간 느낌이다. 이곳에 사는 사람들보다 더 큰 뭔가가. 빌러비드나 붉은빛 이상의 뭔가가. 꼭 집어 말할 수는 없지만, 일순간 자신이 알지 못하는 저 너머에서, 질책하면서도 감싸안아주는 외부의 존재가 노려보는 것 같다.

그의 오른편, 빠끔히 열린 곁방 문 사이로 흥얼거리는 소리가 들려온다. 누군가 콧노래를 흥얼거리고 있다. 자장가처럼 부드럽고 기분좋은 곡. 곧이어 몇 마디 가사. "높은 조니, 넓은 조니. 수염패랭이가 고개를 숙이네"인 것 같다. 그럼 그렇지, 그는 생각한다. 그 여자가 거기 말고 또 어디 있겠어. 그녀가 있다. 밝은 색깔의 누비이불을 덮고 누워 있다. 튼튼한 식물의 가늘고 검은 뿌리 같은 그녀의 머리카락이 베개 위에 구불구불 펼쳐져 있다. 창문을 하염없이 바라보는 그녀의 두 눈이 어찌나 무덤덤한지, 폴 디는 과연 그녀가 자기를 알아볼지조차 의심스럽다. 여기 이 방은 지나치게 밝다. 물건들은 팔아치운 듯하다.

"잡초들이 쑥쑥 자라네." 그녀가 노래를 부른다. "내 어깨 위로 램즈울*과 미나리아재비와 토끼풀이 날아다녀." 그녀는 손가락으로 긴 머리 타래를 만지작거린다.

폴 디는 목을 가다듬고 노래를 방해한다. "세서?"

그녀가 고개를 돌린다. "폴 디."

"아, 세서."

"내가 잉크를 만들었어, 폴 디. 내가 잉크를 만들지 않았다면, 그 사람이 그러지 못했을 텐데."

"무슨 잉크? 누구 말이야?"

"면도했네?"

"어. 별로야?"

"아니야. 보기 좋아."

"이게 바로 악마의 농간이라고. 대체 당신이 침대에서 나오지 못한다는 소문은 다 뭐지?"

세서가 빙그레 웃는다. 하지만 곧 미소가 사라지더니, 그녀는 다시 창문으로 눈길을 돌린다.

"당신한테 할말이 있어." 폴 디가 말한다.

아무 대답이 없다.

"덴버를 만났어. 그애가 당신한테 말하던가?"

"그애는 낮에 와. 덴버. 그애는 여전히 내 곁에 있어, 내 딸 덴버."

"이봐, 이제 털고 일어나야지." 그는 불안하다. 뭔가 떠오르려고 한다.

"피곤해, 폴 디. 피곤해죽겠어. 한동안 쉬어야 해."

이제 폴 디는 아까부터 떠오르는 생각이 무엇인지 깨닫고 세서에게

---

* 관목의 한 종류로, 양털 같은 질감의 흰 꽃이 핀다.

버럭 소리를 지른다. "날 두고 죽지 마! 이건 베이비 석스의 침대잖아! 그럴 생각이었던 거야?" 폴 디는 그녀를 죽이고 싶을 정도로 화가 난다. 하지만 덴버의 당부를 기억하고 간신히 진정한다. 그리고 속삭인다. "어쩔 생각이야, 세서?"

"오, 아무 생각도 없어. 아무 계획도 없다고."

"이봐, 낮에는 덴버가 여기 있으니까 밤에는 내가 있을게." 폴 디가 말한다. "내가 당신을 돌봐줄게, 내 말 들려? 당장 시작하자. 제일 먼저, 당신한테 지독한 냄새가 나. 가만있어. 움직이지 말고. 물을 좀 데워올게." 그가 말을 멈춘다. "물을 좀 데워도 괜찮지, 세서?"

"내 발을 세어보려고?" 그녀가 묻는다.

그는 더 가까이 다가간다. "문질러주려고."

세서는 눈을 감고 입을 꾹 다문다. 그녀는 생각한다. 싫어. 내가 원하는 건 창가의 이 좁은 자리야. 그리고 쉬는 거야. 이젠 문지를 것도 없고, 문지를 이유도 없어. 씻을 게 없는걸. 설사 이이가 씻기는 법을 안다 해도. 그런데 이이가 따로따로 씻어줄 수 있을까? 처음에는 얼굴, 그 다음에는 손, 허벅지, 발 다음에 등을? 제일 마지막엔 지친 젖가슴을? 만약 이이가 따로따로 씻어준다면, 그것들이 갈라지지 않고 버틸 수 있을까? 세서가 다시 눈을 뜬다. 그를 쳐다보는 게 위험하다는 것을 알면서도. 그녀는 그를 본다. 복숭아씨 같은 피부, 늘 기다리며 준비되어 있는 두 눈 사이에 잡힌 주름, 그리고 그걸 본다. 그가 지닌 것, 그를 어느 집이든 걸어들어가 여자들을 울릴 수 있는 남자로 만든 축복을. 그와 함께 있기에, 그의 앞에서, 여자들은 울 수 있었다. 오직 여자들끼리만 얘기하는 속내를 그에게 울면서 털어놓을 수 있었다. 시간이 머물러 있지 않았다고. 그녀가 소리쳐 불렀지만, 하워드와 뷰글러는 철로를 따라 그대로 걸어가버렸고 엄마 목소리를 듣지도 못했다고. 자기 발이 흉측하고 자기 등이 너무 끔찍해서 에이미가 자기와 같이 있는 걸 무서워했다고. 엄마 때문에 마음이 상했는데 어디에서도 엄마 모자를 찾을 수 없었다고. 그리고 "폴 디?"

"왜 그래, 당신?"

"그애가 날 떠났어."

"아, 이봐. 울지 마."

"그애는 내 보배였는데."

폴 디는 흔들의자에 앉아 서커스처럼 알록달록한 천으로 만든 누비이불을 유심히 본다. 그의 두 손은 무릎 사이에 축 늘어져 있다. 이 여자에게 느끼는 감정들이 너무 많다. 머리가 쿡쿡 쑤신다. 별안간 식소가 50킬로미터 여자에 대한 감정을 설명하려고 애쓰던 기억이 떠오른다. "그 여자는 내 마음의 친구야. 그 여자는 나를 하나로 모아줘. 조각난 나를 모아서 제대로 맞춘 다음 돌려주지. 얼마나 좋은지 몰라. 마음의 친구인 여자가 있으면."

그는 물끄러미 누비이불을 보지만, 머릿속으로는 철판 같은 그녀의 등과 엘라의 주먹에 맞아 아직도 한쪽이 부어 있는 달콤한 입을 생각한다. 심술궂은 검은 눈을. 화롯불 앞에서 모락모락 김이 나던 젖은 드레스를. 그의 목 장신구—세 개의 살이 세심하게 만들어진 딸랑이처럼 구불구불 곡선을 그리며 60센티미터나 뻗어나오는—에 대해 그녀가 보여준 다정한 배려를. 그것에 대해 한마디도 하지 않고 눈길조차 주지 않았기에, 그는 짐승처럼 목에 고리를 찬 자신을 수치스러워하지 않을 수 있었다. 오직 이 여자 세서만이 그런 식으로 그의 남자다움을 지켜 줄 수 있었다. 그는 그녀의 이야기 옆에 자신의 이야기를 나란히 놓고 싶었다.

"세서." 그가 말한다. "당신과 나, 우리에겐 어느 누구보다 많은 어제가 있어. 이젠 무엇이 됐든 내일이 필요해."

그는 몸을 숙여 그녀의 손을 잡는다. 다른 손으로는 그녀의 얼굴을 어루만진다. "당신이 당신의 보배야, 세서. 바로 당신이." 그의 믿음직한 손가락이 그녀의 손가락을 꼭 잡는다.

"나? 내가?"

흔들어서 달랠 수 있는 외로움이 있다. 팔짱을 끼고 무릎을 끌어당겨 세운 채 몸을 흔들고, 계속 흔든다. 이런 동작은 배의 흔들림과는 달리, 몸을 흔드는 사람의 마음을 달래고 가라앉혀준다. 그것은 내면의 문제다. 피부처럼 팽팽하게 감싸고 있다. 그런가 하면 배회하는 외로움도 있다. 몸을 흔들어도 진정시킬 수 없다. 그것은 살아 있어서, 제멋대로 돌아다닌다. 메마르고 확산되는 그것은 자기 자신의 발소리가 아득히 먼 곳에서 들려오는 것처럼 느끼게 한다.

그녀를 뭐라고 불렀는지 모두 알았지만, 그녀의 이름을 아는 사람은 세상 어디에도 없었다. 기억에서 지워지고 행방이 묘연하지만 그녀가 실종되었다고 할 수는 없다. 아무도 그녀를 찾는 사람이 없으니까. 찾는 사람이 있다 한들, 이름을 모르는데 어떻게 그녀를 부르겠는가? 그녀는 요구받을 권리가 있지만, 그녀를 요구하는 사람이 없다. 길게 자란 풀들이 길을 열어주는 곳에서, 한을 토로하고 사랑받기를 기다리던 소녀는 산산조각으로 폭발한다. 질겅거리며 씹는 웃음소리가 그녀를 삼켜버리기가 쉬워진다.

그것은 전할 만한 이야기가 아니었다.

그들은 나쁜 꿈을 잊듯 그녀를 잊었다. 자기들의 이야기를 만들고 다듬고 꾸미고 나자, 그날 현관에서 그녀를 보았던 사람들은 일부러 재빨리 그녀를 잊어버렸다. 그녀와 이야기를 나누고 함께 살고 사랑에 빠졌던 사람들은 잊는 데 더 오래 걸렸다. 그러나 그녀가 했던 말을 한마디도 기억하거나 되풀이할 수 없게 되었고, 자기들이 그렇게 생각했을 뿐, 그녀는 아무 말도 하지 않았다고 믿기 시작했다. 그리하여 결국 그들도 그녀를 잊어버렸다. 기억하는 것이 현명하지 못한 것처럼 보였다. 그녀가 어디서, 혹은 어째서 웅크리고 있었는지, 그녀가 그토록 원했던 그 물속의 얼굴이 누구의 얼굴이었는지 그들은 영영 알지 못했다. 그녀의 턱밑에 난 미소에 대한 기억이 남았을지도 모르지만 남지 않은 곳, 그곳에는 걸쇠가 걸렸고, 그 금속 걸쇠에는 이끼가 푸른 사과 빛깔의 새순을 붙여놓았다. 빗물이 빗발친 자물쇠를 손톱으로 열 수 있겠다는 생각을 그녀는 대체 어떻게 했을까?

그것은 전할 만한 이야기가 아니었다.

그래서 그들은 그녀를 잊었다. 뒤숭숭한 잠자리에서 꾼 기분 나쁜 꿈처럼. 하지만 이따금, 그들이 잠에서 깰 때 아주 잠시 치맛자락이 사각거리는 소리가 들리다 멈추기도 하고, 꿈속에서 누군가의 뺨을 문지르던 손마디가 꿈꾸던 자신의 것인 양 느껴지기도 한다. 때로는 가까운 친구나 친척의 사진이—너무 오래 들여다보면—슬며시 변해서 그 다정한 얼굴보다 더 낯익은 무언가가 거기서 움직인다. 원한다면 살짝 만져볼 수도 있지만, 그들은 그러지 않는다. 그러고 나면 결코 세상이 예전과 같을 수 없다는 걸 알기에.

이것은 전할 만한 이야기가 아니다.

124번지 뒤로 흐르는 시내 근처에는 그녀의 발자국이 나타났다 사라지고, 나타났다 사라진다. 그 발자국은 아주 친숙하다. 아이든 어른이든 발을 대어보면, 꼭 맞을 것이다. 발을 빼면, 마치 아무도 지나가지 않은 것처럼 발자국은 다시 사라진다.

곧 모든 흔적이 사라지고, 발자국뿐 아니라 물과 그 물 아래 있는 것 전부가 잊힌다. 남는 건 날씨뿐이다. 기억에서 지워지고 행방이 묘연한 이들의 숨결이 아니라 처마를 스치는 바람, 혹은 너무 빨리 녹는 봄의 얼음이다. 그저 날씨뿐. 물론 키스를 바라는 아우성도 없다.

빌러비드.

작가의 말

1983년, 나는 직장을 잃었다. 아니, 그만두었다. 직장을 잃었다고도 그만두었다고도 할 수 있었고, 양쪽 다이기도 했다. 어쨌든 그전까지는 일주일에 한 번 출판사에 가서 업무의 일환으로 편지 쓰기, 전화 통화, 회의를 하고 집에서는 원고 편집을 하면서 시간제로 일을 해왔다.

두 가지 이유에서 직장을 그만두는 것은 썩 괜찮은 생각이었다. 첫째로, 나는 이미 네 편의 소설을 쓴 터라 누가 봐도 내게 가장 중요한 일은 글쓰기였다. 어떻게 편집과 글쓰기를 동시에 할 수 있느냐며 우선순위를 물어보는 것이 사실 나는 진부하고 이상하게 여겨졌다. 마치 "어떻게 가르치면서 동시에 창작을 할 수 있죠?" "어떻게 화가나 조각가나 배우가 자기 일을 하면서 다른 사람을 가르칠 수 있죠?"라고 묻는 것 같았다. 하지만 많은 이들에게 편집과 글쓰기의 조합은 부적절해 보였던 것이다.

두번째 이유는 보다 분명했다. 내가 만든 책들이 큰 돈벌이가 되지 못했던 것이다. 그때 '큰돈'은 요즘 의미하는 그 정도의 돈이 아니었는데도 말이다. 내가 보기에는 정말 환상적인 출간 목록이었다. 탁월한 재능을 지닌 저자들(토니 케이드 뱀버라, 준 조던, 게일 존스, 루실 클리프턴, 헨리 듀머스, 리언 포러스트), 독창적인 가설을 세우고 실제 연구 조사하는 학자들(윌리엄 힌턴의 『신번身翻』, 이반 반 세르티마의 『콜럼버스 전에 그들이 왔다』, 캐런 드크로의 『성차별주의자 정의』, 친웨이주의 『서구와 그 밖의 우리』), 진실을 기록으로 남기기 위해 고군분투하는 명사들(앤절라 데이비스, 무하마드 알리, 휴이 뉴턴) 등등. 또한 필요하다고 생각되는 책이 있으면 글을 쓸 저자를 찾기도 했다. 그러나 몇몇 사람들과 함께 나누었던 나의 열정은 다른 이들에게 묵살당했고, 그것은 신통치 않은 판매 부수로 나타났다. 내가 잘못 알고 있는지도 모르지만, 70년대 후반에도 잘 팔리는 작가를 붙잡는 일이 원고를 편집하거나 신진 작가 혹은 나이든 작가의 활동을 지원해주는 일보다 더 중요했다. 아니, 그냥 이제는 어엿한 작가답게 살아야 할 때가 왔다는 확신이 들었다고만 해두자. 인세와 글쓰기만으로 살자고 말이다. 대체 뭘 보고 그런 엉뚱한 생각이 들었는지 모르겠지만, 어쨌든 나는 그 생각을 붙잡았다.

마지막 근무를 마치고 며칠 후, 허드슨 강가에 튀어나온 부두 위 집 앞에 앉아 있던 나는 기대했던 평온 대신 동요를 느끼기 시작했다. 고민 목록을 쭉 살펴보았지만, 딱히 새롭거나 시급한 문제는 없었다. 이토록 완벽한 날, 이토록 잔잔한 강을 바라보는데 느닷없이 찾아온 이

동요가 뭔지 파악할 수 없었다. 회의할 안건도 없었고, 설사 전화가 울려도 들을 수 없었다. 하지만 내 심장이 망아지처럼 쿵쿵 뛰는 소리는 들렸다. 나는 공황 상태와도 같은 이 불안감의 정체를 고민하며 집으로 돌아갔다. 나는 두려움이 어떤 느낌인지 알고 있었다. 이것은 다른 느낌이었다. 그때 뭔가가 나를 탁 내려쳤다. 나는 행복하고, 자유로웠던 것이다. 평생 이렇게 행복하고 자유로운 적이 없었다. 뭐라 형언할 수 없는 묘한 느낌이었다. 황홀도, 충만함도, 홍수처럼 밀려드는 쾌감이나 성취감도 아니었다. 보다 순수한 기쁨, 확신과 더불어 들이닥친 막대한 기대감이었다. 나는 『빌러비드』에 착수했다.

지금 생각해보면, '자유롭다'는 것이 여성에게 과연 무슨 의미일 수 있을까에 관심을 쏟게 된 계기가 바로 이 해방의 충격이었다. 80년대에는 동등한 임금, 동등한 대우, 취업 기회, 교육⋯⋯ 그리고 결혼을 하느냐 마느냐, 아이를 갖느냐 마느냐에 대한 오명 없는 선택의 문제를 둘러싼 논쟁이 여전히 시끄러웠다. 필연적으로 나는 이 나라 흑인 여성들이 겪은 전혀 다른 역사를 떠올렸다. 결혼은 환영받지 못했고 아예 불가능하거나 불법이었던 역사, 자식은 낳아야 했지만 자식을 '갖는' 것, 책임지는 것, 다시 말해서 아이의 부모가 되는 일은 자유만큼이나 불가능했던 역사를. 노예제의 논리에 따르는 특수한 상황에서, 친권 행사는 범죄였다.

착상은 분명 매혹적이었지만, 막상 그림을 그리려니 쉽지 않았다. 노예제의 논리가 낳은 잔혹성과 지성을 구현할 수 있는 인물들을 불러내는 것은 내 상상력을 넘어서는 작업임이 드러났다. 그때 직장에 다닐 때 출간했던 책들 중 한 권이 생각났다. 『블랙 북』*에 인용된 한 신문 기사는, 젊은 엄마 마거릿 가너 이야기를 간략하게 소개하고 있었다. 노예로 살다 도망친 그녀는 주인의 농장으로 자식들을 돌려보내느니 차라리 그중 하나를 죽여버린(그리고 나머지 자식들도 죽이려고 한) 혐의로 체포되었다. 그리고 그녀의 재판은 도망노예를 소유주에게 송환하도록 한 도망노예법에 맞서는 투쟁에서 유명한 사건이 되었다. 그녀의 온전한 정신과 뉘우침 없는 태도는 신문뿐만 아니라 노예제 폐지론자들의 관심을 끌었다. 그녀의 생각은 매우 단호했다. 또한 그녀의 발언으로 판단하건대, 지성과 잔혹성, 그리고 자유에 꼭 필요하다고 여겨지는 것을 위해서는 무엇이든 불사할 의지를 가지고 있었다.

역사상의 마거릿 가너는 대단히 매혹적이었지만 소설가에게는 갑갑한 소재였다. 내 목적을 위한 상상의 여지가 거의 없었다. 그래서 그녀의 역사를 자유와 책임감, 그리고 여성의 '위치'에 대한 우리 시대의 문제들과 관련지어 이야기하기 위해, 그녀의 생각들을 상상해내고 그것들을 파헤쳐서, 본질적으로는 역사적 진실이지만 엄밀하게는 사실이 아닌 숨은 의미를 찾아내보려 했다. 여주인공은 한마디 변명도 없이 모든 수치와 공포를 받아들이는 모습을 보여줄 것이다. 영아 살해를 선택한 결과를 고스란히 떠맡고, 자신의 자유를 주장할 것이다. 노예제라는 땅은 광활하고 길조차 없었다. 그 땅의 몸서리나는 풍경(감추긴 했지만 완전히 감추지 못했고, 억지로 묻어버렸지만 잊지는 못한) 속으로 독자들(그리고 나 자신)을 초대하는 일은 몹시 시끄러운 유령들이 출몰하는 묘지에 천막을 치는 일과 마찬가지였다.

---

* 미들턴 A. 해리스, 모리스 레빗 등이 쓴 논픽션. 미국에서 실제로 일어난 흑인 관련 사건 기록과 사진 등이 실려 있다.

나는 현관에 앉아 그네를 타면서 이따금 철썩 날아오는 강물의 주먹을 막기 위해 쌓아놓은 거대한 돌더미를 바라보고 있었다. 돌더미 위에는 잔디밭 사이로 오솔길이 나 있었는데, 군락을 이룬 나무의 깊은 그늘 속에 위치한, 단단한 목재로 된 정자로 가로막혀 있었다.

그녀가 강물에서 걸어나와 바위를 기어오르더니, 정자에 몸을 기대었다. 근사한 모자.

그렇게 그녀는 처음부터 거기 있었다. 나를 제외한 모든 사람들(등장인물들)이 그걸 알고 있었다. 이 문장은 나중에 "그 집 여자들은 그걸 알고 있었다"로 바뀐다. 이야기의 핵심 인물은 그녀여야만 했다. 살인자가 아니라 살해당한 자, 모든 걸 다 잃고도 그에 대해 아무 발언권도 갖지 못했던 사람. 그녀는 바깥을 떠돌고 있을 수 없었다. 집에 들어가야만 했다. 오두막이 아닌 진짜 집에. 정식 주소가 있는 집, 한때 노예였던 사람들이 사는 그들의 집에. 이 집으로 들어가는 로비는 없을 것이고, 따라서 이것 혹은 이 소설로 들어가는 '서문'도 있을 수 없다. 나는 다짜고짜 독자를 납치하여 낯선 공간에 사정없이 내던짐으로써 이 책의 인물들과 함께 경험을 나누는 첫걸음을 디디게 하고자 했다. 마치 등장인물들이 아무 준비나 대비도 없이, 이곳에서 저곳으로, 아무데로나 끌려다녔던 것처럼 말이다.

'스위트홈(즐거운 집)'이나 다른 여느 농장에 붙이는 이름과는 다른 식으로 이 집에 이름을 붙여주는 일은 중요했다. 아늑함이나 화려함을 암시하거나, 한때 귀족적이었던 과거를 주장하는 어떤 형용사도 사용해서는 안 되었다. 오직 숫자만이 이 집을 명명하는 동시에 여느 거리나 도시와 구별해줄 수 있었다. 또한 다른 흑인 이웃집들과 이 집의 차이를 보여주고, 자기 집 주소를 가진 해방노예들의 우월감이나 자부심을 은근히 드러낼 수도 있었다. 하지만 말 그대로 인성을 가진 집—그 인성이 몹시 야단스러워서 우리가 '귀신 들린 집'이라고 부르는 집이었다.

노예 경험이 피부에 와 닿게 하려고 애쓰면서, 나는 통제하에 있으면서 동시에 통제를 벗어나 있는 것들의 느낌이 처음부터 끝까지 설득력 있게 전달되기를 희망했다. 일상의 질서와 평온이 궁핍한 사자死者들의 대혼란으로 산산이 깨져버리기도 하고, 어떻게든 잊으려는 초인적인 노력이 어떻게든 끈질기게 살아남으려는 기억에 의해 위협받기도 하는 삶이 어떤 것인지를. 노예 상태를 개인적 경험으로 표현하려면, 언어는 길을 벗어나야만 한다.

나는 부두 위에서의 그 순간을, 사람을 현혹하는 강과 가능성에 대한 순간적인 깨달음, 쿵쿵거리며 뛰던 심장, 그 고독과 위험을 소중하게 아껴 썼다. 그리고 근사한 모자를 쓴 소녀. 뒤이어 또렷이 맺힌 초점.

빌러비드, 차마 말할 수 없는 기억할 수 없는

출몰하는 기억

차마 입에 담을 수 없을 만큼 끔찍한 과거 앞에서, 기억할 수 없을 만큼 고통스러운 사건 앞에서, 우리는 뭘 어떻게 할 수 있을까? 어쩌면 이미 지난 일이라며 망각 속에 깊이 묻어버리는 것이 상책일지 모른다. 하지만 망각 속에 묻힌 줄 알았던 과거가 한사코 되돌아온다면, 유령처럼 불쑥불쑥 출몰하며 현재도 미래도 살 수 없게 우리를 붙든다면? 더구나 그 유령이 내 집만이 아니라, 방방곡곡 수많은 집에 서까래까지 꽉 들어차 있다면, 그때는 망각이 더이상 손쉬운 해답일 수 없을 것이다. 잊는다는 것 자체가 불가능한 일이 되기 때문이다. 토니 모리슨의 『빌러비드』(1987)는 미국 흑인의 역사라는 구체적인 소재를 통해 바로 이러한 딜레마, 감히 기억할 수도 없고, 그렇다고 결코 잊을 수도 없는 뼈아픈 과거를 어떻게 할 것인가란 문제를 다루고 있다. 그리고 이전의 어떤 작품에서도 보지 못했던 놀라운 해답을 내놓는다.

물론 가슴 아픈 흑인 역사를 다룬 작가가 토니 모리슨 한 사람만이 아니며, 『빌러비드』 이전에도 세상을 감동시킨 흑인 문학 작품은 많았다. 토니 모리슨 자신 또한 다섯번째 장편소설 『빌러비드』를 발표하기 전에, 이미 첫번째 작품 『가장 푸른 눈』(1970)에서 『술라』(1973), 『솔로몬의 노래』(1977), 『타르 베이비』(1981)에 이르기까지 일관되게 흑인들의 집단적 기억과 경험을 기록하고 문학으로 재현하는 작업을 해왔다. 그러므로 단순히 미국 흑인들의 고통스러운 과거에 대한 이야기란 차원에서만 본다면, 『빌러비드』는 아무리 그 문학적 성과가 뛰어나다고 할지라도 '흑인 문학'이라는 범주에서 크게 벗어나지 못할 것이다. 마치 종종 '흑인 여성 작가'라는 표현이 토니 모리슨을 한정짓는 테두리처럼 적용되듯이 말이다.

우리는 '말로 표현할 수 없는 비극'이란 표현을 진부한 관용어처럼 사용하지만, 인간의 역사에는 그 어떤 형용사를 덧붙이고 아무리 많은 숫자를 나열해도 어렴풋이 그 윤곽만 드러낼 수 있을 뿐, 결코 그 핵심에는 다가갈 수 없는 비극적 사건들이 실제로 일어나곤 한다. 토니 모리슨이 작가의 말에서 직접 밝혔듯이, 『빌러비드』를 쓰는 결정적인 계기가 되었던 '마거릿 가너 사건' 역시 그러한 비극 중 하나였다.

1856년 1월, 켄터키 주의 노예였던 마거릿 가너는 『빌러비드』의 주인공 세서처럼 임신한 몸으로 네 명의 자식을 데리고 얼어붙은 오하이오 강을 건너 신시내티로 도망쳤다. 그리고 그녀의 삼촌이자 노예 출신인 조 카이트의 집에 몸을 숨겼다. 하지만 추격에 나선 노예 사냥꾼과 보안관들이 집을 포위해 끝내 붙잡힐 지경에 처하자, 그녀는 자식을 노예로 살게 하느니 차라리 자기 손으로 죽이겠다고 결심했다. 그리하여 두 살배기 딸을 칼로 베어버리고 다른 자식들도 죽이려고 했지만 실패한다. 이후에 마거릿 가너는 체포되어 재판에 회부되었고, 이 사건은 미국 사회에 엄청난 파장을 불러일으켰다. 보통 도망노예에 대한 재판이 단 하루면 끝나는 데 반해 이 재판은 이례적으로 길어졌는데, 그녀의 행동에 대한 인간적 이해나 연민 때문이 아니라, 마거릿 가너를 '사람'으로 인정하여 딸을 죽인 살인죄로 기소할 것인가, 아니면 1850년에 발효된 도망노예법에 따라 단순히 잃어버린 재산으로 취급하여 무죄방면할 것인가 하는 논쟁 때문이었다. 그리하여 참으로 역설적인 일이지만 마거릿 가너의 변호사는 그녀를 살인죄로 재판해줄 것을 강력히 주장했고, 가너 역시 자신의 행동을 그저 이성이 없는 노예의 미친 짓으로 여기고 관대히 넘기는 것을 반대했다고 한다. 하지만 결국 마거릿 가너는 한 명의 자유로운 '인간'으로 재판받지 못하고 노예로 생을 마쳤다.

1974년에 랜덤하우스 출판사의 편집자로 근무하던 토니 모리슨은 노예제도 초기부터 노예해방까지 삼백 년 동안의 흑인 역사를 담은 『블랙 북』을 편집하다가 이 사건 기록을 접하게 되었고, 그 이야기에 깊이 사로잡혔다. 그리고 오랜 구상 끝에 『빌러비드』를 탄생시켰다. 하지만 아무리 슬프고 억울한 역사라고 해도, 그 자체를 충실히 재현하거나 사회문제를 제기하는 일은 그녀의 관심사가 아니었다. 토니 모리슨은 마거릿 가너 사건을 중요한 모티프로 삼았을 뿐, 나머지는 완전히 자신이 상상한 새로운 이야기로 채워넣었다. 그래서 이 사건에 대해 자세한 조사도 하지 않았다고 한다.

토니 모리슨은 '마거릿 가너 사건'에서 단지 노예제와 인종문제라는, 어떻게 보면 역사적으로 이미 결론이 나버린 사회문제를 상기시키는 데 그치지 않았다. 백인들의 야만적 행위를 고발하고 자유를 향한 흑인 노예의 처절한 몸짓을 그려냄으로써 연민을 자아내고 휴머니즘을 자극하는 것 역시 그녀의 목적이 아니었다. 토니 모리슨은 1987년 〈뉴욕 타임스〉와의 인터뷰에서 이렇게 말했다.

> 이 소설은 노예제에 관한 것이 아닙니다. 노예제는 매우 예측 가능합니다. 그런 제도가 있고 그것에 관한 이런저런 사실들이 있고, 그다음에는 거기서 벗어나거나 벗어나지 않거나 할 뿐입니다. 노예제만으로는 이런 소설이 나올 수 없습니다. 이 소설은 어떤 사람들의 내면적 삶에 대한 것입니다. 소수의 사람들이고, 그 사람들이 하는 모든 행동들은 노예제에 대한 공포로 가득차 있지만, 그럼에도 불구하고 그들 역시 사람일 뿐입니다…… 글로 쓰기엔 분노는 너무 시시하고 연민은 너무 질척거리는 감정입니다.

『빌러비드』는 단지 노예제와 인종문제 같은 이미 기록된 사실들에 대한 이야기가 아니라, 그 깊은 곳에 자리잡고 있는 차마 '말할 수 없는 것'들을 어떻게 말하고 감히 '기억할 수 없는 것'들을 어떻게 기억할 수 있는지, 그 불가능한 방법에 대한 진지한 모색인 것이다. 그 때문에 이 소설은 철저하게 역사적 사실에 근거하면서도 유령이나 빌러비드 같은 설명할 수 없는 존재를 아무렇지도 않게 등장시킨다. 과거와 현재라는 시간의 구분은 무너지고, 죽은 자는 육신을 입고 산 자들의 집을 찾아온다.

빌러비드, 과거의 방문

『빌러비드』는 노예제가 존재했던 남북전쟁 이전 시대부터 이후 시대까지 아우르고 있지만, 현재 시점으로만 따진다면 이 이야기의 시간적 배경은 1873년 여름에서 1874년 6월까지 일 년에 불과하다. 또한 온갖 사건과 사연들이 복잡하게 얽혀 있는 듯 보이지만, 정작 이 기간 동안 일어난 사건은 마을 사람들조차 왕래하지 않는 블루스톤 스트리트 124번지에 어느 날 갑자기 손님 두 명이 찾아온 것이 전부다. 떠돌이 흑인 남자 폴 디와 어린아이처럼 연약하고 아름다운 아가씨 빌러비드, 이들이 찾아오기 전까지 세서와 그녀의 딸 덴버가 살고 있는 집에서는 아기 유령이 이따금 일으키는 소동 이외에 어떤 일도 일어나지 않는다. 파란만장한 사건과 들끓는 감정들은 전부 지나가버린, 그래서 지금은 완전히 덮어버린 과거일 뿐 이 두 모녀에게는 세상과의 교류도, 변화도, 미래도 없다.

고인 웅덩이와 같은 이 집에 이야기가 소용돌이치고 다시 시간이 흐르기 시작하는 것은 그들이 문을 열고 낯선 손님을 맞아들이는 그 순간부터인 것이다. 첫번째 손님인 폴 디는 이십여 년 전 '스위트홈'이란 노예 농장에서 고통스러운 한 시절을 함께 보냈던 인물이다. 그는 세서의 남편인 핼리에 대한 아픈 기억을 불러일으키기도 하지만 동시에 124번지에 깃든 아기 유령을 쫓아내고 단단하게 굳은 세서의 상처를 어루만져주며 모녀가 집밖의 세상으로 다시 발을 내디딜 수 있도록 도와준다. 이 세 사람이 처음으로 마을 축제에 참가하고 어쩌면 정체된 시간의 올무에서 벗어날 수 있을지 모른다는 희망을 품으며 집으로 돌아오는 그때, 두번째 손님인 정체 모를 아가씨가 집 앞에서 그들을 맞이한다. 세서는 이 아가씨의 이름이 '빌러비드'란 말을 듣고서, 공교롭게도 자신이 사내에게 몸을 팔아가면서까지 죽은 딸아이의 묘비에 새겨넣은 글자(Beloved, 사랑받은 이)와 똑같다는 사실을 떠올리지만 설마 그녀가 자기 손으로 죽여야 했던 그 갓난아이일 거라고는 상상조차 하지 못한다. 십팔 년 전, 세서는 시어머니 석스의 집으로 들이닥친 노예 사냥꾼에게 자식을 넘겨주지 않으려고 어린 아기의 작은 목을 톱니로 그어야만 했던 것이다.

두 손님 모두 되돌아온 세서의 과거였지만, 그들은 세서를 서로 다른 방향으로 이끌려고 애를 쓴다. 폴 디는 세서가 아픈 과거를 넘어서서 새로운 미래로 옮겨가기를 원하는 반면, 빌러비드는 세서에게 아직도 달래주고 어루만져야 할 과거의 상처가 남았음을 일깨우면서 과거에 머물러 있기를 요구하는 것이다. 마침내 빌러비드와 죽은 딸아이의 연관성을 깨달은 세서는 모든 걸 잊은 채, 오직 빌러비드를 먹이고 돌봐주는 데 몰두한다. 자신이 왜 그런 선택을 할 수밖에 없었는지 끊임없이 변명과 이야기를 늘어놓으며. 토니 모리슨은 빌러비드라는 신비한 인물을 등장시켜 세서의 과거와 현재가 얼굴을 맞댄 채, 서로에게 영원히 들려줄 수 없을 것 같았던 원망과 위로와 사랑의 말을 주고받게 한 것이다.

하지만 날로 더 많은 것을 요구하는 빌러비드는 세서를 완전히 차지하고 마지막 남은 그녀의 딸 덴버까지 삼켜버릴 것 같은 위협적인 존재가 된다. 결국 세서는 어린 딸아이를 죽여야 했던 순간으로 되돌아가, 그 소름 끼치는 사건을 다시 겪은 후에야 비로소 빌러비드, 혹은 과거의 망령으로부터 벗어난다. 하지만 다시 겪은 과거에서 그녀의 선택은 달랐다. 어린 딸아이의 목을 긋는 대신, 노예 사냥꾼이라고 착각한 집주인 보드윈을 향해 얼음송곳을 휘두른 것이다. 세서의 새로운 선택 때문이었을까, 아니면 빌러비드에 관한 소문을 듣고 몰려온 마을 여자들 때문이었을까, 빌러비드는 나쁜 꿈처럼 사라져버린다.

여러 비평가들이 『빌러비드』를 노예제에 희생된 '육천만 명 혹은 그 이상'의 흑인들에 대한 애도, 이승을 떠나지 못한 원혼들을 달래는 위령제에 비유한다. 그렇다면 이 소설은 뼈아픈 과거를 잊지 않으려는 기록이라기보다, 차라리 잘 잊어버리기 위한 기록인 셈이다. '차마 기억할 수 없는 것'을 기억하려는 불가능한 시도는 이렇게 재기억rememory과 망각을 통해 실현되는 것이다. 그리고 토니 모리슨은 이 시대의 가장 위대한 언어의 주술사이며 치료사로 자리매김하게 된다.

토니 모리슨, 흑인, 여성, 작가

토니 모리슨은 1931년에 가난하지만 근면하고 경건한 흑인 노동자 가정에서 태어났다. 모리슨은 어릴 때부터 열렬한 독서광이었으며 가정에서 항상 남부 흑인들의 민담과 노래를 전해들었다고 한다. 이야기와 독서, 음악을 사랑했던 부모님의 모습은 나중에 그녀의 작품 속에 고스란히 담겨 여러 인물로 나타난다. 조부모와 외조부모 역시 그녀에게 큰 영향을 미치는데, 특히 외할아버지인 존 솔로몬 윌리스의 이야기는 그녀의 세번째 장편소설 『솔로몬의 노래』의 소재가 되었다.

모리슨은 인종차별이 거의 없는 오하이오 북부에서 성장한 까닭에 십대가 되어 데이트를 시작하기 전까지는 인종문제의 심각성을 깨닫지 못했다. 하지만 흑인과 백인이 함께 다닐 수 있는 통합 초등학교에 입학했을 때, 모리슨은 그 반의 유일한 흑인 학생이자 글을 읽을 수 있는 유일한 학생이었다고 한다. 대학교에서 강의를 하며 틈틈이 글을 발표해오던 그녀는 바로 이 작품 『빌러비드』로 1988년 퓰리처상을 수상했으며, 1992년에는 여섯번째 장편소설 『재즈』를 발표하고서 흑인 여성 작가 최초로 1993년 노벨문학상을 수상했다. 그 외에도 전미도서상, 전미도서비평가협회상을 비롯하여 20세기 작가가 받을 수 있는 거의 모든 상을 받았다. 하지만 아무리 드높은 명예도 그녀가 팔십 세가 넘은 지금까지 이룩한 문학적 성과를 다 기리지는 못할 것이다. 그녀는 흑인이며 여성이라는 자신의 정체성을 결코 부인하지 않았으며 '흑인 여성 작가'라는 명칭을 거부하지도 않았다. 오히려 인종문제와 여성문제를 정면으로 다루면서도 전혀 새로운 서술 방식을 구현했다. 그리하여 이전까지 남성 작가에 비해 한계가 뚜렷한 존재로 인식되었던 '흑인 여성 작가'의 위상을 완전히 바꾸어놓았다. 토니 모리슨의 등장 이후에 '흑인 여성 작가'란 생물학적 특수성에 기반을 둔 제한된 경험만을 이야기할 수 있는 존재가 아니라, 인간의 가장 심오한 경험에 가장 가까이 접근하고 강렬한 언어로 표현할 수 있는 특권적 존재가 된 것이다.

그러므로 토니 모리슨의 작품을 단지 '흑인들'의 가슴 아픈 이야기로만 읽는 것은 어리석은 일이다. 『빌러비드』 역시 노예제란 비정한 제도 때문에 누구보다 사랑했던 자기 자식을 죽여야 했던 흑인 여자만의 이야기가 아니다. 이것은 고집 세게 우리의 곁으로 돌아와서 재워주고 먹여주고 달래줄 것을 요구하는 모든 죽은 자들의 이야기, 기억 저편으로 내쫓기 위해서는 언제나 먼저 현재로 불러들일 수밖에 없는 과거, 그래서 번번이 다시 돌아올 수밖에 없는 뼈아픈 인간 역사에 대한 이야기다. 토니 모리슨의 애도를 통해 우리는 여전히 원한에 찬 과거와 화해할 수 있을까? 적어도 『빌러비드』에서는 과거의 방문이 미래의 희망으로 이어졌다. 자발적으로 마을 사람들에게 도움을 청하며 세상을 향해 걸어나가는 덴버의 모습에서 끔찍한 과거의 그림자는 찾아볼 수 없다. 그리고 무엇보다 이야기의 마지막에 124번지 집을 떠났던 순서와 반대로 다시 돌아온 폴 디는 세서의 손을 잡고 이렇게 말한다.

"세서, 당신과 나, 우리에겐 어느 누구보다 많은 어제가 있어. 이젠 무엇이 됐든 내일이 필요해."(445쪽)

그렇지만 되돌아온 과거를 맞을 때마다, 우리는 다시 두려움에 떨며 과연 문을 열고 이들을 맞이할지, 아니면 내쫓을지 결정해야 할 것이다. 이 손님이 가져온 것이 아픔일지 원한일지 화해일지 진정한 망각일지 알 수 없기 때문이다. 하지만 번번이 되돌아오는 그들을 내쫓기만 하는 한, 우리는 시간의 어느 한 지점에서 결코 떠날 수 없으리라.

토니 모리슨은 〈뉴욕 타임스〉와의 인터뷰에서 다음과 같이 말했다.

나는 이것이 출몰하는 우리의 과거, 그리고 그녀의 과거가 되길 바랐습니다. 과거, 유령처럼 불쑥불쑥 찾아오는 과거 말이죠. 기억은 결코 우리를 떠나지 않는 법입니다. 그것과 정면으로 부딪쳐 돌파해 나가기 전까지는.

최인자

1931년	2월 18일, 미국 오하이오 주 로레인에서 흑인 노동자 가정의 네 자녀 중 둘째 딸로 출생. 본명은 클로이 아델리아 워포드. 아버지 조지 워포드는 원래 조선소 용접공이었으나 이후 여러 직업을 전전하며 가족을 부양했고, 어머니 라마 윌리스 워포드는 가정부로 일했다. 인종차별을 피하고 더 좋은 기회를 얻기 위해 남부에서 북부 오하이오 주로 이주한 두 사람은 신앙이 독실하고 근면한 사람들이었다.
1943년	앤서니라는 세례명을 받음.
1949년	로레인 고등학교를 졸업하고 워싱턴 D. C.에 있는 유서 깊은 하워드 대학교에 입학. 영문학을 전공하고 고전문학을 부전공으로 선택. 많은 사람들이 그녀의 이름을 정확히 발음하지 못하자, 세례명 '앤서니'를 짧게 줄인 '토니'로 개명. 교내 연극 단체인 레퍼토리 극단에 가입하여 여러 차례 남부 순회공연을 다니고, 이때 비로소 남부 흑인들의 실상을 목격하게 된다.
1953년	하워드 대학교 졸업. 영문학 학사학위 취득. 코넬 대학교에 입학.
1955년	코넬 대학교에서 영문학 석사학위 취득. '윌리엄 포크너와 버지니아 울프의 작품에 나타난 자살'이라는 주제로 논문을 씀.
1955~1957년	텍사스 휴스턴으로 이주. 텍사스 서던 대학교에서 영어 입문을 가르침.
1957~1964년	하워드 대학교로 돌아와 영문학 강의.

1958년 자메이카 출신 건축가이자 하워드 대학교 교수였던 해럴드 모리슨과 결혼.

1961년 첫째 아들 해럴드 포드 출산. 불행한 결혼에 대한 일종의 탈출구로 작가 소모임에 가입한다. 이 모임에는 토론할 시나 소설을 가져가야 했는데, 어느 날 마땅한 작품을 찾지 못하자, 푸른 눈을 갖게 해달라고 기도하는 어린 소녀의 이야기를 소재로 짧은 이야기를 직접 쓴다. 이 이야기는 작가 모임에서 칭찬을 받았고 첫번째 소설 『가장 푸른 눈*The Bluest Eye*』의 모태가 된다.

1963년 둘째 아이를 임신한 모리슨은 남편 해럴드와 헤어지고 학교를 떠나기로 결심한다. 여름 동안 아들과 함께 유럽 여행을 다녀온 후, 해럴드는 자메이카로 돌아가기로 결정한다.

1964년 오하이오에 있는 가족 곁으로 돌아와 둘째 아들 슬레이드 출산. 그해 가을, 뉴욕 주 시러큐스로 이사하여 랜덤하우스 출판사 지부에서 교과서 편집 보조원으로 일하기 시작한다. 하루 종일 일하고 저녁이면 두 아이를 돌보다가 아이들이 잠든 이후에 글을 쓰는 생활을 이어간다.

1967년 두 아들을 데리고 뉴욕 시로 이사. 랜덤하우스 출판사의 뉴욕 본사 편집자로 근무하기 시작. 무하마드 알리, 앤드루 영, 앤절라 데이비스 같은 저명한 흑인 인사들의 책을 출간하는 동시에 예일 대학교와 바드 칼리지에 출강.

1970년 여러 출판사에 원고를 보낸 끝에 첫 소설 『가장 푸른 눈』이 출간됨. 상업적인 성공은 거두지 못했지만 많은 비평가들의 찬사를 받음.

1971~1972년 출판사 근무와 더불어 뉴욕 주립대학교의 부교수로 재직. 두 흑인 여성의 우정을 다룬 두번째 소설을 쓰기 시작한다.

1973년 두번째 소설 『술라*Sula*』 출간.

1974년 논픽션 『블랙북*The Black Book*』을 기획 편집.

1975년 『술라』가 전미도서상 후보에 오름.

1976~1977년 예일 대학교에서 초빙 교수로 강의하면서 이번에는 강인한 흑인 남성들의 세계에 초점을 맞춘 세번째 소설을 쓰기 시작.

1977년 세번째 소설 『솔로몬의 노래*Song of Solomon*』 출간. 큰 관심을 불러일으키며 북오브더먼스 클럽 그달의 책으로 선정되고 전미도서비평가협회상을 수상한다. 미국예술문학아카데미상 수상.

1981년 처음으로 흑인과 백인 인물 간의 상호관계를 다룬 네번째 소설 『타르 베이비*Tar Baby*』 출간. 3월 30일자 『뉴스위크』의 표지 인물로 등장.

1983년 이십 년 가까이 근무한 랜덤하우스를 그만둠.

1984년 올버니 뉴욕 주립대학교 인문학부 석좌 교수로 임명됨. 그곳에서 첫번째 희곡 『꿈꾸는 에멧*Dreaming Emmett*』을 쓰기 시작.

1986년 백인 여성에게 휘파람을 불었다는 이유로 백인들에게 살해당한 흑인 십대 소년 에멧 틸의 실화를 다룬 희곡 『꿈꾸는 에멧』이 마켓 플레이스 극장에서 초연됨.

1987년 소설 『빌러비드*Beloved*』 출간. 비평가들의 찬사를 받으며 커다란 성공을 거둠. 1920년대의 삶을 소재로 한 소설 『재즈*Jazz*』를 쓰기 시작.

1988년 『빌러비드』로 퓰리처상과 로버트 F. 케네디 상, 미국도서상, 프레더릭 G. 멜처 상 수상. 바드 칼리지의 초빙 교수로 임명됨.

1989년 프린스턴 대학 문예창작과 석좌 교수로 임명됨. 이로써 흑인 여성으로는 최초로 아이비리그 대학 교수직에 오름. 미국현대어문학회 문학상 수상.

1992년 『재즈』 출간. 첫번째 문학비평집 『어둠 속의 유희*Playing in*

the Dark: Whiteness and the Literary Imagination』 출간.

1993년 흑인 여성 최초로 노벨문학상 수상.

1994년 파리에서 콩도르세 메달 수여. 펄 벅 상, 레기움 줄리 문학상 수상.

1996년 미국도서재단에서 미국문학 공로상 메달 수여.

1997년 소설 『파라다이스*Paradise*』 출간. 논픽션 『국민성의 탄생: O. J. 심프슨 사건의 시선, 각본, 스펙터클*Birth of a Nation'hood: Gaze, Script, and Spectacle in the O. J. Simpson Case*』 편저.

1998년 『빌러비드』가 영화화됨.

1999년 아들 슬레이드 모리슨과 함께 아동소설 『커다란 상자*The Big Box*』 출간.

2000년 미국 대통령이 수여하는 국가인문학훈장 수훈.

2002년 슬레이드 모리슨과 공저로 아동소설 『비열한 사람들의 책*The Book of Mean People*』 출간. '위대한 아프리카계 미국인 100명'에 선정됨.

2003년 소설 『러브*Love*』 출간.

2004년 사진 에세이집 『기억하라: 학교 통합을 향한 여정*Remember: The Journey to School Integration*』 출간.

2005년 옥스퍼드 대학교에서 명예 문학박사학위를 받음. 『빌러비드』의 소재가 된 마거릿 가너의 이야기를 다룬 오페라 〈마거릿 가너〉의 가사를 쓴다. 디트로이트에서 초연.

2006년 프린스턴 대학교 교수직 퇴임.

2008년 소설 『자비*A Mercy*』 출간. 산문집 『경계에서는 무슨 일이 벌어지고 있는가*What Moves At the Margin*』 출간.

2009년 슬레이드 모리슨과 공저로 아동소설 『피니 버터 퍼지*Peeny Butter Fudge*』 출간. 노먼 메일러 평생공로상 수상. 미시간 고등학교에서 그녀의 책 중 하나가 금지되자, 검열 제도에 대해 발언하기 시작한다. 검열과 글의 힘에 대한 논설을 모은 책 『이 책을 불태워라*Burn This Book*』를 편저.

2011년 제네바 대학교에서 명예 문학박사학위를 받음.

2012년 소설 『고향*Home*』 출간.

2015년 소설 『하느님 이 아이를 도우소서*God Help the Child*』 출간.

2019년 8월 5일, 88세의 나이로 뉴욕에서 타계함.

문학동네 세계문학전집 발간에 부쳐

세계문학은 국민문학 혹은 지역문학을 떠나 존재하는 문학이 아니지만 그것들의 총합도 아니다. 세계문학이라는 용어에는 그 나름의 언어와 전통을 갖고 있는 국민문학이나 지역문학의 존재를 인정하면서 그것을 넘어서는 문학의 보편적 질서에 대한 관념이 새겨져 있다. 그 용어를 처음 고안한 19세기 유럽인들은 유럽문학을 중심으로 그 질서를 구축했지만 풍부한 국민문학의 전통을 가지고 있는 현대의 문학 강국들은 나름의 방식으로 세계문학을 이해하면서 정전(正典)의 목록을 작성하고 또 수정한다.

한국에서도 세계문학 관념은 우리 사회와 문화의 변화 속에서 거듭 수정돼왔다. 어느 시기에는 제국 일본의 교양주의를 반영한 세계문학 관념이, 어느 시기에는 제3세계 민족주의에 동조한 세계문학 관념이 출현했고, 그러한 관념을 실천한 전집물이 출판됐다. 21세기 한국에 새로운 세계문학전집이 필요하다는 것은 명백하다. 우리의 지성과 감성의 기준에 부합하는 세계문학을 다시 구상할 때가 되었다.

문학동네 세계문학전집은 범세계적으로 통용되는 고전에 대한 상식을 존중하면서도 지난 반세기 동안 해외 주요 언어권에서 창작과 연구의 진전에 따라 일어난 정전의 변동을 고려하여 편성되었다. 그래서 불멸의 명작은 물론 동시대 세계의 중요한 정치·문화적 실천에 영감을 준 새로운 작품들을 두루 포함시켰다.

창립 이후 지금까지 한국문학 및 번역문학 출판에서 가장 전문적이고 생산적인 그룹을 대표해온 문학동네가 그간 축적한 문학 출판 경험을 바탕으로 새로운 세계문학전집을 펴낸다. 인류가 무지와 몽매의 어둠 속을 방황하면서도 끝내 길을 잃지 않은 것은 세계문학사의 하늘에 떠 있는 빛나는 별들이 길잡이가 되어주었기 때문이다. 우리가 자부심과 사명감 속에서 그리게 될 이 새로운 별자리가 독자들의 관심과 애정에 힘입어 우리 모두의 뿌듯한 자산이 되기를 소망한다.

문학동네 세계문학전집 편집위원

민은경, 박유하, 변현태, 송병선, 이재룡, 홍길표, 남진우, 황종연

세계문학전집 116
빌러비드

1판 1쇄 2014년 3월 15일
1판 15쇄 2024년 7월 20일

지은이 토니 모리슨 | 옮긴이 최인자

책임편집 김선희 | 편집 황광수 오동규 | 독자모니터 유부만두 이희연
디자인 김마리 최미영 | 저작권 박지영 형소진 최은진 오서영
마케팅 정민호 서지화 한민아 이민경 안남영 왕지경 정경주 김수인 김혜원 김하연 김예진
브랜딩 함유지 함근아 박민재 김희숙 박다솔 조다현 정승민 배진성
제작 강신은 김동욱 이순호 | 제작처 영신사

펴낸곳 (주)문학동네 | 펴낸이 김소영
출판등록 1993년 10월 22일 제2003-000045호
주소 10881 경기도 파주시 회동길 210
전자우편 editor@munhak.com | 대표전화 031)955-8888 | 팩스 031)955-8855
문의전화 031)955-1927(마케팅), 031)955-3560(편집)
문학동네카페 http://cafe.naver.com/mhdn
인스타그램 @munhakdongne | 트위터 @munhakdongne
북클럽문학동네 http://bookclubmunhak.com

ISBN 978-89-546-2439-8 04880
978-89-546-0901-2 (세트)

잘못된 책은 구입하신 서점에서 교환해드립니다.
기타 교환 문의 031) 955-2661, 3580

www.munhak.com

1, 2, 3 안나 카레니나 레프 톨스토이 | 박형규 옮김
4 판탈레온과 특별봉사대 마리오 바르가스 요사 | 송병선 옮김
5 황금 물고기 J. M. G. 르 클레지오 | 최수철 옮김
6 템페스트 윌리엄 셰익스피어 | 이경식 옮김
7 위대한 개츠비 F. 스콧 피츠제럴드 | 김영하 옮김
8 아름다운 애너벨 리 싸늘하게 죽다 오에 겐자부로 | 박유하 옮김
9, 10 파우스트 요한 볼프강 폰 괴테 | 이인웅 옮김
11 가면의 고백 미시마 유키오 | 양윤옥 옮김
12 킴 러디어드 키플링 | 하창수 옮김
13 나귀 가죽 오노레 드 발자크 | 이철의 옮김
14 피아노 치는 여자 엘프리데 옐리네크 | 이병애 옮김
15 1984 조지 오웰 | 김기혁 옮김
16 벤야멘타 하인학교 - 야콥 폰 군텐 이야기 로베르트 발저 | 홍길표 옮김
17, 18 적과 흑 스탕달 | 이규식 옮김
19, 20 휴먼 스테인 필립 로스 | 박범수 옮김
21 체스 이야기 · 낯선 여인의 편지 슈테판 츠바이크 | 김연수 옮김
22 왼손잡이 니콜라이 레스코프 | 이상훈 옮김
23 소송 프란츠 카프카 | 권혁준 옮김
24 마크롤 가비에로의 모험 알바로 무티스 | 송병선 옮김
25 파계 시마자키 도손 | 노영희 옮김
26 내 생명 앗아가주오 앙헬레스 마스트레타 | 강성식 옮김
27 여명 시도니가브리엘 콜레트 | 송기정 옮김
28 한때 흑인이었던 남자의 자서전 제임스 웰든 존슨 | 천승걸 옮김
29 슬픈 짐승 모니카 마론 | 김미선 옮김
30 피로 물든 방 앤절라 카터 | 이귀우 옮김
31 숨그네 헤르타 뮐러 | 박경희 옮김
32 우리 시대의 영웅 미하일 레르몬토프 | 김연경 옮김
33, 34 실낙원 존 밀턴 | 조신권 옮김
35 복낙원 존 밀턴 | 조신권 옮김
36 포로기 오오카 쇼헤이 | 허호 옮김
37 동물농장 · 파리와 런던의 따라지 인생 조지 오웰 | 김기혁 옮김
38 루이 랑베르 오노레 드 발자크 | 송기정 옮김
39 코틀로반 안드레이 플라토노프 | 김철균 옮김
40 어두운 상점들의 거리 파트릭 모디아노 | 김화영 옮김
41 순교자 김은국 | 도정일 옮김
42 젊은 베르테르의 슬픔 요한 볼프강 폰 괴테 | 안장혁 옮김
43 더블린 사람들 제임스 조이스 | 진선주 옮김
44 설득 제인 오스틴 | 원영선, 전신화 옮김
45 인공호흡 리카르도 피글리아 | 엄지영 옮김
46 정글북 러디어드 키플링 | 손향숙 옮김
47 외로운 남자 외젠 이오네스코 | 이재룡 옮김
48 에피 브리스트 테오도어 폰타네 | 한미희 옮김
49 둔황 이노우에 야스시 | 임용택 옮김
50 미크로메가스 · 캉디드 혹은 낙관주의 볼테르 | 이병애 옮김

51, 52 염소의 축제 마리오 바르가스 요사 | 송병선 옮김
53 고야산 스님·초롱불 노래 이즈미 교카 | 임태균 옮김
54 다니엘서 E. L. 닥터로 | 정상준 옮김
55 이날을 위한 우산 빌헬름 게나치노 | 박교진 옮김
56 톰 소여의 모험 마크 트웨인 | 강미경 옮김
57 카사노바의 귀향·꿈의 노벨레 아르투어 슈니츨러 | 모명숙 옮김
58 바보들을 위한 학교 사샤 소콜로프 | 권정임 옮김
59 어느 어릿광대의 견해 하인리히 뵐 | 신동도 옮김
60 웃는 늑대 쓰시마 유코 | 김훈아 옮김
61 팔코너 존 치버 | 박영원 옮김
62 한눈팔기 나쓰메 소세키 | 조영석 옮김
63, 64 톰 아저씨의 오두막 해리엇 비처 스토 | 이종인 옮김
65 아버지와 아들 이반 투르게네프 | 이항재 옮김
66 베니스의 상인 윌리엄 셰익스피어 | 이경식 옮김
67 해부학자 페데리코 안다아시 | 조구호 옮김
68 긴 이별을 위한 짧은 편지 페터 한트케 | 안장혁 옮김
69 호텔 뒤락 애니타 브루크너 | 김정 옮김
70 잔해 쥘리앵 그린 | 김종우 옮김
71 절망 블라디미르 나보코프 | 최종술 옮김
72 더버빌가의 테스 토머스 하디 | 유명숙 옮김
73 감상소설 미하일 조셴코 | 백용식 옮김
74 빙하와 어둠의 공포 크리스토프 란스마이어 | 진일상 옮김
75 쓰가루·석별·옛날이야기 다자이 오사무 | 서재곤 옮김
76 이인 알베르 카뮈 | 이기언 옮김
77 달려라, 토끼 존 업다이크 | 정영목 옮김
78 몰락하는 자 토마스 베른하르트 | 박인원 옮김
79, 80 한밤의 아이들 살만 루슈디 | 김진준 옮김
81 죽은 군대의 장군 이스마일 카다레 | 이창실 옮김
82 페레이라가 주장하다 안토니오 타부키 | 이승수 옮김
83, 84 목로주점 에밀 졸라 | 박명숙 옮김
85 아베 일족 모리 오가이 | 권태민 옮김
86 폭풍의 언덕 에밀리 브론테 | 김정아 옮김
87, 88 늦여름 아달베르트 슈티프터 | 박종대 옮김
89 클레브 공작부인 라파예트 부인 | 류재화 옮김
90 P세대 빅토르 펠레빈 | 박혜경 옮김
91 노인과 바다 어니스트 헤밍웨이 | 이인규 옮김
92 물방울 메도루마 슌 | 유은경 옮김
93 도깨비불 피에르 드리외라로셸 | 이재룡 옮김
94 프랑켄슈타인 메리 셸리 | 김선형 옮김
95 래그타임 E. L. 닥터로 | 최용준 옮김
96 캔터빌의 유령 오스카 와일드 | 김미나 옮김
97 만(卍)·시게모토 소장의 어머니 다니자키 준이치로 | 김춘미, 이호철 옮김
98 맨해튼 트랜스퍼 존 더스패서스 | 박경희 옮김
99 단순한 열정 아니 에르노 | 최정수 옮김

100 열세 걸음 모옌 | 임홍빈 옮김
101 데미안 헤르만 헤세 | 안인희 옮김
102 수레바퀴 아래서 헤르만 헤세 | 한미희 옮김
103 소리와 분노 윌리엄 포크너 | 공진호 옮김
104 곰 윌리엄 포크너 | 민은영 옮김
105 롤리타 블라디미르 나보코프 | 김진준 옮김
106, 107 부활 레프 톨스토이 | 박형규 옮김
108, 109 모래그릇 마쓰모토 세이초 | 이병진 옮김
110 은둔자 막심 고리키 | 이강은 옮김
111 불타버린 지도 아베 고보 | 이영미 옮김
112 말라볼리아가의 사람들 조반니 베르가 | 김운찬 옮김
113 디어 라이프 앨리스 먼로 | 정연희 옮김
114 돈 카를로스 프리드리히 실러 | 안인희 옮김
115 인간 짐승 에밀 졸라 | 이철의 옮김
116 빌러비드 토니 모리슨 | 최인자 옮김
117, 118 미국의 목가 필립 로스 | 정영목 옮김
119 대성당 레이먼드 카버 | 김연수 옮김
120 나나 에밀 졸라 | 김치수 옮김
121, 122 제르미날 에밀 졸라 | 박명숙 옮김
123 현기증. 감정들 W. G. 제발트 | 배수아 옮김
124 강 동쪽의 기담 나가이 가후 | 정병호 옮김
125 붉은 밤의 도시들 윌리엄 버로스 | 박인찬 옮김
126 수고양이 무어의 인생관 E. T. A. 호프만 | 박은경 옮김
127 맘브루 R. H. 모레노 두란 | 송병선 옮김
128 익사 오에 겐자부로 | 박유하 옮김
129 땅의 혜택 크누트 함순 | 안미란 옮김
130 불안의 책 페르난두 페소아 | 오진영 옮김
131, 132 사랑과 어둠의 이야기 아모스 오즈 | 최창모 옮김
133 페스트 알베르 카뮈 | 유호식 옮김
134 다마세누 몬테이루의 잃어버린 머리 안토니오 타부키 | 이현경 옮김
135 작은 것들의 신 아룬다티 로이 | 박찬원 옮김
136 시스터 캐리 시어도어 드라이저 | 송은주 옮김
137 고독한 산책자의 몽상 장자크 루소 | 문경자 옮김
138 용의자의 야간열차 다와다 요코 | 이영미 옮김
139 세기아의 고백 알프레드 드 뮈세 | 김미성 옮김
140 햄릿 윌리엄 셰익스피어 | 이경식 옮김
141 카산드라 크리스타 볼프 | 한미희 옮김
142 이 글을 읽는 사람에게 영원한 저주를 마누엘 푸익 | 송병선 옮김
143 마음 나쓰메 소세키 | 유은경 옮김
144 바다 존 밴빌 | 정영목 옮김
145, 146, 147, 148 전쟁과 평화 레프 톨스토이 | 박형규 옮김
149 세 가지 이야기 귀스타브 플로베르 | 고봉만 옮김
150 제5도살장 커트 보니것 | 정영목 옮김
151 알렉시 · 은총의 일격 마르그리트 유르스나르 | 윤진 옮김

203 루시 저메이카 킨케이드 | 정소영 옮김
204 대지 에밀 졸라 | 조성애 옮김
205, 206 백치 표도르 도스토옙스키 | 김희숙 옮김
207 백야 표도르 도스토옙스키 | 박은정 옮김
208 순수의 시대 이디스 워턴 | 손영미 옮김
209 단순한 이야기 엘리자베스 인치볼드 | 이혜수 옮김
210 바닷가에서 압둘라자크 구르나 | 황유원 옮김
211 낙원 압둘라자크 구르나 | 왕은철 옮김
212 피라미드 이스마일 카다레 | 이창실 옮김
213 애니 존 저메이카 킨케이드 | 정소영 옮김
214 지고 말 것을 가와바타 야스나리 | 박혜성 옮김
215 부서진 사월 이스마일 카다레 | 유정희 옮김
216 사람은 무엇으로 사는가 레프 톨스토이 | 이항재 옮김
217, 218 악마의 시 살만 루슈디 | 김진준 옮김
219 오늘을 잡아라 솔 벨로 | 김진준 옮김
220 배반 압둘라자크 구르나 | 황가한 옮김
221 어두운 밤 나는 적막한 집을 나섰다 페터 한트케 | 윤시향 옮김
222 무어의 마지막 한숨 살만 루슈디 | 김진준 옮김
223 속죄 이언 매큐언 | 한정아 옮김
224 암스테르담 이언 매큐언 | 박경희 옮김
225, 226, 227 특성 없는 남자 로베르트 무질 | 박종대 옮김
228 앨프리드와 에밀리 도리스 레싱 | 민은영 옮김
229 북과 남 엘리자베스 개스켈 | 민승남 옮김
230 마지막 이야기들 윌리엄 트레버 | 민승남 옮김
231 벤저민 프랭클린 자서전 벤저민 프랭클린 | 이종인 옮김
232 만년양식집 오에 겐자부로 | 박유하 옮김
233 이상한 나라의 앨리스 루이스 캐럴 | 존 테니얼 그림 | 김희진 옮김
234 소네치카 · 스페이드의 여왕 류드밀라 울리츠카야 | 박종소 옮김
235 메데야와 그녀의 아이들 류드밀라 울리츠카야 | 최종술 옮김
236 실종자 프란츠 카프카 | 이재황 옮김
237 진 알랭 로브그리예 | 성귀수 옮김
238 말테의 수기 라이너 마리아 릴케 | 홍사현 옮김
239, 240 율리시스 제임스 조이스 | 이종일 옮김
241 지도와 영토 미셸 우엘벡 | 장소미 옮김
242 사막 J. M. G. 르 클레지오 | 홍상희 옮김
243 사냥꾼의 수기 이반 투르게네프 | 이종현 옮김
244 험볼트의 선물 솔 벨로 | 전수용 옮김
245 바베트의 만찬 이자크 디네센 | 추미옥 옮김
246 나르치스와 골드문트 헤르만 헤세 | 안인희 옮김
247 변신 · 단식 광대 프란츠 카프카 | 이재황 옮김
248 상자 속의 사나이 안톤 체호프 | 박현섭 옮김

● 문학동네 세계문학전집은 계속 출간됩니다